姜亮夫 著

楚辭通故
（四）

荆楚文庫

荆楚文庫編纂出版委員會

長江文藝出版社

本册目録

詞部第十

皇

皇字《楚辭》用法至多，兹分別以例明之。

（一）《離騷》"皇覽揆余初度兮"。王逸注"皇，皇考也"。朱注同。按此据上文爲説也。上言"皇考曰伯庸"，則此"覽揆"而命名之人，非上句伯庸莫屬故也。於文則爲詩詞中省用之例。

（二）《離騷》"皇天無私阿兮"。又《天問》"皇天集命，惟何戒之"。此指皇天言，亦可省言皇。《離騷》"皇剡剡其揚靈兮"。王逸注"皇，皇天也"。朱熹以爲百神。又"陟陞皇之赫戲兮"，王逸、朱熹皆以爲皇天。又《九章·橘頌》"后皇嘉樹生南國兮"。王逸注"皇，皇天"。朱熹以后皇指楚王，亦可通。按皇字不論其訓釋爲皇天、爲皇考、爲皇皇，皆由大義引申。考《説文》"皇，大也。從自、王。自，始也"。按王者三皇大君也。許説皇爲大義是也。以其字之結構爲從自從王會意，非也。甲文不見此字，金文皇上形以㠯爲母型，下形以土爲母型，繁爲王，蓋即《禮記·王制》"有虞氏皇而祭"之皇。有虞氏天子之冠，上像冠有裝飾品，光芒四射之象。鄭注云"皇，冕屬，畫羽爲飾焉"。鄭讀皇爲鳳皇，故以飾羽爲説。土即像冠之底也（詳汪榮寶《釋皇》）。省之則爲王。詳余《釋王》。冠天子之冠曰皇。古人樸實，故以所飾爲名也。天子爲大君，故遂有大義，因而引申之爲皇天后土。合參博物部。

緒

緒字《楚辭》四見，除緒風爲專門名詞外，餘皆可訓爲遺業也。

《天問》"纂就前緒，遂成考功"，王逸注"緒，業也。言禹能纂繼鯀之遺業，而成考父之功也"。按緒本絲耑，《廣雅·釋詁》"緒，業也"，《莊子·讓王》"其緒餘以爲國家"，又《詩·閟宮》"纘禹之緒"，即所謂前緒也。又《天問》"何卒官湯，尊食宗緒"，王逸注"緒，業也。樂祭祀，緒業流於子孫"。洪補云"官湯猶言相湯也。尊食，廟食也"。義與前緒同。惟曰宗緒者，言受湯之子孫宗祀之緒也。王注以爲湯食其緒，文義不暢矣，當言伊尹得尊食於湯之宗緒。別詳《重訂天問校注》。

浩

《楚辭》浩字十見。除浩蕩、浩浩等外，其單用者僅三見，而其義皆爲大也。《九歌·東皇太一》"陳竽瑟兮浩倡"，王逸注"陳，列也。浩，大也。言己又陳列竽瑟，大倡作樂，以自竭盡也"。朱熹《集注》同。又《少司命》"臨風怳兮浩歌"，王注亦言大歌。浩歌與浩倡一也。按《説文》"浩，澆也。從水，告聲。《虞書》曰'洪水浩浩'。胡老切"。按引《虞書》見今《堯典》云"浩浩滔天"，則浩爲大水無疑。按此與皓、皞、誥、倍等皆爲轉注字，同從告聲，亦同有大義。大水曰浩，白日曰皓，大言曰誥。凡今蕭豪韻字，多有大、高、强、盛之義，而喉音諸字則以大義爲根也。詳參臭、皋、昦等字，竝浩浩諸條。

迅

《遠遊》"軼迅風於清源兮"，王逸注"遂入八風之藏府也"。洪興祖補云"迅，疾也"。按迅從卂，卂，疾飛也。則迅從辵者，疾走爾。若《論語》"迅雷風烈必變"，則爲通用詞矣。又爲詢、恂、迴等字之借。詳迅衆條下。

寖

《九歌·大司命》"不寖近兮愈疏"，王逸注"寖，稍也。疏，遠也。言履行忠信，從小至老，命將窮矣，而君猶疑之，不稍親近，而日以疏遠也"。"寖一作侵，一作浸"。按"寖近"與"愈疏"對文，故王以遠釋疏。寖即侵之借字。《易·象下傳》"浸而長也"，疏"漸進之名"。《莊子》"浸假而化予之左臂"，注"漸也"。此言不稍漸進而反日以疏遠，恐懼之甚也。按寖即《説文》之侵字，浸水也。從籀文寑聲，隸變作寖，竝作寖，本水名，借爲侵，今又省作侵。

寢

《七諫·謬諫》"身寢疾而日愁兮"，王逸注"寢，臥也。言己身被疾病，臥而愁思，自傷忠誠"。按寢，《説文》"寢，病臥也。從寢省"。今隸變作寢，亦作寢。《禮記·檀弓》"曾子寢疾"。引申則爲偃息，或謂寑之借，亦通。《九思·疾世》"憂不暇兮寢食"，即憂至於不暇偃息與飲食也。《論語·公冶長》"宰予晝寢"，鄭注"臨息也"。寢息雙聲，疾息叠韻，故義可通。

永

（一）永字《楚辭》廿餘見。除《離騷》之"永遏"與《天問》之"永多"外，皆長久一義耳。考《説文》"永，長也。像水巠理之長也"。《詩》"江之永矣"，正用本義。《爾雅·釋詁》"遠也，遐也"。《詩·白駒》"以永今朝"，箋"久也"。《楚辭》諸義皆不外長、久、遠三義，各就文義解之。《遠遊》"永歷年而無成"，以年時言永最爲真切。《哀時命》亦云"恐不終乎永年"，義同此。《招魂》"永嘯呼些"，此以聲言，聲音亦時也。即《詩》之所謂"永歌"。《説文》別有專字詠，"歌之長也"。又《九歎》有"永路"、"永流"，取義亦與此同。又《九章·悲回風》之"惟佳人之永都"，言人長美也。《大招》之"永宜厥耳"，言人長安適也。則以祝願，專冀望人之形貌，幸福等之久義，取積極之象，與他文之言永樂者同（見《大招》）。此外如"永歎"（一見《抽思》，一見《九辯》及《哀時命》），"永思"（《哀時命》二見、《九懷》二見，《九歎》、《九思》各一見），"永哀"（見《懷沙》），"永懷"（見《九思》），"永辭"（二見《九思》），則以寄人情思，多用永字，蓋其聲蕩漾不定，以表衷情爲最宜也。漢語語音與表情關係極密切，此可爲吾人提供一有力之證驗者矣。

（二）永爲弘。若宏之聲借字。參永多一條。

（三）爲夭之聲借。詳永過條。

淹

《離騷》"日月忽其不淹兮"，王逸注"淹，久也"。按淹本義爲水名。《説文》訓淹"淹水，出越巂徼外，東入若水"。《爾雅·釋詁》下云"淹留久也"。《左傳》僖三十三年"吾子淹久於敝邑"。淹久連用，即淹留也。朱駿聲以爲久義，借爲延。淹延雙聲字，其説近之。別詳淹留條下。

尤

尤字八見，皆作過責罪咎之義。《離騷》"進不入以離尤兮"，王逸注"言己誠欲遂進竭其忠誠，君不肯納，恐重遇禍"。五臣云"尤，過也"。洪補云"《九章》云'欲儃佪以干傺兮，恐重患而離尤'。離，遭也"。按《離騷》又云"忍尤而攘詬"，尤詬對舉。別詳。尤亦詬也。《九章·抽思》亦云"覽民尤以自鎮"。《惜往日》之"被離謗而見尤"，又《天問》"湯出重泉，夫何皋尤"，訓爲過咎，皆至碻不易。又《遠遊》"絶氛埃而淑尤兮，終不反其故都"，王逸注"尤，過也。言行道修善，所以過祖先也"。洪補引《左傳》曰"楚氛惡淑尤，言其善有以過物也"云云以申之，終不順適。此爲合成詞，義與此別。另詳淑尤、淑郵兩條。此尤當訓異，乃尤之本義也。而上列諸説之訓爲罪過者，則説之借字爾。《説文》"訧，皋也"。《書·呂刑》"報以庶訧"。《詩·綠衣》"俾無訧兮"，傳"過也"。皆其徵。

倚

按《楚辭》倚字十五見。其義皆由憑倚而引申之，或訓因，或訓附著，或訓立，皆各就上下文義而可知。其訓憑者，如《九辯》"倚結軨兮長太息"，又"澹容與而獨倚"，又《招魂》"彷徉無所倚"，《招隱士》"白鹿麏麚兮，或騰或倚"諸句，皆當訓爲憑。又《招魂》"倚沼畦瀛"，《哀時命》之"廓抱景而獨倚"，《九歎·憂苦》之"倚石巖以流涕"，又《思古》之"西施斥於北宮兮，伈伂倚於彌楹"諸語，王注皆訓爲立。又《大招》"曾頰倚耳"，王注"辟也"。辟倚謂偏附也。言耳偏附於兩頰。別詳倚耳條下。又《哀時命》"倚躊躇以淹留兮"，王注訓因，《老子》"禍兮福所倚"，王注"因也"，南楚習語矣。因倚雙聲，凡此諸義，依王説皆可通。

《説文》訓倚爲"依"，又訓依爲倚，兩字互訓。其實則各有所主，歷世雖多互通者，而細繹先秦故籍，固各有當也。大體言之，則倚謂倚於物，如《盤庚》之"恐人倚乃身"，《曲禮》之"主佩倚"，注謂付於身。《論語》"興則見其倚於衡也"。考《禮器》"有司跛倚以臨祭"，注"依物爲倚"。此語最允當無倫。至依字則往往就心理狀態而言。《詩·載芟》"有依其士"，箋"依依言愛也"。《廣雅·釋詁》"依，恃也"。《詩·蓼莪》鄭箋"孝子之心，怙恃父母，依依然以爲不可斯須無也"。《九思》亦云"志戀戀兮依依"（詳依依下）。又《楚辭》依字十餘見，皆寫心情狀態之辭（詳依依下）。亦可知矣。周伯琦《六書故》曰"倚、依聲義近而微不同，倚力於依，察聲之廣陿輕重，義可知也。凡文各有義，以彼喻此，終不親切。《説文》倚依互相釋，此類甚多，蓋無所取，取諸近似而已"云云。已知其異，而僅以"倚力於依"别之，義尚未顯矣。余以心物别之，則通達無扞格矣。參依字條。又《離騷》"倚閶闔而望予"，又别有説。考《戰國策·齊策》"王孫賈年十五事閔王，王出走，失王之處。其母曰，女朝出而晚來，則吾倚門而望，女暮出而不還，則吾倚閭而望女"。字或作踦，成二年《公羊傳》曰"相與踦閭而語"。古倚門、倚閭蓋通語。世多以倚訓立，義自可通。然何休《解詁》云"閭當道門，閉一扇，開一扇，一人在外，一人在内曰踦閭"云云，則"依閶闔"亦謂不納在外之人也。蓋從奇之字，多有兩奇之義，如騎爲跨，跨亦兩足各在一旁也；又如觭謂角，一俯一仰也；以箸取物曰敧，言兩面夾取之也；上下齒相咋齧曰齮；舉脛有所渡曰徛；引申之則一足具而一足殘曰踦。從奇之字，多在一旁之義，即此一意象之引申爾。則倚門不作依而作倚，義在此矣。用專字則當作踦。

翳

《楚辭》三見。《離騷》"百神翳其備降兮"，《九歎·遠逝》"舉霓旌之墆翳兮"，又"石嵾嵯以翳日"。王訓"翳，蔽也"。《説文》"翳華蓋也"。按即車蓋，漢人所謂羽葆幢也，所以蔽日，故引申爲蔽爲掩。《方言》十三"掩也"。又《方言》六"翳，薆也"。薆亦蔽義。見《詩》"薆而不見"。《毛傳》同。又《離騷》"馳玉虬以乘鷖兮"。鷖一本作翳。王逸注"鷖，鳳皇别名也。以爲車飾"。洪補引《山海經》"五彩之鳥鷖鳥也"。又云"蛇山有鳥，五色，飛蔽日，名鷖鳥"。翳與鷖同字，故從鳥與從羽多通。

往

《楚辭》往字三十見。略可得三義，皆可自一義以明之。《説文》
"徃之也。從彳，坒聲。遑古文從辵"。按許氏説字義得之，説字形可商。
按甲文金文坒一形作今坒字，即《説文》訓草本妄生之坒。然亦用作往
來字，古從土之字與從王多相混，且兩字音亦從同。此古文同形異義之
例也。此在甲文中最顯著，至金文，則坒王兩形乃分用劃然。至篆以後，
則從王之字僅有皇字，皇字爲樂舞羽韛，音亦讀皇，其實皇亦皇之變體。別詳余
《釋王》一文。而往之古文有廷字，亦從王，而狂、枉、汪、匡、徍、眶等
字隸變從王作者，小篆皆仍從坒作。然從坒之字皆與坒之艸木妄生無涉。
凡形聲字之聲，十九與聲母含義相關，則往形雖似從坒，而義則相別，
則今隸諸從坒之字皆當別有體系，今謂往字所從之坒，乃於土上著屮，屮
即往也。與屮、屮、呂諸字結構全相似，此如正之征往也，向往於某地
也。從"一"指其處所言，而屮往從之。坒則從屮從土，土猶"一"
"囗""凵"等形，以"囗""凵"表態爲純象形；以"一"表之爲指事；
以"土"表之則爲會意。此漢字差殊之微旨，而後世又增益彳爲往，辵
形爲廷，其例又自相似矣。故往字所從之坒與訓爲草木妄生之坒，乃形
同義異之例，不得以艸木妄生説往也。

至此吾人可定往字之義矣。《説文》以爲往之也，義謂自此而往彼
地也。《易》"憧憧往來"，虞注"之外爲往"，即自此而外行之義，引申
之則既往之事與時日皆得曰往，故有往昔、往古、過去與舊時諸義。
《楚辭》所用皆不出此矣。

（一）用"往之也"本義者，如《離騷》"將往觀乎四荒"，《天問》
"何往營班禄"，《遠遊》"吾將往乎南疑"，《卜居》"往見太卜鄭詹尹"。
他如《大招》之"無往"，《招魂》之"往必釋"、"往恐危"，《九辯》
之"無自往"，《九歎·逢紛》之"流隕往"，《國殤》之"往不反"，及
他文之"往來"、"來往"，皆同此義矣。

（二）引申爲往昔、往日。《九章》之"惜往日"，《悲回風》之"怨往昔"，《遠遊》之"美往世"，《七諫·沈江》之"往古"皆是。又如《遠遊》之"往者余弗及"，《七諫·初放》同有此句。《哀時命》之"往者不可扳援"。往者指事詞，言往事或去者（人）義猶是也。此等往字實合一去不返之義，則與《論語》"子在川上曰，逝者如斯夫"同。《哀時命》有"汨徂往而不歸"義同。又《七諫·謬諫》之"龍舉而景雲往"，即雲從龍之意。此往實含從隨之義。又《九歎·思古》"復往軌於初古"，往軌猶言舊軌，此亦去義之引申爾。凡此等義多爲漢代人發展而成。其機微蓋在讀音之善爲體認。

（三）或當爲枉字之誤或借爲枉字。《九辯》五"願自往而徑游兮，路壅絶而不通"。王逸注自往句以爲"不待左右之介紹也"，是訓往爲之往也。按自往二句與"欲循道而平驅兮，又未知其所從"四句意正相對。依王說則自往亦循道也義複。故俞樾以爲往乃枉字之誤或假字也。"願自枉而徑游兮"，謂枉道而從捷徑小路也，"欲循道而平驅兮"，道謂正路也。體會文義順適，無扞格當從之。往枉皆從㞢聲，彳與木又形近而誤也。

枉

《楚辭》八見，除《九章·涉江》之"枉陼"爲地名，《哀時命》"枉攘"爲聯綿詞外，皆一義衺曲也。如《九章·悲回風》"施黄棘之枉策"，依王解以策爲馬策，則枉策猶衺曲之馬策。依洪說則爲懷王廿五年，與秦昭王盟約於黄棘之策略爲不正之策略也。枉字皆作衺曲解。至漢人賦莫不皆然。《惜誓》云"俗流從而不止兮，衆枉聚而矯直"。王逸云"枉，邪也。矯，正也。言楚國俗人，流從諂諛不可禁止衆邪群聚，反欲正忠直之士使隨之也"。朱熹云"矯，揉也。枉者自以爲直，又羣衆而聚合，則其黨盛，而反欲揉直以爲枉也"。兩家說不同依文義定之，則枉聚皆邪曲，聚合則足以揉矯正直也。此正承上文流俗不正之義，王釋固不允，朱説亦隔一間。按枉字《説文》“衺曲也”。人之不直者，亦謂之枉。《論語》“舉直錯諸枉”。《楚辭》枉字八用皆此義。《哀時命》“雖知困其不改操兮，終不以邪枉害方”，王逸注云“言己雖自知貧賤困極，不能變志易操，終不能邪枉其身，以害公方之行也”。與《惜誓》此言略近。曰直曰方，其義一也。他如《九歎·遠遊》“枉玉衡於炎火兮”，《九懷·思忠》之“枉車登兮慶雲”，爲轉旋其車駕。《九歎·離世》之“不枉繩以追曲”，《九思》之“貪枉兮黨比”，皆衺曲一義也。考《論語》微子“枉道而事人”，即此義也。

營

《楚辭》六見。其叠爲營營者別詳。其原言營者，僅《天問》四見，凡分四義，兹依次説之。

（一）營度也。《天問》“圜則九重，孰營度之”，王逸注“言天圜而九重，誰營度而知之”。洪補云“營，經營也”。按營與度連文，則營亦度也。洪訓爲經營，蓋以漢人常語解之也。然經營多方，度亦其一，則不如仍營度之義之周洽。此言誰營，誰度量而知之也。《玉篇》“營，度也。”即本於此。《吕覽·孟冬記》“營邱壟之小大高卑”，注“度也”。

（二）爲經營。《天問》“咸播秬黍，莆雚是營”。王逸訓營爲耕也。按王以耕訓營，非營有耕義，特深研以得文義。此言秬黍皆已得種，則莆雚亂艸之地盡爲良田，故曰耕也。按此即《大雅》“經之營之”之營，又《小雅》“肅肅謝功，召伯營之”，義亦從同，鄭氏箋云“營，治也”是其義。此與上營度義近，故兩皆可訓經營。《易·繫詞》“四營而成”，《易疏》“四度經營著策，乃成易之一變也”。即度與經營同用之一例。

（三）求也。《天問》“何往營班禄，不但還來”，王逸注“營，得也”。按此二句指上文“恒秉季德，焉得夫扑牛”一事。古今説者皆誤解。按王恒爲商侯，對有易當有班賜爵禄之事，王恒或因假之而往使以求王亥所失之服牛也，仍不得而還。以營字作求字解，凡經營必有所求，求義亦經營營度一義之引申也。營求，固漢以後恒語。

（四）惑也。《天問》"鯀何所營，禹何所成"，注云"言鯀治水，何所營度，禹何所成就乎？"孫詒讓《札迻》卷十二云："案營惑也，亂也。《淮南子·原道訓》'精神亂營'，高注云'營，惑也'。《大戴禮·文王官人》篇'煩亂之而志不營'，盧辯注云'營猶亂也'。言鯀禹同治水，何以鯀獨惑亂。禹獨成功乎，王注失之"。按孫説是也。《淮南·原道訓》"而物不能營"，亦言物不能亂。《大戴禮·文王官人》"煩亂之而志不營"，《吕覽》"心則無營"，注皆云"惑也，亂也"。《前漢書·劉向傳》"所以營惑耳目"，師古注："營爲回繞之。"又《漢書叙傳》"營信巫使"，注："鄧展曰：營，惑也。"聲衍則爲屏營、怔營，各詳。

委

委字《楚辭》二十餘見，除委積、委蛇、委惰等複合詞別詳外，其單用委字者，大約分二義。

（一）爲聽任之義。《離騷》"委厥美以從俗兮"，王逸注"委，棄。言子蘭棄其美質正直之性，隨從諂佞"。又云"委厥美而歷兹"。兩委厥美，言聽任其美也，即王逸所謂棄也，有自行去之之義。又《七諫·自悲》"屬天命而委之咸池"，王注"屬禄命於天，委之神明而已"。亦謂聽任神明也。

（二）爲棄也。猶今言放棄。《九歎·遠遊》"委兩館於咸唐"，王逸注"委，曲也。言已從炎火，又曲意至於咸池，而再舍止宿也，言棄兩館而至咸池也"。按委字古用法本有多端，而聽任與委棄爲最通用。《莊子·知北遊》云"生非汝有，是天地之委和也"、"性命非汝所有是天地之委順也"、"子孫非汝有，是天地之委蜕也"云云，用委字活潑如是。而與和、順、蜕相結合，則與委頓、委曲、委積等皆不相中。是委之本義，既不爲聽任，亦非委棄可知。考《説文》訓委爲"隨也。從女從禾"。徐鉉謂"曲也。從禾。垂穗委曲之貌"云云。考古從女之字有二義，一爲弱惡，一爲柔美。禾以穗垂則爲柔美之引申，則義以隨順長好爲根，而一切與此相涉者皆得用之。微叔重，則吾人幾不能識此矣。

迻

《九歎》"屢懲艾而不迻"，王逸注"言己體受忠直之性，雖數爲讒人所懲艾而心終不移易也"。洪補云"迻，遷徙也，通作移"。按《説文》"迻，遷徙也"，爲洪所本。經傳多以移爲之，故一本亦作移。詳移下。

移

《大招》"思怨移只"，王逸注"移，去也。言美女可以忘憂去怨思也"。"古本作怨思移只"。言可以忘去怨思也。按《説文》"移，禾相倚移也"。倚移叠韻聯語，禾相倚移當爲本訓。倚移謂其徐動之狀，此作去解，則當爲迻之借字。《説文》"迻，遷徙也"。《齊語》"則民不移"，注"徙也"。《孟子》"貧賤不能移"，注"易其行也"。《晋語》"弗能移也"，注"動也"。"怨思移只"者，言怨思移去，不怨不思也。《淮南子‧泰族訓》"今取怨思之聲施之於管絃"。曰聲，則由怨而思也，其義遞進而非同義。惟漢儒用者稍異。《論衡‧散不足》"百姓離心怨思者十有半"，又《相刑》篇"使百姓輯睦，無怨思之色"云云，則近同義詞。又《七諫‧怨思》云"玄鶴弭翼而屏移"，亦言移動移去也。

　　附門人郭在貽論怨思爲同義詞，可備一説。其言云：怨思一詞竊意乃同義複詞，思亦怨也。思字古有悲憂哀怨之義。《爾雅‧釋詁》"悠、傷憂，思也"。《方言》十二"凡言相憐哀，江濱謂之思"。《淮南子‧繆稱訓》"春女思，秋士悲"。思與悲對舉，則思亦悲也。《文選‧勵志詩》"吉士思秋"，注云"思，悲也"。均其證。

紆

《九章·悲回風》“縹緜緜之不可紆”。王逸注“細微之思，難斷絶也”。《說文》“紆詘也。一曰縈也”。《周禮·冬官考工記》“矢人中弱則紆”。注“紆曲也”。按洪朱訓縈用許氏一曰説也。其實縈亦曲也。縈紆雙聲，縈本義爲收斂，古籍多用作縈回義。《惜誓》云“觀江河之紆曲兮”。紆曲連文，正是《說文》第一義也。又屈賦有紆軫一詞，亦訓紆爲屈曲義，雖有小别而無大殊也。參紆軫條。又從于之字，本有兩義。一訓大如芋，爲大根块。一訓屈則有迂竽（三十六簧樂器，其形參差者也）。舞者必屈成儀。

遙

《楚辭》十餘見，除超遙、逍遙等複合詞外，凡三義。

（一）遠也。《大招》“魂魄歸倈，無遠遙只”。王注“遙猶漂遙，放流貌也。言宜順陽氣始生而倈歸已無遠漂遙將遇害也”。朱熹云“及此時而招之，欲其無遠去而即歸來也”。按王以漂遙流放釋遙，求之過深，朱熹云“無遠去”是也。按《方言》十“媱遊也。江沅之間謂戲爲搖”。此遙當即媱，則遙有戲意，亦楚言也。又《招魂》云“倚沼畦瀛兮遙望博”，遙望猶遠望也。《遠遊》“時髣髴以遙見兮”，遙見亦猶遠見耳。《七諫·哀命》云“遙涉江而遠去”，又《謬諫》“鈆刀進御兮，遙擊太阿”，兩遙字亦當作遠字解。

（二）遙也。長也。《遠遊》“步徙倚而遙思”。遙思者，猶今言長想，長與遠其義一也。長爲遠之引申義。又《九章·抽思》“愁歎苦神靈遙思兮”。遙思義亦與《遠遊》同。又《九辯》七“靚杪秋之遙夜兮”。王逸注“盛陰修夜，何難曉也”。遙夜即長夜永夜之義。按《方言》“遙廣遠也。梁楚曰遙”，《廣雅·釋詁》“遙遠也”，皆舊說之可徵者，訓遠亦楚方言也。

（三）動也。《九章·悲回風》“翼遥遥其左右”。遥遥狀其動貌，無容訓爲遠爲長也。遥與摇聲同，古多通用。詳摇字條下。惟《楚辭》可同訓爲動者，僅此一事，餘皆應作遠解。《説文》“遥遠也”。《左傳》昭二十五年“遠哉遥遥”。《禮·王制》“千里而遥”，皆是。古書無訓遥爲動摇者，蓋起於秦漢以後借字也。

隱

隱字《楚辭》卅見。除隱閔、隱憂、隱虹等複合詞外，其單用者廿次。總而定之，凡分五義。

（一）藏也。《九章·惜往日》“身幽隱而備之”，《悲回風》“聲有隱而先倡”，又“獨隱伏而思慮”，又《哀時命》“賢者遠而隱藏”，又“且隱伏而遠身”，又《惜誓》“或隱居而并藏”，《七諫·自悲》“賢士窮而隱處兮”，又《謬諫》“直士隱而避匿兮”，又《列子》“隱身而窮處”，又《九歎·惜賢》“介子推之隱山兮”，又《九思》“奔遁兮隱居”。凡此等句其隱字皆可作隱解，毫無疑問。按《説文》“隱蔽也”。蔽藏一義，則用藏義乃其本義。《易·乾卦》“龍德而隱者也”。《禮記·禮運》“大道既隱”。注“隱猶去也”。《説文》“從𨸏，㥯聲”。按心部“㥯謹也”。凡謹亦有隱微之義，故此字爲形聲兼會意矣。依余説爲轉注字，故藉用此義者最多，無繁多證。

（二）微也。《九章·悲回風》“聲有隱而相感兮”。此句與“聲有隱而先倡兮”相似同，其實大異。此句用相感，從感字五言，乃表心理狀態者；別句用先倡，從行動立言，則毫無心理狀態可言，故此隱字，不得用於彼隱。按此言相感者，以其聲之精微之義相感召也。按《爾雅·釋詁》“隱微也”。《方言》“隱定也”。《玉篇》云“安也”。所謂安定，謂其精微不亂之象耳。

（三）痛也。《九歌·湘君》“隱思君兮陫側”。王注“謂隱伏山野，猶從側陋之中思念君也”。不成文義。洪補云“隱痛也。《孟子》曰‘惻隱之心’。俳，符沸切。《説文》‘隱也’”。朱熹注云“隱痛也，俳隱也，側不安也”。按洪朱釋俳側，非也（詳俳側條下）。而釋隱爲痛則甚是。《詩·柏舟》“如有隱憂”。傳“痛也”。又《公羊傳》隱三年“隱隱也”、《穀梁傳》襄三十年“故隱而葬之”注、《孟子·梁惠》“王若隱其無罪”注皆云痛也。《説文》“慇痛也”。段玉裁以隱訓痛，爲慇之借，可通。

（四）依也。《悲回風》“隱岐山以清江”。王注訓伏非也，洪訓“依據”，朱訓“依如隱几”之隱，《禮·檀弓》“既葬而封，廣輪揜坎，其高可隱”，言其高可憑依也。《孟子》“隱几而卧”。注“隱倚也”。倚亦依也。故知牆可憑。見《左傳》襄廿二年。

又按隱從㥯得聲，而㥯從心㬎聲，㬎者有所依據也。讀與隱同，明隱語根亦由㬎耳。

（五）占也。《九章·抽思》“超回志度，行隱進兮”。王逸注“隱進爲隱行忠信，日以進也”。洪補曰“隱安也”。按兩家説似皆隔一間。上文言“軫石崴嵬，蹇吾願兮”，謂道途塞進，必須超回，必以己意擬度之，故其行乃隱占其吉凶而後能進。《爾雅·釋言》曰“隱占也”。郭注曰“隱度”。疏曰“占者視兆以知吉凶，必先隱度，故曰隱占也”。引申言之，則隱猶言隱隱，狀其小心謹慎之貌，謂其進之不易。亦指歸途言。因其超回，必需志度，故其行亦小心隱占而後進。喻世途艱險，必需委曲超回，而又小心隱占，然後能進也。諸家説皆去詞氣一間。參“超回志度”及“軫石”諸條。又按，凡此五義皆自隱蔽一義引申得之。餘參隱隱、隱閔等條。

淫

《楚辭》二十四見。除用於複合詞、聯綿詞、叠詞如淫遊、淫放、淫溢、淫曀、婬婬等外，單用者凡得八見。細繹其義可分爲四類：

（一）謂男女不正當之淫昏之事。其字當爲婬之借。《離騷》"謠諑謂余以善淫"。王逸注"淫邪也。猶衆臣嫉妒忠正。言己淫邪，不可任也"。五臣云"讒邪之人謂我善爲淫亂"。洪補"楚以南謂之諑。言衆女競爲謠言，以譖愬我，彼淫人也，而謂我善淫。所謂恕己以量人"。按此句上言"衆女嫉余之蛾眉"，則淫指男女淫昏之事言。王注拘牽，不敢直訓然也。按《易·繫詞傳》"冶容誨淫"。《左傳》成二年"貪色爲淫"。故飲酒後之情態曰淫液（見《詩·賓之初筵》"沈湎淫液"箋）。凡此等字皆當爲婬之借字。《小爾雅·廣義》云"男女不以禮交，謂之淫"是也。古人竝不諱淫，《國風》固多見之矣。

（二）謂行事品質之放縱曠佚者。《天問》"眩弟竝淫，危害厥兄"。王訓淫爲佚。言舜弟象迫害其兄大爲佚蕩之行，所包至多，殺兄、盜嫂、奪財皆是。《尚書》言"象傲"，傲亦佚漫不敬謹之象。傲淫亦一聲之轉也（詳謷、傲諸條）。又《遠遊》"質銷鑠以汋約兮，神要眇以淫放"。王逸注"魂魄漂然而遠征也"。洪補引《廣雅》曰"滛遊"。朱熹以爲"淫縱"。按淫放猶言滛佚、淫遊。《越語》下"淫佚之事，上帝之禁也"。解"淫佚放濫也"，是其徵。放則放蕩也。此兩動字合成之詞，可以訓詁釋之者也。又《橘頌》"淑離不淫，梗其有理兮"。亦言美麗而不佚，梗介而有理也。又此義古籍用者極多。《左傳》昭元年"淫生六疾"。注"過也"。襄二十九年《左傳》"遷而不淫"。注"過蕩也"。昭六年《左傳》"以威淫"。注"放也"。《周禮·宮正》"去其淫怠"。注"放濫也"。《禮記·儒行》"其居處不淫"。注"謂傾邪也"。注家多就上下文義爲之詁釋，其實皆放蕩、荒淫之義也。又按此義實即第一義之引申爾。

（三）爲游。然淫實無遊義，亦爲婬之借字引申之義也。《招魂》"歸來兮不可以久淫些"。王逸注"淫游也。言其惡如此，不可久游，必被害也。一云魂兮歸來。一云歸來歸來不可久淫。無以字"。五臣云"淫淹也"。按五臣以淫訓奄。朱熹同。"奄留也"。考淫古無訓爲奄留者，亦無奄留義。王訓以爲遊是也。《廣雅·釋言》"淫遊也"。《離騷》

亦言"羿淫游以佚佃兮",又曰"康娱以淫游兮",是也。考淫訓爲游，朱駿聲以爲尤之借，今本《説文》尤下注云"淫行貌"。朱説有據，恐未必即是。考《方言》"婬惕游也。江沅之間謂戲爲婬或謂之惕"。《廣雅》亦言"婬戲也"。曹憲音遥，蓋從女䍃聲。考古籍從壬與從䍃之字如媱、摇、喏皆音余招切。雖判然二音，而字形極近，故相誤。《九思・傷時》"音晏衍兮要淫"。戴震《方言疏證》、錢繹《方言箋疏》及段注《説文解字》引王逸説皆作媱，今本作婬，可證相誤。又《遠遊》"神要眇以淫放"。洪補引《廣雅》亦誤作淫游也。今本《廣雅・釋言》云"淫游也"，當即本之《方言》。又《山海經》"爰有淫水，其清洛洛"，郭注"淫音遥，與瑶同"，亦其證。則其誤蓋在東漢之末矣。凡訓佚蕩、男女淫昏之事及其引申義皆當作淫，凡訓淫游，當作婬字之借，乃南楚江沅之方言也。婬游猶言遨遊。遨遊亦見《清人》篇。則北土方俗言遨游，南土曰婬游，南北通言曰逍遥。

（四）爲潤也。《七諫・自悲》"邪氣入而感内兮，施玉色而外淫"。王注"淫潤也。言讒邪之言雖自内感己志而猶不變玉色外潤而内愈明也"。按此即淫字本訓，浸淫隨理也，一義之引申。《七諫・沈江》"自浸淫而合同"，注"多貌也"，即潤之義。與淫、曀等條合參。

刓

《九章・懷沙》"刓方以爲圜兮"。王逸注"刓，削"。洪補曰"刓，吾官切。圓削也。言人刓削方木，欲以爲圜"。按刓，圓削也。"圜兮"兮字作乎字解，疑問句也。《説文》"劖也"。《一切經音義》引《廣雅》"刓，鏤也"，字亦作剜。《埤蒼》"剜削也"。《説文》"刓，劖也。從刀，元聲。一曰齊也"。

刈

《離騷》"願竢時乎吾將刈"。王逸注"刈穫也。草曰刈，穀曰穫"。按本作乂。《説文》"乂，芟艸也"。徐曰"本作乂，後人又加刀作刈"。此等增益，大體起自漢人，欲以明義而又爲之別也。

鬱

鬱盛多之義。《大招》"茝蘭桂樹，鬱彌路只"。王逸注"言所行之道，皆羅桂樹茝蘭香草，鬱鬱然滿路，動履芳潔，德義備也"。按《説文》"鬱木叢生者"。《詩·晨風》"鬱彼北林"。傳"鬱積也"。積即叢生之義。《正義》云"鬱積而茂盛"。故叔師以滿釋之。字又作菀。鄭司農注《考工記》曰"菀讀如'宛彼北林'之宛"。蓋三家作菀，而毛氏作鬱也。《菀柳》傳曰"菀茂林也"。《桑柔》傳曰"菀茂皃"。（採段玉裁説）鬱字尚有鬱鬱、鬱伊、鬱陶、鬱憂諸複詞，各詳。

殪

《九歌·國殤》"左驂殪兮右刃傷"。王逸注"殪死也。言己所乘左驂馬死，右駢馬被刃創也"。洪興祖《補注》云"殪壹計切"。《説文》"殪死也"；《書·康誥》"殪戎殷"，疏"殺也"；《詩·吉日》"殪此大兕"，傳"壹發而死"皆是。此南北同用之詞。

妖

《離騷》"終然妖乎羽之野"。王逸注"蚤死曰妖"。洪補云"妖歿也。鮌遷羽山三年，然後死。事見《天問》"。按妖一作夭，是也。此即"夭遏在羽山"之夭異文爾。夭遏猶雍遏，謂囚禁之，非即殀殁之也。詳夭遏條下。《文選》五臣注"早死也"。按《天問》"永遏在羽山"。永遏無早死意，夭當讀爲《左傳》宣十二年"盈而不竭，夭且不整"之夭，杜注"水遇夭塞，不得整流，則竭涸也"。則夭爲擁塞之義，長言之則曰"夭遏"。《淮南·俶真訓》"陶冶萬物，與造化者爲人，天地之間，宇宙之内，莫能夭遏"。字又作"夭閼"，以訓詁字易之則曰"雍閼"、"雍遏"。而《天問》之夭遏，則雙聲之變，而又以訓詁字加甚其義者也。又《九章·惜往日》云"何芳草之早殀兮"，與《九懷》云"病殀兮鳴蜩"，兩殀字同曰早殀，曰病殀。則當從通詁作殁解云云。

殃

《離騷》"豈余身之憚殃兮"。王逸注"殃咎也"。又同篇"乃遂焉而逢殃"，王注同。又《涉江》"伍子逢殃兮，比干菹醢"。言伍子胥諫伐越，夫差不聽，遂賜劍自殺。又《七諫》"申生孝而被殃"。《九歎·惜賢》"晋申生之離殃兮"，此等殃字皆同義。《楚辭》五用無異義。按《説文》"咎也"。《易·坤》釋文引《説文》"凶也"，義同。《廣雅·釋詁》三"殃敗也"。《釋言》"殃禍也"。《易·坤》"必有餘殃"。《孟子》"殃民者不容於堯舜之世"。字又作殀。《墨子·非樂》上"降之百殀"。

豫

豫字《楚辭》五見。其義爲：

（一）猶豫不決也。猶豫即豫豫長言。《九章·惜誦》"壹心而不豫兮，羌不可保也"。王逸注"豫猶豫也。言己專一忠信，以事於君。雖爲眾人所惡，志不猶豫"。朱熹《集注》"不豫，言果決不猶豫也"。按此探全句爲訓。曰"一心不豫"，故曰不猶豫也。

（二）爲逸豫之豫。《九章・惜誦》“行婞直而不豫兮，鯀功用而不就”。又《涉江》“余將董道而不豫”。王注“豫猶豫也”。與“壹心不豫”同。王逸注“豫厭也。豫一作斁。言鯀行婞很勁直，恣心自用，不知厭足，故殛之羽山，治水之功以不成也”。洪注“鯀以婞直忘身，知剛而不知義，亦君子之所戒也”。按王以厭釋豫，本《爾雅・釋詁》文。説雖有據，然體會上下文義，則豫當讀爲逸豫之豫。寬和自樂之象也。亦豫本義之引申，或讀作《荀子・大略》“先患慮患謂之豫”之豫。即後世預字亦通。然不豫一詞，皆作猶豫解，則此婞直不豫，以例言，亦當作猶豫解，或當從一本作斁爲是，不斁亦不和善之義。詳斁字下。又與娛同韻，不豫猶不愉，娛和樂也，與此句義更切。《説文》“豫，象之大者。賈侍中説，不害于物。從象，予聲”。按予字本有寬和施大之義，故得引申爲寬和，凡猶有似寬和，其語根同也。

娛

《楚辭》娛字廿見。其見於屈宋賦者，除複合詞外，凡十二次。其餘見漢人賦，然義無殊也。細繹廿見娛字，皆可訓爲樂。娛樂本達詁。《説文》“娛，樂也。從女，吳聲。”、《詩・出其東門》“聊可與娛”、《逸周書・程典》“諸侯不娛”皆是。但細爲校理，則大約可得三類。

（一）爲通言身心之舒泰。《離騷》“和調度以自娛”。《九章・抽思》“枉顧南行，聊以娛心兮”。《悲回風》“翩冥冥之不可娛”。他如《七諫・謬諫》“棄彭咸之娛樂兮”皆是。而《九章・惜誦》之“設張辟以娛君”，則爲小人設爲機巧開合，以投人君之好，因以爲娛樂，亦此一義也。

（二）則與聲色酒食相涉。《九歌・東君》“羌聲色兮娛人”。王逸注“娛樂也”。一作聲色。洪補引申之曰“東方既明，萬類皆作。有聲者，以聲聞；有色者，以色見。耳目之娛各自適焉。以喻人君有明德，則百姓皆注其耳目也”。體會文情，至爲周恰。以娛爲聲色之好，此爲最具體而顯明。又《招魂》云“娛酒不廢，沈日夜些”，王逸注“娛，樂。言雖以酒相娛樂，不廢政事。或曰娛酒不發，發，旦也。《詩》云‘明發不寐’。言日夜娛樂。又曰‘和樂且湛’，言晝夜以酒相樂也”。朱云“不廢猶不已也”。按王第一說，顯誤；第二說改字殊非雅故。朱以不已釋不廢，最爲直切，當從之。娛酒者，尚有《九歎·遠逝》之“欲酌醴以娛憂兮”。《大招》云“豐肉微骨，調以娛只”，爲以色娛，最肆之寫法。《楚辭》中至少見之一例也。至以聲爲樂者，別有《九懷·株昭》之“赴曲相和，私娛茲兮”，爲最明白。

（三）屈賦別有一構詞曰“娛憂”、“娛哀”者，此娛字，義有舒展其哀憂之義。《懷沙》云“舒憂娛哀兮，限之以大故”。以舒與娛對舉，於修詞義近之比，其爲義思過半矣。則此娛之樂，謂舒之使樂耳。《思美人》云“遵江夏以娛憂”，又“吾且僵佪以娛憂兮”，皆是。然此種用法不見於《騷》、《歌》、《天問》、《遠遊》，獨見於《九章》。《九章》者，屈子舒其憂忿之情，往往較他文爲深摯，故鑄詞亦往往視他文爲奇偉。漢則惟劉向《九歎·憂苦》之“獨憤積而哀娛”一語耳。別參康娛條。

愉

音俞，和樂也。《楚辭》六見。而皆作和樂解。

《九歌·東皇太一》“穆將愉兮上皇”。王逸注“愉樂也。言己將修祭祀，必擇吉良之日齋戒恭敬以宴樂天神也”。按愉經典皆訓和樂。《詩·唐風》“他人是愉”，傳“愉樂也”；《禮記》曰“有和氣者，必有愉色”，皆其本義。則曰樂尚嫌不足，曰和樂則達矣。又《論語》“愉愉如也”、《祭義》“愉愉乎其忠也”、《廣雅·釋訓》“愉愉和也”可證愉有和義，愉從俞，俞本有中空之義，凡中空者，多和，而和必中空，故兩義實相成。複音言之則曰愉娛。《九章·思美人》“吾將蕩志而愉樂兮”。以愉與樂組合，則愉樂同義矣。又曰娛。《七諫·自悲》“聊愉娛

以忘憂"，愉娛聯文，愉娛忘憂，即《九章》之所謂"娛憂"爾。又
《七諫·怨世》云"愉近習而蔽遠"，王注"君近諂諛，習而信之"，非
也。愉近習，猶言樂近習，故下承之以蔽遠也。參俞字條。

夷

《楚辭》夷字二十餘見，多與他詞連合，作人神名，如伯夷、夷羿，
《九歎》之由夷（許由），又夷吾；或艸名，如辛夷、留夷；或地名，如
嵎夷；或作複合詞，如夷猶、由夷、夷逸等。凡此皆別詳。而屈宋賦中
無作單詞用者，諸漢賦之作單詞用者，共五見，凡分三義，茲析說之。

（一）平也。《九歎·憂苦》"巡陸夷之曲衍兮"。王逸注"夷，平。
言巡大陸平原之曲隅也"。按《說文》"夷平也。從大從弓，東方之人
也"。許釋夷爲平，又以東方之人言之，有兩說也。夷爲東方之人，即
《論語》所謂"子欲居九夷"之夷，亦即《尚書》所謂"紂有億萬夷
人"之夷。蓋即所謂引弓之民。依古史系統論之，即殷商民族也。非此
文所必要，不具論。其訓平者，蓋本之《周頌》"彼徂岐矣，有夷之
行"。《毛傳》"平也"。蓋北土舊說，此無庸辯者也。

（二）悅樂也。《九歎·怨世》"心鞏鞏而不夷"。王逸注"悅也。
一言心中鞏鞏，拘攣而不樂悅也"。又《九懷》"羨余術兮可夷"。王逸
注"念己道藝，可悅樂也。《詩》云'既見君子，我心則夷'。夷喜也"。
逸注引《詩》以證其義，是也。古亦多連用夷樂、夷悅者矣。

（三）誅滅之也。《九歎·惜賢》"夷蠢蠢之溷濁"。王逸注"夷滅
也，蠢蠢無禮義貌也。己欲盪滌讒佞污穢之臣，以除姦惡，夷滅貪殘無
禮義之人也"。《周禮·秋官》"薙氏掌殺艸夏月至而夷之"。鄭注"芟
也"。又《易·說卦》"坤上離下明夷"。注"傷也"。皆儒家經典常訓。
至《漢書·刑法志》言"戰國時秦用商鞅連相坐之法，造參夷之誅"，
則以夷爲刑名矣。又按單用夷字子政文中可得三義，而皆本之儒家經典，
子政固西漢一大經師也。

藹 藹藹

《九辯》"離芳藹之方壯兮，余萎約而悲愁"。王逸注"去己盛美之光容也"。洪興祖補云"藹，繁茂也，於蓋切"。朱熹《集注》全同洪説。按藹繁茂之貌。《爾雅·釋木》"蕡藹"。注"樹實繁茂菴藹"。菴藹長言之也。詳晻藹條下。《説文》訓藹爲"臣盡力之美"，引《詩》"藹藹王多吉士"證之。按許説恐未允。古籍用藹者，以《詩·大雅·卷阿》"藹藹王多吉士"爲最古。外此則《管子·侈靡》篇之"藹然若夏之靜雲"，藹藹狀多，吉士狀夏之靜雲，皆盛多之義（夏雲多奇易見）。則藹之本義當爲盛多（又從葛聲之字，有兩義，一爲高特舉怒疾，二爲止、息、盡、謁、隙。藹義，當得之高特舉疾一義，又從言，則當爲言多之義，引申爲盛，爲竭盡。此亦一證）。"王多吉士"，則藹藹乃言其多，因指吉士，則此盛多者盡力之士，許就文爲説，用引申義，非本義也；叔師訓盛美，就芳與方壯立説。《九歎》訓藹藹爲盛多，而不言美者讒夫不得爲美也。

疊字狀語曰藹藹，盛多貌也。《九歎·逢紛》"讒夫藹藹而漫著兮，曷其不舒余情"。王逸注"藹藹盛多貌也"。《詩》云"藹藹王多吉士"。按《説文》訓"臣盡力之美"，引《詩》"藹藹王多吉士"證之，則藹藹應爲吉士盡力之美，而此言讒夫藹藹，則非吉士亦得曰藹藹矣。按藹當爲盛多（詳前），而美惡則隨上下文義而定。"藹藹王多吉士"，以其爲吉士，故藹藹爲臣盡力之美。此如《九辯》"離芳藹之方壯"之芳藹爲盛美也。以其爲讒夫，則只狀其盛多，而不得言美。單言曰藹，重言曰藹藹。《廣雅·釋訓》"藹藹盛也"。《魏都賦》"藹藹列傳，金蜩齊光"。翰注"多盛貌"。又《長門賦》"望中庭之藹藹兮，若季秋之霜降"，李善注"藹藹月光微闇之貌"，此則晻藹一語之分化，《楚辭》無此義也。

易

《離騷》"時繽紛其變易兮"。《楚辭》用易字十二見，約分四義，皆與本義無涉。按《説文》訓易爲"蜥易蝘蜓守宫也"。即今俗所謂壁虎，字亦作蝪。《詩·正月》"胡羽虺蝪"。古今爲之説者至多，無所事於繁辯（參文末），然從易之字則多有變易、移易、貿易、容易等義，如𩑷、移易實即易字作動詞用之專字也。傷解也下。及賜、賜、暘、禓、鬄、惕驚易本字。皆得自變易、移易而引申之。則古書以易訓變易者當爲本義。以字形論，從曰從勿，勿者旌旗之斿也。古者以旌旗計日，詳余《釋中》一文。日影之移易變易，皆自斿影投射而知之，則易義乃主於變也。

（一）《楚辭》所用十餘次，以變易爲主。《離騷》之"時變易"，《天問》之"湯謀易旅"、"易之以百兩"，《涉江》之"陰陽易位"，《懷沙》之"易初本迪"，《思美人》之"愧易初而屈志"，《九辯》五之"變古易俗"皆是也。

（二）必以《説文》定之，則有傷字，訓交傷。交傷即移遞爾。故引申爲貿易。貿易見《易》、《詩》、《書》等。《楚辭》惟《九思·傷時》有"百貿易兮傅賣"，指百里奚自賣於秦一事而言。

（三）凡可變可移者，則必不難，故後世以容易解之。《七諫·沈江》"孤聖特而易傷"。王注"言雖有聖明之智，孤特無助易傷害也"。

（四）凡輕易者終至於滑易不堅實。《大招》云"易中利心，以動作只"，以易與利對舉，易亦利也。王逸以用志滑易心意和利釋易中是也。

（五）易讀爲錫。《天問》"易之以百兩，卒無禄"，王逸言"以金百兩易之"非也。易讀爲錫。金文錫字多作易。

（附按）易字本義，《説文》以爲蜥蝪字"守宫也。象形"云云。形不可象。余昔疑爲周人崇拜爬蟲類以爲族徵之象，故其書曰《周易》於形亦無所據（余初以爲當作多象守宫，大頭瞿目）。就其社會功能定之，則此字以移易、變易、輕易、貿易、易冶也，諸義爲歸，當以變易爲根，其他皆引申義。則謂從曰從勿，勿者旌旗之斿，以隨日之移而易者。旝義亦可通，故兩存之。余別有《釋易》一文載《文字樸識》。論易有三義，用《周易》鄭注説，爲之申述，以明漢字得義之一道。可參。

翼

即翳之聲借字。蔽也。《離騷》"鳳皇翼其承旂兮"。王逸注"翼敬也"。五臣翼作紛。仁甫云"按翼當作翳，上文'百神翳其備降兮，九疑繽其竝迎'，翳，洪補、朱注皆音於計反，與繽互文。王注翳蔽也，與繽紛義同。故五臣作紛。王注訓敬，則翳誤爲翼矣"。按徐説較舊釋爲允。惟王注云"鳳皇來隨我車，敬承旂旗"云云。洪補稍爲修正，曰"古者旌旗皆載於車上，故逸以承旂爲來隨我車。《遠遊》云'俊鳥夾轂而扶輪'。是也"。詳王洪諸説，皆以鳳皇爲隨駕之靈鳥，非也。"鸞皇先戒"、"鳳鳥飛騰"，固《騷》中恒見之意，惟此處自"駕飛龍"、"雜瑤象"、"揚雲霓"、"鳴玉鸞"，皆指車乘之盛飾而言。而此處兩句承旂翔翔，則鳳皇蓋指旂上之飾，不更別有隨駕之鳳皇也。諸家之誤，總緣未解翼旂二字，在此句中之重義。此言旂上之鳳飾，狀極嚴密而翳蔽之也，承者受也奉也自下受上也。旂者，《周禮》"交龍爲旂"。（詳旂字條）蓋交龍之旂（即上文揚雲霓之晻靄霓旌），以鳳旂爲飾，有如承受。旂以鳳飾，當其翔翔之時，此鳳飾之旂，翳蔽車乘，翼翼然而和也，如舊解則兩句皆不甚暢，別參翼翼條。

貽

《天問》"玄鳥致貽女何喜"。王逸注云"玄鳥燕也。貽遺也。言簡狄侍帝嚳於臺上，有飛燕墮遺其卵，喜而吞之，因生契也"。"貽一作詒"。洪興祖《補注》云"《詩》云'天命玄鳥，降而生商'"。按事見《商頌》。今《説文》見《新附》云"貽遺也。從貝、台聲，經典通用詒"。按《爾雅·釋言》"貽遺"，《五子之歌》"貽厥孫謀"，《詩·邶風》"貽我彤管"，則古籍本有此字，詒者贈言，貽者贈物，雖同爲遺贈，而言與物殊，此轉注字耳。

詒

《離騷》"相下女之可詒"。王逸注"詒遺也"。"詒一作貽"。洪興祖《補注》曰"詒音怡，通作貽"。按《説文》"詒相欺詒也。一曰遺也"。《爾雅》"貽遺也"，即遺借字。又《新附》"貽贈遺也，經典通用詒"。《離騷》"鳳皇既受詒兮"。王逸注"詒一作詔"。五臣云"詒遺也。言我得賢人如鳳皇者，受遺玉帛，將行就聘"。此即《九章・思美人》之"遺玄鳥而致詒"之義也。言遇玄鳥而致其遺贈爾。《惜誦》"固煩言不可結詒兮"。王逸注"詒遺也。《詩》曰'詒我德音'也"。洪興祖《補注》"詒音怡，贈言也"。朱熹注云"詒音怡，曰言不可結而詒。疑古者以言寄意於人，必以物結而致之"。按朱説極礭不可易，此言煩亂之言不可固結遺贈也。洪以贈言釋之，亦未安。字或作貽，後起分別文。以其爲贈遺，故從貝也。別詳《思美人》云"言不可結而詒"，言不以詒贈而結也。

俞

《七諫》"新人近而俞好"。王逸注"言舊故忠臣，日以疏遠讒諛新人，日近而見親也"。"俞一作愈，一云新人愈近而日好"。洪補曰"俞與愈同"。按此字《楚辭》僅一見，洪補以爲同愈者，考《説文》"俞空中木爲舟也，從舟從亼從巜（會意），巜水也"。此許説字形。初民以大木挖空其中以爲舟，即所謂獨木舟也。此於古社會有其事，惟俞字古籍未見此義者，《吳語》"越聞俞章"，《越語》"辭俞卑，禮俞尊"，即與此俞好義同。則亦楚之方言也。《廣雅・釋詁》一"俞益也"，此俞好亦當訓爲益好。一本作愈，洪以愈釋之。愈即愉一形之移置，竝無益義。愈之訓益，《詩·小明》"政事愈蹙"，即政事益蹙矣。此愈亦逾之借也。
逾字訓迭進，即益之義。北土諸子多用之，則楚人用俞，北土用愈者，
皆逾之借耳。參愉字條。

逾

《七諫》"叔齊久而逾明"。王逸注"叔齊，伯夷弟也。言己獨行廉
潔，不容於世，雖飢餓而死，幸若叔齊久而有榮名也"。逾一作愈。按
《説文》"逾迭進也"。《淮南·原道訓》"火逾然而逍逾呕"，皆即後世
所謂愈字之義。愈者"益也"。愈即愉之一形移置。訓爲益者，蓋聲借
字爾。今一本作愈，皆漢人以世所通行字易之也。

抑

抑字《楚辭》十二見，大體可分爲三義。

（一）按抑之也。此義爲最多。《離騷》"屈心而抑志兮"，又"抑
志而弭節"，《九章·懷沙》"抑心而自强"，《遠遊》"聊，抑志而自
弭"，皆是也。諸抑字，王逸皆訓按，其説可通（抑志別詳）。按抑字
《説文》作归，"按也。從反印。㧕，俗從手"。以手壓按人也。按人曰
抑，與按女曰妥同義，隸變作抑者，整齊劃一，以便於書也。《禮記·
内則》"而敬抑搔之"。注"按也"。引申則爲貶敗。《國語·楚語》"而
爲聳善而抑惡焉"。注"貶也"。

（二）沈也。抑沈爲屈宋恒語，抑亦沈也。《天問》"比干何罪而抑
沈之"。《惜誦》"情沈抑而不達"。又《懷沙》"冤曲而自抑"，即"冤
曲而自沈"之義。自沈本屈子文中經常表現絶望時之一種自了方法，則
以冤曲而欲自沈者，正其義也。則此沈字，直作沈江解矣。因之，則
《天問》之"何感天抑墜"（即地字）之抑，亦作此解，方能周備，其實
此義亦按抑引申爾。

（三）止也。《招魂》“抑鶩若通兮引車右還”。王注“抑止也。言抑止馳鶩者，順通共獲，引車右轉，以遮獸也”云云。按此言遏止馳騁之猛勇，故曰若通，故能引車右還也（右還參《國殤》）。王訓抑爲止，謂使之止也，即《荀子·成相篇》“禹有功，抑下鴻”。楊注“遏也”。《孟子·滕文公》“昔者禹抑洪水”。趙岐注“治也”。治即遏止之義。楊注就其施功之結論言之，趙注就其總則定之。其實當以楊説爲切實。又考遏也、止也，亦即按義之引申爾。

揚

揚字《楚辭》二十八見，皆一義之引申，其本義當爲舉揚。而《楚辭》家言舉旗與水波舟楫多用此字，則顯有一種傾向，此固文學語言之表現於各家各派之現象也。其主要言旂旗之飛揚者，如《離騷》之“皇剡剡兮揚靈”、“揚雲霓之晻藹兮”，《九懷》之“揚氛氣兮爲旌”，《九思》“揚華光兮爲旌”等皆是。其指水之揚波，或在水中活動之舟，用之亦多。如《湘君》之“橫大江兮揚靈”。又“揚靈兮未及”，靈即舲字。《九章·哀郢》之“楫齊揚以容與”，《漁父》之“何不淈其泥而揚其波”，《九思》之“揚流兮洋洋”，《九歎·逢紛》之“揚流波之潢潢”，又“揄揚滌盪漂流隕往”，以及《少司命》之“揚波”，《九歎》之“揚汏”皆是。其他用揚字者，則與水波、旂旗無關，而意象則仍以飛動高舉，有如旗之高舉，水之飛動相類，可謂爲此二義之引申。如《九歌》之“揚枹”，《九章·思美人》之“揚厥憑”及“外揚”，《七諫》“揚情”、“沈抑而不揚”，《九歎》之“思不揚”、“揚精華”、“揚意”，《九思》之“揚塵”，《天問》之“揚聲”無不有飛揚高舉之意象。考揚字《説文》云“飛舉也。從手，昜聲。𢫦，古文”。“與章切”。按此字當以古文爲準，今作揚者後來形變。惟古文𢾫似亦有説，𢾫所從兩形，昜可能爲日始出光趴趴之趴，從旦，从聲。今謂此即古文之暘字，《説文》訓爲“日出也”，與日始出同義。暘字見《虞書·堯典》“暘谷”。《廣韻》“與章切”。然暘實爲後起字作爲東方日出之地之名，其原始形態當即所從之偏旁昜字。《説文》訓“昜”爲“開也”，一曰“飛揚”，當爲始義。開者謂日始出，如天之開也。飛揚者，謂從勿勿者旂旗之斿也。小篆作㫃，訓“旌旗之㫃”。又曰古文㫃字，象形即“象旌旗之斿”云云。是其徵也。昜字亦讀與章切，則昜、暘、揚皆一聲一義之變，而字形復相出入，蓋古一字之分化也。小篆揚下所録之古文，又形變之異者，是揚本旂旗之象，旂旗形容飛揚，故後世以爲飛揚字也。就其語根論之，則與抑爲對之詞。古對舉字，多由一聲之衍。抑揚者，低昂，俛卬，偃仰，頡頏乃至陰陽等意象極相似，凡消極義多用細音，如仰、低、偃、頡、陰皆是；積極義則多爲陽唐大音，卬、昂、仰、頏、陽及揚是也。餘參上舉諸條，自能明之。水波之激揚（《詩・揚之水》毛傳“揚激揚”）有似旗斿之飛揚，故引申爲波蕩，或僅用其舉義者，“明明揚側陋”也，更引之則爲稱説，劇數之不能終其物。

卬

《九辯》“卬明月而太息兮”。王逸注“告上昊旻，愬神靈也。卬一作仰”。洪補云“卬望也。音仰”。朱熹注“卬音仰，一作仰”。《説文》“卬望，欲有所庶及也。從匕從卩。詩曰‘高山卬止’”。按此古文原始仰字，漢以來繹寫《楚辭》者，未盡隸定之遺，故一本作仰也。從匕者，凡甲文金文古籀中𠤎字，篆體多寫作匕，其實皆亻（人）形之變也。又甲文金文之㔾，篆體或以爲卩（節之初文），亦非也。此像人跪形，卬者像一人跪於一人之前，跪者所以冀望迫切之象，蓋實體像形，而以表意者也。自篆誤作𠨍而形義晦，後人遂又衍爲仰字以承之。此如然、冒、梁等又增偏旁火、巾、木之例也。合參仰字。後起分別，尚有仰昂等字，參仰低昂諸條。

仰

　　《楚辭》八見，皆作揚舉一義解，無他義。《九辯》四"仰浮雲而永歎"。《招魂》"仰觀刻桷"。《九思·逢尤》"仰長歎兮氣餬結"。又《悼亂》"仰天兮增歎"。又《哀歲》"俛念兮子胥，仰憐兮比干"。按《説文》"舉也，從人，從卬"。"魚兩切"。今謂仰，即卬之後起分別文。卬者，《説文》"望欲有所庶及也。從匕從卩。《詩》曰'高山卬止'"。"伍岡切"。依篆例應書作卬，卬者從人（即小篆匕旁，從夕，像人跪形）。此像一跪地之人，仰望大人先生之象（詳卬字下）。細審《楚辭》所用諸仰字義，皆有舉視向上之義，則知許訓仰爲舉者特就其引申擴大之義言之耳。又小篆譯書夕形爲匕，其實今從匕，匕字甲文金文皆從人，而卩之繹寫爲卩者，亦夕字之形變，則卬字既已從人，今又益以人旁，此正小篆與古文之間過渡之實情。此如冃既爲冒，又衍爲帽，然又衍爲燃，梁又衍爲樑之比也。皆後世繁衍字，是所爲俗字行而本字廢者矣。合參卬與低昂揚等條。

迎

　　《説文》"迎逢也"。凡逢迎皆逆而行，故迎亦訓逆。《史記·五帝紀》"迎日推測"。《正義》"迎逆也"。逆則必相向，故引申則相向，亦曰迎。《楚辭》所用無出此矣。《離騷》、《九歌》同有"九疑濱其並迎"之句，《河伯》言"波滔滔兮來迎"，《遠遊》"騰告鸞鳥迎宓妃"皆是也。又《九辯》四"猛犬狺狺而迎吠兮"，此迎字當訓向，即卬之借字。《説文》"望欲有所庶及也"，正合猶犬向卬之狀，又《離騷》"九疑"句，與下"告余以吉故"之故，當韻而不協。張氏《謬言》引或説云"迎疑逞之誤。逞訓遇訓逢有迎義"。余謂非也。迎當爲御，與上文"帥雲霓而來御"一例。御本迓之借字，迓訓迎，字形亦與迎近，傳寫遂作迎。《史記·天官書》"迎角而戰者不勝"。《集解》引徐廣曰"迎一作御",是其證也。後《湘夫人》篇"九疑濱其並迎",與此處語同,迎亦當作御。按此亦卬之借也。古卬、迎、迓、御皆同聲同義。

完

《九章》"願蓀美之可完"。王逸注"想君德化可興復也"。"完一作光"。按當從一本作光,與上文亡字爲韻。光美也。此與上兩句爲一義一貫,不得轉韻。細體文情,自能知之。此完蓋光字之誤。

菀

菀字《楚辭》三見,皆在《九歎》各篇。《九歎·離世》"菀藬蕪與菌若兮"。王逸注"菀積"。洪補云"菀音鬱"。按菀本茈菀草,此訓積者,蘊之借字。《詩·都人士》"我心菀積"。箋"猶結也,積也"。子政蓋用《詩》義。又《九歎·惜賢》"捐林薄而菀死"。王逸亦云"菀積也"。《九歎·憂苦》"菀彼青青泣如頹兮"王逸注"菀盛貌也。《詩》云'有菀者柳'。言己觀彼山澤艸木莫不茂盛青青而生。己獨放棄,身將委枯,故自傷悲,涕泣俱下也"。按菀柳傳云"菀茂本也",此言盛貌,義同。蓋借爲鬱字,此亦用《詩》義也。子政習古文詩宗毛,故説與毛傳合。

係

《惜誓》"使麒麟可得羈而係兮"。王逸注云"麒麟仁智之獸,如使可得羈係而畜之"。按《説文》"係絜束也。從人、從系,系亦聲"。又"系繫也"。《廣雅·釋詁》"系連也"。垂鋭於上而連屬於下,謂之系。係從此,則一字之分化也。《易·遯》"係遯"。虞注"巽繩爲係"。《越語》“係妻孥”。注“繫也”。經傳多以繫爲之，同聲字也。

用

用字《楚辭》三十餘見。除作虛助字或與“以”、“與”、“乎”等字聯系而用外，單用作實字者，凡二十二次，可得四義：

（一）使用也。此爲本義。《説文》“可施行也”。古籍訓此或其引申義者至多，尤以北土爲最。屈宋賦如“又何必用夫行媒”、“武丁用而不疑”，《招魂》之“不能復用巫陽焉”，《九辯》“馭安用夫强策”，而《離騷》“孰非義而可用兮，孰非善而可服”，用與服對舉尤爲明白。漢賦用此義者至多。《哀時命》之“剖剜不用”、“猒猒不用”，《七諫·沈江》之“不見用”、“廢制度而不用兮”、“滅規榘而不用兮”，皆是也。

（二）次則訓用爲以。《九章·涉江》云“忠不必用兮，賢不必以”，以用與“以”對舉。考《詩·小雅》“謀夫孔多，用是不集”，傳“用以也”是其證。故以亦訓用。《周頌》“侯彊侯以”，《左傳》僖二十六年“凡師能左右之曰以”，《易·師卦》“能以衆正”，諸以字皆訓用。《卜居》“用君之心，行君之意”，此用亦作以字解。《九思》亦云“惟是兮用憂言”。惟此以爲憂也。又“才德用兮列施”，言才德因以列施也。

（三）用亦可訓因。《詩·衛風》“何其久也，必有以也”。《毛傳》“以用也”。《左傳》昭十三年“我之不共，魯故之以”。杜注“以魯之故”。用以互訓。《蒼頡篇》“用以也”。則《離騷》“殷宗用而不長”者，謂殷宗因而不長也。同此一例，則《九章·惜誦》云“鮌功用而不就”。亦言鮌功因之而不就耳。

（四）爲也。《惜誓》“來革順志而用國”，此即《荀子·富國》篇“仁人之用國也”之義。楊注“爲也”。爲亦用之引申義爾。又《九懷·株昭》“無用日多”，王逸注“無用之人也”，此則轉成名詞之義，然無用亦古成語爾。

庸

《楚辭》五見。其單用者三。共有兩義。

（一）爲發語詞何也，安也。一爲庸保，即甬之借字。《九章·抽思》“初吾所陳之耿著兮，豈至今其庸亡”。王逸注“論說政治，道明白也；文辭尚在，可求索也”。朱熹注曰“庸何用也”。《管子·大匡》“雖得賢人，庸必能用之乎”之庸，舊注云“庸猶何也。乃語助詞。言吾初所陳治道之光明，豈至今而遂忘也”。亡、忘古今字。《魯語》云“庸何傷”，《晉語》云“吾庸知天之不授晉”，皆同此義。又《哀時命》云“庸詎知其吉凶”。庸詎知一詞最早見於《莊子·齊物論》“庸詎知吾所謂知之，非不知耶”。李注“庸詎猶言何用也”。此“庸詎知其吉凶”，猶言安知其吉凶也（何訓安見何字下）。

上面所陳皆訓庸爲何，皆發聲之詞也。凡此類詞皆無本字本義可言。

（二）庸爲庸保雜作庸人。《九章·懷沙》“固庸態也”。王逸注“庸厮賤之人也，言眾人所謗非傑異之士斯庸夫惡態之人也”。按《淮南·原道訓》“此俗世庸民之所公見”。《齊語》“君之庸臣也”。王以庸夫惡態釋之是也。按《方言》“甬賤稱也。自關而東陳魏宋楚之間，保庸謂之甬”。郭注“甬音勇”。《廣雅·釋詁》“甬保庸也，使也”。庸即甬同音之借，蓋亦南楚之方言也。

剡

《九章》“曾枝剡棘，圓果摶兮”。王逸注“剡利也。棘橘枝刺若棘也。言橘枝重累，又有利棘，以象武也。其實圓摶，又象文也。以喻己有文武，能方圓也”。洪補云“剡音琰。《方言》曰‘凡艸木刺人，江湘之間謂之棘’。注引‘曾枝剡棘’”。按《說文》“剡銳利也。從刀，炎聲”。此當爲本義。王逸注此，即本之許義。餘詳剡剡條下。則剡又楚言也。

寤

《楚辭》十五見，皆一義之引申，細別之可爲二類。

（一）覺寤也。《離騷》"閨中既已邃遠兮，哲王又不寤"。王逸注"寤覺也"。洪興祖《補注》曰"《説文》'寐覺而有信曰寤'。閨中既以邃遠者，言不通羣下之情；哲王又不寤者，言不知忠臣之分"。洪解得文之旨義。至朱熹云"哲王不寤，蓋言上帝不能察司閽壅蔽之罪也"。結合文理自亦可通。然蔽於忠義，遂不免於曲會。又《九章·惜往日》"文君寤而追求"，言晋文公既覺寤而追而求介子，封之介山也。此外如《七諫·沈江》之"荆文寤而徐亡"，《初放》之"竊怨君之不寤"，又"箕子寤而佯狂"，又"離憂患而乃寤"，又《哀時命》"靈皇其不寤兮"，又《九懷·思忠》"寤辟摽兮永思"，《九思·逢尤》"目眓眓兮寤終朝"，此等句義皆有如夢初覺之象，而非一般之心中了悟也。

（二）《説文》"寐覺而有信曰寤。從寢省，吾聲。一曰晝見而夜寢也"。《左傳》昭三十三年"魯季寤字子言"，是其證也。然亦有專指心理狀態，形容心中之了悟者。如《九歌》"惟極浦兮寤懷"。王逸注"寤覺也懷思也。言己復徐，惟念河之極浦，江之遠碕則中心覺寤而復愁思也"。洪補云"惟思也。極浦所謂望涔陽兮極浦是也"。《悲回風》"寤從容以周流兮"。王逸注"覺立徙倚而行步也"。又《七諫·沈江》"不開寤而難道兮"。上三則之寤字，細體文情，蓋非由夢而覺，乃心理開朗而寤。此等寤字當爲悟字之借。《説文》悟亦訓覺，乃心解之義。朱駿聲引《素問·八正神明論》慧然悟説之，至爲允當。蓋從吾之字，多有由暗而明之意象（《説文》"晤明也"是其徵）。而寤之爲覺，則自夢寐中醒來，非理智之推斷，故與悟別也。惟古籍有假爲悟者，如《東京賦》"盍品覽東京之事以自寤乎"，《淮南·要略》"欲一言而寤"，皆是也。

忽

忽字《楚辭》四十餘見。除複合詞如"淹忽"、"儵忽"、"忽怳"、"忽荒"、"忽飄"及疊字忽忽外，其單用者凡三十次，其含義似較複雜，可分三義以明之。

（一）疾急也。用此義最多。如《離騷》"日月忽其不淹兮"，言日月疾行而不稍留也。"忽奔走以先後兮"，言疾奔走於先與後也。"忽馳騖以追逐"，疾馳騖也。《遠遊》"春秋忽其不掩兮"與"日月忽不掩"同意。《哀郢》云"忽翱翔之焉薄"（《九辯》亦有此句）。《九思·傷時》之"忽飆騰兮浮雲"皆是。按《説文》訓忽爲忘也。忘無疾急義，此借忽爲飆也。《廣雅·釋詁》一"忽疾也"，《左傳》莊十一年"其亡也忽焉"皆是。《説文》訓飆爲疾風，則爲專字，忽如後世所謂倏忽，速也。倏忽則爲聯綿字，忽字之長言也。字或作儵忽。參儵忽條下。《離騷》"忽反顧以游目兮"，王逸注"疾貌"是也。

（二）則訓爲忽似有如《高唐賦》所謂悠悠忽忽之忽，猶今人言迷惘也，不爽也。如《離騷》"忽反顧以游目兮"（《九懷·株昭》有此一句），"忽反顧以流涕兮"、"忽緯繣其難遷"、"忽吾行此流沙"、"忽臨睨夫舊鄉"（《遠遊》同有此一句），《九章·惜誦》"忽忘身之賤貧"、"忽謂之過言"，《哀郢》"忽若不信兮"，《悲回風》之"忽傾寤以嬋媛"，《遠遊》之"忽乎吾將行"，《九歌》之"忽獨與余兮目成"。漢人如《哀時命》之"忽爛漫"。此等忽字其義像有近於仿佛、恍忽、怳忽諸義，與《尚書大傳》"禦視於忽似之言"相近，皆以寫神情狀態之不寧静，突然如有所被動者，如古人所謂無心而應之貌。其本字當爲鬅，或佛之借。《説文》訓佛爲見不審，雙聲之變，則爲仿佛。詳仿佛條下。又鬅字訓爲若似也。然上列諸例細繹之，則其聲借字爲佛、鬅，而《説文》別有怫字，訓鬱也。鬱怫心之不安之象。則又心象之專字。

（三）則冥冥漠漠之象。《九歌·國殤》曰"平原忽兮路修遠"，

《懷沙》“修路幽蔽道遠忽兮”，《遠遊》之“忽神奔而鬼怪”，漢人東方朔《七諫·自悲》之“忽容容”，王褒《九懷·陶壅》之“霾土忽兮塺塺”等皆是。此忽字當爲㫚，若眒之借。《説文》“㫚尚冥也”。又“眒目冥遠視也”。《離騷》諸忽字往往又作㫚，疑原本如是後人以通行字忽易之也。又冥冥漠漠義，似得與忽佖之義相通。其實則忽佖大體心理狀態言，故得有專字。佛佛指内在之蘊蓄言也，而冥漠則指表象之外形言，嚴格區分，固不得相亂也。又忽字北土諸家雖亦用之，而無南土之廣泛，且用義最狹隘，南土則《莊子》、《老子》、《淮南子》亦多用之，而義復廣博。故余以爲此南土所發展之方域性文學語言也。

瘀

《九辯》“薊櫺慘之可哀兮，形銷鑠而瘀傷”。王逸注“身體燋枯，被病久也”。五臣云“瘀病皆喻己離愁苦”。洪補云“瘀於去切，血瘀也”。朱熹《集注》云“瘀於去反，瘀血、敗也”。按《説文》“瘀積血也”。《廣雅·釋詁》一“瘀病也”。《急就篇》“癉瘚瘀痛瘶溫病”。顏注“瘀積血之病也”。

液

《九思·疾世》“吮玉液兮止渴”。王逸注“玉液瓊藥之精氣，渴啜玉精”。“渴《釋文》作潵”。按《説文》“液盡也”。《一切經音義》引《説文》“瀟潤也”。《莊子·人間世》“以爲門户則液樠”。注“津液也”。

溘

按溘字屈宋賦五見，其義皆同“忽然也”。兹依次釋之。《離騷》

"寧溘死以流亡兮"。王逸注"溘猶奄也"。洪補曰"溘奄忽也。渴合切"。《離騷》"溘埃風余上征"。洪補云"《遠遊》云'掩浮雲而上征'。故逸云溘猶掩也。按溘奄忽也。渴合切。言忽然風起，而余上征，猶所謂忽乎吾將行耳"。《離騷》"溘吾游此春宮兮"。王逸注"意欲淹没隨水去也"。"溘奄也"。《惜往日》"寧溘死而流亡兮"。《九辯》"恐溘死不得見乎陽春"。王逸注"懼命奄忽不踰年也"。按王溘字皆作忽字解。洪解"溘埃風"句，申淹義，並引"忽乎吾將行"以佐之，説最剴切，當從之。又按《悲回風》"寧溘死"一本作"寧逝死"，逝有速義。《論語・陽貨》篇"日月逝矣"，皇侃《疏》"逝速也"。速亦即忽之義，故以忽訓溘，蓋達詁也。又"溘埃風"句《文選・吳都賦》注、謝玄暉《在郡臥病詩》注、江文通《擬張黃門詩》注引溘埃風並作溢颿風，《吳都賦》注作"兮上征"，謝詩注作"而上征"。惟《思玄賦》注同此。

燠

《天問》"投之冰上，鳥何燠之"。王逸注"燠温也。言姜嫄以后稷無父而生，棄之冰上。有鳥以翼覆薦温之，以爲神，乃取而養之。《詩》曰'誕寘之寒冰，鳥覆翼之'"。洪補曰"燠音郁，熱也，其字從火"。按《説文》"燠熱在中也"。《禮記・内則》"問衣之寒燠"。《釋文》"暖也"。此言鳥以翼熱之。今西南音轉如癌，俗作㷒。以衣或人身使之熱也。

欷

《九辯》"長太息而增欷"。又"憯悽增欷兮"。王逸注"欷泣歔"。按《説文》"欷歔也"。又云"歔欷也"。二字互訓爲同義詞。故古或複合兩字爲一詞，曰歔欷。似爲複合詞。然此本狀聲之詞，而以單音字書之者，應與聯綿詞同其作用云。故小徐釋歔曰"歔欷者，悲泣氣咽而抽息也"。餘詳歔欷條下。宋玉《風賦》"清涼增欷",張衡《南都賦》"坐者悽欷",皆此義也。從欠之字或從口,多爲一字之變,故欷又通作唏。《史記·諸侯年表》"紂爲象箸而箕子唏"。《索隱》"即歔欷之欷"。《方言》"喧唏坦痛也。凡哀而不泣曰唏。於方則楚言哀曰唏"。則唏欷與歔欷固楚方言也。《說文》亦曰"哀痛不泣曰唏"。噓字亦見《說文》訓"吹也"。《莊子·天運》"孰噓吸是"。又《徐無鬼》"仰天而噓"。義亦同。

興

《楚辭》五見,而皆一義之引申。《說文》"興起也"。《詩·大明》"維予候興"。傳"起也"。《考工記·弓人》"末應將興"。注"猶動也"。"發起"。《論語》"則禮樂不興"。皇疏"興行也"。《離騷》"各興心而嫉妒"。王逸注"興生也"。《天問》"何以興之"。《九歎·離世》"惜皇興之不興"。注"盛也"。《九思》"呂傅舉兮殷周興",言呂望傅說舉於野於是而殷周因以興起也。皆通詁,別無他蘊。

獲

獲字《楚辭》三用,字又作穫,穫者刈穀也。刈穀則有所得,故訓爲得,又獲獵所得也,是穫獲乃轉注字。《九章·抽思》"孰不實,而有穫",此以穀實喻得,當作穫。又《九懷·陶壅》"幸咎繇兮獲謀",王逸注"冀遇虞舜與議道也"。此獲亦訓得。《九歎·怨思》云"躬獲愆而結難",言得罪而受難也。然獲有作辱字解者,王念孫《讀書雜志》卷三之五曰"不獲世之滋垢,皭然泥而不滓者也。念孫按,獲者辱也,言不爲滋垢所辱也。鄭注《士昏禮》曰'以白造緇曰辱'是也。下句泥而不滓,即承不獲言之。《廣雅》曰'獲辱也'。又曰'濩辱污也'。濩亦獲也,古聲義同耳"。

泄

《惜往日》"心純厖而不泄兮"。朱熹注"泄漏也"。《説文》"泄水也",非此句之義。《詩·民勞》"俾民憂泄"。箋"猶出也。發也"。《方言》"戲泄歇也。楚謂之戲泄淹忽也。楚揚謂之泄",即朱熹所謂漏,漏者,唐以後通語。

旋

《楚辭》旋字四見,皆作旋還之義,或其引申義。《招魂》"旋入雷淵,靡散而不可止些"。王注"旋轉也。言欲涉流沙,少止則回入雷公之室,轉還而行,身雖靡碎,尚不得休息也"。按王解至曲,旋入雷淵,即旋轉而墜入雷淵之中也。考《廣韻》有淀字,訓回泉也,字或作漩,洄也,乃後起專字,作旋乃其引申義爾。雷淵即淀回之淵。王以爲雷公之室,至陋。詳雷下。

回

《離騷》"回朕車以復路兮,及行迷之未遠"。王逸注"回旋也。言乃旋我之車,以反故道及己迷誤,欲去之路尚未甚遠也,同姓無相去之義,故屈原遵道行義欲還歸也"。按王説文旨大得微意,無可議者。回字在全部《楚辭》中約廿六用,其義不甚單簡,故當詳之。按回字,除回水一詞爲專名外,其餘皆爲一義之衍變。《説文》"回轉也"。按小徐云邪也,曲也,當爲後來義,從口,中像回轉形。徐鍇曰"渾天之氣,天地相承,天周地外,陰陽五行,回轉其中也"。按叔重説形可商,而徐説益遠,於情實皆可商。按回字當爲銅器中大量回紋之初,象形當作 ⊡,固可以附會爲天象,亦可指爲水象,物象,乃至事物之象徵。古匋花紋亦常見▢，或衍爲▢，即許所録之古文▢也。銅器中以▢▢▢最爲常見，是古初以回形象徵圍繞回旋之義。▢象其初義蓋爲象事字，至小篆劃一形體後，乃作雙口相含之形，而遂以從口釋之，口本字亦爲象徵圍繞之物言，而甲文金文皆以爲方國。《商子・弱民》所謂"民弱口强，口强民弱，有道之口務在弱民"，是其徵矣。後世加聲符，則爲國。國金文或作域，從土與從口同義也。是口古當讀國，惟韋字從之，甲文韋作▢，像人繞國而守之之形，音與圍同。圍又後起專字。韋者保衛方國之義，即今衛字也。是口亦得有圍音，圍回固一音矣。故許氏又以口回也，象回轉之形也，兩字遂混爲一字，而回字從口遂得正式成立，其實非也。然其大義本得相引，古書言回字約有數義。《詩・大雅》"昭回于天"，《毛傳》"昭明回旋也"。又《詩》"求福不回"、"徐方不回"，《毛傳》"回猶違也。言不違命"。《詩・小雅》"淑人君子，其德不回"，即《說文》邪曲之義。《荀子・致士》"水深則回"。注"流旋也"。曰邪曲、曰違，皆由回旋、回環之引申也，其用旋義者，如《離騷》"回朕車以復路兮"、《涉江》之"淹回水而疑滯"、《悲回風》之"悲回風之搖落"、《九歌》之"乘回風兮載雲旗"、《七諫》之"乘回風而遠逝"、《惜誓》之"托回飆乎尚羊"，餘如《九歌》"回朕車"、《九思》"回猲"皆是。其有違義者，如《九歎》"回湘沅而遠遷"，《九思》"參辰回兮顛倒"，其言邪者，則《九歎》有"回邪辟而不能入"之句，外此，則有起回、回畔、回極、回翔諸語，宜各爲之説。參各條可也。

循

按循字《楚辭》三見皆一義之引申。《說文》"循順行也"。《離騷》"循繩墨而不頗"。五臣云"循一作脩"。洪補云"《思玄賦》注引《楚辭》'遵繩墨而不頗'。遵亦循也。作脩非是"。按循脩形近而誤也。循繩墨即順繩墨而行也，同義則《九辯》五"欲循道而平驅兮"。循道平驅即《離騷》之循繩墨矣。又《惜誓》"循四極而回周兮"。此循字義當爲巡，即《禮記·月令》之"循行國邑"之義，與順行義小別，爲本義之引申，或巡之借字亦通。別詳逡巡條下。

杭

杭字四見，分三義。

（一）爲運行，即方舟之本義也。

（二）爲沆之借字即范沆之短言。其作渡義者。古書作航，方舟也。《詩》"一葦杭之"作杭者，漢以後隸變也。《九歎·離世》"櫂舟杭以橫濿兮"。王逸注"濿渡也。由帶以上爲濿"。"杭一作航"。《九思》"躇飛杭兮越海"。櫂舟杭與飛杭兩義。舟杭爲名詞，飛杭爲動詞；作動字者活用也，字又作航，則爲漢以後俗體。

（三）莽沆也。按《九章·惜誦》云"魂中道而無杭"。王注"杭度也"。洪補引許慎曰"方兩小船竝與共濟爲航"。依本義文義説之其説可通。然通上下文言之，恐非是。且屈宋賦中無用杭字者，《九歌》與江河相涉，如言渡，又曰駕、曰橫、曰揚、曰騁騖、曰濟、曰逝、曰游、曰乘，其繁如此，而無一語用杭字，明屈宋不言杭也。則《九章》此字至可疑。此其一也。又上言"昔余夢之登天兮"，以杭行狀登天，屈子雲遊者多矣，所用亦不出駕乘、馳騁、遊等字，獨此言杭，已可疑，且文言使屬神占之，若僅於無可渡之舟楫，此直陳事狀之言，既不足以表其悶瞀怓怓之中情，亦不必即求屬神占之。余疑此無杭二字乃茫沆之誤，蓋無與亡古多相混，杭則沆之譌也。《淮南·俶真訓》"茫茫沆沆"。高誘注"盛貌"。茫沆即《説文》沆字訓"莽沆大水也"之莽沆。莽沆爲疊韻聯綿詞，其義多由一聲之變衍。則凡大則無當於事理。故聲與義交變則曰方皇、曰仿偟、彷徨。《招魂》"彷徨無所依，魂中道而無杭"，即此彷徨无所依也。既與上文中悶瞀合節，又與下文使屬神占之合拍，寫情景極爲酣透細膩，若作杭則韻味索然矣。舊注皆誤，故不惜詞費而爲之辯。合參制度部。

運

《楚辭》運字四見，大體皆一義之引申。《説文》"運迻徙也"，《易·繫辭》"日月運行"，《廣雅·釋詁》四"運轉也"，皆其義。《九章·哀郢》"將運舟而下浮兮，上洞庭而下江"。王注"運回也"。回即《九歌》諸文之遭回，舟行水中，固遭回周旋也。《九歎》"腸一夕而九運"，言腸一夕而九轉，腸九轉爲漢以後通語。《九思》"攝提兮運低"。《章句》"攝提運下夜分之侯"。考《方言》"日運爲躔，月運爲逡"。注"猶行也"。考日月之行專名曰運。《易·繫辭》所謂"日月運行"是也。叔師正用此習語。

還

還字《楚辭》十一見，皆一義之引申也。

（一）《説文》"還復也。從辵，睘聲"。《爾雅·釋言》"還返也"。《詩·何人斯》"還而不入"。箋"行反也"。《九章·悲回風》"孤子唫而抆淚兮，放子出而不還"，王注"遠離父母，無依歸也"，此言不得返其故居與父母同在，故曰放子也。

（二）轉旋也。《招魂》"抑鶩若通兮，引車右還"。王逸注"還轉也。言抑止馳鶩者順通共獲引車右轉以遮獸也。還一作旋"。洪興祖《補注》"還音旋"。此言引車右轉也。《檀弓》"右還其封"。此即《左傳》宣十二年所謂少進馬還之義，後世又別有專字，即旋也。此由回復引申用之，或即旋之借。

杼

杼字二見。《九章》"發憤以杼情"。及《哀時命》"杼中情而屬詩"。王逸注"杼渫也。言己身雖疲病，猶發憤懣渫己情思，以風諫君也"。洪補云"杼渫水槽也。音署。杜預云'申杼舊意'。然《文選》云'杼情素'。又曰'抒下情而通諷諭'。其字竝從手。上與、丈吕二切"。朱熹云"抒從手，上與、丈吕二反。一作紓，亦通。憤懣也"。按以文理定之，杼情當從一本作抒爲是。從木從手字，六朝以來寫經大體作"才"，似今才字。故得相誤也。杼者，《說文》"機之恃緯者，從木予聲。直吕切"。古籍訓杼或言牆（見《書大傳》諸侯疏杼注）。或言杼謂削薄其踐地（見《考工記·輪人》注）。或訓殺（見《禮記·禮器》注）。與中情決無關係，則杼顯爲抒之誤。《九章》以憤發與抒情對舉，發憤即發其悼惜稱誦之憤，抒情謂申抒其下情以通諷諫之義。《哀時命》"抒中情而屬詩"，即襲《九章》之義者也，其義亦同。考《說文·平部》"抒挹也。從手予聲，神與切"。按《蒼頡篇》"抒取也，除也"，即抒情之義。則《楚辭》原本當從一本作抒無疑。惟抒其情者，猶言申舒其情也。《說文·糸部》紓字訓緩也。則抒情本字或當作紓矣。又考從予之字，本有寬和擴大之義，抒、紓、舒等字是也。後世言寬舒，則用舒字。參舒字下。

余又疑《楚辭》抒情一詞之抒，乃舒字之形誤。《楚辭》言"舒情"、"舒中情"者八九見，《遠遊》言"舒情"、"舒中情"三見外，且言舒憂心矣。參舒字下。

舒

《楚辭》單用舒字者，十八見。見於屈宋文中者七，見於漢人賦者十一，約分四義。

（一）申展也。此義多見於漢賦。如《七諫》之"遭周文而舒志"，《哀時命》之"願舒志而抽馮兮"，《九思·蓄英》之"舒芳兮振條"（舒與振對舉），《九懷·陶壅》之"浮溺水兮舒光"（王注揚精華也），皆是申展之義，此爲舒字之本義（見後）。依文理細繹之則屈宋及漢人賦中所有舒情一義之舒，亦即伸展一義之引申，視上下文義而稍有强弱之畔而已。如《九章·哀郢》云“聊以舒吾憂心”，《懷沙》云“舒憂娛哀”（舒與娛對舉，舒憂，即《左傳》成十六年“可以紓憂”及《左傳》莊三十年“以紓楚國之難”之紓。《説文》訓“緩”，緩者亦伸展之義。凡伸展則寬和，故舒憂即寬緩其憂之義），《惜往日》之“專舒情而抽信兮”（舒與抽對舉），《思美人》“申旦以舒中情”。屈宋以舒字爲心理狀態之寫實，而無例外，此可謂爲意識形態之專用術語，他文或以抒（誤爲杅）爲之，舒情遂成習用之語矣。故漢人亦多此法，如《九歎·逢紛》之“曷其不舒予情”，《怨思》之“乘騏騁驥舒吾情兮”，《惜賢》之“冤結未舒，長隱岔兮”，《思古》之“馬舒情兮”，《憂苦》之“願假簧以舒憂”，《遠遊》之“舒情陳詩，冀以自免兮”，皆是。不論所言者爲情爲志爲憂，皆以寬和自解，發之自屈原，而爲楚人習語。文學語言之創造此其徵也。

（二）緩也。《九懷·通路》云“舒佩兮綝纚”。王逸注“緩帶徐步，五玉鳴也”。以緩徐釋舒緩者伸展之引申義。徐與舒古蓋一語之變，其義同也。佩言舒者，人舒之，其實亦寫精神狀態之義，有舒緩之心情，而後能爲緩佩帶之事。

（三）縱也。《遠遊》“舒立節以馳騖兮”。王逸注“縱舍轡銜而長驅也”。按此句中就馳騖立言以解舒義曰縱曰舍，舍亦舒也。縱則伸展之引申，伸展之極則縱矣。此亦由心理而見之行事者也。

（四）安也，和也。《大招》“安以舒只”。王逸注“言美女鮮好，可以安意舒緩憂思也”。按就詞面言，安舒連舉，舒亦安也。凡伸舒則不逼仄，不逼仄則安適。故舒之爲安亦伸展之引申。而王注必言舒緩憂思者，求其因而詁其終也。則亦就心理狀態立言。

考舒字《説文》“舒伸也。從舍，從予。予亦聲。一曰舒緩也”。今謂舒即予之分別文。予者推予也。像相予之形。小篆作𠄌，此像從下推與之象。凡相予者，有推與之施行爲與，接受之行爲推予，即俗所謂“伸手”，故得訓爲伸；而有予有受者，則曰與、曰受、曰爰。故予、與、受、爰其義相同，其字亦相似。與之甲文作⺊⺊，像以盤與人，而人受之。爰者，甲金作⺈，像以瑗（即爰後起分別文）相受授。予之小篆作⻏者，與爰同義，而下引以舒者，指受者推予之也；又加舍旁者，聲符爾。故兩字義殊無別。從予之字多有伸舒寬和者，皆以事類爲別之轉注字也。參予字條下。

舒或誤爲舍。《懷沙》“舒憂娛哀”。《史記》作舍，蓋即舍之誤。別參舒憂條下。

緩

緩字《楚辭》三見。《九歌·東皇太一》“疏緩節兮安歌”。王逸注“疏，稀也。使靈巫緩節而舞，徐歌相和”云云。按：“緩節”，言疏其舞步之節，以歌相和。即《史記·樂書》所謂嘽緩慢易之義。《正義》釋同和者是也。《說文》“繛，緩也，從素，卓聲，繛或省”。寬綽謂之緩，和易亦寬綽爾，故亦得以緩言之。《九思·哀歲》“攝衣兮緩帶，操我兮墨陽”。《章句》無説。按：“緩帶”一詞見《穀梁傳》文十八年“三人緩帶”，注“緩帶者，優游之稱也”，《莊子·田子方》“緩佩玦者，事至而斷”，義略同，皆解散其佩帶，使之舒綽。此即用優游之義也。

釋

《楚辭》釋字十六見，皆作一義解。其有引申之義，亦分別詳之。《說文》“釋，解也。從釆；釆，取其分別物也。從睪聲”。《吳語》“乃使行人奚斯釋言於齊”。《吕覽·上德》“太子不肯自釋”，言自解釋之也。《楚辭》用此義者如《九章·惜誦》“紛逢尤以離謗兮，謇不可釋”言乃不可解釋其謗也。又《哀郢》、《抽思》、《悲回風》皆有“思蹇產而不釋”之語，言思艱澀而不能解置之也。《九歎·遠遊》之“蹇騷騷而不釋”同。又《招魂》云“彼皆習之，魂往必釋些”。王逸注“釋解也。言彼十日之處自習其熱，魂行往到身必解爛也"。其義較原義爲擴大矣。此猶《老子》"渙兮若水之得釋"。《吕覽·長見》之 "視釋天下若躧"，《左傳》襄二十八年 "釋盧蒲嫳於北竟"。注或言消亡，或言棄，或言放，視上下文而定詁，以足其義耳。皆一義之引申也。他如《九歎·遠遊》之 "釋思"，《憂苦》之 "難釋"，亦同此義矣。又王逸注或以 "舍也" 訓釋，舍即今捨字，亦棄之耳。《九章·惜誦》"欲釋階而登天兮"。王逸注 "釋，置也，登上也。人欲上天而釋其階，知其無由登也"。按《離騷》"孰求美而釋女"，言有誰人欲求美而反舍女也。又《天問》"釋舟陵行"，言捨其舟而行於陵也。《卜居》"乃釋策而謝"，言舍置其卜用之策而謝也。又《哀時命》亦云 "釋管晏而任臧獲"，言捨棄管晏之賢，而任臧獲之愚也。古籍亦多此義。《晉語》"君其釋申生也"。注 "舍也"。《左傳》襄廿一年 "釋兹在兹"。注 "除也"。《儀禮·鄉射禮》"主人釋服"。注 "説朝服"。其實不論訓置、訓舍、訓捨、訓散、訓消、訓廢，一解字足以概之矣。

繹

《九辯》"有美一人兮，心不繹"。王逸注 "位尊服好，謂懷王也。常念弗解内結藏也"。五臣云 "繹解也。言思君之心常不解也"。洪補云 "繹抽絲也。陳也，理也"。朱熹用五臣説，亦訓繹解也。按洪説繹之本義，抽絲者謂理治其絲，故有理，亦有解義，古從睪之字，多有解理諸義。如擇，選也；釋，潰米也；譯，傳譯也；睪，引給也；澤，光潤也。而釋斁又皆訓解，則解理爲其語根，諸字皆轉注分別文爾。繹者，特理解絲繩之專字爾。

設

設字六見。皆一義之引申。《説文》"設施陳也"。《禮記·月令》

"整設於門外"。注"陳也"。《儀禮·士冠禮》"設纚"。注"施也"。《秦策》"張樂設飲"。注"置也"。《九章·惜誦》"設張辟以娛君",言設爲張辟之術,以使君樂也(詳張辟條)。《招魂》"像設君室",言室內陳設魂像也。又《大招》"昭質既設",言光昭之質既陳。又"五穀六仞,設菰粱只",王逸注"設施也。言楚國土地肥美,堪用種植五穀,其穗長六仞,又有菰粱之飯"。皆陳設之也。又《七諫·哀命》"願無過之設行"。注"謂陳設已行"。"無過之設行"倒言也。猶言設行無過爾。

屑

《九歎》"涕漸漸其若屑"。王逸注"漸漸注流貌也。言己憂愁腸中迴亂,繚繞而轉涕泣交流,若磑屑之下無絕時也"。按字當作屑,今多誤作屑。《説文》"屑動作切之也"。《方言》十二"屑勞也"。其引申義爾。引申爲雜碎衆多之貌。《荀子·儒效》"屑然藏千溢之寶"。楊注"雜碎衆多之貌"。"涕漸漸若屑"。王以"磑屑之下無絕時"詁之是也。

薉

《九歎》"情純潔而罔薉兮"。王逸注"言己受先人美烈,情性純厚,志意潔白身無瑕穢,質姿茂盛,行無過失也"。情純潔,一云外清潔。洪補云"薉與穢同"。按《説文》"蕪也"。《荀子·王霸》篇"塗薉則塞"。《玉篇》云"薉同穢"。按薉穢轉注字。在草爲薉,在禾爲穢。其義一也。別參穢字條下。

涅

《九思》"椒瑛兮涅汙"。涅當作涅,黑土在水中也。《論語》"涅而不緇"。孔注"涅可以染皁"。《廣雅·釋詁》三"涅泥也"。《釋器》

"涅黑也"。此言涅汙義同。

汙

《遠遊》"遭沈濁而汙穢兮"。又《九辯》"或黯點而汙之"。洪音爲烏故切。小篆作汙薆也。薆即今穢字。《遠遊》與穢連文，《九辯》與黯點同句，皆汙薆之義也。

薆

《離騷》"何瓊佩之偃蹇兮，衆薆然而蔽之"。王逸注"言我佩瓊玉，懷美德，偃蹇而盛，衆人薆然而蔽之，傷不得施用也"。洪補曰"薆音愛"。《方言》云"掩翳薆也"。注云"謂薆蔽也"。按《爾雅·釋言》"薆隱也"。注謂"隱蔽"。《説文》無薆字，竹部薆字訓云"蔽不見也"，則薆乃俗字。古凡從愛聲字，多隱蔽一義。僾《説文》"仿彿也"。引《邶風》"僾而不見"。今《詩》作愛。《廣雅》"愛僾也"。《大雅》"愛莫能助"。傳"愛隱也"。《離騷》"時曖曖其將罷兮"。王注"曖曖昏昧"。《廣雅》"曖曃翳薈也"。愛、籆、薆、僾、曖，立字異而意同。

隳

《七諫·沈江》"成功隳而不卒兮"。王注"隳壞也"。又"言子胥爲吳伐楚、破郢，謀行功成，後用讒言，賜劍棄死，故曰死而不葬也"。按《説文》無隳字。隳即陊之俗也。陊《説文》"敗城阜曰陊"。小篆從土，隋聲。《方言》十"陊壞也"。《左傳》定十二年"叔孫州仇帥師墮郈"。注"毁也"。今音分爲二，陊在哿韻，隳讀支韵爾。

極

《楚辭》二十八見。除天極、極浦、八極、六極等複合詞外，其單用者，共得六義。除北斗、北極，省稱爲極一義，爲天文上之術語外，實皆一義之引申。北斗曰極，亦引申也。詳下。《説文》"極棟也。從木，亟聲"。《莊子·則陽》有"夫妻臣妾登極"。司馬注"屋棟也"。《漢書·天文志》"萬載宮極"。注"屋梁也"。按屋棟在屋之正中至高之處，故極有中正之義。《詩·思文》"莫匪爾極"，《毛傳》"極中也"。《書·洪範》"皇建其極"，皇極大中也。《漢書·倪寬傳》"惟天子建中和之極"，注"極正也"；《廣雅·釋詁》"極高也"，皆是其徵。極者高之至，故義又爲至。《詩·崧高》"駿（峻）極於天"。傳"極至也"。《爾雅·釋詁》"極至也"。至其極，則爲止、爲窮、爲正、爲終。《吕覽·制樂》"衆人焉知其極"。注"猶終也"。《詩·鴇羽》"曷其有極"。箋"已也"。《禮記·大學》"君子無所不用其極"。注"盡也"。《吕覽·大樂》"極則復反"。注"窮也"。《詩·南山》"曷又極止"。傳"止也"。就《楚辭》二十八見之極義論之，皆不出上列諸義。兹爲分述如次。

（一）《離騷》"相觀民之計極"。王逸注"極窮也。觀察萬民忠佞之謀，窮其真僞也"。洪補云"極至也。言觀民之策此爲至矣"。按諸説皆可通。朱駿聲讀計極之計爲既，實爲訖，猶終也。謂興亡之究竟。寅按朱説較舊注爲長，計極猶言究極。計究古雙聲。計究《廣雅》皆訓謀。又計本訓會算，會算亦所以推究之也。即下文"義可用善可服"之義。王訓窮，洪訓至，合兩詁而義乃足。《天問》"冥昭瞢闇，誰能極之"。窮究之也。王逸注"言日月晝夜，清濁晦明，誰能極知之"。洪補曰"此言幽明之理，瞢闇難知，誰能窮極其本原乎"。《九歌·雲中君》云"極勞心兮懺懺"。此亦言究極而勞心也。凡計究即至於極，則心勞矣，故曰極勞。又《九章·惜誦》"有志極而無旁"，此言但有究極之心，而無輔助之人。志極者，其心志至勞之謂，亦心勞於究極其志也。又《招魂》"人有所極，同心賦些"，王逸訓極盡者，謂盡其心志，亦究極之義。窮究則可以同心矣。《九章·抽思》"夫何極而不至兮"。按此語在以三王五帝爲像，彭咸爲儀之後，則其所謂極者，正像儀也。此亦言窮極像之義，則亦窮究之義耳。故王以盡、以修善釋之。又《七諫·謬諫》"愁鬱鬱之焉極"，亦言愁結不解，不得窮究也。

以上七例，皆謂究計至於終竟。極字雖以窮義爲本，而別含計會之義，其有但作窮促者，如《九歌·大司命》之"老冉冉兮既極"，言老之至而傷於窮也（一本作終，非也）。《九辯》二"私自憐兮何極"，言私自憐其何以窮極也。《九辯》五云"馮鬱鬱其專極"義同。又《招魂》"目極千里傷春心"，言窮千里之目也。《大招》"極聲變只"，言窮其聲之變化，猶言竟其聲之變化也。《七諫·謬諫》"駕蹇驢而無策兮，又何路之可極"，言路不可窮至也。訓爲至亦可。以上各例雖皆訓窮，而義實分爲兩，一則窮究其極之極，一則如後世云日暮途窮之極。第二義亦得訓爲至。其有非訓至不可者，則《九章·哀郢》"發郢都而去閭兮，荒忽其焉極"，言荒忽不知所至也。《天問》言成湯東巡，而有莘於是而至也。《大招》"諸侯畢極"，言諸侯皆至也。《九辯》"步列星而極明"，言步行列星，而至於天明（王注至明不誤）。《哀時命》"焉能極夫遠道"。言不能至遠道也。又《天問》"洪泉極深，何以寘之"，言洪泉至深，何由而寘之也。以上諸訓極爲至。

（二）《九歌·湘君》"揚靈兮未極"。言揚靈舟未已也。此極作已止解。凡既至其極，則已止也。故亦爲至之引申。凡至高曰極，至下曰至，義相成也。又《九辯》"莽洋洋而無極兮"，言莽洋洋而無止極也。王逸云"周行曠野將何之也"，從作意立言，其實一也。

（三）《九章·抽思》"何回極之浮浮"，王逸注"回邪也，極中也"，義殊允當。洪補云"極至也。言回邪盛行，猶秋風之搖落萬物也"云云。亦未得作意，極此中也，正也，回極，言邪曲其中正也。秋風本幢幪，何以回邪其中正而至浮浮也。此極字作中正解。中正與兩極義相反而相成，故至高、至遠，可以訓爲至中、至正耳。

（四）《惜誦》云"衆駭遽以離心兮，又何以爲此伴也；同極而異路兮，又何以爲此援也"。同極，王逸注"言衆人同欲極志事君，顧忠佞之行，異道而殊趨也"。朱熹《集注》"極至也，與衆人同事一君，而其志不同，則如同欲至於一處，而各行一路"。王朱兩家説，至鈎鎋不可通，皆由釋極字未允。同極者猶今人言同一中心。中心之爲極，亦猶極之可訓爲中爲正也。北斗爲天之中心不動處，故亦曰極矣。同極異路，言同其内容，同其用意，同其中心耳。中心雖同，而路則異矣。故曰"又何以爲此伴（跋扈）也"。又《九懷·匡機》"極運兮不中"。極運言同中心之運轉也。此三極字（回極、同極、極運）義實自中正引出。而王逸以來舊注，皆不能體會此義，故其説乃扞格不通矣。

（五）《楚辭》極字，尚有作北極一詞之省文者。《九懷·通路》"宣遊兮列宿，順極兮彷徉"。王逸以順極爲周繞北辰。又《九歎·遠逝》云"引日月以指極兮"。王逸注"極中也。謂北辰星也。言施行正直，願引日月使照我情，上指北辰，訴告於天"云云。北極之省爲極，亦如北斗之省爲斗爾。然極字用於此者，亦言北斗處天之最高處（從古人設想）。如屋之有極，爲最高處爾。則亦由字義比合而得也。

（六）義同殛。《天問》"妹嬉何肆，湯何所極焉"。王逸注"桀得妹嬉，肆其情意，故湯放之南巢也"。極一作殛。洪補曰"《説文》殛誅也。引《書》殛鯀於羽山。或作瘞，音義同"。按王以放南巢釋極，則當從一本作殛，又别構爲極。古從木與從手往往互譌，則極乃摵、殛之譌爾。此殛字與上文"殛鯀於羽山"之殛，放之於羽山也，非即誅戮之耳。惟"妹嬉何肆"，當讀如"何有於我哉"之何，不也。言不肆情欲於妹嬉，此倒句也。桀肆情於妹嬉，武梁祠畫像桀踞二女是也。餘參《重訂天問校注》。

徑

徑字《楚辭》十五見，皆一義之引申。《説文》"徑步道也。從彳，巠聲"。字亦作逕、作俓。步道與車行大道相對，故引申爲小道，又得引申爲小爲衺。然從巠之字，往往有直義，故徑又有直義。直行直往皆此義爾。《楚辭》所用不外此四義。

（一）訓道路小道者，如《離騷》"夫唯捷徑以窘步"。捷徑亦小道爾。《遠遊》云"歷玄冥以邪徑兮"。邪徑亦曲道、小道，不得直也。《大招》云"接徑千里，出若雲只"。接徑相連接之徑路也。《招魂》"皋蘭被徑"。澤蘭滿徑道也。《九歎》之"徑淫曀"。

（二）引申爲直。凡小道不得寬而曰直者，捷直也。就事言，則小道捷於正道，故曰直也。此就其值言爾。《離騷》"騰朕車使徑待"。使直去而待之也。《九章·抽思》之"厥徑游而未得"，言直去而未得。《七諫·怨世》亦有"徑逝"一詞兩用。此外則《遠遊》、《哀時命》之"徑度"、"徑侍"（與《離騷》之"徑待"同），《九辯》之"徑游"。

（三）往也。凡直徑者，義謂往也。而必曰直徑，義取於捷爾。然亦不必直徑，但用往義而足者。如《九懷·危俊》之"徑岱土兮魏闕"，《招魂》之"川谷徑復"，徑岱土者，往岱土也；徑復猶言往復矣。王逸注"徑過也，復反也"。朱熹云"言所居之舍，繳導川水，經過園庭，回通反復甚疾"。又潔净也。串釋文義，爲最通恰，此徑與徑待之徑略同。詳徑待下。

（四）《遠遊》"凌天地以徑度"。洪興祖《補注》云"徑直也，與俓同"。按《説文》"徑步道也。從彳，巠聲"。徐鍇曰"道不容車，故曰步道"。實則行車馬者大道，不行車馬者人行小路。故《易》"艮爲山爲徑路"。徯徑細小狹路，凡人行之路取其捷直。故徑有直義，即《檀弓》所謂"有直徑而徑行者"也。洪訓徑爲直，蓋取於此。"凌天地以徑度"。即直往之義矣。

均

《惜誓》"二子擁瑟而調均兮"。王逸注"均亦調也"。洪興祖《補注》云"《國語》云'律者所以立均出度也'"。按均即古韻字,洪引《國語》説之是也。又《禮記·月令》"均琴瑟簫管"。《簫賦》"音均不恒",注"古韻字",皆其證。均本訓平徧也。《周禮·小司徒》"乃均土地",即《詩·信南山》之"畇畇原隰"之畇别構。而古籍音韻字亦借之也。又《周語》注云"均者鐘木長七尺,有絃繫之,以均鐘者,度鐘大小清濁也"。《後漢·張衡傳》"均長八施絃,以調六律也",則漢有其制,蓋以爲調鐘之器。所以協韻,故以均名之也。

諧

《七諫》"衆竝諧以妒賢兮"。王逸注"諧同也。言衆佞相與竝同,以妒賢者"。按《説文》"諧洽也"。《爾雅·釋詁》"諧和也"。《周禮·調人》"掌司萬民之難而諧和之"。王注"同也"。同與和同義。

甘

《楚辭》四見。其一爲木名甘棠,其三皆甘味美也一義之引申。《招魂》"此皆甘人,歸來恐自遺災些"。王逸注"甘美也,災害也。言此食物人以爲甘美"。《招魂》又曰"辛甘行些"。王注"辛謂椒薑也,甘謂飴蜜也。言取豉汁和以椒薑、醎、酢,和以飴蜜,則辛甘之味,皆發而行也"。按《説文》"甘美也,從口含一。一道也"。按甘者五味之一,從口。從一者,像舌本動嘗之意。即《莊子》所謂"口徹爲甘"之義也。王於上句訓美,此引申之説也;於下句訓飴蜜,此比喻之説,而得其本義者也。《淮南·原道訓》"味者甘立而五味亭"。《周禮》"瘍醫以甘養肉"。故五味中惟甘稱美焉。又《大招》"有鮮蠵甘雞，和楚酪些"。
王逸注"言取鮮潔大龜，烹之作羹，調以飴蜜，後用肥雞之肉和以酢
酪，其味清烈也"。王注蓋就其烹法言之。此當爲漢時尚流行之烹調法，
則甘雞亦爲飴蜜、酪漿之雞也。甘字亦其本義矣。別詳。《九歌》有
"甘棠"，別詳。其字與甘味無涉。又考《説文》有甜字，"眡美也。從
甘從舌。舌知甘者"，亦説爲美。此即甘字後起繁文。蓋由甘所從之一，
亦已不知其爲舌，甘爲像事兼會意字，而甜味必以舌嘗之，遂別製爲甜
爾。此與然之爲燃，冒之爲帽，梁之爲樑等例同。漢字之形，發展演變
之一例也。

該

《離騷》"甯戚之謳歌兮，齊桓聞以該輔"。王逸注"該備也"。《招
魂》"招其該備，永嘯呼些"。王逸注"該亦備也。言撰設甘美招魂之
具，靡不畢備，故長嘯大呼，以招君也"。按該訓備，當爲賅之借字。
《莊子·齊物論》"賅而存焉"。簡文注"兼也"。《説文》"賅兼賅也"。
《吳語》"執箕帚以賅姓於王宮"。注"備也"。該本義《説文》以爲
"軍中約"。借爲賅。《方言》十二"該咸也"。《穀梁傳》哀三年"此該
之變，而道之也"。注"備也"。

《天問》別有"該秉季德"。此該乃王亥，殷之先公王亥也。即亥之
繁變。詳王亥條下。

佳

《楚辭》佳字八見。其中言佳人者三見，已別詳。又《九歌·湘夫
人》"與佳期兮夕張"，此佳字，亦即佳人也。惟古言佳人，不定爲女
子，男子亦得稱之。王逸以此佳謂湘夫人，則宥於常情。詳《屈原賦校
注》。一本佳下有人字，一云"與佳人兮期夕張"。此外則《大招》有

"麗以佳只"之句,《九章·抽思》有"好姱佳麗"之言,《惜往日》有
"佳冶芬芳"之詞。此等佳字皆用本義。《説文》"佳善也"。《老子》
"佳兵者不祥"。注"佳善也"。則不僅爲佳人矣。然佳麗、佳冶,固亦
言美人也。《戰國策·中山策》"佳麗人之所出也"。《淮南·修務》"形
夸骨佳"。《説林》"佳人不同體,美人不同面,而皆説於目"。則古言佳
人,固亦指男子,至漢猶然。戰代以來亦尚美男。參幼艾條,並合參佳
人條。

嘉

　　《楚辭》嘉字八用,皆美善之義。《説文》"嘉美也。從壴,加聲",
《爾雅·釋詁》"嘉善也",《書·無逸》"嘉靖殷邦",皆是。《離騷》
"肇錫余以嘉名"。《九歎·逢紛》襲用此語云"鴻永路有嘉名"。嘉名,
美善之名也。指下文"名余曰正則",言正與則皆道德範疇中善美之事,
故曰嘉名。此自文章上下文言之。若就"屈原者名平"亦中正不偏不頗
之德也,亦成其爲嘉名矣。《九章·橘頌》"后皇嘉樹,生南國兮",言
橘爲天地美善之樹,而生於南國也。《遠遊》"嘉南州之炎德",此嘉字
作動字用,言美善南州之炎德(或作警嘆句亦可,其義一也)。《天問》
云"到擊紂躬,叔且不嘉"。王逸注"旦周公名也,嘉善也。言武王始
至孟津,白魚入於王舟,羣臣咸曰休哉。周公曰雖休勿休。故曰叔且不
嘉也"。洪興祖《補注》引《六韜》云云,言之益悉。言周公不以武王
爲善也。又《九懷·危俊》之"陶嘉月兮總駕",王逸注云"嘉及吉時,
驅乘駓也",言樂此嘉美之月而驅乘也。《九思·傷世》之"嘉已行其無
爲",《章句》"嘉善也"。《九歎·愍命》有"嘉志"一詞,又有"嘉
皇"一詞,亦當訓美云。

加

《楚辭》加字六見，分作二義，一增加也，二即架之借字。

（一）增加也。《九辯》五"霰雪紛糅其增加兮"。用增加字，無庸更釋。考《說文》"加語相增加也，從力從口（會意）"。《說文》又云"增益也"，又"增者加也"。則加上之增，當以譖爲正字，則從力、從口者，謂於口中施力。段玉裁謂"蓋以飾辭毀人謂之加"。《論語》"子貢曰我不欲人之加諸我也，吾亦欲無加諸人"。馬融訓加爲陵，袁宏亦曰"加不得理之謂也"。是加字本有陵駕而上之之意，若以訓詁之法言，則加者不宜加，不當加爾。韓愈《爭臣論》云"吾聞君子不欲加諸人，惡訐以爲直者，好盡言以招人道"。是加字不得單以增加爲說矣。又《說文》訓誣亦曰加也。則誣、譖、加三字同義。加亦謂以誣加於人。段氏《經韻樓集‧與章子卿論加字書》言之詳矣。不僅許說本義如此，即唐人亦尚知此義。自《說文》誤譖爲增，後世從之，而加之真義晦矣。試即此義以讀《楚辭》亦得全相符合"霰雪紛糅其增加"者，言不宜加而加也（增字亦疑譖字之誤）。又《七諫‧怨世》"馬蘭踸踔而日加"。亦馬蘭惡艸不當加。《哀時命》"故矰繳而不能加"。言矰繳不能枉加也。《九懷‧株昭》"余私娛茲兮孰哉復加"。言余樂於神章靈篇，雖私娛復有孰能加於此者，言不得加於此也。若徵之古籍，含此義者亦至多。如《內則》"不敢以富貴加於父兄宗族"。《左傳》襄十三年"君子稱其功，以加小人"。《老子》"抗兵相加"。（近出土馬王堆帛書《老子》加作如，較優）。《荀子‧致士》"殘賊加累之潛"。《禮記‧檀弓》"獻子加於人一等矣"。凡此等句，無一不含不當加，不宜加而加之之義。古籍自亦有不含此義者，則漢語使用時之現實也。

（二）架陵之也。《天問》"天極焉加"。王注"言天晝夜轉旋，寧有維綱繫綴，其際極安所加乎"。體王義似仍以加爲增益之義，非也。此加字應讀爲架。謂架閣之也。言天極架閣於何處。《淮南子‧本經》

"大夏曾加"，注"材木相乘架也"，是其徵。

假

《楚辭》假字八見，約得三義。《説文》訓假爲非真也。真假爲對舉字，故雙聲言之。惟《楚辭》用此義者，惟《九懷·通路》有"假寐"一詞，《詩·小弁》"假寐永歎"，鄭箋"不脱冠衣而寐，曰假寐"。王子淵正用《詩》義也。此外七見，凡得三義，皆假借義也。

（一）借也。即《説文》叚之借字。《説文》"叚借也"。《楚辭》有一句法曰"聊假日以娛樂"（或曰相羊，曰須臾。《九章·思美人》作"聊假日以須峕"。峕字蓋爲臾字音誤），見於《離騷》、《九章》、《九懷·危俊》、《九歎·憂苦》及《遠遊》等皆言借日以娛憂也。今世尚通行，此爲古今南北通義，無庸詳説。《儀禮·少牢饋食》"假爾大龜有常"、鄭注《莊子·德充符》"假人則從"是也。《釋文》"假借也"。《左傳》隱十一年"而假手於寡人"。杜注"借也"。

（二）至也。即絡格之借字。《招魂》"蘭芳假些"。王逸注"假至也。《書》曰'假於上下'。蘭芳以喻賢人也。言君能結撰博專至之心，以思賢人，賢人即自至也"。洪補云"假音格"。按假格一聲之轉，格古字當即各。各者自外而至，甲文作 𠙴 像足自外至之形。依甲文金文形體衍變之例，則加彳作徦，爲動詞性之各字轉注則有格有徦，聲借則爲假。《易·家人》"王假有家"。注"至也"。《虞書》"假於上下"。《方言》一"假至也"。

（三）大也。《大招》"英華假只"。王逸注"假大也。言所乘之車，以玉飾轂，以金錯衡，英華照耀，大有光明也。假一作嘏"。洪補云"假大也，嘏亦大也"。《爾雅·釋詁》"假大也"，《易·萃》"王假有廟"，《方言》一"凡物之壯大者而愛偉之，周鄭之間謂之假"，皆是其證。其字當作嘏。

廣

廣字《楚辭》十餘見，皆爲大義之引申。（一）考《説文》"廣殿之大屋也。按堂無四壁者，秦謂之殿，覆以大屋曰廣。《孟子》"居天下之廣居"是也。按《九思・陶壅》"見楊城兮廣夏"。夏即厦借字。此用廣字本義者也。又《大招》云"夏屋廣大"。夏屋即厦，亦用本義，而稍爲形容詞。

（二）引申爲廣大。《九歌・大司命》"廣開兮天門"，又《招魂》"廣大無所極"，又《哀時命》"江河廣而無梁"，又《九懷・思忠》"歷廣漠兮馳騖"（廣漠猶他文言大漠也。《左傳》莊二十八年"狄之廣漠"。注"地之廣絶也"。）凡此不必爲屋宇殿堂，而江河大漠皆得以廣大狀之。後世用廣字亦承襲此一通則，古籍用此義者至多，不勝枚舉。

（三）廣光也。廣從黄得聲，黄從光，故廣可訓光。《周語》"熙廣也"，即熙光之義，此在《楚辭》至少有兩則用此義。今得詳辯之。按《九章・懷沙》云"定心廣志，余何懼畏兮"。王逸注"言己既安於忠信，廣我志意，當復何懼乎，威不能動，法不能恐也"。朱熹云"是以君子之處患難，必定其心而不使爲外物所動摇；必廣其志，而不使爲細故所狹隘。則無所畏懼，而能安於所遇矣"。按王説自不如朱説之明顯。使文從字順似已無可議。以定爲安定，廣爲廣大，皆古今通詁。然細繹文義及屈子思理，則當有説。按安定廣大，衮惡暴亂之人，亦未嘗不欲安定廣大，故就廣大言，不能爲立身達德。且屈子言耿介、純粹誠信、平直等最爲憬憧，則此心此志而僅於安大，則與當時讒佞黨人如脂如韋相處，其可得廣大，不更逾於舊争邪？故朱熹安定廣大之説，既失立場，又未得作義，徒使文從字順而已。考定字從正，則定心者謂正其心。即屈子恒言之中正。正直、正則，此正字即德之實體（參德字條），則定心者正心也（參定字條）。至於廣，則本從黄，亦從光得義。可謂與光黄爲同族語，其根性蓋爲一事。光者明也，即耿光、耿介；光明者，必樸質、必誠信、必堅固；故廣志，猶言誠其志；誠志者，不欺人亦不自欺，所謂明則誠，誠則明；則定心、廣志者，言正直其心，誠信其志，故無所畏懼。此即全篇主旨所在。上文言內直質正（從《史記》），材樸謹厚，"離愍不遷，懷質抱情"等皆爲此一結語作證案。故曰民生各有所樂，而余猶以正心誠志爲依歸，則固無所恐懼之達德矣。既無所謂，故與法之可讓，則死不可讓矣。《懷沙》爲屈子自表心跡，最真直之作，而其所得，即在此正心誠志四字上之功夫。朱熹一生以理爲識志，而於此乃以浮語了之，甚矣讀書之難也，又《思美人》篇云"廣遂前畫兮，未改此度也"，王逸注"恢廓仁義，弘聖道也"，則讀廣爲擴，亦未審實思理。按廣猶光也，遂即術本字道也，廣遂猶言光明大道。畫讀爲《蜀都賦》"畫方軌之廣塗"之畫，謂面前所分佈者天道也。則前遂即上文之前轍矣，下句言未改此度，此即上文登高不悦，入下不能之度。此兩句總結上文所陳，又結出"命則處幽"，思從彭咸之義（參畫），爲光明大道，布列於前。而今之未能更張，登高（喻入朝），入下（喻隱退），吾之不能依然如故，道必不合，故處幽以從彭咸矣。

曠

曠字三見，其義皆同。皆爲壙野字之假借。《招魂》"幸而得脱，其外曠宇些"。王逸注"曠大也。宇野也。言從雷淵，難得免脱，其外復有曠遠之野，無人之土也"。又《哀時命》"恨遠望此曠野"。一言宇，一言野，義同。《詩》"何艸不黃，率彼曠野"。王訓曠爲大者，言其義非爲詁字也。壙者《説文》"一曰大野"。《孟子》"獸之走壙"。《莊子·應帝王》"以處壙垠之野"。

居

猶言離者，此與《湘夫人》"遠者"句法正同。居乃者字之借。《湘君》“將以遺兮離居”。王逸注云“離居謂隱者也。言己雖出陰入陽涉歷殊方，猶思離居隱士將折神麻，采玉華以遺與之，明己行度如玉，不以苦樂易其志也”。洪興祖補云“離居猶遠者也”。按王洪皆訓離居爲隱者，或遠者，王以隱釋離者，就文義言；洪以爲遠者，就《湘夫人》“將以遺兮遠者”比類言之，皆無不可。然皆以居爲居之人，恐未允。此居讀《左傳》之“誰居”，或《檀弓》、《郊特牲》、《莊子·齊物論》之“何居”，言誰者何人，爲代詞者字。《説文》“者別事詞也”。《漢書·藝文志》“儒家者流”。離居即離者，與《湘夫人》遠者句法正同。居者雙聲，支歌對轉。《詩》曰“日居月諸”，即日者月者。又誰何之下言居，是指他也，字變作渠。今他、渠皆作第三人稱代詞，古有作居聲者矣。

計

《離騷》“相觀民之計極”。王逸注“計謀也。足以觀察萬民忠佞之謀，窮其真偽也”。《七諫·沈江》言“懷計謀而不見用”。計謀合用，則王説可通全書。而洪補云“計策也。言觀民之策此爲至”，策者策略，亦謀之義矣。《説文》訓“計，會也、筭也”。《韓非子·存韓》“計者所以定事也”。可爲此字最顯明扼要之解。《秦策》“計者事之本也”，亦與會算之説通。《管子·七法》“計數剛柔也，輕重也，大小也，實虛也，遠近也，多少也，謂之計數”，蓋謂投其相對之數，亦計謀計算之本抵也。先有校量，而得其有利之策。故曰計策。計策乃有先後之次，則曰計謀矣。

結

結字《楚辭》二十四見。除《招魂》“激楚之結”借爲髻，《九思》“心結縎”爲聯綿詞外，其餘皆一義之引申。要而言之，約可得七義，茲分述如下。

（一）束也。《離騷》之"擎木根以結茝兮"及下文之"結幽蘭"，《九歌·大司命》之"結桂枝"，《九歎·惜賢》之"結桂樹"，《遠遊》之"結瓊枝"，《怨思》之"結難"，皆此一義也。按《說文》"結締也。從糸，吉聲"。《左傳》昭十一年"帶有結"。《禮記·玉藻》"紳韠結三齊"。注"約餘也"。《釋名》釋姿容"結束也"。王叔師於諸句多串釋，不爲詁訓。細繹其釋皆可以束結約之。束結，即締之引申義也。凡從吉字，皆有堅固之義，束結亦使之固爾。

（二）收也。《九歌·山鬼》"辛夷車兮結桂旗"。《九歎》"結余軫於西山兮"。《九辯》二"倚結軨兮長太息"。又四"中結軫而增傷"。此等結字皆與《禮記·曲禮》之"德車結旌"同用。鄭注"結收斂之也"。

（三）連結也。《招魂》"結琦璜些"。又"青驪結駟兮騎千乘"。王逸注"連也"。連結今恒語，或書作連接，義稍別。《廣雅·釋詁》"結續也"。

（四）交也，構也。《哀時命》"與赤松而結友兮"。言與赤松交友也。《招魂》"結撰至思，蘭芳假些"。王注"言君能結撰博專至之心，以思賢人"。義不甚顯。此言結撰撰持也。結撰猶今言結構矣。構亦相持之義，言其結構，致其深思，則蘭芳自至也。

（五）要其終也。即誓言之義。《離騷》"解佩纕以結言兮"。王注無確詁。按《楚辭》言"結言"數見。《九章·思美人》"言不可結而詒"、《惜誦》"固煩言不可結詒"、《逢紛》"始結言於廟堂"等四見。王注《逢紛》"結猶聯也"實誤。此結言爲戰國以來熟語，要固之言，要於之言也。別詳詁字條下。因之《九思·疾世》"言秉玉英兮結誓"，亦即結要終之誓言也。古要終必於廟堂，故《九歎·逢紛》"言於廟堂"，亦必有禮品以祀神，故《九思》言玉英也；又《九章·抽思》有"結微情以陳詞"，此結字可訓爲固，然義實強於固；以情感爲基礎，非理智上之所謂固，則亦有要終之義矣。

（六）亂也。《九思・憫上》“心結縎兮折摧”。王訓“縎結也”。按結縎聯綿詞，亂也。詳結條下。

（七）髮也。《招魂》“激楚之結”。注“結頭髻也”。此謂借結爲髻也。從吉之字皆有束固之義，故髻字從之，結則假借字也。朱熹云“蓋歌舞此曲者之飾”，義何然歟。

絕

《楚辭》絕字十八見，以本義斷絕爲最多，其餘又皆斷絕一義之引申。如橫絕、萎絕等皆是。茲分述之。

（一）訓斷絕者，絕之本義也。《説文》“絕斷絲也。從糸從刀從卪（會意）”。古文作𢇍，像不連體絕之絲。《廣雅・釋詁》一“斷也”。三“落也”。四“滅也”。凡此諸義，又皆後世通用之義云。《九歌》“常無絕兮終古”，言終古不斷也。又《湘君》“恩不甚兮輕絕”，言恩情不甚者，則輕易斷絕也。餘如《九章・思美人》之“媒絕”，《遠遊》之“絕氛埃”，“連絕垠”，《九辯》二之“絕兮不可得”，又五之“絕端”，《七諫・沈江》之“絕國家之久長”，又《謬諫》之“絕絃”，《哀時命》之“絕糧”，《九歎・思古》之“絕洪範”等詞皆是。古籍用此義者至多。

（二）萎絕。即死去之義，絲斷曰絕則物死亦得曰絕，引申義也。《離騷》“雖萎絕其亦何傷兮”。絕與萎連文，則絕亦萎矣。草木枯黃而死曰萎，則絕有死義矣。又《九思・逢尤》“悃殟絕兮咶復蘇”，此言絕而復蘇也，亦絕死之義。

（三）敗也。亦斷之引申。不斷不爲敗，斷則敗矣。《九章・惜往日》“卒没身而絕名”。猶後世言身敗名裂也。此亦就文義爲碻釋而得者也。

（四）橫絕，渡也。《七諫》“世絕橫流而徑逝”。又《九歎・遠遊》“絕都廣以直指兮”。兩句之絕字，皆謂絕流而渡之義。《海內東經》“濟

水絶鉅鹿"。郭注"猶絶渡也"。《漢書·成帝紀》"不敢絶馳道"。注
"絶橫渡也"。《荀子·勸學》"若舟檝,非能水也,而絶江河"。楊注
"橫渡也"。渡水道,如截斷然,故亦得曰絶。亦引申之義也。"橫絶"
可作複合詞。

糾

《招隱士》"樹輪相糾兮"。王逸注"交錯扶疏。糾一作紅"。按
《説文》"糾繩三合也"。朱駿聲曰"俗字作紅,單股曰紉,兩股曰纆,
三股曰糾。《詩·葛屨》'糾糾葛屨'。傳'糾糾猶繚繚也'"。按此字
從丩,丩訓糾繚。則芋、叫、觓、枓、疛諸字各以類爲別,皆有糾繚意,
皆轉注字也。俗作紅,見《九章·悲回風》。其實紅乃亂之初文,古文訛
亂爾。別詳。又丩聲與九通,故古或借九爲丩,故虯即禹字。詳禹字、
九字下。

故

《楚辭》故字四十八見,大略可得六義。一爲指陳原因之義,即今
世所謂原故。二承上啟下之詞,即今所謂"故所以"之故。三爲久也。
四爲事物故舊之故。五則古代一種術語,所謂大故者,謂死去也。前兩
義,應爲虛助字,竝無實義;三四兩端則故字之本義;五則一時代之習
用忌諱語耳。六則苦之形譌。

(一)指陳原由,如近人所謂原故也。此義最多。《離騷》"夫爲靈
修之故也",此指陳上文所以謇謇不舍者爲君之故也。同例"告余以吉
故"。此故字所以指陳下文曰"勉升降,求矩矱"一大段文字也。他如
"豈其有他故兮",《天問》之"墜何故",《九章·思美人》之"思彭咸
之故",《漁父》之"何故至於斯"、"何故深思",《七諫》之"高陽無
故",《九懷·蓄英》之"何故久留"皆是。其中疑問句用何故者,正追

求其原因與指陳原因者同例，亦近世文字中最習用之語。此爲一種邏輯之發展方法，有似於形式邏輯之大小前提之合。蓋陳其因緣而得結語，此結語即以故字概之，此爲兩事兩義相關之連系，而故爲之總攝受者也。與下一承上啟下之"故所以"不同，所以故，則就其事理而推論之者也。

（二）承上啟下之詞，即今所謂"故所以"，或"所以故"一式也。在《楚辭》句法中，此例亦不少，如《九章·惜誦》"故相臣莫若君兮"，言臣子之言行情貌君皆知之，故相臣莫若君也。又"故衆口其鑠金兮"，此言君可思而不可恃，故所以衆口能鑠金也。他如本篇之"故重著以自明"，《抽思》之"故遠聞"，《悲回風》之"故荼薺"，《九辯》九之"故高枕"，《九辯》五之"故駒跳"（《七諫·謬諫》亦有此句），《七諫·謬諫》之"故叩宮"，《哀時命》之"故矰繳"，《九歎·怨思》之"故退伏"等皆是。《墨經》云"故所得而後成也"，即此兩類在語法使用上之總結語。古書用此義者亦至多。如《孟子》'死亦我所惡，所惡有甚於死者，故患有所不避也"。

（三）久也。《九章·惜往日》"思久故之親身兮"，此言晉文公思介之推恩義至篤，思此故舊之親身。王逸注云"言親自割其身"云云。於傳有據。下言因變服縞素而哭之也。此久故，尤後世之言故舊矣。古今之變也。屈賦亦言舊故。《遠遊》云"思慕舊故"，言思慕楚國之舊故也。又《招魂》云"酣飲盡歡，樂先故些"。王逸注"故舊也。言飲酒作樂，盡己歡欣者，誠欲樂我先祖及與故舊人也"。亦戰國恒語，陳嬰母曰"汝家先故，未曾貴"是也。《國策·秦策》"寡人與子故也"，言與子爲故舊也，義同。引申言之則故亦先也。《穀梁傳》襄九年"故宋也"。注"先也"。

（四）事物故舊之故。《離騷》、《九辯》皆有去故就新之言，此類語句，可以指人而大要以指事物之名。《楚辭》中之"故宇"、"故都"、"故鄉"、"故室"皆此義之組合。"故宇"見《離騷》，"故都"見《離騷》、《遠遊》、《九歎·逢紛》、《遠逝》、《憂苦》，"故鄉"見

《九章·哀郢》二見、《七諫·自悲》二見、《哀時命》、《惜誓》，“故居”見《遠遊》、《招魂》二見，“故室”見《招魂》二見。其義至明，無庸徵録矣。

（五）故古習言凶災爲大故。《懷沙》“限之以大故”是也。王逸注“限度也，大故死亡也”，此就上下文義而終極言之，本《周禮·大宗伯》“國有大故”，注“凶灾也”。又《周禮·宫正》“國有故則令宿”，注“凡，非常也”，此由事故一義之引申。古封建時代以祀戎爲國家大事，然吉事則直書之，而凶灾則避諱之曰故、曰大故。《曲禮》所謂“君無故玉不去身”，注“謂灾患喪病也”，皆其義矣。

（六）又苦之形譌。《九歎·遠遊》“何騷騷而自故”。故一作苦。按上言己年命欲暮，且假日游戲，無庸騷騷然自苦也。王釋“愁思如故，終不解也”，則語句曰何騷騷，無爲此驚恾之語矣。當從一本作苦是也。

間

間字《楚辭》八見，除間維爲天文上專名外，其餘皆一義之引申。

（一）空也。中間。《九歌·山鬼》“采三秀兮於山間”。王逸無説。蓋通義無需説也。此義爲上古以來最通行之義。《墨經》有“間中也”，又“間不及旁也”，《孟子》“其間不能以寸”，《史記·管晏列傳》“以門間而窺其夫”之義合。初民自構屋而居前，内外之意識，往往以門户窗牖表之，或借助於感官。如聞之用耳，窺之用目，開闢之古文作閞，閞用𠬞，閉門曰闇，用音。然内外之别，以耳能聞，目能窺爲主。而聞可借音，故視可借日月之明，自門隙以見外物，故隙曰閒，從月者，以表其有光則能見也，故閒字從月。無閒則實，有閒則空，故引申爲空。人之有閒，則曰閒暇，故引申爲暇。凡空則静，故引申爲安静，病瘉猶言其空暇無事，無事故曰閒，其義尚多，僅就《楚辭》諸引申義而説之耳。

（二）暇也。猶今恒言曰閒暇，有閒，俗師讀如閑聲。亦與閑通爾。

《九歌·湘君》云"期不信兮，告余以不閒"。王逸注"閒暇也。言君嘗與己期，欲共爲治，後以讒言之故，更告我以不閒暇，遂以疏遠己也"。又《山鬼》云"君思我兮不得閒"，其義亦同。又《九歎》"願承閒而自恃兮，徑淫曀而道壅"。王逸注"言己思承君閒暇，心中自恃，冀得竭忠，而徑路闇昧，遂以壅塞"。閒暇之義與閑通。其實則因可自門隙而引申爲暇也。《左傳》昭五年"閒而以師討焉"。注"暇也"。

（三）靜也。《招魂》"待君之閒些"。王逸注"閒靜也"。又曰"像設君室，靜閒安只"。注"空寬曰閒"。其實與靜連文，亦有靜義。又《大招》"閒以靜只"句與《招魂》同。古籍亦多此義。《國語·齊語》"處士傳就閒燕"，注"閒燕猶清靜也"。

（四）病癒曰閒。《七諫·自悲》"身被疾而不閒兮"。王逸注"閒差"。又洪補"閒瘳也，音諫"。按洪説較顯，王訓差省，《左傳》昭七年"晉侯有閒"，注"差也"同。考《廣雅·釋詁》一"閒癒也"。癒即瘳矣。又《方言》三"南楚病癒或謂之閒"，則此本楚故言也。

（五）閒維，天文星名。詳"閒維"條下。

膏

《九思》"思靈澤兮一膏沐"。《章句》"靈澤天之膏潤也。蓋喻德政也"。按《説文》"膏肥也"。凝者爲脂，釋者爲膏。《大戴記·易本命》"無角者膏"。引申則爲澤。《禮運》"故天降膏露"。《周語》"土膏其動"。《廣雅·釋言》"膏澤也"。此句上言靈澤，下言膏沐。膏沐連文即潤澤之義。

饉

《哀時命》"日饑饉而絕糧"。王逸注"蔬不熟曰饉。言己欲躊躇久留，恐百姓饑餓，糧食絕乏也。絕古本作纞，糧一作粻"。洪補云"纞古絶字，反𢇍爲繼或作𤔌非是”。朱熹《集注》“絶古作𢇍，糧一作粮”。寅按《論語》“因之以饑饉”、《詩》“降喪饑饉”、《墨子·七患》“一穀不收謂之饉”、《韓詩外傳》三“穀不升謂之饉”、《廣韻》“無穀曰饑，無菜曰饉”，各説不一。然皆指食物不成熟言。對文則別，單文則通。惟《哀時命》與“絶糧”連文則饉固以爲糧也。

謁

《九思》“謁玄黃兮納贄”。《説文》“謁白也”。朱駿聲曰“若今書刺，自言爵里姓名，並列所白事”是也。《爾雅·釋詁》“謁告也”。《釋言》“謁請也”。《釋名·釋書契》“謁詣也”。詣，告書其姓名於上，以告所致詣者也，則自古即有此制。

朅

《楚辭》三見，一《九辯》“車既駕兮朅而歸”。二《九歎》“貫澒濛以東朅兮”。三《九思》“乃回朅兮北逝”。王逸注《九辯》“回逝言邁，欲反國也。一無既字”。洪補云“朅上傑切，去也”。朱熹《集注》“朅上傑反，朅去也”。《九歎》王逸注“朅去也”。

按楊慎《丹鉛雜録》卷八曰“朅來今文語辭，朅來、聿來、不知所始。按《楚辭》‘車既駕兮朅而歸，不得見兮心傷悲’。舊注‘朅去也’。又按《吕氏春秋》‘膠鬲見武王於鮪水曰，西伯朅去無欺我也。武王曰，不子欺，將伐殷也。膠鬲曰，朅至？武王曰，將以甲子日至’。注‘朅何也’。若然則朅之爲言盍也。若以解《楚辭》，則謂車既駕矣，盍而歸乎，以不得見而心傷悲也。意尤婉至，則今文所襲用朅來者亦謂盍來也，非是發語之辭矣。《文選》注劉向《七言》曰‘朅來歸耕永自疏’。顏延年《秋胡妻詩》曰‘朅來空復辭’。皆謂盍字始通”。方以智《通雅》本之。卷四又曰“郞氏曰朅忽也。忽與朅同韻，不惟其義通，其音亦近矣。揭而歸與膠鬲之言揭去，皆以忽訓爲順”。按升庵説以解《九辯》“揭歸”及諸家所引《吕覽》等説皆可通。此自戰國以來通解。惟以説子政《九歎》之“東揭”及叔師《九思》之“回揭”，則無論如何不可通。王逸解東揭爲東去，則回揭之猶回去無疑。又如《漢書·司馬相如傳》“揭輕舉而遠遊”，此揭字訓盡雖可通，而舉遊本以言行，則訓去爲更允。又如《蜀都賦》“殆而揭來”，《思玄賦》“問老揭來從元謀”，兩揭來，恐不得更言盡忽矣。此字明從去曷，曷聲字可訓盡忽，而其義類則固以去爲主也。則揭來訓去來者，取證漢以後書，此例至多，則吾人謂戰代以前揭以從曷借爲盡忽，戰代以後用去本義，固亦漢語發展事象之常例爾。則東揭、回揭之當訓去，王叔師蓋審實之矣。

然其讀音則有差別，作曷盡忽義者，讀深喉匣紐，此楊慎、方以智之所知也。而作去義用者則當讀溪紐。取證今時則吾鄉言去音如克，昭人言克去聲，與吳人謁同音。此如渴之從曷爾。細繹之，則末曷兩韻之合音也。如侃言之爲諐，言永之爲詠，犬王之爲狂，厂泉之爲原，每文之爲敏等，義意繁衍，自有此一例也。

又今昭人用此語時，多作雙音者，曰“揭勒”或曰“揭來”。來字無實義，爲一種語尾助詞。古漢語中用“來”爲語尾助詞者，始於先秦（詳來字條下）。則“揭來”亦自可作去來解。去來猶言去也。其用至唐人始盛。李白《送王屋山人詩》“採秀卧王屋，因窺洞天門。揭來遊嵩峰，羽客何雙雙”，言去而遊嵩峰也。李涉《春山三揭來詩》有“釣魚揭來春日暖”、“上山揭來採新茗”、“採藥揭來藥苗盛”，猶言“釣魚去來”、“上山去來”、“採藥去來”也。此外有鮑溶《採蓮曲》揭來二首，吳汝式《揭來》二首，皆其徵矣。

又揭亦可爲發語詞。則揭來亦得單表來義。亦唐人語。如顏真卿《刻清遠道士詩》“揭來往舊賞，林壑苑相親”。張九齡《登高安南樓》“揭來彭蠡澤，載經敷淺原”。來彭蠡也。

由上所證揭來兩字皆可作語詞用，故又發展爲“揭來”，皆語助也。張協《雜詩》“揭來戒不虞，挺轡越飛岑”。張九齡《和崔尚書望南山詩》"朅來青綺處，高在翠微先"。此等詞，其義皆不可確指，蓋皆語助詞耳。

又來字可用爲時間限制詞。有"爾來"，爾字亦來之義。故朅來亦以朅爲發聲詞。如柳宗元《韋道安詩》"朅來事儒術，十載所能逞"言爾來從事儒術已十載也。

究而論之，則"朅來"作去來解者，當爲通俗口語。其以"朅"或"來"爲語助而生變態者，大體皆文學語言，僅見於詩賦文詞之中，或由本來之假借（如朅作勿曷解），或由引申（如來引申爲時間限制詞），皆文學之應用而已。此漢語語言與文學語言發展之相因相乘除，在吾人之善識而已。

去

去字《楚辭》二十八見，皆一義之變也。《説文》"去人相違也。從大、厶聲"。相違即離去也。凡離别即除去，故得用爲除，别爲專字則作袪或祛，故得數義。

（一）行離也。《哀郢》"發郢都而去閭兮"，言發郢都而離去閭里也。又"去終古之所居"同。《悲回風》"掩哀不去"、"調度弗去"，《九辯》"去故都"、"去白日之昭昭"、"將去君"皆是。

（二）行也。《漁父》"鼓枻而去"，又"遂去不復與言"，皆謂行去也。《九辯》"踴跳遠去"，《遠遊》"與化去而不見"，與化行而不見也。

（三）除去。《招魂》"去君之恒幹"，《惜誓》"木去根而不長"，言木除去其根，則不長也。

（四）違去也。《卜居》"何去何從"，去與從對文。《七諫・沈江》"務行私而去公"，言行私而違去公也。

（五）造字之誤。《九歎・離世》"暮去次而敢止"，按此句當爲暮造次而不止，方與原文上下詞理相合，而亦與王逸注得通。詳次字條下。

徂

《九章·抽思》"煩冤瞀容實沛徂兮"。王逸注"徂去也。言己憂愁，思念煩冤，容貌憤亂，誠欲隨水沛然而流去也"。朱熹注"實沛徂，誠欲沛然如水之流去也"。《九思》言"旋邁兮北徂"。《章句》"己不見用欲遠去也"。"旋一作逝。一云逝言邁兮"。按徂者往也。《書·大禹謨》"汝徂征"，久征，"命徂征"，《詩·氓》"自我徂爾"，《四月》"六月徂暑"，《小明》"我征徂西"。沛徂者，沛讀顛沛流離之沛，實迍之借字。《説文》"前頓也"。徂讀《詩·駉》"思馬斯徂"之徂，行也。沛徂，即顛沛之行，即上文"軫石"四句所陳言。余所以煩冤瞀悶者，實以此顛沛困苦之行也。此以行喻其遭遇。《九思》"北徂"，言北行、北往、北去也。猶下文言回碣北逝矣。

挂

《招魂》"挂曲瓊些"。王逸注"挂懸也。曲瓊玉鈎也"。"一作絓"。按挂一本作絓，故洪補云"絓胃也，古賣切"。按挂字《説文》訓"畫也"。《六書故》引唐本作縣也。玉鈎也，則與王注同，而一本作絓者，《哀郢》云"心絓結而不解兮"。注"縣也"。《史記·齊太公世家》"車絓於木而止"。《正義》"止也"。止亦懸也。詳絓字條下。然絓字《説文》訓繭滓絓頭也，無懸意，當爲繲之借字（朱駿聲説）。可備一説。字亦繁作掛。《易·繫詞》"掛一以象上"，《莊子·漁父》"變更易聲，以掛功名"，《穀梁傳》昭八年注"聲掛則不得入門"，皆其徵矣。

卷

《九懷·株昭》"步驟桂林兮超驤卷阿"。王逸注"騰越曲阜，過阨難也”。洪興祖《補注》“卷曲也。音拳”。按《詩》“有卷者阿”。此卷阿即本之此，《毛傳》訓卷爲曲，亦王逸所本。《説文》“卷郤曲也”。《莊子·徐無鬼》“有卷婁者”。《釋文》“猶拘攣也”。《逍遥遊》“卷曲而不中規矩”。凡此皆卷曲之義，此通訓無庸詳説。

捐

《九歌·湘君》“捐余玦兮江中”。又《九歌·湘夫人》“捐余袂兮江中”。又《九懷》“江離兮遺捐”。三捐字義同。《説文》“捐棄也”。《荀子賦》篇“法厚而不捐”。楊注棄也。

咎

《七諫·沈江》“原咎雜而累重”。王逸注“咎過也。言車載衆輕之物，以折其軸，而不可乘，其過咎由重纍雜載衆多物之故也”。按王注釋句至明。洪氏《補注》又引《戰國策》云“積羽沈舟，群輕折軸”之言以實之，是也。《説文》“咎災也。從人從各（會意）”。《詩·伐木》“微我有咎”。傳“過也”。《易·繫詞》“無咎者善補過也”。《書·洪範》“其作汝用咎”。《爾雅·釋詁》“咎病也”。蓋古之通語。

另，即皋陶之皋，聲借字别詳。

仇

《九章·惜誦》“羌衆人之所仇”。王逸注“羌然辭也。怨耦曰仇。言在位之臣，營私爲家，己獨先君後身，其義相反，故爲衆人所仇怨”。按《説文》“仇讎也”。朱駿聲曰“二人相當相對之義兩同爲仇，兩異亦謂之仇，後儒專訓讎怨非是”。因雜舉《爾雅》、《詩經》、《文侯之命》、《左傳》桓二年等以實之。寅按朱説是也。漢字一字有相反兩義者至多。

別詳余反義字訓一文。

詘

《九思・疾世》"媒女詘兮謰謱"。洪補云"詘與訥同"。又《九思・傷逝》"亦詘辱兮係纍"。按《説文》詘又作誳"詰詘也。一曰屈襞"。此兩則皆單言詘，不言詰詘。詰詘聯綿詞，其語之本也。單言則有曲義。《廣雅・釋訓》一"誳屈也"。《荀子・勸學》"詘五指而頓之"。此言媒女曲而謰謱，亦屈辱於係纍也。

鞠

《九章》"離慇而長鞠"。王逸注"慇痛也。鞠窮也。言己愁思，心中鬱結，行屈而痛，身遭疾病，長窮困苦，恐不能自全也"。按鞠本蹋鞠字，即今之所謂毬。其訓窮者，當爲竅字，朱熹引一本作蓻者，亦當爲窮字之誤。竅《説文》"窮也，從宀，敕聲"。"窮窮理皋人"也。經傳多以鞠爲之。《詩・南山》"曷又鞠止"，《書・盤庚》"亦惟自鞠自苦"皆是。又《七諫・沈江》"塊兮鞠"。王逸注"塊獨處貌，匑匑爲鞠"。此鞠亦窮也。王訓匑匑者説其義像耳。

虧

虧字《楚辭》四見，皆出屈賦之中。其義皆訓損歇。《離騷》"唯昭質其猶未虧"。王逸注"虧歇也。於己而不得使用，故獨保明其身，無有虧歇而已。虧一作虧"。五臣云"唯獨守其明潔之質，猶未爲自虧損也"。《離騷》又云"芳菲菲而難虧兮"。王逸注"虧歇。虧一作虧。言己所行純美，芬芳勃勃，誠歎虧歇"。《天問》"東南何虧"，言地缺東南也。《九章・抽思》"故遠聞而難虧"，與芳菲句同義。按《説文》"虧氣損也。從于虧聲。或從亏"。《爾雅·釋詁》"虧毀也"。《詩·閟宮》"不虧不崩"。《小雅》作騫，義相近。《易》"天道虧盈"，馬本作毀。

姦

《楚辭》姦字三見，皆一義也。《招魂》"多賊姦些"。注"惡也"。《說文》"姦私也。從三女（會意）"。《廣雅·釋詁》"姦盜也"。《三蒼》"在內曰姦，在外曰宄"。《書·舜典》"寇賊姦宄"。又《九歎·惜賢》"盪湸綟之姦咎兮"。注"亂在內曰姦"。按《左傳》成十七年"臣聞亂在外爲姦，在內爲軌"。內外字互易。要之皆賊盜之屬也。又《九思·守志》云"彀天弧兮躲姦"。弧亦星名也。弧矢弓弩，故欲以躲姦人也。

貫

《離騷》"貫薜荔之落蕊"。王注"貫累也。言累香艸之實。執持忠信兒也"。五臣云"貫拾也，拾其花心，以表己之忠信"。按貫即毌之借字，貫穿也。此言以薜荔落蕊連貫而綴之也。又《招魂》"路貫廬江兮左長薄"。王逸注"貫出也。言屈原行先出廬江，過歷長薄，長薄在江北，時東行，故言左也"。五臣云"在其左也"。補曰"《前漢·地理志》廬江出陵陽東南，北入江"。按廬江別見。王注、五臣補注、洪補皆不甚明。惟蔣驥解此最允。其言曰"自首迄尾謂之貫。曰貫者，自陵陽入廬江而達大江也。左指江南言"。又曰"廬江東際陵陽，西連鄂渚，自陵陽達鄂渚至江湘夢澤，必首尾貫穿而過之故曰貫"。參長薄條。至王訓貫爲出者，貫穿之引申義。貫穿之貫，當作毌。《說文》"毌穿物之貫也。從一橫毌"。《論語》"吾道一以貫之"。今皆作貫者，假借通用也。

寂

《招魂》"魂乎無東，湯谷寂只"。王注"無人視聽，寂然無所見聞"。按寂即寂寞之急言，寞字明紐，古複輔音之餘也。故古多言寂寞，此楚方言也。考《方言》十字作㝪，"安靜也。江湘九嶷之郊，謂之㝪"。郭注"音寂"。《莊子·大宗師》"其容㝪"。《釋文》亦作寂，崔本作㝪。又《齊物論》郭象注"死灰槁木，取其㝪寞無情耳"，字皆作㝪。而《説文》則作"宗無人聲也"。蓋㝪爲南楚專用字。寂則漢人寄譯字爾。餘參寂寞條。長言之以 m 音收聲，則曰寂寞。以 1 音收之則曰寂寥。聲變則爲廓落、角落。

革

《楚辭》三見而分兩義，一爲更改除去之義，一爲亟之借字急也。

（一）更改革除。《天問》"后益作革，而禹播降"。此言啟與后益爭帝，而后益之國祚（誤爲作字）短促而更除，而禹之後傳子，遂久有天下。播降即蕃衍降大之義，與下文後嗣逢長略近。而王、洪、宋及柳氏《天對》皆誤爲樹勢，與上下文理乖離。詳余《重訂天問校注》。又《天問》"帝降夷羿，革孽夏民"，此言天帝生仁羿，更除夏民之孽（夏后相）。王逸訓革爲更也，至允（解革孽夏民，當讀作革夏民孽，以協韻而倒裝作革孽夏民，諸家於此皆誤讀，故王逸以爲變更道，爲萬民憂患。《天對》則云"夷羿滔淫，割更后相，夫孰作厥孽，而誣帝以降"。全不成義理，皆不可從）。上兩句解釋，詳參余《重訂天問校注》。

（二）革即亟之聲變，急也。《天問》"何羿之躲革，而交吞揆之"。王逸注"吞滅也。揆度也。言羿好躲獵，不恤政事法度，浞交接國中，布恩施德，而吞滅之也。一無革字"。洪補云"《禮》云'貫革之射'。《左傳》'蹲甲而射之，徹七札焉'。言有力也。羿之射藝如此，惟不恤國事，故其衆交合而吞滅之。且揆度其必可取也"。朱熹注云"一無革字，射革，《禮》所謂貫革之射，《左傳》所謂蹲甲而射之，徹七札焉，言有力也。吞滅也，揆謀度也。言何羿之射藝勇力，而其衆乃交進而吞謀之乎"。按洪補朱注引《禮》與《左傳》說射革爲貫革之射，似於經有據。細思之於文理不甚切，而於羿事亦不甚切。何以言之，如洪説，則射革二字爲雙動詞，雙動詞如此結構極爲生澀，其例至少，一也。次則"射不主皮，惟力不同"，中的者必穿革，凡射鵠皆以皮，中則必穿，則穿革爲射事必然之結果，與穿七札不同，不得與七札同視。羿爲古善射傳説極爲集中之人物，豈僅於貫革而已，貫革不足以明羿之力也。此其二。有此二因，故叔師於此乃含胡其詞，今謂革當訓急（即亟之借字）。《禮記·禮器》"匪革其猶"。注"急也"。《詩·皇矣》"不長夏以革"。革亟也。《檀弓》"子之疾革矣"。注"急也"。《爾雅·釋天》"錯革鳥曰旟"。孫注"急也"。蓋畫急疾之鳥於繒也，皆其證。此言羿之射甚急亟，急亟正狀其力之强，射矢如破，故曰急亟也。言羿射甚急亟有力，何以能交吞揆之也。餘參《重訂天問校注》。

改

《楚辭》十八見，皆作更改一義，《離騷》"何不改此度"。王逸注"改更也"。《九章·思美人》兩言"未改此度"，用法與此同。《七諫·憫世》"改前聖之法度"，亦以更改法度爲言。《離騷》又言"羌中道而改路"，《九章·懷沙》云"前圖未改"，義亦與上改度相近。他如《離騷》之"來違棄而改求"、《天問》之"悟過改更，我又何言"、《九章·懷沙》之"懲違改忿"、《七諫·初放》之"無少改者"、《九歎·遠遊》之"悲余性之不可改"，其更改之目的，亦大致相同。此外則言改操者二，《哀時命》云"雖知困其不改操兮"，《九歎》之"欲遷志而改操兮"，皆純就品德立言。雖不言具體內容，而從上下文義可以得之者矣。外此復有一詞曰改錯。始自《離騷》"偭規矩而改錯"及

《九辯》云“背繩墨而改錯”，《七諫·謬諫》“滅規矩而改錯”。《九辯》王逸注“違廢聖典，背仁義也”。洪補云“錯置也。七故切”。此三改錯，句法相同，改亦更改也；錯乃措之借字，猶言改其錯置措施也（錯爲措之假借。詳錯字條下）。曰規矩，曰繩墨，亦即他句言改度矣。合參諸句，大義自明（又《九辯》五、六有“滅規矩而鑿”之句，鑿字依習慣用法，亦當爲錯字，鑿錯一聲之變也。然言鑿於詞義亦無矣。規矩固可爲鑿而有也。姑附論之）。要而論之，改實含兩義。一則本質之更易，如“改操”，此改字有改革義；一則量之損益，如“改度”、“無可改”等皆是。以今語譯之，即所謂改良矣。讀者細體文情，自能審知。

紀

《九章》“紛容容之無經兮，罔芒芒之無紀”。王逸注“又欲罔然芒芒，與衆同志，則無以立紀綱，垂號謚也”。洪補云“此言楚國上下昏亂，無綱紀也”。朱熹《集注》云“言己心煩亂，無復經紀，欲進則無所從，欲退則無所止也”。按三家説，王義極鈎礜，洪、朱得之。又按《説文》“紀絲也。從糸己聲”。《白虎通·三綱六紀》“紀者理也”。《詩·棫樸》“綱紀四方”。箋“張之爲綱，理之爲紀”。凡此皆紀之通訓。細繹古籍，凡紀字之用，皆與協歲月日時相關，即《洪範》所謂“協用五紀”，《禮記·月令》“毋失經紀”注云“天文進退度數”。則紀即十干之己。詳余《干支蠡測》一文。

期

《楚辭》期字十見，而分兩義，一爲期會，一爲要約之時期，而皆一義之引申也。按《説文》“期會也。從月，其聲”。朱駿聲曰“按月與日會也”。與朔同意。《易·歸妹》“愆期”，虞注“坎月離日爲期”，此期之本義，引申爲一切期會。《荀子·正論》“言議期命”。注“物之所會也"。其用爲約期時日者，如《離騷》與《抽思》之"曰黃昏以爲期"、《湘君》之"期不信兮告余以不閒"、《天問》之"會朝爭盟，何踐武（原吾字誤）期"、《思美人》之"與纁黃以爲期"、《悲回風》之"伴張弛之信期"、《湘夫人》之"與佳期兮夕張"。引申即今之所謂期望。《天問》"孰期去斯，得兩男子"。王逸注"期會也。誰與期會而得兩男子。兩男子謂太伯仲雍也"。孰期夫（去字誤，當爲夫字）斯，言孰期望於此吳得立國於南嶽也。詳《重訂天問校注》。引申之則單曰期會，不必定有時日之限，亦曰期。《離騷》"指西海以爲期"，言期於西海之地爾。又《哀時命》云"傃者不可與期"，言傃者不可得而行期也。總之期字日月之會之義，則凡可約可會之最爲剀切明白者，亦曰月之會，故人之會曰期，與人相約相會亦曰期。《左傳》僖二十三年"期期而不至，無赦"。兩期字即一用本義，一用引申義耳。繁衍則有稘字，又作朞。《堯典》"朞三百又六旬又六日，以閏月定四時成歲"。匝四時曰朞，匝四時者亦計度日月歲時之會也。

切

《惜賢》"撥諂諛而匡邪兮，切洠澀之流俗"。王逸注"切猶磢也。洠澀垢濁也。言己如得進用，則治讒諛之人，正其邪僞，磢貪濁之俗，使之清靜也"。洪補云"洠他典切。澀乃典切"。

（一）按切字王逸訓磢，此漢人恒語，如曰"一切"（見《平帝紀》）即一概也。一概因《楚辭》恒言。見概字下。

（二）愁切切實也。即《抽思》"固切人之不媚"是也。詳切人條。

（三）切磋。治珠玉之義。引申爲切急迫切。見切磋條下。又《天問》以切激連文，《九思》以切剝連文，亦急之引申也。

（四）切雲。切雲爲冠名。詳切雲條下。

孔

孔字《楚辭》十餘見。多與他詞結合爲複合詞，或專名，如孔子、孔鳥等。（一）其單用者，則有兩義，一爲孔雀，越鳥孔雀也，省言曰孔。如《九歌》之"孔蓋"，以孔雀羽爲蓋也。《九懷·匡機》之"孔鶴"，孔雀與鶴也。《七諫·謬諫》之"孔鳳"，孔雀與鳳也。《九思·守志》之"孔鸞"，孔雀與鸞鳳也。參孔雀條，或參上下文義，自能知之。又《七諫·怨世》言"孔子"，指仲尼言之也。

（二）其單用孔字者只二見而爲一義，皆訓大也、甚也。此爲孔字達詁。《九章·懷沙》"孔靜幽默"。王逸注"孔甚也。《詩》曰'亦孔之將'。默默無聲也。言江南山高澤深，視之冥冥，野甚清净，漠無人聲。一云孔靜兮。《史記》默作墨"。朱熹注"静下有一兮字。默《史》作墨。孔甚也，默無聲也"。又《遠遊》"壹氣孔神"，言壹氣甚神也。按孔字本義，古今説者似皆不甚可信。許云"通也。從乙從子（會意），乙請子之候鳥也；乙至而得子，嘉美之也。古人名嘉，字子孔"。按通之訓，以孔爲空也。即俗語窟窿，孔急言，字之結構義不相涉，而又申之，以乙爲候鳥云云，説從子則可，而從乙燕則非；説爲乙子，更不能調。朱駿聲以爲"從孚省，孔雀也。乙像長尾"云云。亦未爲允當。今謂孔字當爲人生子之義。如兔生子曰㝹；虎生子曰㲋，人生子則曰㚸（繁體爲育，人倒生故從倒子），變爲會意則曰毓，變爲像事則曰乳。從子從乙者，即充所從之水也。而其音與㚸、毓亦通，或又音變孺（從需聲者，需爲女嫠宿也）。至"天命玄鳥，降而生商"也者，特東方民族之地方性傳説，非生民以來之故説也。至周以來求子之禮，《月令》所謂"玄鳥至，至之日，以太牢祠於郊禖"，即本之有娀吞乙卵生契之傳説，因以春時燕來而請子於高禖，在殷人爲樸質之迷信傳説。周以來遂變爲禮制，此制度之原本於民俗之證。生子爲嘉美之事，故古人名孔字子嘉，楚有成孔，字子嘉。故引申之得爲嘉美甚大宏通之義。許氏未能追其溯義，説之遂有所向隅而爲勉強附會之説矣。其解爲大者，如《老子》"孔德之容"。其訓甚者至多，不勝舉。《皋陶謨》"何畏乎巧言令色孔壬"傳，《詩·汝墳》"父母孔邇"《毛傳》，《羔裘》"孔武有力"傳，《賓之初筵》"飲酒孔偕"箋，《左傳》僖廿二年"昏姻孔云"，《禮·樂記》"誘民之易"注，《中庸》"亦孔之昭"注，皆是。

廓

廓字《楚辭》五見，其二爲廓落。叠語聯語。其他三見皆空大義之引申。《九章·橘頌》"深固難徙，廓其無求兮"。王無説。此言空處而無所求也。又《九辯》二"悲憂窮戚兮獨處廓"，此言憂戚獨自居於空虛寂寞之處也。又《哀時命》"廓抱景而獨倚兮"。王逸注"言己在於山澤廓然無耦，獨抱形景而立"。三廓字皆作空虛無倚旁之義。《釋名》"廓落在城外也"。繁變作郭作廓。《詩·皇矣》"憎其式廓"。傳"廓大也"。《方言》一"張小使大謂之廓"。凡空虛者必大，故引申爲空虛寂寞，緩言之則曰廓落。廓落，今恒言曰空老老。廓字蓋讀 Kwol，l 音脱去則曰廓矣。參廓落條。

絙

《招魂》"絙洞房些"。王逸注"絙竟也，房屋也。言復有美好之女，其貌姱好，多意長智，羣聚羅列，竟識洞達，滿於房室也。絙一作緪"。五臣云"洞深也"。洪興祖《補注》"絙與亙同。《文選》云'洞房叫窱而幽邃'"。朱熹《集注》"絙古鄧反。一作緪，與亙同。絙竟也"。王、洪、朱諸家皆訓絙爲竟也。洪云與亙同。按《説文·木部》"桓竟也。從木，恒聲。亙古文桓"。《繫傳》竟者竟極之也。舟竟兩岸也。（説古文從二舟義）《詩》曰"造舟爲梁"，横亙也。大徐古鄧切。段玉裁謂"今字多用亙，不用桓"。按《周禮·舟人》"恒角而短"。注"讀爲椬”，云“竟也”。《大雅》“恒之秬秠”。傳“恒徧也”。徧与竟義相足，字通作緪。《方言》“緪竟也。秦晋曰緪，或曰竟”。或省作絚。如《九歌》“絚瑟交鼓”。緪又作絙也。“絙洞房些”者，乃美女充徧于洞房也。

齌

《離騷》“反信讒而齌怒”。王逸注“齌疾也。言懷王不徐徐察我忠信之情，反信讒言而疾怒”。洪興祖補曰“齌音賫，又音妻。《説文》云‘齌，炊餔疾也’。《釋文》齊或作齌。竝相西切”。按齌訓疾，即《爾雅·釋詁》“齊疾也”。劉師培考異曰“顔師古《匡謬正俗》七，《御覽》九百十三事類賦注二十四竝引作齊，六臣本《文選》同。則作齊者通字，作齌者本字，亦或作齌者誤字也”。六臣訓齊爲同，以常詁釋之，亦與文義不調。然訓爲疾似與屈子從容婉轉之情不調。故戴震曰“齌讀如《詩》‘天之方懠’之懠。《毛傳》‘怒也’”。則齌怒爲同訓組合詞，於義爲平實，於屈子立言之情爲允當，宜從之。

翹

《九歎》“搖翹奮羽，馳風騁雨，游無窮兮”。王逸注“言龍既升天，奮搖翹羽，馳使風雨”。按《説文》“翹尾，長毛也”。《急就篇》“春艸雞翹鳧翁濯”。亦言雞尾羽也。又《招魂》“砥石翠翹”。注“翹尾也”。按王説誤。此言“屋角高舉而施翠”。翠指色言，此翹乃趬之借字。《莊子·馬蹄》“翹足而陸”。謂舉足也。

遽

《大招》“煎鰿臛雀，遽爽存只”。《集注》曰“鰿小魚也。遽爽存未詳”。徐文靖《管城碩記》卷十七曰“按《易》‘井谷射鮒’。《廣雅》

曰‘鮒一名鰿，今之鯽也’。遽疑即臄。《山海經》‘苦山有獸焉，名曰山膏，其狀如逐’。郭注‘即豚字’。是遽即臄，與腒通。《周禮·庖人》注‘腒乾雉也’。《左傳》五鳩有爽鳩，遽爽鳩之乾者。煎鯽臄雀，而爽遽不敗，竝有可存，義或然也”。按徐説自有據。然《大招》句法往往上句爲下句之主語，則遽爽句亦可作煎鰿之主語。則遽當讀作其，遽其雙聲，爽讀《老子》曰“五味令人口爽”之爽，存讀如字，義與下文“察篤夭隱，孤寡存只”相似。遽爽存言其爽口之味存焉。

艱

《離騷》“哀民生之多艱”。王逸注“艱難也。言己自傷所行不合於世，將效彭咸，沈身於淵，乃太息長悲，哀念萬民，受命而生，遭遇多難以隕其身”。又“路修遠以多艱”。按《説文》“艱土難治也”。《爾雅·釋詁》“艱難也”。即王逸所本。《書·大誥》“遺大投艱於朕身”。《詩·鳧鷖》“無有後艱”。艱之訓難，古今通義，無庸詳證。

艱替相韻之説。按《離騷》“長太息以掩涕兮，哀民生之多艱；余雖好修姱以鞿羈兮，謇朝誶而夕替”。艱與替多謂非韻。周密《齊東野語》云“移太息句在人生句下，則涕與替正叶”。錢氏《潛研堂答問》言“替與艱韻，古人讀艱如斤，則替亦當讀他因切。今考《大雅》‘胡不自替，職兄斯引’……《詩》既替與引叶，則替正可與艱音斤爲韻，凡從斤之聲之字，多在微部”。

鏗

《招魂》“鏗鍾搖簴”。王逸注云“鏗撞也。鏗《釋文》作銵”。洪補云“鏗銵竝苦耕切”。按《説文》無鏗字，鏗即摼也。以其擊者爲金屬，故作鏗耳。《説文》“摼擣頭也”。引申爲擊，字亦作銵，銵亦作摼、作挳。《廣雅·釋詁》“挳擊也”。

叩

《七諫》"故叩宫而宫應兮"。王逸注"叩擊也,宫五音也。言叩擊五音,各以其聲感而相應也"。洪補云"《淮南》曰'調絃者,叩宫宫應,彈角角動,此同聲相和也'。注'叩大宫則少宫應,彈大角則少角動'"。按《説文》無叩字,即敂之借也。"敂擊也。讀若扣"。叩宫宫應説,見《淮南》,洪補引之詳矣。又《九歎》"行叩誠而不阿兮",此叩當爲悃之借,詳叩誠條下。仍以通詁定之,於詞理不順。

叩誠

猶言欵誠。《九歎・逢紛》"行叩誠而不阿兮,遂見排而逢讒"。王注曰"叩擊也。言己心不容非以好叩擊人之過,故遂爲讒佞所排逐也"。王念孫《讀書雜誌》曰"案王(逸)訓叩爲擊,則叩誠二字義不相屬。今案叩誠猶言欵誠。《廣雅》曰'欵誠也'。欵與叩一聲之轉,欵誠之爲叩誠猶叩門之爲欵門也。重言之則曰叩叩。繁欽定情詩曰'何以致叩叩,香囊繫肘後'。《廣雅》曰'叩,叩誠也,轉之則又爲欵欵矣'"。按王不以叔師擊訓爲然,別作欵欵,最爲有識。惟以叩爲欵之借,於音理雖可通而所據皆東漢以後典籍。按劉向《九歎・愍命》云"親忠正之悃誠",即叩誠不阿之義與此同爲一人之作,其用詞必同也。悃叩亦一聲之轉,而漢人用之。《説文》"悃悃愊至誠也",是其徵。《卜居》亦言"悃悃欵欵,朴以忠乎",亦可爲旁證。叩字《説文》不録,即敂字之俗云。

悃

《九歎》"親忠正之悃誠兮"。王逸注"悃厚也。正一作政,之一作與”。洪補云“政與正同。悃苦本切”。按悃與誠相複合，猶子政他文言叩誠爾。悃即悃悃之義。《説文》訓爲悃愊至誠也，則悃誠即此悃愊至誠之省言，所以狀忠正之象，此亦即《卜居》所謂“悃悃款款”也。詳悃悃款款條下。

課

《天問》“何不課而行之”。王逸注“課試也。言衆人舉鮌治水，堯知其不能，衆人曰何憂哉，何不先試之也”。又《招魂》“與王趨夢兮課後先”。王逸注“課第羣臣，先至後至也”。按兩課字義同。《説文》“課試也”。《廣雅・釋言》“課第也”。即本之叔師此注。

疑

《九章・涉江》“淹回水而疑滯”。王逸注“疑惑也，滯留也。言士衆雖同力引擢，船猶不進，隨水回流，使己疑惑，有還意也。疑一作凝”。洪補云“《江淹賦》云‘舟凝滯於水濱’，杜子美詩云‘舊客舟凝滯’，皆用此語。其作疑者，傳寫之誤耳”。按疑當從一本作凝，洪補之詳矣。《説文・水部》“滯凝也”，即凝滯連文，用凝之證。叔師訓惑以爲疑字，非也。此義近複合詞。

逆

《九章・懷沙》“重華不可逆兮”。王逸注“逆逢，一作遌。《史記》作牾”。洪補云“逆遌當作遻。音忤，與迕同。《列子》‘遻物而不慴’是也。《釋文》‘遌五各切。心不欲見而見曰遌’。於義頗近”。按洪以遌遻爲兩字，又言遻與迕同，此中頗有糾紛。惟王逸訓爲逢，於文理詞氣皆碻不可易。而逆則《説文》訓“相遇驚也”，相遇驚亦逢爾。古從午從吾，音全同而屰音，字顯有兩系，一入陌韻如屰、逆、縌、諺，一入藥韻，如爲、朔、屰、蟒及變形之咢、遻、鄂、趏，於古合韻最近，而小篆則咢之形作咢，與屰全不分。然從咢遻字無入陌者，則兩系似各有所本。又考古文于、吾、五等皆交午之義，交午亦相值也。而其音亦與屰咢相通，故遻迕逜遌，《廣韻》均音五故切，讀如牾。故《史記》此處作牾，此句不可遻作遻，從屰實不成字，當爲"逜"形之誤；一本作遻者，正字也。至洪引《列子》以爲當作遻，從咢，實不成字。《列子》之"遻物而不慴"，咢字今本作遻，不作遻。後人不知，以從咢爲從咢，遂有《列子》之遻，實皆字形之僞亂也。決不可從。故余不憚煩而理亂如此。《爾雅·釋詁》"遻見也"，舊注"心不欲見而見曰遻"，此細別之義爾。《幽通賦》"乘高而遻神兮"。注"遇也"。字又借愕爲之。《高唐賦》"成愕異物"，又作迕。《後漢書·陳蕃傳》"王甫時出與蕃相迕"。注"迕猶遇也"。音轉則爲逆，《説文》"迎也"。迎逆亦一聲之轉也。

擬

《九思》"擬斯兮二蹤"。王逸注"擬則也蹤跡也。言願效此二賢之迹，亦當自沈"。按《説文》"度也。從手，疑聲"。《易·鼎》"君子以正位凝命"。《釋文》引翟注"度也"。《易·繫辭》"擬諸其形容"。虞注"自上議下稱擬"。《漢書·揚雄傳》"常擬之以爲式"，注"謂比象也"。皆即逸注則也之義。

窘

《離騷》"夫唯捷徑以窘步"。王逸注"窘急也"。又《九歎·遠逝》"路長遠而窘迫"。兩用窘字，其義不殊。《説文》"窘迫也"。與《九歎》説同。《詩》"又窘陰雨"。傳"困也"。困亦迫也。王訓急者，急亦迫也。《廣雅·釋詁》一亦訓急，當即本之王逸。

窮

《説文》“窮極也。從穴躬聲”。言至乎其極，窮極雙聲。按許説可商。此窮當以困窮爲本義，其字從穴從躬，躬亦聲。躬在穴中，所以困迫也。引申爲困、爲至極、爲窮苦、爲窘迫，與後世貧窮之義無涉。《楚辭》用此字，大體皆困迫一義之引申。細繹之，略可得五義，而地名之竆或亦借窮爲之云。

（一）至乎其極也。《九歌·雲中君》“橫四海兮焉窮”。王逸注訓爲極。言光被四表，安於窮極。言《雲中君》覽冀州之地，不足一覽，乃廣照四海，更無所窮極。言《雲中君》無乎不到，無乎不照也。《大招》“東窮海只”，亦言東極於海也。漢人或窮極連用。《惜誓》“樂窮極而不猒”，言至乎其極而不猒也。

（二）至極引申爲困。《離騷》“吾獨窮困乎此時也”，言不獨困窮於此時也。《懷沙》云“窮不知所示”，言困窮無表示之所也，困迫之極也。《九辯》六“寧窮處而守高”，言寧迫陋自處，以自守其高標也。《九辯》又云“悲憂窮戚”，言困迫而至於憂戚也。《七諫》之“吕望窮困而不聊生”，言迫不聊生也。《哀時命》“願退身而窮處”，言退而困處也。

（三）至乎其極則止矣。故又引申爲止。《遠遊》“惟天地之無窮兮”，言天長地久更無止意也。《廣詁》“窮竟也”。《論語》“博學而不窮”。注“不止也”。《九歎·遠遊》“遊無窮兮”，言無止意也。

（四）乏於財而困頓則亦曰窮，其專字則以窘爲之，即後世所謂貧窮矣。《七諫·怨世》“江離棄於窮巷”，言貧陋之巷也。

（五）窮終也。凡止意則終矣。故終亦引申義也。《大招》“窮身永樂，年壽延只”。王逸注“言居於楚國，窮身長樂，保延年壽，終無憂患也。永一作安”。按窮身終身也。《詩·考槃》序“使賢者退而窮處”。鄭箋“窮猶終也”。《漢書·律曆志》上“易窮則變”。孟康曰“窮終也"。此亦言終身安樂。《涉江》"固將愁苦而終窮"。(《哀時命》亦有此句)《七諫·謬諫》"永身而窮處"。窮與永對,故窮亦終也。

得

《楚辭》得字五十四見。皆一義之變。《說文》"得行有所得也。從彳,𡩡聲。古文省彳"。按得,實𡩡之繁文。𡩡者得貝也。從貝從寸。甲文金文凡於名詞加寸、又、止、彳等形,皆以表其事之動作,即以爲動字也。貝𡩡爲貨幣始有時如意之事,故於貝加寸以表之。此中土文化由物物交易進入以有價幣制爲交易媒介時期,貝幣即後世所謂犧鼻也。此時期除交易行爲及財貿有關之字,如財、貿、買、賣字,後起負、貨、販、貫、賺、贅、貯、賞、貾、貲、貳、貸、費、貼、贏、贈、貽、賀、賂、資、賈、賒、賕、資、贖、贍、賜、賞、賦、質、費、賵、賄、購;在意識形態方面,以貝表之者極多,如貴、賤、員、貧、貪、責、貶、貶、䁥、賣、賃、賑、㝱、賢、賽、贊等皆是。其中尤以貴賤、賢否之別,亦以貝爲重點。此種物質條件之反映,爲吾人所萬不可忽視。甲文金文尚用𡩡,至戰國以後又增益爲得,經典遂皆用得字矣。《易·文言》"知得而不知喪",《莊子·秋水》"至德不得"、注"得者生於失也",《晋語》"不得政何以逞怒"、注"得政爲政也",皆其徵也。《楚辭》得字除自得一義外,皆以得失爲主。如《離騷》言"苟得用此下土"、"耿吾既得此中正"、"遭周文而得舉",《九歌·湘君》"嘗不可兮再得",《天問》"安得夫良藥",《涉江》"芳不得薄兮",《哀郢》"哀見君而不再得",《惜往日》"得罪過之不意",《卜居》"不得復見",《九辯》"忼慨絕兮不得",《招魂》"得人肉以祀"皆是。惟《遠遊》有"儋無爲而自得",自得者,道家神仙修煉之術語,自得猶言自適耳。於屈賦爲特例。漢賦自《惜誓》以後,凡《惜誓》一見,《七諫》七見,《哀時命》三見,《九懷》一見,《九歎》一見,義均同,皆無詳說之必要。

出

《楚辭》出字十八見。略分三義，皆一義之變也。《説文》"出進也。象艸木益兹，上出達也"。按甲文作屮若屮像人自地室而逴之形，許解形誤。即今出入本字。凡出皆言自某地、物而出來之義。深言之，則出生亦得曰出。《左傳》莊二十二年"陳厲公蔡出也"，言蔡之所生也。《公羊》文十四年"獲且齊出也"。注"外孫也"。

（一）出去、出來，往也。《九歌・東君》"曒將出兮東方"。《天問》"擊狀先出"。《哀郢》"出國門"。《招魂》"十日代出"。《遠遊》"竝出進兮"。他如《天問》之"湯出"、"日出"，《思美人》之"白日出"、"中出"，《悲回風》之"放子出"，《國殤》之"出不入"。漢人所用益紛紛矣。

（二）生也。《天問》"爰出子文"。王注"子文之母鄖公之女，旋穿闈，社通於丘陵，以滛而生子文"。事詳《左傳》，參《重訂天問校注》。

（三）士字之誤。《大招》"接往千里，出若雲只"。王逸注中有"隱士慕己徠集，聚若雲也"。按出若雲只無主語，出當是"士"字之誤，若雲謂士之多也。古士出二字多互誤。僖二十五年《左傳》"謀出"，《吕覽・爲欲》譌作"謀士"，《史記・夏本紀》"以出"，《大戴禮・五帝德》篇譌作"稱以上士"，《淮南・繆稱》"其出之誠也"，《新序・雜事》出譌作士，《説苑・善説》"智者不知其出衆"，出亦譌作士。此則士譌作出，出字或作灻，與士形近似易譌。

入

《楚辭》入字二十六見。皆一義也。《説文》"内也。像從上俱下也"。按入字甲文只作∧若∩，偶有作人者，内字甲文作冂仌，似小別。

從上俱下之義不明。依甲文定之，則入乃像意字，表事物有圭角，可入。凡甲文表行動之象，皆直繪之。此直繪，所以象徵物之能入也。此如牽之以冂，表力之所向；亂之以乚，表理絲之象。漢字自有此種表意法也。餘參亂牽諸文。其音與出爲同族，而所表不同。出字甲文金作屮，像人自坎地而出也。余疑入之古文當爲冈，像自外入也，省形作入耳。《楚辭》二十六用。皆一義，訓入内也。《騷》所謂"進不入"，《七諫·自悲》所謂"入而感内"，曰"進不入"，曰"感内"，足以證入内之義矣。《少司命》"入不言兮出不辭"，入與出對舉，《遠遊》又言"精氣入而麤穢除"，則進入而除穢也。凡言入必有處所，徵之《楚辭》皆不爽毫釐。《九章》五見，《遠遊》二見，《九歌》一見，《九辯》二見，《招魂》三見，《哀時命》二見，《七諫》二見，《九懷》一見，《九歎》五見，《九思》二見。

多

《招魂》"九侯淑女，多迅衆些"。朱熹以爲九侯之女，入之紂而不滛云云。釋多字未見。高步瀛疑爲姼之省。《説文》"姼，美女也"。《漢書·叙傳》"姼姼公主"。顏注"姼好貌"。按高説較安。參迅衆條。

特

《楚辭》二用，皆一義也。《説文》訓"朴特牛父"。《方言》六"無耦曰特"。引申則爲孤獨。《七諫·沈江》"孤聖特而易傷"。王逸注"言衆佞相與竝同，以妬賢者，雖有聖明之智，孤特無助，易傷害也"。"一云聖孤特"。按當從一本作聖孤特。孤特同義，而合用也。不聞有孤聖之説也。又《九思·守歲》"特處分熒熒"。特處即孤處，獨處矣。

專

專字《楚辭》六見。約得兩義，一爲專一，一則訓舉。

（一）專一。《離騷》"椒專佞以慢慆兮"。又《惜誦》"專惟君而無他兮"，《七諫·怨世》"專精爽以自明兮"等專字皆訓一。《易·説卦》"震爲勇"。《左傳》昭二十年"若琴瑟之專壹"。此當爲摶之借字。《説文》"摶壹也"。（摶即叀之後起分別文，别詳）。

（二）專舉也。《七諫·沈江》"齊桓失於專任兮"。按此與《九辯》"堯舜皆有所舉任兮，故高枕而自適"，用義正同，故《九辯》舉一本作專，是專有舉義，此爲摶之聲借。《管子》"摶國不在敦"。古注"聚也"。聚即舉也。

贄

《九思》"謁玄黄兮納贄"。王逸注"玄黄中央之帝也"。贄即摯之别構。《説文》"摯握持也"。《周禮·大宗伯》"以禽作六贄"。《禮記·郊特牲》"執摯以相見"。《虞書》"三帛二生一死贄"。納贄者謂以贄而進也。

定

正也。

《懷沙》"定心廣志，余何畏懼兮"。王逸以來釋定爲安定。以通詁釋此，未爲允當。朱熹更就此引申之，似頗文從字順。然於屈子思理，及本篇文義，皆不甚貼切。此篇主旨，在明虚僞巧佞衺惡之亂國敗民而已。則以忠實樸質正大光明之德處之，雖不見容於世，而矢志不爲衺惡，非僅於求安定廣大其心與志而已。與《卜居》所陳，義相仿佛，爲屈子自道最直切之篇章。且此兩語，又在篇之結尾，則其含義，必應深遠正大無疑。按定字從正，古書多用爲正字。《書‧堯典》"以閏月定四時成歲"，《史記》作"正四時"是也。又《仲尼弟子列傳》"魯公肩定字子中"，中即正也。正者射侯之中也。故中正古多連文。不正則不中，不中則不正矣（參正字、中字條）。故定心即正心。《周禮‧司裘》司農注"方十尺曰侯，四尺曰鵠，二尺曰正"。後鄭説"鵠與正乃皮布之異名，皆居侯三分之一"。後鄭語是也。參鵠侯諸條。凡射求其直，故正又訓直，直者德之基本也（參德字條）。《左傳》襄七年"正直爲正"，則正心者，謂其能執中不偏頗，而直質之性也，與屈子之純粹、正直、樸質及名"平"、"正"皆相應，則定心廣志，猶言中正直質之心，光明耿介之志，如此解則與屈子思想願望皆能調遂，而與《懷沙》文理亦能貼切矣。參廣字條。

騰

《楚辭》用騰字十一見。其中與騰告、騰駕連爲一詞者五見，單用六見。其義約可分四，而皆本於騰傳一義。《説文‧馬部》"騰傳也"。傳者謂傳遞郵驛也。《後漢書‧隗囂傳》"因數騰書隴蜀"，即傳書之義。

（一）傳必有乘，故引申爲乘也。《湘夫人》"將騰駕兮偕逝"。《大招》"騰駕步遊"（《七諫》亦言騰駕）。《九歎‧愍思》"騰驢驘以馳逐"。言乘驢驘以馳逐也。又《九歎‧遠遊》"騰群鶴於瑤光"。王逸注"駕乘"是也。

（二）傳驛必馳，故引申爲馳也。《招隱士》"或騰或倚"。

（三）馳之急則有如飛騰，故引申爲飛，或與飛連文。《離騷》"吾令鳳鳥飛騰"是也。或原用一騰字《招魂》"目騰光些"，騰光猶今人言"飛一個眼風"，王叔師訓"騰馳也"。亦近飛也。《廣雅‧釋詁》云"騰上也"，即此義。

（四）又《離騷》"騰衆車使徑待"。王叔師釋騰云"過也"，謂崑崙路險阻艱難，非人所能由，故令衆車先過，使從邪徑以相待也。則串釋時以"令"字釋之。而詁字時以"過"字詁之，兩不相協。按騰無令義。惟《遠遊》有"騰告鸞鳥迎宓妃"一語，騰告連文而傳驛即所以爲告，則騰亦可訓告。故叔師以令字狀騰。此釋文義，非詁字義也。詁字義當與告同訓，餘參騰告、騰駕等則。

歁

《哀時命》"歁愁悴而委隋兮"。王逸注"歁愁貌也"。洪興祖《補注》"歁音坎。不自滿足意"。按《説文》"歁欲得也，讀若貪"。大徐音"他含切"。按内府本王仁煦《切韻殘卷》覃韻龕紐下，口含反，收歁字，然 P. 205、P. 2011 下溪紐及《廣韻》皆不收。又感韻 P. 2011 内府、王仁煦《殘卷》及《廣韻》此字皆收胡感切，一紐下，皆訓欲得，絕無他切（S. 2055 不收此字）。則此字正音當爲胡感切，入曉紐，亦得與口含切之坎通。二徐音皆誤矣。歁訓欲得，與頏訓飯不飽，及歆訓食不滿皆相同。而頏歁爲同音同義，歆音苦感切，則爲歁讀坎字之所由，於是歁、頏、歆三字皆音同義近之字矣。洪注以不自滿意詁之，得其本訓，叔師以愁貌釋之，則釋其義非詁字也。合參制度部。

正

《楚辭》正字，除複合詞外，單用者九見，其六見於屈宋賦，三見於漢賦。其義大別有三。

（一）平也。申其義爲徵，爲糾正。《離騷》"指九天以爲正"。《九章·惜誦》同有此語。惟九作蒼爲異。叔師《騷》、《章》兩注皆云"正平也"。平即辨之別。《尚書·帝典》"平章百姓"，今文作"辨章百姓"，是其證。平者謂分別其是非之義。《左傳》襄七年"正直爲正，正曲爲直"。雖分正直爲兩事，而正其是非則一也。《禮記·月令》"正權概"，注"正謂平之也"。則不平而使之平曰正，申言之則證其是非亦爲正。證引申義，則與《洪範》"念用庶徵"之徵同。注"騐也"。則"指九天以爲正"，即指九天以爲誓之意。因之《七諫·怨世》之"誰使正其真是"，亦謂使誰騐其是非也。

（二）使之方也。引申爲入之也。《離騷》"不量鑿而正枘兮"。王注"正方也"。按《九辯》"圓鑿方枘兮。吾固知其鉏鋙而難入"義同。則此正枘謂方其枘也。方作動字用，與上"量鑿"量字對文，量鑿謂考量其鑿，"不量鑿而正枘"否定轉折句法也。言工不度量其鑿，而方正其枘則不能相入也。按正字，甲文作𠙵若𠙸，金文同。像趾（止）有所向，正直而往之意。即今訓往之征字古文，則往枘猶言入枘。叔師特見《九辯》有方枘，遂以方釋之。枘方固不能入圓鑿，而此正則當引申訓入爲允當。

（三）正直也。《懷沙》"内厚質正"。叔師注"心志正直"。按《説文》訓正爲是。《詩·鳲鳩》"正是四國"，《毛傳》"正是也"，爲許氏所本。按正從一從止，止即足，本義爲直往，引申爲安定之義。"是"、"定"皆從此孳乳。故直亦訓正，直下云"正見也"。《廣雅》"直正也"。《易·坤卦》"直其正也"。叔師以"正直"訓正，極允。《抽思》"竝日夜而無正"，王訓"晝夜謬也"。《哀時命》"願陳列而無正"，王訓"無明正之君"。《九懷·通路》"無正兮溷厠"，諸無正，皆即正直、正道之義而反之，非有別義也。合參意識部，正字稍有複例。

壅

《九章·惜往日》"卒没身而絶名兮，惜壅君之不昭"。王逸注"懷王壅蔽不覺悟也"。古本壅皆作廱。朱熹《集注》曰"廱古壅字，言沈流之後，没身絶名，不足深惜。但惜此讒人廱君之罪，遂不昭著耳"。又同篇"不畢辭而赴淵兮，惜壅君之不識"。王逸注"哀上愚蔽心不昭也"。

按《章句》引古本作廱，亦借字也。依文字義訓，皆爲邕之借。《説文》"邕四方有水，自邕成池者"。今字作雝。凡從雝之字，皆有抱圍擁護之義。雝圍則蔽，雝圍則塞，故雝有蔽塞義。俗更增土作壅。《説文》無壅字也。《左傳》昭元年"勿使有所壅閉"。《齊策》"宣王因以晏首壅塞之"。《管子・明法》"令出而留謂之壅，出而道止謂之壅"。《小雅》"雅麈雝兮"。《穀梁傳》僖九年"勿雝衆"。《釋文》"塞也"。《周書・六戒》"衆匿乃雝"。注"言蔽塞不行也"。今則作擁塞。廱本辟廱專字。《禮記・王制》"天子曰辟廱，諸侯曰頖宫"。《詩・泮水》"思樂泮水"。箋"辟廱者，築土雝水之外圓如璧，四方來觀者均之泮之言半也"。按天子之小學校也。通作雝。《漢書・五行志》"廱河三日不流"。師古注"廱讀雝"。《漢書・王莽傳》"長平館西岸崩，邕涇水不流"。則古書用邕爲塞，正用本字也。

蠹

《九歎・愍命》"莞芎棄於澤洲兮，虺蟺蠹於筐簏"。王叔師注"言藏枯苞之瓟置於筐簏，令之腐蠹"。又曰"或曰蠹囊也"。按本文自"今反表以爲裏兮"以下至"耘藜藿與蘘荷"二十四句，皆兩句爲一聯，用相反之事物，作"反表以爲裏"之徵實。此處上言莞芎香艸棄於澤洲，而苦瓟充於筐簏，不得腐蠹。即今俗蛀字，古今無作他用者。此字蓋當用或説作囊。囊者盛物器也。引申之爲盛。盛於筐簏用登祭祀充庖厨也。當據正。蠹則形近而誤也。

爛

凡分二義。

（一）爲本義之熟也。《招魂》"其土爛人，求水無所得些"。王逸注"言西方之土，温濕而熱，燋爛人肉"。《説文》作爤，從蘭；或作爛，熟也。《吕覽・本味》“熟而不爛”。

（二）光明也。《九歌・雲中君》“爛昭二兮未央”。王注“光貌”。《招魂》“爛齊光些”。王逸注“齊同也。言牀上之被，則飾以翡翠羽及珠璣，刻畫衆華，其文爛然而同光明也”。按王説至碻，此當爲燦若燦然之義。爛昭即《西都賦》之“登降昭爛”也。《詩・韓奕》“爛其盈門”。箋“爛爛燦然鮮明且衆多之貌”皆是。又《九章・橘頌》“文章爛兮”，《招魂》“爛齊光些”，爛與光連文，則爛亦燦然，言文章曰爛者，其文采燦然也。《哀時命》“忽爛漫而無成”，此乃叠韻聯綿字，猶今言浪漫也，與此別。別詳。

蕩

蕩字四見。除浩蕩爲聯綿詞，蕩蕩爲叠詞外。餘皆作動蕩、放蕩解。《九章・思美人》“吾將蕩志而愉樂兮”。王逸注“滌我憂愁，弘佚豫也”。按蕩本水名，此則惕借字爾。《莊子・大宗師》“遥蕩恣睢”。王注“縱散也”。《禮記・月令》“毋或作爲淫巧，以蕩上心”。注“謂動之使生奢泰也”。此言蕩志猶蕩心矣。《説文》訓惕爲放，即放惕本字。

到

《哀命》“痛楚國之流亡兮，哀靈修之過到”。王逸注“言懷王之過，已至於惡楚國將危亡失賢之故也”。洪補云“到至也”。按王、洪説到皆就常詁立言，義遂膠著不能暢。非也。到即莂之借字。莂《説文》“艸大也”。（二徐誤作蔱，從校録、校議諸家説正）《廣韻》四卷、《爾雅・釋詁》訓皆同。《毛詩》“倬彼甫田”。《韓詩》作莂（詳《段注》及《桂氏義證》）。則“過到”猶言過大，即叔師惡字之義。然叔師之惡，乃就文義申釋之，而不審到之爲莂，故仍以“已至於”解之也。又或説到讀爲《史記・韓世家》“不如出兵以到之”之到，《索隱》“到欺也”。

《太玄》“事亦到耳順止”。注“到耳逆聞也”。欺也、逆也，亦似可通。

代

代字《楚辭》十四見，除代水一義外，其餘作更代解者十二則，作地名解者一則。

（一）更代。《説文》“代更也。從人弋聲”。凡以此易彼，以後續前，皆曰代。《左傳》昭十二年“與君代興”。注“更也”。《離騷》“春與秋其代序”。《九歌》“傳芭兮代舞”。《天問》“受理天下，又使至代之”。他如《九章·惜往日》之“自代”、《遠遊》之“代序”、《大招》之“代游”，《招魂》之“代出”、“代遞”、“彌代”、《七諫·哀世》之“得代”，皆此一義也。此爲古今南北通用詞，無所用於詳説。

（二）代方國名。《大招》“代秦鄭衛，鳴竽張只”。王逸注“言代、秦、鄭、衛之國，工作妙音，使吹鳴竽籧作爲衆樂，以樂君也”。“代一作岱”。按國即以代山得名。《漢書·地理志》“代郡”。注“屬幽州，秦置代郡，故代國”。按在今山西大同縣。別詳地部二。

殆

殆字三見。其義一也。《説文》“殆危也”。《楚辭》三殆字，王注同。《天問》“何顛易厥首，而親以逢殆”。詳參余《重訂天問校注》。《九章·惜誦》“初若是而逢殆”。王逸注“殆危也。言己志行忠信正直，性若金石，故爲讒人所危殆”。朱熹注“殆叶徒係反，殆危也。言初以君爲可恃，故被衆毀而遭危殆也”。《九歎·怨思》“恐登階之逢殆兮”。王逸注“言己思欲登君階陛正言直諫，恐逢危殆”。諸訓危義者，《禮記·大學》“亦曰殆哉”注，又《左傳》昭四年“晋有三不殆”注，又《公羊傳》襄廿七年“殆諸侯也”注，又《穀梁傳》襄廿九年“致君者殆其往”注，又《論語·爲政》“多見闕殆”《集解》引注，及皇疏，又《大戴記·曾子立事》"殆於以身近之也"注，又《周語·晉語》"太子殆哉"注，又《荀子·榮辱》"小除則殆"注，又《呂覽·樂成》"士殆之日，幾矣"注。

董

《九章·涉江》"余將董道而不豫兮"。王逸注"董正也。豫猶豫也。言己雖見先賢執忠被害，猶正身直行，不猶豫而狐疑也"。朱熹注"董正也"。不豫見《惜誦》。按董本草名，此依叔師訓正者，借爲督字。《爾雅·釋詁》"董正也"。《左傳》桓六年"隨人使少師董成"。然《方言》十二"董固也"。（今本或作錮，非也。）此董道當訓爲固持其正道之義，言固持其道而不變也。他書無用之者，當亦楚人語也。

締

《九章·悲回風》"氣繚轉而自締"。王逸注"思念緊卷而成結也"。洪補云"締丈爾切，又音啼。結不解也"。《集韻》引此同。按結不解，即《說文》義訓。《過秦論》亦云"合縱締交"結也。義同。

審

《遠遊》"審壹氣之和德"。王注"究問元精之祕要也"。又《惜誓》"苦稱量之不審兮"。按審《說文》作"宷悉也。知宷諦也"。《論語》"審法度"。皇侃疏"猶諦也"。《齊語》"審吾疆土"。注"正也"。《吕覽·先己》"審此言也"。注"實也"。此言諦察元氣之和德，稱量不正也。

證

《九章》"所以證之不遠"。王逸注"證驗也。言君相臣，動作應對，察言觀行，則知其善惡所證驗之迹，近取諸身而不遠也"。"一本之下有而字"。朱熹云"之下一有而字非是。言人臣之言行，既可蹤跡，内情外貌，又難變匿，而人君日以其身，親與之接，宜其最能察夫忠邪之辩，蓋其所以驗之不在於遠也"。《左傳》曰"知子莫若父，知臣莫若君，此之謂也"。按王逸證爲驗，朱申之，義同。按《説文》"證告也"，此證之本義。古籍多訓爲證驗，此徵之同音假借也。《書·洪範》"念用庶徵"。鄭注"驗也"。《禮記·中庸》"杞不足徵也"。注"猶明也"。《大戴禮·文王官人》"慎用六證"。注"六徵也"。今俗作證。又《悲回風》"證此言之不可聊"，義同。

盛

《九章·思美人》"高辛之靈盛兮"。王逸注"帝嚳之德茂神靈也"。"盛一作晟"。又《懷沙》"内厚質正兮大人所盛"。又同篇"任重載盛兮"。王或訓盛美，或訓盛多。通觀全部《楚辭》，用十四次盛字，其義皆美多大烈等一義。如《惜往日》言"盛氣志"。《九辯》六言"申包胥氣盛"。《大招》言"血氣盛"、"爵禄盛"，《招魂》兩言"盛德"，一言"盛鬋"。漢人諸賦，則《惜誓》言"盛德"，《九歎·愍命》言"盛質"，皆可以美烈多大之義解之。字又作晟者。《方言》十三"晠眳也，蘊晠也"。《爾雅·釋言》"熾晠也"。今經傳皆以盛爲之矣。

當

《楚辭》十六用，皆一義之變也。《説文》訓當爲"田相值"，引申爲值、爲任、爲合；儒者或以訓合之當，讀爲去聲，於事爲順，唯古無是別也。《離騷》“哀朕時之不當”，言不值其時也。又“豈珵美之能當”言珵（珵之義）玉而能相值，義謂得其當也。《九歌·大司命》“固人命兮有當，孰離合兮可爲”。注云“言人受命而生，有富貴賤貧，富者是天禄也”。孫詒讓《札迻》卷十二“案當猶值也。言人之命各有所當值，不能強爲。《九辯》云‘惟其紛糅而將落兮，恨其失時而無當’。注云‘不值聖王而年老也’。彼無當爲不值。則此有當即言有所值，明矣。此注義不若《九辯》注之密合也”。按孫説是也。可爲訓值一義之準則，故録之。此外如《天問》之“八柱何當”，《涉江》之“時不當”，《哀郢》之“當陵陽之焉至”，《思美人》之“迅高而難當”，《九辯》九之“羌儵忽而難當”，又三之“失時而無當”，《大招》之“賞罰當”，《七諫·初放》之“當道宿”，《哀時命》之“進退之宜當”，《九思·逢尤》“當闇時”，凡此等當字，皆可訓合也。又《九辯》五《七諫·謬諫》、《九思·傷時》三見當世一詞，亦謂相值其世也。然細繹之則當世猶當今也。《説文·△部》“今是時也”，《史記·淮陰侯傳》“當今兩主之命，縣於足下”，《漢書·賈捐之傳》“施之當今”，皆指當時言。然言時，則過去未來現在三時字，易之而言世則自時代之橫面言，不易體會爲今時，然今字固含橫面之義，此後世用當世爲當之由來。漢語交互之處，固非深思莫能繹也。余《文字樸識》有《釋當》一篇，以當字從尚，尚者塞北牖也。凡堵塞者，用力必相抵拒，尚字從儿以象之云云，故當字有相當、抵拒、矛盾諸義云，可參。

諒

《離騷》“惟此黨人之不諒兮”。王逸注“諒信也。一作亮”。又《九辯》之九“諒城郭之不足恃兮”。王逸注“信哉，險阻何足恃也”。諒一作亮。此下爲原自道之詞，奈何瓊佩之美盛，乃遭衆人之壅蔽，使不得申，此等小人之不見諒，恐終遭嫉妒而受其損折。按《説文》云

"諒信也"。錢大昕所謂"漢分隸往往以亮爲倞，盖隸變移亼旁於京下，又省京中——遂爲亮形"。參亮字條。

亮

《九歎》"喜登能而亮賢"。王逸注"言昔我美父伯庸，體有嘉善之德，喜升造賢能，信愛仁智，以爲行也"。按此亮訓信，即倞之隸變也。錢大昕謂"漢分隸往往以亮爲倞。盖隸變移人於京下，又省京中——遂爲亮形"。按此說至確不易。《論語》"貞而不諒"，即《孟子》之"君子不亮惡乎執"之義。執讀如"子莫執中"之執，言執一也。可徵其爲一矣。《虞書》"惟時亮天工"，又"亮采惠疇"，《皋陶謨》"亮采有邦"，《栢舟》"不亮人只"，皆訓爲信也。參諒字條。

置

《說文》"置赦也。從网直（會意）"。朱駿聲"置宜赦之。直亦聲"。按此義古籍少用，許說恐不足據。此字從网，謂羅絡而布置之也，當以布置爲本義。《楚辭》置字凡五用，皆借爲措置，若樹置。措置者，與值同義；樹置者，與植同義。皆同從直得聲，故得相通也。《九章·橘頌》"行比伯夷，置以爲像兮"。王注"像法也。屈原亦自修飾潔白之行，不容於世，將餓餒而終，故以伯夷爲法也"。即立置伯夷爲法也。《哀時命》云"置猨狖於欞檻兮"，此言處置措置也。《九歎·遠逝》"訴五帝使置詞"，言訴之五帝，使爲之詞，設置詞也。凡此諸置字，皆作措置、設置解。又考《七諫·怨世》有"甯戚飯牛而商歌兮，桓公聞而弗置"，此《離騷》之"齊桓聞以該輔"之義。該備輔佐不得言無所措置也。又《九歎·惜賢》"欲卑身而下體兮，心隱惻而不置"，此亦不得言心惻隱而無所措置也。王逸以爲"不能置中正而行佞諛也"之義過屈。按此兩置字，皆當訓廢，此以相反爲義。廢置之本義。盖謂羅絡而布置之，故其字從网。置與廢皆兼正反二義，建置謂之置，亦謂之廢；棄置謂之廢，亦謂之置。《祭義》曰"夫孝置之而塞乎天地"，此建置之義也。《周語》曰"是以小怨置大德也"，此棄置之義也。《左傳》文二年"廢六關"，《家語》作置六關。此謂建爲廢也。《周禮·大宰》"廢以馭其罪"，此謂棄置爲廢也。《七諫》之"桓公聞而弗置"，謂不廢其人用備輔弼也。《九歎》之"隱惻不置"言不廢其惻隱之心也。如是則義蘊具足矣。

登

（一）登字始見於《離騷》"登閬風而緤馬"。登之極曰"登天"。《九章·惜誦》"昔余夢登天兮"。又同篇"欲釋階而登天兮"。《九歌》亦云"登九天兮撫彗星"。《遠遊》"載營魄而登霞"。《易》曰"天險不可升"。《論語》"猶天之不可階而升"，"欲釋階而登天"。甚言其不可也。此屈子浪漫之詞。《九懷·思忠》所謂"登慶雲"、"登九雲兮遊神"爾。《九思·傷逝》之"登太一"，《惜誓》之"登蒼天"，《九懷·通機》之"登陽"皆同。次則"登大崇"、"登閬風"、"登崑崙"，凡《九歌》、《河伯》、《涉江》、《九歎》、《遠遊》皆是。下此則"登大墳"（見《哀郢》、《九歎》、《遠逝》），"登高山"（《九章·思美人》、《九懷·株昭》、《九辯》一），《九歎·惜賢》之"登長陵"、《憂苦》之"登巇屼"皆是。外此則洲亦曰登。《九歎·遠逝》"下石瀨而登洲"。王逸注"言己過瀨之湍，登水中之洲"。《九章·悲回風》亦言"登石巒以遠望"。《七諫·自悲》有"登巒山"。屈子曰"釋階而登天"，漢儒則曰"登階"（見《九歎·思古》、《怨世》），而《大招》言"登降堂只"，階與堂類矣。登字在《楚辭》四十用，而以爲升降用如上所列者三十見。按《說文》訓登爲上車，此用爲凡上義者，引申之義也。惟自字形分析，實無上車之義，小篆作登，從癶、從豆，又或於豆下加廾，癶從豆，不可解。甲文亦大同。余昔以爲當爲《左傳》"皮革齒牙，骨角毛羽，不登於器”之登，爲登之本義。又細繹先秦古籍，則隱有一通用現象，大體指年成豐登，或民料之事。如《周語》“馨香不登”，又“若登年以載其毒”，《晋語》“不哀其年之不登”，《左傳》昭十五年“福祚之不登”，《詩·崧高》“登是南邦”，《禮記·曲禮》“年穀不登”，《月令》“虀事既登”，又“乃令農登穀”，又《周禮·司民》“掌登萬民之數”，又《遂人》“登其夫家之數”等等，劇數之不能終其物，則從豆者，所以爲盛器也。盛黍禾穀以盛民數，皆有器，而豆爲祭祀，與日用常見者，升與登爲雙聲，則從豆正其所也。凡登者所以進之於國，故上從兩止，竝列進也；而下從兩手，奉豆，亦進也。舉其事之義，則曰進，言其行之實，則曰升。一義之大別爾。

（二）進也。因其有進之義，故《天問》言女媧爲帝事曰“登立爲帝”。此如《尚書》言“登庸”矣。登立、登庸者，民登之、立之爾。《楚辭》言進賢或進不肖亦曰登。如《七諫·謬諫》“讒諛登乎明堂”，又“鬿甀登於明堂”，《九歎·憫命》“喜登能而亮賢”，又《思古》之“登崷矊”，《離世》之“復登”，莫不皆然。

（三）成也。年穀時熟者成也。故登引申有成意。《遠遊》“美往世之登仙”言成仙也。《詩·嵩高》“登是南畝”，傳“成也”。

（四）凡成者定也，止也。故引申之又得定義。《九辯》“衆鳥皆有所登棲”。登棲言登而止棲之也。

度

《離騷》“何不改乎此度”。王逸注“棄去讒佞，無令害賢，改此惑誤之度，修先王之法也”。又“競周容以爲度”。王亦訓法度。又《懷沙》“常度未替”。王訓同。周容之度，即上周容之貌也。常度即守止不屈之情也。而“何不改乎此度”之度，即上句“不撫壯而棄穢”之度也。故皆得訓爲法度矣。餘參初度條。

圖

　　《離騷》“不顧難以圖後兮”。《九章·懷沙》“前圖未改”。王逸注“圖法也、改易也。言工明於所畫，念其繩墨，修前人之法，不易其道，則曲木直而惡木好也”。《説文》“畫計難也”，《爾雅·釋詁》“謀也”。《詩·棠棣》“是究是圖”。傳“謀也”。“前圖未改”，即《九章》之“前度”也。

託

　　《遠遊》“焉託乘而上浮”。王逸注“將何引援而升雲也”。按《説文》“寄也”，與侂義畧同。《齊策》“侂於東海之上”。《孟子》“士不託諸侯”。託乘，言寄身車乘而上游也。《招魂》“東方不可以託些”。王注“寄也。《論語》曰‘可以託六尺之孤’。言東方之俗，其人無義，不可託命而寄身也”。凡從乇之字，多有寄聚集中之義。

誅

　　《卜居》“寧誅鋤草茅”。王逸注“刈蒿菅也”。誅鋤連文，則誅亦鋤矣。《説文》“誅討也”。以其從言，故立義於口誅。然《説文》別有殊字，訓死也。《廣雅·釋詁》“誅殺也”，則誅鋤當以殊爲正字，而古籍多以誅爲殊。《易·雜卦傳》“明夷誅也”。《秦策》“使復姚賈而誅韓非”。《荀子·仲尼》“文王誅四，武王誅二……至於成王，則安以無誅矣”。注“誅者討伐殺戮之通名”。

慮

《楚辭》三見，除"聊慮"別詳外，皆謀思一義之引申。《卜居》"心煩慮亂"。王逸注"慮憒悶也。言思慮紛亂也"。《大招》"恣志慮只"。王訓所志而處之，言恣其所志而求之爾，求亦思之也。《墨子·經上》"慮求也"。又《惜誓》"非重軀以慮難兮"。王逸注"言己非重愛我身，以慮難而不竭忠誠"。《說文》"慮謀思也"。《詩·雨無正》"弗慮弗圖"。《荀子》"禮之中焉，能思索謂之能慮"。又按《卜居》"心煩慮亂"句慮字《文選》六臣本作意。引王注亦作意，朱引一本作意。按下文曰"用君之心，行君之意"，心意二字，正承此而言。則作心煩意亂者爲允。則慮或是意字之形近而誤矣。

攄

《九章·悲回風》"攄青冥而攄虹兮"。王逸注"上至玄冥舒光耀也"。洪補云"攄舒也"。又《九思·守志》"攄羽翮而超俗"。《章句》"翻飛而去"，則亦訓爲舒也。全書惟此二見。

摶

《九章》"曾枝剡棘，圓果摶兮"。王逸云"摶圜也。楚人名圜爲摶。言橘枝重累，又有利棘，以象武也，其實圓摶又象文也"。洪補云"《說文》云'摶圜也'。其字從手；槫樞車也，其字從木，音同義異"。按洪辯之是也。《說文》"摶圜也"。然此句上文已言圓果，不得更言圜，當訓聚也。《管子·霸言》"摶國不在敦古"。注"聚也"。凡物圓則聚，則亦圜之引申義也。又《九辯》云"桼精氣之摶摶兮"。王注"楚人名圓曰摶也"。洪補"度官切"。《說文》"圜也"。此則疊韻以爲形容，詳摶搏條下。

篤

《大招》"察篤夭隱，孤寡存只"。王逸注曰"篤病也。早死爲夭，隱匿也"。"察知萬民之中，被篤疾病早夭死及隱逸之士，存視孤寡而振贍之也"。洪補曰"篤厚也"。王念孫《讀書雜志》曰"案二說均有未安，篤與督同。《左傳》昭二十二年'晉司馬督'，《漢書·古今人表》作司馬篤。《漢書·張騫傳》身毒國，李奇曰'一名天篤'。《後漢書·文苑傳》作天篤。《鹽鐵論·詔聖篇》'溼篤責而任誅斷'。篤責即督責。《說文》曰'督察也'。是督與察同義；隱，窮約也。《左傳》昭二十五年'隱民多取食也'。杜注曰'隱約窮困'。定三年傳'君以靈馬之故隱君身，棄國家。'言督察夭死，及窮約之人，存視孤寡也"。按念孫說至允。王訓篤疾本之《爾雅》"篤固也"。洪訓厚者，箧之借字。《詩·椒聊》"碩大且篤"。兩家說非無據，然文理詞氣不順適，故當從念孫說。

獨

《楚辭》獨字六十餘見。《離騷》"吾獨窮困乎此時也"。"余獨好修以爲恒"。《抽思》"既惇獨而不羣"。王逸多以身孤獨釋之。考《說文》訓獨爲"犬相得而鬭，從犬蜀聲"。似與孤獨義不相涉。然古籍獨字皆訓孤特，乃通訓，而犬相得而鬭，乃無可徵。朱駿聲以爲轉注謂犬性獨，故爲寡單嫥壹之詞。詳徵《書·洪範》、《詩·白華》、《孟子》、《後漢·劉翊傳》、《莊子·養生主》、《荀子·君道》、《莊子·人間世》、《禮記·禮器、儒行》、《老子》、《易·復》皆"獨一"一義也。則單以形義審之，未必能得其審，此當爲先秦方言無疑，方言不必有正字，故借同音之獨爲之爾。考楊子雲《方言》十二"蜀一也，南楚謂之獨"。郭注"蜀猶獨耳"。《爾雅·釋山》"獨者蜀"。郭注"蜀亦孤獨"。《爾雅·釋詁》“蜀一也”。《廣雅·釋詁》同。獨與蜀同聲，故其義同。然獨爲漢以來通語，蓋皆楚語之衍也。蜀之訓一，漢以後無用之者，則舌頭音性强健而爽朗，故易傳習爾。又按蜀者，葵中或桑中蟲名，古籍亦無作孤特解者。然從蜀之字確有一系實含獨特之義，如庭燎曰燭，謂獨樹於庭者也。凡孤特則與事物相觸牴也。躅躅，步行孤特。氣盛者曰歜氣，云獨特也，則語根音族，亦自有倫紀。然細繹《楚辭》六十餘用，亦有其細微之別，或訓獨一，如《離騷》之“獨窮困”、“獨物修”、“獨有此”、“何所獨無”，《思美人》之“獨懷此”、“獨熒熒”，《九辯》之“獨守此”、“獨惶惶”、“獨悲愁”，《惜往日》之“獨鄣壅”，《悲回風》之“佳人獨懷”、“獨隱伏”，《懷沙》之“獨無匹”，《漁父》之“我獨清”、“我獨醒”皆是。漢以後各賦家所用皆可以孤獨訓之。其別則有獨特一義。《離騷》“惟此完人其獨異”，此獨訓孤獨，義不貼切，當訓爲獨特。同此作用者，則如《少司命》“忽獨與余兮自成”，《山鬼》“獨後來”，《少司命》之“蓀獨宜”，《抽思》之“獨永歎”，《九辯》之“君獨服”、“獨耿介”、“容與獨倚”，皆以訓獨特，於文理詞義爲周恰。又《橘頌》之“蘇世獨立”、“獨立不遷”，《山鬼》之“表獨立兮山之上”，諸獨立亦特立也，不得言孤立矣。此獨立猶儒行之“有特立而獨行也”。《老子》亦言“獨立而不改”。

凡言孤獨者，有悽惻之懷，言特立者，有剛中之義。故雖同字而表象則異矣。

重

《九辯》“重無怨而生離兮”。五臣云“重念也”。朱注“重深念也”。劉永濟曰“重猶難也”。又惜也。此以無怨生離爲難而深惜之也。按“重無怨生離”謂無重怨而生離也。重怨見《九章·惜誦》“恐重怨而離尤”，與此“重無怨而生離”所指正同。楚人之詞，副詞多提句首，故無重怨作重無怨，如知此例，則文從字順。諸家訓重爲念爲難爲惜，均非。劉永濟舉助詞置句首者二十七例，紛總總、香冥冥、紛杳杳皆形容詞。獨逸此句。合參制度部。

兩

《九章・哀郢》"曾不知夏之爲丘兮，孰兩東門之可蕪"。王逸注"孰誰也，蕪逋也。言郢城兩東門非先王所作邪，何可使逋廢而無路"。朱熹《集注》"孰誰也。兩東門，郢都東關有二門也。蕪穢也。言楚王曾不知都邑宮殿之夏屋當爲丘墟，又不知兩東門亦先王所設以守國者，豈可使之至於蕪廢耶"。按王朱說義大致可通。然解兩東門則至謬。按"孰兩東門之可蕪"，孰爲句中主詞，下當有動詞；可蕪乃介字之賓語（動詞性賓語），不得爲孰字之動詞，則此語實不成句。孰下當有一動詞，王逸以"何可使"補之，則是省動字之句。然依楚習此不得省也。疑兩字有誤，楚東門不只於兩。伍端休《江陵記》云"南關三門，其一名龍門"。則東門不止於兩矣。按兩即兩之繁文。兩者古衡量本字，即像兩端有物之象，如今天秤然。《說文》訓再，他書訓耦者，皆引申之義。則兩蓋有考量計較之義。東門即上文之龍門，變言東門者，又避複也。可字當讀爲何。言夏水之是否爲丘（詳夏字條下），尚不可知。又孰能計度郢都東門之何蕪穢。歎言郢都淪胥，則頹垣敗壁皆不可得知也。東門當即上文之龍門。考楚城門之可考者，《招魂》有修門，王逸注"郢城門也"。《越絕書》言楚門春申君所造，楚人從入（原作之，《藝文類聚》六十三作入爲是）故爲楚門。吳地記有蛇門，言春申君造以禦越軍。《史記・春申君傳》言"李園殺春申君於棘門"。按蛇、楚、棘三者是否在郢，不可知。（《正義》以棘門在壽州云）古兩與量通用。《世説・雅量篇》"未知一生著幾量屐"。量即兩字。即《詩・齊風・南山》篇"葛屨五兩"。唐人寫黃金斤兩二字或作量。是兩爲量之古字，自用爲量詞"二"之兩，而量義廢矣。

寘

《天問》"洪泉極深，何以寘之"。王逸注"言洪水淵泉極深大，禹何用寘塞而平之乎"。洪補云"寘與填同"。按寘即填之或體。《説文》"填塞也"。《漢書·賈誼傳》"以填後宫"。注"與寘同"。《漢書·溝洫志》"填閼之水"。注"謂壅泥也"。古從穴、從土之字其義相類，故往往爲一字之變。

屯

《離騷》"飄風屯其相離兮"。王逸注"屯其相離，言不與己和合也"。洪補云"屯徒昆切。聚也"。按下文言"屯余車其千乘兮"，聚義更顯。王注"陳也"。凡陳列必聚而後能陳能列也。《説文》訓屯爲難，"像艸木初生屯然而難"。此許説造字之義也。此本之《易·屯卦》"剛柔始交而難生"之説。其訓爲聚者，凡散易而聚難，故得引申爲聚，後製爲專字曰笔，即今囤字。《釋名·釋宫室》"囤屯也屯聚之也"。凡屯兵屯田字經傳皆以屯爲之。又《九辯》言"屯騎容容"，王逸訓"羣馬分布前後"，即"屯余車其千乘"之義。

忳

《離騷》"忳鬱邑余侘傺兮"。王逸注"忳憂貌"。一本注云"忳自念貌"。洪補云"忳徒渾切。悶也"。又《九辯》"忳憯憯而愁約"。王逸注"憂心悶督，自約束也"。按王逸《離騷》注忳訓憂貌，按忳者心有所屯聚不舒之意也。

頽

頽字《楚辭》七用，皆爲頽下之義。《説文》作穨訓 "秃貌"。頽下者隤之借字也"。又《九歎·逢紛》有 "意曰頽"，《遠逝》有 "頽流下隁"，《惜賢》有 "日下頽"，《憂苦》有 "泣如頽"，《遠逝》又言 "日杳杳兮以西頽兮"，注 "頽一作隤"，則用本字也。《九章·悲回風》"歲曶曶其若頽兮"。王逸注 "年歲轉去而流没也"。

調

《楚辭》六見，除調度爲複合詞外，餘皆訓和（調度之調亦訓和也）。《離騷》"湯禹儼而求合兮，摯咎繇而能調"。王逸注 "調和也。言湯禹至聖，猶敬承天道，求其匹合，得伊尹咎繇，乃能調和陰陽而安天下也"。按此釋至誤。湯禹之湯訓大，不訓商湯（詳湯下）；此摯乃訓摯引，不訓伊尹。"摯咎繇而能調"，言摯引咎繇能與之脢（而乃脢之譌，別詳）。調即上下協調和合以治天下之義，與陰陽調和無涉。漢儒多涉陰陽，遂妄以爲調和陰陽也。又《大招》云 "調以娱只"，即《離騷》"和調度以自娱" 之省。《惜誓》云 "攦瑟而調均"，則以調和爲調龢也。《七諫·謬諫》云 "恐操行之不調" 義同。按《説文》"調和也"，《賈子道術》"合得周密謂之調"，則調從周之義，至爲明顯。《荀子·臣道》"調和樂也"。《詩·車攻》"弓矢既調"。鄭箋謂 "弓强弱與矢輕重相得" 云云，説調之義最周徧。

按《離騷》"曰勉陞降以上下兮，求矩矱之所同。湯禹嚴而求合兮，摯咎繇而能調"。以調與同同韻，古今爭論之一事。古韻標準以爲不韻，其實石鼓文亦有此例。本書東方朔《七諫》亦云 "不量鑿而正枘兮，恐矩矱之不同"，亦以同韻調。《韓非·楊榷》篇 "形名參同，上下和調"，亦同調合韻。《漢·郊祀歌·出入章》云 "吾知所樂，獨樂，六龍六龍"

之調云云。龍與調韵，亦即東與簫韵切。可見漢以前自有此例也。

沓

《天問》"天何所沓，十二焉分"。王逸注"沓合也。言天與地合會何所，十二辰誰所分別乎"。按《説文》"沓語沓沓"，此訓爲合，乃佮若合之借字。"天何所沓，十二焉分"，《羽獵賦》"天與地沓"即襲用此語，亦訓合。《開元占經》引《巫咸》云"諸舍精相沓爲合"。

檮

《九章》"檮木蘭以矯蕙兮"。"檮一作擣"。洪補曰"檮音擣。斷木也"。按洪補用《説文》義，字又作擣。《左傳》文十八年"檮戭"。《説文·戈部》引正作擣。然《説文》別有擣字，訓手推也，一曰築也，即今搗字。

疇

《九歎·疾世》"居嶢廓兮勘疇"。王逸注"嶢廓空洞而無人也，勘少也，疇匹也。言獨行而抱影也"。按疇本耕治之田，古文作𠃏若㽝，像起土成棱之形，上下有界。《左傳》襄三十年所謂"田疇"也。此疇讀爲《齊語》"人與人相疇，家與家相疇"之疇。注"匹也。古二人相與爲匹，四人相與爲疇"。從耕作一事立義。《易》"否疇離祉"。《九家注》"疇者類義同耳"。

瀏

《九歎·逢紛》"秋風瀏瀏目蕭蕭"。王逸注"瀏風疾貌也。言四時欲盡，白露已降，秋風急疾，年歲且老，愁憂思也”。“一云瀏瀏”。洪補云“瀏音流”。按瀏本水清貌。《詩·溱洧》“瀏其清矣”是也。此以狀風則爲飀之借字。《風俗通》“涼風曰瀏”。重之則曰瀏瀏。

替

《離騷》“謇朝誶而夕替”。王逸注曰“替廢也。故朝諫謇於君，夕暮而身廢棄也”。《九章》“常度未替”。王亦訓廢。替《説文》作暜“廢一偏下也，從竝，白聲”。俗作替。《爾雅·釋言》“替廢也”。《詩·楚茨》“勿替引之”。《書·大誥》“不敢替上帝命”。

孽

《天問》“帝降夷羿，革孽夏民”。王逸注“革更也，孽憂也。言羿弑夏家，居天子之位，荒淫田獵，變更夏道，爲萬民憂患”。按歷世注家説帝降革孽二句，皆從叔師説，至誤。革孽夏民當讀爲革夏民孽，蓋與下文嬪字爲韵，故倒言之爾。夏民者中國民衆也。諸家皆讀爲夏禹之夏，非也。詳《重訂天問校注》。孽本庶子，此則借爲蠥。禽獸蟲皇之怪謂之蠥，革夏民孽，即《詩·十月之交》之“下民之孽”，《中庸》“必有妖孽”，《書·太甲》“天作孽”，《荀子·大略》“國之薉孽”，又《議兵》“莫不毒孽”，皆同此義。《天問》又云“卒然離孽”，注“憂也”，亦同此句義。參離孽條下。

佞

《九思·遭厄》“競佞諛兮讒鬩”。舊注“鬩不相聽，一云讒鬩鬩”。《説文》“佞巧讇高材也”。《左傳》成十三年“寡人不佞”。《廣雅·釋詁》“佞巧也”。《論語》“不有祝鮀之佞”。皇疏“口才也”。《鹽鐵論》

"以邪導人謂之佞"。

挐

《招魂》"挐黄粱些"。王逸注"挐糅也。言飯則以秔稻糅糭，擇新麥，糅以黄粱和而柔嫣，且香滑也"。《説文》"牽引也"。又《九辯》"枝煩挐而交横"。則用《説文》義。洪《補注》"挐女居切"。王注訓爲糅，則牽引之引申也。又《九思》"骰亂兮紛挐"，舊注義同。《九辯》字或譌變作挈，即今俗用拿字。

屠

《天問》"何勤子屠母"。注"裂剥也"。《九章·惜往日》"吕望屠於朝歌兮"。《説文》"屠刳也"。《天問》屠母即用此義。參《重訂天問校注》。《九章》"屠於朝歌"之屠，則謂刳剥六畜之人曰屠。

挑

《天問》"不勝心伐帝，夫誰使挑之"。洪補曰"挑徒了切。《倉頡篇》云，'挑招呼也'"。《説文》"挑撓也"。《莊子·大宗師》"撓挑無極"。司馬遷《報任安書》"横挑彊胡"。《司馬相如傳》"以琴心挑之"。按謂激之使怒而應戰曰挑戰，激琴聲以誂逗之亦曰挑，今俗尚有此語。

紉

《離騷》"紉秋蘭以爲佩"。《文選》尤本紉作紐，六臣本校云"逸作紐"。五臣作紉。下"豈惟紉夫蕙茝"，校語同。按北魏孝文帝《弔比干文》云"紐蕙芷以爲裳"，即襲此文。則紉誤爲紐久始於六朝矣。朱注“女陳反”，洪《補注》“女鄰切”，則《楚辭》自作紉。又下文“矯菌桂以紉蕙兮”，《文選》各本盡作紉，蓋紐紉以形而訛耳。

譔

巽之後起分別文，或又借撰爲之。《説文》“巽具也”。《儀禮·士冠禮》“具饌於西熟”。注“陳也”。《詩·卷阿》箋“酋之豫撰”，孔疏“撰爲供置之”。饌、撰皆即巽字。

《大招》“四上競氣，極聲變只。魂乎歸徠，聽歌譔只”。注“譔具也。言觀聽衆樂，無不具也”。按此即《招魂》“結撰至思”之義。惟此言歌撰，指譔後已具之歌，而《招魂》結撰則且歌且述之義也。合參自明。《説文》“譔專教”，則以從言立訓，而訓撰爲具，則以從手立言，其實則轉注字爾。語根語義皆同也。

撰

撰字《楚辭》三見。分兩義。

（一）爲具也，定也。《九歌·東君》“撰余轡兮高駝翔”。王無説。洪補云“撰雛免切。定也，持也”。《遠遊》曰“撰余轡而正策”。又《遠遊》“撰余轡而正策兮”。上言“撰轡”，下言“正策”，撰正對文，故撰可訓爲具備，又訓爲定也。

（二）撰述也。《招魂》“結撰至思”。王逸訓博，五臣申之，以爲“能撰深心以思賢人”。於文理辭義不順。洪朱訓爲述，詁字是也，而以爲“結述其深至之情思”則非也。下文言“蘭芳假兮，同心賦些”，明指歌頌歡樂之事，則結撰者，正謂結構撰述，極其思慮，於是而蘭蕙芳艸，奔來簫庭，爲人心之所至，遂作同心而歌頌之也。與思賢實無涉，蓋後人橫梗屈子有忠愛之心，遂事事從此出發，而不知上下文理，決不得有此也。考撰字或作譔作饌，義皆同，即巽之轉注字。《説文》“具也"。《廣雅·釋詁》三"饌撰具也"。《論語》"異乎三子者之撰"。孔注"具也"。《廣雅·釋詁》"譔定也"。《説文》"譔專敬也"。《禮·祭統》"論譔其先祖之美"。《招魂》之"結撰至思",即《大招》之"聽歌譔只"。王注"具也"。故撰譔爲轉注字,義實一也。譔述字即古纂字,或又作簒。

悼

《楚辭》共十見,凡分二義。

(一)哀悼。《九章·悲回風》"悼來者之愁愁"。王逸注"言傷今世人見利,愁愁然欲競之也"。《遠遊》"悼芳艸之先零"。《九辯》"悼余生之不時兮"。王逸注"悼傷也"。漢人賦則《九思·遭厄》之"悼屈子之遭厄"。按《方言》一"悼傷也。自關而東,汝潁陳楚之間通語也"。此之所謂傷,言心情之傷,非體質之傷也。故其意與悼哀同。《方言》又云"悽憮矜悼憐哀也。陳楚之間曰悼"(《廣雅》同)。今謂哀悼,乃其第一義諦。《詩·氓》"躬自悼矣"。即用哀義。

(二)懼也。按《説文》"悼懼也。陳楚謂懼曰悼"。《逸周書·謚法》"恐懼從處曰悼"。《詩·羔裘》"中心是悼",皆是。按《楚辭·九章·抽思》"心震悼而不敢"。《遠遊》"悼芳艸之先零"。《九辯》"竊悼後之危敗"。《七諫·怨世》"心悼傷而氄思"。按《抽思》言震悼不敢,上句爲"恐天時之代序",則恐與悼對。又《九辯》此句與上句"恐田野之蕪穢",亦恐悼對文。《七諫》與悼怵連文,則此等悼字,不得以哀悼釋之也。且哀傷與恐懼在心理上之表現本爲兩事,義無可通;而同用一字者,從卓聲之字,本分兩系,而懼與哀適當之。此漢語語根之現象,而楚人承之,故表現於其文中者,亦遂有此二義也。

逴

《遠遊》"逴絕垠乎寒門"。王逸注"逴釋文作踔，勑孝切"。洪補云"逴遠也。勑角切"。按《説文》"逴遠也"，與趠爲同字之異體。《九章》"道逴遠而日忘"。逴遠連文，逴亦遠也。其作踔者，聲借字。

綽

《大招》"滂心綽態"。王逸注"綽猶多也。態姿也"。"綽一作淖"。朱熹《集注》"綽一作淖。綽綽約也"。按《説文》作歚，又作綽。"緩也"，與此言猶多也義近。滂綽對舉，猶《詩》"寬兮綽兮"之寬綽。朱熹以爲綽約，義稍別。綽約一般指色貌言，而此綽則指心神狀態言，猶言寬和閒雅，故王叔師以多姿態釋綽態，較朱説爲允。一作淖者，誤字。

邅

《離騷》"邅吾道夫崑崙兮"。王逸注"邅轉也。楚人名轉爲邅"。洪補曰"池戰切"。又《九歌》"邅吾道兮洞庭"。按徐氏文靖云"《易·屯》'屯如邅如'，王弼言'正道未行，困於侵害，故屯邅也'。此所云邅吾道者，蓋亦屯邅之意"。朱珔《文選集釋》駁之曰"余謂《湘君》篇亦云'邅吾道兮洞庭'，與此文法正同，彼處豈得謂之屯邅乎？徐説非是，仍宜從舊注"。按朱説是也。考《説文》、《廣雅·釋詁》及《玉篇》皆訓邅爲轉也，且王逸明言邅爲楚人言轉義，即與《易》之邅如不同，故特援楚人語以明之。蓋邅乃南北諸子通用之字，而以邅爲轉旋義，則惟楚人用之也。《九歌》又云"蹇將邅兮壽宮"，則亦當作轉解，蹇者詞也，謂將轉於壽宮耳。古從走從辵之字，乃異部同義之字也。《説文·走部》有趨字，訓"趁也"。《玉篇》"移也"，《類篇》"轉也"。則僮、遭、趥皆一字之異文爾。又《九辯》有“遭翼翼而無終”之言，王逸云“竭身恭敬何有極也”，洪補又訓爲“行不進”，轉回則難進，則遭翼翼者，言恭敬之心（翼）畏慎難進之義也。

卓

《九章·抽思》“道卓遠而日忘兮”。王逸注“卓一作逴”。按卓一作逴是也。《説文》“逴遠也”。此以逴遠連文。惟古字義凡消極與積極兩類，可以分類相通。卓本訓高，則亦通於大、通於特、通於上等，則本書引一本作逴者，未必即《九章》原本，此習古書者所當知。亦可叠用。

卓卓。《哀時命》“處卓卓而日遠兮”。王逸注“卓卓高貌。卓一作逴，遠一作高”。洪興祖《補注》“逴音卓”。按叔師訓高貌者，卓本義也。《文選·三國名臣序贊》“卓卓若人曜奇赤壁”，亦謂高貌。卓本訓高，故可單言，亦可重言，亦可加語尾爲卓然、卓爾（卓然見《漢書·成帝紀》，卓爾見《論語·子罕》）。皆從高義立訓，惟本文云卓卓曰遠，似應訓遠，更能合拍，則高之引申矣。

周

《楚辭》周字三十六見，除周章爲聯綿詞，周天爲天文專門術語，不周爲山名等外，其餘單用字有四義。

一爲國名，朝代名，一爲周徧，一爲周流，一爲周繞或周帀。後三義實皆本義周密之引申也。《説文》訓周爲“密也。從用口（會意）”。甲文金文作圕，像田疇密植之象。凡周密者，必普遍，故引申爲徧；凡周密者，必有幕延，故得引申爲帀、爲繞、爲圜。其用於道德範疇則爲周信、爲忠信。凡引申之義，多有後起專字，於是本字遂爲假借用矣。

（一）徧也。以聲義求之徧義之字，其音周者，有匒字，則匒亦周徧之本字。《周易·釋文》“周遍也，備也”。《廣雅·釋詁》二“周徧也”。《小爾雅·廣言》“周帀也”。《詩·崧高》“周邦咸喜”。箋“徧也”。《禮記·檀弓》“四者皆周”。注“帀也”。此義之用在《楚辭》者，如《離騷》“競周容以爲度”、“雖不周於今之人”、“周論道而莫差”、“不周於今之人”，王訓“合也”。周論道句，正是祇敬之事，周論之疏狀字，不得言及文武也。漢賦中同此義者，如《九歎·怨思》之“周行”，《惜賢》之“周容”等皆是也。

（二）繞也。繞亦周帀之義，特其句必與方位有關。如《九歌·湘君》之“水周兮堂下”，言水繞於堂也。堂有四面，水圜繞之也。同例則《離騷》之“何方圜之能周”與《九思》之“周八極”，固亦方位所及曰周矣。

（三）周流也。徧繞曰周流，流者長趨而周，則繞之。故周流有徧繞之義。《離騷》“路修遠以周流”，言路遠而曲折也。又“周流乎天余乃下”，《天問》之“夫何爲周流”，天非直趨而可行也，故曰周流。其詞又見於《九章·悲回風》“從容周流”，《遠遊》“周流上漠”，《九歎·傷逝》之“波周流”，《遠遊》之“覽周流”、“周流四海”，《思古》“周流江畔”，《九懷·危俊》之“遺周流”，其義皆的當。惟《九思·疾世》之“遵河皋兮周流”一語，則從流字立義，於周字稍稍遠矣。叔師爲文，遣詞固多可商者也。

（四）周朝代名也，指文武周公時代言。叔師注“周論道”以爲周文王，非也。然《離騷》固曾以周爲周文王矣。其言曰“呂望鼓刀，遭周文而得舉”是也。他如《天問》之“周之命以咨嗟”、“周幽誰誅”，《漢賦》言之尤多，如《七諫·沈江》之“周得佐乎呂望”，又如《怨世》之“遭周文”、“周道平易”，《謬諫》之“周鼎”，《九歎·愍命》之“周邵”，《憂苦》之“周鼎”，《九思·疾世》之“周文”，《悼亂》之“周邵”等，則皆以指周代之君相言也。各各分詳，茲不復贅。

阽

《離騷》"阽余身而危死兮"。王逸注"阽猶危也，或云阽近也。言己盡忠，近於危殆"。洪補曰"阽音詹，臨危也"。《小爾雅》曰"疾甚謂之阽"。《前漢》注云"阽近邊欲墮之意"。戴震云"阽《説文》云壁危也。言人情計變所極。已周詳審視，知其未有踰乎義與善而可行者，故雖危死不悔。猶之不量鑿而徒正枘以納之，固前修所以至菹醢者也"。按阽余身倒句也，余身阽也。

表

《九歌・山鬼》"表獨立兮山之上"。王逸注"表特也。言山鬼後到，特立於山之上，而自異也"。朱熹注"表特也。雲反在下，言所處之高也"。按此借爲幖也。表本義爲衣之外表，此言特者，謂特立無依傍，幖者識也。言旌旗題署事物名號，以爲識別者耳。《周禮・肆師》"表齍盛告絜"，即以表爲之。《魯語》"署位之表也"。今人或以標爲之。

恬

《九章》"恬死亡而不聊"。王逸注"忍不貪生，而顧老也"。洪補曰"恬安也。言安於死亡，不苟生也"。按恬訓安，本之《説文》也。《方言》十三"恬静也"。《吳語》"又不自安恬逸"。注"静也"。凡静必安，則静乃安之引申義。

䴏

《九歌》"䴏冰兮積雪"。王逸注"䴏斫也。言己乘船，遭天盛寒，舉其櫂楫，斲斫冰凍，紛然如積雪，言己勤苦也”。按此字字義，古今無岐，惟其音則頗可商，《廣韻》入四覺，竹角切，與鑿同音。按《老子》“夫代司殺者殺，是謂代大匠斲。夫代大匠斲者，希有不傷其手矣”。斲與手韻，《吕氏春秋·貴可》篇改曰“大匠不斲，大庖不豆，大勇不鬭，大兵不寇”，與豆、鬭、寇韻，則音當讀如豆。又《説文》“鬭字從鬥，斲聲”。“覷字從見，亞聲，讀若兜”。則與亞同音無疑矣。今《説文》言“從斤亞”無“聲”字，蓋誤脱也。

壯

《楚辭》壯字五見。“及余飾之方壯兮”。王逸注“壯盛之時”。方壯猶《遠遊》言“精醇粹而始壯”之壯。《九辯》三亦云“離芳藹之方壯兮”。《離騷》“不撫壯而棄穢兮”，王注“年德盛曰壯”，此闡發文義，非詁字也。又《天問》“何壯武厲，能流厥嚴”。王逸注“壯大也。言闔廬少小散亡，何能壯大，厲其勇武，流其盛嚴也”。《説文》“壯大也”。《方言》“秦晉之間凡人之大謂之奘，或謂之壯”。《禮·曲禮》“三十而壯”。《易》“大壯”。王肅注“盛也”。照以《楚辭》五用，皆指年歲而言。今奘字即後起分別文也。

祇

《離騷》“椒專佞以慢慆兮，樧又欲充夫佩幃。既干進而務入兮，又何芳之能祇”。王注曰“祇敬也。言子椒苟欲自進，求入於君，身得爵祿而已，復何能敬愛賢人，而舉用之也”。王念孫《讀書雜誌》曰“引之曰，祇之言振也。言干進務入之人，委蛇從俗，必不能自振其芬芳，非不能敬賢之謂也。上文云‘蘭茝變而不芳’，意與此同。《逸周書·文政》篇‘祇民之死’。謂振民之死也。祇與振聲近而義同，故字或相通。《皋陶謨》‘日嚴祇敬六德’，《史記·夏本紀》祇作振。《柴誓》‘祇復之'，《魯世家》祗作敬。徐廣曰一作振。《內則》'祗見孺子'。鄭注曰'祗或作振'"。

低

《楚辭》八見，四用低佪，一用低昂，皆別見，三用單字。

（一）義與低昂同。低昂亦猶抑揚也。惟屈賦不用單字。《九歎》、《九思》兩用之義皆同。

（二）邸之借字。"軒輬既低"。注云"軒輬皆輕車名也。低屯也。一曰低佬也"。孫詒讓《札迻》卷十二"按《九章·涉江》云'邸余車兮方林'。注云'邸舍也'。洪校云'邸一作低'。此低與彼邸聲義同。蓋謂舍車而楷柱其轅於地。《說文·車部》云'卻車抵堂爲輋'。低與抵義亦同。王釋邸爲舍，是也。洪謂邸無舍義，非也。而釋低爲屯，則尚未密合，別說以低爲佬尤誤"。按孫說至允。參邸字條下。與抵邸皆同聲通用，以聲求之，其本字當作楷。《爾雅·釋言》"楷柱也"。即車抵堂之義，抵堂今俗言抵當，抵當雙聲複合詞，當亦抵也。詳當字下。抵當當字讀上聲，俗擋爲之，抵當即楷也。楷古音當讀如端紐，亦即抵音矣。參邸字下。

邸

《九章·涉江》"邸余車兮方林"。注"邸舍也"。張雲璈《選學膠言》卷十四云"邸當作低。胡中丞云'袁本茶陵本邸作低'。按《楚辭》作低，洪興祖本作邸，云'一作低'。《補注》以爲低，無舍義，非也。《廣雅·釋詁》四'宿、次、低、弛舍也'。洪失之未考耳。善注引逸亦低字，尤延之改邸"。按"邸余車"及《招魂》"軒輬既低"之低，亦即《說文·車部》"卻車抵堂爲輋"之抵，義謂舍車而楷柱其轅於地也。邸、低與抵皆同聲字，六臣本亦作低。俞樾《讀楚辭》（《俞樓雜纂》第二十四）云"愚按邸當讀爲楮。《爾雅·釋言》'楮柱也'。凡車止而弗駕，必有木以楮柱其輪，使之勿動，古謂之軔。《離騷》'朝發軔於蒼梧兮'。注曰'軔楮輪木也'。邸余車即楮余車。氐聲，與者聲相近，故邸得通作楮。《説文·土部》'坻或作渚'。即其例矣"。

徵

《九歎》"徵九神於回極兮"。王逸注"徵召也。回旋也。極中也。謂會北辰之星於天之中也"。《説文》"召也。從微省。行於微，而聞達者，即徵也"。《周禮·天官》"宰夫掌百官府之徵令"。注"別異諸官，以備王之徵召"。又《左傳》僖四年"包茅不入，王祭不共，無以縮酒，寡人是徵"。杜注"問也"。此用《説文》本義。

澂澄

《惜往日》"君含怒而待臣兮，不清澂其然否"。澂字朱本作澄，引一本作微，洪引一本作澂。今本又誤作徹，蓋非。撤當爲澂形近而誤。《説文》"澂清也"。清澂連文其義同。《説文》無澄字。朱注"清澂猶審察也"。《説文》"澂清也"。字亦作澄。《易·損卦》，鄭玄劉獻本"澂忿窒慾"，字又作懲。注云"懲清也"。引申之則曰止，懲忿猶言止忿。與《詩·沔水》"民之訛言，寧莫之懲"同意。傳"懲止也"。《淮南·説山訓》"人莫鑑於沫雨而鑑於澄水"。注"止水也"。（《莊子》正作"鑑於止水"。）澂澄一詞，故《遠遊》"保神明之清澄兮，精氣入而麤穢除"。惟《遠遊》清澄作名詞，而《惜往日》之清澂作動詞用，其語族義根一也。

征

征字十四見，皆一義之變。《離騷》“溘埃風余上征”。洪補“征行也”。又《九歌・湘君》“駕飛龍兮北征”。王逸注“征行也”。上征、北征、西征、宵征，皆恒用詞。上征又見《遠遊》、《九懷・昭世》，西征見《天問》、《遠遊》，宵征見《九辯》一，《九歎・疾世》言“反征”，《悼亂》言“于征”，《九歎》則四言“征夫”（《怨世》二見，《憂苦》一見，《愍上》一見），皆訓行，《説文》“征行也”。字又作𨑨，從辵正聲。《爾雅》“征行也”。《詩・小星》“肅肅宵征”。《皇皇者華》“駪駪征夫”。考征、延皆即正之繁變，甲文金文皆只作□若□，象趾有所向往之形。金文後期正作正直解，乃增彳若辵，作征𨑨，訓行矣。

輟

《九辯》“農夫輟耕而容與兮”。王逸注“愁苦賦斂之重數也”。朱熹注“農夫輟耕而容與，言不恤國政而嬉遊也”。按《説文》“輟車小缺復合者”。《爾雅・釋詁》“輟已也”。《穀梁》文七年“輟戰而奔秦”。《論語》“耰而不輟”。注“猶止也”。

黜

《九歎》“蔡女黜而出帷兮”。王逸注“蔡女蔡國賢女也。黜貶也”。《説文》“黜貶下也”。《虞書》“黜陟幽明”。傳“退其幽者”。《左傳》昭二十六年“咸黜不端”。注“去也”。

徹

《天問》"何令徹彼岐社，命有殷國"。王逸注"徹壞也。社土地之主也。言武王既誅紂，令壞邠岐之社，言己受天命而有殷國，因徒以爲天下之太社也"。朱熹注"岐社，太王所立岐周之社也。武王既有殷國，遂通岐周之社於天下，以爲太社。猶漢初令民立漢社稷也"。按《説文》"徹通也"。朱熹用本義，故曰通岐周之社，以爲大社。《詩·十月之交》"天命不徹"。《爾雅》訓不徹"不道也"，亦此義也。而王逸以徹爲壞，則與《詩·鴟鴞》"徹彼桑土"之徹同。傳"剥也"。此或借爲劈爾。即今撤字。《論語》"不撤薑食"。孔注"去也"。《惜往日》"不清徹其然否"。徹字爲澂字之誤。詳澂條下。

濯

《漁父》"可以濯吾纓"。又曰"可以濯吾足"。《説文》"濯瀚也"。《詩·泂酌》"可以濯罍"。傳"滌也"。《周語》"王乃淳濯饗醴"。注"洗也"。

傺

《九章·惜誦》"欲儃佪以干傺兮"。王逸注"干求也。傺住也。言己意欲低佪留待於君，求其善意，恐終不用，恨然立住"。洪補"干傺謂求仕而不去也"。又《九辯》"欲傺而沈藏"。王注"民無駐足竄巖穴也。楚人謂住曰傺也"。按傺字《説文》所無。《楚辭》多與侘字合爲一詞，侘傺爲失意貌（詳侘傺條下）。而單用傺字，惟此二條，義最顯明。叔師以爲楚人言住曰傺。考《方言》七"傺逗也。南楚謂之傺"。當即叔師所本。郭注"音際逗即今住字也"。《玉篇》亦云"住也"。《廣韻》

"持遇切"。亦云"住也"。按逗、住、傺皆一音之小變，則傺者特楚語之變也。

諶

《楚辭》只一見。《九章·哀郢》"諶荏弱而難持"。王逸注"諶誠也。言佞人承君歡顏好其諂言，令之汋約然，小人誠難扶持之也"。洪補云"諶音忱。信也"。按《說文》"諶誠諦也"。《詩·大明》"天難諶斯"。《爾雅·釋詁》"諶誠也"。《詩·蕩》"其命匪諶"。按《大明》毛本作訦，《蕩》篇、《韓詩》作訦，《說文》作忱，皆可通。

湛

《九章·悲回風》"吸湛露之浮源兮"。王逸注"湛厚也。《詩》曰'湛湛露斯'"。朱熹注"湛丁感反。厚也"。又《招魂》"湛湛江水兮上有楓"。注"水貌"。又《哀郢》"忠湛湛而願進兮"。注"厚重兒"。按湛本湛沒字，重言湛湛，則爲厚重之貌。王注引《詩》及《招魂》"湛湛江水"是也。亦可單言曰湛，亦有厚重之義。按《說文》有斟字，斟斟盛也。則湛即斟之借字。小篆凡從甚之字有一系皆有厚重義。蓋甚即尤安樂也。故從甚之字，亦得安和厚重矣。糂米和羹也，蓋厚粥；諶誠信也；黮者，黑之甚也；媅又即甚之分別文，專以指酒色言也；醰者，鞠之熟者也。故湛亦有安和厚重之義。

蠢

《九歎》"王夷蠢蠢之溷濁"。王逸注"蠢無禮義貌也"。《說文》"蠢蟲動也"。《爾雅·釋詁》"蠢動也"。《詩·采芑》"蠢爾蠻荊"。《爾雅·釋訓》"蠢不遜也"。王叔師謂無禮義貌，即本《爾雅》此義。

屬

《楚辭》十見。其義至雜。《離騷》"後飛廉使奔屬"。王逸注"使風伯奉君命於後，以告百姓；或駕乘龍雲，必假疾風之力，使奔屬於後"。洪因王義而補云"屬音注，連也"。與此義同者，《遠遊》"召玄武而奔屬"。王逸注"使承衞也"。其義與洪補訓連同也。又《九辯》十云"屬雷師之閶闔兮"。王逸注"整理車駕而鼓嚴也"。說其文理，非詁其詞也。洪仍訓爲連，義以奔屬同是也。後世遂有屬車之名。又《天問》"日月安屬"，此屬字亦可以連字詁之，言日月安所連屬也。《王制》"五國以爲屬"。《管子·小匡》"三鄉爲屬"。《齊語》"十縣爲屬"，此則地志亦用屬也。此一義也。又《九章·惜往日》"屬貞臣而日娛"。王逸注"委政忠良"。以今習書之，或作囑矣。囑付今俗字也。《穀梁傳》定十年"退而屬其二三大夫"，《呂覽·貴公》"寡人將誰屬國"，皆此類也。此其二。又《七諫·自悲》"屬天命而委之咸池"。王逸注"屬禄命於天也"。洪補附之。按文以屬與委對文則屬亦委也。委屬今恒語，即洪所謂付也。此其三。又《哀時命》"抒中情而屬詩"，王注"屬續也"，《釋名·釋親》"屬續也，思相連續也"，《書·盤庚》"爾忱不屬"，馬注"不屬獨也"，皆其證矣。此其四。屬義繁瑣音變亦多，按古音注。《離騷》"前望舒使先驅兮，後飛廉使奔屬。鸞皇爲余先戒兮，雷師告余以未具"。《屈宋古音義》"屬音注"。《考工記》"犀甲七屬，兕甲六屬，合甲五屬"。鄭康成云"屬讀如灌注之注"。屬字古多作注音。《儀禮·士昏禮》"酌糸酒三屬於尊"，注"屬注也"；又《晉語》"若先，則恐國人屬耳目於我也"，注"屬注也"，皆讀若注，是屬古本讀注音，今讀禪，正齒歸舌頭也。

邪

邪字《楚辭》八見，皆借爲衺。邪者山名，即琅邪；衺者即《賈子道術》所謂"方直不曲謂之正，反正爲衺"。《禮記·樂記》"回邪曲直"，《春秋繁露·竹林》"前正而後枉者，謂之邪道"，皆其徵也。《遠遊》言"邪徑"，《哀時命》、《七諫·自悲》言"邪氣"，《哀時命》言"邪枉"，《七諫·謬諫》言"邪說"，《九思·遭厄》言"邪造"，皆不正之義也。

珵

《離騷》"覽察艸木其猶未得兮，豈珵美之能當"。王逸注"珵美玉也。《相玉書》言，珵大六寸，其耀自照。言時人無能知臧否，觀衆草尚不能別其香臭，豈當知玉之美惡乎？以爲草木易別於禽獸，禽獸易別於珠玉，珠玉易別於忠佞，知人最爲難也"。五臣云"豈能辨玉之臧否，而當之乎。玉喻忠直"。洪興祖補曰"珵美，猶《九章》言蓀美也。珵音呈，一曰珮珩也"。按叔師引《相玉書》與《玉篇》珵下合。然鄭康成注《玉藻》引《相玉書》珵作珽，陸氏《釋文》曰"珽本又作珵"，是珵即珽字。《說文》"珽大圭，長三尺，抒上終葵首"。則珵即大圭。又《五經異義》"天子笏曰珽"。則笏大圭珽，又名曰珵。説至紛紜。王紹蘭《説文段注訂補》考之極詳。依《騷》文定之，則珵與草木對舉，大小貴賤皆懸殊，則珵之爲大器無可疑，其器形制，見於《三禮圖》及《古玉圖考》。然細繹上下文義至爲可疑，若隨文疏之，則此言謂豈大圭之美之能當，則與上句義不調。若依詞氣讀之，則應作豈能當於珵之美，言於大圭之美不能得當，則非增異字面不能通，非詁釋之正規也。故疑此句有誤字。按友人大足徐永孝云"'豈珵美之能當'，王逸注'珵美玉也'。按珵郭璞作珵，見《敦煌殘本楚辭音》。《説文》'程品也，從禾呈聲’。‘呈平也’。品評義近美，緊承上文兩美求美、美惡而言，程美謂品評美人也。黨人覽察艸木，尚未得當，焉能品評美人得當乎。《懷沙》‘伯樂既没驥將焉程兮’。惟伯樂乃能程驥，黨人豈能程美乎？程誤爲珵。王逸引《相玉書》言‘珵大六寸其耀自照’，果爾，當作美珵，不當作珵美，後世相沿不悟，皆失之望文生訓”云云。如其説可謂詞氣順遂矣。程字固爲屈宋文恒用語，除所舉驥程外，又如《遠遊》“余將焉所程”。洪補亦訓品也。與《九章》焉程、豈程皆同調。

充

《九思》“菓耳兮充房”。舊注“菓耳惡艸名也，充房侍近君也”。按《説文》“充長也，當也”。（今作高也，余依舊本校之。）充房謂充塞房中，即滿房之意。《左傳》襄三十一年“寇盗充斥”。注“滿也”。又《公羊》桓四年“充君之庖”。注“充備也”。此等充字，似與説文充之本義不協，實則當也一義可概之矣。

長

《楚辭》長字七十二見，除長庚等專門術語外，皆一義之變，而以久長或永久爲主。其他可引申爲美、爲經長、爲多、爲壽、爲遠，兹皆分別述之。

（一）久長永恒義。此一類爲最多，《離騷》言“長太息以掩涕兮”、“殷宗用而不長”。他如“長顑頷”，《九歌·東君》之“長太息”（《遠遊》、《九辯》、《七諫》各一見），《少司命》之“長劍”（《國殤》、《東皇太一》各一見），《禮魂》之“長無絶”，《東君》之“長矢”，《橘頌》之“長友”，《抽思》之“長夜”（《悲回風》、《九辯》三各一見），《哀郢》之“長久”（《天問》言久長，《七諫·沈江》一見），《悲回風》之“可長”，《抽思》之“長瀨”（《九歎·離世》一見），《涉江》

之“長鋏”，《天問》之“不長”（《七諫·沈江》、《自悲》、《惜誓》各一見），《天問》之“逢長”（兩見）、“何長”，《遠遊》之“長勤”，《招魂》之“長離”、“長髮”，《七諫·初放》之“長利”，《懷沙》之“長鞠”，《大招》之“長爪”、“長袂”，《招魂》之“長人”、“長薄”《惜誓》之“長生”（《七諫·自悲》一見），《哀郢》之“長楸”，《思美人》之“長洲”，《九歎·思古》之“長阪”、“長嘯”，《惜賢》之“長懷”、“長隱”、“長流”，《離世》之“長陵”、“長吟”，《憂苦》之“保長”、“長企”、“長噓”，《逢尤》之“長逝”，《怨思》之“長悲”、“長辭”、“長望”，《遠逝》之“長遠”、“長懷”，《九思·遭厄》之“長驅”，《守志》之“長存”，《逢尤》之“長歎”，皆此義也。又《離騷》言“長余佩之陸離”，長字作動詞用，義則相同也。又《橘頌》“可師長兮”，洪補言“可爲人師長”，其用法與上同。

（二）美好也。《離騷》“羌無實而容長”。王逸注“但有長大之貌”。按古以長大爲美好，故曰容長也。

（三）多也。《九歌·湘君》“交不忠兮怨長”。王逸以長相怨恨釋長，非也，交不忠則怨多，絕交則怨，乃可言長，交不忠者仍在交中，以其不忠，動則多怨也，故此長字當作多字解。

（四）長人，長壽之人也。《天問》“長人何守”。王逸以爲長狄，洪補雜引諸書以實爲長大之人，非也。上句言何所不死，則此句之長人當指不死之人，此與《招魂》之長人千仞，詞雖同而義則別。王洪釋爲長人，離析文句蓋非也。

（五）遠也。《九歎·憂苦》“登山長望中心悲兮”，此長望言登高而望也。登高則望遠，非長也，故當訓遠矣。

成

《楚辭》二十八見，除成湯爲專名。或又爲盛之借，其餘皆一義也。

（一）《離騷》“初既與余成言兮”。成言謂達成之言也。《九歌》

"成禮兮會鼓"。王逸注"言祠祀九神，皆先齋戒，成其禮敬，乃傳歌作樂，急疾擊鼓，以稱神意也"。"成一作盛"。王説是成禮猶言禮成，祀神之禮已完成也。此外如《天問》之"成功"、"成游"、"反成"、"成考功"，《遠遊》之"無成"、"類成"，《卜居》之"成名"，《九歌·湘夫人》之"成堂"，《九章·惜誦》之"成醫"，《招魂》之"成梟"，《哀時命》之"成義"、"無成"，《九辯》之"不成"，《七諫·初放》之"成朋"，《沈江》之"成功"，《怨思》之"成林"，《九懷·尊嘉》之"成行"，《九歎·憂苦》之"成行"，《九思·憫上》之"成俗"，義皆作成就、成功解。《説文》"成就也"。《詩·樛木》"福履成之"。傳"就也"。《書·益稷》"簫韶九成"。

（二）成者盛字。《天問》"昭后成遊"。成遊謂以兵車從遊也。此不得言成功、達成之遊，其義至明。参《重訂天問校注》。《公羊》莊八年"成者何盛也"。《孟子》"犧牲不成"。注"不實肥腯也"。

乘

字又作桀。《楚辭》四十餘見，皆與車乘有關，而《説文》訓乘爲覆，以爲"從入從桀，桀黠也。軍法曰桀，古文從入，從舛、從几"。則以乘爲磔之古文矣。徧考古籍，實無用此義者。考《虢季子白盤》"王錫乘馬"之乘，其形作乘，與許君所録古文桀字形同。考甲文有乘字，當爲桀之簡寫，古從大從人同，則小篆誤人爲入，而"舛"得變爲舛，亦隸變之常例，是乘字當以桀爲正字，而乘則省略字耳。桀像人升木之形，當即桀之本義矣。然許氏以軍磔字似亦不無可徵。考《殷墟書契前編》五、二五字作乘，後下十七作乘，大下之木缺其顛作，即《説文》之枿字，伐木餘也。許又曰"古文枿，從木無頭作"。則登木者所以伐木，伐木餘故作，是磔爲之引申義，自形體訛亂而本義變義兩不能明矣。釋乘字形，略本海甯先生舊説（別詳余《文字樸識·釋乘》）。《楚辭》四十四見除戈乘爲名物外，凡分四義，兹得説之，一爲登車，二爲車乘，三爲登高，四爲承陵若陳間之借字。

（一）爲登車。此義二十五見爲最多。如《離騷》之"乘騏驥以馳騁兮"，《九歌·大司命》之"乘龍兮轔轔"，又"乘清氣兮御陰陽"，《九章·惜往日》之"乘氾泭"、"乘騏驥"（《九歎·怨思》、《九辯》九），《九辯》九又有"騏驥不乘"（《九辯》五、《七諫·謬諫》），《九辯》之"棄精氣"，《九歌·河伯》之"乘白黿"，《少司命》之"乘四風"，《山鬼》之"乘赤豹"（《七諫·自悲》亦有此詞），《九懷·通路》之"乘虬"，《思忠》之"乘陽"，《九昭》之"乘龍"，又"乘虹驂蜺"，《九思·守志》之"乘六蛟"（《七諫·自悲》亦有此詞），《九歎·遠逝》之"乘雲"（《九懷·蓄英》亦有此詞）等句，莫不可以登車釋之；乘龍、乘雲、乘精氣、乘清氣亦同此義。考《說文》別有登字，訓"上車也"，爲小篆之專字，自字形而論之，恐亦許氏謬說。別詳登字下。然古固有車駕，自殷商以來，已大行乘車。今考古發掘中發現殷代車制，固已極具"乘殷之路"，久爲春秋時人所艷羨，則大路寬路久爲中土統治階級所專有。兩周金文中，車馬之事，不可勝數，則登車必有專語無疑。其字爲乘爲登，固不可必，而其語必爲舌音蒸登韻無疑。別參登字條下。

（二）爲車乘。此即戰國文獻中所傳百乘千乘萬乘諸制之說。此制以四馬駕一車爲一乘，引申之則車名爲乘矣。《離騷》"屯余車其千乘"，上言車，下言乘，則乘亦車之某種專名矣。又《招魂》之"青驪結駟兮齊千乘"，皆合於四馬一乘之義。《九歌·湘君》云"沛吾乘兮桂舟"。則駕舟亦曰乘矣。《遠遊》之"屯余車之萬乘"同義。《遠遊》更有"焉託乘而上浮"，則上浮雲天之物亦曰乘矣。他如《九辯》十之"輜乘"，《九歌·大司命》之"乘玄雲"，雲中君所乘亦得曰乘，亦其義之擴大也。

（三）登也。《說文》訓登爲上車，此則引申爲登高望遠之義。《涉江》"乘鄂渚而反顧兮"，即登於鄂渚之上而反顧也。同例《遠遊》"乘間維以反顧"言登於間維天之高處，以反顧也。《九歌·東君》"駕龍輈兮乘雷”，言駕龍輈之車，以乘雷訓以登於上天雷電之處也。《九懷·匡機》言“乘日月兮上征”，亦言登日月而上行也。凡此乘字，皆不言車，亦不言乘騎乘坐，故以爲登上之義。《九歎·遠遊》“譬若王僑之乘雲”，此則謂駕雲而上游矣。與諸句又小別，而又不全同於乘車。

（四）爲承也。《九歎·怨思》“長辭遠逝乘湘去兮”。與遠乘湘水而去，言隨順湘水而去，此承字自下受上之義，聲與乘同，故借爲承矣。凡乘風、乘波諸乘字，皆當作承字解。

椉

椉字四見，乃乘字之古文，登木而斬伐之也。引申爲登。詳見乘字條下。《離騷》“吾令豐隆椉雲兮”。按豐隆乘雲，即《淮南子》所謂“壬子春三月，豐隆乃出，以將其雨也”。其餘《九辯》九兩見此字曰“椉騏驥”、“國有驥而不知椉兮”，即《離騷》之“乘騏驥”也。又《九辯》十兩見“椉精氣之搏搏兮”、“後輬椉之從從”，又一見《九懷·蓄英》“椉雲兮回之”。即《九歌》“椉回風兮載雲旗”也。

承

承字《楚辭》十五見。除《遠遊》“奏承雲”爲樂曲名外，餘分三義。

（一）受也。《九章·涉江》“雲霏霏而承宇”。《哀時命》有“雲依斐而承宇”之句，即倣之《涉江》也。此言宇在雲下而承受雲也。《易·歸妹》“女承筐無實”，虞注“自下承上稱承”，承上稱承即《説文》奉也之義，而語詞更顯明。凡古籍之言承受者，多此義也，非對等之相授受也。屈宋賦皆然。如《哀郢》之“外承歡之汋約”，《思美人》之“紛鬱鬱其遠承”，《遠遊》“承風平遺則”，外承內，近承遠，及承遺則皆下承上之義也。又《離騷》“鳳皇翼其承旂兮”，《遠遊》同有此句，此承旂亦言旂承鳳皇也，有相從屬之義焉，故亦下承上也。《齊語》"余敢承天子之命"，亦同。

（二）繼也。繼亦承也。以事物之上下言曰承受，以時間之先後言則曰繼承，蓋承受之引申也。《天問》"何承謀夏桀，終以滅喪"，又"初湯臣摯，後茲承輔"，兩承字上句言伊尹以鼎俎干桀而不用，乃繼承為湯謀，終以滅桀。下句言初湯以摯（伊尹）為臣，後乃以為輔佐之繼承者。此中既有時間之先後，亦含上下之交錯。子政《九歎·遠逝》云"承皇考之妙儀"，言屈原繼承其父之妙儀，用承字義，亦與屈宋賦無殊。大體漢人猶知此義，故用之不甚相遠也。《易·師卦》"開國承家"，《儀禮·少牢饋食禮》"承致多福，無疆於汝孝孫"，即上諸例之義。又《招魂》"朱明承夜兮"，王逸注"承續也"，言歲月逝往，晝夜相續。續亦繼也。考《詩·權輿》"于嗟乎不承權輿"。《毛傳》"繼也"。《左傳》宣十二年"鄭師為承"，注皆訓為繼。禮稱冢子為承嗣（《大戴禮記·曾子立事》篇注）。

（三）借為趁。依間而從事也。此義始見於《抽思》"願承間而自察"。而《九歎·逢紛》言"願承間而自恃"，《七諫·謬諫》言"願承間而效志兮"，叔師無説。案承間者，言依間空之候而動也，即今人所謂趁空，轉舌頭則曰偷閒，或曰蹈空（《類篇》訓承為蹈）。蹈亦舌上歸舌頭之例也。後人言較率直曰偷曰蹈，皆較承為顯明。宋元以後，俗用趁字為之。今人言趁空、趁機、趁閒、趁人不備、趁事未就等，皆作趁。多見於宋元以來小説詞曲之中。考趁字，《説文》訓"趚也"。趚即遭之同義字。僵個不進也，與今用趁字不類，惟大徐謂"自後及之"及《廣雅》訓逐，差為得之也。

承字或作乘，同音之誤也。《離騷》"鳳皇翼其承旂兮"，在《文選》作乘，此出元槧本，蓋誤字也。王逸注云"鳳皇來隨車，敬承旂旗"云云，則《章句》本不誤，洪補亦以承旂為來隨我車，則洪本亦作承也。

淩

《楚辭》淩字四見，字或誤作凌，其實各別。互詳凌字下。《説文》"騰仌出也。謂冰出水棱棱然，或從仌夌聲"。《詩·七月》"三之日納於淩陰"。傳"淩陰冰室也"。《楚辭》五用，皆與冰淩義无涉，凡分式義。

（一）爲侵犯，即夌越之義。盖夌之借字也。《説文》"夌越也"。經傳多以陵淩凌爲之。字亦作輘。《漢書·灌夫傳》"輘轢公室"。注"踐踏也"。《廣雅·釋詁》四"夌犯也"，即本之。王逸注《蒼頡篇》"淩侵犯也"。《莊子·徐無鬼》"察士無淩誶之事"。李注"謂相淩轢也"。《九歌·國殤》"淩余陣兮躐余行"。王逸注"淩犯也，躐踐也。言敵家來侵淩我屯陣，踐躐我行伍也"。《吕覽·不侵》"立千乘之義而不可淩"。注"侮也"。侮則自原則論之。《史記·天官書》"相淩爲鬭"。孟康曰"相冒占過也"。此言淩陣，則犯其陣耳。又同篇云"終剛强兮不可淩"，王逸注"言國殤之性，誠以勇猛剛强之氣，不可淩犯也"，義亦同。

（二）淩字借爲乘義。乘即依間隙而動之義。《七諫》"淩恒山其若陋兮"，又《哀時命》"勢不能淩波以徑度兮"，王逸注"言己勢不能爲舩乘波渡水"。此兩淩字，王逸注皆以乘義訓之。古音來歸舌頭，故淩得借爲乘也。《長笛賦》"薄湊會而淩節兮"。注"乘也"。淩節與湊會對舉，則淩亦有湊義。湊即今俗所謂趁矣。參乘字條。字亦混作凌。

烝

烝字二見，分二義。

（一）火氣上行也。此《説文》本義。《周語》"陽氣俱烝"。《爾雅·釋訓》"烰烰烝也"。古多以蒸爲之。《招魂》"懸火延起兮玄顔烝"。王逸注"懸火懸鐙也，玄天也。言己時從君夜臘，懸鐙林木之中，其火延及，燒於野澤，煙上烝天，使黑色也”。“烝一作蒸。”又《大招》“炙鴰烝鳧”。此烝字即今世所用之蒸也。火氣上行，則物自熟爛矣。

（二）君也。《爾雅》“林烝君也”。《詩·文王有聲》“文王烝哉”。《毛傳》“烝君也”。《九懷·危俊》“將去烝兮遠游”。王逸注云“違離於君之四裔也”。或烝進也，言去日進而遠也。

陞

《離騷》“勉陞降以上下兮”。又“陟陞皇之赫戲兮”。又《哀時命》“吾固知不能陞”。王逸注“我固知其不能登也”。王逸以登釋陞，即升之後起分別字。升本升斗字，十合爲一升，然從升之字，本有上舉一義，如扴爲上舉，而扴字別構爲撜。則升登固同聲通用字。古從𠂤之字其原始結構多爲增益，自甲文金文皆可知此字從𠂤從土，正以明登高之義也。與陞實一形之分化。增𠂤又增土，不憚其重。字亦作昇。《易·升卦》鄭本作昇是也。《詩·天保》“如日之升”。傳“出也”。古籍以升爲登者至多，不可數。《離騷》“勉陞降以上下兮”、“陟陞皇之赫戲兮”兩語，皆引一本作升，則疑屈賦本作升，漢人依時習改也。《哀時命》之“不能陞”，《九思·守志》之“陞雲”則作陞，疑漢人分別新字爾。

淩

《楚辭》淩字八見，一爲凌之別字，詳凌下。其他七見，《悲回風》之“淩大波”，《哀郢》之“淩陽侯”，《遠遊》之“淩天地”，《九歎·離世》之“淩黃沱”，《遠遊》之“淩六氣”、“淩驚雷”。升虛之冥，無一不與乘清氣、乘騏驥、乘白黿、乘回風、乘玄雲等相同。蓋皆乘之聲借字也。合參乘字條自明。淩本水名，出今江蘇宿遷故淩城西而東入淮，以其從夌得聲。故與夌、陵、凌通用，亦與乘、承通用也。又《大招》云“冥淩浹行”，注“淩猶馳也”。《廣雅·釋言》采之，亦曰“淩馳也”。馳即訓越之夌字，亦以同聲而借也。《廣雅·釋詁》四“陵乘也”。合參承、乘、凌字下自明。

糺

《悲回風》“糺思心以爲纕兮，偏愁苦以爲膺”。王注“糺戾也”。洪補“糺繩三合也”。按糺即糾俗字，此與偏愁苦對文，糾偏義亦相成，糾者聚會之意，思心愁思之心也。言偏聚愁思之心，爲纕帶之屬。本喻語，故得以放失之言出之，參糾字下。

處

處字《楚辭》三十二見，皆居處、居止一義，或其引申義。除處幽一詞新鑄，而含特殊作用。別詳其他可得三義。

（一）居處也。《九章·抽思》“牉獨處此異域”。言孤獨而自居也。獨處亦《楚辭》恒言，但無特殊作用。《九辯》二亦言“悲憂窮戚兮獨處廓”。孤立特止，居一方也。《九思·憫上》亦云“獨處志不申”，又“獨處兮罔依”，《涉江》言“幽獨處乎山中”，則與幽處一詞相涉，或變言特處。《九思·哀歲》“特處兮煢煢”，煢煢即獨義也。又言窮處，《九辯》六“寧窮處而守高”是也。言窮處者，尚有《七諫·謬諫》之“列子隱身而窮處”，以義類之，則《哀時命》之“居處愁以隱約”，用隱處義亦同。外此則言不處（見《九辯》五言“焉處”，《天問》“鼇堆焉處”），穴處（《天問》“伏匿穴處”），自處（《悲回風》“折若椒以自處”）。其單言處者，如《招魂》之“步及驟處兮”。王逸注“驟走也，處止也。言獵時有步行者，有乘馬走驟者，有處止者，分以圍獸”。朱熹云“步及驟處，步行而及、驟馬所至之處，言走之疾也”。按兩說皆可通，而朱義較順適。又《悲回風》之“處雌蜺”，《九辯》之“處濁世”，《九歌》之“處幽篁”，《七諫·怨世》之“處昏昏”，又《哀命》

之“處玄舍”。皆單詞而訓居處、居止者也。於量爲最多。

（二）處作名詞用。如今言處所。漢儒讀如去聲以別之。《天問》“伯强何處”。言何在何所也。《招魂》“舍君之樂處”。言舍君之樂所也。《九辯》七“嶺廓無處”言嶺廓無所也。他如《惜誓》之“其可處”、《九懷·通路》之“近處”、《哀時命》之“處日遠”、《九思》之“所處”。

（三）在室曰處。《九歎·怨思》“處婦憤而長望”。王逸注“言征行之夫，罷勞周道，行役過時而不得歸，則處婦憤懣，長望而思之也”。未釋處字。按處婦猶言處士，處子，處女耳。《孟子》“處士橫議”，《莊子·逍遙遊》“淖約若處子”，《釋文》“在室女也”，《淮南·主術訓》“處人以譽尊”，謂有道藝，在家隱居不仕者，此處婦亦言隱處在室之婦人也。

敶

（一）《離騷》“就重華而敶詞”。王逸注“言己依聖王法而行，不容於俗，故欲渡沅湘之水南行，就舜敶詞自説”。洪補云“敶列也”。朱熹注云“敶古陳字，一作陳”。按屈子外見放於國君，退見讒於妻妾，依違前聖，以節度其中情之念，終不得申，嗟唈以至於此極，故乃南渡沅湘，往就重華而陳訴其情，敶即陳古字。《説文》“列也”。《廣雅·釋詁》“敶布也”。經傳皆以陳爲之。又《九歌》“敶竽瑟兮浩倡”，亦陳列竽瑟也。又《大招》“黏鶉敶只”、《招魂》“放敶組纓”、《九歎·遠遊》“就顓頊而敶詞”，又《遠遊》“舒情敶詩”等，敶字皆同此。

（二）借爲摼。《招魂》“敶鐘按鼓”，敶字與按字對文，按不得有陳列義，此即下文鏗鍾搖簴之異語。則敶鐘猶言鏗鐘。鏗即摼之借字，《説文》“摼擣頭也，讀若《論語》鏗爾舍琴而作之鏗”。《廣韻》讀“口莖切”。與鏗同音。摼敶同韻，故得相借，引申爲擣爾。餘參陳字。又《九歌》有“簫鐘搖簴”與“鏗鐘搖簴”同句，簫者蜀本説爲摀之借字，攄者，《廣韻》"擊也"。則此陳鐘亦攄鐘之義，與攄與陳爲同位之變，真虞韻亦相近，則陳亦得爲攄之借，兩説皆通。存參。別詳簫鐘條下。

陳

陳字二十二見，除人名外，皆敶列一義之變也。《離騷》"跪敷衽以陳詞"。《九章·抽思》兩用陳詞，《惜往日》一用，《七諫·謬諫》一用，《哀時命》一用，或曰陳志、陳情、陳誠、陳耿著（《惜往日》言陳情，《九思·守志》之陳誠，《抽思》之陳耿著）。單言陳者如《九歌·東皇太一》之"陳竽瑟"，《天問》之"列星安陳"，《招魂》之"陳羹"、"陳酎"、"雜陳"，《七諫·沈江》之"浮雲陳"，《哀時命》之"陳列"，《九懷·匡機》之"莫陳"，《危俊》之"陳浮"，《尊嘉》之"陳坐"，皆敶列一義也。陳即敶之省體，參敶字條。

累

累字五見，分二義。

（一）爲憂累，《九歎》"行唫累欷聲喟喟兮"。又《離世》"愁哀哀而累息"。按《荀子·王制》"累多而功少"。楊注"憂累也"。又《秦策》"此國累也"，言國之憂也，此當爲纇之借字，《説文》"纇絲節"，絲而有節，此爲大疵矣。《老子》"夷道若纇"，簡文注"疵也"，或爲纇。《左傳》昭廿八年"忿纇无期"。

（二）重累也。《大招》"層軒累榭"。王注"層累皆重也"。又《七諫·沈江》"原咎雜而累重"。又《哀時命》"除穢累而反真"諸累字，皆可訓重。然重有二義，一爲重疊之重，謂增益之也。此累字當爲絫之借。《説文》"絫增也"。一爲重累，言重重縛結之也。即《孟子》"係累其子弟"之累。

類

《大招》“聽類神只”。王逸注“君明於知人，聽愚賢之類，別其善惡昭然若神”。按王説義與文理不洽。朱熹云“聽類神者，言其聽察精審，如神明也”。此類猶似也，言聽察有似於神。與《橘頌》“類可任兮”之類義同。王注“猶貌也”。又《懷沙》“吾將以爲類兮”。《史記·屈原傳》正義云“類例也”。同例曰類也，皆一義之引申。《説文》“類難曉也”，言相似之甚，極難分曉也。類訓種類相似，惟犬爲甚，則類乃專別字耳。

離

離字《楚辭》五十六見。離婁爲人名，及離騷、離怨、離披、離畔、離別、別離、離合、離陸、離離等，或爲聯語，或爲熟語，皆已各詳，其餘略分三大類，又各依文義而爲引申。一則爲離別，二則爲遭遇。

（一）訓離別者，除離別或別離爲複合詞外，如《離騷》“飄風屯其相離”、“何離心之可同”，《九歌·國殤》之“首身離兮心不懲”，《天問》之“陽離爰死”，《九章·哀郢》“民離散而相失”（《天問》“少離散亡”之離訓遭與此異），《惜誦》之“反離群而贅肬”、“離心”，《悲回風》之“節離”，《遠遊》之“離人羣”，《招魂》之“離散”，《思美人》之“離異”，《九辯》之“生離”、“離芳藹”、《惜誓》之“離四海”，《七諫·自悲》之“離羣”，《天問》之“離故鄉”，《七諫·哀命》之“離散”，又《九懷·通路》之“離所思”，《九歎·憂苦》之“心未離”，又《怨世》之“國家離阻”，有就形質而言者，有就事象而言者，亦有就心理狀態而言者，其對象所指雖異，而狀其分離散失之義則同也。

（二）相依著也，遭也，列也，皆即羅一聲之變，支歌對轉也。《山鬼》“思公子兮徒離憂”，《天問》“卒然離蠥”，《惜誦》“紛逢尤以離謗”，《七諫·沈江》亦用離謗。《招魂》之“長離殃而愁苦”（又見《九歎·惜賢》）。“離尤”一詞亦恒見。《離騷》云“進不入以離尤兮”。此外又見《七諫·愍命》、《九歎·逢紛》、《怨思》，又《沈江》言“離憂”亦與離尤義近，亦見《九歎·離世》，《招魂》言“離不祥”、《沈江》言“離畔”、《怨世》言“離罔”。

（三）列也，附也，麗之聲借。《招魂》“離榭修幕”，王逸注“離別也，修長也，幕大帳也。言願令美女於離宮別觀，帳幕之中”。按叔師訓離爲別，與下修幕爲對文，修訓長，故離訓別也。離榭本非正寢、正宮、正室，屬於別室、別宮之列，然離不得言別離，乃疏窗闓明之榭離，即麗之借字，麗以焱爲本字。《說文》“焱其孔焱，焱明也”。《說文》“廲屋麗廔也”。用麗字《莊子·徐無鬼》有“麗譙”，皆指樓觀，則離榭者，謂牖户有疏櫺闓爽之榭臺，猶宋玉《風賦》之所謂蘭臺，離蘭亦一聲之轉也（參章炳麟《小學答問》）。榭字詳榭字條下。

零

《遠遊》“悼芳草之先零”。王逸注“不誅邪僞，害仁賢也。古本零作蘦”。洪補云“零落也”。按零本訓“餘雨也”。引申爲落，《詩·定之方中》“靈雨既零”。傳“落也”。《禮記·王制》“草木零落”。零落，雙聲聯語，單言曰零曰落，複言曰零落，蘦乃大苦草名，則假借字也。

旅

《天問》“湯謀易旅，何以厚之”。王逸注“湯殷王也。旅眾也。言殷湯欲變易夏眾，使之從己，獨何以厚待之乎”。洪補曰“《書》云攸徂之民，室家相慶，曰徯予后，后來其蘇，湯之厚其眾以德而已”。按《說文》“軍之五百人爲旅，從㫃從从，从俱也”。㫃者，旗幟也。行軍必有㫃旗，下增二人表其眾也。古以爲軍制之名五百人爲旅，五旅爲師，五師爲軍。《左傳》哀元年"有衆一旅"皆是也。引申爲衆。《爾雅·釋詁》"旅衆也",又《九辯》言"羈旅而無友生"。別詳。

落

《楚辭》落字五見,有兩義。

(一)《離騷》"夕餐秋菊之落英"。王逸以常語墜落字釋之。朱熹同。其實皆非也。上句"朝飲木蘭之墜露",若訓墜爲墮,則露既墮何由更香潔?墜讀如《詩》"零露漙兮"之漙,則落不得爲墮落矣。按洪補曰"秋花無自落者,當讀如'我落其實,而取其華'之落,魏文帝云'芳菊含乾坤之純和,體芬芳之淑氣,故屈原悲冉冉之將老,思餐秋菊之落英,輔體延年,莫斯之貴'"云云。於義爲近。按《爾雅》"俶落權輿始也"。《詩》"訪予落止"。《逸周書·文酌》篇"物無不落"。《毛傳》及孔晁注並云"落始也"。則落英爲初生之英矣,歷世諸家釋此者多附會之說(如謝疊山謂木蘭不常有,得蘭露之墜者,亦當飲之。秋菊不常有,得菊英之落者,亦當餐之,愛敬之至云云。王楙以爲士不遇則托文見志,往往反物以爲言,見《野客叢書》,朱蘭坡《文選集釋》用之)。自歐陽修《歸田録》、羅大經《鶴林玉露》、吳仁傑《草木疏》乃以落訓始,其義始正。詳姚寬《西溪叢話》、孫奕《履齋示兒編》、費袞《梁溪漫志》、俞樾《茶香室四鈔》,而杭世駿《訂譌類編》、張雲璈《選學膠言》言之尤悉。

(二)墜落也。"及榮華之未落兮"。《九辯》三"惟其紛糅而將落兮"。二句落字義爲墜落,至明。又《離騷》有"貫薜荔之落蕊"句,落蕊似與落英義同,則落亦當訓始。考此句與上句"擎木根以結茝兮"爲對文,屈賦凡兩句成文者,其語法組織必相同。落蕊與上結茝對,結茝爲動賓短語,則落蕊亦爲動賓短語,此不得不訓動字墜落之義,得自語法而定矣。

淪

《九歌》"操余弧兮反淪降"。王逸注"言日誅惡以後復循道而退，下入太陰之中"。朱熹云"淪没也。降下也。言日下而入太陰之中也"。按"小波爲淪，一日没也"。《書·微子》"今殷其淪喪"，《詩·抑》"無淪胥以亡"，又《九歎·遠逝》"微霜降而下淪兮"，亦下降也。

來

《楚辭》來字四十五見，而《招魂》"魂兮歸來"獨得廿二見。其用略可得二。

（一）爲往來之來，或徑以往來連文，別詳往來條。其單用者如《九歌·少司命》之"儵而來兮忽而逝"、"望美人兮未來"，《河伯》之"來迎"、"將來下"，《湘夫人》與《東君》之"靈之來"，《山鬼》之"後來"，《哀郢》之"來東"，《抽思》之"由外來"，《悲回風》之"悼來者"，《天問》之"還來"，及《九辯》七、《九懷·匡機》、《七諫·初放》二見，《九歎·逢紛》二見，《遠遊》等皆是。《招魂》二十二見，皆與"歸來"連文，凡此皆古今通語，無庸詳説者矣。字或作徠，作倈，皆別詳。

（二）爲一種助動詞，或在主語之前，或在主要動詞之前，必與主要動詞相結合，其義乃顯。《離騷》一篇所用來字，大體屬於此類。如"來吾導夫先路"、"師雲霓而來御"、"來違去而改求"三句是也。《九章·抽思》之"來集漢北"，《河伯》"波滔滔而來迎"，亦屬此類，爲《楚辭》特有語法，其義不必定爲往來矣。有詳之必要。《離騷》"來吾道夫先路"。王逸注"言己如得任用，將驅先行，願來隨我，遂爲君道，入聖王之道也"。朱熹云"君乘駿馬以來隨我，則我當爲君前導，以入聖王之道心"。蔣驥本此兩義，以來爲相招之詞，諸説實不安處。今謂

《楚辭》來字，除用作動詞外，又常用作助動詞，恒在一句中主要動詞之前，如《離騷》之"帥雲霓而來御"、《九歌·河伯》之"流澌紛兮將來下"，又"波滔滔兮來迎"、《九歎·遠遊》之"悉靈圉而來謁"皆是。然《楚辭》更有一種句法，凡修飾動詞之單音節詞，多提置代詞主語之前。如"汩余若將不及兮"、"紛吾既有此內美兮"、"耿吾既得此中正"、"謇吾法夫前修兮"、"來違棄而改求"、"忽吾行此流沙兮"，即就《離騷》一篇而論，已至顯白，則此"來吾道夫先路"句法正與此諸例相同。來吾即吾來之倒言耳。其不得爲相招之詞，屈賦習用特殊句法爾。然此種句子之來字，不竟有往來之義，或義與往來不甚貼切，而在《楚辭》中似以屈子文爲主，宋玉以後乃至漢賦則其例至少，然吾人不得遂謂此爲屈子個人文風，蓋此種句法，至今仍流傳於民間，如曰"來寫"、"來說"、"來看"等，不一而足。吾西南各省，至今爲民間通用最多之一種助動詞。別詳余《昭通方言疏證》。

徠

《楚辭》用徠字二十四見，除《九辯》之"徠遠客"與《橘頌》之"徠服"二則外，其他二十二則，皆《大招》一篇中用之。而"徠遠客"與"徠服"二徠，本文作來，則謂徠乃《大招》專用字，北土之《詩》、《書》、《易》等，亦無用之者，則徠或爲南楚某時期或部分人之專用字，其義與今通用來字相同，則徠蓋來之繁文歟。考來字《說文》訓"周所受瑞麥來麰，一來，二縫，像芒束之形"云云。世遂以往來之義爲假借。惟朱駿聲氏以爲往來之來當作麥，菽麥之麥當作來，二字義互倒，云爲最爲有見。蓋麥字從來從夊，夊即小步之意，麥不得有步履。說者不得其解，乃曰天所來也云云。附會牽強，至爲無謂。此其一。來字即像麥穗參差之形，來之音古當讀爲 Laim，故曰來麰。其後分爲二音，遂得二字，遂以 m 表菽麥，而來表往來，叔重誤倒，而來遂有天所來之瑞麥矣。至徠之從彳即麥字下益夊之變，甲文金文中凡動詞用之字多有增益，彳、辵、夊、屮等形以表之者，徠即麥之字形移置字，無可疑。則朱氏以麥爲今來往本字之説至確不可移。此二證也。三代以來，承用互易之字，朱氏舉苑宛、童僮、酢醋、種稙之類爲佐，其説益不可易矣。更有進者，此字古籍只見於《大招》一文，凡二十二用。《大招》文辭樸拙，與《招魂》相照，則《招魂》爲文家加以修辭之作。余固疑《大招》之成，在《招魂》以前，其中多古字古語。余疑《大招》一文，乃楚人信鬼，爲統治階級《招魂》通用於巫祝之原辭。蓋久在屈子之前者，其有此古字，正與其他古字古音古義相當，則中土古字之存於楚者多矣。姑發其例於此。餘詳余《二招校注》文中。

徠

《哀時命》"徠者不可與期"。王逸注"言往者聖帝，不可扳引而及，後世明王，亦不可須待與期，傷生不遇時，遭困厄也"，"徠一作來"。按徠一作來者特漢以來校正之説，其實徠者徠之省形，古從彳之字多或省作亻也，如徑之俓、徴之作微、銜作俸、徬作傍、假作假皆其例也。此即來往之來之本字，其字當作麥，古麥來二字互譌，來者正今麥之本字也。參徠字條下。

聊

聊字《楚辭》三十三用。惟《九歎·遠遊》"耳聊啾而憯恍"一語用本義。《説文》"聊耳鳴也"。單言曰聊，重言曰聊啾。度此字音，當讀如 Lio Ts，則緩言曰聊啾，乃聊俏、料哨等語是也，詳聊啾條下。此外三十三見，可得三義。

（一）爲語助詞。《離騷》"聊逍遥以相羊"，又"聊浮游而求女。凡句首所用聊字，皆此義。《離騷》四見，《九歌》三見，《九章》五見，《遠遊》三見，《九辯》二見，《七諫》一見，《哀時命》一見，《九思》

一見，《九歎》三見。此等詞下多承以"逍遙"、"假日"，或介詞"可以"，或其他動詞。又《招隱士》有"攀援桂枝兮聊淹留"，兩用此聊，亦語助。惟不在句首爲變。

（二）則訓爲樂。多與"不"、"無"等否定詞連文。如《九章·惜往日》之"恬死亡而不聊"，《悲回風》之"證此言之不可聊"，《九懷·思忠》之"心煩憒兮意無聊"，《招隱士》之"歲暮兮不自聊"，《九思·哀歲》之"愁不聊兮遑生"，《七諫·怨世》之"吕望窮困而不聊生兮"。

（三）聊慄。即聊慄叠韻聯綿詞。《九辯》"罔流涕以聊慄兮"。注"深思也"。詳該條下。

總上三義而言則凡用聊字處，皆有言不盡、意不盡而約略與聊之意。聊且猶姑且，有不盡而且與之也；不聊雖曰不樂，而亦形心情不盡或欲續而不可，或欲往而不可之意；而聊慄訓深思者，亦謂思而不絕爾。聊啾亦言耳聞聲欲絕不絕之象爾。

療

《九思》"嚼芝華兮療饑"。舊注"芝神艸也，渴啜玉精，饑食芝華，欲僊去也"。《説文》無療字，有撩字，訓理也。而理病曰療，特後起分別文爾。今或作料言，料理謂料量之爾。料、療、撩皆同音。又《説文》"瘵治也，从疒，樂聲，或從尞"。

繚

《九歌》"繚之兮杜衡"。王逸注"繚縛束也。杜衡香草"。洪補云"繚音了，纏也。謂以荷爲屋以芷覆之，又以杜衡繚之也"。《招隱士》"枝相繚"。王逸注"仁義交錯，條理成也"。又《怨思》"腸紛紜以繚轉兮"。洪補云"繚紐也，居休切"。《説文》訓"繚纏也"，與王洪諸義皆相應，今俗作糾纏。

潦

《九辯》"宗廖兮收潦而水清"。王注"溝無溢潦，百川净也。言川水夏濁而秋清，傷人君無有清明之時也"。五臣云"潦雨水，音老"。《説文》"潦雨水大貌"。或作澇。

瞭

《九辯》"瞭冥冥而薄天"。王注"茂德焕炳，乾坤也"。"瞭一作杳"。洪補"瞭音了，明也。一音杳"。《説文》無瞭字，當爲憭之借。訓爲慧，引申爲明，或借了爲之。如憭癗之作了癗是也，然《周官》"眠瞭"注"瞭明者"，《孟子》"眸子瞭焉"，注"明也"。則今《説文》誤脱。凡從尞聲之字多有明了慧理之義。如僚好也、撩理也、蹽至也、鐐金也、嫽女也。即僚之分別文，皆是。則瞭、憭、僚、嫽皆轉注字矣。

燎

《九懷》"意曉陽兮燎癗"。王逸注"心中燎明，内自覺也"。"燎一作半。《釋文》作憭"。洪補云"憭音了"。按燎癗即今言了癗也。正字當作憭。《説文》"慧也"。又《方言》二"了快也。秦曰了"。則作了已始漢人。燎本放火，引申亦可得明義也。

增

按增字《楚辭》十二用，除增城、增水、增泉爲專用名詞外，單用者有十字。義皆大同，可小別爲二。

（一）益也。除增加一詞外，見《九辯》五"霰雪雰糅，其增加兮"，多與悲歎傷感思念之字相結合。《抽思》、《九辯》四、《哀時命》言"增傷"，《九辯》一又七言"增欷"，《遠遊》言"增悲"，《悼亂》言"增歎"。《説文·土部》"增益也。從土，曾聲"。大徐"作膝切"。《爾雅·釋言》同。郭云"今江東通言增"。

（二）重也。《遠遊》"雌蜺便娟以增撓兮"。撓糾纏之也。增當爲重，亦益之引申也，或通作曾。詳曾字條。

臧

《楚辭》臧字除臧獲人名別詳外，凡兩義。

（一）訓善。臧之本義也。《天問》"該秉季德，厥父是臧"。王逸注"謂契也，季末也。臧善也。言修其祖父之善業"。《説文》"臧善也"。《爾雅·釋詁》同。又《詩·定之方中》"終焉允臧"，義亦同。字亦作藏。後人分兩義，以藏訓收藏。朱駿聲以爲莊之別體，是也。

（二）臧即今收藏義。《九章》"夫唯黨人之鄙固兮，羌不知余之所臧"。此臧即藏也。謂美在其中，而人不知也。下文"材朴委積兮，莫知余之所有"，義與此同。王訓臧爲善，非也。又《天問》"安得夫良藥不能固臧"，此臧字王亦訓善，非也。此當訓收藏，不能固藏，不當爲而字之誤。言常娥何所得不死之藥，而能固藏於月也。藏正訓爲收藏也。詳參藏字下。兩條故事詳余《重訂天問校注》。

藏

《天問》"遷藏就岐何能依"。王逸注"言太王始興，百姓徙其寶藏來就岐下，何能使其民依倚而隨之也"。按藏即臧之繁文，其訓收藏者，朱駿聲以爲實莊之別體，借莊爲裝耳。俗字亦作臟作臓。其説至確。臟、臓特藏之分別轉注字耳。《禮記·檀弓》"藏也者欲之弗得見也"。《説文》

無藏字。《魯語》曰，掩賊者爲藏"。《管子‧侈靡》篇曰 "天子藏珠玉，諸侯藏金石"。《墨子‧耕柱》篇曰 "不舉而自臧，不遷而自行"。《荀子‧解蔽》篇曰 "心未嘗不臧也"。然而有所謂虛。《漢書‧禮樂志》"臧于理官"。顏師古曰 "古書懷藏之字，本皆作臧。《漢書》例爲臧耳"。漢《敦煌長史武班碑》"勳臧王府"。《衛尉衡方碑》"用行舍臧"。以臧爲藏。

卒

卒字十六用，略分兩義。

（一）終也。《天問》"何卒官湯，尊食宗緒？" 王逸注 "卒終也。緒業也"。洪補云 "官湯猶言相湯也，尊食廟食也"。與此同用者，如《天問》之 "卒其異方"，又 "易之以百兩，卒無禄"，《九章‧惜往日》之 "卒没身而絶名"，及《九辯》七之 "卒歲"，八之 "卒壅蔽"，《七諫‧初放》之 "卒見棄"，《沈江》之 "隳而不卒"，《怨世》之 "卒不得"，《自悲》之 "卒意"，《謬諫》之 "卒撫情"，《哀時命》之 "卒大隱"，《九懷‧危俊》之 "卒莫有" 等皆此義。

（二）倉卒，急也。《天問》之 "卒然離蠥"，言倉卒遭憂也。又 "卒然身殺"，言倉卒之間而身被殺也。按卒本隸人給事者爲卒，引申爲士卒，其訓爲終者《爾雅‧釋詁》"盡也"，又 "終也"，又 "已也"。《詩‧日月》"畜我不卒"，《左傳》襄三十年 "卒與之盟"，皆是。此當爲訖之借字，其訓倉卒者，爲猝之借字，經傳多以卒爲之。《論語》"子路卒爾而對"，皇疏 "謂無禮義也"；《漢書‧食貨志》"行西踰隴卒"，注 "倉卒也"。緩言之曰倉卒，急言之曰卒，重言之則曰卒卒。《漢書‧霍光傳》"見雲家卒卒"。注 "忽遽之貌"。

載

《楚辭》載字二十用，皆一義之變也。《説文》"載乘也"，《詩》"命彼後車，謂之載之"，《易‧睽》"載鬼一車"，皆其證，其字從車，弋聲。故其義亦以車載爲主，乘載也，負載也，任也、安也、處也皆是。《九思》一用作語詞。《離騷》“載雲旗之委蛇”，《東君》、《遠遊》、《九辯》十皆有此句，言車上載有雲旗也。同此義者，有《少司命》之“載雲旗”、《七諫·自悲》之“載雌霓”、《九懷·通路》之“載象車”、《株昭》之“載雲”、《九歎·遠遊》之“載赤霄”，皆車上之載也。《懷沙》之“任重載盛”、《惜往日》之“無彎自載”、《遠遊》之“載營魂”、《惜誓》之“載玉女”、《七諫·怨世》之“意有所載”、《九思·逢尤》之“嚴載駕”、“載青雲”，則無乎不載，且涉於心理狀態矣。《天問》云“載尸集戰”，此指載文王之尸於車也。此武王使之載也。又《天問》“鼇載山忭”，此非車載，而爲鼇負之也。《九章·惜往日》“祕密事之載心兮”。王逸注“天災地變，乃存念也”。朱注“祕一作移。密，一作察。雖國所祕之密事，皆載於其心”。此則心中存之，亦得曰載也。

總

總字《楚辭》八見，其中叠用“總總”者三，別詳。

（一）單用總者，皆聚束一義也。《離騷》“總余彎乎扶桑”。王逸注“總結也。結我車彎於扶桑，以留日行，幸得不老，延年壽也。總字俗作揔。王逸訓結，近之，而未允。按《詩》“素絲五總”，《毛傳》“粊也”；《氓》“總角之晏”，傳“結髮也”；《内則》“櫛縰笄總”，注“束髮也”。則總爲束結絲縷之義，故《說文》訓聚束也，其字則從糸也。則“總余彎”，猶言束結其彎，如絲髮之聚束矣。下文言“折若木”、“聊逍遥”，即總束御彎後事。又《九歎·遠逝》“建繼黄之總旄”。王注“總合也，言雜五色以爲旗旄”。曰雜五色，則總亦聚束之義。《詩·羔羊》“素絲五總”，此叔師雜五采之所本。按總《說文》訓“聚束，從糸，悤聲”，蓋聚束絲麻爲一總。

（二）總引申爲一切聚，隸變悤多作忽，遂誤作揔，又絲旁之字，六朝字法多與才相混，故又誤爲撍。

綜

《九思・悼亂》"茅絲兮同綜"。《舊注》"不別好惡，綜一作緑"。洪補曰"綜子宋切機縷也。《列女傳》推而往，引而來者，綜也"。按綜《説文》訓機縷。《三蒼》云"理經也"。朱駿聲説"蓋謂機縷持絲者，屈繩制經，令得開合"。

詳

《九章・抽思》"蓀詳聾而不聞"。王逸注"君耳不聽，若風過也"。"詳一作佯"。洪補云"詳詐也。與佯同"。又《天問》"箕子詳狂"。詳聾、詳狂皆詐譌之義也。聲如羊，而不讀吉祥之祥。參佯狂條。

殊

殊字《楚辭》六見，皆一義之引申。《天問》"何馮弓挾矢，殊能將之"。王逸注"言后稷長大，持大强弓，挾箭矢，桀然有殊異將相之才"。王説不可從，然以殊異釋殊，固不誤。《九歎・惜賢》"方圜殊而不合兮"，此殊非訓殊異不可。此外則《九歎・愍命》有"惜今世其何殊兮"，又《遠遊》"服覺皓以殊俗兮"，王無説。然曰"殊俗"，則恒見之詞，亦異俗之義。《九思・遭厄》言"與日月兮殊道"。言與日月異道爾，亦殊異也。按《説文》訓殊爲"死"，此造字之本義也。而古籍則"殊死"與"殊異"兩用。《禮記・大學》"殊徽號"，疏"別也"，別亦異也。又《吕覽・貴當》"此賢者不肖之所以殊異也"，皆其證。

斮

《七諫》“羌兩足以畢斮”。《説文》“斮斬也。從斤昔聲”。衺斬曰斫，正斬曰斮。《爾雅·釋器》“魚曰斮之”義別。此卜和獻玉遭刑事，故王注洪補皆已詳之。別參卜和條。

雜

《楚辭》二十四見，皆一義之引申也。

（一）《説文》“雜五采相合也。從衣，集聲”。今隷作雜。按許説未全當，蓋古籍用雜字多含貶損之義，五采相合義爲炫色，即《遠遊》所謂五色雜而炫燿矣。則以雜聚、雜厠、雜錯、雜糅、雜亂、雜沓連文，以表不純之勉强錯居，故凡雜皆有不純之義。《楚辭》所用亦不例外。如言雜糅者，則《離騷》之“芳與臭（原作澤字誤）其雜糅兮”，《九章·思美人》、《惜往日》皆有此句，《橘頌》亦云“青黄雜糅，文章爛兮”。雜糅義在融合，則《離騷》之“雜申椒與菌桂”、“雜杜衡與芳芷”，《大招》之“雜穛鶬只”，《招魂》之“雜芰荷些”，凡此等句，其物色大類相同或相似，皆可糅而合之，故皆得以雜糅釋之也。其訓爲雜亂者，則《遠遊》之“騎膠葛以雜亂”及《九思·怨上》之“朱紫兮雜亂”是也。雜亂者，或由物質不可相合而合之，或由作者思不以其可合而亂之。一爲客觀之記叙，一爲主觀之判斷。上所舉兩例外，如《九歎·憂苦》之“雜斑駁與闒茸”，《七諫·沈江》“原咎雜而累重”，亦此義也。

（二）無是非美惡之辯者，如《離騷》之“雜瑶象以爲車”，此言雜聚玉石與象牙以爲車也。又《九章·思美人》“解篇薄與雜菜”，又《九歎·遠遊》“結瓊枝與雜佩”。亦不得分别上下以爲言，此亦聚義而已。《七諫·自悲》“雜橘柚以爲圃”同。

（三）則相雜厠，蓋有上下美醜善惡之辯焉。《哀時命》云“璋珪雜於甑窐”，又“筦籥雜於癈蒸”（《謬諫》亦有是語，筦籥作莒蒢一也），又《七諫·謬諫》“駑駿雜而不分”，又《招隱士》“青莎雜樹”，言厠於樹上也。

（四）又《招魂》有兩語，一云“士女雜坐，亂而不分些”。古人男女不同席，此言步舞狂歡，則士與女同席而坐曰雜坐。又曰“鄭衛妖玩，來雜陳些”，此雖未明言男女雜陳，其實亦士女雜陳也。王訓雜爲厠，此兩雜字，或言雜或曰厠，皆只就人世倫常道德立說。民習各異，時代有殊爲作者主觀之判斷耳。

休

《遠遊》“貴真人之休德兮”。王逸注“珍瑋道士壽無窮極。”洪補云“休美也”。按休本息止也。此訓休美者，亦古訓。《爾雅·釋詁》“休美也”。《易·大有》“順天休命”。疏“休美物之性命”。《詩·民勞》“汔可小休”。《洪範》“休徵”。《後漢書·班固傳》注“休徵敘美行之驗”。《書·大禹謨》“戒之用休”。傳“美也”。《詩·破斧》“亦孔之休”。傳“美也”。《禮記·月令》注“休其善也”。《釋文》“美也”。《左傳》僖廿八年“奉揚天子之丕顯休命”。注“美也”。《楚辭》訓休美者獨此一例，此外言休息者凡三見，別詳。

戚

《九歎·思古》“烏獲戚而驂乘兮”。王逸注“烏獲多力士也，言與多力烏獲，同車驂乘”。諸家無詁戚義者，王以同車混言。按戚親也。《禮記·大傳》“戚單於下”，注“親也”。《詩·行葦》“戚戚兄弟”，傳“相親也”，此言以多力之人，親而驂乘，而使邵公操作於馬圍之中也。

臻

《九懷·昭世》"高回翔兮上臻"。王逸注"行戲遨遊，遂至天也"。按臻至也。《詩·泉水》"遄臻於衛"，王注行戲，行亦至也。

尠

《九思·疾世》"居嶺廓兮尠疇"。按《説文》本作尟，故訓是少也。字亦作尠。蓋形之譌。《易·繫詞》"故君子之道尟矣"。經傳多作鮮，聲轉爲罕。

効

《九章·懷沙》"撫情効志兮"。王逸注"撫循也，効猶覈也"。按効字本作效，《楚辭》皆兩用之，共六見。皆一義之變。《説文》"效像也"。引申爲明也。《方言》十二"効明也"。引申爲驗也。《荀子·議兵》"强弱存亡之効"，此言撫情効志者，言撫情以明驗其志也。《九辯》"功不成而無效"，言不驗也。《哀時命》、《九思·守志》言"効忠"，《七諫·謬諫》言"効志"，《怨世》言"效其心容"，皆明驗之義也。

操

《九歌》"操余弧兮反淪降"。按操字《説文》"把持也"。引申爲操縱、操練。《楚辭》所用不出此三義。"操余弧"者，謂持余弧弓也。又《九章·思美人》"造父爲我操之"，言使善御之造父爲我操縱乘騎，即朱熹注所謂執轡也。操持之堅固，則爲節操。《七諫·自悲》"操愈堅而不衰"，《謬諫》云"夫何執操之不固"，王注《自悲》云"言己自念懷

抱忠誠，履行清白，内不慙於身，外不媿於人，志愈堅固，不衰懈也”，
即解操守、節操之義。

齊

齊字《楚辭》十二見，齊桓、齊簋等爲專名，其餘則皆齊同一義之
變。《離騷》“齊玉軑而並馳”，《涉江》“齊吴榜以擊汰”，《哀郢》“揖
齊揚以容與”，《九歌·雲中君》“與日月兮齊光”、“爛齊光些”，又
“菉蘋齊葉”，又“青驪結駟齊千乘”，及《九歎·怨世》之“齊日月”，
《逢紛》之“齊名字”，《九思·悼亂》之“齊倫”，諸齊字皆然。《説
文》“齊禾麥吐穗上平也”。甲文、金文作𪎮，像禾齊列之形，此言齊列
非必上平。《禮記·曲禮》“立如齊”立之成列爾。乃整齊則敬，故引申
爲敬。

錯

《楚辭》錯字十二見，略得兩義。一爲措之借字，安置之也。引申
爲廢置。一爲錯綜複雜交錯，乃遣之借字。

（一）《易·繫詞》“苟錯諸地而可矣”。疏“錯置也”。按《説文》
訓錯爲金涂，即所謂錯金之飾也。然錯措皆從昔得聲，故得借爲措。
《離騷》“偭規矩而改錯”，王逸注“錯置也”。此言更其措施也。又
“覽民德焉錯輔”，錯置也。此言皇天無所私阿，觀萬民之中德而知其君
之賢否。乃爲置輔佐之人也。王逸以來不明民德爲君行之反映，而以爲
萬民之中有道德者，置以爲君，顛倒因果矣。此即《懷沙》所謂“萬民
之生，各有所錯”言民各安其政教也。王注此句亦誤，以爲萬民稟受天
命，生而各有所置安，其志或安於忠信，或安於詐諼，其性不同也。朱
熹申其義，益塗敷不類屈原之義。其言曰“言民之生，莫不稟命於天，
而隨其氣之短長厚薄，以爲壽夭窮達之分，固各有置之之所，而不可易

矣”。此思孟之天命觀，遠於屈子之所言也。又《天問》“九州安錯”，言九州錯置於何處。《惜往日》“如列宿之錯置”，《七諫·謬諫》“勢不可以相錯”，《九思·憫上》“心爲兮隔錯”，皆措置之義也。

（二）交錯、錯綜也。《招魂》“華鐙錯些”。王逸注“言鐙錠盡雕琢錯鏤，有英華也”。又凡措置之極，則有廢棄之義。《九歎·思古》“錯權衡而任意”。王訓“置”義未足。此當引申爲廢置之義。《説文》“錯金涂也”，以爲金涂亦可通。又《大招》“瓊轂錯衡”言車衡以雜綵之飾。或亦金涂之類。亦錯綜之義耳。又《九懷·思忠》“衆體錯兮交紛”。錯交紛則交錯之義也。

錫

《離騷》“肇錫余以嘉名”。王逸注“錫賜也”。《九歎·離世》“冀壹寤而錫還”。王逸注“幸君覺寤，賜己以還命也”。錫一作賜。《説文》“錫銀鉛之間也”。按《説文·貝部》“賜予也”。錫即賜之假借。《爾雅·釋詁》“錫賜之”，《易·師》“王三錫命”，《書·禹貢》“錫土姓”，皆以錫爲賜也。故漢人或作賜。甲文、金文多以易爲之。

參

參字《楚辭》八見，除參辰、參商、參差、參參等爲專名或熟語外，其餘皆數字“三”一義之變也。

（一）《招魂》“參目虎首，其身若牛些”。王逸注“言土伯之頭，其貌如虎，而有三目，身又肥大，狀如牛也”。參一作三。洪補云“參蘇甘切。《博雅》云參三也”。《九章·橘頌》“秉德無私，參天地兮”，言其德與天地參合。又《九歎·離世》“余辭上參於天墜兮”。王逸注“言己所言上參之於天，下合之於地”。又《遠遊》“欲與天地參壽兮”，此亦謂參合也。上參天，言上參合於天地也。《禮記·孔子閒居》“參於天地"，注"其德與天地爲三也"。此解參天地，率直無飾辭，惟文藝創作，不必定如此解也。

（二）參驗也。《惜往日》"弗參驗以考實"。參驗亦戰國恒語。《莊子·天下》"以參爲驗"，此參驗即檢驗之義。《荀子·解蔽》"參稽治亂"，注"參驗也"；《史記·禮書》"參是豈無堅革利兵哉"，《索隱》"驗也"，則亦可單用矣。又按凡言參合參互皆三字借字，參驗則當爲檢之借字也。

翠

《九歌·東君》"翾飛兮翠曾"。注曰"曾舉也，言巫舞工巧，身體翾然若飛，似翠鳥之舉也"。洪氏《補注》曰"曾作滕切，《博雅》曰'翶翥飛也'"。俞樾《讀楚辭》曰"愚按洪氏引《廣雅》以證曾字之義，得之矣。惟此翠字與上篇孔蓋翠旄不同，非翠鳥也。翾飛翠曾文本相對，翾爲翾然，則翠亦翠然。《説文·足部》踤篆下'一曰蒼踤'。此翠字即蒼踤之踤。蒼踤即倉卒也。書傳中皆省不從足，此假用翠字者，因指飛翥言，故變從足爲從羽耳"。按俞説協於文理聲韻，可用。餘詳博物翠鳥諸條。

萃

《九歌》"鳥萃兮蘋中"。王逸注"萃集"。洪補云"萃音遂"。按《説文》訓萃爲"草貌"，言草聚集之貌也。故《易·序卦傳》"萃者聚也"，《左傳》昭七年"萃淵藪"皆是也。又《天問》"蒼鳥群飛，孰使萃之"，王逸亦訓"萃集也"。參《重訂天問校注》。

挫

《招魂》"挫糟凍飲"。王逸注"挫捉也，凍冰也"。五臣云"糟酒滓也，可以凍飲"。李善云"凍冷也"。挫字《説文》訓"摧也"，《老子》"或挫或隳"，《釋文》"搦也"，則挫糟當爲搦揉酒糟，使之靡碎以爲凍飲也。糟尚有米粒，不挫之使靡則不易爲凍也。

摧

《九歎·憂苦》"折鋭摧矜，凝氾濫兮"。王逸注"摧挫也，矜嚴也，凝止也。言己欲折我精鋭之志，挫我矜嚴忠直之心，止與俗人更相沈浮，而意不能也"。《説文》"摧擠也，一曰挏也"。《詩·鴛鴦》"摧之秣之"。傳"莝也"。王注之挫。漢人習用字。

使

《楚辭》使字三十六見，屈宋賦二十四見，漢賦十二見，略得三義，皆一義之變也。《説文》"使伶也（即今令字），從人吏聲"。細繹經傳，則聘問、師旅、徭役皆得曰使。按使字從吏得義，吏又史之衍也。古初以軍事首領與祭司長統氏族部族，史即祭司長也，掌宗教與人事各端。有史以後，則主記録一切行事，從中而又持之。中者盛算策之器，義持策以從之人曰史。自政治制度建立之後所以理民事者，皆曰吏。吏百官也（《周語》"百吏庶民"。注"百吏百官也"。）而出使、師旅、徭役之人皆曰使。吏自史分而使又自吏别，諸此職任皆事也。故事字孳之。自齊民則參政其最始之人曰士。士者意象之使字，十即中之省，故出爲吏，則曰仕矣。凡此諸字，皆得聲於史之衍，所謂同族字也。别詳余《文字樸識·釋中》一文，考《楚辭》所用，無出此範圍者矣。然以其文理詞氣定之可得三義。

（一）使令也。此義用者最多。《離騷》“前望舒使先驅，後飛廉使奔屬”，可爲佳例。餘如“使經待”（《遠遊》一見）、“使津梁”、“使涉予”，《九歌》“使灑塵”，《天問》“使俅之”，《惜誦》“使聽直”、“使召之”，《遠遊》“使先導”（《哀時命》一見）、“使掌行”、“使鼓瑟”，《惜誓》“使先驅”，《七諫·怨思》“使正其”，《九懷·昭世》之“使先行”，《九歎·離世》之“使延照”，又“使竝聽”，《遠遊》之“使先驅”，《九思》之“使鼓黃”，皆是也。凡使令必有所事，故下必有動詞，此其徵也。

（二）致使也，猶今言致令。《離騷》“使夫百草爲之不芳”。《天問》“孰使萃之”，又“孰使亂惑”、“使至代之”，《惜往日》之“使芳草爲藪幽”，又“使貞臣爲無由”、“使讒諛”，《九辯》“誰使譽之”，《七諫·沈江》“使日月乎無光”。此義與第一義有施受之別，而其文法上之組織，則與第一義相同者有之，無動詞承之者亦有之，當審其詞氣而後能定也。

（三）假設之辭也。即今世通俗之假使、設若等義。此不見屈宋文中，僅於《惜誓》一見，其言曰“使麒麟可得羈而係兮，又何異虖犬羊”，此蓋設詞，以爲問者也。《左傳》成公十六年“使寡君得事其君”，亦設使之義乎？惟古籍用此義者較少。

施

《天問》“夫何三年不施”。王逸注“施舍也。言堯長放鮌於羽山，絕在不毛之地，三年不舍其罪也”。朱熹云“施謂刑殺之也”。《左傳》曰“乃施邢侯”。三年不殺鮌，此南土之傳說，即“殛遏在羽山”之義。施訓殺之者《左傳》昭十四年“施生戮死”。注“行罪也”。《晉語》“秦人殺冀芮而施之”。注“陳尸曰施”。朱駿聲以爲敡之借字，是也。字亦作胣作脽。《莊子·胠篋》“萇宏胣”。崔注“脽裂也”。司馬注

“剔也”。《釋文》“刳剔曰胣”是也。

碩

《九思》“跓竢兮碩明”。王逸注“碩一作須”。《説文》“碩大頭也”。引申之則大曰碩。《爾雅·釋詁》“碩大也”。《詩》“碩人”、“碩鼠”、“碩膚”、“碩言”、“孔碩”等皆訓大。碩明猶大明矣。

疏

《楚辭》六用，除“疏麻”爲專名，其餘則分數義。

（一）爲希疏。《九歌·東皇太一》“疏緩節兮安歌”。王逸注“疏希也。言使靈巫緩節而舞，徐歌相和以樂神也”。洪興祖《補注》云“疏與踈同”。按疏與緩連文，則王訓爲希是也。引申則爲疏遠。《大司命》“不寖近兮愈疏”，《七諫·怨世》“親讒諛而疏賢聖”是也。此爲一義。

（二）列陳也。《九歌·湘夫人》“疏石蘭兮爲芳”。王逸注曰“石蘭香草，疏布陳也”。《懷沙》“文質疏内兮”言文質陳布於内也。洪補訓疏爲通，文質内通，即布列之義也。此本疏字本義。《説文》“疏通也。從㐬從疋。疋亦聲”。按㐬者生子也，象子倒出之形。疋者足動也，孕則塞，生則通矣。即《詩》所謂“先生如達”也。引申爲開通。

胥

《九懷·昭世》“與神人兮相胥”。王逸注“留待松喬，與伴儷也”。胥者讀《孟子》“帝將胥天下而遷之焉”，注“須也”。《詩·角弓》“民胥然矣”。《管子·大匡》“姑少胥其自及也”，注“待也”。

遂

遂字《楚辭》二十四見，約分六義。

（一）達也。《九章・抽思》"憂心不遂，斯言誰告兮"。王逸注"憂心不遂，不達也；誰告者，無所告愬也"。按此就心理言，不達者《聲類》"遂從意也"，故不遂猶不從意矣。《思美人》"知前轍之不遂"義同。

（二）從始向末之言也。此爲一種虛助字作用之詞。《離騷》"乃遂焉而逢殃"。《思美人》"遂萎絕而離異"。《惜往日》"遂自忍而沈流"。《漁父》"遂去不復與言"。此外如《七諫・哀命》之"遂側身"、"遂没身"，《哀時命》之"遂悶歎"，《九歎・離世》之"遂不禦"，《遠逝》之"遂曾閔"，《九思・遭厄》之"遂踢達"，《守志》之"遂馳騁"，皆此義也。《悲回風》"超惘惘而遂行"，《九辯》"願遂推而爲臧"，凡此等句，細繹其義，皆舉兩事而定之。《左傳》僖三年"遂伐楚"，杜注"兩事之辭也"，此語助之作用非有實義者矣。

（三）生長成育之義。《天問》"遂成考功"言成就其父考之功也。此遂與成連文，故爲成就之義。

（四）術之借字。《思美人》"廣遂前畫"。王逸注"恢廓仁義，弘聖道也"。補曰"畫猶計策也"。按依王義則以"廣"爲恢廓，"前畫"爲聖道，於遂無釋，其說雖亦似可通，而於上下文理尚有所蔽。此遂即術之本字，道也。廣遂者即光明（廣光也）之道也。即反上文登高（喻入朝）能入下（喻從衆小人）之義，直承"固朕形之不服"，言本爲我所不肖從事之行而言。然雖有光明大道布列於前，而吾未能改此度，此即登高入下也，故下文結以處幽從彭咸，無可奈何之義也。

（五）邃之借字。《天問》曰"遂古之初，誰傳道之"。王逸注"遂往也，初始也。言往古太始之元，虛廓無形，神物未生，誰傳道此事也"。按王訓傳道義誤，別詳。訓遂爲往義是也。此當訓遠，遠者邃之借字。遂古猶遠古矣。《説文》“邃深遠也”。別詳邃字條下。

（六）安心。《招魂》“室家遂宗”。王釋云“宗眾也”。補曰“宗尊也”。不爲遂作釋，以遂爲語詞也，非也。此遂讀《詩·雨無正》“饑成不遂”之遂，《毛傳》“安也”。凡長育成就則安，是安乃長育成就引申之義。此言室家安而且尊也。宗爲崇之借字。

邃

《離騷》“閨中既以邃遠兮”。王逸注“邃深也”。《招魂》“高堂邃宇”。王逸注“邃深也，宇屋也。言所造之室，其當顯屋甚深邃”。按邃亦遠也。《説文》“邃深遠也”。或借遂爲之。《天問》“遂古之初”一本作邃，是也。

蘇

《屈賦》有兩蘇字，其義至微紗。王逸注亦可商，一則《離騷》“蘇糞壤目充幃兮”。王逸注“蘇取也”。洪補“《史記》‘樵蘇後爨，蘇取草也’。又《淮南子》曰‘蘇援世事’。蘇猶索也”。按王説可信。洪氏更引《史記》、《淮南子》證之，已無疑義。就取義論之，則當爲穌字之聲借。《説文》“穌把取禾，若也”。《廣雅·釋詁》“穌取也”。把取禾若爲本義。引申之則訓取耳。近人以《方言》三有“江淮南楚謂草爲蘇”之言欲以草訓之，誤。於楚言之義，不顧文理辭義者矣。音變爲叔。《説文》“叔拾也”。《詩·豳風》“九月叔苴”。《毛傳》云“叔拾也”。《史記·貨殖列傳》“俛有拾，仰有取”。糞壤在地，則叔拾爲切，通言之亦得曰取也。《九章》“蘇世獨立，橫而不流兮”。王逸注“言屈原自知爲讒佞所害，心中覺寤，然不可變節，猶行忠直，橫立自持，不隨俗人也”。洪補“死而更生曰蘇”。《魏都賦》“蘇世而居正”。朱熹注“補曰‘凡與世遷徙者皆有求也，吾之志，舉世莫得而傾之者，無求於彼故也’。死而復生曰蘇”。按王、洪、朱三家説蘇世，皆甚屈會。歷世説此者至多，亦皆可商。姑以王夫之、俞樾兩説爲例。王云“蘇草也，言生於萑草之中而貞幹獨立，不隨草靡”。則以橘之世繋爲草立言，艸木言世，已非常義，則蘇與“獨”、“橫流”三詞如何連系，亦未考慮，實屈會甚者。俞樾謂“王説與蘇字之義不貫矣，此蘇字即今忤字，牾世言與世俗相忤也。蘇得訓牾者《荀子・議兵》篇‘順刃者生，蘇刃者死’。蘇與順對文，則蘇者逆也，故爲牾矣”。按俞説於字義原衍，自有是處，惟以忤世定詁，則《橘頌》全文毫無忤世之旨，“深固難徙”，“秉德無私”，“願歲并謝，與長友兮”，“參天地兮”，既曰無私或得忤世。是其體認有誤。余昔以洪補重生之説立義，而謂即衆人皆醉我獨醒，恐亦非屈子贊橘之義。今謂蘇者疏之借也。疏世即屈子恒言之棲遲山野，逸世獨立之義爾。故其言曰“行比伯夷”，又曰“深固難徙，廓其無求”也，“蘇世獨立，橫而不流”也。橫讀爲《孔子閒居》“以橫於天下”之橫，即今廣字，言其逸世獨立之懷充塞而不隨流也，于是而全文滕理微密，無隙可入矣。

竄

《九辯》八“後尚可以竄藏”。王逸注“身雖隱匿，名顯彰也”。洪補云“竄逃也，匿也”。《説文》“匿也”。《字林》“竄逃也”。《易・訟》“歸逋竄也”。《晉語》“求廣土而竄伏焉”。注“隱也”。《楚辭》諸所用竄字，義不出此矣。《哀時命》“聊竄端而匿迹兮”，《九思・憫上》“鵠竄兮枳棘”，皆同。

存

《楚辭》七見，其用本意恤問者，惟《大招》“孤寡存只”一句。言恤問孤寡也。其餘皆用存在一義。《爾雅・釋訓》“存存在也”。注“存即在"。《易·繫》"成性存存"。疏"保其終也"。《遠遊》亦云"於中夜存"。王逸注"恒在身也"。《孟子》"梏之反覆則其夜不足以存"。又《大招》"煎鰿臛雀，遽爽存只"。王訓存爲前，此解義非詁字也。此存亦當訓存在。言大爽存在也。《九懷·蓄英》"唐虞兮不存"、"身去兮意存"，亦同。

肆

肆字《楚辭》五用，其四皆在《天問》。凡分三義。

（一）爲放肆，肆本義也。《天問》"何肆大體，而厥身不危敗"。注"言象無道，肆其犬豕之心燒凜寘井，欲以殺舜，然終不能危敗舜身也。一云何得肆其犬豕，一云何肆大豕"。按大體句，古今說之多不可通，劉師培《楚辭考異》案注云"肆其大豕之心，似王本體作豕"。今謂此說非亦未得其要領，蓋本文是犬，而注言犬豕者，舉類以曉人也。此兩語要義，由叔師強以身不敗屬於舜，於文法不通，厥身之厥與何肆之肆，同一主詞，謂象肆其犬豕之心，而身不危敗，即《孟子》"封之有庳，富之貴之"之義。此蓋戰國學人樂以爲問之一事。《天問》此言亦謂天道善惡之報，爽失如是。而有不危敗之禍，所以疑天道也。朱熹以"舜爲天子卒不誅象何邪"，繩從儒家倫理言，說亦未允當。又《天問》"何繁鳥萃集，負子肆情"。按《章句》以此爲晉大夫解居父事。洪補更引《列女傳》申之，皆不順於文義，亦失所據。朱熹《集注》知其失而無所是正。按此二句與昏微二句相韻，仍以說一事爲是，且前後又皆言殷先德掌故，亦不宜忽涉他事，即以文法論"繁鳥"云云明與昏微一句緊相關涉，合爲一問，則繁鳥負子必爲上甲微事無疑。更就《天問》文例言，凡四句一韻，而第三句用何字問者，前後兩句必爲相反兩義，決無例外。則繁鳥二句必爲上二句相反之事無疑。上言上甲微遵先人之迹，爲先人服仇，是微之善行，則此二句必爲微之涼德無疑。《章句》以來不明文例，強以屬之他事，其爲誤解，蓋不必深辯而可明。繁鳥《廣雅·釋鳥》云“繁鳥鴉也”，此當爲喻詞，如言鴉之集於棘也。或如叔師注引《詩》“墓門有棘，有鴉萃止”之義歟？負子句或言其淫亂，負或即娠之濫文。疑上甲微晚年或有新臺之行乎？書闕有間，蓋不可知矣。此肆字亦言以其子婦爲婦，而放肆其情欲也。按《説文》“肆極陳也，字亦作肄”，《左傳》昭卅二年“伯父若肆其大惠”，注“展放也”，《越語》“肆與大夫觴飲”，《論語》“古之狂也肆”，包注“極意敢言之也”，《左傳》昭十二年“昔穆王欲肆其心”，凡此皆極陳之引申也。又《哀時命》“六合不足以肆行”。王逸注“六合謂天地四方也。言己西行，則右衽拂於不周之山，以六合爲小不足肆行，言道德盛大，無所不包也”。朱熹注“右衽拂於不周，以六合爲小不足肆行也”。

（二）肆踞也。《天問》“妹嬉何肆，湯何殛焉？”王逸注“言桀肆其情意”。説雖可通而義實不切。按《廣雅·釋詁》“肆踞也”。王氏《疏證》曰“肆者《説文》‘極陳也，義與踞相近’。《法言·五百篇》云‘弟俟倨肆’。《漢書·叙傳》云‘……張放淳于長等始愛幸……入侍禁中，設宴飲之會……談笑大謔，時乘輿幄坐，張畫屏風，畫紂醉踞妲己，作長夜之樂。上以（班）伯新起，數目禮之，因顧指畫而問伯：紂爲無道，至於此乎？伯對曰：書云乃用婦人之言，何有踞肆於朝，所謂衆惡歸之’”。沈欽韓曰“《初學記》二十五劉向《别録》曰‘臣向與黃門侍郎歆所校《列女傳》，種類相從爲七篇，以著禍福榮辱之效，是非得失之分’。畫之於屏風四堵。如言”。則畫紂醉踞妲己者，亦嬖孽傳之一耳。故《列女傳》之桀置末喜於膝上，正所謂肆踞也。漢武梁祠畫桀像，亦踞二婦人。則屈子所謂何肆正指桀肆妹嬉爾。子政所言，漢書所本，與屈子當出一原無疑。劉國平録肆爲踞，《天問》亦一證，惜高郵王君尚未引及此處耳。又踞肆亦漢人恒語。《漢書·叙傳》“或有踞肆于朝”。《法言》五“如夷俟倨肆”，皆是。作倨者，倨與踞一字之異文也。

（三）市也。《天問》“師望在肆”。王注“市也”。《論語》“百工居肆”。《漢書·王貢兩龔鮑傳》“閉肆下簾而授老子”。注“市也”。此亦極陳一義之引申。凡市必陳其百貨工藝以示人而爲交易，故與市又爲同族語云。

惠士奇《禮説》"肆全也"。《周禮·小胥》云"全爲肆"。肆古文作𨽸，《易》有彖爻像此者，全體析之成爻，彖即𢁥，惠徵君云"彖當作𢁥，即𨽸之省文，肆之古文也。全爲肆，析而爻，爻即古文肴，所謂遠取諸物也。彖，豕走也，與《易》𢁥字無涉"。

攝

攝字五見，除專名之攝提兩見，聯語之攝葉一見外，凡分兩義。

（一）代也。《九懷·株昭》"聖舜攝兮昭堯緒"。王逸注"重華秉政，執紀綱也"。《説文》"攝引持也"。《左傳》襄三十一年注"攝佐也"。凡代行之曰攝。《周禮·大宗伯》"若王不與祭則攝位"。

（二）摳也，執也。《九思·哀歲》"攝衣兮緩帶"。按《論語》"攝齊升堂"。皇疏"攝摳也"。《史記·酈生陸賈傳》"起攝衣"。《正義》"猶言歛著也"。

肇

《離騷》"肇錫余以嘉名"。王逸注"肇始也"。按《説文》"肇上諱"。段氏以爲肇之譌誤，乃漢孝和帝諱。其義本爲擊也。從戈肁聲。至王逸訓爲始者，依《爾雅·釋詁》説也。其實肇亦借字，其本字當作肁，始開户也。戴震云"《爾雅》肇謀也，言皇考以其始生，有端善之度，爰以立名"云。説亦可通。

爽

《招魂》"厲而不爽些"。王逸注"厲烈也、爽敗也。楚人名羹敗曰爽。言乃復烹露棲之肥雞，臛蠵龜之肉，則其味清烈不敗也"。洪興祖《補注》云"爽音霜，協韻，老子曰五味令人口爽"。《大招》"遽爽存只"。王逸注"遽趣也，爽差也，存前也。言乃復煎鮒魚臛黃雀敹趣宰人差次衆味，持之而前也"。按兩爽字義同。《老子》口爽亦言羹敗而飲之，則口失差也。《詩》"女也不爽"。傳"差也"。《國語》"周經緯不爽"。注"差也"。又《國語》"周實有爽德"，亦言差失之德也。然爽從炎，有疏明之義，故亦訓明。《書·仲虺之誥》"用爽厥師"。傳"明也"。《左傳》昭元年"茲心不爽"。注"明也"。《國語·楚語》"民之精爽"同。明與差失本相反，此一字有相反兩義者也。漢語之常規自有此象，亂之訓治，故之訓今是也。

失

失字《楚辭》十九見，皆一義之變也。《說文》"失縱也"，意謂在手而奪去也。《易·晉》"失得勿恤"，此爲失之本義，即今人言得失矣，義即去心。《楚辭》用此義最多。《九章·惜誦》"欲橫奔而失路"，言不得由其路也。《哀郢》"民離散而相失"，相失相去也。他如《九辯》一之"貧士失職"、三之"失時而無當"、《惜誓》"神龍失水"、《七諫·沈江》之"暴虐以失位"，又"過鮑肆而矢香"、"業失之而不救"、《自悲》之"失羣"、《哀命》之"君臣相失"、《九懷·蓄英》之"失志"、《昭世》之"失靈"、《九歎·怨思》之"失於潛林"皆是。凡引申爲過失、得失者由外爍不必繫於主觀，而過失則大體皆主觀或由疏失，故曰過。《九章·橘頌》"閉心自慎，不終失過"，即此義也。乃《七諫·沈江》有云"齊桓失於專任"。此雖由後世評議，而專任之責乃齊桓自爲之，故亦過失而非得失矣。

《離騷》"五子用失乎家巷"。王注"後世卒以失國，兄弟五人家居閭巷失尊位也"。洪補"五子之失乎家巷，太康實使之"。王念孫《讀書雜志》云"用失之失因王注而衍，注內言失國、失尊位乃釋家巷之義，非文中有此字而解之，‘用乎’之文與‘用夫’、‘用之’同。下文‘厥首用夫顛隕，殷宗用而不長’是也。若云‘五子用失乎家巷’，則所失者家巷矣。注何得云兄弟五人家居閭巷失尊位乎？”按王説至爲允當。

帥

《離騷》“帥雲霓而來御”。王逸注“又遇佞人相帥來迎，欲使我變節以隨之”。“帥一作率”。按《説文》“帥佩巾也”，此爲辵部達之借字。“達先導也”。又異部同文字，則有衛。“將衛也”，即將帥本字。此言帥雲霓，則依《説文》當是衛字。

稺

《大招》“稺朱顏只”。王注“稺幼也。朱赤也。言美女年幼稺，顏色赤白，體香潔也”。按《説文》稺字，亦作稚，作稺，本幼禾，引申爲一切幼小。《方言》二“稺小也”，“稺羊少也”。《淮南·修務》“衛之稚質”，注“亦小女也”。《大招》此句稺字亦指少女言，可能爲南楚習用語。

裁

《惜誓》“爲螻蟻之所裁”。王逸注“裁制也。言神龍常潛深水，設其失水，居於陵陸之地，則爲螻蟻蚍蜉所裁制，而見啄齧也”。裁本製衣，引申爲制爲節。《爾雅·釋言》“裁節也”。《秦策》“大王裁其罪”，即制其罪也。

謝

謝字《楚辭》四見，字又作譺，皆辭去一義之變。《橘頌》“願歲並謝，與長友兮"。按並當爲不字之誤，言願年歲不辭去，與長相爲友也。諸家說皆不可通。又《卜居》"乃釋策而謝"，言乃放下其卜筮之策而爲辭以謝也。《大招》"青春受謝，白日昭只"言歲之始春，青帝受冬寒之辭謝，而白日昭明也。受謝猶言遞代耳。《招魂》"若必筮予之，恐後之，謝不能復用巫陽焉"。王逸注"謝去也。巫陽言如必欲先筮問求魂魄所在，然後與之，恐後世怠懈，必去卜筮之法，不能復修用，但招之可也"。朱熹云"之謝一作謝之，一無之字，此一節巫陽對語，不可曉，恐有脫誤。然其大意，似謂帝命有不可從者，如必筮其所在而後招以與之，則恐其離散之遠，而或後之，以至徂謝，且將不得復用巫陽之技矣"。按王逸、五臣、朱熹諸說不可通。實由字句讀未審，當讀爲"若必筮予之"，讀"恐後之"句，此爲巫陽答語，"謝不能"句，又辭謝不能筮而予之也。"復用巫陽焉"，言于是帝復用巫陽也。故下文承以"乃下招曰"，則不再筮予，遂乃下招也。依後世文法，則復用上當有帝字，如是則俞脈理順矣。參"若必筮之……乃下招曰"一則。

淑

《楚辭》淑字五見，其言淑尤（淑郵同）淑離者，讀爲的，皆聯綿詞，別詳。其言淑女、淑清者，讀如淑，又一義之變也。淑清別詳。《招魂》"九侯淑女，多迅衆些"。王逸云"言復有九國諸侯好善之女，多才長意，用心齊疾，勝於衆人也"。朱熹云"九侯淑女，設言商九侯之女，入之紂而不喜淫者也"。按朱以九爲商之九侯，於古雖有徵，然《招魂》特設詞耳。王訓淑爲好善之女者，用淑之引申義，或借爲俶。《說文》"清湛也"。《詩·桑柔》"其何能淑"，箋"善也"，則淑亦有善義。惟《說文》別有俶字，訓善也。字亦作俅。蓋從叔聲之字，有一系有平和清善之義。則淑俶特轉注字耳。其外尚有踧、俶、裻等可通。其訓清湛者，《哀時命》之"形體白而質素兮，中皎潔而淑清"。王逸注"內有善性清明之質也"云云。言淑清即自從水旁立義。在水曰淑，在人曰俶，在足則曰踚。同條共貫，其語義可以思矣。

糅

糅字八見，皆一義也。或言雜糅，或言同糅，或言紛糅，皆同。《説文》無糅字。然《國策》"下宮糅羅紈"，則《説文》誤脱也。《離騷》"芳與澤其雜糅兮"。王逸注"糅雜也"。洪興祖《補注》云"糅女救切"。同此一句，又見《思美人》與《惜往日》，又《橘頌》言"青黃雜糅"同"芳臭雜糅"，猶言是非不明。故下句承之曰"唯昭質其猶未虧也"。《懷沙》"同糅玉石兮"。王逸注"賢愚雜厠"。或言紛糅。《九辯》三"惟其粉糅而將落兮"，《九辯》五"霰雪雰糅其增加兮"是也。糅與雜糅同義，紛甚雜，故糅訓雜。此字雖見《國策》後人或作猱。見《廣雅》與《儀禮·鄉射禮》"白羽與赤羽猱"。

任

任字《楚辭》七見。其中任重、任石別詳，單用五條，凡四義。其訓用、訓負、訓勝、訓使皆一義之引申也。《天問》"不任汩鴻，師何目尚之"。王逸注"言鮌才不任治鴻水，衆人何以舉之乎"。按任勝任也。《國語·晋語》"不能任重"。注"勝也"。又《左傳》僖十五年"重怒難任"。注"當也"。當亦勝任之義，此言不勝任治理鴻水也。《懷沙》"任重戴盛"。又《悲回風》"重任石之何益"。王注"負也"。任與戴對舉亦當訓負。負者負荷。《詩·生民》"是任是負"，《齊語》"負任擔荷"，皆其徵也。《橘頌》亦云"類可任兮"，王注"類猶貌也，可任以道而事用之也"，王舉道事兩端曰任曰用，特析言之耳，亦即擔負之義。《九辯》九"堯舜皆有所舉任兮"，《哀時命》"釋管晏而任臧獲"，此兩任字謂舉而用之，即《廣雅·釋詁》"任使也"之義。《周禮》"大司馬以任邦國"。注"猶事也。言從事於邦國，亦即用於邦國爾"。《説文》

“任保也”，此即《詩·燕燕》“仲氏任只”之任。鄭箋謂以思相親信也。考任字從壬得聲，《詩·賓之初筵》“有壬有林”。箋“壬任也”。《吳語》“齊簡公任”，古今人表作壬，是壬、任古固相通。《魯語》“家欲任兩國”，注“負荷也”，是任之本義當爲負荷。今恒言猶曰擔任，引申則任用、勝任，皆其義爾。

仍

《楚辭》三用，皆一義之引申也。《九章·悲回風》“隨飄風之所仍”。王逸注“仍因也”。按仍因也風之相襲而至者，蔽日光，欲其無所見也。隨飄風，欲其無所執也。又同篇“觀炎氣之相仍兮”。王注“相從”。又《遠遊》“仍照於丹丘”。王注“因就衆仙”云云。相從，因就皆因之引申義。按《説文》“仍因也，從人，乃聲”。《書·顧命》“華玉仍几”。傳“因也”。《周禮·司几筵》“凶事仍几”，注《論語·先進》“仍舊貫”，《集解》引鄭注皆云“仍因也”。又《詩·常武》“仍執醜虜”。傳“仍就也”。仍就今恒語。

染

《七諫·沈江》“日漸染而不自知兮”。王逸注“稍積爲漸，汗變爲染”。“積一作漬”。按《説文》“染以繒爲色也”。《周禮·掌染艸》“掌以春秋斂染草之物”。注“茅蒐橐蘆豕首紫茢之屬”。《廣雅·釋詁》三“染污也”。

貳

《九章·惜誦》“事君而不貳兮”。王逸注“貳二也”。《説文》“貳副益也”，此貳讀如《周語》“百姓携貳”之貳。注“二心也”。《左傳》

隱元年"命西鄙北鄙貳于己",注"兩屬亦謂二心也",此借爲二字。

擾

《大招》"宜擾畜只"。王逸注"擾謹也。言南堂之外復有曲屋,周旋閣道,步墀長砌,其路險狹,宜乘擾謹之馬,周旋曲折,行游觀也"。《書·皋陶謨》"擾而毅"。注"擾順也。致果爲毅"。《周官》"司徒掌邦教,敷王典,擾萬民"。《地官》"大司徒之職以佐王安擾邦國"。注"擾亦安也"。《夏官·職方氏》"河南曰豫州其畜宜六擾"。注"馬牛羊豕犬雞"。《左傳》昭二十九年"董父實甚好龍,乃擾畜龍"。注"順龍所欲而畜養之"。《大招》擾畜,即與此同。

攘

《離騷》"忍尤而攘詬"。王逸注"攘除也。言己所以能屈案心志,含忍罪過而不去者,欲以除去恥辱,誅讒佞之人"。《説文》"攘推也",與除義同。此言君子小人,異道而不能相安,故余屈心抑志,忍受一切罪尤,以求包羞。

滋

《離騷》"余既滋蘭之九畹兮"。王逸注"滋蒔也"。五臣云"滋益也"。《釋文》作薮,音裁。又《惜誦》"播江離與滋菊兮"。王注曰"滋無蒔義,蓋茲之借"。《説文》"茲草木多益也"。引申之可得蒔義。《説文》"滋益也"。段玉裁注草部茲下曰"草木多益也"。此字從水,滋爲水益也。凡經傳增益之義,多用此字,亦有用茲字者。

纖

纖字《楚辭》五用，除纖河爲專名，纖纖爲叠字聯語，皆別詳。按《説文》"纖細也"。《方言》謂"帛細者謂之纖"。引申爲凡物纖細。《招魂》"被文服纖"。王逸注"文謂綺繡也，纖謂羅縠也"。洪補云"纖細也"。即用《説文》義。惟此處被服連用爲動詞，文纖皆當爲名詞，則應是《方言》"繒帛細者"言，故叔師以羅縠釋之也。

便

便字《楚辭》九見。言便娟者五、便嬖者一、便旋者一，皆聯綿詞，別詳。單言便者兩見。一《大招》"恣所便只"。王注"便猶安也。言所選美女五人，儀貌各異，恣魂所安，以侍棲宿也"。洪補曰"便平聲"。王注安者，《説文》本義。《説文》云"人有不便更之"。此言從更之義也。《荀子·解蔽》"由執謂之道，盡便矣"。注"便便宜也"。便宜今恒語，又或言方便也。又《七諫·初放》"數言便事兮"。王逸注"言己數進忠言，陳便宜之事，以助治，而見怨恨於左右，欲害己也"。按便事即便宜之事。秦漢以後爲政治上術語。然戰國尚是通語也。《吕覽》"忠廉以便事也"，是其徵。注"便猶成也"。

把

《楚辭》二見，皆一義也。《九歌·東皇太一》"盍將把兮瓊芳"。王逸注曰"盍何不也，把持也，瓊玉枝也。言己修飾清潔，以瑶玉爲席，美玉爲瑱，靈巫何持乎？乃復把玉枝以爲香也"。五臣云"靈巫何不持瓊枝以爲芳香，取美潔也"。洪補云"盍音合"。按《説文》"把握也"。握、持義同。《莊子·人間世》"其撫把而上者"。朱熹注"盍音合，盍

何不也，把持也，瓊芳草枝可貴如玉，巫所持以舞者也”。按《説文》
“把握也”。《釋文》引司馬注曰“一手曰把”。

班

《招魂》“班其相紛些”。王逸注“言男女共坐，除去威嚴，放其冠
纓，舒歟印綬，班然相亂，不可整理也。班一作斑”。此言班與下紛字
相應，而王訓紛爲亂，其實紛字有紛亂與盛美兩義。凡班字有分布、次
序、周徧、分别之義。此“班其相紛”爲周徧、布列之義。言共坐之男
女周徧盛紛，無人不如是，無間坐一旁者。言其盛爾。王訓贅以“不可
整理”，義既無當，亦廢詞甚矣。《天問》“何往營班禄，不但還來”。王
逸注“班徧也。言湯以所獲得禽獸徧施禄惠於百姓也”。洪補“記曰請
班諸兄弟之貧者，班分也”。義與王説實相成。徧賜亦分賜耳。按王、
洪、朱三家皆以此湯言，非也。此句主語爲“恒秉季德”之恒，此言恒
往營頒賜禄惠，《説文》班“分瑞玉也”。後世或以頒爲之。詳《重訂天
問校注》。

《七諫·自悲》“駕青龍以馳鶩兮，班衍衍之冥冥”。王逸注“言極
疾也”。此釋與《遠遊》之“斑漫衍”義同。班衍衍三字之義，即“班
其相紛”之義也。又《九歎·憂苦》有“班駁”一詞，義不紛亂也。

班字四見，分兩義：其訓分者，班之本義；訓亂者，則斑之借字也。
詳斑條下。

斑

《離騷》“斑陸離其上下”。王逸注“斑亂貌。言己遊觀天下，但見
俗人，競爲讒佞，傅傅相聚，乍離乍合，上下之義，斑然散亂，而不可
知也。斑一作班”。按洪補云“斑駁文也”。駁文爲本義，引申則爲盛
美，王訓亂貌，於義雖亦可通，而陸離乃盛美之頌言，非雜亂之通語，

當訓盛美爲允，與班實轉注分別文。又《遠遊》有"斑漫衍而方行"，王訓"繽紛"，洪亦云"斑駁文也"，義與斑陸離同。

騁

《楚辭》六見，皆一義也。《九歌·湘君》"鼂騁鶩兮江皋"。又《湘夫人》"白蘋兮騁望"。注"乎也"。《招魂》"步及驟處兮誘騁先"。注"馳也"。又《惜誓》"白虎騁而爲右騑"。又《七諫·謬諫》"及君而騁説兮"。按騁者，《説文》"直馳也"。《詩·節南山》"蹙蹙靡所騁"義同。訓乎訓極者，特就上下文義順適言之，非作詁訓也。

屛

屛字《楚辭》五見。其曰屛營、屛風、屛蓬者，皆聯綿詞，別詳。此外則凡得二義。

（一）《七諫·怨世》"玄鶴弭翼而屛移"。王逸注"言貪狠之人，並進成羣；廉潔之士，歛節而退也"。按王逸以玄鶴比歛節之士也，釋屛爲退隱，讀爲《曲禮》"則左右屛而待"之屛。注"退也、隱也"。此於《説文》當爲偋之借字。

（二）棄也。《論語》"屛四惡"。孔注"除也"。《九歎·愍命》"君乖差而屛兮"。王逸注"言己雖竭忠謇謇，以重達其志，君心乃乖差而不與我同，故遂屛棄而不見用也"。《禮記·王制》"屛之遠方"。注"猶放去也"。

然此二義實相成，自棄曰隱退，被棄曰屛棄，語法上之差殊也。

沕

《招隱士》"罔兮沕"。《章句》"精氣失也"。五臣云"失志貌"。洪興祖《補注》曰“沕潛藏也。美筆切”。《文選》音勿。《説文》無此字，當爲殁之異文“終也”。經傳多以没爲之。没又殁之分別文。

又古從勿之字，多有忽、失之義。故“物故”之物，亦訓終矣。餘如曶、肳、颮皆是。

弗

（一）《楚辭》弗字十四用，僅得兩義，而以作爲否定詞用者最多。與本義固無涉也。《九章》“弗參驗以考實”，即不參驗也。他如“遷臣弗思”、“弗察”、“弗味”、“弗省”、“弗去”（皆見《悲回風》），《遠遊》之“弗及”，《九辯》三之“弗將”、“弗濟”，《七諫·沈江》之“弗忘”皆是。此不必詳解而可知也。

（二）讀若弼。弼佐也。《七諫·怨世》“甯戚飯牛而商歌兮，桓公聞而弗置”。王逸無説。按《離騷》云“甯戚之謳歌兮，齊桓聞以該輔”。王逸注“該備也，輔佐也。言以甯戚爲客卿”。他書所傳皆如是，則此弗置二字，非不置之義，他本有誤作不者，亦由不解弗字也。按弗字讀爲輔，亦即該輔之義也，置亦備也。則弗置猶備輔。《説文》“弗撟也。從丿、從乀、從韋省”。“分勿切”。鉉曰“韋所以束枉戾也”。按許氏説此字最無據。古從弗之字，雖多枉戾之義，如拂、佛、費、沸等，此乃轉注借聲之字。考弼字古文作㢸若㢸，此當爲弼之正字，象以兩木輔夾弓，使之正也。II象夾弓之木，故弗即弼之初文，後又增弓爲弝移置爲弢，變形聲而爲弼矣，弼則後起形聲字也。

壅絶

《七諫·怨思》“願壹往而徑逝兮，道壅絶而不通”。王逸注“言己思壹見君，盡忠言而遂徑去，障蔽於讒佞，而不得至也”。按壅絶、壅塞，斷絶也。雙動詞之複合詞，猶壅也，參壅字條下。

拂

《離騷》"折若木以拂日兮"。王逸注"拂擊也。折取若木以拂擊日使之還去。或謂拂蔽也，以若木鄣蔽日，使不得過也"。王逸或說爲允。《易林·渙之睽》"抑若蔽目，不見椎叔"。某氏引《離騷》此文云目當作日，是也。按此當爲茇之借。茇即苃字。《詩》"蔽芾甘棠"言"蔽芾"，芾亦蔽也。蔽覆，長言曰蔽，短言曰芾，曰蔽也。《史記·屈原傳》引《懷沙》"修路幽拂"。《索隱》、《正義》俱同。《楚辭》作幽蔽。王注亦云幽深蔽闇也。《大招》"長袂拂面"。注"拭也"。按此拂亦當訓蔽。張衡《舞賦》云"抗修神以翳面"，此拂面猶翳面，亦蔽也。又《招魂》"蒻阿拂壁"，注"薄也"，此薄與拭二訓，各就文爲說耳。拂、拭者，《考工記·弓人》"和弓轂摩"，注"拂之摩之"，即此義。拂壁猶言鋪壁，謂壁衣也。亦蔽之義，即後世之敷也。

刜

《九歎·怨思》"執棠谿曰刜蓬兮"。王逸注"棠谿利劍也，刜斫也"。洪補"刜斷也，音拂"。又《九歎·愍命》"刜讒賊於中瘤兮"。王逸注"刜去也"。洪補云"刜斷也，音拂"。按《說文》"刜擊也，從刀弗聲"。王注一訓斷，一訓去。洪補兩皆訓斷，其實去亦斷也。《左傳》"苑子刜林雍"，《齊語》"刜令支斬孤竹而南歸"，皆訓擊也。

墳

墳字《楚辭》三見，分兩義。

（一）分之借字，分也。《天問》"地方九則，何以墳之"。王逸注"墳分也。謂九州之地，凡有九品，禹何以能分別之乎？墳一作憤"。墳本大地，此言分者，謂借爲分字也。《釋名·釋典藝》"三墳墳分也，論三才，分天地人之始"。《廣雅·釋詁》"墳分也"。

（二）水中高者爲墳。《九章·哀郢》"登大墳以遠望兮"。王逸注"水中高者爲墳"。《詩》曰"遵彼汝墳"。按《毛傳》云"大防也"。《爾雅·釋丘》"墳大防也"。《釋地》"墳莫大於河墳"。《方言》"墳地大也。青幽之間凡土而高且大者謂之墳"。注"即大陵也"。此言登而遠望，則以《方言》説與文義切合。《九歎·遠逝》"登大墳而望夏首"，即本《哀郢》。

逢

《楚辭》二十八見，除龍逢、逢龍、逢蒙等專門術語，別詳。其餘二十二見作兩義解，一本義，一借聲字。

（一）《説文》"逢遇也"。《方言》一"逢迎也"。《周語》"道而得神，是爲逢福"。《離騷》"乃遂焉而逢殃"，謂遂因以遇禍殃也。其用逢殃者倣此，見《九章·涉江》"伍子逢殃"，《九歎·憂苦》亦言"哀故邦之逢殃"、《惜賢》言"丁時逢殃"、《天問》言"親以逢殃"。《惜誦》一見，《九歎·怨思》一見，《九章·惜誦》有"逢尤"（《九歎·愍命》一見），《九歎·逢紛》有"逢讒"，又有"逢凶"（《逢紛》），"逢患"（《離世》），"逢紛"（《愍命》），《九辯》言"逢佂攘"，《惜誓》言"逢亂世"。其不加補助語，而確知其爲逢遇者，如《天問》之"下逢伊摯"、"逢彼曰雉"，《惜往日》之"不逢湯武"，《九思·遭厄》之"逢流星"等皆是。此一義多以惡性補語限之。

（二）借爲降，或以爲降，從夆聲，與逢同，豐大也。《天問》"有扈牧豎，云何而逢"。王逸注"言有扈氏本牧豎之人耳，因何逢遇而得爲諸侯乎？一曰其爰何逢，一曰其云何逢"。洪補曰"此言啟滅有扈之國，其後子孫遂爲民庶，牧夫牛羊，其初以何道而得爲諸侯也"。按諸説皆誤。此逢讀爲降，若豐。與下文"後嗣而逢長"與"既驚帝切激，何逢長之"諸"逢長"同。亦言有扈之牧豎，何由得大也。又《洪範》云"子孫其逢"，句法與"云何而逢"相類，亦單用逢字，以表洪大。馬融注此云"逢大也"。又《荀子·儒效》"逢衣淺帶"，即《禮記·儒行》之"逢掖之衣"也。鄭注"逢猶大也"，義皆同。參《重訂天問校注》。

馮

馮字《楚辭》八用。馮翼爲聯綿詞，馮夷爲專名，皆別詳，其餘分三義，一爲大也，二爲依也，三爲憤懣也。

（一）《天問》"何馮弓挾矢，殊能將之"。又"馮珧利決"。按王逸釋馮弓句爲"馮大也。挾持也。言后稷長大，持大强弓，挾箭矢，桀然有殊異將相之才"，非也。馮與挾對文，故朱熹訓爲引弓持滿，較舊説爲得。然此爲釋義，非詁字也。按《左傳》哀七年"馮恃其衆"，注"馮依也"，蓋借爲凭字，與挾字正是對文，當從之。

（二）依也。《九章》"馮崑崙以瞰霧兮"。王逸無説。洪補以爲馮登也，亦未允。惟朱熹以爲"皮冰反，馮據也。如馮軾之馮"最確。亦依凭也。

（三）馮陵也。用於心理現象，則訓爲氣憤懣之貌，此與憑同。《天問》"康回馮怒"，《思美人》"羌馮心猶未化"，亦訓憤懣。又《九辯》五之"馮鬱鬱其何極"。王逸注"憤懣盈胸，終年歲也。馮一作憑"。《哀時命》"願舒志而抽馮兮"。王逸注"馮一作憑，一作懣，一作愁。言己思舒志意，援引憤懣，盡極忠信"。按兩馮字皆一本作憑，蓋馮憑本一字之衍也。古籍亦用作憑憑。《莊子·盜跖》"侅溺於馮氣"，《釋文》"言憤畜不通之氣"，又《方言》二"憑怒也"，是其徵也。郭注"馮恚盛貌"，則固楚言也。引《天問》"康回馮怒"。《左傳》昭五年"今君奮焉，震電馮怒"。古籍多言馮怒猶大怒也。

憑

憑字《楚辭》三用，皆即馮之別構。一則訓滿。《離騷》"憑不猒乎求索"。王逸注"憑滿也。楚人名滿曰憑，一作憑"。洪補曰"憑皮冰切"。寅按《左傳》昭五年"震電憑怒"，注"憑盛也"；《史記·伯夷列傳》之"衆庶憑生"，注"憑滿也"，是憑之訓滿。古有其説。按馮訓滿，當爲畐之聲借。《説文》"畐滿也"，《廣雅·釋詁》同。然憑本即馮之隸變增益字，馮本訓馬行急，亦得引申爲滿，蓋音同義亦得通之例矣。段玉裁謂引申其義爲盛也、大也、滿也、懣也。《離騷》"喟憑心而歷兹"。王逸注"喟然舒憤懣之心，歷數前世成敗之道，而爲此詞也。憑一作憑，一作馮"。洪補云"《方言》云'憑怒也。楚曰憑'。注云'恚盛貌'。引《楚辭》康回憑怒，皮冰切。《列子》曰'帝馮怒'。《莊子》曰'俵溺於馮氣'。《説文》云'馮懣也'。並音憤"。又《九章·思美人》"揚厥憑而不竢"，王注"思舒憤懣，無所待也"，義與喟憑全同，此即馮字之義。參馮字條下。

紛

紛字《楚辭》三十二見。除繽紛、紛緼、紛紜、紛紛等爲聯綿詞，別詳。其餘分四義。

（一）義按紛紛然美盛也，紛紛本義。《説文》云"紛馬尾韜也"。又按《説文》"份文質備也"。作紛盛解者，蓋皆份之借也。《離騷》兩言"紛總總其離合兮"，王逸皆訓紛盛多貌。《九歌·東皇太一》"五音紛兮繁會"，又《大司命》"紛吾乘兮玄雲"，王逸無説。按亦盛也。又《河伯》"流澌紛兮將來下"，又《橘頌》"綠葉素榮，紛其可喜兮"及《悲回風》之"紛容容"、《遠遊》之"紛溶與"，與紛容同。《九辯》"紛綺旎"、"紛純純"以及漢人《哀時命》"虹霓紛紛"，《九思·陶壅》

之“紛翼”,《九歎·逢尤》之“白露紛”、“流水紛揚”,《遠遊》之“紛若霧”,《九思·疾世》之“紛驅”,《遭厄》之“雲霓紛”,皆訓盛,不論其有無美好之義也。

（二）雜亂也。《九章·惜誦》“紛逢尤以離謗兮”。王逸注“紛亂兒也”。洪補云“紛衆貌”。朱熹注“紛亂兒”。此雜亂之象也。盛與雜亂,事象極相似,故用語亦得相類也。《涉江》云“霰雪紛其無垠”,其義爲最顯。《思美人》“紛鬱鬱其遠承兮”。用鬱鬱似有文美之意,而實亦無理可尋,故曰遠承也。大體反義之詞,往往同用一字,理亂皆曰亂,是也。故憂苦言紛錯,亦言紛結矣。又《招魂》“班其相紛些”,用班字與之相應。班有次序之義,則固文美之義矣。《九辯》云“紛糅”,《九歎》言“遭紛逢凶”,《九思》云“悼亂云殺亂紛挐”同。又《惜誦》之紛逢尤句,《九歎》作“屢離尤而逢患”,則此紛漢人作屢解,子政正襲屈子文也。屢亦紛亂耳。

（三）紛獨,猶言判獨。《離騷》“紛獨有此姱節”。王逸注“有此姱異之節,不與衆同,而見憎惡於世也”。王義釋紛獨爲不與衆同,洪補、朱熹注則皆訓紛盛,實爲未達文義。按紛獨與下文之判獨同義。判獨乃屈賦習語,言判然別獨,不相同也。別詳。

（四）敷布也。《九思·守志》“桂樹列兮紛敷”。按紛敷猶言敷布。言桂樹散布於崑崙山也。《舊注》以紛錯敷衍釋之。義雖可通,而語詞未明。敷即荂之通借,《說文》“荂華葉布也”。

旁

《九章·惜誦》“曰有志極而無旁”。王逸注“旁輔也。言厲神爲屈原占之曰:人夢登天無以渡,猶欲事君而無其路也。但有勞極心志,終無輔佐”。《說文》訓“旁溥也”。如王說,義雖可通,即與上下文皆不甚調遂。志極無旁,當即上文“專惟君而無他”、“疾君親而無他”等句之義,訓旁作旁人、他人解爲得。有無兩字,蓋相反爲對文也。

溁

《大招》兩見溁字，"溁心綽態"，王逸無注。溁一作漫，綽一作淖。又"姱修溁浩"，注"廣大也"。按《説文》"溁沛也"。言水多流之象，蓋從旁轉注，旁訓溥，故加水爲水多也。組合言之曰溁浩、曰溁沛、曰溁濞、曰溁洋等，單言之則曰溁。"溁心"與"綽態"對文。綽，王注多，則溁亦其廣心矣。

發

《大招》"春氣奮發"。王逸注"發洩也。言春陽氣奮起"是也。下言萬物忽遽競起而生出也。此發字當讀爲《禮記·月令》"雷乃發聲"之發，注"出也"。此發之引申義也。《説文》訓發爲"射發也，從弓發聲"，即《詩·騶虞》"壹發五豵"之發，引申爲行。《爾雅·釋訓》"愷悌發也"。注"行也"。《大招》"發政獻行，禁苛暴只"。王逸注"言楚王發教施令，進用仁義之行，禁絶苛刻暴虐之人也"。按王説有顯微闡幽之功，惟增字稍多爾。朱熹云"獻行，令百官上其行治，如《周禮》，今羣吏致事，漢法令郡國上計也"，則發政之發，當讀爲《書·微子》"我其發出狂"，《禮·月令》"雷乃發聲"之發。注"出也"。發政猶後世言出政，此發政獻行，即下句發禁苛暴之義，非必進用仁義之行也。

廢

廢字《楚辭》五用，除《招魂》"娛酒不廢"外皆一義，或其引申義也。《説文》云"屋頓也。從广發聲"。屋頓謂傾壞無用，故引申則訓壞、訓弛、訓墮皆可。《七諫·沈江》"廢制度而不用"，王逸注"廢先王之制度"，言廢去制度也。又《九歎‧惜命》云"廢周邵於遐夷"。王逸注"不用曰廢。言廢棄仁賢，若周公、邵公者，放於遠夷之外而不近"。按《爾雅‧釋詁》"廢放也"，爲逸所本。《招魂》"娛酒不廢，沈日夜些"。王注"言雖以酒相娛樂，不廢政事"，"或曰娛酒不發，發旦也"。按王說殊難使上下文理暢通。施愚山《蠖齋詩話》云"《招魂》'娛酒不廢，沈日夜些'，言飲酒晝夜不輟也。《古樂府》'廢禮送客出'，亦當作止字用。按注謂'飲酒不廢政事'，又以廢爲發，引'明發不寐'，並非"。施以不輟訓不廢，詞固可通，而義轉淺膚。按廢當讀《周禮‧小司徒》"以辨其貴賤老幼廢疾"之廢，注"謂癃病也"。癃病之廢，《說文》有專字，作癈，固病也，引申爲廢疾。此言娛酒不廢，謂娛樂於酒而不至廢疾，故日夜沈緬於酒也。王逸以不廢政，安有沈酒而不廢政者，至又以朝發之發解，則與下句"沈日夜些"句義複，亦非也。

撥

《懷沙》"巧倕不斲兮，孰察其撥正"。注云"撥治也。言倕不以斤斧斲斫，則曲木不治，誰知其工巧者乎"。《史記》作"揆正"，揆度也。孫詒讓《札迻》卷十二"案撥謂曲枉，與正對文。《管子‧宙合篇》云'夫繩扶撥以爲正'；《淮南子‧本經訓》亦云'扶撥以爲正'，高注云'撥枉也'；《修務訓》云'琴或撥剌枉撓'，注云'撥剌不正也'；《荀子‧正論篇》云'不能以撥弓曲矢中'；《戰國策‧西周策》云'弓撥矢鈎'，皆其證也。王釋爲治，失之；《史記》作揆，亦誤"。

腐

《九歎‧怨思》"淹芳芷於腐井兮"。王逸注"淹漬也，腐臭也。言積漬衆芳於汙泥臭井之中"。《說文》"腐爛也"。《詩‧大東》箋"將涇腐不中用也"。《釋文》"朽也"。《吕覽·盡數》"流水不腐"。《廣雅·釋詁》三"敗也"。《釋器》"臭也"。

泭

《九章·惜往日》"乘氾泭以下流兮","泭一作柎"。王注"編竹木曰泭。楚人曰柎"。洪補"泭音敷。《説文》云編竹以渡。柎與泭同"。楚言也。

拊

《九歌》"揚枹兮拊鼓"。王逸注"拊擊也"。按《説文·手部》"拊揗也。從手，付聲"。洪補曰"大徐芳武切"。按拊揗《荀子·富國篇》"拊揗之……"即撫循，古今字也。《舜典》"予擊石拊石"。《詩·蓼莪》"拊我畜我"。宣十二年《左傳》"王巡三軍，拊而勉之"。杜注"拊撫慰勉之也。輕拊曰拊，重柎亦可曰拊"。《左傳》襄廿五年"公拊楹而歌"。《釋文》"拊拘也"。《衛策》"拊驂無笒"。服注"擊也"。《管子·禁藏》"無拊卵"。此拊鼓，王釋擊，亦即拊楹、拊笒之義也。

負

（一）以背載物曰負。《九思》"周邵兮負芻"。王逸注"周公、邵公。言楚君使忠賢如周、邵者負芻，反以督、萬之人侍晏"。凡以背任物皆曰負。《論語》"式負版者"。皇疏"擔揭也"。《方言》七"凡以驢馬馲駝載物者，謂之負佗"。

（二）媨之借字。《天問》"焉有虬龍，負熊以游"。王逸注"有角曰龍，無角曰虬。言寧有無角之龍，負熊獸以游戲者乎"。按王釋鈎擎，不成文理，由不知負字爲媨之借也。負乃媨之借字。媨熊以遊者，謂以熊爲嬪而與之遊牝也。同此一例，則“負子肆情”一語之負，亦當作婦字解。王叔師注彼，以爲解居父事，同此一弊。此言上甲微遵先人之跡，使有逖不寧，如此賢子，乃有妻其子婦之醜情也。兩解詳《重訂天問校注》。

放

《楚辭》放字十八見。其單用者屈宋賦十一見，漢賦七見。其義可得四類。

（一）放逐也。此爲放字使用之本義。《説文》“放逐也。從攴方聲”。《廣雅》二“方也”。《左傳》莊六年“放公子黔牟於周”。注“放者受罪黜免，宥之以遠”。《春秋》宣元年“晋放其大夫胥甲父於衛”注同《楚辭》。用此者最多。《天問》“何條放致罰”，放逐於鳴條也。又《卜居》、《漁父》兩文諸言“屈原既放”、“自令放爲”，是以見放等語同。又《九章·悲回風》“放子出而不還”，王逸注《卜居》“遠出郢都處山林也”義同。漢人賦則如《九歎》之“偏棄遠放”、“放佞人”、“放三苗”、“放律魁”等句皆其義也。此等句皆直曰放逐，如《九歎》“三苗之徒以放逐”是也。又《尚書·太甲序》云“伊尹放諸桐”之言，此放字則僅用其放置之一偏，而不用其逐棄之一。

（二）故舊也，遠也。《九章·悲回風》“見伯夷之放迹”。王逸注“放遠也”。朱熹“以求子推、伯夷之故跡”。依上下文義定之，當爲往迹之義。往迹即遠迹、故迹也。放往雙聲，又同韻，故亦得通。王、朱以遠故訓之是也。又《九辯》“放游志乎雲中”，謂遠游志於雲中。遠游固屈宋賦中成語，惟放字作遠故義解，於北土諸家未見，或亦南楚獨有之故言耶。

（三）縱也。《九思·傷時》“放余轡兮策駟”。放余轡者即縱轡也。《左傳》昭十六年“獄獄放紛”。注“縱也”。此如縱食曰放飯矣。《孟子·盡心》篇“放飯流歠”。趙注“放飯大飯也”。此義漢以後用者極多，如放言、釋放、放牧、放鷹、放犬等皆是。《楚辭》惟此一見。《遠遊》"神要眇以淫放"義同。

（四）解散，放也。《招魂》"放敶組纓"。王注"放其冠纓，舒敶印綬"，義未爽利。此句上言士女雜坐，亂而不分，下言"班其相紛"，言其時樂舞中，男女狂歡之態，言冠纓組綬，皆以狂舞歡樂而至於解散也。有紛散披離之義，此放縱之象也。當爲放縱之引申云爾。

蔽

蔽字《楚辭》二十五見。除一爲楚人名，一爲六簙之簙著爲蔽外，其餘皆一義之變也。

（一）其本義許氏以爲小草，恐非。此當以蔽障爲其本義。《周禮·巾車》"蒲蔽"，注"車旁禦風塵者"；《管子》"乘馬其蔽"，王注"所以捍車馬"；《方言》"絜繻謂之蔽䋁"，皆其證也。《楚辭》廿五見皆此一義之變。引申爲覆蓋、爲奄蔽、爲隱避、爲塞，各依上下文義定之。聲轉則爲茀。《說文》云"道多艸不可行"，即道爲草所隱蔽之義。長言之則曰蔽茀。尾音變輕脣矣。實與蔽蔽茀茀皆同。《離騷》"好蔽美而稱惡"兩見，又"故蔇然蔽之"，《九歌·東君》、《國殤》、《九章·涉江》、《九歎·思古》等篇之"蔽日"，《悲回風》之"蔽光"，《思美人》之"居蔽"，《九辯》、《九歎·惜賢》、《遠遊》之"蔽之"，《懷沙》之"幽蔽"，《惜誦》之"蔽而莫白"，《七諫·謬諫》之"蔽不羣"，《怨世》之"蔽遠"，《怨思》之"蔽不見"，《九歎·遠逝》之"蔽視"，義皆相同。又《卜居》之"而蔽鄣於讒"與《惜往日》之"獨鄣壅而蔽隱兮"句有反複，而義無大殊。曰"鄣壅"亦即《惜往日》之"諒聰不明而蔽壅"、《七諫·初放》"不忍見君之蔽壅"，言蔽壅者，又修辭之一例，別爲條以詳之。《惜往日》又云"蔽晦君之聰明"句與"諒聰明而不蔽壅"同。曰"蔽晦"亦見《七諫·沈江》。

（二）蔽簙具也。《招魂》"菎蔽象棊，有六簙些"。洪補引《方言》

五 "簿謂之蔽, 吴楚之間或謂之蔽, 或謂之箭裹或謂之綦"。則簿綦曰蔽, 乃南楚方言也。《西京雜記》謂 "許博昌善簿, 法用六箸, 以竹爲之, 長六分" 云云。餘參六簿條。

被

《楚辭》用二十五次。除被離、被被等爲聯綿詞或叠詞別詳外, 其餘二十見可細別爲五義。

(一) 考《説文》被訓 "寢衣, 長一身有半, 從衣皮聲"。卧衣曰被, 大被曰衾。今人言卧被, 生人用之, 衾被則死殮用之。又考此字從衣從皮, 許氏以爲皮聲, 其實皮亦義也。古以獸之革爲皮, 引申則一切衣被於體外皆曰皮, 故皮者骨肉之表也。凡表者被全身, 在衣飾則曰被曰帔, 木之肌理曰柀, 旂旗之披靡者曰旗, 髮之加之頭者曰髲, 水之表曰波, 皆轉注字爾。被之本義爲衣被, 卧時以覆身者也。引申之則曰覆、曰加、曰遇、曰受、曰遭、曰及。《楚辭》所用皆不出此類矣。其言衣者, 如《山鬼》 "被石蘭兮帶女蘿", 及《國殤》之 "被犀甲",《山鬼》之 "被薜荔",《九章·涉江》之 "被明月" 與佩寶璐對文,《九辯》之 "被荷裯",《大司命》之 "靈衣被被",《招魂》之 "被服纖",《哀時命》之 "被衣水渚", 皆是。又《離騷》言 "澆身被服强圉", 則爲虛設之詞, 以爲動詞用者也。亦宜入此義。又《招魂》 "翡翠珠被"。逸注 "被衾也"。蓋古人生死之用不別, 故變言衾以詁之爾。

(二) 披也。《大招》 "被髮鬤只",《惜誓》 "箕子被髮而佯狂", 同。

(三) 覆也。《招魂》 "蘭皋被徑"。王注 "覆也"。

(四) 受也。《九辯》五 "嘗被君之渥洽",《七諫·謬諫》 "嘗被君之厚德"。

(五) 受者善意之受也, 其非善意則義如今世遭受之義。如《哀郢》 "被以不慈之僞名",《九辯》一有此語,《七諫·沈江》 "申生孝而被殃"，又《自悲》之"身被疾"，《九歎·怨思》之"蒙罪而被疑"，《九思·逢尤》之"被訧譖"皆是遭受不幸之義。

繽

《楚辭》五見。其言繽紛者乃聯綿詞。而單言繽者三，則繽紛之短言也。《離騷》"九疑繽其並迎"，又《九歌·湘夫人》同用此句。王逸注"繽盛也"。盛之訓即紛盛也。詳紛字條下。《説文》無繽字，當爲闐之異文。闐闖也。謂闐闖即鬥也。又《見部》有覿覼一語，亦繽紛之專别字。暫見者謂繽紛暫見，不詳悉爾。參繽紛條下。然《漢書·郊祀志》"華燁燁十五"云"九疑賓夔龍翠"云云。疑今本繽乃賓之誤，疑楚人迎神，有相者曰賓。此與《天問》"啟棘賓商"之賓，義蘊相同，讀爲"賓於四門"之賓，王説顯爲通俗之義，非古義矣。

備

《楚辭》八用，除叠詞外皆一義之變，皆䓝之借字，具備也。金文作𩠐，即䇷之初文。箭在箙中正藏蔽之耳，爲䓝之初義，俗多以備爲之。有完備、預備諸義，因文義而小殊。《九章·思美人》"備以爲交佩"。王逸注"交合也。言己解折篇蓄雜以香菜，合而佩之，言修飾彌盛也"。王以合而佩之，即釋備字也。備具即滙合之義矣。《惜往日》"身幽隱而備之"，王以行彌篤釋"而備"之義。按上言貞臣無罪被謗見尤，而景光（猶後世言景況）誠信，身雖處幽隱而具備此誠信也。故王隱括言之，爲行彌篤也。《惜往日》又云"無舟楫而自備"者，謂自爲準備，亦具備之義。此外如《離騷》之"百神翳其備降"、《惜誦》之"俾山川以備御"、《招魂》"華容備些"諸篇，皆具備、完備之義，無他屈折義蘊也。按《説文》"備慎也"。《大戴·小辨》"事戒不虞曰知備"，則備者備不虞也。今《楚辭》諸句，皆以爲備具、完備者，字當爲䓝。

《説文》"具也"。古籍多以備爲耳。

僻

《九章》"雖僻遠之何傷"。王逸注"僻左也。言我惟行正直之心雖在遠僻之域，猶有善稱，無害疾也"。"僻一作辟"。按《説文》"僻避也"。《吕覽‧慎行》"而荆僻也"。注"遠也"。僻遠之義重在僻，僻本邪曲，回之則遠，邪則隱幽，故僻有隱、幽、遠諸義。此句以僻與遠相綴，自是遠義，此遠非遠近之遠，乃以回邪而遠爾。

編

《九章‧悲回風》"編愁苦以爲膺"。王逸注"編結也。膺臆也。結胸者，言動以憂愁自係結也"。洪補云"編音邊"。《説文》"編次簡也"。《聲類》以繩次物曰編。此通言之耳。此句上文言"糾思心以爲纕"。編與糾對文，故王訓結也。

氾

豐也。《招魂》"光風轉蕙，氾崇蘭些"。王注"氾猶汎，汎搖動貌也"。洪補音泛，朱用王義也。按王朱訓動義，雖可通而詞義未洽。崇蘭即叢蘭，此句動字當是氾字，不當以崇充之。氾叢蘭者，言叢蘭正豐盛，與上風光轉蕙同，義自相屬。言雨霽日明，風光正轉，蕙而叢蘭，正豐盛也。合參地部氾字。

焱

《九歌》"焱遠舉兮雲中"，朱熹《集注》作焱，從三火。《辨證》

"猋《説文》從三犬，而釋爲群犬走貌。然《大人賦》有'猋風湧而雲浮'，其字從三大，蓋別一字也。此類皆當從三火，《世本》皆作焱，諸注焱卑遙反，去疾貌"。王逸注"言雲神往來急疾，焱然遠舉，復還其處也"。洪云"猋羣犬走貌，作焱從火，非也"。按《説文》"猋犬走貌，從三犬"。"甫遥切"。"焱火華也，從三火"。"以冉切"。《爾雅》"扶搖謂之猋"，郭云"暴風從下上也"，"必遥反"，此言焱然遠舉，則亦如扶搖之義。又《九辯》云"何氾濫之浮雲兮，焱壅蔽此明月"。王逸注"妨遮忠良害仁賢也。夫浮雲行則蔽月之光，讒佞進則忠良壅也"。洪補云"焱卑遙切，犬走貌"。朱熹注"焱速疾貌"。按《九歎》別有"陽焱而復顧"之言，從三火，與此從三犬者異字，別詳。惟古書兩字多互譌。《文選·七啟》"風屬焱舉"當作猋。《思玄賦》"焱回回其揚靈"，又"乘焱忽兮馳虛無"，皆當作猋。《禮記·月令》"焱風暴雨"，《釋文》焱本作飆。按猋無飆音，則焱之誤。漢《朱龜碑》"武氣飆騰"，亦飆之誤，皆其證。焱即炎之去聲，從二火，與從三火義稍別耳。至猋字則《説文》訓犬走貌，從三犬。大徐音"甫遥切"，引申爲凡走之稱。《史記·封禪文》"武節猋逝"及《雲中君》、《九辯》兩猋字皆此義。又通作飆。《爾雅·釋天》"扶搖謂之猋"，郭注"猋暴風從下上"，即《説文》飆字之訓。《文選·魏都賦》"丹墀臨猋"。劉注"上也。風從火升也"。《漢書·刑法志》"猋起雲合"。《五行志》"厥大猋發屋"。注竝云"疾風也"。其證至多。按此字先秦以前惟見《莊子》、《九歌》用之，北土無言之者。疑當楚方俗之語，其字原只作猋，訓犬走急，引申爲急行；從風言，則爲自下而上之風，初則借猋爲之，至漢人乃別爲飆字。《説文》蓋據《史》、《漢》、《淮南》書入録。詳飆字下，或飆騰條下。

㰤

《九歌》"㰤蕙櫋兮既張"。王逸注"㰤梠也。以枌蕙覆櫋屋。㰤一從木，一作擗"。洪補云"㰤普覓切。一音覓"。按㰤即擗之移置字。

《説文》本訓大指，此訓枛者，借爲劈也。《説文》"劈破也"。《廣雅》
"分也"。

抃

《天問》"鼇戴山抃，何以安之"。王逸注"擊手曰抃"。抃《釋文》
作拚。洪音卞。按抃《説文》作拚，"拊手也"，與王逸注擊手同義。
《吕覽·古樂》"帝嚳乃令人抃"。注"兩手相擊曰抃"。

冒

《大招》"美冒衆流"。王逸注"冒覆。言楚國有美善之化，覆冒群
下流於衆"。朱熹注"冒覆也。言先以威武嚴民，後以文德撫之，既善
美而又光明也"。按王訓冒爲覆是也。《説文》"冒冢而前也"。《左傳》
文十八年"冒於貨賄"。此言美冒衆流。依王注音爲覆蓋之義。則讀爲
《易·繫詞》"冒天下之道"。《詩·十月》"下土是冒"，皆蒙覆之義。

務

務字《楚辭》四見，除務光人名等別詳外，單用者凡二。《離騷》
"既干進而務入兮"。王逸注"子椒苟欲自進，求入於君，身得爵祿而
已"。王以苟欲自進釋務進。按《説文》"務趣也"，趣者猶言冒進其事
之義。此句與千字對舉，故王訓苟也。又《七諫·沈江》"務行私而去
公"，亦言冒趣私利而去公義，與務入同。又《九思·怨上》"復顧兮彭
務"。《章句》云"彭彭咸，務務光。皆古介士，耻受污辱，自投於水而
死也"。分別詳見彭咸、務光兩則。

穆

穆本禾名。古籍多借爲廖字。廖者細文也。引申爲敬爲美。《九歌·東皇太一》"穆將愉兮上皇。"王逸注"穆敬也。言己將修祭祀，必擇吉良之日，齋戒恭敬，以宴樂天神也"。《九章·悲回風》"穆眇眇之無垠兮"。王逸注"天與地合，無垠形也"。洪補云"賈誼賦云沕穆無閒，沕穆深微貌"。《淮南·原道訓》"穆忞隱閔"。注"皆無形之類"。此由細義引申而得，或沕穆、穆忞爲聯綿詞，短言之則曰穆。穆眇眇即穆穆眇眇也。穆眇即穆忞之叠言，叠言爲穆穆。見《大招》，別詳。

微

《楚辭》微字二十用，約可得三義，一幽隱，隱微也，此其本義。二細微也。此本義之引申。三美妙也。此其專字即媺。

考《説文》"微隱行也。从彳从散。散亦聲"則微以隱微爲本義。然《説文》散訓妙也。《六書故》引唐本《説文》"見其散也"，則散妙、散小其義亦相類耳。經傳微妙、微細皆以微爲之是也。

（一）幽隱也。《抽思》"結微情以陳之兮"。又《悲回風》"物有微而隕性兮，聲有隱而先倡"。微與隱對舉。亦隱微也。

（二）細微也。才見也。《惜往日》"微霜降而下戒"。細微之霜也。《楚辭》微霜一詞，又見《遠游》、《七諫·沈江》、《自悲》、《九懷·思忠》等。又《天問》"蠡蛾微命"云云，言其命微小也。又《沈江》言"秋毫微哉而變容"，亦言其細也。《大招》"豐肉微骨"。注"細也"。以細詁微，蓋散之借也。散訓妙，引申爲細小也。古籍多以微爲之。《九懷》"繼以兮微蔡"。王逸注"續以草介，入己舩也"。洪補云"蔡艸也"。此言微蔡，猶小草也。

（三）美妙也。《遠遊》"吸飛泉之微液"。微液可作細微解。然與下句"懷琬琰之華英"對文，則不得微細，故王逸以"含吮玄澤之肥潤"釋之，肥潤正言其美妙矣。

又《大招》兩言"豐肉微骨"，就詞面言，微可解爲小細，王逸即如此解，就詞精義言，則微妙也。在美妙與細小之間矣。

靡

靡字《楚辭》八用，靡蕪爲草名，別詳。大略爲三義。

（一）緻也，美也。《招魂》"靡顏膩理"。王注"靡緻也，膩滑也"。五臣云"靡好也"。洪補云"《吕氏春秋》'靡曼皓齒'。注云'靡曼，細理弱肌，美色也'"。按《漢書·韓信傳》"靡衣婾食"。注"輕麗也"。《文賦》"徒靡而弗華"。注"美也"。此靡當爲美若麗之聲借。長言則曰靡曼。

（二）無也。引申爲亡也，未也。《九懷·陶壅》"悲九州兮靡君"。王逸注"傷今天下無聖主也"。《九思·悼亂》"靡有兮齊論"，言無比倫也。《九思·疾世》"聞晡窕兮靡睹"，此靡當訓未，無之引申也。《爾雅》"靡無也"。《九思·疾世》又言"云靡貴兮仁義"。舊注"太昊答惟仁義爲上"，此言無與比倫，言無有貴於仁義者。《七諫·怨思》"子胥諫而靡軀"，此言子胥諫而死。靡猶亡也。乃無之引申。

（三）披靡也。《九歎·怨思》"名靡散而不彰"。按《説文》"靡披靡也"，即靡散之義。《禮·少儀》"國家靡敝"，疏"謂財糜散凋敝"，以糜爲之。

彌

彌字《楚辭》十見，皆一義之變。字本作瓕，從弓璽聲。省作彌。《説文》訓"弛弓"，古極少用此義。

（一）《楚辭》以遠、滿、久、徧爲訓，皆得由一義而引申。後世或有專字，或無專字未定也。《離騷》"芳菲菲其彌章"。王無説。《天問》"忠名彌彰"。彰即章字。此當訓久遠。漢儒用此義者，如《九懷·危俊》"彌遠路兮悠悠"，與遠連文。《九歎·遠逝》"去余邦之彌久"，與久連文。《説文》從爾之字，有𨤲，訓久長，則此等字應爲𨤲之借。

（二）滿也。滿亦久遠之引申。《大招》"鬱彌路只"。王訓彌爲滿，是也。

（三）徧也。《招魂》"順彌代些"。王逸注"彌久也。言美女衆多，其貌齊同，姿態好美，自相親比，承順上意，久則相代也"。五臣云"彌猶次也。好相親密和順次以相代也"。朱熹云"彌猶竟也。自始來至代去，柔順如一也"。按三説義不甚相遠，然不如訓徧爲得，言順序徧而相代也。《九懷·匡機》言"彌覽"，猶徧覽矣。《九歎·思古》言彌楹，猶徧楹矣。

（四）益也。《九歎·離世》"長愈固而彌純"。王逸注"言己幼少有大節度，以應天地長大修行，而彌純固也"，此與《九思·守志》之"彌堅"同義。滿也、徧也、益也，實一義之引申。《易·繫辭》"彌倫天地"，《晋語》"讒言彌興"，皆其證也。

畢

畢字《楚辭》五見。天畢爲星宿名，見《九思·守志》，《詩》所謂"有捄天畢"也。其餘四見略分二義。

（一）盡也。即戢之借字。《大招》"諸侯畢極，立九卿只"。王逸注"言楚選置三公先用諸侯盡極，乃立九卿以續之，用士有道，不失其次序也"。朱熹注"言諸侯位次三公，其班既絶，乃使九卿立其下也"。《九章·惜往日》"不畢辭而赴淵"，言不盡其辭，赴水而死也。《七諫·怨世》"羌兩足以畢斮"，言和氏獻碧玉不納，兩足盡爲斮斷也。參下和條。

（二）周徧也。此盡之引申義。盡自縱言之，此則自面言之也。《九懷·思忠》"畢休息兮遠逝"。王注"周徧留止，而復去也"。以周徧釋畢字，詁字不誤而串釋未允。此言休息周徧，而後遠逝也。畢字本田網所以羅鳥者，甲文作🌾，若🌿，象羅鳥形。此借其音，後世別造專字作戰，野鳥傷穀，務欲盡之以畢，故語根於盡。畢以象形，而戰以象事爾。

曼

曼字《楚辭》十見，除曼曼、曼衍等詞別詳外，皆一義之變也。本義爲"引長"，其訓善、細、澤、遠、延、美皆實引長之誼。《楚辭》所用，不除此矣。《九章·哀郢》"亂曰：曼余目以流觀兮"。王逸注"曼猶曼曼，遠貌。言己放逐，日以曼曼，周流觀視"。洪興祖《補注》云"《說文》曼引也，音萬"。《九章·抽思》"曼遭夜之方長"。王逸注"憂不能眠，時難曉也"。按此曼當爲語詞，羌無實義。此句與《悲回風》之"終長夜之曼曼"同義，而用詞則全非。此在屈賦中爲惟一之用法也。王注無說。又《大招》"娥眉曼只"。按此曼字，王逸訓曼澤也。娥眉曼澤，異於衆人也。朱熹以爲曼長而輕細也，以朱說爲得。美女長眉，參長沙出土繒帛。又《大招》"曼鷫鵊只"。王逸注"曼曼衍也。鷫鵊俊鳥也。言復有鴻鵠，往來游戲，與鷫鵊俱飛，翩翻曼衍，無絕已也。曼一作漫"。按王以曼衍訓曼曼，衍亦引長也，又《大招》"曼澤怡面"。曼澤連文，則曼亦可訓澤。王逸於"娥眉曼只"即訓曼爲澤也。"娥眉曼只"與《招魂》"蛾眉曼睩"同義。此曼訓長，睩訓視貌，王亦訓澤，非是。澤與睩無容相連也。別參曼睩條。《招魂》又有"長髮曼鬋"之言，長與曼連用，曼亦長也。

頗

《離騷》"循繩墨而不頗"。王逸注"頗傾也。行用先聖法度，無有傾失，故能綏萬國安天下也。《易》曰'無平不頗'也"。"頗一作陂"

（《易》本作陂者，唐元宗讀《洪範》不如頗可叶誼，故詔改作陂。然改書而未改《易》義，古本《易》蓋作陂也）。洪補云"《易·泰卦》云'無平不陂'。陂一音頗，滂禾切"。又《哀時命》"履繩墨而不頗"。頗《說文》"頭偏也"。引申爲凡偏。經典亦借陂爲之，陂本坡也。即今坂字，凡坡必偏，故其音亦受自頗。則頗陂蓋後起分別文矣。經典或用頗，或用陂，無定例，然用頗者較多，用陂者較少。屈賦今本作頗者，世俗依其所習而改也。此字又別見《九辯》、《七諫》等篇。又按《方言》"陂衺也。陳楚荆揚曰陂"。郭注"陂偏陂"，則義與頗訓頭偏者小別，亦南楚之故言也。

亡

《九章·抽思》"豈至今其庸亡"。王逸注"文辭尚在，可求索也"。按庸亡句諸家義皆不甚切。此蓋反詰上句爲義庸者，用之聲借字。用亡猶言用是而亡也。蓋謂時之推移，忠言遂以此推移而見亡也。意謂我往時之所陳說，蓋甚耿光著明，豈至於今日，遂因時之推移遷流而亡乎。亡通作忘。《說文》云"亡逃也"，義亦同。

罔

《楚辭》六見，除罔兩（《哀命》）、罔象等聯綿詞外，約分三義。

（一）即網之原始字。"罔薜荔兮爲帷"。王逸注"罔結也。言結薜荔爲帷帳"。洪補云"罔讀若網，在旁曰帷"。按《說文》"网庖犧所結繩，以漁也"。冂即象網形而加亡聲。考甲文金文有网字，即罔之原始文字也。此言結者，用其業緣也。又《七諫·怨世》"恐離罔而滅敗"，此言遭受網羅而敗也。

（二）憂也。即悵惘一詞之急言，後世又造專字惘以當之。《九章·悲回風》"罔芒芒之無紀"。王逸注"又欲罔然芒芒與衆同志，則無以立紀綱，垂號諡也"。

（三）憂之引申，則爲失志。《招隱士》"罔兮沕憭兮栗"。王逸注
"精氣失也"。五臣云"失志貌"。朱熹訓同。

瞑

《招魂》"致命於帝，然後得瞑些"。王逸注"瞑卧也。言投人已訖，
上致命於天帝，然後乃得眠卧也。瞑一作眠"。洪補云"瞑音眠"。按
《説文》"瞑翕目也。從目冥聲"。亦作眠。《養生論》"内懷殷憂則達旦
不瞑"。注"古眠字"。

萌

《天問》"厥萌在初，何所億焉"。王逸注"言賢者預見施行萌牙之
端而知其存亡、善惡所終，非虚億也"。又《哀時命》"疾憯怛而萌生"。
王注"言己常恐邪惡之氣及我形體，疾病憯痛，橫發而生，身僵仆也"。
按《説文》"萌艸芽也"。《禮記·月令》"萌者盡達"。注"芒而直者曰
萌"。

博

《招魂》"倚沼畦瀛兮遥望博"。王逸注"沼池也。畦猶區也。瀛池
中也。楚人名池澤中曰瀛"。五臣云"倚立也"。朱熹注云"畦猶區也，
依己成之沼而復爲瀛也，博平也"。按王釋此句不得其義，五臣訓倚爲
立是也，朱訓畦猶區也，以爲動字，亦勉强可通；然訓博爲平，亦非。
此博謂倚立沼瀛以望此廣闊之楚也。博本大通字，從尃，尃布也。故得
指爲大地廣闊之義。參倚沼畦瀛句。

敷

《離騷》“跪敷衽以陳辭兮”。王逸注“敷布也。陳辭於重華、道羿、澆以下也”。按《説文》“敷攴（攱）也”。攴即展施之義。段玉裁知爲施字，而不知其爲展布，古敷皆以展布爲義。《書·禹貢》“禹敷土”。馬注“分也”，言分别上下而布之也。此敷衽即《顧命》之“敷重篾席”。《穆天子傳》亦云“敷筵席”，此敷衽亦謂布衽，如布席字。敷與傅義同，一字之異形，故傅亦有布義。《説文》又有蔎字，訓花葉分布，轉注字身。

布

《九思·守志》“吐紫華兮布條”。《舊注》“桂花紫色，布敷條枝”。按布本枲織，此借爲敷布，施展也。《周書·謚法》“布施”，施即《説文》訓敷爲攴之攴。布從巾父聲，父敷同部，敷亦訓布。《小爾雅》“敷，布也”。參敷字下。

撫

《楚辭》撫字皆按持一義之變。《九歌·東皇太一》“撫長劍兮玉珥”。王逸注“撫持也”。洪補云“撫循也，以手循其珥也”。又《九歌·東君》“撫余馬兮安驅”。王無説。又《九章·懷沙》云“撫情効志兮”。王逸注“撫循也，効猶覈也”。朱熹注云“撫循也。効猶覈也。言撫情覈志，無有過失，則屈志自抑而不懼也”。王釋効爲覈，即驗察之義。言抑按其情，以明驗其志也。此撫字用於心理狀態，則撫猶抑按之義更顯矣。又《招魂》“撫案下些”。王逸注“撫抑也。言舞者迴旋，衣衽掉搖，回轉相鈎，狀若交竹竿，以手抑案，而徐來下也。一云撫抵也，以手抵案而徐下行也”。王兩注第一義以案爲按之借，第二義以案爲几案。余謂第一義是也。此撫與長劍同。《儀禮·鄉射禮》“撫矢而乘之”與此撫案交竿而下之義雖相反，而可相發。案即按字之借，《説文》訓“撫安也”義亦相同，《釋名》釋姿容“撫敷也，敷手以拍之也”。

閴

《九思》“閴睄窕兮靡睹”。舊注“閴窺也。睄窕幽冥也。一作閴胏霓”。洪補云“閴古覓切”。按古無此字。此當爲閴字形譌。《説文》“静也”。《易·豐卦》“閴其無人”。疏“窺視其屋而閴寂無人也”。《説文》徐注“易窺其户，閴其無人。窺小視也，臭大張目也。言始小視之，雖大張目亦不見人也。義當只用臭字”云云。按徐解從臭之義是也。曰只當用臭字，非也。以音義而論，當即寂之別構。古從宀之字，有誤作門者，而臭又叔字篆文之異形增益耳。誤作閴者，亦猶鶪之誤鵙也。

抆

《九章·悲回風》“孤子唫而抆淚兮”。王逸注“自哀煢獨，心悲愁也”。“抆一作收”。洪補云“抆音吻，拭也”。按《説文》無此字，漢以前書亦惟此一見。洪補蓋據《唐韻》及《集韻》諸書爲音訓也。

罷

《楚辭》罷字六見，其義有三，一生魄死魄之字之借，一則罷倦字，一則罷止字。

（一）作生、死魄解者，《離騷》“時曖曖其將罷兮，結幽蘭而延佇”。王逸注“罷極也。罷一作疲。言時世昏昧，無有明君，周行罷極，不遇賢士”。朱注同。洪“音皮”以證之。按諸家説皆誤。此文上言

“朝發軔於蒼梧，夕余至乎縣圃”，因令義和弭節使留日佇，至於望舒先驅，則將月時矣。下文又言“朝濟於白水”，時叙井然，則此處不得言日止息。王以罷極言之，與時曖曖不能密合，皆由罷字不得其解。按罷讀生霸死霸之霸，即魄之借字。魄月始生也，此借言月光繼日而生。上言望舒先驅，此則繼言其將生魄也。上下文義於是而暢遂矣。

（二）《哀時命》“車既弊而馬罷兮，蹇遭佪而不能行”。王逸“車已弊敗，馬又罷極”。此罷倦之罷也，音皮。按《説文》“罷遣有罪也”。引申之爲止。《論語》“欲罷不能”，是也。音借爲疲。《廣雅·釋詁》“罷勞也”。《左傳》昭十九年“勞罷死轉”，是也。

（三）罷止也。《哀時命》亦有“時曖曖其將罷兮”句，而義則大異。此文上言“獨便悁而煩毒兮，焉發憤而抒情；時曖曖其將罷兮，遂悶歎而無名”，此自個人心情憤毒而思無美名以傳世，其中與叙無關則罷者謂將止息，即“老冉冉其將至”之義，歎老傷逝之哀也，此罷字讀爲罷休之罷，近也。《玉篇》“皮解切，休也”。

弭

《離騷》“吾令羲和弭節兮”。注“按也”。又《九歌》“夕弭節兮北渚”。王注“弭安也”。朱訓“按也”。又《七諫·怨世》“玄鶴弭翼而屏移”。王逸注“言貪狠之人竝進成群，廉潔之士斂節而退也”。按弭本訓“弓無緣，可以解轡紛者”。《爾雅》“弓無緣者謂之弭”。注“今之角弓也”。詳郝疏。《楚辭》此字三用，皆當訓止，則止之借也。《詩·沔水》“不可弭亡”。傳“止也”。《左傳》襄二十五年“兵其少弭矣”。《左傳》成十六年“若之何憂猶未弭”。注“息也”。皆其徵矣。

蒙

《楚辭》蒙字九見，除蒙氾、蒙山爲名，蒙蒙爲叠詞別詳，其餘皆

一義之變。《説文》“蒙玉女也。從艸冡聲”。蓋女蘿之大者。《楚辭》有
女蘿，與此無涉。凡《楚辭·漁父》一見、《七諫·哀命》一見、《九
歎》兩見，皆冡之借也。《説文》“冡覆也”。經傳皆用蒙。《爾雅·釋
言》“蒙奄也”。《小爾雅·廣詁》“蒙也”。《詩·君子偕老》“蒙彼縐
絺”。傳“覆也”。奄覆引申言之則曰裏、曰冒（冡亦冃之衍）曰被，更
引申爲欺、言被人所蒙也。《漁父》“蒙世俗之塵埃”，即被世塵埃也。
《七命》言蒙深猶被深也。《九歎·愍命》言“蒙辜”，被罪也。又“韓
信蒙於介胄，行夫將而攻城”，王注“言使韓信猛將，被鎧兜鍪，守於
屯陣，藏其智謀，令行伍怯夫反爲將軍，而攻城必失利而無功也”，其
義是也。詞繁而反晦，此蒙亦言冒介胄也。韓信以智謀不以介胄，被以
介胄反爲所奄蓋矣。

竝

《説文》“竝併也。從二立（會意）”，今隸作並。又《説文》別載
羿字，今隸變作幷，或并，訓相從也。從持二爲幷，此二字同聲，故古
籍多不分。其實此一形之變也。竝立爲竝，正形也。立即大之變，相從
幷爲羿，側視也。下從ニニ者，持二，合二爲一，故曰幷也。故《説文》
以併釋竝，又以相從釋幷，則竝幷義固無殊矣。合一爲幷《詩·還》
“並驅從兩肩”，則竝亦持二矣。相從合一爲幷，相從而不合一則爲比。
有司徹“陳於羊俎西並”，注“幷也”，是則細別竝幷略得分訓，混言則
通矣。總其義類，則可爲合（《倉頡篇》）、爲專（《禮記·檀弓》）、爲
群居（《荀子·富國》）、爲比（《荀子·儒效》）。《楚辭》二十六見，其
用不出此矣。而竝幷兩字各本多互異，以上下文義細繹之，可得數義。
例如

（一）合也。《抽思》“并日夜而無正”，《懷沙》“古固有不并兮”，
此必訓合，於義乃合。在體言則相融無間矣，言組則兩二相合而已。

（二）俱也。此義用之最多。《離騷》“世并舉而好朋”，《哀時命》

同有此句。"九嶷紛其并迎",《九歌·湘夫人》同有此句。"齊玉軑而并馳"。《天問》"何由并投"。

（三）比并也。《遠遊》"紛溶與而并馳"、"選署衆神以并轂",此等并字只能訓比,不能訓合,亦不能訓俱。他類此,不詳徵矣。

（四）并與屏通。《橘頌》"願歲并謝,與長友兮"。王注"謝去也。言己願與橘同心并志,歲月雖去,不相遠離也"。朱注"并謝猶永謝也"。按諸家均誤解并字。并與屏通,并猶放去,與謝訓去爲同義詞。《楚辭》固多用複詞也。《周禮·春官序》官疏引《國語》"屏攝之位"。服虔注"屏猶并也"。屏字從并,此并與屏通之證。《荀子·榮辱》篇"俳五兵"。楊倞注"屏却去"。《禮記·王制》"屏之遠方"。鄭注"屏猶放去也"。謝既訓去,并通屏,屏亦訓去,是并謝乃同義詞複用。歲月雖去,不相離,即終生爲友,老死不渝之意。

不

不字倒裝句。《大招》自"吳酸蒿蔞,不沾薄只"以下一段,言飲食事有不歰、不歠、不遽與不沾等四句。自王逸以來似皆不能順適作解。余細審文理,并結合《招魂》篇言食事與樂舞各節,而知《大招》此等語句,蓋皆倒置句法也。王釋不沾薄爲不濃不薄,不歰句爲不苦歰,不餉滿,則是讀爲不沾、不薄、不歰、不嗌矣。其釋不遽句爲"無惶遽怵惕之憂",何以吳醴白蘗與楚瀝而有惶遽怵惕,至不可通。釋不歠句尤爲荒謬。謂"醇釀之酒,清而且香,宜於寒飲,不可以飲以賤役之人,即以飲賤役之人,即易醉顛仆,失禮敬"云云,鈎辟曲説,至爲可笑,細讀原文,此四不字句中,皆含相反兩義。意謂雖如此而不如彼。不下一詞皆動字,以今世句法定之,當云沾而不薄,歰而不嗌,歠而不役（疫）,遽而不惕也。此與《招魂》言"露雞臛蠵,厲而不爽",敬而無防,"亂而不分"正同。"不沾薄只"言雖添益吳酸蒿蔞,而不迫之至醉也。不歰嗌言四酎并執雖歰,而不傷嗌也。"不遽惕只"者,言吳醴白蘗，楚瀝之飲，雖遽烈而不憂愓也。"不歠役只"者，言凍飲雖歠之而不爲疫疾也。此皆勸酒敬食之常語常情，亦酒肴既陳，冀魂之來歆，懼其不來，爲之詳解事象必有之詞句。自叔師不解倒裝句法，多生籐葛，解之不可通，而强爲之辯，於是而千年不能明矣。

播

《離騷》"播江離與辟芷兮"。又《九章》"播江離與滋菊兮"。王逸注"播種也。詩曰'播厥百穀'"。按《説文》"播種也"。《虞書》"播時百穀"。引申爲布，有專字作譒，敷也。《尚書·盤庚》"王譒告之脩"。令皆以播爲之。《九懷·思忠》"聊逍遥兮播光"。王逸注"且徐游戲，布文采也"。用布訓播即此。

嘆

《哀時命》"嘆寂默而無聲"。王逸注"言己竭忠而不見用，且逃頭匿足，竄伏自藏，執守寂寞，吞舌無聲也。嘆一作漠，一作歎，一作嘆寂漠"。洪興祖補曰"嘆音莫。《説文》嗽嘆也"。按"嘆寂默"三字狀語，《楚辭》特種詞法也。嘆猶嘆嘆，寂默聯爲一詞，非嘆寂聯爲一詞也。叔師以執守寂寞釋之，似以嘆寂二字聯文，爲寂寞之倒誤也。嘆猶嘆嘆《廣韻》二十四陌嘆字引《古詩十九首》"盈盈一水間，嘆嘆不得語"，與此嘆寂默而無聲同（今《文選》作脈脈）。亦猶嘆默。《吕氏春秋·首時》"饑馬盈廐，嘆然未見芻；飢狗盈窖，嘆然未見骨也"。注"嘆然無聲"。則嘆字古單用者多矣。

伴

《九章·悲回風》"伴張弛之信期"。王逸注"伴俱也。弛毁也。言己思君念國，而衆人俱共毀己，言内無誠信，不可與期也”。洪補云“伴讀若背畔之畔。言己嘗以弛張之道期於君，而君背之也”。按王讀如伴，即今言伴侶。洪讀爲畔，即背離之義，説以洪爲長。然此伴字實即伴奐之急言。伴奐者，《詩·卷阿》“伴奐而游矣”。傳“廣大貌”。箋“司縱弛”。此言自縱，弛其信期也。洪義雖允，而語源未得矣。又《惜誦》“何以爲此伴也”，王訓侶，洪亦訓離，其實皆非，此與下句“何以爲此援也”之援爲疊韻，聯綿詞。詳伴援條下。

牉

《九章·惜誦》“背膺牉以交痛兮”。王逸注“膺胸也。牉分也。一本牉下有合字。一云背膺敷牉其交痛”。洪補云“牉音判，傳曰夫妻牉合也”。牉即判字，依造字例論之，當即半之繁文，半者物中分也。增引者從刀半之即《莊子》解牛之喻也。《周禮·媒氏》“掌萬民之判”。《字林》云“牉合其半以成夫婦也”。

牉獨

即判獨。字異詳判獨下。《抽思》“牉獨處此異域”。王逸注“背離鄉黨，居他邑也”。“牉一作叛，一作柈”。洪補云“牉音泮，舊音伴”。按牉猶言判獨。《離騷》“判獨離而不服”。判牉字通牉獨處。此屈賦動字狀字分隔使用之例。牉獨處猶言獨牉處也。牉作別也。餘參判獨，即牉字各條。

叛

《遠遊》“叛陸離其上下兮”。王逸注“繚隸叛散，以別分也”。洪補云“叛音判”。又《逢紛》“信中塗而叛之”，注“背也”，與此叛散同。

叛者反而背離之義，即後世所謂反叛也。判獨、牉獨、伴張諸判，牉，伴皆拌之借字。

“貲婓菋以盈室兮，判獨離而不服”。又《九章·抽思》云“好姱佳麗兮，牉獨處此異域”。“牉一作叛，一作枌”。又《悲回風》云“氾潏潏其前後兮，伴張弛之信期”。孫仲容《札迻》卷十二云“判、牉、伴、叛字並通，蓋分別雛散之意。即《遠遊》注所謂叛散也。云判獨離、牉獨處者，言叛散而獨離處也。云伴張弛，以信期者，言張弛任時，叛散無定也。諸篇字舛異而義實同。《悲回風》注說亦未得其恉。《悲回風》戴補注云‘伴之言寬也’。亦非。洪說近是。而謂以張弛之道期於君，則非其恉。又《遠遊》云‘叛陸離其上下兮’，則與判、伴義異。詳後”。按諸篇字異義同，孫說是也。《方言》“拌棄也。楚凡揮棄物謂之拌”。郭音伴，又普槃反。諸言判、牉、伴、叛讀與拌同，皆揮棄之意。錢繹《方言箋疏》云“《廣雅》‘拌棄也’。王懷祖曰‘拌之言播，棄也’。《士虞禮》‘尸飯播餘於篚’。古文播爲半，半古拌字。謂棄餘飯於篚也。說具《廣雅疏證》。播半皆借字，拌字後出，其本字當作畢，《說文》云‘箕屬，所以推棄之器也，象形’。畢拌聲。因器以事名，事緣器見，其始一也。觀於象形本字，禮經古文，知棄謂之拌，亦在昔通語爾”。“伴張弛之信期”。猶言棄張弛之信期。《抽思》云“昔君與我誠言兮，曰黃昏以爲期；羌中道而回畔兮，反既有此他志”，是其事也。洪氏《補注》云“言己嘗以弛張之道，期於君，而君背之也，散無定也”。諸篇字舛異而義實同。

以

此字在《楚辭》全書中四百〇八見。全部皆在句中作介詞，或連接詞。有“用以”、“以爲”等意思；其形式以（一）承於單音節名詞及雙音節動詞之下爲最多。其次有（二）單音節名詞及雙音節形容詞或聯綿詞之後，（三）乃一動詞性詞組，前冠一聊字，再承以“以”字。此聊字王逸注訓且，亦虛助字也。若以句尾言，則第（一）類又可分爲四類，甲式多於"以"後承以單音節動詞及單音節名詞，以《離騷》爲最多。如"折瓊枝以繼佩"、"折若木以拂日"，共十二句。其次則《九章》、《遠遊》、《惜誓》、《七諫》、《九歎》、《九思》莫不有之。乙式則"以"後承以"爲"字，下更加一形容字。如"紉秋蘭以爲佩"、"指西海以爲期"。其他則《九章》、《遠遊》、《七諫》、《惜誓》皆有之。而《歌》、《招》、《歎》、《思》諸篇皆不用，全文五十一見。丙爲"以"後加副詞與動詞。如《離騷》"路不周以左轉兮"。《九章》"覽民尤以自鎮"，其餘《九章》、《遠遊》、《七諫》、《九歎》中皆有，而他篇則未見。丁類爲"以"字後加雙音節動詞，如《九章》中之"乘騏驥以馳騁兮"。《九章·悲回風》之"借光景以往來兮"等皆是。凡《騷》、《章》、《遠遊》、《七諫》、《九歎》中皆有之。

至第二例即"以"承單音節名詞及雙音節形容詞後一式，又可列爲兩式，甲"以"後承以形容詞或聯綿字。如《遠遊》"質銷鑠以汋約兮"，《九辯》"性愚陋以褊淺兮"，是也。凡《遠》、《辯》、《哀時命》、《九歎》中皆有之，他篇未見。乙"以"後承以單音節動詞與單音節名詞。如《騷》"鯀婞直以亡身兮"，《惜誦》"衆駭遽以離心兮"，等皆是。凡《騷》、《章》、《遠遊》、《七諫》、《九歎》中皆有之，其餘各篇不見。至第三類動詞詞組前，冠以"聊"字者，"以"字後多承以動詞性詞組。如"聊逍遙以相羊"、"聊假日以婾樂"等是。其餘如《遠遊》、《九辯》、《九歎》、《九思》中亦有此一句法。

若是其在句中之作用言，則介詞"以"字可分作兩義，一有表示動作之工具與憑藉者，如"憍吾以其美好兮"是。有表示上下文之因果關係者，"舉世皆濁我獨清，衆人皆醉我獨醒，是以見放"。至連詞"以"則（一）連兩動詞者，此兩動作有先後關係，前者爲主、爲因，而後者爲的、爲果。如"折若木以拂日兮，聊逍遙以相羊"、"歎《離騷》以揚意兮，猶未殫於《九章》"。（二）連狀語與謂語者，如"焉有虬龍，負熊以游"是。（三）連形容詞謂語者，如"苟余情其信姱以練要兮，長顑頷亦何傷"。"以"又借作已,用爲時間副詞,如《悲回風》"芳以歇而不比"。《七諫》"梟鴟既以成群兮"皆是。是此例極少,且皆在漢賦之中。

以之字之誤。《九章·悲回風》"馮崑崙以瞰霧兮,隱岐山以清江"。《列子音義》引《楚辭》"以清江"作"之青江"之字是也。詳岐山條下。

以字本作目,賈侍中説爲薏目,《楚辭》無用之者。《楚辭》亦用目字,義與此別,另詳。

以爲

以爲一詞在《楚辭》中有兩種用法,一作"以爲"一作"以……爲"。作"以……爲"者戰國以前舊式,《楚辭》承襲而用者也。如"余以蘭爲可恃兮"、"衆果以我爲悉"。至第一式"以爲"連用者,在全部《楚辭》中五十一見,且遍及於屈宋兩漢。則謂此爲《楚辭》一系所獨創之詞式,亦未爲不可。其式大體"以爲"前冠以單音動詞,承以雙音名詞,"以爲"後單音節名詞,如"紉秋蘭以爲佩"、"競周容以爲度"。其他形式結構,則有如"以爲君獨服此蕙兮",以爲置於另一動詞服之前。又"舉世以爲恒俗兮" (《哀時命》)。則以爲前冠以名詞"舉世"矣。

以……(上)以……(下)

《九歎》"山參差以嶄巖兮,阜杳杳以蔽日",又"風騷屑以搖木兮,雲吸吸以啾戾"。上下兩句在第四字同用以字,以成一式,與兩句用"以……而"以成一式者,句子構造相同,亦漢賦之一式也。詳以……(上)而……(下)。此式亦惟《遠遊》中一見。"時髣髴以遙見兮,精皎皎以往來"。則此蓋創之自《遠遊》，而後人承之者也。

以……（上）而……（下）

以而分在上下兩句，每句皆以單音節名詞起，加叠詞或聯綿字，下句或加動詞性詞組，再承以"以……而"，結以動詞性詞組。乃漢賦之句例。《哀時命》"魂眪眪以寄獨兮，泪徂往而不歸"，《九歎》"日杳杳以西頽兮，路長遠而窘迫"、"雖謇謇以申志兮，君乖錯而屏之"，此式僅《遠遊》中有之。"形穆穆以浸遠兮，離人羣而遁逸"。然句子結構，則少有不同也。故亦爲漢賦獨有之例云。

以自或而自

《楚辭》中以"自"字爲己稱代詞，約有兩例，一則上冠以"而"字，後承以單音節動詞，一則上冠以"以"字，下亦承以單音節動詞。用"而自"者，以漢賦爲多。《屈賦》僅《九章》、《遠遊》有之。而用"以自"者，則屈賦爲多，如《騷》中"夏康娛以自縱"、"吾將遠逝以自疏"。《九章》之《惜誦》云"故重著以自明"，《卜居》"寧廉潔正直，以自清乎"，《遠遊》之"聊婀娛以自樂"，漢賦則《七諫》、《九歎》有之。如《七諫》"孔子過之以自侍"，《九歎》之"冀以自免兮"，他篇則決不一見也。《諫》、《歎》擬摹功多則謂此一式爲《屈賦》獨有之例，可也。

昌

《九章·涉江》"忠不必用兮，賢不必昌"。逸注"昌用也"。按昌字古用爲語助字，而此則用爲實字，洪氏引《左傳》"師能左右之曰昌"，與此略同。他如《易·象》下傳"文王昌之"。《詩·谷風》"不我屑目"。《大東》"不目服箱"。《左傳》成八年"霸主將德是目"。《論語》"視其所目"。《子路》"雖不我目"。《微子》"不使大臣怨乎不目"。《國語·魯語》"魯人目莒人先濟河"。《荀子·強國》"處勝人之執，不目勝人之道"。《管子》"人皆有之，而管子目之"。然細考之，則戰國以前北土用目爲實字者至多，而南楚則至少見，此爲一可注意之使用現象。

盍

《九歌》"盍將把兮瓊芳"。王逸注"盍何不也。言己修飾清潔，以瑶玉爲席，美玉爲瑱，靈巫何持乎，乃復把玉枝以爲香也"。洪補云"盍音合"。朱云"盍何不也"。按王、朱說文理不甚順適，俞樾《讀楚辭》（《俞樓雜纂》第二十四）云"愚按以盍爲何不，則既云盍，又云將，文義難通。此盍字只是語詞。《莊子·列禦寇》'闔胡嘗視其良，既爲秋栢之實矣'。《釋文》曰'闔語助也'。闔與盍通。此篇云'盍將把兮瓊芳'，與下篇云'蹇將留兮壽宮'，文法相似，王注云蹇詞也。然則盍亦詞也，可類推矣"。按俞說有據可從。古盍蓋多作語詞用。詳太炎《小學答問》。

蓋

當爲盍。《抽思》"與余言而不信兮，蓋爲余而造怒"。洪朱同引一本蓋作盍。按此與上文"羌中道而回畔兮，反既有此他志"，皆反詰句。羌訓何，蓋亦當訓何。蓋一本作盍。《廣雅·釋詁》三"盍何也"。其實蓋與盍一字。《九歌》"盍將把兮瓊芳"。盍字作語詞用，則此蓋字亦當相同。參盍字條。

於

《說文》象古文烏形。自春秋末期以後，漸借作介詞于之替代字，故甲文、金文、《尚書》、《詩經》、《左傳》，(《左傳》于於分用。詳高本漢《左傳真偽考》中之于字) 至《論》、《孟》、《老》、《莊》，屈宋、兩漢賦家皆用於，而極少用于字。此亦考古語所當知。

於字用法，在《楚辭》中乃有三種，(一) 則指處所。如今之在或在於字、到字、從、問。於之義，如"夕歸次於窮石兮"、"説操築於傅巖"，其義如在。"齊桓失於專任兮"，義如在於。又"鳳鷗登於明堂兮"，其義如到。"朝發軔於蒼梧兮"，義如到。"願寄言於浮雲兮"，義如問於浮雲。(二) 則近於今常語之被字。如"牽於俗而蕪穢"、"而蔽鄣於讒"。其 (三) 有比較異同之義。如"文采燿於玉石"、"雖不周於今之人兮"。

於字在全部《楚辭》中共用一百四十一次。常例皆于句中作介詞用，其後多用名詞，其前則有兩式，(甲) 單音節動詞或雙音詞組及雙音名詞之後，如《騷》"飲余馬於咸也兮"、"朝發軔於蒼梧兮"，《遠遊》"仍羽人於丹丘兮"《天問》"致命於帝"。此式在《九歎》中使用最多。如"並光明於列星"、"迎宓妃於伊雒"、"選吕管於榛薄"皆是。共三十八見。此等於字，略等於語體中之在或在於之義。

(乙) 則冠首以雙音節名詞 (偶亦有單音節者，如《七諫》"驥躊弊於輦兮"，是也)，承以單音節動詞 (偶亦有雙音節動詞性詞組，如《惜誓》"蒼龍蚴虯於左驂兮"，是也)，如《離騷》"吕望屠於朝歌兮"，《七諫》"江離棄於窮巷兮"，此字使用以《九歎》、《哀時命》爲最多。《九歎》凡十九見，《哀時命》凡十見。

於……乎……

此《屈賦》一韻兩句之一種語調式也。大體上句用於，下句用乎。如《離騷》"飲余馬於咸池兮，總余轡乎扶桑"。"朝發軔於蒼梧兮，夕余至乎縣圃"。《遠遊》"軼迅風於清源兮，從顓頊乎增冰"。然此種句法僅見於屈原作品之中，漢人賦則句多用於 (上句) 於 (下句) 矣。僅

《七諫》、《惜誓》尚有兩句，蓋擬作之較精者也。此亦時代變遷之一現象。其義詳"於"、"乎"各字下。別參"朝吾將濟於白水兮"一句校語。

于

于《說文》"亏於也。像氣之舒，亏從丂從一，一者其氣平也"。故于字原爲語助詞，又轉作介詞。全部《楚辭》中用于字者，共十三見。於量爲最少。大約春秋以前書之用于者，戰國以後皆用於。屈賦惟《天問》六見（《離騷》一見，"攝提貞于孟陬"句，當出偶誤）。《天問》六見，皆作介詞用。《天問》爲屈子前期使齊，聞於稷下辨說之論，故當以擬古爲則不足據。《九歎》四見，《九思》一見，則漢人擬古之作不能以爲定論者也。別詳於字下。

于嗟

長嘆之詞。《九懷·株昭》"悲哉于嗟兮，心内切磋"。王逸注"愁思憤懣，長歎息也。意中激感，腸痛惻也"。按于嗟猶吁嗟也。皆歎詞也。《書·堯典》"帝曰吁嚚訟可乎"。《莊子·在宥》"鴻蒙仰而視雲將曰吁"。歎聲無義。嗟者《說文·言部》"蓍咨也。一曰痛惜也"。古或用嗟。《詩·周頌·臣工》"嗟嗟臣工，敬爾在公"是也。或用嗟乎。《漢書·孝武紀》"嗟乎吾誠得如黃帝，吾視去妻如脫躧耳"。或單用嗟，《禮記·檀弓下》"黔敖左奉食，右執飲，曰嗟來食"。《九懷》于嗟連用，古籍少見。

何

《楚辭》何字二百十七見。其百九十，見於屈宋賦。

（一）按何本負何（今作荷）本字，而《楚辭》無一用者，此二百餘見，皆作疑問代詞用，又多與“夫何”、“云何”、“爰何”、“何以”、“何故”、“何爲”、“何由”、“何……”、“何……焉”等同用。分別詳各條下。其義皆以問性質、地點、時間、人物等具體性象，故與焉、安、誰、孰等字義同。屈宋百九十例，以《天問》用之最多，約佔百三十則。別詳《天問問例述》一文。各就上下文義訓之，可也。

（二）借爲不字。《天問》“妹嬉何肆，湯何殛焉”二句。兩用何字，問一事，恐有誤字。《論語》“何有于我哉”之何，鄭注讀爲不。疑何肆何字，亦當作此訓，言妹嬉若不肆其情，則湯何由得而殛誅之也。又《離騷》、《天問》等篇有，“夫何”連用十四例，皆可以誰、焉、孰等字易之。大體皆在首句，夫爲語氣詞，無實義。亦別詳夫何一條下。

（三）又何又可訓無。“何日夜而忘之”。校注，“余又何能日夜忘之乎”。按“何”下增“能”，明非確詁，何當訓無。

何……而

《天問》句例中，第三句用何、焉、胡等字發問，則第四句必以而字爲首字，以屈折其義，而對此在其他文中，非例也。如“啟代益作后，卒然離蠥，何啟惟憂，而能拘是達”、“馮珧利決，封豨是射，何獻蒸肉之膏，而后帝不若”，凡十四見，然亦有第四句不用而字者，如“昏微遵迹，有狄不寧，何繁鳥萃棘，負子肆情”，是也。此例凡七句，此等何字，皆作何以故解。

何……焉

此亦爲《天問》疑問句句式。如“其誰從焉”、“何氣通焉”、“湯何殛焉”、“帝何刑焉”、“巫何活焉”。焉字不僅爲疑問語氣詞，乃代字也。所以代上一句所有之事，如上句言“妹嬉何肆，湯何殛焉”者，言湯何以㱠妹嬉也。此與"女媧有體，孰制匠之"、"遂古之初，誰傳道之"，同一句法，亦同一用意也。

何……之，何以……之

"何……之"、"何以……之"兩式爲《天問》疑問句例之一，如"何道取之"、"何由考之"、"惟何戒之"、"鳥何燠之"、"帝何毒之"、"何逢長之"、"師何以尚之"。亦有分在兩句爲一問者，如"惟茲何功，孰初作之"、"何馮弓挾矢，殊能將之"、"何羿之射革，而交吞揆之"，皆是。其作"何以……之"者，如"何以識之"、"何以實之"、"何以墳之"，約十一句，皆爲疑問句，將賓語提于介詞之前。又可作何爲何由，各詳兩條下。又《九歌》、《卜居》諸篇亦有此句，如《少司命》"蓀何以兮愁苦"、"君將何以教之"，皆是。言何以者，以何之倒言，今常語也。漢賦之倣古者，亦用此句法。又或長言之作"何以爲"。見該條下。

何爲

《天問》問句句例之一，猶何以也。如"夫何爲周流"。賓語倒置於介詞之前。參何以條下。

何由

《天問》問句句例之一與何以同。如"何由考之"。參何以條下。

何以爲

即"何以"或"何爲"之長言也。在屈賦中曾見之。此賓語倒置介詞前之一種疑問句法也。如《惜誦》"又何以爲此伴也"、"又何以爲此援也"。

又

《楚辭》又字卅見，凡得四義，皆一義之引申，而皆不用又字之本義。考《説文》"又手也。象形。三指者，手之列多略不過三也"。小篆作ㄋ，甲文金文同，中土古字凡多形只繪三，手指足趾ㄪ皆同。許説是也。惟甲金文作ㄋ，亦可反作ㆄ。小篆則分ㄋ爲右，ㆄ爲左，後孳乳爲左右，右又孳乳爲佑、爲祐。然以音論之，則左右蓋與招搖爲同根語。音衍則爲綽約、爲芍藥、爲周流、爲張揚、爲綽榮；又與逍遥、相羊、相切靡，皆搖漾周轉之義。人左右手可以招搖，定形於手指，受聲於招搖逍遥。然古籍實無用ㄋㆄ爲手指，指文獻而詁字，則其義至爲顯白，毫無可疑。

（一）《楚辭》所載三十例，亦無一言手指者，大體皆以再也、後也爲中心而引申之。《穀梁》成七年云"又有繼之詞也"，《詩·小宛》"天命不又"，箋訓復，《禮·文王世子》"以待又語"，注"又語爲後復論説之也"，皆其證。《離騷》"又申之以攬（蘭字之誤）茝"、"又好射夫對狐"及下文之"又貪"、"又欲"；《國殤》之"又以武"，《天問》之"又育"、"又使"、"又何言"《九章·惜誦》"又衆兆"（兩見），"又蔽"、"又莫"、"又何以"《抽思》之"又無良媒"，兩用良一作行《惜往日》之"又以欺"，《九辯》之"各又申之"、"又未知"，《惜誓》之"又何以"，《哀時命》之"又無羽"，《七諫·初放》之"又寡"，《謬諫》之"又何"（兩見）皆作再、作復解。此其一。

（二）有也。《離騷》"又何可以淹留"、"又孰能無變化"《九章·涉江》及《七諫·謬諫》皆有"吾又何怨乎今之人"。此四句作再復諸義解，雖亦可通，而強度不足，遂使詞旨平淡拖沓。釋爲有則精神焕發矣。有又一聲：有爲上聲，調高揚；又爲去聲，調委婉。所差但幾希間耳。

（三）亦也。《離騷》“又何必用乎行媒”。《七諫·初放》“又無疆輔”。此兩語所表情愫皆有一種無可奈何之情緒，結合上下文自知之。則訓有固過强，訓再、訓復亦不能表其銷魂之情。故審文義，當訓亦爲得文情，亦與又亦同一韻。

凡此三義之别，皆就文義輕重急徐而裁之，究其義則同源而已。

（四）又何也。“受禮天下，又使至代之”。《天問》每事均有疑問詞，此句無，不合文例。按又猶何也，即表詢問。《韓詩外傳》“二子又妖言矣”，《新序·刺奢》篇作“子何妖言”。《左傳》昭七年“何位之敢擇……又敢求位”，又猶何也。求猶擇也，上下互文，襄二十九年“而又何樂”，《史記·吳太伯世家》作“而又可以畔乎”，即“而何可以畔乎”。《荀子·堯問》篇“女又美之”，楊倞注“汝何以爲美也”，皆又訓何之證。本文王注“又何爲至使他姓代之乎”。又下增何爲，不知又即何也。

曰

曰字《楚辭》五十五用，除“亂曰”、“少歌曰”、“倡曰”、“歌曰”，凡十一用，皆爲一種文式或文體之專用術語，别詳。大體不除兩用，一爲指實詞（近人或曰准系詞，殊不必），一爲發端詞。

（一）指實詞。《離騷》“朕皇考曰伯庸”、“名余曰正則兮，字余曰靈均”；《九歎》之“兆出名曰”、“發字曰”兩曰字同。

（二）爲發端詞。如《離騷》之“曰鮌婞直”、“曰勉遠逝”、“曰兩美必合”、“曰勉降”，《惜誦》之“曰有志極”，《悲回風》之“曰吾怨往昔”，《天問》之“僉曰”、“曰遂古之初”，《招魂》之“曰有人”，《卜居》之“曰余有所”、“曰君將何以”、“曰子非三閭”、“屈原曰”，《遠遊》之“曰道可受”，《漁父》之“漁父曰”，劉向《九歎》則多用“歎曰”一詞。此其所以爲《九歎》也。

與

此字在全部《楚辭》中屈宋賦五十四見，漢賦四十四見，共九十八見。其基本用法有二，一作介詞，一作連詞。作介詞用者，凡四十六見。一般與賓語同在，作動詞或形容詞之修飾語（狀語）如《雲中君》"與日月兮齊光"，《遠遊》"與泰初而爲鄰"。作連詞用之與字，四十六見，常用以連接兩名詞作爲句中之主語或謂語。其基本形式有二，（甲）兩個名詞（單音節名詞最多）中夾"與"字，後再承以動詞性詞組，如《離騷》"春與秋其代序"，《惜誦》"情與貌其不變"，《七諫》"玉與石其同匱"，《哀時命》"隴廉與孟娵同宮"，皆是。（乙）"與"上冠以動詞及名詞（雙音節爲最多），與後承以名詞（單音節爲主），如《騷》"扈江離與薜芷兮"、"雜杜衡與芳芷"，又"況揭車與江離"，《七諫》"列新夷與椒楨"、"棄捐藥芷與杜衡兮"，《九歎》"游蘭皋與蕙林兮"。

與猶而也。《離騷》"啟九辯與九歌兮"，辯讀爲《歸藏·開筮》"昔彼九冥，是與帝辯同宮之序"。謂之九歌之辯。此言啟九次，辯同宮之序也。則九辯之辯，乃動字。詳九辯條下。此與字猶而也。古而、與互文通用，詳《古書虛字集釋》。《惜誦》"播江離與滋菊兮"，"與"正連接動賓詞組，與此連接動詞用法相同。

與……其

"與……其"二字用于一句之中，與字前後爲名詞，再以其字接之。此亦《楚辭》句法之一例也。如《騷》之"春與秋其代序"，《惜誓》、《九思》同有"芳與澤其雜糅兮"，《惜誦》之"情與貌其不變"，《哀郢》"憂與愁其相接"，皆是也。

爰

《楚辭》用爰字八見，凡分三義。

（一）於也。《天問》"浞娶純狐，眩妻爰謀"。王逸注"爰於也。謂謀於眩妻也"。"館同爰止"，言止于同館也。"昭后成游南土爰底"，言昭后盛（成）游底於南土也。"有莘爰極"，謂至於有莘，南嶽是止，謂止於南嶽。諸句王注皆訓爰爲於。按爰訓於，本于《爾雅》，詳邵郝兩疏，又"天式縱橫，陽離爰死"，王注亦訓爰爲於，則不甚允當。此當訓于是。然疏其句，爲人失陽氣則死也。則其義亦以爰爲於是。惟於是得有則義也。此爲爰之第二義。又"伏匿穴處爰何云"，謂伏匿穴處，于是何言也。"爰出子文"，言於是而出子文也。若僅釋於，則義不全矣。惟以諸句之例論之，爰下皆爲動字，當爲一種倒裝句法。

（二）"眩妻爰謀"爲"謀爰眩妻"之倒文，"南土爰底"，言底于南土，此例於《詩》亦有之。《詩·崧高》"四國于蕃，四方于宣"，《毛詩》鄭箋謂此即"蕃于四國，宣于四方"可作證。下文"陽離爰死"、"同館爰止"，原句首衍而字，"有莘爰極"、"南土爰底"諸句句法與此同。又皆訓於，古書多用此義如於也。《書·咸有一德》"爰革夏正"傳，又《詩·擊鼓》"爰居爰處"箋，又《儀禮·士冠禮》爰字孔嘉注，又《左傳》文四年"爰究爰度"注，又《荀子賦》"爰有大物"注。重言曰爰爰，有緩意。《詩·兔爰》"有兔爰爰"，傳于也。《書·盤庚》上"既爰宅于茲"鄭注，又《詩·卷阿》"亦集爰止"箋皆是。

（三）爰之本義者引也。或引申爲長、爲重、爲甚。《九懷》"曾傷爰哀，永歎喟兮"。王注曰"爰於也"。王念孫《讀書雜志》曰"引之曰，王訓爰爲於，曾傷於哀，則爲不詞矣。今案，爰哀謂哀而不止也。爰哀與曾傷相對爲文，《方言》曰'凡哀泣而不止曰咺'，又曰'爰，嗳，哀也'。爰、嗳、咺古同聲而通用，《齊策》狐咺，《漢書古今人表》作狐爰，是其證也"。按王說較逸注爲通，然于詞氣文理，似仍未達一間。同門裴學海以爲"爰當讀延,《魯語》爰居,《廣雅》作延居。延長也。爰哀與曾傷對文,按《史記·屈原傳》有曾傷恒悲之語,亦即此爰哀矣"。按裴説又較孫説爲遂。然下文云"永歎喟兮",已有永字,而曰歎喟,意更有在。考《方言》十二云"爰嗳哀也"。郭注云"謂悲恚也",則爰乃楚人謂悲哀而恚怒之方言。《九章》增傷兩句,正合悲哀恚怒之情,則爰哀者猶言悲哀之甚者耳。按其義尤有可得而言者,諸訓爰爲於或於是之句,皆見於《天問》一篇。他篇不曾一見,則《九章》之爰哀當從王裴之説爲允。此爰字用法,在北土之《詩》、《書》中,亦恒有之。大體亦在較莊肅之二《雅》、三《頌》中。《天問》者,屈子對宇宙萬象之認識,爲一種莊嚴之學術問題,非舒情達志之作。則倣北土諸老先生莊肅之口氣出之者,蓋有由來。則爰於乃春秋戰國以來文學語言之一,非等民間口語者矣。此欲申明者一事。

又爰即今瑗之初文。《説文》"大孔璧。人君上除陛以相引"。瑗則後起字,本字即爰。像上下兩手相引,二即大孔璧,而丿則寫上下相引之意象符號。如亂之乙,牽之冂等類相同。其轉注字援則加手,作動字耳。則《九章》用本義,而《天問》諸爰字皆借義也。

爰何

"於何"、"云何",楚人發端設問詞也。《天問》"伏匿穴處爰何云"。王注"爰於也。吾將退於江濱,伏匿穴處耳,當復何言乎"。按《爾雅·釋詁》"爰粵于也"。又"爰粵于於也"。王注即本雅詁。然于粵於皆介詞,而爰則但作語詞用。與於于實非一義,聲變爲"云何","有扈牧豎,云何而逢"是也。本作"其爰何逢",一曰"其云何逢",則爰去一聲之變也。省言之則曰何。《天問》多用何,間用"云何"、"爰何",其義一也。此與北土《詩經》之"云何其盱"、"云我無所""云"訓"曰"者大異。故爰何乃楚習語。

胡

胡字《楚辭》六見。

（一）《天問》皆作發語詞或爲何胡同義字。作疑問詞者，如“胡終弊于有扈”、“胡爲嗜不同味”，皆是。或爲驚歎詞，如“胡爲此堂”，別詳。此字與安、焉、何、惡、烏、奚皆一聲之轉。

（二）《離騷》“索胡繩之纚纚”。王注“胡繩香草”。詳胡繩條下。古漢語中草木蟲魚之名冠以胡字者，多有大義。《廣雅·釋詁》一“胡大也”，是其證。然名物之胡，可能別有來源。戰國以來與北疆匈奴胡人接觸極富，交流亦廣。其人其物多被胡名，如今時多被番也、洋也之名。詳胡繩條下。

胡……而……

《天問》四句成一問，其第三句用何、胡、焉者，第四句句首必以而字領之。詳何……而……一詞下。用胡……而……者，如“閔妃匹合，厥身是繼。胡維嗜不同味，而快鼂飽”。用胡字者三見，而其中一見，第四句省而字，與何……而……句式之省而者同。胡與何一聲之轉也，其義與何同。

伊

伊字八見。除用爲人名之伊尹，地名之伊雒而外，皆用爲語句發端之詞。略有歎唱之意，而皆漢人賦中用之，屈宋賦無此用法也。《九懷·尊嘉》之“伊思兮往古”、《九歎·逢紛》之“伊伯庸之末冑”、《悼亂》之“伊余兮念兹”、《九思·守志》之“伊我后兮不聰”。王逸注曰“惟也”。此本《爾雅·釋詁》“伊維也”，《詩·溱洧》“伊其相謔",《正月》"伊誰云憎"。古惟、維、唯與佳相交用，金文多用佳字，爲三古通用發語詞。詩爲最多，漢人無不習詩，故王子淵、劉子政、王叔師皆用之。

又《天問》"反成乃亡，其罪伊何"。伊猶言是也。此作爲系詞用，與"厥利維何"同例，則伊亦猶維也。

云何

猶爰何，楚人設問發語詞也。《天問》"有扈牧豎，云何而逢"。王注"因何逢遇而得爲諸侯"。按《詩·雲漢》"云如何里"，《何人斯》"云何其盱"，皆訓曰，則北土用法也。南楚"云何"猶言爰何，或省言曰"何"。云爰皆設問發語詞耳。詳爰何條下。

庸詎

反詰式疑問性副詞。猶今言"何以就之"。《哀時命》"庸詎知其吉凶"。王逸注"庸用也。言己思舒志意，援引憤懣，盡極忠信，當何緣知其逢吉將被凶也"。按《説文》無詎字。《新坿》以爲"詎猶豈也"。古書多用巨、詎、若渠、遽等。試以諸書考之，詎不得訓豈。《字林》訓"未知詞"，説爲圓通。細繹古籍凡言巨、詎、渠諸字，其義皆等於今人言"就"。就詎雙聲，尤韻字。古一部入支。則今讀就者，古讀詎。古今音之變也。試讀王引之《經傳釋詞》卷五詎、距、巨渠、遽條下所引諸文，皆應釋作今"就"字，不得譯作豈字（其中有云詎豈同義，故咸以豈詎連文極勉強。《荀子·王制》云"豈渠得免夫累乎"句，及《正論》篇及引《吳語》、《呂覽》、《墨子·公孟》、《淮南·人間》等之豈遽若譯作"豈就"，更爲允當）。就昔就竟之意也。所以反詰之詞，故可與豈、何、庸、奚等字連文，而其爲反詰、爲疑問，則視句尾有無乎、哉、邪等疑問語助定之。《漢書·高祖紀》"沛公不先破關中，公巨能入乎"，譯巨能入爲"就能入嗎?"《項羽本紀》之"豈敢入乎"語義輕重，相別至遠。服虔注謂"猶未應得入也"，實更切近，班義"庸詎"猶何以就也。庸詎其吉凶，言何以就知其吉凶也。《莊子·齊物論》"庸詎知吾所謂知之非不知邪"、"庸詎知吾所謂不知之非知邪"，又《大宗師》"庸詎知吾所謂天之非人乎"、"所謂人之非天乎"，《淮南·齊俗訓》"庸遽知世之所自窺我者乎"。大體先秦時期，南楚多用庸詎，北土多用豈遽（《吕氏春秋·具備》）、豈渠（《王制》、《正論》）、何遽（《墨子·公孟》）、奚距（《韓子·難四》、《秦策》）。漢以後則無定字矣（《張平子碑》有"庸渠知限其所至哉"）。餘詳王引之《經傳釋詞》五。

爲

《楚辭》判斷句維系詞之一，亦今之常語也。如《九歌·國殤》"子魂魄兮爲鬼雄"。又維系詞爲字，亦可用于兼語式如"余以蘭爲可恃兮，羌無實而容長"，漢賦如《七諫》之"孰爲忠直"，《九歎》之"反以茲爲腐也"，皆是。

爲之

代詞之作介詞"爲"之賓詞，如《惜往日》"封介山而爲之禁兮"。《哀時命》"白虎爲之前後"。

用乎

《離騷》"五子用失乎家巷"。王逸注云"卒以失國，家居閭巷"。按王引之云"失字因王注而衍，注內失國失尊位，乃釋家巷二字之義，非文中有失字而解之也，用乎之文，與用夫、用之同。下文云'曰康娱而自忘兮，厥首用夫顛隕'、'后辛之菹醢兮，殷宗用之（今本作而）不長'是也。若云五子用失乎家巷，則是所失者家巷矣。何得云兄弟五人家居里巷，失尊位乎。揚雄《宗正箴》曰'昔在夏時，太康不恭，有仍二女，五子家降'。降與巷古同聲通用。亦足記家巷之文爲實義而用乎之文爲語詞也"。按王説是也。參失字條下。

用夫

《離騷》"日康娛而自忘兮，厥首用夫顛隕"。王逸無釋。"用夫"與"用乎"、"用之"義同。"用夫"猶言以之以此也。參"用乎"、"用之"條下。

乎

（一）乎字使用於句中作介詞用者，多見於《離騷》、《遠遊》、《九辯》。如"總余轡乎扶桑"，《遠遊》"願承風乎遺則"，《九辯》"願託志乎素餐"等皆是。在其他宋玉兩漢賦中則無此句法，此當爲屈賦之一例。乎字之義作於字解，按高誘注《吕氏春秋·貴信》篇曰"乎於也"。又乎字往往與於對文。"夕歸次於窮石兮，朝濯髮乎洧盤"、"軼迅風於清源兮，從顓頊乎增冰"皆是。皆於上，乎下。故乎有於義。然一百八見中，與於義同而與於對舉者，僅五十見。又其用皆在下句，與於字之上下兩句並用者亦異趣。上下皆用於，乃屈宋漢賦之通例，故別詳"於……乎"條下。

（二）《説文》"乎語之餘也"，故乎字使用較多一例爲語氣詞。約可分爲四事，（甲）乎字用作呼喚語助者，以《大招》爲最多。凡"魂乎歸徠"、"魂乎無東西南北"者皆是。此與《招魂》之"魂兮歸徠"用兮者同例，皆屈宋賦之特例也，（乙）《説文》"乎語之餘也"，置于句末；表示疑問語氣。《禮記·檀弓》正義"乎者疑辭"是也。《卜居》中此用最多，如"吾寧悃悃款款，朴以忠乎"。（丙）作語氣詞，用之乎字，尚有一例，置句中以舒緩其語氣者，如《騷》"歷吉日乎吾將行"、"延佇乎吾將返"，此僅于《離騷》中見之。乎後多承以代詞吾及狀詞將，成爲"乎……將"形式。但乎字前置形容詞，則乎字又有用作形容詞尾者，如"忽乎吾將行"。

有所

此爲所字虛詞用之一（其他詳"之所"、"無所"兩詞下），所下承以單音節動詞，如《騷》中之"民生各有所樂兮"，《九懷》"萬民之生，各有所錯兮"《卜居》"尺有所短，寸有所長"，"智有所不明"，"神有所不通"。《九辯》中亦有"堯舜皆有所舉任兮"。用雙音節動詞，於例爲僅見。

因

《楚辭》因字十見。其義雖有小殊，而大體則由一義而引申。《說文》"因就也"。其本義又爲茵褥。古籍多訓爲就。就者今通俗語曰"將就"。又爲依、爲因緣、爲依附、爲仍舊。因緣、仍舊皆今恒言。《楚辭》十用多爲"因……而"、"因……之"，爲文學語言中一種語調，其義各就上下文通之可也。如《九章·思美人》之"因歸鳥而致辭"。言就歸鳥之便而至辭也。《思美人》"因芙蓉而爲媒"，《惜往日》言"因縞素而哭之"，《遠遊》云"因氣變而遂曾舉"，《九歎》"因徙弛而長詞"，《惜誓》"余因稱乎清商"等皆是。《卜居》"願因先生決之"，此則決上省而字也。此等因其實皆無實質性含義，惟《遠遊》有云"質菲薄而無因"，此因前有而字，然因字之義，在句中之實義，實較上列各句爲大云。

焉

《楚辭》用焉字五十四見。考《説文》"焉鳥也。黄色，出於江淮"云云。與《楚辭》所用皆不相涉。《楚辭》皆作語詞用，然其大致有二。

（一）作於是解，肯定句也。即《論語》皇疏所謂"送句之辭"。《離騷》"覽民德焉錯輔"，言覽民之德，於是而置之輔佐之臣也。又"乃遂焉而逢殃"，言遂乃於是而逢殃也。"焉托乘而上浮"，於是托乘也。在《楚辭》惟此三例，皆在《離騷》之中。

（二）别一義皆作疑問驚歎之語詞解，而又可細別爲"安也"。《廣雅·釋詁》一"焉安也"。又小别訓何。《左傳》昭九年"則戎焉取之"。注"猶何也"。在一句之首者則有發語作用。如《天問》之"焉有"、"焉得"、"焉托乘"，"焉乃逝"（《遠遊》），"焉皇皇"（《九辯》），"焉知"（《七諫》），"焉能"、"焉發"、"焉陳"（《哀時命》）皆是。

其訓安者，如《離騷》之"余焉能忍與此終古"，《九歌》"横四海兮焉窮"。《天問》尤多，如"斡維焉繫，天極焉加"、"十二焉分"，此等句法覈實論之，則或當訓何爲最妥。蓋"何有"、"何所"、"何故"、"何能"、"何人"、"何事"等義。安字因可曰"安所"、"安能"、"安得"。然不若何字閑習，故"女岐無合夫焉取九子"言何所而得九子也。"儵忽焉居"，言儵忽居于何所。"慙惟焉處"，言何處也。"羿焉繹日"，言何能繹日也。"烏焉解羽"言烏何能解羽也。"大鳥何鳴，夫焉喪厥體"，上句用何下句用焉，以避複也。他如《哀郢》之"南渡之焉如"，《懷沙》之"驥焉程兮"，何人爲之程也。《遠遊》"余將焉所程"，義别《九辯》五之"焉得"，九之"心焉取"，又"焉薄"，皆同。不僅此也，且有當訓爲何乎，或"何哉"之句，大體焉字皆用于句末。如《天問》之"鮌何聽焉"、"帝何刑焉"、"其惟從焉"、"巖何越焉"、"巫何活焉"、"何所得焉"，皆是其例。然焉字落句亦有純爲語助之用者，如《招魂》之"不能復用巫陽焉"。此種用法，在先秦典籍中亦甚多。如

《孟子》"人莫大焉"、《易·坤》"故稱龍焉"、《書·秦誓》"其心休休焉，其如有容焉"、《論語》"有人民焉"等皆是。多見於北土諸家。《招魂》此一用，恐當讀屬下句。

焉……而……

而字與焉字在一句之中作虛詞用，以表嘆感或有疑問作用者，如《哀郢》之"焉洋洋而爲容"、《九辯》之"焉皇皇而更索"，皆是。此與"何……而"義同。《九歎》"何騷騷而自放"。《天問》句例中四句成一問者，第三句用焉何、胡等字，則第四句以而字領之。如"禹之力獻功，降省下土四方，焉得彼嵞山女，而通之于台桑"。焉……而之例式法與何……而、胡……而正同，故不能忽視也。胡焉與何胡皆雙聲相通。義亦相近，焉有安義。見《廣雅》、《論語·子路》篇皇侃疏。焉猶何也，亦常語。

也字句例

徐仁甫以文法大例論《楚辭》也字字例，說極工細，兹録入篇其言云"'余固知謇謇之爲患兮'，余一本無忍而不能舍也'。洪興祖《補注》一本忍上有余字，一無也字。按'忍'上有'余'，'舍'下有'也'者是《楚辭》通例。'也'字無單用者。《九辯》'悲哉秋之爲氣也'。不盡此例，東方朔《七諫》、劉向《九歎》一用皆不知此例。凡偶用'也'字上句讀'耶'爲反詰句，必有反詰副詞，應用問號，下句'也'，乃判斷詞，爲感歎句，應用感歎號。上文'撫壯而棄穢兮，何不改此度也'、'乘騏驥以馳騁兮，來吾道夫先路也'。一本無'也'者非下文'何昔日之芳草兮，今直爲此蕭艾也'、'豈其有他故兮，莫好修之害也'可證。不但《離騷》如此，《九辯》、《九章》、賈誼《弔屈原》亦然；不但《楚辭》如此《莊子》亦然，《莊子·人間世》'鳳兮鳳兮，何如同而同爾德之衰也，來世不可待，往世不可追也’亦可證此‘余’當訓何。余有何義見《古書虛字集釋》何忍而不能舍也，與下文‘夫唯靈修之故也’，偶用‘也’字與楚人文例完全相同，可見‘忍’上無‘余’字者不知‘余’有‘何’義而誤删耳。又云‘忠何罪以遇罰兮，亦非余心之所志也；行不群以顛越兮，又衆兆之所哈也’。按‘忠何罪以遇罰兮’，何猶無也。見《古書虛字集釋》言忠無罪而遇罰也，亦非余心之所志也。非猶豈也（豈訓非《晉語》二韋注故非亦訓豈）。言‘亦豈余心之所料志之引申義耶？’舊解不知‘非’爲反詰副詞，而以爲否定句，遂删兩‘也’字。但朱本皆有‘也’字，洪有一本亦有‘也’字。以楚人文例繩之，有‘也’無疑。又云‘邑犬群吠兮，吠所怪也；非俊疑傑兮，固庸態也’。按此‘也’字連用，‘吠所怪也’，當爲反詰句，所猶何。《魯語》‘曹劌問所以戰於莊公’。《左傳》莊十年作‘問何以戰’。《漢書·衛綰傳》‘君知所以得驂乘乎’。顏師古注‘言何以得參乘’，《論語》‘視其所以，觀其所由，察其所安’。朱星亦釋三‘所’字爲‘何’，見《古漢語概論》皆足證‘所’有‘何’義。‘吠所怪也’，謂‘吠何怪耶’，又云‘吾獨窮困乎此時也’，王逸注故獨爲時人所窮困也。按此‘也’亦讀如‘耶’，‘獨’當訓‘何’。訓見《經傳釋詞》《史記·魏公子列傳》‘獨不念公子姊耶’。‘獨……耶’與此‘獨……也’正同。王注以‘獨’爲單獨，‘也’爲判斷詞，非。又云‘古固有不竝兮，豈知其故也，湯禹允遠兮，邈不可慕也’。按‘豈知其故也’豈反詰副詞也，讀爲耶。洪本‘故’上有‘何’，非王逸本與《史記》同是也”。

此……也

《離騷》、《九章》凡用韻句，即下句有此字，與單音節詞連文，則尾句必用也字殿之。如《離騷》中之“吾獨窮困乎此時也”、“余不忍爲此態也”、《惜誦》“又何以爲此伴也”、《思美人》“未改此度也”。但與雙音節詞連文，則必不用“也”字。此亦屈賦獨有之例。此當與《楚辭》誦讀聲調有關準此則《離騷》"不撫壯而棄穢兮，何不改乎此度也"之也字。一本脱去者，誤也。參也字條。

既

既字《楚辭》五十餘見，皆作定詞，以今語狀之，視其詞氣可釋爲已經、畢竟、盡、既然、不久、隨後等義。而以已經一義爲最多。諸義雖似差殊，而總其最要，則《穀梁傳》有云"既者，盡也，有繼之辭也"一解可以概之。即以《離騷》一篇論之，則"初既與余成言兮"、"靈氛既告，閨中既已"、"既于進"諸句可訓爲已經；"既遵道而得路"此當訓"畢竟"；"余既不難夫離別兮"，此亦言畢竟不難離別也。又"余既滋蘭……又樹蕙之百畝"、"既莫足以爲美政……又將從"云云，此三語當訓既然，"既替余……又申之以……"、"鳳皇既受詒兮，恐高辛之先我"，言鳳皇既然已受詒，恐高辛將先我。句法與美政兩語亦同。凡此等詞句皆有前事盡竟，而又賡續他事之義。其顯明者則作"既……又"、"既……將"等句式。他如《國殤》"身既死兮神以靈"，當訓竟死者，事之盡而非所願于其死，故曰竟至於此耳。"誠既勇兮又以武"，言國殤戰士真是既然已勇，又且武也。《抽思》"反既有此他志"。言反而竟至于有此他志也。"既愆獨而不群兮"，言竟自愆獨而不余師也。《大招》"昭質既設"、《招魂》"華酌既陳"、"美人既醉"，三既字當作畢竟解。《七諫》"梟鴞既以成群"、"皇天既不純命"，此語襲《九章》"遂側身而既遠"、"目眇眇而既還"，諸既字宜作"盡也"解。皆當細繹上下文義，審量詞氣，而後定之。兹不一一贅言之矣。

君

《楚辭》第二人稱敬詞，亦用君字。《九歌》"君不行兮夷猶"、"君欣欣兮樂康"、"隱思君兮陫側"，《九歌》中使用最多，其領格亦有用

“君之”一詞者，如《卜居》“行君之意”，《九辯》“君之心兮與余異”是也。合參制度部。

暨

《九章》“夫何彭咸之造思兮，暨志介而不忘”。王逸注“暨與也。《尚書》曰讓於稷、契暨皋陶，言己思念古世彭咸，欲與齊志節而不能忘也”。洪興祖《補注》“暨其冀切，此言己獨不忘彭咸之志節”。朱熹《集注》曰“暨其冀反、因回風之有實而搖蕙，遂感彭咸之志，雖萬變而不可易，亦以其有其實也”。按王釋爲與，言己與彭咸齊志，洪朱于暨字亦至含混，三家釋介爲節，曰志節，曰不易，皆不順于文義。按暨即既之通用。《周禮·地官·閭師》“既比則讀法”，故《書》作“暨比則讀法”，介讀爲《荀子·脩身》“善在身，介然必以自好也”之介。楊注“介堅固貌，《易》介于石之介，堅確不拔之義”，是其證。此言謂彭咸造思，既堅確其志，而不妄也。忘字當爲妄字之誤，此兩語與上下皆相對成文，上言物微而失性，聲隱而失倡，皆虛僞不真，而彭咸則志堅固而不僞妄。故下文又承以“孰虛僞之可長”以結束此一大段，王、洪、朱皆未體認文理，故其說局促而不能章矣。

就

就字《楚辭》十四用，大約有三義，一爲成也，二爲因也，三爲即也。即又因之別也。

（一）成也。《天問》“纂就前緒，遂成考功”，言禹纂成其父鯀之前緒，遂得成其父治水之功也。又《天問》“何親就上帝罰，殷之命以不救”。言西伯躬親成就上帝罰惡，殷之命遂以不救也。（王逸以爲天帝親討，於文理殊失之。）《九章·惜誦》“鯀功用而不就”，言鯀之功，因而不成就也。考古籍釋就爲成者至多。《爾雅·釋詁》“就成也”，又《孝經・援神契》曰"就之言成也",《論語》"如殺無道,以就有道",皆是。至今日成就一詞尚爲恒語。

（二）因也,歸也。即今俗所謂將就也。《天問》"遷藏就岐何能依",言遷其藏而歸因于岐。而《九思》擬之云"就周文兮邠岐"、《九章・哀郢》"去故鄉而就遠兮"與《九辯》一"去故而就新"即本之《離騷》就重華而陳詞也。因之《九歎》、《遠遊》之"就申胥"、"就顓頊"、《九思・傷時》之"就祝融"、《守志》之"就傅説",皆同。"就重華"言歸而因之。

（三）即也。《惜誓》"同權槩而就衡"。王逸注"權衡皆稱也。言患苦衆人,稱物量谷,不知審其多少,同其稱平,以失情實"。稱所以知輕重,量所以別多少。補曰"權稱錘也,槩平斛木也,衡平也"。權槩皆稱,以取平也。釋句義説詳矣。此言衆人捆同權槩,不計多少、輕重,即以爲平。即上句"苦稱量之不審"也。衡爲動字,與就字合成詞,就衡由然今世之言矣。就即一聲之轉,即以爲平也。此就字義雖亦同于上兩訓而引申之,而以今語釋之,則與俗語"就好嘞"、"就是嘞"、"就來嘞"、"就去嘞"等之用雙動詞者同其例。其義至活潑,非死板之訓詁所能表達也。

即

《九歎》"即聽夫人之諛辭"。王逸注"言懷王之心曾不與我合,又聽用讒諛之言,以過怒己也。即一作惻"。洪興祖《補注》"即就也"。按即當訓則,一本作惻者,當爲則之僞,是原本又何作則矣。洪訓爲就者,以當時人語説之合于近代用詞是也。言懷王不曾同于吾,而遂聽彼人諛辭也。

僉

《天問》"僉曰何憂，何不課而行之"。王逸注"僉眾也，課試也。言眾人舉鯀治水，堯知其不能，眾人曰何憂哉，何不先試之也"。按《說文》"皆也。從亼，從吅，從从。《虞書》有曰'僉曰伯夷'"。《天問》此句，即本《堯典》。王訓爲眾也。眾即皆之引申義。

及

《楚辭》及字二十餘見。約分兩義，一逮也，二至也。實又一義之衍。

（一）考《說文》"及逮也。從又，從人"。（會意）與隶同。按從人意不甚顯，甲文作?，象人後以手隶之。即今逮捕本字。象後有人追捕之形，爲純粹之象事字。又隶則從朮，從彐。朮者人之尾也。人無尾而以尾表之者，尾指罪人或卑微之徒。飾爲尾形，蓋古墨刑之一種，大體指奴隸言（奴隸初文亦當作隶）此則象事而稍兼會意也。繁衍則爲逮、爲隸。其訓逮一義者，如《離騷》"及行迷之未遠"，王逸注"言乃旋我之車，以反故道及已迷誤，欲去之路尚未甚遠也"。又"汩余若將不及兮"，又"及前王之踵武"，又"及余飾之方壯"，又"及年歲之未晏"，又"及少康之未家"，凡言及皆謂在某事之前。"及行迷之未遠"，言猶俗言趁在行迷未遠之前也。其用此義，如《九章·思美人》"惜吾不及古人"，又《悲回風》"眇遠志之所及"，又《思美人》"願及白日之未暮"。《遠遊》"往者余弗及兮"，《招魂》"步及驟處兮誘騁先"。漢賦如《哀時命》之"哀時命之不及古人兮"，《七諫·哀命》之"雖重追吾何及"，《沈江》之"追悔過之無及"，《謬諫》"不及君而聘說"，皆是。

（二）到也。《天問》"自明及晦，所行幾里"。言自明以達于晦也。

此及字訓到達，此亦達詁。《廣雅·釋詁》一“及至也”。《儀禮·聘禮》
“及期”。注“猶至也”。此到義實逮之引申，故上文訓逮諸條，亦多可
訓爲至。

羌

此南楚獨用之語助詞，或反詰副詞也。《楚辭》二十餘見，《離騷》
一見，“羌中道而改路”句不計，《天問》三見，《九章》八見，《九辯》
二見，《七諫》一見，《九歎》一見。大體用於句首（《九歌》“杳冥冥
兮羌晝晦”，及《九歎》“日暮黃昏羌幽悲兮”，兩句用于句中爲例外。
然一本“羌幽悲”作“嗟幽悲”，以語義言之，嗟是也）。《離騷》“羌
內恕己以量人兮”。王逸注“羌楚人詞語也”。洪補“去羊切。楚人發語
端也”。《文選》注“羌乃也。一曰歎聲也”。又《九歌》“杳冥冥兮羌
晝晦”。王注“羌語詞也”。《九章》“羌眾人之所仇”。王注“然詞也”。
王逸三釋不一致，蓋依文義爲説，訓乃、訓然詞義近。凡言羌處，多轉
上下文義而爲之辭，故多逆轉之義。《廣雅》釋乃，即本王叔師，故言
最爲得實。惟逆轉之義有强弱，强則羌義近乃，弱者以發端詞釋之亦可。
故三義非甚相遠也。然非泛泛發聲之詞，如維、夫等字可比，又不見于
《詩經》及三晉齊魯之書，故知爲楚人語也（顧亭林已有此説）。徐仁甫
云“‘羌內恕己以量人兮，各興心而嫉妒’。王逸注‘羌楚人語詞也。猶
言卿何爲也’。《文選·西都賦》‘慶宏規而大起’，李注《爾雅》曰
‘羌發聲也’，慶與羌古字通。按王注‘羌猶言卿’。蓋漢人讀羌音同卿，
察《九章·思美人》‘獨歷年而離愍兮，羌馮心猶未化，寧隱閔而壽考
兮，何變易之可爲’。‘羌’與‘何’爲互文，則羌猶何也。又《惜誦》
曰‘吾誼先君而後身兮，羌眾人之所仇也。專惟君而無他兮，又眾兆之
所讎也’，“壹心而不豫兮，羌不可保也。疾親君而無他兮，有同又招禍
之道也’。此楚人兩用‘也’字，前句表反詰，後句表感歎之例。‘羌眾
人之所仇也’、‘羌不可保也’，與上文‘何不改此度也’相同，則兩

'羌'字非訓'何'不可。由此可證羌確有何義。'羌内恕己以量人兮，各興心而嫉妒'，謂何内恕己以量人各興心嫉妒。此羌非語詞乃反詰副詞，用與'何'同。古訓湮没，可以比例而知"。按徐説最分析明白。又卿一作慶。《史記·項羽本紀》"卿子冠軍"。《集解》引徐廣曰"卿慶同音"。《後漢書·班固傳》"白雉詩膺天慶"。李賢注"慶讀曰卿"。慶本讀羌，王觀國、吳棫《叶韻補注》、《毛詩音》二書皆云"《詩》、《易》、《太玄》凡用慶字皆與陽字韻叶蓋羌字也"。引蕭該《漢書音義》"慶音羌"。又曰"《漢書》亦有作羌者，班固《幽通賦》慶未得其云已。《文選》作羌"。按《揚雄傳》所載《反離騷》"慶夭頫而喪榮"，顔師古注云"慶辭也。讀與羌同"，最爲切據，則王逸訓卿爲何爲羌與卿同。則羌亦當訓何爲。

聲轉爲將。《廣雅》"將且也"。又轉爲謇，爲蹇。各詳該辭。將字爲當時雅言，故《詩經》亦用之。《谷風》"將恐將懼"，猶言且恐，且懼也。則將亦作副詞用，然南楚不用將爲發聲語助詞也。

其

《楚辭》全部所見其字，共爲百九十七（屈宋賦百二十九，漢賦六十八）。以語法論，則分爲代詞用，與作形容詞詞尾用者兩種。（一）作形容詞詞尾用者，其義約與然字近，而略兼驚歎推度作用。有"如此其"之義。其形式則其字後皆承以動詞性詞組至其字前則可分爲三例。（甲）《離騷》"百神翳其備降兮"，《遠遊》之"春秋忽其不淹兮"，是也。此爲其前冠以雙音節名詞及單音節形容詞。（《橘頌》與《招魂》中亦有此種用法，如"緑葉素榮，紛其可喜兮"、"弱顔固植，謇其有意些"，此不過雙音節名詞變爲四字音節而已，基本無别也。）（乙）《騷》"老冉冉其將至兮"、"時曖曖其將罷兮"，《九辯》"燕翩翩其辭歸兮"。此式通及于《騷》、《章》、《遠遊》、《辯》、《諫》、《命》、《歎》。而《騷》、《歎》爲最多。皆于其字前冠以單音節名詞及叠詞。（丙）《騷》

"忽緯繣其難遷"、《九歎》"心紆鬱其難釋"，此式爲其前冠以單音節名詞及聯綿字。其實與（乙）組織相等也。（二）作代詞用者。有兩式，而其後亦同樣爲動詞性詞組。其（甲）式，爲其前冠以單音節動詞及雙音節名詞。如《騷》之"覽椒蘭其若茲兮"，又"謂申椒其不芳"、"覽余初其猶未悔"。其（乙）式則于其前冠以兩單音節名詞，而以與字間之，如《騷》"春與秋其代序"、"芳與澤其雜糅兮"，此式之其，或又以"如此其"之義釋之，則乃狀字而非代字。在意義上雖可通，而在語法上則不如指爲指代之允當也。

又《離騷》"豈惟是其有女"，此其字用法甚奇。以今語釋之，可作才字解。言"可是獨有這地方才有女人"，詞句甚順，但義仍未足。此當作豈惟是有其女解。言豈獨獨此地乃有此等女人乎？

其……而……

《九歎》"路曼曼其修遠兮，周容容而無識"。又"日曒曒其西舍兮，陽焱焱而復顧"。兩句用"其……而……"爲調，且皆在形容詞之後，則其與而，皆形容詞尾之語氣詞也。約與然字義近。分詳而與其兩詞下。

厥

《楚辭》三十見，皆在屈宋賦中。《離騷》凡五見；《天問》二十二見；《九章》一見；《大招》一見；《九思》一見。皆于厥下承以單音節名詞，指第三人稱言。如《離騷》"浞又貪夫厥家"、"保厥美以驕傲"、"厥利維何"、"而厥謀不同"、"夫焉喪厥體"。如《九思》"揚厥美而不竢"等皆是。無例外，亦無其他特殊用法，又《天問》兩用"厥嚴"，則嚴字亦作名詞用，與《離騷》之三用厥美同。《離騷》"厥首用夫顛隕"、"厥利維何，而顧菟在腹"。按厥字《說文》"發石也"，與此無涉。此作其字解，乃聲借字。《尚書》金文中，其字多作厥。《盤庚》

"既遷奠厥攸居，乃正厥位"，金文如《邾公華鐘》之"擇厥吉金"，《毛公鼎》"皇天弘厭厥德"皆是。

皆

《招魂》"土伯九約……此皆甘人"。王逸注"甘美也。言此物食人，以爲甘美"。按此皆字指上文之土伯言，代事代詞也。然土伯一物不得用量詞性之皆字，大足徐永孝云"'皆'如《齊策》'北宫之女嬰兒子……是皆率民而出於孝情者'之皆，非表全體之範圍副詞。《老子》第二章'天下皆知美之爲美，皆知善之爲善'，《論語集解》義疏引'皆知'竝作'以知'，以同已。是'皆率民而出於孝情者'，言'是已率民而出於孝情'，此皆甘人，言此已甘人也"。

可

《楚辭》可字一百〇八見，大體皆一義之引申，視上下文語氣而有輕重緩急正反之差。可得七義。兹分述之。

《説文》"可肯也。從口、從丂（會意）"考《禮礼·玉藻》"士竹本象可也"，疏"言可者通許之辭"；《荀子·解蔽》"則不可道而可非道"，注"可謂合意也"；《論語》"期月而已可也"，皇疏"可者未足之詞也"，是三解者，皆緣上下文義而定，其實合三義乃具足。大體言可否者，皆依主觀立論（當亦不排出作者初步或約略認識，故曰合意），而發言有堅決與遲疑，大胆與謹慎之别。故有肯定與意有不足之嫌爾。其許可態度決然者，曰肯、曰堪、曰足，此其一。曰可以，則意有不足，此其二。曰能則意態在上述兩者之間。兹就《楚辭》一一析之，惟條文繁重，例從省略。

（一）堪也、足也。《橘頌》"精色内白，類可任兮"，此言堪信任也。又"緑葉素榮紛其可喜"，可亦足也。《思美人》"何變易之可爲"

言堪爲。首句用何則，則正言實反，即不堪爲也。《惜誦》言“君可思而不可恃”，兩可字亦堪也。《懷沙》“人心不可謂”，不堪言也。《悲回風》“物有純而不可爲”，言不足爲也。餘如《遠遊》之“誰可與”，《九辯》之“可哀”、“然潢洋而不可帶”，《大招》之“代水不可涉”（漢儒所用不列）。漢儒以東方用之最多。

（二）肯也。可之訓肯，雖起自叔師，實則爲漢儒通詁。屈宋文中，惟《九辯》“專思君兮不可化”、“計專專之不可化”（兩語義同）。此可字與專專同句，其爲强固之義固不能以通常之可以、大概、能等語解之，必須釋爲肯義方具足。

（三）可以也。可以者，今通言但有許諾，而不必辯其是非得失正反諸端者也。其用在文藝修辭中最爲寬博，精微。《楚辭》亦然，其例至多。《橘頌》“可師長兮”，言可以爲長者師。《哀郢》“江與夏之不可涉”，《懷沙》“重華不可遻兮”。此一例多以可以或不可以連文，如《抽思》“名不可以虛作”是也。《大招》、《招魂》用之最多，東南西北“不可以”如何如何皆是。又若“時不可以淹留”，《漁父》之“可以濯纓”、“濯足”，《九辯》“後尚可以竄藏”，皆是具證。此種用法，在《楚辭》中爲最，僅次于訓能之可。

（四）能也。《楚辭》可字含義至複雜，有時審上下文義，往往因人而異，然通以能之解之，多可順釋，未必即得神韻也。

友人大足徐永孝仁甫《楚辭語法初探》曰“‘熟離合兮可爲’，按此倒句也。與《離騷》‘豈予心之可懲’、‘豈珵美之能當’、‘又何芳之能祗’，句法相同。可猶能也。言人命有當，孰能爲之離合哉。舊本或作‘何爲’，或作‘不可爲’，舊解多不準確，皆不知其爲倒文，而强説之”。其説是也。其實體會文情，則可之當訓能者至多且徧。如《九歌·湘夫人》之“時不可兮驟得”，《思美人》“情與質信可保兮”，《悲回風》“聞省想而不可得”、“氣於邑而不可止”、“居戚戚而不可解”、“藐蔓蔓之不可量”，《惜誦》之“惽惽不可釋”、“羌不可保”，《抽思》“願蓀美之可完”，《遠遊》之“道可受兮不可傳”，兩可字，《大招》

"深不可測"、"魂乎歸來,樂不可言只",《招魂》"廉散而不可止",皆是(漢儒各篇不録)。皆可自文理詞義而得之。

(五)可,不可也。《九辯》"君不知兮可奈何"。此言不可奈何也,《九歎‧惜賢》亦言"丁時逢殃可奈何",語法含義與《九辯》同,其義亦決然之詞。事理雖非,而情勢則左,其爲不可,蓋彰然也。而以奈何歎咏之,此猶他文之句尾用乎歟之比也。別參乎字條。

(六)反詰語句用之。如《悲回風》"萬變其情豈可蓋兮",《九辯》"後尚可以竄藏",可尚與豈尚連文,豈可蓋即"不可蓋","尚可竄"猶"豈可竄"也。皆反詰語,可皆作不可解。漢儒中此例較多,兹不備舉矣。

(七)可者何字之誤。《九章‧哀郢》"孰兩東門之可無",兩即量之本字,度量也。言孰能變量郢之東門何以如此之蕪穢也。若作可則義不可通。詳《校注》下。

豈

豈字《楚辭》十四見,皆作語辭用,不爲他解。考《説文》訓豈爲"還師振旅樂",即後世凱樂也。凱即後起豈字。字又從心作愷。引申之爲樂。然《楚辭》十四見則皆爲語詞,其含義與近世口語中之難道、何許、怎麼近。其作用以反詰爲主,亦時含推度性之疑問。《離騷》"豈余心之可懲",同例者二,"豈惟是其有女",豈維二見,"豈其有他故兮",《九章》有豈知、豈又可、豈可,《九辯》有豈不、豈無,漢賦所用無大殊,兹不贅。

固

《楚辭》固字卅見,其義則大別爲二,一爲堅固本義。一爲虛助字。而虛助字又復別爲三。一爲本然之義,一爲常然之義,一則故之借字也。

（一）《説文》"固四塞也"。《周禮》"掌固"注"國所依阻者也"。《秦策》"東有殽函之固"。注"堅牢難攻易守也"。本指國之固防，引申爲堅實堅强。《天問》"安得夫良藥不（當爲而字形譌）能固藏"，又"蠅蛾微命力何固"，《九辯》"恐時世之不固"，《招魂》"弱顏固植"，《九歎·離世》"長愈固而彌純"，《橘頌》"深固難徙"（兩見），諸句皆是。又《懷沙》"夫惟黨人之鄙固兮"。固與鄙連文，則固而頑者也。

（二）本然也。本然者，原來如此，亦得云堅之引申。然此義在文句中，皆以爲虛助字，非實字也。且本與然亦視文義而稍别。言本者，不必有然之意。如《九歌》、《大司命》"固人命兮有當"，此本來如此也。人命有當，乃本然之事也。與此同例者，如《七諫》有句云"吾固知乎命之不長"，義與上句似同，其實則異。命有當此自然現象也，故得曰本然。命不長，則作者之自度也，故此但得曰"本來"，而萬無言本來如此之理，故不得曰本然也。類此者如《離騷》之"固衆芳"、《懷沙》之"古固有"、"固庸態"，《惜誦》之"固煩言"，《涉江》之"固將愁苦"、"固將重昏"，《抽思》之"固切人"，《九辯》之"吾固知"，《七諫》之"固非衆人"、"固時俗"（二見），《哀時命》之"固將愁苦"、"吾固知其"，讀者但就上下文義體會文情而詁之可也。

（三）故之借。《離騷》"固前修以菹醢"、"固時俗之從流"，《思美人》"固朕形之不服"，諸固字爲上諸解所不能通，當解爲故。俗言故所以之故，皆以申上文而結之則不得言本然也。

（四）常也。《七諫》"自古而固然"，曰自古則固然者久矣。此固宜訓久常，《易·繫詞》"恒德之固也"，與恒對言，與此正同。此義與上訓故得通。《小爾雅》釋故爲久。久亦常也。然故字亦多義，而故所以與久常則别諭。兩令之可矣。又《惜誓》云"固儃回而不息"，以不息連用，則亦常也。

尚

尚字十二見。除尚羊、姜尚等詞外，其單用十字分三義。

（一）爲上之借字。《天問》"不任汨鴻，師何目尚之"。王逸注云"汨治也。鴻大水也。師衆也。尚舉也。言鯀才不任治鴻水衆人何以舉之乎"。按王訓尚爲舉是也。洪引《尚書》以證之"《堯典》曰湯湯洪水方割，蕩蕩懷山襄陵，下民其咨，有能俾乂，僉曰，於，鯀哉，帝曰，吁！咈哉，方命圮族。岳曰，异哉，試可乃已。帝曰，往，欽哉。九載績用弗成"。然尚字實無舉義，此借爲上舉者，上之也，動詞。故引申爲舉。《爾雅·釋詁》"尚右也"，《廣雅·釋詁》"尚上也舉也"，是其證。又《天問》"登五爲帝，孰道尚之"，尚字用法與上同，亦訓上也。惟王逸以爲"伏羲始畫八卦，修行道德，萬民登以爲帝，誰開導而尊尚之也"，云云。以爲伏羲爲帝事，非也。然歷世諸家説之，亦不甚可通。按"登立爲帝，孰道尚之，女媧有體，孰制匠之"四句與"咸播黍稷"四句，"天式縱橫"四句同例。皆將句主倒置段末，此古書恒有之例，則此四句當讀爲"女媧有體，孰制匠之，登立爲帝，孰道尚之"有體者，育體之譌。育體即化體即許慎所謂化萬物者也。二化之説言女媧化育孰制匠之。而以女爲帝爲歷史所罕見之事，故疑而問之曰，以何道而上之也。參女媧有體諸條。又《大招》"魂乎歸來尚三五只"，又"魂乎歸來，尚賢士只"，兩尚字義亦同。王訓尚三五之尚爲上，訓尚賢士之尚爲進。由文義有申縮出入，其義皆上引申也。

（二）尚訓爲尚且，乃語助詞之一。《九章·抽思》"理弱而媒不通兮，尚不知余之從容"，又《九辯》"霜露慘悽而交下兮，心尚幸其弗濟"，又"尚黯黮而有瑕，後尚可以竄藏"，又《九歎·惜賢》"尚由由而進之"，諸尚字皆作尚且解。《詩·小弁》"尚求其雌"，鄭箋"尚猶也"。諸訓尚且者，即猶且之義，《楚語》"子尚良食"。賈注"尚且也"。

（三）爲反詰語氣副詞用于疑問句者，如《九辯》“尚欲布名乎天下”，此尚字猶今俗語所謂“還”同例。《七諫·沈江》“尚何論乎禍凶”，猶言還要甚麼計較禍凶。此兩語，一以尚乎爲例一以尚何爲例。皆疑問句，以兩義爲反詰者也。義何與倘相近。

按《説文》訓尚爲曾也，庶幾也。皆以爲虛助詞爾。上列二三兩例皆此一語助字之發展，是即尚之本義矣。至第一義，則直爲聲借爾。許氏分析字形以爲“從八向聲”，則八字爲含義主體，而八字含義許氏以爲分也。象分別相背之形云云。考全部從八之漢字實有三義，一則許氏之所謂分；二則爲一種表示口語出氣之象，即“汆”、“曾”、“余”，皆是（氣物上出亦用此，即曾字上之“八”也）；其三則爲支柱相反，兩力之勢之符號，故八形遂有表示兩力相合或相抵拒之義，尚者塞堵北牖之義也，即《詩》所謂塞向墐户之謂。八象用力堵塞自左右相向而作力也。孳乳爲當，即今擋、撐字，瓦當義即本此。

是

一屈賦多用爲指示代詞。二漢賦有用作實詞者。《楚辭》用是字十八見。是爲現代漢語中之主要系詞。然在全部《楚辭》中所有是字，多作指示代詞用。如“豈唯是其有女”、“初若是而逢殆”，而《天問》中有十二見，則多爲實詞義。如“封狶是躬”、“久余是勝”、“厥身是惟”、“吉妃是得”。細言之，此賓語提前式倒裝單音節動詞前兩者以是字爲 adverb。此爲《天問》句法之特例非指示代詞也。又《惜誓》“傷誠是之不察兮”，《七諫》“誰使正其真是兮”，兩是字皆作實詞用，而不作系詞。故漢賦中無系詞是字。《天問》“啟代益作后，卒然離蠥，何啟惟憂，而能拘是達”。徐永孝《札逐》曰“按能拘是達謂能達其拘也。《天問》用‘是’字，多賓語在動詞前，‘厥身是繼’、‘封狶是躬’、‘莆藋是營’、‘南嶽是止’、‘后帝是饗’、‘厥父是臧’、‘吉妃是得’、‘讒諂是服’、‘久余是勝’，與此‘能拘是達’，共十句，皆倒裝句法，王逸注

'久余是勝',曰'言大勝我也'。解久余雖誤,而以余爲賓語,勝是動詞甚是。則拘是賓語達是動詞無疑"。按徐説與余舊説同,而例證詳盡,有益研習多矣。合參意識部。

之

之字《楚辭》七百五十餘見,約分數義,一出也,引申爲行往;一用作代詞,一爲之爲芷之誤。

《説文》"出也。像艸過屮,枝莖益大有所之,一者地也",則之乃動詞引申爲往。《大司命》"導帝之兮九坑",《九懷》"吾道兮何之",皆是。在《楚辭》中較少見。

之字本第三人稱代詞,《楚辭》中有用爲第一人稱者,如《卜居》"詹尹乃端策拂龜曰,君將何以教之",《哀時命》"老冉冉而逮之",《九歎》"君乖差而屏之",諸之字皆指第一人稱言。

之爲芷之誤。《湘夫人》"築室兮水中,葺之兮荷蓋",又"芷葺兮荷屋",王逸于芷葺句下釋云"葺蓋屋也",五臣云"以芷草及荷葉葺以蓋屋"。按王叔師、五臣兩注,不在先見於"葺之兮荷蓋"下,而在後見之芷葺句下,恐傳本有誤,當移于葺之荷蓋下,則全文可通矣。俞樾云"此當作'芷葺兮荷蓋',芷字缺坏僅存下半止字誤作之字,文不成義,因移葺字於上,使成文義身。《説文·草部》'葺茨也。蓋苫也'。葺也,蓋也,皆草屋之名,以芷爲葺以荷爲蓋,極言其清潔也。下文之'芷葺兮荷屋'與此句法相同,可據以訂正此句之誤"。按俞説非也。葺之應倒是也。但不得改蓋爲屋。此築室水中之室指全部正寢之室言,包括堂、室、東西房、夾室、廂等言之。即下文之成堂、棟、橑、楣、房等,此荷蓋亦即指全部堂室之屋蓋言,不得以下文有芷葺荷屋字樣,望文生訓遂欲改此以就彼,否則此文重沓無味甚矣。下文之荷屋,乃指幄帷言,蓋筵席之帳也(詳荷屋條下)。與此不同,不能相牽合。由不細審文義徒生此糾葛。亦不可從。

之以

　　《離騷》、《天問》、《九辯》中有一句法，用之以二字于動詞之後，再承以雙音節名詞如“又重重以修能”、“繼之以日夜”、“易之以百兩”、“申之以嚴霜”，諸句皆是。漢賦惟擬摹最切之《九懷》一見，“限之以大故”，是也。則“之以”一式吾人謂爲屈賦獨有之例，未爲不可。

之而

　　之字在下，承以連詞而字見于《七諫》“業失之而不救兮”。此漢人用法也。

之不

　　“之不”、“之不可”亦《楚辭》句式之一也。其下皆承以單音節動詞或形容詞，亦有承以動詞及其賓語者如《離騷》“悔相道之不察兮”、“鷙鳥之不群兮”，《抽思》“蹇產之不釋兮”，此式除《九歌》、《遠遊》、《卜居》、《漁父》而外各篇皆曾存在，多至三十八見。至更加賓語者，于例爲少見，如《離騷》“恐年歲之不吾與”，《哀郢》“皇天之不純命兮”，《哀時命》“哀時命之不及古人兮”。此外則極少見，漢賦中僅《七諫》有“余奈世之不知芳何”一句。

之不可

　　即之不一式之加能願動詞者，如《哀郢》“江與夏之不可涉”，《悲回風》“翩冥冥之不可娛”，《九歎》“悲余性之不可改兮”。

之不能

即之不可一詞之變，可與能義近也。但僅在《九歎》中有“傷余心之不能已”一詞。

之不足

亦之不可一詞之變，但義則分輕重耳，僅見《九辯》“諒城郭之不足恃兮”。

之無

之無在句中爲式法。《楚辭》二十見，且無字後皆承以單音節名詞，無一例外。如《離騷》“哀高丘之無女”，《涉江》“哀吾生之無樂”。《悲回風》“穆眇眇之無垠兮，莽芒芒之無儀”。此式亦見于《遠遊》、《九辯》、《惜誓》、《七諫》、《九歎》，而不見于他漢賦家之作，則亦屈賦獨具之一通則也。

之所

之所一例，如《離騷》（一）“固衆芳之所在”，（二）“非余心之所急”，（三）“吾將從彭咸之所居”，（四）《惜誦》“又衆兆之所仇”，《涉江》“猨狖之所居”，皆是。漢賦中則僅見于擬模最切之《七諫》、《惜誓》與《九歎》中，大體在名詞或所字結構之間使此兩部變爲偏正詞組，以充當句子之表語［如（一）（二）］。或賓語［如（三）（四）］，共十四見。

之於

動賓詞組。動字之下置于介詞於或于字，亦《楚辭》句式之一，如《天問》"而通之於台桑"、"投之於水上"，此例惟《天問》二則。又《招魂》有"投之深淵些"，此當是"投之於深淵些"之省。

者

者字《楚辭》廿六用皆其本義之引申，作虛助字用。《説文》"者別事詞也"。《儀禮‧喪服》"管履者"，注"者者明爲下出也"。《洪範》"時五者來備"，皆其徵也。《楚辭》所用約得兩義。

（一）爲人稱代詞。以今語譯之可作"之人"，如《九歌‧湘夫人》之"將以遺兮遠者"言遺於遠之人同例。則《東君》之"觀者"，《九章‧惜誦》之"懲于羹者"，《悲回風》之"悼來者"，《遠遊》之"往者"、"來者"，《七諫‧初放》、《哀時命》同有此兩詞。《漁父》之"新沐者"、"新浴者"、"汶汶者"，《九辯》之"執轡者"，《七諫‧謬諫》亦有此詞。"相者"，《七諫‧自悲》之"哀居者"，《初放》之"改者"，《惜誓》之"賢者"，《九懷‧通路》亦有此詞，《九歎‧離世》之"執組者"，《九思‧遭厄》之"御者"，皆是此例。

（二）次復所指不定爲人，而可爲事物。此亦先秦至今者字用法之一例。惟《楚辭》此例不見屈宋文中，僅《謬諫》"同類者相似"，及"同音者相似"，及"同音者相和"兩語者字用法，在先秦典籍中較此爲複雜，自王引之以來，論者多矣。

寧……^(上)將……^(下)

《卜居》之一語調式，上句用寧，起正面之義之問，下句承以

"將"，轉作反面之義之問。如"吾寧悃悃欵欵，朴以忠乎？將送往勞來，斯無窮乎？"、"寧與黃鵠比翼乎？將與雞鶩爭食乎？"

兹

《楚辭》兹字十八見，除《天問》"受賜兹醢"之兹爲孳之借字外，皆可訓爲此字，作代詞用。如《離騷》"覽椒蘭其若兹"、"雜兹佩之可貴"，《天問》"惟兹何功"，《惜誦》"蹻兹媚以私處兮"皆是。惟此之代詞，有代事、代人、代地、代時之異。如《天問》"後兹承輔"，《抽思》"兹歷情以陳辭"，皆指時言（兹歷又或作歷兹。言至於此時也，別詳）。其他漢人賦中，亦可以此判之。如《九懷·株昭》之"余私娛兹兮"《九歎·離世》之"讒夫黨旅其以兹故"，《愍民》之"反以兹爲腐也"，《惜賢》之"芳若兹而不御"，《思古》"蓋見兹以永歎"，《九思·悼亂》"伊余兮念兹"皆可依上下文義體會其爲事爲地、爲人、爲時也。按《說文》兹本訓"草本多益"，引申爲益。《漢書·匈奴傳》"前世重之兹甚"，注"益也"。後世又孳乳爲滋，至訓爲此者，皆此之假借字也。《詩·綿》"築室于兹"，《呂刑》"越兹麗刑"，《易·晉》"受兹介福"，皆其徵也。

（二）孳之借亦即子之借字。《天問》"受賜兹醢，西伯上告"。王逸注"兹此也。西伯文王也，言紂醢梅伯，以賜諸侯，文王受之，以祭告語於上天也"。洪、朱因之，所指爲紂醢梅伯事。明清儒者多從之，以未明兹義也。如叔師說兹爲代詞，而于上下文皆無所屬，非也。兹讀若孳，即子之借。《易》"荄子"即"荄孳"是也。按《帝王世紀》"伯邑考質于殷，爲紂御，紂烹以爲羹，賜文王……聖人當不食其子羹，文王得而食之，紂曰誰謂西伯聖者，食其子羹，尚不知也"。賜伯昌之醢曰賜子醢于西伯爲有徵矣。兹作子解，于文理詞氣皆順遂矣，孳本亦從兹子聲。

須

《九歌》"君誰須兮雲之際"，王逸注"言司命之去，暮宿於天帝之郊，誰待于雲之際乎"。五臣云"須待也"。朱熹注曰"不知其何所待於雲之際乎，猶幸其有意而顧己也"。又《九章·思美人》"聊假日以須旹"。王逸注"暮月考功，知德化也"。洪補云"假日，見騷經。須待也。旹古時字"。按須字《楚辭》凡八用，而六用皆聯綿詞須臾也。別詳。惟此二用爲單用其義，王洪皆訓待，是也。按《説文》"須面毛也"。《禮記·禮運》疏引《説文》"須謂頤下之毛，象形"。《漢書·翟方進傳》"下車立顙"。經傳皆以須爲之。《書序》"須于洛汭"，馬注"止也"；《詩·匏有苦葉》"卬須我友"；《儀禮·士昏禮》"某敢不須"，注"待也"，皆是。

則

分二義。

（一）爲法則。《離騷》"名曰正則"。王注"則法也"。又《天問》"圜則九重"，言天圜之法有九重也。又《大招》"容則秀雅"。王注"則法也，秀異也。言美女儀容閒雅，動有法則，秀異於人"。按《説文》"則等畫物也"，《爾雅·釋詁》"則法也"，《詩·烝民》"有物有則"，《六月》"閑之惟則"，《詩·鹿鳴》"君子是則是傚"，皆此義。

（二）語詞。《天問》"死則又育"，言死乃又生也。《九章·思美人》"命則處幽"，言命曾處幽人，考《詩·終風》"願言則嚏"，則即也。又《新臺》"鴻則離之"，則猶乃也。則字用爲語助者，往往依上下文義，而義不同。

兮

（一）《説文》"兮語所稽也"。兮字于《詩》、《騷》句法中具重要特徵。而《騷》中用法爲尤廣博複雜，就形式言，大體用於一句之末而以上句爲最多，下句則見《橘頌》及各篇亂曰歎曰等。其用于句中者，皆在名詞動詞之後，以表驚呼義。就字義言，則大多數在句末者，僅爲一種助聲之語氣詞，即今語體中句尾帶感歎作用之"啊"、"呀"等字。此支歌古今之變也（《橘頌》十八句兮字皆在下句末，與他篇略異）。其用遍及《騷》、《章》、《遠遊》、《招魂》、《卜居》、《漁父》、《九辯》、《惜誓》、《招隱士》、《七諫》、《哀時命》、《九歎》等篇。至于《九歌》、《九懷》、《九思》諸篇中變化殊大，略起語助字"乎"、"於"、"其"、"夫"、"與"、"之"、"而"、"以"等虛詞之作用，當視其上下文義而定，但無純語詞之用，參余《九歌》中兮字之用法一文。

（二）兮字有"於"、"乎"、"其"、"夫"、"之"、"以"、"而"、"與"等義，其用爲"於"字者，如《湘君》"捐余玦兮江中，遺余佩兮醴浦"。王逸注"設欲遠去，猶捐玦佩置於水涯"，以於釋兮也。與此同例，如《湘夫人》"朝馳余馬兮江臯"、《東君》"暾將出兮東方，照吾檻兮扶桑"，《九懷》"道幽路兮九疑"，《九思》"涉丹山兮炎野，屯余車兮黃支"，此乃以單音節動詞爲冠，繼之以雙音節名詞，而兮後承以雙音節名詞一式爲主。又如《湘夫人》"帝子降兮北渚"，又"鳥何萃兮蘋中，罾何爲兮木上"，《湘君》"水周兮堂下"、"鼂騁騖兮江臯"，《九懷》"玄武步兮水母"、"與吾朝兮南榮"，《九思》"鵁鶄棲兮柴族"、"謠吟兮中壄"。其主要形式爲雙音節名詞，亦有單音節者，如鳥何罾何二句單音節動詞爲主，或擴而爲"蹇誰留兮中洲"、"吾欲之兮九夷"，《九思》變而爲《湘夫人》之"與佳期兮夕張"，《九思》之"便旋兮中原"，《九懷》之"忽反顧兮西圖"，準今語例皆當用"於"、用"乎"。

用爲"其"字之例，《湘夫人》"九嶷繽兮竝迎"，即《離騷》之

"九疑紛其竝迎兮", 有其義其然也。故王逸注此云"紛然來迎"。

作"夫"例字義者, 如《離騷》"遵吾道夫崑崙",《九歌·湘君》有"遵吾道兮洞庭"之句是其證。其作"之"字義者, 如《離騷》、《遠遊》之"載雲旗之委蛇",《九歌·東君》作"載雲旗兮委蛇"。

作"以"例者,《離騷》"集芙蓉以爲裳",《九懷》作"援芙蓉兮爲裳", 則兮字作以字用也。

作"而"例《離騷》"結幽蘭而延佇",《大司命》有"結桂枝兮延佇", 句法與《騷》同則兮有同義也。

作"與"例《東皇太一》"奠桂酒兮椒漿", 與《離騷》之"扈江離與辟芷兮", 句法相同。則兮有與義, 此等兮字皆在所代各虛詞所在地位,《九歌》、《九思》全部如此, 其他各篇亦莫不或多或少存在此用法。

(三) 兮字作爲呼喚驚喟之用者, 爲《招魂》中之一特例, 如"魂兮歸來"凡十一句, 每句下皆用反詰之詞, 或"不可"一詞以招之, 故兮字有召喚之用, 此與《大招》之"魂乎歸徠"同一句法, 則兮乎兩字義皆同也。其字絕多數置于句中, 亦偶有置于句尾者, 形式雖與語氣詞同, 而作用則乃爲呼喚驚喟也。如"歸來兮, 不可以托些"、"歸來兮, 恐自遺賊些"。

兮作乎字用例,《涉江》"旦余濟乎江湘",《文選》乎作兮。胡克家曰"兮當作乎, 乎者歎而不怨之詞"。按洪朱同引一本乎作於, 乎猶於也。凡乎用在動詞地名之中者皆訓於, 於係介詞, 止有結構作用, 並非語氣助詞, 胡謂歎而不怨, 謬甚。余恐初學不知, 故辯及之。

兮^(上)……兮^(下)……

《九懷》、《九思》中有一種句式, 上下兩句皆五字句, 第三字皆用兮字, 第四五兩字絕大多數皆用叠詞, 少數用聯綿字或如《九思》"令尹兮謷謷群兮讓讓"、"雷霆兮破磕, 雪散兮霏霏"。此一式在一篇之中十三見。《九懷》則下句末兩字有作動詞性詞組者如"季春兮陽陽，列草兮成行"。此式在屈賦中惟《九歌》二見，"石瀨兮淺淺飛龍兮翩翩"、"靈衣兮被被玉佩兮陸離"。此等句法在漢賦中對仗皆極工整，平仄雖有不協，而確有成對之作用。此固中國文藝形式發展方式之一好例也。

些

《楚辭》用些字始見《招魂》"魂兮歸來，去君之恒幹，何爲四方些"。王逸注云"何爲去君之常體，而遠之四方乎？"以乎釋些。洪補曰"些蘇賀切。《説文》語詞也"。沈存中云"今夔峽湖湘及南北江獠人凡禁呪句尾皆稱些，乃楚人舊俗"。按徐鉉《説文・新附》"些語辭也。見《楚辭》，從此從二，其義未詳。蘇箇切"。《玉篇》"些息計切。此也，辭也。又息箇切"。《釋詁》"兹、斯、呰、已、此也"。郭注"呰、已皆方俗異語"。《釋文》"呰郭音些，曹憲音息計息賀二切，謂語餘聲"。知些即呰也，按些有二音讀息計者訓此，即《釋詁》之兹、呰、已、此也。今江南運河而東，至于浙江，謂今爲故些。《爾雅》"故今也"。些讀如鮮。些、斯、鮮皆聲轉。謂前此爲"頭些"或曰"前些"。些亦讀如鮮，謂後此同後些。些讀如躧，廣州謂此處爲爾些，謂彼處曰那些。爾讀如儞此正作息計切（以上太炎先生説），今西南亦謂此爲些。頭些、前些、後些，皆讀息計切；其讀息賀或蘇箇切者，則爲語詞或語餘聲，即《招魂》所讀之音也。今淮西、黃梅語餘聲猶多言些；杭州、揚州亦有之，則音變如灑或如殺，歌麻之變也。方俗亦言微少爲些，音如息計切，如些小、些微，俗亦用此字，非也。鄧廷楨《雙硯齋筆記》三以爲"《説文・女部》娝，婦人小物也，些微當用娝"，是也。惟自沈存中謂"《招魂》尾句皆曰些蘇箇反即發語薩縛訶三字合音"。薩音桑菖反，縛音無可反，訶從去聲。朱熹從之，王士禎《香祖筆記》、張雲璈《選學膠言》、朱亦棟《羣書雜記》、《四庫提要》經部小學類皆從之（薩縛訶 svā hā，又作蘇婆訶、娑婆訶、莎縛訶、薩婆訶、率縛訶、蘇和訶、馺婆訶、沙訶婆、訶莎訶等異譯，直言之結句也）。然葉夢得《巖下放言》以爲“此正方言，各倚山川風氣使然，安可以義考，大抵古文多有卒語之詞，如‘螽斯羽詵詵兮，宜爾子孫繩繩兮’。以‘兮’字終。老子文亦多然。‘母也天只，不諒人只’。以‘只’爲終，‘狂童之狂也且’、‘椒聊且’、‘遠條且’，以‘且’終。《棠棣之華》‘室是遠而’、‘俟我於著乎而’、‘充耳以素字而’。以‘而’終。‘既曰歸止，曷又懷止’，以‘止’終無不皆然，風俗所繫，齊不可移之宋，鄭不可移之衛……”云云。説最爲通達。屈子之時，印度尚不與中土交通，安得遂習用其語尾之音。此亦偶合，不可强爲牽附者也。吳景旭《歷代詩話》證唐人詩中讀些爲蘇箇切，可參。吳旦生曰“《古雋考略》云：些音梭，去聲，誤作些小之些。《嘯餘譜》云：些呰二字形體不甚相遠，而音聲意義懸殊，上蘇箇切，下乃些小之些耳。余觀《中州集》載宓公詩云‘始露雄文陵楚些，又登長陌佩吳鈎’。《元音補遺》載宋道詩‘今日悲秋哦楚些，他年著論辨吳亡’。則其從去聲可證。李周卿詩‘長谿霜練静，修嶺蒼龍卧。魂夢吾已安，不勞歌楚些’。高季迪詩‘歸來又辱寄新詩，錦水湔腸珠落唾。豪吟自欲寄燕歌，悲調豈將同楚些’。此真得蘇箇切音韻也”。至其字形則《潛研堂集》“問《説文》訓柴爲識，未審其義。其答語辯之，至詳，曰‘釋詁呰與兹、斯、咨、已，并訓爲此，皆語絶之詞，《楚辭·招魂》些字，即呰之異文’。許君以呰苟字，齜爲齜窊字，而以柴爲楚些字。大徐不知些即柴之俗而别補些字，非也”。按《招魂》每二句一韻，韻字下加些字爲語助，然細審其義則前半篇皆有禁止呪詛之意，其義皆所以狀上下四方兇惡可畏之象，以禁魂魄之往，故多加不可字、恐字、害字、危字，後半篇則爲祝頌之義，所以狀居室、服輿、供張、美人飲食、樂舞之美，與屈賦各篇之兮字略同。

就上引諸家説論之，是非莫得一定，然皆各得一端。細繹《招魂》一篇句尾皆用些字，與屈宋賦他文之兮字用法實無甚差殊。然照以《大招》用只字，則《招魂》對魂魄言，近于祝詛。《招魂》前有序後有亂曰，序者叙其事于上，以爲引端，亂者歌誦之結語，故用散文或用兮字，至“乃下招”句以後用些字，則些非通語之助，實祝詛之用語爾。沈存中以爲印度語尾之言，雖不可信，而禁呪句尾之説，則確爲事實。《大招》亦不用兮而用只與些。義同、作用同，得相爲左驗矣。

又以《招魂》全篇文義論之，則"何爲四方些"，王注訓乎，其義至明。此與《九章》中兮字，亦多用乎義者，有同規叠矩之象。其他各句，則大體不出兩義，一爲驚歎；出于情感中激動之言；一爲讚賞，出於和樂之情。皆與禮所謂"皋"、"復"者相近。則其爲方俗之詞，楚人獨具之語，蓋不可否定矣。

凡漢語中爲文學語助之詞，重在音而義爲次。則些字讀音有二之象，應以何爲爲是。周壽昌《思益堂日札》又以爲實讀爲若俄，去聲。且言"至今長沙一帶每語收聲必有些字，其辭表哀鬱者，尤非此不通達也"云云。壽昌楚人，其説不爲無據。然俄與些有齒喉之别，此當出歷世之變。而其韻則又皆相同，"息計"、"息箇"二切爲支歌之變。又同爲雙聲，則吾人謂兩音實出一源矣。吾鄉設疑問、驚歎、哀思之語尾，或曰"甚麼"、"啥哥"或"舍箇"。土俗更加"子"音同。"甚麼子"、"啥哥子"，皆即些字之長言也。其音未嘗無律可尋，而其義似稍稍侈放矣。吾鄉方言，有與楚同者，蓋先秦以來沅湘舊音，久與滇南交流矣。

只

《大招》每兩句以只字落之。如"青春受謝，白日昭只"，"春氣憤發，萬物遽只"。全篇二百二十句，而用只接句者，凡百〇八句。蓋其中有三處作三句一韻者也。與《招魂》之用些字結尾者同。王逸無説。洪補云"只音止，語已詞"，蓋本之《説文》"從口，象氣下引之形"。考《詩·邶風》"既亟只且"，《采菽》"樂只君子"，《南山有臺》同此句。《左傳》襄二十七年"諸侯歸晋之德只"。則北土用只字不盡爲語已詞矣。又細讀《大招》全文，則大多數用于動詞之下，或雙音節形容詞（adjective），或疏狀字（adverb）之下，其作用似在加强動作與疏狀作用之意，而用于名詞下者，本句動詞必在句首。其中惟"楚勞商只"、"麗以佳只"、"若鮮卑只"、"禮便娟只"等五句爲例外。則吾人謂只爲動詞性之語止詞，與些字不同，與《九歌》中之兮字，亦不同云。合參兩字。又按只用爲語助，此春秋以來詩式之一，而南楚用之獨專。考朱熹辯證已摘其中"涉降堂只"，與《詩》"陟降庭止"，同字義矣。然《學齋佔畢》卷四云"屈原《小招》（小誤）句句用只字，蓋周時語助。余又以《詩》'母也天只，不諒人只'，而又云'會言近止''征夫邇止'。則《騷》、《雅》只止同一字義明矣"。按只止固同音，而南北相異，朱說固自可信，惟《大招》全篇用只，與《招魂》全篇用些，皆南楚特有之文式也。古詩句尾多以齒音支微韻字爲語助，自有其語言之意象作用，大體詩賦多悲傷語，其聲不能宏肆，《詩經》尚有思之矣等詞，其義亦同。

而

　　而字在全部《楚辭》中九百五十七見。爲《楚辭》中使用最多之虛詞。其用可大別爲：一作虛字用者有以、因、又且、而且、然後，諸義；二作然字用；三作連詞用者，則分連接兩動詞與連接狀語或與謂語皆或連接兩句以表關係者。四爲實詞，作動詞用，能也。

　　（一）可訓爲以字因字，又作又且、然後、而且用。如《離騷》"懷椒糈而要之"，而當作以字解；"遭周文而得舉"，而當作因解；"奏九歌而舞韶"，而有又且而且義；《哀郢》"上洞庭而下江"，有然後之義；《遠遊》"撰余轡而正策兮"，而有然後之義。此類句法意雖有別而其組織形式以單音節動詞加單音節名詞加而。加單音節動詞加單音節名詞爲最多。亦有於而後用（一）狀語動詞者，如《離騷》"結幽蘭而延佇"，此式僅次于上式。又有而後用雙音節動詞者，如《離騷》"遵赤水而容與"，《遠遊》"離人群而遁逸"，此式較少。亦有而前用雙音節名詞加單音節動詞加而，加單音節動詞加單音節名詞。如《惜往日》"甯戚歌而飯牛"亦有雙音節名詞加單音節動詞加而，加狀語動詞。如《惜往日》"慕女姣而自好"，或于而後加雙音節動詞。如《騷》"湯禹儼而祗敬兮”。又有而前用單音節名詞加形容詞而後加雙音節形容詞者，如《騷》“心猶豫而狐疑”。

（二）作然字解者，多在雙音節形容詞後。如《九章》、《哀時命》“慘鬱鬱而不通兮”。《九辯》“猛犬狺狺而迎吠兮”，又“焉皇皇而更索”。又如《九歎》“心愁愁而思舊都”，皆是。此一句法，與《尚書》“止啟哌哌而泣”之用法同，但在《離騷》、《九歌》中無之。

就語法論之，則而字可用作連詞，約得三種。

甲、連接兩動詞者，此又可細別 1. 連接兩形容詞謂語，如“心猶豫而狐疑”、“亂而不分些”。2. 連接兩動詞或動詞性詞組謂語，如“吾將上下而求索”、“抑志而弭節兮”。3. 連接形容詞謂語，或動詞性詞組謂語，如“湯禹儼而求合”、“世溷濁而嫉賢兮”。4. 連接兩名詞謂語，如“魚鱗衣而白蜺裳”。

乙、連接狀語和謂語。表示前者是後者之方式，後者為前者之目的。如“吾將上下而求索”，此狀語與謂語皆為動詞者，又如“結幽蘭而延佇”，此狀語是動賓詞組。謂語為動詞者，又如“衆薆然而蔽之”，此狀語為帶有詞尾之形容詞。而謂語乃動詞或動詞性詞組者（但全部《楚辭》中而字在狀語與謂語中間者非全為連詞，如“雲霏霏而承宇”、“時曖曖而過中兮”凡此皆形容詞詞尾也。義與然字相近。此為《楚辭》之一大特點）。

丙、連接兩句子，表示句與句之關係，如“焉得彼嵞山之女，而通之於台桑”、“何續初繼業而厥謀不同”。

丁、亦有為實詞作動詞用者。

能也。《天問》“或斟之射革，而交吞揆之”。細詳文義，此而字非反詰斟之射革義，蓋揆之之字當指斟言，則言斟有射則貫之力，浞與斟妻，乃能吞滅之也，而當讀為能。《易·屯》“宜建侯而不寧”，鄭讀而為能，可證。而能古通。“儵而來兮忽而逝”。按而讀爾猶然也。《詩·甫田》曰“突而弁兮”。鄭箋“突爾加冠為成人”。此儵而、忽而、突而，亦猶突爾。謂儵然忽然突然也。朱熹《集注》“神之始也，雖倏然不言而來，今乃忽然不辭遂去"。釋然是也。《楚辭》凡九百六十餘見。按《說文》而字訓須也，象形。《周禮》作其鱗之而，古書用此義者至少。《楚辭》全書亦不一見，其作虛詞用者，就在句中組織形式言，其單用于一句中者，如"雲霏霏而承宇"、"瞭杳杳而薄天"、"魂煢煢而至曙"，或"猛犬狺狺而迎吠兮"。此等句子中而字皆在形容詞之後，皆有然字之義。訓《詩·邶風·靜女》"愛而不見，搔首踟躕"。《正義》"而猶然也"。《書·皋陶謨》"啟呱呱而泣"。亦言其呱呱然泣也。然亦有不能以然義訓之者，如《騷》之"懷椒糈而要之"、"登閬風而緤馬"、"倚閶闔而望予"，《悲回風》之"從子胥而自適"，《思美人》之"因歸鳥而致詞"，諸而字可作以字解。又如《騷》"遭周文而得舉"，《惜往日》"遭讒人而嫉之"，《悲回風》之"臨流水而不息"，諸而字可作因或因以解。又如《哀郢》之"發郢都而去閭兮"，《遠遊》"五子而宿之兮"，之而字當作遂義。又字《楚辭》可作第三人稱代詞所用之一詞作常語他字或他的解，亦無單多數之別，與女、爾、若皆一聲之轉。如《遠遊》"無滑而魂"。

而……而……
（上）（下）

　　一韻上下兩句，每句句中第四字，各用而字爲語助。是亦《楚辭》句調之一式。如《惜誦》"矰弋機而在上兮，罻羅張而在下"，《抽思》"孰無施而有報兮，孰不實而有獲"，《九辯》"衆踥蹀而日進兮，美超遠而逾邁"，《哀時命》"心佳清而不解兮，思蹇產而不釋"，《九歎》"傷壓次而不發兮，思沈抑而不揚"，《七諫》"信直退而毀敗兮，虛僞進而得當"，皆是其例，遍及《離騷》以外各篇，《離騷》亦有上下句用而字者，"屈心而抑志兮，忍尤而攘詬"、"舉賢而授能兮，循繩墨而不頗"。而字在第三或第四字不等，且句法大多不整齊，而他篇上下兩而字之句，往往成聯，句法相同意義相屬，此爲《離騷》不整齊句法之一發展無疑。

而……之

而字下承以單音節動詞再承以代詞之字爲屈宋賦句末之一種句式。如"懷椒糈而要之"、"衆薆然而蔽之"、"恐嫉妒而折之"（《離騷》），"妒被離而彰之"（《惜往日》），"雲蒙蒙而蔽之"（《九辯》），"得良工而剖之"（《七諫》），"望南郢而窺之"（《九歎》），此式除屈宋作品外惟《七諫》、《九歎》用之，而屈宋作品中亦惟《離騷》、《九章》、《遠遊》有之。

而自

《楚辭》自字有兩用，一則作自從義，別詳自字下。一則作己稱代詞。其式不除兩種。一則自上冠以以字，別詳。一則自上冠以而字。而句末則皆承以單音節動詞如《九章·抽思》"願承閒而自察兮"，《九懷》"抑心而自強"，《悲回風》"從子胥而自適"，《遠遊》"澹無爲而自得"。其他《九辯》、《惜誓》、《七諫》、《九歎》中皆有之。屈宋作品僅見於《九章》、《遠遊》。此式與"以自"同義，"以自"多見于屈賦，則"而自"一式謂爲漢賦加以發展之一式可也。

而不

《楚辭》中用"而不"連用者一百五十九見。其義多作"然而不"解。如《騷》"世溷濁而不分兮"，《哀郢》"思蹇産而不釋"，《騷》"循繩墨而不頗"，"武丁用而不疑"。又如"牉獨離不服"、"縱欲而不忍"、"吾方高馳而不顧"，《涉江》之"余將董道而不豫兮"，《九懷》"陷滯而不濟"，此式在全部《楚辭》中使用最多，除《九歌》、《天問》、《卜居》外皆有之。此有三例皆"而不"連用以前有單音名詞加形容詞而後用單音節動詞者，又有前用單音節動詞加雙音節名詞，後用單音動詞者，又有前用雙音節名詞加單音節動詞"而不"後用單音節動詞者。而上所列諸例可以見之。

而不得

"而不得"一式與"而不可"、"而不能"同。皆能願動詞一類也。但在《楚辭》中使用最少。《哀時命》"固陝腹而不得息"，又"身至死而不得逞"，《七諫》"西施媞媞而不得見"，皆是。"不得"義與不見同，故《七諫》"懷計謀而小見用兮"，即不得用也。

而不可

"而不可"一式同于而不能如《招魂》"靡散而不可止些"，《九辯》"然潢洋而不可帶"，《七諫》"雖有八師而不可爲"，《哀時命》"欲伸腰而不可得"，皆是。

而不能

"而不能"一式亦遍及于屈賦、漢賦句式之一也。其實此式即"而不"一式之否定句也。僅于不與下文單音節動詞之間插入一能願動詞可或能字者也。如《騷》"忍而不能舍也"，《哀時命》"蹇邅徊而不能行"、"故矰激而不能加"皆是。

而無

"而無"句式與"之無"同，而使用較普遍。屈宋漢賦皆有之。故其量亦較多，共四十九例。如"雖信美而無禮兮"，《惜誦》"魂中道而

無杭”，《遠遊》“山蕭條而無獸兮”，《九辯》“蟬寂寞而無聲”，《招魂》
“敬而無妨些”，《七諫》“隱三年而無決兮”……參而無所一句下。

而無所

“而無所”一式，即而無一式之變。無字賓語由所字與單音節動詞
組合而成。但使用量極少，全《楚辭》中不過五處見于《騷》、《辯》、
《諫》（二見）、《命》，如《騷》云“欲遠集而無所止兮”，《七諫》云
“安眇眇而無所歸”皆是，參而無一詞下。

而爲

“而爲”。單音節動詞加雙音節名詞，承以“而爲”一式，下以單音
節名詞作結。如《七諫》“載雌霓而爲旌”，《哀時命》“鑿山楹而爲室
兮”，此式多在漢賦中，屈賦惟《遠遊》有“與泰初而爲鄰”一句。則
謂此爲漢賦獨特句例可也。

若

《説文》“若擇菜也。從艸、右右、手也。一曰杜若香草”。按擇菜
之義古籍無徵。清儒説者多家鈎擘難信或從結體立言，欲從草得義。引
《釋文》古文之𦥑、説若以字祗作又。《毛詩》“左右芼之”，芼當作若，
許君芼下引《詩》當本在若下，《玉篇》引作㧯，乃三家異文。㧯亦爲
擇，《釋文》若之古文𦥑，即叒之籀文叒其下從又口，即右字（參用吳
樹聲、畢沅、席世昌、王筠之説）。以芼當若，於形既無徵，音理亦無
俞脈。惟《釋文》之𦥑與叒之籀文兩形，其中機虞頗堪玩味，余反復思
之。因悟若即《詩》之沃若本義，亦即金文中亞若一形之分化，請得略
言之。

按甲文金文若字以〔形〕爲母型，〔形〕形即釋文所録若之古文，叒之籀文也（詳後）。〔形〕者，女性諸字之象也。〔形〕者高舉兩手之形，〔形〕即散髮象（女子笄則爲〔形〕，〔形〕者束髮也，加“一”以束之，則以幼女或賤女以形之曰妾，不繪髮形，而但示以意作〔形〕加女則爲妻矣）。則若者乃像女子何爲而散髮，曰舞容也。舞容而散髮，或以助舞姿，或以示崇敬。古舞所以樂神，天神地祇人先也。舉世古初民族皆然，舞或于曠野人集之中或于廟堂之上，金文中有大量之〔形〕形女舞之圖，以〔形〕爲母型，或增〔形〕，若〔形〕，以表酒食皆其徵也。凡女之舞與干戚之舞爲對，干戚以殺伐剛健爲主，女舞則以柔順要妙爲事。即《詩》以來所謂“婆娑其舞”者矣。故若有柔順之象，引申則一切柔順皆可曰若。應而順曰諾，隱而順曰匿，反義爲訓，則女不順曰嫭，此義古書所用最多，即如《帝典》之“若稽古”爲順考古道，“欽若”爲敬順，《詩·烝民》之“天子是若”，《易》有“受之禺若”，《左傳》宣三年之“不逢不若”，皆其徵也。就音理論之，女、若、舞、巫同在魚摸韻女若同在日紐，古百音歸喉，故聲亦與舞巫通轉。余疑舞若兩音爲一音分化，古或爲一語，詩言“沃若”，形柔美，“沃若其花”，即“阿儺其華”也。阿儺爲同韻之變聲轉則爲婆娑，“婆娑其舞”，義根一也。參沃若婆娑各條下。又“沃若其華”，金文中有“亞若久華”之言，以音言亦沃若之變也。用亞若者，上引古金文〔形〕形，即亞若二字之合書，與沃若之音相會此不得謂爲巧合，無寧謂爲此一詞之最早讀法。

又不僅此也，今從無之字亦多柔順之義，如瞴、膴、憮、撫，有其語根語族之含義，不得謂爲虛構。故若之本義當以舞爲定，引申則柔順亦曰若也。自其形音義三者交相分化變異之軌迹求之，可總爲一表列之如次。其中與若木有關一系，合參若木、伏羲、扶桑諸條。

《楚辭》用若字四十八見，除若木、若華爲神樹名外，其單詞凡分六義。而用作虛助詞者爲最多。蓋若爲虛助所專矣。

（一）其用爲舞義者，有《招魂》之“衽若交竿，撫案下些”。王逸注“言舞者廻旋，衣衽掉搖回轉”云云。以廻旋會若之意至允當。其實此即形舞狀，言舞衽交竿。王逸、五臣未知若本舞容，而能體會上下文義説之，爲不可及矣。

形 （若）—┬—（籀文桑）
　　　　　└—（古文）—┬—若—諾匿—媶
　　　　　　　　　　　　└—木若—榑木（婆羅樹）

音變一 —— 亞若—沃若—┬—嫛姍
　　　　　　　　　　　　├—婆娑
　　　　　　　　　　　　└—阿儺—┬—婀娜—要窈
　　　　　　　　　　　　　　　　├—伊那
　　　　　　　　　　　　　　　　├—阿移
　　　　　　　　　　　　　　　　└—委移

音變二 ——（日）—（晨）曦—昧爽—┬—麻薩眼
　　　　　　　　　　　　　　　　└—（伏羲）—— 扶桑

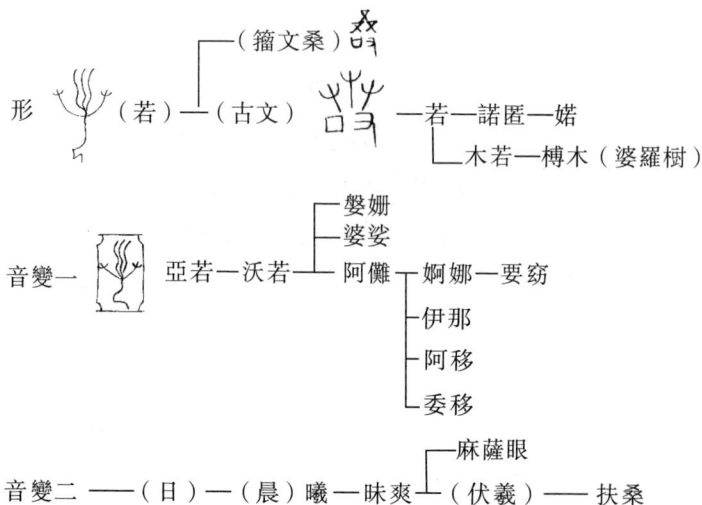

（二）用爲引申之順義者，如《天問》"何獻蒸肉之膏，而后帝不若"。王逸釋若爲順"言天帝猶不順羿之所爲也"。朱熹同。參《重訂天問校注》。又《大司命》"願若今兮無虧"。王逸注"此云願常若于今，無有歇也"。於義雖可通，然以上下文義定若作"常若今"，今者正愁人無奈之候，則"若今"不過愁人，不過"人命有當"，其義淺而叮嚀之用缺然。此若亦當訓順，言隨順今之所遇不自虧其生。不僅切於上下文義，而情致躍然矣。

（三）《説文》又訓"一曰杜若，香艸"。《九歌·雲中君》云"華采衣兮若英"。王逸訓若爲杜若。參杜若條下。又《惜往日》"謂蕙若其不可佩"。洪補"若杜若也"。以此例之，則《九章·悲回風》之"折若椒以自處"，王訓香艸亦當爲杜若矣。

（四）如也。此義《楚辭》用之極多，《國殤》之"若雲"，《山鬼》之"若有人"《哀郢》之"若霰"、《抽思》之"若歲"，《悲回風》之"若頹"，《大招》之"出若雲"、"若鮮卑"、"若曰"，《卜居》之"若梟"、"若駒"，《招魂》之"若通"、"若壺"、"若螳"、"若牛"，《七諫·自悲》之"若陋"，《哀時命》之"若肢"、"若過"（《九辯》亦有

此詞)《九歎》、《遠遊》之"譬若",《遠逝》之"若屑","《愍命》之
"若淵",《憂苦》之"若流",《七諫》之"若何"、"若傷"、"若頹",
《九歎》、《遠遊》之"若霧",《怨思》之"若蠅",皆是。然語氣有重
輕急徐之别,其輕者義與"相似"、"仿佛"略同。如《九辯》之"若
在遠行"、《七諫·初放》之"若竹柏之異心"、《離騷》之"余若將不
及"《哀時命》之"生天地之若過"、《九歎·惜賢》之"若由夷之純
美"等。其義重而强者,則有"倘若"之義。《招魂》之"若必筮予
之"、《七諫·沈江》之"若縱火于秋蓬",皆是。然其基本含義皆由
"如"引申也。

(五) 而也。《招魂》"肥牛之腱臑若芳些"。王注曰"腱筋頭也,
臑若熟爛也。言取肥牛之腱爛熟之。則肥濡臇美也"。王念孫《讀書雜
誌》曰:"案臑,熟也。若猶而也。言既熟而且芳也。顧懽《老子義疏》
曰'若而也,夬九三曰遇雨若濡。'言遇雨而濡也。《金縢曰》'予仁若
考。'言予仁而巧也。說見《經義述聞》莊二十二年《左傳》曰'幸若獲
宥,及於寬政',言幸而獲宥也。而若語之轉耳,若無熟義,不得與臑
同訓。"按王說是也,文義至暢而有致。

(六) 而及也。友人徐仁甫則訓及,其言云"王逸注願身行善,若
於今,無有歇也。按若及也。《吳語》'越大夫種曰王若今起師以會',
言及今起師以會戰也。《晋語》'病未若死'。成二年《左傳》作病未及
死。《經傳釋詞》'願若今分無虧',謂願及今無虧也。王謂常若於今訓
若爲如非義。然亦可通。故即存之。《楚辭》若訓及者,尚有《招魂》
之'和酸若苦'。言和酸及苦也。《惜誦》云'故相臣莫若君兮',此若
亦當訓及,言無人能及君也"。

斯

《楚辭》斯字八用皆一義。皆借爲語詞。其義本爲析離,其用爲語
詞者,朱駿聲以爲蜤之借或然。總八用言。皆可訓"此",而此人、此

事、此物、此地則視上下文義而斷。《天問》"孰期去斯，得兩男子"，言孰期望于此而得兩男子也。《抽思》言"斯言"，則斯爲言。《遠遊》言"誰可與玩斯遺芳兮"，斯指遺芳。《漁父》言"何故至于斯"，此指顏色憔悴形容枯槁之事，餘皆同。

又《招魂》言"皋蘭被徑兮，斯路漸"。王逸注"言澤中香草茂盛、覆被徑路，人無采取者，水卒增溢，漸没其道也"云云。審注義則以斯爲《儀禮·鄉射》"壺斯禁"之斯禁。注言"禁切地無足者"，即盡之義蓋借爲漸盡滅也。然與漸複。此亦作此義猶言"如此"。言皋蘭被滿路徑，如此則路没矣，於義爲暢。

斯之訓此，南楚故言如是。《九章·抽思》"憂心不遂，斯言孰告兮"，《天問》"孰期去斯得兩男子"，《遠遊》"誰可與玩斯遺芳兮"。《卜居》"將送往勞來斯無窮乎"，《漁父》"何故至於斯"，諸斯字皆作此字解，指事代詞也。此當爲屈賦獨用之詞，漢人不甚用，多以此字代之。如《史記》"爲何故至于斯"，爲"於此"。《遠遊》一本又作此，皆是其證。以此定之，則《思美人》之"吾誰與玩此芳艸"，一本此作斯者，是也。

爾

與女（汝）而等字同爲《楚辭》第二人稱代詞使用形態，主領格不分，單複數亦不分。如《騷》"爾何懷乎故宇"。

女（汝）

《楚辭》第二人稱代詞，有女（汝）、爾、而、戎、若、乃等詞亦通語與方音之殊也。三字同紐，故義通，此外尚有敬詞女、君子、公子、先生等詞，而以女（汝）字使用最多，爾次之，而又次之。此諸字用於句中皆一。主領格不分。如《騷》"汝何博謇而好修兮"、《少司命》

"晞女髮兮陽之阿"。又單數複數亦不分。汝本水名。《楚辭·離騷》"汝何博謇"、《九章·惜誦》"君罔謂汝"，及《招魂》"汝筮予之"等汝字，作第二人稱用。即楚辭第二人稱之女字也。又若、戎、乃、而、爾等字，亦皆一聲之變。參各字自知。

曾

曾字二十見，作四義。其中有需專條明之者。

（一）猶言嘗。猶今言曾經。《九章·惜往日》之"曾信兮"王逸注"先時見任身親近也"。洪興祖補曰"《史記》云'原博聞強志，明於治亂，嫺於辭令，入則圖議國事，以出號令；出則接與賓客，應對諸侯，王甚任之'"。朱熹《集注》"言往日嘗見信於君，而受命以昭明時之政治也"。則曾信猶言嘗信，猶今言曾經信任之義。此曾作語詞用，爲狀語間之副詞。《史記·袁盎傳》"梁王以此怨盎，曾使人刺盎"。言嘗使人刺盎也。與此同義者，如《哀郢》"曾不知夏之爲丘兮"、《抽思》"曾不知路之曲直兮"、《九歎·離世》之"靈懷曾不吾與"，皆同。惟不連文義有反詰，與曾經小異，此不曾，不曾經也。按曾嘗也，音層。今通語曰"曾經"，爲複詞。古但用一曾字。昭十二年《左傳》注"昆吾曾居許地"。《公羊》閔元年"莊公存之時，樂曾淫於宮中"。按曾之訓嘗，乃由聲變，非關字義，考北土極少用之者，疑亦南楚故言也。

（二）累也。《離騷》"曾歔欷余鬱邑兮，哀朕時之不當"。王逸注"曾累也"。《九章·悲回風》"曾歔欷之嗟嗟兮"義同。又《招魂》"曾臺累榭"義同。按層絫增加，古並借曾爲之。然此曾字作狀詞，用爲歔欷之狀語。與《招魂》"曾臺累榭"之曾作形容詞用，故訓雖同，而義則別。細審語氣自能別之。（今本《招魂》作層）

（三）重也。《九章·惜誦》"願曾思而遠身"。王逸注"曾重也，言願私居遠處，唯重思而察之"。洪補"音增"。此外則《懷沙》之"曾傷"、《橘頌》之"曾枝"、《九辯》之"曾敷"、"曾華"、《招隱士》之

“曾波”、《九歎·思古》之“曾哀”，皆同訓重。惟重亦有兩義，一爲增重，一爲累。“曾思”、“曾敷”、“曾華”、“曾波”，爲增重之義；“曾傷”、“曾枝”，爲重累之義，細體文義自知之。《九歎·思古》亦云“曾哀悽欷”，則曾哀猶他文言增傷增悲。此曾即增之借字也。此義用之極多，而義則大較相近而有小別。茲分別說之如次“曾思”，重思也。《九章·惜誦》“願曾思而遠身”。王逸注“曾重也。言己舉此衆善可以事君，則願私居遠處，唯重思而察之”。“曾敷”，言重加其花之敷布也，即“曾華”之義，爲避複而用敷也。詳曾華條。《九辯》四“竊悲夫蕙華之曾敷兮，紛旖旎乎都房”。五臣云“曾重也，敷布也”。又《九辯》四“或曾華之無實兮”，義同。“曾哀”，累次重加其哀也。《九歎·思古》“曾哀悽欷心離離兮”，言己不遭明君無御用者重自哀傷，悽愴累息，心爲剝裂也。與此同義者，如《懷沙》之“曾傷爰哀”，《橘頌》之“曾枝剡棘”，謂重累其枝柯，形橘之累累然也。《招隱士》之“水曾波”，言水波一再重累也。《九歎·遠逝》之“遂曾閎而自身”重其閎衍而迫身也。凡此等曾字，王朱皆訓爲重，則增之借字也。

（四）層也。《招魂》“娭光眇視，目曾波些”，王注“波華也，目采盼然，白黑分明，若水波而重華也”，言目光如水波之層出不窮。即叔師所謂“目采盼然”。曰采曰盼，則指目光動搖之象，曰白黑分明，則有層波疊浪之義。故此曾字作層字解。與《招隱士》之“曾波”，只有增重之義者深淺大別矣。《淮南·修務》“則流眄曾撓”正謂層層波撓之義，以波狀目動，以晶光四射，本美人意態之最足動人者。《招魂》亦云“娥眉曼睩，目騰光些”，以騰光言目之流動，與此曾波正相同也。按曾字《說文》“詞之舒也”，徐鍇曰“《詩》曰曾是掊克”。緩氣言之，故曰舒舒、舒徐、舒遲，皆見重疊之義，則語氣詞義固與實字義相表裏。

曾《說文·八部》訓曾，詞之舒也，詩“曾是不意”、“曾是在位”，《論語》“曾是以爲孝乎”本篇下文“何曾華之無實”，皆是本義。《離騷》“曾歔欷余鬱邑兮”，注“累也”；又《招魂》“曾臺屢榭”，注“曾重也”，皆是其證。其有義需詳說如曾舉曾類曾逝諸條皆別立一則以詳之。

《説文》"曾詞之舒也。從八、從曰、囧聲"。《方言》十"曾何也"
《廣雅·釋言》"曾是也"。《論語》"曾是以爲孝乎"。鄭注"則也"。
《孟子》"爾何曾比予於管仲"。注"曾猶何乃也"。所謂詞舒，大略如
是。凡此皆借聲字。古來語助詞皆無本字，如焉、矣、也、乎、哉、而、
則、之、者等皆各有其本義而用之文中爲語助者，皆借聲耳。曾字亦然。
惟許氏以爲詞之舒，蓋由分析形體，未能得其義，視其文有八（又誤以
八爲氣）出，故遂誤解。其實皆未見古文之過。今謂曾即今甑若鬵之初
文。曾即像甑形屮者甑之本體也，日甑下置水所以爲蒸之器也。上出八
者，則象蒸時所出四散之氣。蓋蒸米爲飯，先以算蔽甑底，加末其上而
餾之。《考工·陶人》所謂"七穿者，正其象也"。《説文》未録籀文鬵
字，則日爲甑底盛火，當火之器無疑矣。籀文移置，則爲鬵字。《説
文·鬲部》亦則出鬸，糾紛益不可理矣。《爾雅·釋器》"鬵謂之鬵"。
郭注"關東謂甑爲鬵，梁州謂甑爲鉹"。則方俗各有稱名，而其音可能
差殊，此不詳説。曾、甑、甒三字增益，蓋與月、冒、帽、然、燃、梁、
樑之增益異，其事象蓋無殊也。細考之《説文·火部》有煔字，訓"置
魚箭中炙也"，入蒸韻則亦一字之別耳。曾下益火與曾下益鬲同矣。自
其本義沈没，許氏不得其朔，强以之爲窗牖失其義矣。

蒸氣上出而飯熟，則曾可引申爲高、爲舉。《説文》則別有層字，
正高之義也。又有增字益之義也。而高樓亦謂之矰，皆因其上出之義，
以音定之皆曾聲矣。原始要終，故不惜費詞而道之。別詳余《文字樸
識》一書。

曾不　曾莫

《楚辭》四見。曾乃也，乃不、乃莫也。《九章·哀郢》"曾不知夏
之爲丘兮"。王逸注"曾不知其所居宮殿，當爲丘墟也"。又《抽思》
"曾不知路之曲直兮"。又《九歎·離世》"靈懷曾不吾與兮"。不聲轉爲

莫。《九思·怨上》"曾莫兮別渚"。諸詞義皆同。按《説文》"曾詞之舒也。段玉裁曰'曰部曰朁曾也'。《詩》'朁不畏明'、'胡朁莫懲',毛鄭皆曰朁曾也。按曾之言乃也。《詩》'曾是不意'、'曾是在位'、'曾是在服'、'曾是莫聽'。《論語》'曾是以爲孝乎'、'曾謂泰山不如林放乎'、《孟子》'爾何曾比予於管仲',皆訓爲乃,則合語氣。趙注《孟子》曰'何曾猶何乃也'是也"。按段所舉諸例皆以"曾是"連文,與此以"曾不"、"曾莫"連文者,語法相同,一作肯定用,一作否定用爾。故曾字作乃字用。《詩·衛風·河廣》"誰謂河廣?曾不容刀。誰謂宋遠?曾不崇朝",《大雅·板》"喪亂蔑資,曾莫惠我師",則此二詞,乃先秦南北通語。

此

此字《楚辭》五十八見,皆用爲指示字,其義如近世所謂"這個"。而所指有人、物、事、時、地等,視上下文義而可知。如《離騷》"吾獨窮困乎此時",指時間;"余不忍爲此態",指事態;"苟得用此下土",指地;"耿吾既得此中正",指品德;"欲少留此靈瑣",指時;"惟此黨人其獨異",指人。通全部五十八例皆可一一如此分析,無庸詳徵矣。

此字爲先秦恒言,自來訓詁家多依上下文義而有"今也"、"身也"、"止也"之訓。通上文觀之其義無疑滯矣。

此與斯同韻,故斯亦訓此。惟兩字用法似語氣稍別,大抵言斯者,輕緩而多感性;言此者,重急而多理智。言斯者委屈言之,言此者直斥言之而已。故"余不忍爲此態"、"苟吾得此中正",兩此字若易爲斯,則意象反不調。又如"子在川上逝者如斯"、"聞斯行諸"若易兩斯字爲此,則稍欠安。

所

《楚辭》所字九十七見，多與“有所”、“無所”、“之所”、“何所”連用。（一）詳其義蘊皆可訓處所，以單用者亦同。如《離騷》“何所獨無芳艸兮，爾何懷乎故宇”，諸家無説，此常語故不説也。所乃處之借字，何所即何處也。《詩·殷武》“有截其所”，《禮記·檀弓》“無所不用斯言也”，《論語》“居其所”，等所字皆是。

（二）則《九章》“所非（原作作）忠而言之兮”之所則爲古誓盟用成語之一種，與非字，不字連用，此所字即今俗語恒言之設若二字之合音。《左傳》僖二十四年“所不與舅氏同心者，有如白水”，文十三年“若背其言，所不歸爾帑者，有如河”，又宣十七年“所不此報，無能涉河”，皆是其證，詳所作忠句解。

（三）猶可也。“上無所考此盛德兮”。五臣云“上君也；考察也”。按所猶可也。見《經傳釋詞》。

誰……之，孰……之

“誰……之”、“孰……之”，與“何……之”一例也。“誰傳道之”、“誰能極之”亦《天問》疑問句之例之一也。又如“孰初作之”、“孰使萃之”、“孰營度之”、“孰制匠之”、“孰道尚之”，皆是。此與“何……之”、“何以……之”，一例相同。

然

然字《楚辭》卅見。《説文》訓然爲燒也。即後世俗變之燃本字《楚辭》無用此義者，大體可分六義。

（一）是也。即然否之然蓋膺諾之引申。《九歌·山鬼》“君思我兮然疑作”，然疑對舉義正相反。疑則不然，然則不疑之義也。又可與否字對舉義亦同。《九章·惜往日》“不清澈其然否”，言不清澈其是與非也。又《惜誦》“吾至今而知其信然”，言知其誠如是也。

（二）由此引申則爲“如是”、“如此”。《論語》“子曰然”，皇疏“如此也”；《禮記·大傳》“其義然也”，注“如是也”；《離騷》“自前世而固然”；《九章·涉江》“與前世而皆然”同。他如《七諫·初放》“舉世皆然”、《自悲》“衆人皆然”、《謬諫》“自古而固然”。

（三）則爲語助之然。如《離騷》“終然殀乎羽之野”，《天問》“終然爲害”同。《天問》“卒然離蠥”、“卒然身殺”。《卜居》“甯超然高舉”，《惜誓》“澹然而自樂”，此等用法大體皆在動詞或疏狀字之下緊相承接者也。

（四）然與而連用，此例爲最多如《離騷》“衆薆然而蔽之”，《思美人》“然容與而狐疑”，《九辯》五“然中路而迷惑”，七“然惆悵而自悲”，又“然怊悵而無冀”、“然霧曀而莫達”，九“然潢洋而不可帶”，又一句帶作過字漢賦尤多，不及一一徵録。

（五）然訓而。然而連用亦可用，然以作而義。如《招魂》“致命于帝，然後得瞑些”。而後得瞑也。

（六）與焉同。然而一詞，與“焉……而”亦同，故亦可解爲“焉……而”，參焉字下。俞樾《讀楚辭》曰“《九辯》‘收恢台之孟夏兮，然欲傺而沈藏’。愚按自來説者均不及然字之義。然猶焉也。《禮記·檀弓》‘穆公召縣子而問然’。注‘然之言焉也’。《楚辭》每以焉字爲發端之詞。《九章》曰‘焉洋洋而爲客’。又曰‘焉舒情而抽信兮’皆是也。此用然字亦與用焉同。下篇曰‘然中路而迷惑兮’。又曰‘然惆悵而自悲’。他篇類此者不可勝舉，皆發端之詞與今人用然字異”。按俞説是也。

雖

《楚辭》雖字廿用，除一爲惟之借字，其餘皆作假令之語詞用，細別之則與今語之"雖然"、"即使"，或"即使如此"三用。

其作即使一用者，如《離騷》"雖萎絕其亦何傷"、"雖不周于今之人"、"雖九死其猶未悔"、"雖信美而無禮"皆是。其作"即使如此"一義者，如"雖僻遠之何傷"、"雖體解吾猶未變兮"，是也。言即使如此僻遠又何傷，即使如此解體吾仍不變，其語氣較即使爲強。又或有當作雖然者，雖然亦即即使如此之義，以人世用雖然已一般化，而譯其文句亦易知也。如"年歲雖少可師長兮"、"雖有西施之美容兮"、"雖願忠其焉得"等句依通語雖然釋之，其義亦確當，故不必更易爲"即使如此"云云也。

《楚辭》所用至爲簡單，與先秦時代散文使用相較，則繁複爲甚矣。凡此皆以假令爲基礎而或與或奪當待上下文而定之，茲不贅言之矣。

雖爲唯之借字。《離騷》"余雖好修姱以鞿羈兮"。王氏《讀書志餘》云"雖與唯同言，余唯有此修姱之行，以致爲人所係累也。唯字古或借作雖。《大雅·抑》篇'女雖湛樂從'言女唯湛樂之從也，即《書·無逸》'惟耽樂之從'，《管子·君臣》篇'故民決之則行塞之則止，雖有明君，能決之又能塞之'，言唯有明君能如此也。《莊子·庚桑楚》'唯蟲能蟲，唯蟲能天'，《釋文》曰'一本唯作雖'，皆其證。朱琦云'余謂于經亦有證'。《儀禮·少儀》'雖有君賜'，《雜記》'雖三年之喪可也'，注並云'雖或爲唯'，此皆雖之通唯也"。王氏又別引《大戴禮·虞戴德》篇"君以聞之唯某無以更也"，《荀子·大略》篇"天下之人，唯各特意哉，然而有所共予也"，唯竝與雖同。此又唯之通雖正可互參。《楚辭》"雖"通"唯"者至多。姑以此爲例。

哉

　　哉字《楚辭》八見，皆爲一種語氣詞。《説文》訓爲“言之間也”。但言其在句中之位置，未明言其本義。依甲文金文之一例，凡字之增口者，乃名詞作動詞用，哉從口從㦰，則哉乃㦰之動字。㦰者艸木初生（才），而以戈傷之，則哉當即傷害之義，轉注則爲栽，從火，則火傷也。《爾雅》訓爲初者，則才之聲借也。別詳其義，與《楚辭》八例皆無涉。

　　《楚辭》八例皆聲借字也。

　　（一）傷感之歎詞也。《九辯》“悲哉秋之爲氣也”。《九懷·株昭》“悲哉于嗟兮”，又《九思·怨上》“哀哉兮湿湿”，皆是。此與悲哀等連文，其表情重。又如《離騷》“已矣哉！國無人莫我知兮”。《惜誓》亦言“已矣哉”。此雖感嘆，而情緒較委順不似“悲哉秋氣”之重。

　　（二）量度之詞。如《惜誓》“況賢者之逢亂世哉”。《七諫·沈江》“秋毫微哉而變容”。《九懷·株昭》“孰哉復加”。諸句皆以審度情勢而含傷此知理之分析非純情感之發舒，此等語句，或又含有反詰意味，竝非純粹之感嘆也。

　　又哉字自《帝典》、《詩經》、《春秋》三傳以來，用者極多，而多在句末。唯《楚辭》則皆在句中，此其異也。此當爲散文與詩賦用字差別之一例云。

彼

　　《楚辭》第三人稱代詞。其使形態主領不分，單多數不分。如《遠遊》“彼將自然”。《七諫》“彼離畔而朋黨兮”。《招魂》“舍君之樂處，而離彼不祥些”。

俾

《九章·惜誦》"俾山川以備御兮"。王逸注"俾使也，御侍也，言己願復令山川之神備列而處"。按俾本俾益字，《爾雅·釋詁》"俾使也"，《書·堯典》"有能俾乂"，《詩·天保》"俾爾單厚"，《載見》"俾緝熙于純嘏"，皆此義之徵。

惟　唯

惟字《楚辭》廿九見，凡得四義。一曰思維，二訓惟獨，三訓作爲，四則爲發端語詞。兹分述如此。

（一）思惟也。此爲惟字本義。《説文》"惟凡思也。從心，隹聲"。《爾雅·釋詁》"惟思也"。又"謀也"。《詩·生民》"載謀載惟"。《楚辭》中此例爲最多。屈宋賦十五見，用此義者凡七，細繹之則可別爲思念思及。如《離騷》"惟草木之零落"。"惟此黨人之不諒"。《哀郢·抽思》"惟郢路之遼遠兮"。《抽思》"數惟蓀之多怒兮"，此義獨見于《九章》，其當作想見思及解者見于《遠遊》之"惟天地之無窮"，及《九辯》之"惟其紛糅而將落兮"。其作察思或省思者，則《遠遊》之"內惟省以端操兮"是也。在漢人賦中，此用不廢。如《九歎》之"惟鬱憂思"，《哀時命》之"惟煩懣而盈胸"，《七諫·沈江》"惟往古之得生"，此思及之義也。

（二）惟獨也。後世則連用惟獨，屈宋賦則單用惟字。《騷》"惟昭質其猶未虧"、"豈惟是其有女"。他如《天問》之"惟兹何功"、"何啟惟憂"、"惟何戒之"，《九章·惜誦》之"專惟君而無他"，《悲回風》之"惟佳人之獨懷"。惟獨連用《九辯》"惟著意而得之"，《招魂》之"惟魂是索些"。漢人賦用獨義者，如《九思·疾世》之"惟天祿"，《傷時》之"惟昊天"，《守志》之"惟鴉"、《哀歲》之"惟暮"皆是。

（三）惟爲也。此訓見《玉篇》。此乃用作判斷句之系詞，如《天問》“厥利惟何”（下文又有“厥利維何”二語字作維。詳維下）。但此義僅《天問》此一見。其作爲義者，《天問》尚有多句，然古惟維二字多通用，則嚴格定之作爲者，應從多數作維。參維下。

（四）語詞也。詞者語句發聲詞爲主。如《天問》“惟澆在户”。《離騷》“惟庚寅吾以降”、“惟夫黨人之偷樂兮”，皆是。此爲兩周以來通用之發語詞，《尚書》中多有之。兩周金文中雖普遍多在篇首，其字或省佳，又變作唯，其例至多，俯拾即是，無庸多舉。《離騷》“唯昭質其猶未虧”，一本作惟。又他文用惟者，異文亦多作唯蓋亦借字也。唯之本義當爲膺也諾也。以同音而借爾。

維

《楚辭》十餘見，除斡維、天維、綱維等專用術語外，用作他義者凡五見。大體不出二義，一爲也，二維繫。

（一）作爲義者，于《天問》兩見“厥利維何”，一作“惟何”，詳惟下。其黑（或利）是何等色也。“伯林雉經，維其何故”，是爲何故也。“稷維元子”，稷爲元子也。又《楚辭》舊本惟字有作維。古二字同聲通用也。

（二）繫也。此義惟見《九歎·遠遊》“貫澒濛以東竭兮，維六龍於扶桑”，言繫維六龍於扶桑也。維本車蓋系引申爲維繫。《周禮·節服氏》“維王之太常”，注“維之以傻”；《左傳》昭十年“居其維首”，疏“綱也”，皆其證。

夫

《楚辭》夫字六十一見，凡分四義。一本義爲丈夫，指男子之成年者，二在句首作語助詞，三作指示代詞用，四作介詞用。

（一）按《説文》夫“丈夫也。從大一。以象簪也。周制以八寸爲尺，十尺爲丈，人長八尺，故曰丈夫”。《楚辭》用此義者，如《離騷》之“僕夫”，《九歌》之“夫君”，《天問》之“妖夫”，皆是。引申之則作人字解。此例在《楚辭》中爲最少。

（二）在句首作語助詞，無實義，但作發聲之用。自屈賦至漢賦，如《卜居》“夫尺有所短，寸有所長”，《七諫》“夫人孰能不及其情”，皆是。或又與疑問代詞何、孰、誰焉等連用。詳夫何、夫誰各條下。

（三）作指示代詞用。義同於彼字。如《少司命》“夫人自有兮美子”，猶彼人也。《七諫》“夫方圜之異形兮”，猶彼方圜也。“夫黃鵠神龍猶如此兮”，言彼黃鵠神龍也，皆是。此則形式與語助詞“之夫”在首句者相同，其有在句中者，如《哀郢》“好夫人之忼慨”，《九歎》“聽夫人之諛辭”，《離騷》“豈惟紉夫蕙茝”、“謇吾法夫前修”、“終不察夫民心”，《天問》“焉得夫朴牛”、“牧夫牛羊”，《抽思》“矯以遺夫美人”，《九辯》“馭安用夫强策”，皆可作彼字解。此等夫字皆置于及物動詞之後，名詞或其詞組之前者。

（四）用作介詞者，其義略近于“乎”如“遭吾道夫崑崙”、“忽臨睨夫舊鄉”、“椒又欲充夫佩幃”等。此等夫字有引進、動作、行爲、處所之義。此用法在屈賦爲多。

夫惟

《懷沙》“夫惟黨人之鄙固兮”。按夫惟當作惟夫。《史記》有“夫無惟可見”三字連文，中不當間一惟字。《離騷》“惟黨人之偷樂兮”。六臣本惟下有夫字，亦可證夫黨人當連文。《離騷》又曰“惟此黨人其獨異”、“惟此黨人之不諒兮”，此黨人與夫黨人同。夫此皆指示形容詞，“惟此黨人”不能作此惟黨人，則惟夫黨人亦不能作夫惟黨人可知也。

夫焉

乃《天問》反詰問語之語氣辭。亦夫何之一式也。而焉則指方位、處所、性質等，與誰何之指人稱者稍異。亦僅見于《天問》中，且僅有兩句"夫焉取九子"、"夫焉喪厥體"，言女岐無匹合又以何性質而得九子；大鳥既如此，肥遺又以何原因而至於喪其體魄。

夫唯

此爲屈賦獨有之句首語助詞，用以發論據之端。"何桀紂之昌披兮，夫唯捷徑以窘步"。上句用何發問言桀紂何以政教敗壞如是乎？下句以論據作答曰祇以捷徑而窘步也。又"指九天以爲正兮，夫唯靈修之故也"。上句言所指九天爲己者，下句申述其原因，曰正因爲楚君之故也。又"夫維維與唯同聖招之茂行兮，苟得用此下士"，言正固聖哲以茂行，乃苟得有此下士也。南楚著作多以此二字解釋原由，如《老子》"夫唯弗居，是以不去"、"夫唯不可識，故强爲之容"。夫唯常以故、是以連文，唯或作惟、作維字皆可通。

夫誰

夫誰義亦夫何也（參夫何下）。此式惟《天問》用之，如"夫誰使挑之"、"夫誰畏懼"。

夫孰

亦夫誰也。僅見于《離騷》"夫孰非義而可用兮，孰非善而可服"。又"夫孰異道而相安"兩處。

夫何

發語詞。夫與疑問代詞何、孰、誰、焉等詞連文，置于上或下句之首，以作發問，乃《楚辭》疑問句之一形式。雖徧及于全部屈宋與漢賦，而屈宋爲最多。如"夫何索求"、"夫何皋尤"、"夫何惡之"皆是。《離騷》有"夫何煢獨而不余聽"，《抽思》有"夫何極而不至兮"，漢賦如《七諫》之"夫何執操之不固"，《哀時命》之"夫何予生之不遭時"。

無所

此爲虛詞所字用法之一。其他詳"之所"、"有所"兩例下。無所與有所，以詞法論雖有正反之殊，而以句法言，則結構形式正相同也。如《離騷》"欲遠集而無所止兮"。《招魂》"上無所考此盛德兮"、"廣大無所極兮"。《七諫》"安眇眇而無所歸"。《九歎》"或沈淪其無所達兮，何清激其無所通"。

非

《楚辭》非字有作否定系詞用者，如《漁父》"子非三閭大夫與，何故至于斯?"又如"馳騖以追逐兮，非余心之所急"、"蹇吾法夫前修兮，非世俗之所服"。諸非字亦否定系詞也。不過其主語爲一分句而表語爲一偏正詞組而已。《七諫》"固非衆人之所識"。

熒熒

《九思·哀歲》"神光兮潁潁，鬼火兮熒熒"。舊注"熒熒小火也"。

按《説文》"熒屋下燈燭之光，從焱從冖"（許氏説熒字形，王菉友極非之見釋例。此處不辯）户扃切。《漢書·叙傳》"中宎奥之熒燭"，師古注"熒熒小光之燭也"《玉篇》"熒燈之光也"，《六韜·文韜·守土》"涓涓不塞，將爲江河，熒熒不救炎炎若何"。皆小光之義。《廣雅·釋訓》"熒熒光也"，則混稱之矣。《九思》"鬼火熒熒"者鬼火幽暗，光至小，則取小光之義。小光曰熒熒，小蟲之光夜見者曰螢螢，亦即熒之借也。後世多用螢字。

欣欣

《九歌·東皇太一》"五音紛兮繁會，君欣欣兮樂康"。王逸注"欣欣喜貌，康安也，言己動作衆樂，合會五音，紛然盛美，神以歡欣，猒飽喜樂則身蒙慶祐，家受多福也"。朱熹《集注》"樂音洛君謂神也，欣欣喜貌康安也。此言備樂以樂神而願神之喜樂安寧也"。五臣云"君謂東皇也，欣欣和悦貌"。按叔師解《九歌》必以附會屈子情愫，直喻其忠愛遂多扞格，而援引小己身家，更非作意。不當從。朱説爲是。《遠遊》"内欣欣而身美兮，聊媮娛以自樂"。王逸注"忠心悦喜德純深也"。叔師以内爲忠探作意立説稍附會。又《九思·傷時》"咸欣欣兮酣樂，余眷眷兮獨悲"。王逸注"言天神衆舞，皆喜樂，獨己懷悲哀也"。以上三欣欣皆與樂事相合而言，則欣欣爲音樂之貌可决矣。引申之則在物亦可曰欣欣。《九思·哀歲》"黿鼉兮欣欣，鱣鮎兮延延"。按《詩·大雅·鳧鷖》"旨酒欣欣"。傳"欣欣然樂也"。《莊子·在宥》"昔堯之治天下也，使天下欣欣焉人樂其性，是不恬也"。《知北游》"山林與？皋壤與？使我欣欣然而樂與"。意皆與《楚辭》各例同。則欣欣一詞乃先秦南北恒語，多以指樂會遊樂之事。《説文》"欣笑喜也"，詁之最精。字或作忻忻。詳忻忻下。又變作訢訢。

混混

《九思·傷時》"混混兮澆饙"。舊注"饙餐也。混混濁也。言如澆饙之亂也"。按混字《說文》"豐流也"。段氏曰"今俗讀户衮胡困二切"。訓爲水濁，訓爲雜亂，此用混爲溷，《楚辭》則屈宋賦自不相亂，漢賦則多借爲溷（參混字下）。

哀哀

《九歎·逢紛》"聲哀哀而懷高丘兮，心愁愁而思舊邦"。王逸注"言己放斥山野，發聲而唫其音哀哀"。按哀之本義爲悲，叔師以爲其音哀哀者，探上文聲字立説也。又《九歎·離世》"立江界而長吟兮，愁哀哀而累息"。王逸注"言己遷入大江之界，遠望長吟，心中悲嘆而太息，哀不遇也"。又《九歎·惜賢》"覽屈氏之《離騷》兮，心哀哀而怫鬱"。王逸注"言己觀屈原所作《離騷》之經，博達溫雅忠信懇惻，而懷王不寤，心爲之悲而怫鬱也"。按哀哀即哀之長言，所以歌詠也。《毛詩·小雅，蓼莪》"哀哀父母，生我劬勞"。箋云"哀哀者恨不得終養父母，報其生長己之苦"。此鄭氏探作義而釋之，非作訓詁也。此處"聲哀哀"與"愁哀哀"蓋亦懷念帝京（商丘）哀思舊邦（江界）之義，則劉向用毛詩義也。至心哀哀二句則常語釋之可也。哀哀一詞蓋先秦南北通語，惟屈賦少用叠字爲詞，故大多只用哀字，不用哀哀，詳哀字下。

浩浩

《九章·懷沙》"浩浩沅湘，分流汩兮"。王逸注"浩浩廣大貌也，汩流也。言浩浩廣大乎沅湘之水，分汩而流，將歸乎海"。朱注"浩浩廣大也"。《九懷·陶壅》"觀中宇兮浩浩，紛翼翼兮上躋"。王逸注"大哉天下難徧照也"。按《説文》訓浩爲沆（從段校），沆者莽沆大水也。引《虞書》"洪水浩浩"。單言曰浩重言曰浩浩也。《東皇太一》"陳竽瑟兮浩倡"，注"大也"，是其義。參浩字下。

剡剡

《離騷》"皇剡剡其揚靈兮，告余以吉故"。王逸注"剡剡光貌"。按《説文》訓此爲鋭利，與光義無涉。此蓋借爲炎字。《説文》"火光也"。于廉切。《詩·雲漢》"赫赫炎炎"，傳"熱氣也"，則其引申之義矣。

郁郁

《九章·思美人》"紛郁郁其遠承兮，滿内而外揚"。王逸注"法度文辭，行四海也"。洪興祖《補注》"《説文》郁有章也"。朱熹注"郁郁盛貌。此承上章'芳華自中出'。遂言其郁郁遠蒸，皆由情質誠實可保"。按釋義以朱熹説爲最允。郁郁一詞最早見於《論語》"郁郁乎文哉"。《正義》訓"文章貌"。就"文"立説也。當云文章盛貌（用《漢書·儒林傳序》師古注《竹書紀年》"帝舜慶雲興焉若雲非雲郁郁紛紛……"郁郁與紛紛連文，猶證師古文章盛之盛字爲最的。此章上句言芳華自中出，則郁郁正指芳華矣。故下文曰"滿内而外揚"，則郁郁不僅指文章而實有盛義也。此二語"芳華中出"與"郁郁遠承"猶《大戴禮·五帝德》篇所謂"其色郁郁"之義。《史記索隱》"穆穆釋郁郁"，古或作馥。見《説文》，又省作馥。郁郁爲文采之盛。先秦南北通語也。

衙衙

《九辯》"通飛廉之衙衙"。王逸注"風伯次且而掃塵也"。洪興祖《補注》"衙衙行貌。舊五乎切，又牛吕切"。按《説文·行部》"衙行貌”。《廣韵》九魚魚紐銜引《説文》曰“銜銜行貌”。又音牙。其音牙音牛吕者，皆訓爲縣名。《切韵》殘卷魚韻皆不收行貌一義。則唐人讀銜皆爲魚。洪補引《集韵》音魚，未從《廣韵》也。

赫赫

《大招》“雄雄赫赫，天德明只”。王逸注“雄雄赫赫，威勢盛也。言楚王有雄雄之威，赫赫之勇，德配天地，體性高明，宜爲盡節也”。朱熹《集注》“雄雄赫赫威勢盛也”。按赫赫一詞，《詩經》用之極多。《小雅·出車》、《節南山》、《大雅·常武》、《大明》、《商頌·殷武》、《魯頌·閟宫》皆訓爲盛或顯明之義。赫本大赤之貌（《説文》）引申爲盛，爲明。《大招》亦用此義，亦與《詩》同。則先秦南北通語也。依文義“天德明只”定之，財赫赫應訓爲明，《廣雅》“赫赫明也”，《大雅·常武》篇曰“赫赫明明”，則赫明連文，其義從同可知。

由由

《九歎·惜賢》“默順風以偃仰兮，尚由由而進之”。王逸注“由由猶豫也。言己欲寂默不語，以順風俗隨衆偃仰而不敢毁譽，然尚猶豫不肯進也”。與夷由、猶豫一聲之變、惟以叠字狀物義寄于聲不必有正字，故同字而異義者，義別而聲同者有之矣。由由一詞，《孟子》“柳下惠不羞污君由由然與之”。借字由由作自得之貌解。而《管子·小問》“由由乎兹免，何其君子也”，房注“由由悦也”，則聲同而義別者多矣。按《説文》尤“尤尤行貌（從段注説）。從人出冂”。“余箴切”。段玉裁注曰“古籍内尤豫義同猶豫”樂府作滺豫，則由由猶尤尤，古尤與侵韻通，故得相轉也，尤尤與淫淫同聲，《楚辭》又别用淫淫。詳淫淫條下。

噰噰

《九思・怨上》"鴛鴦兮噰噰"。舊注"和鳴貌也"。按《詩・邶風・匏有苦葉》"雝雝鳴雁"爲《九思》所本。傳"雝雝雁聲和也"。又《卷阿》"鳳皇鳴亦曰噰噰"。此言鴛鴦不獨雁也。故《爾雅・釋詁》"關關噰噰,音聲和也"。注皆鳥鳴相和。《釋文》"噰於恭反"。《詩》又言"和鸞噰噰",則更不獨鳥矣。按《説文》無噰字,郝懿行云"雝本鳥名,則借爲鳥聲作雝爲正"。按郝氏説亦殊未盡得,古借聲字不必求正變也。惟古籍多用雝。《説文》亦載雝字雍乃和雍字,與雝同音。噰又雍後起分別文。《楚辭》亦以廱爲之,見《九辯》"雁廱廱而南游兮"是也。詳廱廱條下。

廱廱

《九辯》"雁廱廱而南游兮,鶤雞啁哳而悲鳴"。王逸注"雄雌和樂,羣戲行也"。洪補"廱與噰同。《詩》曰'噰噰鳴雁'。雁陰起則南,陽起則北,避寒就燠也"。朱熹注"廱一作雝又作邕"。按王朱兩家義同。洪依一本作噰爲説,義亦不殊,按廱本辟廱,借爲雍和也。《堯典》"黎民於變時雍"。孔傳"和也"。《詩》"何彼襛矣,何不肅雝"。毛傳"雝和也"。《禮記・樂記》"雝雝和也"。《爾雅・釋詁》"關關噰噰,音聲和也"。廱乃雝借,噰則因和鳴而俗製專字。朱熹引一本作邕,則雍之借也。《詩・匏有苦葉》之"雝雝鳴雁"爲此句所本。然此言南游,則重在遊。《詩》言鳴,則重在鳴,就其事言,則曰鳴,就其象言則和樂也。兩義實無大殊,而叔師和樂之訓爲融通矣。《楚辭》亦用噰噰字,見《九思》。詳噰噰下。

隱隱

《九歎・遠逝》"志隱隱而鬱怫兮，愁獨哀而冤結"。王逸注"隱隱憂也。《詩》云'憂心殷殷'。一作隱隱"。按隱訓憂，三古常語，隱隱則重言之也。《荀子・儒效》篇"隱隱兮其恐人之不當也"。楊倞注"隱隱憂戚貌"。字變爲殷。《詩》"憂心殷殷"是也。單言之則曰殷。即《説文》慇之借字。《説文》"慇痛也"。《九章・悲回風》"孰能思而不隱兮"。王逸注"隱憂也。《詩》曰'如有隱憂'"。長言則曰隱隱、曰隱憂。

淫淫

《九章・哀郢》"望長楸而太息兮，涕淫淫其若霰"。王逸注"淫淫流貌也。言己顧望楚都，見其大道長樹悲而太息，涕下淫淫，如雨霰也"。又《大招》"霧雨淫淫，白皓膠只"。王逸注"淫淫流貌也"。外此則《哀時命》"虹霓紛其朝霞兮，夕淫淫而淋雨"。《九歎・離世》"河水淫淫情所願兮"。《九歎・遠逝》"波淫淫而周流兮，鴻溶溢而滔蕩"。《九歎・思古》"容與漢渚涕淫淫兮"。王逸皆注釋爲流貌，因所施形容事物而異，有涕雨、波、河水等之別，而其爲流則一也。淫《説文》"浸淫隨理也"。一曰"久雨爲淫"。"余箴切"。（大徐音）所謂浸淫者，以漸而入之義，無流義，其訓流者，尤之假借字，詳由由下，可單言《廣雅・釋言》"淫游也"。《招魂》"不可以久淫些"。注"淫游也"。至霧雨淫淫之淫，則別有專字。霒，"久陰也"，又爲霪，則後起孳乳專字也。又《九歎・遠逝》之"波淫淫而周流兮，鴻溶溢而滔蕩"二語即本之宋玉《高唐賦》之"洪波淫淫之溶瀟"，李善注此云"淫淫去遠貌"，則與流義近也。

翼翼

《楚辭》略有二義。一則振迅高飛之貌，引申爲莊敬。《離騷》"鳳皇翼其承斾兮，高翺翔之翼翼"。王逸注"翼翼和貌，鳳皇來隨我車，敬承斾旗高飛翺翔，翼翼而和，嘉忠正，懷有德也"。朱熹《集注》"翼翼和也"。按高翺翔之翼句法與"揚雲霓之晻藹"、"鳴玉鸞之啾啾"同。翼翼與翺翔義必相關。王逸訓和者，探上文"鳳皇翼其承斾"句立説。言鳳皇承斾而高飛，翺翔翼翼然，與斾節和諧也。又《九辯》"遭翼翼而無終兮，忳惽惽而愁約"。王逸注"竭身恭敬，何有極也"。又《九懷·陶壅》"紛翼翼兮上躋"。王逸注"盛氣振迅，陞天衢也"。按"紛翼翼兮上躋"與"高翺翔之翼翼"義同。故王以盛氣振迅釋之。綜觀三詩文義，則翼翼有振迅莊肅之象。《説文》"翼翄也"，即鳥之兩翼，兩翼相輔，故引申爲輔，故有高飛迅振之義。"翺翔上躋"用翼翼正其達語也。引申爲敬。《大雅·大明》所謂"小心翼翼"，《論語》所謂"趨進翼如"皆是也。諸此翼翼皆一義之引申也。又《廣雅·釋訓》"翼翼元氣也"。《天問》"馮翼惟像，何以識之"。王逸注云"言天地既分，陰陽運轉，馮馮翼翼，何以識其形像乎"。《淮南子·天文訓》"天墜未形，馮馮翼翼，洞洞屬屬"，高誘注"馮翼洞屬，無形之貌"，此爲馮翼之別言。詳馮翼條下。

喟喟

《九歎·愍命》"行唫累欷，聲喟喟兮"。王逸注"言己行常歌唫，增歎累息"。按喟字自先秦以來常用詞。《説文》"喟大息也"。大徐"立貴切"。《論語》"顔淵喟然而歎曰"。《集解》"歎聲也"。《九章·懷沙》"永嘆喟兮"。則單言曰喟，重言以爲形況字。則曰喟喟，複合詞則曰喟然、曰嘆喟，其義一也。字或從貴作嘳，《方言》"嘳憐也，沅澧澧之原凡言相憐哀謂之噴"。

邑邑

《九歎》"張絳帷以襜襜兮，風邑邑而蔽之"。王逸注"邑邑微弱貌也。言君張朱帷襜襜鮮明，宜與堅者共處其中，而政令微弱，適以自蔽者也"。師叔此釋就風字五義於說可通。按邑邑猶悒悒。《詩·陳風·澤波》傳"悁悁猶悒悒也"。《大戴禮·曾子立事》篇"行必先人言必後人，君子終身守此悒悒"。盧注"悒悒憂念也"。此言風微弱者，猶言風有憂念也。以物擬人，此引申義也。短言曰邑、曰悒；長言曰邑邑，曰悒悒。詳邑悒條下。

遥遥

《九章·悲回風》"漂翻翻其上下兮，翼遥遥其左右"。王逸注"雖遠念君在旁側也"。洪補云"翼疾趨也。語曰趨進翼如也"。朱熹注"言其憂心雖若不能自定，而其張弛進退又自不失其時也"。按朱注探作意言之，遥遥爲不定最允。依上下左右等詞定之。遥遥不得訓遠，當讀《春秋左傳》昭二十五年"鸜鵒之巢，遠哉遥遥"之摇摇。即摇摇之借字。《漢書·五行志》引左氏文"遥遥"即作摇摇也。師古曰"摇摇不安之貌"。《詩·黍離》亦有"中心摇摇"之言。傳以憂無所愬釋之，即心中不安之貌。心憂字當作《爾雅》作愮。《釋訓》"憂無告也"。《釋文》"愮音遥又作摇，字又作繇"。《釋詁》"憂也"。愮繇同。遥本訓遠，作憂不安者，當以愮爲正字。而摇訓動，動則不安，又其引申之義矣。

回回

《九懷》"腸回回兮盤紆"。王逸注"意中毒悶，心紆屈也"。回一作廻。《九懷》“槾雲兮回回”。王逸注“載氣溶溶意中惡也”。按依《九懷》兩回回義，曰“盤紆”、曰“乘雲”，則回回即回旋之義，而以重言爲形容詞也。王逸以“意中毒悶”，則引申以就文義者矣，非其遡也。其本義當以回轉一義爲主。考回回一詞，秦漢以來義訓最雜，而皆回轉一義引申，與《楚辭》無甚關係，玆不贅。字又作佪佪、作徊徊。別詳。聲轉爲混混爲潰潰。其用至繁。

營營

《九章·抽思》“願徑逝而未得兮，魂識路之營營”。王逸注“精靈主行，往來數也。或曰識路知道也”。洪補曰“詩注云營營往來貌，熒熒憂也，音瓊”。朱熹云“營營一作熒熒。言初不識路，後以月星而知向背，然欲去而又未得者，以魂雖識路，而營營獨往無與俱也”。按叔師讀營營，訓往來；朱熹從一本讀熒熒，故曰獨往無與。兩說各有長處。作熒熒解者，參熒熒條下。作往來解者《詩·小雅·青蠅》“營營青蠅”，傳“營營往來貌”，《釋文》“營如字”。《説文》作嫈云“小聲也”。《廣雅·釋訓》“營營往來也”。《莊子·庚桑楚》“無使汝思慮營營”，皆先秦以前用營營爲往來之證。蓋當時南北通語也。漢人亦襲用之。《大玄·堅次》曰“小螽”，又《測曰》“小螽營營”，固其氏也。《文選·鮑照行樂至城東橋詩》“擾擾遊宦子，營營市井人”。皆以營營爲往來貌。

熒熒

《九歎·憂苦》“獨熒熒而南行”。王逸注“熒熒獨貌也。言己與君辭決而出，至今九年，不肯反己，常獨熒熒，南循江也”。又《九歎·憂苦》“念我熒熒，魂誰求兮”。王逸注云“言己自念熒熒東西，魂魄惶遽，而求忠直之士，欲與事君，亦誰乎此不能沈浮之道也”。《九思·哀歲》"特處兮煢煢"。注"獨行貌"。按煢當作煢，今本稍異作煢，非也。宋本作煢爲正。煢者《説文》"回疾也。從凡，營省聲"。段玉裁謂"回轉之疾飛也，引申爲煢獨。取褱回無所依之意，或作惸，作睘，作嬛"。按段説是也。《説文》別有趨字，訓獨行，從走匀聲，讀若煢。則專字也。煢則引申之義。《楚辭》凡煢煢又作煢煢與煢獨皆此一義，字又通嬛。《左傳》哀十六年"煢煢余在久，嗚呼哀哉，尼父無自律"。《釋文》"煢煢求營反"。按鄭司農注《周禮·大祝》引作"懁懁予在疚"，《説文》引作"嬛嬛在疚"。《唐風·杕杜》"獨行睘睘"，字又誤作營營。《九章·抽思》"魂識路之營營"。注營一作煢是也。煢煢可作睘，亦由《説文·厶部》引《韓非子》"自營爲厶"，今本作"自環爲私"。懁嬛皆增形字。又按《方言》"絓挈儇介特也。楚曰儇"。郭注"儇古煢字"。錢疏引《衆經音義》卷一"煢古文惸傑二形，傑即儇之譌"，則煢乃南楚人語，或本先秦通語，至漢獨南楚尚用之。故子雲特別之曰"楚曰儇，晋曰絓，秦曰挈也"。絓絜之與儇，皆雙聲，則漢時北土音變作佳挈，而仍存雙聲作用。此漢語音變之一例也。參煢獨、煢煢諸條。旁轉真則爲睠睠。《九歎·離世》"魂睠睠而獨逝"，即《思美人》之"獨煢煢而南行"也。依《方言》説則煢煢爲獨特，乃南楚語也。

煢煢

《九章·思美人》"獨煢煢而南行兮，思彭咸之故也"。王逸無注。又《遠遊》"魂煢煢而至曙"。王逸注"精魂怔忪不寐，故至曙也。煢一作營"。朱熹《集注》本作營，注云"營一作煢。營營猶曰熒熒，亦耿耿之意也"。又《九思·逢尤》"魂煢煢兮不遑寐"。按煢煢連文《楚辭》六見。《九章·思美人》、《遠遊》及《九思·逢尤》作煢煢；《九歎·惜賢》、《憂苦》、《九思·哀歲》三處作煢煢。又煢獨一詞之煢《離騷》、《九思·憫世》各一見，亦作煢，與此同。按煢當爲煢俗體，古從凡之字或譌凡或譌几，此亦其例也。"獨煢煢而南行"《九歎》直用此句祭作祭。"魂祭祭而至曙"。《九歎》亦言"念我祭祭，魂誰求兮"，義同。皆相襲之句。而屈子作祭，漢儒作祭者，傳本之譌也。《遠遊》朱熹《集注》本作營祭，本從凡營省聲，故得相通。然祭讀群紐，營讀喻紐，同在清韻。聲紐得相通，故相借。餘詳祭祭條下。祭祭漢人書亦多誤用之。《漢書·匡衡》引"祭祭在疚"作祭祭。又《外戚·李夫人傳》"神祭祭以遙思兮"、《思玄賦》"何孤行之祭祭兮"皆是。

依依

《九思·傷時》"顧章華兮太息，志戀戀兮依依"。按《說文》"依倚也"。又"倚依也"。與志戀連文則有思戀之意，漢以後詩賦家多用此意，《李陵答蘇武書》"望風懷想能不依依"。《古文苑·蘇武答李陵詩》"依依戀明世"。《後漢書·章帝紀》"辟公之相皆助朕之依依"。注"依依思慕之意"。《詩·小雅·蓼莪》鄭箋云"孝子之心，怙恃父母，依依然以爲不可斯須無也"是也。又《詩·小雅·采薇》"昔我往矣，楊柳依依"，義謂楊柳之盛，如有情思也。與此義無殊，則依本依戀，異于依凭之義矣。

陽陽

《九懷·尊嘉》"季春兮陽陽，列艸兮成行"。王逸注"三月溫和，氣清明也"。按陽本訓高明，從自易聲。蓋指山南曰陽，與陰對文，日所常照之地，引申爲天氣現象之屬於光明盛大一面之詞。或單言，或重言義皆同。《楚辭》陽陽只一見，義只一類，此義又《管子·輕重》"宜藏而藏，霧氣陽陽"是也。雙聲之轉，則爲晧晧，爲皓皓，爲昇昇，各詳。

惘惘

《九章·悲回風》"撫珮袵以案志，超惘惘而遂行"。王逸注"失志惶劇而直逝也"。按《九歎》"征夫皇皇"句，王注"皇皇，惶遽貌"。此惘惘猶皇皇也。惘惘、皇皇一聲之變，《莊子·庚桑楚》"汝亡人哉惘惘乎"。疏"汝是亡真失道之人，亦是溺喪逃亡之子，其昧何所歸依也"。芒昧無所歸，即惶惶如有所失之意，惟古書無惘字。此惘惘當作罔罔。《論語》"學而不思則罔"。《集解》曰"學不尋思其義，則罔然無何得"。此惘惘猶罔然也。古雙聲狀語下字用然者，與重疊字詞同義。故罔然即罔罔，悵然即悵悵，悠然即悠悠，其例至多，不煩詳舉也。《東京賦》"罔然若醒"。綜注"罔然猶惘惘然也"。聲轉爲皇皇、遑遑，皆惶惶之借字，詳皇皇、遑遑兩條下。又與佂伀爲同韻之變。詳佂伀下。

皇皇

《楚辭》之用此詞凡分兩義。屈原用皇大光也一義。宋玉賦及漢賦則用作惶惶之借。

（一）《九歌·雲中君》"靈皇皇兮既降，猋遠舉兮雲中"。王逸注"靈謂雲神也。皇皇美貌，降下也。言雲神來下，其貌皇皇而美，有光明也"。按皇本光大之義，引申爲美有光明，乃皇字之疊用。別詳皇字下。

（二）用作惶惶之借字。《九辯》"國有驥而不乘兮，焉皇皇而更索"。王逸注"不識賢愚，尚暗昧也"。又《九歎·怨思》"征夫皇皇其孰依兮"。王逸注"皇皇，惶遽貌，言己惜征行之夫，心常惶遽一身獨處，無所依附也"。按叔師之説乃解喻之説，非釋其本義也。征夫皇皇之句，以爲惶遽貌，以惶遽釋皇皇，則皇皇即惶惶也。《説文》"惶恐也"。惶恐戰國以後常語。《廣雅·釋訓》"惶惶勮也"。勮即遽之同音通用字，王念孫《廣雅疏證》"《問喪》云皇皇然若有求而弗得也。皇與惶通是也"。漢俗又或作遑遑，詳遑遑條下。聲義與此通者曰伀伀。《廣雅·釋訓》"伀伀勮也"。《九歎》亦云"魂伀伀而南行兮"。王逸注"伀伀惶遽之貌"。此與"征夫皇皇"之訓同。則伀伀與皇皇同音近義同詞也。曹憲音其往反喉牙之異爾。字又作迋迋，司馬相如《長門賦》"魂迋迋而若有亡"。往往之讀又變作恇。《梁鴻適吳詩》"嗟恇恇兮誰留"。恇《説文》訓怯，怯亦勮之義也。或省作匡，《禮器》"衆不匡懼"，《釋文》"匡本作恇"。《詩》"四國是皇"。傳"皇匡也"。匡即恇也。則匡懼即惶懼矣。《説文》有怳字，訓"狂貌"，聲義與惶皆近。語別爲怳忽，猶惶之別爲惶惑也。詳恍惚荒忽諸條，聲變爲惘惘，《九章·悲回風》"超惘惘而遂行"。詳惘惘下。

遑遑

《九辯》五"衆鳥皆有所登棲兮，鳳獨遑遑而無所集"。王逸注"孔子棲棲而困危也"。"一作惶惶"。五臣云"賢才竄逐，獨無所託，遑遑不得所貌"。按遑一作惶，本字也。《説文》"惶恐也"。惶恐漢以後文常用。《漢書·朱博傳》"王卿得敕惶怖"。《廣雅·釋詁》二"惶懼也"。《釋訓》"惶惶劇也"。作遑者借字。《列子·楊朱》"遑遑爾，競一時之虚譽，規死後之餘榮"。後漢以後文多用之。《後漢·明帝紀》"憂懼遑遑不知其方"。又見《鄧禹傳》、《東平憲王蒼傳》等皆是。別詳惶惶、皇皇兩條下，遑遑當爲俗字。

伀伀

《九歎·思古》"魂伀伀而南行兮"。王逸注"伀伀惶遽之貌。冤一作魂，行一作征"。洪補"伀具往切"。《廣雅·釋訓》"伀伀勮也"。《玉篇》人部"伀渠往切。遑勮貌"。引《楚辭》此句作"魂伀伀而南征兮"。按王念孫《廣雅疏證》云"伀伀曹憲音其往反"。司馬相如《長門賦》"魂迋迋若有亡"。迋與伀通。《梁鴻適吳詩》"嗟恇恇兮誰留"。恇與伀亦聲近義通。《九歎·思古》"魂伀伀而南行兮,泣霑襟而濡袂"。王逸注"伀伀惶遽之貌"。洪補音具往切。按大徐音"居況切",小徐音"溝唱反",音皆同。《説文》訓"遠行也,從人狂聲"。《繫傳》曰"此與壬同義"。按先秦以前未見有此字,疑爲漢以後專別字,其實當爲俗字,與廷字同,從王得聲。迋與往又一字之分化,則伀、迋、往三字爲一字之衍。《九歎》以爲惶勮字,牙音。唯音得相變也。叔師惶遽之訓與前《怨思》"征夫皇皇"之訓同,同韻字也。《廣雅·釋訓》"伀勮也",即本之叔師。參皇皇、遑遑各條。疊韻之變則爲惶惶爲遑遑,皆今恒言。《孟子·滕文公下》"孔子三月無君,則皇皇如也"。《九辯》"國有驥而不知乘兮,焉皇皇而更索"。《九歎·怨思》"征夫皇皇"。注"皇皇惶邃貌"。詳皇皇條下。

沄沄

《九思·哀歲》"流水兮沄沄"。舊注"沄沄沸流"。按《説文》"沄轉流也"。段注云"回轉之流沄沄然也"。《釋言》曰"沄沆也"。郭注"水流漭沆"。《春秋繁露·山川頌》"水則源泉混混沄沄晝夜不竭"。其義至明。

衍衍

《七諫·自悲》"駕青龍以馳騖兮,班衍衍之冥冥"。王逸注"言極疾也"。按《説文》"衍水朝宗於海也。從水行"。《廣雅·釋訓》"衍衍行也"。此衍衍引申義。叔師之極疾,與《廣雅》之行一也。餘詳衍字條下。

延延

《九思》“黿鼉兮欣欣，鱣鮎兮延延，羣行兮上下，駢羅兮列陳”。舊無注。按《説文·延部》“延長行也”。單言曰延，長言曰延延。《廣雅·釋訓》“延延長也”。《墨子·親士》“分儀者延延，而支苟者詻詻焉”。引申之則長有衆義。《後漢書·五行志》一“桓帝之末，京都重謠曰白蓋小車何延延”，此延延訓衆多。《九思》“鱣鮎兮延延”，與上下文欣欣群行駢羅等義相屬，則延延亦當訓衆多也。

婉婉

叠字狀語委順屈曲之貌。音於阮切，字又作蜿，於元切。

《離騷》“駕八龍之婉婉兮，載雲旗之委蛇”。王逸注“婉婉龍貌。言己乘八龍神智之獸，其狀婉婉”。又《遠遊》“駕八龍之婉婉兮，載雲旗之逶蛇”。王逸注“虯螭沛艾屈偃蹇也”。婉《釋文》作蜿，音菀。王以偃蹇釋婉，與《離騷》以龍貌釋之者義不別。偃蹇猶言夭嬌委順屈曲之貌也。《説文》“婉順也。從女宛聲”。引申則曲順曰婉。《左傳》成十四年“婉而成章”。注“曲也”。凡從宛之字皆有委順屈曲之義。則在女曰婉，其義一也。

雄雄

勢盛也。《大招》“雄雄赫赫，天德明只”。王逸注“雄雄赫赫，威勢盛也。言楚王有雄雄之威赫赫之勇，德配天地，體性高明，宜爲盡節也”。按雄本鳥父，引申爲雄偉。叔師此訓勢盛，其義一也。《爾雅·釋訓》（顧舍人本）“雄雄增之衆也”，則又由勢盛引申之一聲之變則爲熊熊。金文多用豐豐熊熊字樣（見《虢叔旅鐘》）。《史記·天官書》“熊熊赤色有光"。《山海經·西山經》"南望崑崙，其光熊熊，其氣魂魂"。熊熊魂魂猶此言雄雄赫赫也。故雄熊同聲通用，猶《左傳》文十八年"仲熊"，《潛夫論·五德志》作"仲雄"也。

洶洶

《九章·悲回風》"憚涌湍之礚礚兮，聽波聲之洶洶"。王逸注"水得風而波，以喻俗人言也。己欲澄清邪惡復爲讒人所危，俗人所謗訕也"。洪補云"洶音凶，水勢"。朱熹注"洶音凶，洶洶風水聲"。《九歎·逢紛》"徐徘徊於山阿兮，飄風來之洶洶"。王逸注"洶洶讙聲也。讒佞洶洶欲來害己也"。洪補"洶音凶，水勢"。按《説文·水部》"洶湧也"，謂水波騰之貌，"從水匈聲"，《高唐賦》"濞洶洶其無聲兮"，此以洶洶爲騰波，故文曰"洶洶豈無聲"。《易林·剥之渙》"爭坐玄訟，紛紛洶洶"，此以爭訟言，則由水聲引申爲衆聲也。《文選·吳都賦》"濞焉洶洶"，李善注引《尚書大傳》"百川趨於海，洶洶礚礚"，皆水聲也。而向注訓洶洶爲疾流長貌。按波騰湧必有聲，故水聲與波騰義實相承也。從凶之字有衆聲，湧湍爭訟者尚有訩訩。見《三國志·趙雲傳》，字又變作詾詾，見《後漢書·蔡邕傳》，又匈匈，見《史記·項羽紀》，又洶洶，見《三國志·曹爽傳》，又兇兇，見《漢書·翟方進傳》，又恟恟，見《漢書·文帝紀》。《荀子·解蔽》篇云"掩耳而聽者，聽漠漠而以爲哅哅"，亦指衆聲雜亂言。皆因事立文，多轉注字矣。

杲杲

《遠遊》"陽杲杲其未光兮，凌天地以經度"。王逸注"日耀旭曙，旦欲明也"。按《詩·衛風·伯兮》"其雨其雨，杲杲出日"。傳"杲杲然日復出矣"。按杲明也，從日在木上，與杳對言從日在木下。日在木上故曰杲杲日出也。《玉篇》"杲日出也"。然《遠遊》曰"杲杲未光"，則《易林·家人之小畜》曰"杲杲白日，爲月所食"，《廣雅·釋訓》"杲杲白也"，則日將出之象，即叔師所謂"旦欲明也"，得自《易林》、《廣雅》之訓白者證之。

皓皓

《漁父》"安能以皓皓之白，而蒙世之塵埃乎"。王逸注"皓皓猶皎皎也，皓一作皎"。五臣云"皓白喻貞潔"。按《説文》無皓字。然《詩經·唐風·揚之水》"白石皓皓"，傳"皓皓潔白也"，又《大戴禮·衞將軍文子》篇"常以皓皓是以眉壽"，則皓字蓋許書之放失當補皓字也。《釋名·釋天》"夏曰昊天，其氣布散，皓皓也"。清儒多以日部晧字爲正字，以皓爲俗爲譌。其實晧乃白光，固可引申爲白，而古經典白義字，皆當作皓也。又頁部有顥字，音與皓同，亦訓白，則白首之專字也。亦得借爲一切白。《大招》所謂"天白顥顥"者是也。《廣雅》又有"皞皞白也"之訓。則《説文》"皞晧旰也"之引申。總之皓爲白，而晧爲日出，暤爲晧旰日光，各成專字。存白石於《唐風》，留皓白於楚賦。則固三古遺説之可徵者。且《説文·木部》楷、《禾部》稭皆云讀若皓，則其爲許書佚文無疑。參晧字及皓皓、顥顥三條下。

顥顥

《大招》"天白顥顥，寒凝凝只"。王逸注"顥顥光貌"。洪興祖《補注》"顥音皓"。《説文》"白貌"。朱熹《集注》"顥顥光貌"。按《説文》"顥白貌，從頁，從景。《楚辭》曰天白顥顥南山四顥，白首人也"。王筠曰"《漢書音義》引作昊，曰顥顥"。《廣雅》"西方昊天"。郎瑛《説文解字羣經正字》"此爲顥首之顥，今經典作皓。"《考工記·車人》注"頭髮皓落曰宣，又泛爲潔白……"《説文》有晧無皓，晧日出貌。按顥從頁，頁即首字，故知爲皓首字，景日光也。顥本義爲首映日光而白，引申爲老人頭白，又引申爲凡白之稱。皓爲日出。然古經典多用皓訓白，皓正從白，《説文》逸之也。參皓皓兩詞下。

晈晈

《九歌·東君》"夜晈晈兮既明"。王逸注"言日既陞天，運轉而西，將過太陰，徐撫其馬安驅而行，雖幽昧之夜，猶晈晈而自明也。晈一作皎"。洪補云"晈字從日，與皎同"。《遠遊》"精晈晈以往來"。王逸注"神靈照耀，晈如星也。晈一作皎。《釋文》作皪"。按《説文》無晈字，當即皎之異文。《説文·白部》之字多别從日，如皓之作晧，的之作旳，皅之作晘，曉之作曉皆是。皎者月之貌也。則夜晈晈正作皎皎矣。一本作皎者，以正字書之也。單言曰皎，重言曰皎皎。《廣雅·釋詁》"皎明也"。訓皎皎明也。《遠遊》"精晈晈以往來"者，叔師以神靈照曜皎如星也"。《釋文》作皪者，音義相同之字也。詳皎皎條下。

皎皎

《九懷·危俊》"晞白日兮皎皎，彌遠路兮悠悠"。王逸注曰"天精光明而照察也。皎一作晈"。洪補云"晞明之始升也"。按皎字《説文》"月之白也"。引申爲一切白，重言之則曰皎皎。《詩·小雅》"皎皎白駒"。《釋文》"皎皎古了切，潔白也"。《易林·乾之泰》"不風不雨白日皎皎"與《九懷》句法正同。南楚之士，則書作晈。《九歌·東君》"夜晈晈兮既明"，《遠遊》"精晈晈以往來"皆是。古從白之字或書作從日，如皓作晧、皅作晘、曉作曉皆是。則晈皎一字甚明。《説文》收皎不收晈。

皎皎又或作皪皪。《遠遊》"精晈晈"《釋文》作皪。按皪本訓玉石之白，亦可引申爲一切白也。與皎皎音同義近。故相假借。《毛詩》"謂余不信，有如皪日"。傳"皪白也"。《論語·八佾》亦曰"皪如也"，

《集解》"言其音節分明也"，則音亦得曰皦。又白義之引申矣。參皎皎、皦皦條下。

曖曖

《離騷》"時曖曖其將罷兮，結幽蘭而延佇"。王注"曖曖昏昧貌。昏昧者時也"。洪興祖以爲"日不明"，以日言之，非也。將罷，罷字讀爲生魄死魄之魄。魄者月初生也。則曖曖正形容昏昧之時。《説文》無曖字。《哀時命》"時曖曖其將罷兮"。一作薆。《漢書·司馬相如傳》"時若曖曖將混濁兮"即本《騷》語。《史記》作薆。《爾雅·釋言》"薆隱也"。《説文》亦無薆字。按竹部篹"蔽不見也"，則曖、薆皆篹之借，蔽則昏篹不明矣。亦借愛爲之。《詩》"愛而不見"。《毛傳》"蔽也"。又《哀時命》"時曖曖其將罷兮，遂悶歎而無名"。王逸注"言己遭時不明，行善罷倦，心遂煩悶傷無美名以流後世也"。以不明解曖曖，猶以昏昧解《離騷》句也。此罷字作罷倦解，與《離騷》亦稍異。皆誤。惟此依上下文義定之，罷不讀魄，而讀罷休之罷。詳罷字條下。餘詳薆字下。

闇闇

《天問》"明明闇闇，惟時何爲"。王逸注"言純陰純陽，一晦一明，誰造爲之乎"。朱熹注云"明闇即謂晝夜之分也，時是也。此問蓋曰明必有明之者，闇必有闇之者，是何物之所爲乎"。按《説文》"闇閉門也"，此當爲暗之借字。《禮記·曲禮》"孝子不服闇"，注"冥也"；《廣雅·釋詁》四"闇夜也"，《小爾雅·廣詁》"闇冥也"皆是。單言曰暗，重言曰暗暗，其實一也。《説文》"暗日無光也"。引申爲夜，然經傳多以闇爲之。《禮器》"逮闇而祭"，《祭義》"夏后祭其闇，周人祭日以朝及闇"，《書·大禹謨》孔傳"昏闇也"，皆是其證。

晏晏

《九辯》"被荷裯之晏晏兮，然黄洋而不可帶"。王逸注"荷芙蕖也。裯袛裯也。若襜褕矣。晏晏盛貌也"。洪興祖《補注》曰"爾雅晏晏柔也"。按晏晏爲三代以來習用語。《尚書》"文思安安"，今又作"文塞晏晏"，訓安和貌。《詩·衛風·氓》"言笑晏晏"。傳"晏晏和柔也"。《爾雅·釋訓》"晏晏温温柔也"。按《説文》"晏天清也"，與上訓皆不合，晏與安古同音。晏即安之借字，經典皆只用安字義，此言荷裯晏晏，指荷裯安和柔順，引申而得盛義非晏有盛義也。

晏晏猶晏然，凡三代之晏然皆作安然解。單言曰晏，疊言曰晏晏。加語詞曰晏然，其義一也。別詳安安條下。晏然又聲轉爲晏如，義亦相同。

鬱鬱

《楚辭》十餘用，約分兩義。一爲盛多之貌，此鬱字之本義，一爲憂思之義。爲古籍最常用之義。

（一）盛多之貌。《九歎·思古》"冥冥深林，樹木鬱鬱"。王逸注"樹木蔽日"。按叔師以蔽日釋鬱鬱，用憂思引申義，非也。《説文》"鬱木叢生者"，木叢生則盛多，故《詩·晨風》"鬱彼北林"，《毛傳》訓積，積亦多也。此樹木鬱鬱，即樹木盛多之義，單言曰鬱，重言曰鬱鬱。漢詩中用此者至多。

（二）爲憂思之義。《九章·哀郢》"慘鬱鬱而不通兮，蹇侘傺而含慼"。王逸注"中心憂滿慮閉塞也"。叔師以憂滿釋鬱鬱，至允當不易。凡《楚辭》言憂思，多以鬱鬱爲形狀。如《九章·抽思》"心鬱鬱之憂思兮，獨永歎乎增傷"，《九章·悲回風》"愁鬱鬱之無快兮，居戚戚而不可解"，《九辯》"獨悲愁其傷人兮，馮鬱鬱其何極"，《七諫·謬諫》

“獨使悁而懷毒兮，愁鬱鬱之焉極”，《哀時命》“心鬱鬱而無告兮，眾孰與可深謀”，《九歎·怨思》“惟鬱鬱之憂毒兮，志坎壈而不違”，及《九思·哀歲》之“憂紆兮鬱鬱”皆是。漢人用此義者至多，不及細。音尾稍變，則曰鬱邑、鬱伊、鬱湮。詳鬱邑條下。

翔翔

《七諫·謬諫》“眾鳥皆有行列兮，鳳獨翔翔而無所薄”。王逸注“已解於《九辯》也”。“翔翔一作翱翔，一作洋洋。”按王逸注“已解於《九辯》”云云者，《九辯》“莽洋洋而無極兮，忽翱翔之焉薄”，叔師注“翱翔浮游四海無所集也”，則此處原文應作翱翔，不作翔翔甚明。作翔翔者字之偶誤。叔師本尚未誤也。義詳翱翔下。惟翔翔一詞，《禮記·玉藻》、《少儀》、《漢書·禮樂志》、《郊祀歌》皆有濟濟翔翔之語。《穆天子傳》亦云“中心翔翔”，則亦古習用語也。其義有莊毅安舒之象，與翱翔之訓回旋浮游者，義得相成。

揭揭

《九歎·遠遊》“服覺皓以殊俗兮，貌揭揭以巍巍”。王逸注“揭揭高貌也，巍巍大貌也。言己被服眾芳，履行忠正，較然盛明，志願高大與俗人異也”。洪興祖《補注》“揭居謁切”。按《説文》“揭高舉也”。重言曰揭揭。《一切經音義》七引傳作稠稠，非是。《詩·衛風·碩人》“葭菼揭揭”。《毛傳》“揭揭長也”。《釋文》“揭其謁反”。徐“居謁反”。按先秦書用揭揭者惟《毛詩》一見，子政襲之，以入《九歎》也。

容容

《楚辭》五見，義大別爲二。

（一）則容之本義，盛也。引申爲分布，爲亂。《九歌·山鬼》“表獨立兮山之上，雲容容兮而在下”。王逸注“言山鬼所在至高邈雲出其下，雖白晝猶冥晦也”。五臣云“容容雲出貌”。按《説文》“容盛也”。《易·師》“君子以容民畜衆”。虞注“寬也”。長言曰容容。“雲容容而在下”者，謂雲容盛而在下也。引申爲分布。《九辯》“載雲旗之委蛇，扈屯騎之容容”。王逸注“羣馬分布列前後也”。騎容容兮言騎之容盛分布于前後也。凡盛極則易亂，故引申爲亂。《九章·悲回風》“紛容容之無經兮，罔芒芒之無紀”。王逸注云“言己欲隨衆容容，則無經緯於世人也”。洪興祖補曰“此言楚國變亂舊常，無定法也。容容變動之貌”。朱熹《集注》曰“容容紛亂之貌，言己心煩亂，無復經紀，欲進則無所從，欲退則無所止”。紛容容故得亂義。

（二）爲散漫無所安識之貌。《七諫·自悲》“忽容容其安之兮，超荒忽其焉如”。王逸注“不知所止也”。又《九歎·遠逝》“路曼曼其無端兮，周容容而無識”。王逸注“言己所行山澤廣遠，道路悠長，周流容容，而無知識也”。散漫無所依。見《史記·淮陰侯傳》“百姓罷極，怨望容容無所倚”。短言曰容，長曰容容變音尾言之曰容與。詳容與條下。字又作溶溶，詳溶溶條下。

睠睠

《九歎·離世》“心蚩蚩而懷顧兮，魂睠睠而獨逝”。王逸注“睠睠顧貌，詩云睠睠懷顧、言己心中蚩蚩，常懷大憂，內自顧哀，則魂神睠睠獨行，無有還意也。睠一作睠”。洪興祖《補注》“睠古倦切。顧也”。《九思·傷時》“咸欣欣兮酣樂，余睠睠兮獨悲”。王逸注“言天神衆舞皆喜樂，獨己懷悲哀也”。按《説文》“睠顧也”。大徐居倦切。重言則曰睠睠，顧者依戀不捨而反顧。故引申爲悲戀。《九歎》用反顧本義與《思玄賦》“魂睠睠而屢顧”義同。《九思》用引申悲戀義也。睠睠即《詩經·小雅·小明》之“念彼其人，睠睠懷顧”之睠睠。李注《文選·王粲登樓》、張衡《思玄賦》、謝惠連《獻康樂詩》、引《韓詩》互作"睠睠懷顧"。睠即眷之後起字也。別詳睊睊條下。旁傳青則爲縈縈。《九歎》之"魂眷眷而獨逝"即《思美人》之"獨縈縈而南行","余眷眷兮獨悲"即《遠遊》之"魂縈縈而至曙"也。

究究

《九歎·遠逝》"長吟永欷,涕究究兮"。王逸注"究究不止貌也。言己遭傾危之世,而遇禍患不可復救,故長歎歔欷而涕滂流不可止也"。究究一作縈縈者,形近而誤也。《詩·唐風·羔裘》"自我人究究"。傳"究究猶居居也"。《爾雅》"居居究究惡也"。《爾雅·釋訓》注"皆相憎惡"。郝氏義疏曰"究者釋言窮也"。《正義》引孫炎曰"究究窮極人之戀"。本釋言爲說也。叔師訓不止貌者,凡窮與極義皆可引申爲不止。《小雅·常棣》傳"究深也"即其例。此言"長吟永欷,涕究究兮",爲長吟永欷之涕不可止也。此言長吟永欷,非言涕也。

呴呴

《九思》"孤雌驚兮鳴呴呴"。舊注無說。洪興祖《補注》"呴音握"。蓋以雌一作雛,遂就雛字釋音以求與下告字叶鳥雛鳴也。漢人用此詞訓爲言語順適。如《東方朔傳》"愉愉呴呴",師古以呴呴爲言語順適。然讀音與此異,師古注漢書音許于反,則借呴爲姁。惟洪音握,《廣韻》及《切韻殘卷》皆無此音,不知洪所本。從句之字,亦無近東冬者。

搴

《離騷》"朝搴阰之木蘭兮"。王逸注"搴取也"。洪補曰"搴音蹇。

《説文》攘拔取也。楚南語引朝攘阰之木蘭"。又《九歌・湘君》"搴芙蓉兮木末"。王逸注"搴手取也"。洪補曰"搴音蹇"。又《九歌・湘夫人》"搴汀洲兮杜若"。又《九章・思美人》"搴長洲之宿莽"。王逸注"采取香艸，用飾己也"。又《九懷》云"搴玉英兮自修"。又《九歎》"搴薜荔於山野兮"。王逸注竝同。按《説文》作攘，從寒不省。云"拔取也。南楚語"，即引朝攘阰之木蘭一文。按《方言》一"攓音蹇取也。南楚曰攓"。又卷十"攓音蹇又音騫取也。楚謂之攓"。郭注音蹇。即洪興祖音之所本。又《莊子・至樂》篇"攓蓬而取之"，司馬注"攓拔也"，又爲《方言》之所本。則南楚音攘、蹇、攓皆同，今皆別。《説文》又不録攓字，則攓直攘之譌耳。又考《易》蹇朴之蹇，漢石經皆作蹇。《羣書治要》引桓范《政要論》諫引《易》"王臣謇謇"，《衡方碑》、《袁碑》同，漢《費鳳碑》"蹇鄂之質"、熊君碑"臨朝蹇鄂"是兩漢人蹇、攘、蹇、攓、謇等皆可通用。蓋諸字皆從寒得聲，固可通也。參蹇字下。漢人又別有攓攓等形字。《淮南・兵略》"攓巨旗"，俶真訓"攫德攓性"皆是。

蹇

此字《楚辭》十五見而其用有七，一跛也，是此字本義。二引申爲難，三用作語詞，四高也，五難也，引申爲忠貞，六爲謇謇之借，七褰之同音借字。

（一）《説文》"蹇跛也"。跛行不正也，此本義也。《七諫・謬諫》"駕蹇驢而無策兮，又何路之能極"，此言不能成行之驢用蹇字本義者也。《九懷・株昭》"蹇驢服駕兮，無用日多"，義同。全書只此二見。

（二）由跛也、行不正也等義引申爲艱難。此義最多。凡句中以代名詞爲主語，其前冠以蹇字者多作此解。如《九章・抽思》"軫石崴嵬蹇吾願兮"。王逸注"志如方石，終不可轉，行度益高，我常願之也"。以"行度益高"體會蹇難之義，至精確無論。此言吾之行度益高之願。

行度高即艱難義也。

（三）作語詞用，皆置於句首，義近"乃"、"其"等。即《楚辭》特有之語詞羌字。《九章·哀郢》之"羌佗傺而含慼"，《思美人》之"羌獨懷此異路"，《九辯》之"羌淹留而無成"，又"羌淹留而躊躇"、"羌充倔而無端"，《七諫·謬諫》"羌超搖而無冀"，《哀時命》"羌遭廻而不能行"，《九歎》"遭凶羌離尤兮"、《怨思》"羌離尤而干詬"，《遠逝》之"羌騷騷而不釋"，此等羌字或作"乃"、作"其"解，其作用與羌字皆同。

（四）高也。《雲中君》"羌將憺兮壽宮"，即《騷》之"望瑤台之偃蹇"之蹇。此言雲中君將高於壽宮也。《湘君》"蹇誰留兮中洲"，即誰蹇留之倒言，與《湘君》"沛吾乘兮桂舟"、《大司命》"紛吾乘兮玄雲"同。即謇之借字。謇謇忠貞也。《惜誦》"謇不可釋"，即《離騷》"余固知謇謇之為患兮"義。此句之謇，即謇謇之單言也。

（五）難也。引申為忠貞。《九章·思美人》"蹇蹇之煩冤兮，陷滯而不發"。王逸注"忠謀盤紆氣盈胸也"。洪補云"《易》曰王臣蹇蹇"。按蹇本訓跛，引申為難。洪引"王臣蹇蹇"《易》六二詞也。《釋文》云"紀急反"。象及序卦皆云難也。《正義》曰"志匡王室，能涉蹇難而往濟蹇，故曰王臣蹇蹇也"。《漢書·循吏龔遂傳》"內諫爭於王，外責傅相，引經義，陳禍福，至於涕泣，蹇蹇亡已"。師古曰"蹇蹇不阿順意也"。

（六）謇諓之借。按《離騷》"余固知謇謇之為患兮，忍而不能舍也"。叔師訓謇謇為忠貞貌。引《易》曰"王臣謇謇"，則漢師有作謇謇者，謇即蹇之後起分別文。然以《離騷》文義斷之，言謇謇為患，不得言忠貞為患，屈子不以己之忠貞為患也。則謇謇乃謇諓之同音通用字，此言蹇蹇煩冤，果依《易》釋為忠貞，則屈子亦不以忠貞而自尋煩冤也。則此蹇蹇亦當訓焉讒言，屈子被僭而見棄，則謇言正所以使之為患，使之煩冤者也。謇言在朝，故中心陷滯而不能發，原作陷滯而不發，句法奇僻，疑下句中情中字當在陷字上，"中陷滯而不發"與下句"志沈菀而莫達”對文。又“中陷滯而不發”與“中悶瞀之忳忳”句法正同，故增“中心”字樣以釋之也。文義兩貫，舊釋皆宜修正。至《易》“王臣蹇蹇”，自當是別義謇謇。《九歎・愍命》“讒人諓諓，孰可愬兮”。注“諓諓讒言貌”。餘詳諓諓條下。

（七）褰之同音借字。《九章・思美人》“憚褰裳而濡足”。洪補曰“《莊子》曰褰裳躩步。褰起虔切。蓋讀若褰，謂搴衣也”。《九歎》“褰虹旗於玉門”，則亦用褰字也。別詳褰下。

字或作謇作蹇。二、三兩義又多作謇字。詳謇字條下。一、二兩義各段，並參羌慶諸字，又按漢師說又與蹇謇通用。竝詳蹇字條下。蓋皆依聲立說，諸字同聲可通用，依字立說，則各有專業，不得相亂。

諓諓

《九歎・愍命》“讒人諓諓，孰可愬兮”。王逸注“諓諓讒言貌也。《尚書》‘諓諓靖言’。言讒人諓諓，承順於君，不可告以忠直之意也”。洪補云“諓音翦，巧言也”。又《九思・憫上》“哀世兮睩睩，諓諓兮嗌喔”。舊注“諓諓竊言，嗌喔容媚之聲”。按《說文・言部》“諓善言也”。《廣雅・釋訓》“諓諓善言也”。叔師以爲讒言，相似祇梧。又引《尚書》“諓諓靖言”，按今《秦誓》作“截截善諞言”。《公羊傳》文十二年引作“諓諓善竫言”《說文》又引作“戔戔”，則截截乃古文，諓諓乃今文。戔戔則諓諓之省。《公羊解詁》云“諓諓淺薄之貌”。《釋文》“諓諓徐在淺反，又子淺反，又音牋；《尚書》作截，淺薄貌也”。賈逵《外傳》云“巧言也”。疏解云“謂其念有淺薄之善，而撰其言也”。則《說文》、《廣雅》之所謂善者，謂小善之言也。凡從戔之字，皆有小意。故言之小者曰諓，則諓者，直謂小言，依附于上下文義而有差別。《尚書》曰“善諞言”，則依附善而曰言之小善者，非善言有小大也。《九歎》訓讒言以其讒人之諓諓也。《九思》訓竊言，以其言嗌喔也。《越語》下“余雖靦然而人面哉，吾猶禽獸也，又安知是諓諓者乎”。解曰“諓諓巧辯之言也”。《後漢書·樊準傳》“儒者競論浮麗忘謇謇之忠，習諓諓之辭”。李賢注“諓諓諂言也，音踐”。又《離騷》“余固知謇謇之爲患兮”，即讒人之言，諓諓爲患之義。叔師訓忠貞者，依《易》“王臣謇謇”，偶未深考也。參謇謇條下（惟漢師多從叔師説此世變也，當別論）。字又作蹇蹇，詳蹇蹇條下。

淺淺

《九歌·湘君》“石瀨兮淺淺”。王逸注“淺淺流疾貌”。洪補“淺音牋”。朱注“淺淺流疾貌”。按《説文》“淺不深也，從水戔聲”。凡從戔得聲之字皆有小義。水小則淺，故曰不深。大徐音“七衍切”。重言之訓爲流疾，則借聲字也。《廣韵》一先“淺淺疾流貌則轉爲平聲”。後世或以濺爲之。《廣韻》訓“疾流貌”，是也。惟《説文》及唐以前字書，皆不載此字。

鏘鏘

《九辯》“前輕輬之鏘鏘兮，後輜乘之從從”。王逸注“軒車先導聲轉鏻也”。朱熹《集注》“鏘鏘鸞聲也”。按《詩·大雅·烝民》“八鸞鏘鏘”。箋云“鏘鏘鳴聲”。《釋文》作將。又《韓奕》“八鸞鏘鏘”，《釋文》亦作將將。《管子·形勢》篇“鴻鵠鏘鏘，唯民歌之”。《吕氏春秋·古樂》“其音若熙熙凄凄鏘鏘”。按《説文》無鏘字。《商頌》“八鸞鶬鶬”，則又作鶬，皆假借字。《玉藻》“然後玉鏘鳴也”。其正字當作瑲。《説文》“瑲玉聲也”。《小雅》“有瑲葱珩”。《毛傳》“瑲珩聲也”。本狀聲字，故古經典無正形，《秦風》“珮玉將將”作將將。《樂記》“非聽其鏗鏘而已也”，《史記·樂書》作“鏗鎗”。單言曰鏘，重言則曰鏘鏘。雙聲言之則曰鏗鏘，其義一也。又鏘鏘別有盛義，故行貌之盛曰蹌蹌。《曲禮》“大夫濟濟蹌蹌”。《釋文》“蹌或作鏘，舞貌。謂之蹌蹌"。《説文》牄字注引《皋陶謨》"鳥獸牄牄"。今本作蹌蹌。

凡言鏘鏘皆盛之義，詳王念孫《廣雅疏證》釋訓"鏘鏘盛也"。按鏘鏘爲先秦南北通語，原以狀盛轉爲聲鏘盛，遂用爲狀聲詞也。

啾啾

《離騷》"揚雲霓之晻藹兮，鳴玉鸞之啾啾"。王逸注"啾啾鳴聲也。鳴玉鸞之啾啾，而有節度也"。此用以狀玉鸞之聲也。《九歌·山鬼》"雷填填兮雨冥冥，猨啾啾兮又夜鳴"。五臣云"啾啾猨聲"。洪補"啾啾小聲也"。又《招隱士》"歲暮兮不自聊，蟪蛄鳴兮啾啾"。王逸注"秋節將至，悲嘹嚦也"。洪、朱皆云"啾啾衆聲"。按《説文》"啾小兒聲也"。段注云"《蒼頡篇》啾衆聲也"。此蓋狀聲字，不能從字形分析者也。漢以前經典無用之者，此當爲楚人語，故惟屈賦用之也。

蚃蚃

《九歎·離世》"心蚃蚃而懷顧兮，魂眷眷而獨逝"。王逸注"蚃蚃懷憂貌"。洪補曰"蚃音卬。言己心中蚃蚃常懷大憂，内自顧哀"。按《説文》"蚃蚃獸也。一曰秦謂蟬蜕曰蚃"。大徐"渠容切"。無憂懼義，引申之亦不可能有此訓。其必爲借字無疑。《怨思》有"心鞏鞏而不夷"句，訓拘攣與本義合，然一本亦作蚃，則亦未必即鞏鞏之異。考《廣雅·釋詁》二"蚃悑懼也"。《方言》六"蚃悑戰慄也，荆吳曰蚃悑。蚃悑又恐也"。郭注鞏恭兩音。按王念孫讀蚃蚃爲兩字，故蚃悑之爲言皆恐也，誤。細繹《方言》即知之蚃字即恐之借字，皆從鞏聲，故得相借也。悑《説文》訓戰慄，即恐懼之貌，則蚃悑初本一語一義。《方言》下字作訓詁字，上字音稍變，故借蚃爲之，蚃悑兩字音無大別。中古以後讀爲鞏恭者調之小別，則莊蕭寫之應依《方言》；通融使用，不妨爲蚃蚃、爲鞏鞏、爲悑悑也。聯綿詞與叠詞之間有關，自音理通之，則條理殊非，暗昧不明，此一例也。子政亦荆吴之士，用方言入韻語，自亦當情。

鞏鞏

《九歎·怨思》"心鞏鞏而不夷"。王逸注"鞏鞏拘攣貌也。思屈己忠直之節，隨俗流行，心中拘攣，仁義不舒而志不悅樂"。"鞏一作蛩"。洪補"鞏音拱，以韋束也"。按洪説本之《説文》韋束則拘攣，引申義也。又《九歎·離世》別有"心蛩蛩而懷顧兮"，注"蛩蛩憂懼貌"，與此"心鞏鞏不夷"義同。蛩蛩即蛩恾之變，乃荆楚方言，憂懼之義。此亦蛩恾之別構也。詳蛩蛩條下。當以一本作蛩蛩，或作蛩恾皆可。叔師訓拘攣者，就鞏字本義引申言之也。恐未言得子政用詞之本。

慨慨

《九歎·遠逝》"情慨慨而長懷兮"。王逸注"慨慨嘆貌也。詩云慨我寤歎"。按《説文》"慨忼慨也"。此叔師訓歎貌，則借爲愾字，或憇字。《東京賦》"慨長思而懷古"。注"歎息也"。《思玄賦》"慨含唏而增愁"。注"太息也"。《説文》"愾太息也"，《詩》曰"愾我寤歎"，則慨愾古通用。單言曰慨、曰嘅、曰愾，重言曰慨慨，其義一也。凡叠字狀態狀性、狀聲詞皆可變異下字爲"焉"、爲"然"、爲"如"等，故《禮記·檀弓》上"練而慨然"。注"皆憂悼在心之貌"。又《檀弓》下"既葬慨焉如不及其反，而息"。《吕覽·審己》"滑王慨焉太息"。

溷溷

《九思·怨上》"哀哉兮溷溷，上下兮同流"。舊注"溷溷一國汩亂也"。洪補"溷音骨"。按《説文》"溷水出貌"。舊注訓亂者，探文義而立訓也。司馬相如《上林賦》"滭浡滵汩，湁潗鼎沸"。《索隱》云"郭璞云皆水微細湧貌，滵音骨"。《廣雅》云"滵滵決流也"。《淮南·原道訓》"原流泉浡冲而徐盈，混混滑滑，濁而徐清"。注"滑讀曰骨也"。《易林·蠱之既濟》"湧泉滑滑，南流不絕"。《方言》六"汩遙疾行也"。注"汩汩疾貌也"。《廣雅》"汩汩流也"。竝與滵滵音同義同。汩《方言》音于革反，非也。《七發》"混汩汩兮"。六臣音古沒切"混混汩汩"，即《淮南》之"混混滑滑"也。可證。餘詳汩字條下。

昂昂

《卜居》"寧昂昂若千里之駒乎？"王逸注"志行高也。昂一作卬，才絕殊也"。五臣云"千里駒展才力也，昂昂馬行貌"。洪補曰"昂卬音同"。朱熹注"昂五岡反，一作卬，音同"。《説文》無昂字。《詩·大雅·卷阿》"顒顒卬卬，如珪如璋"，《毛傳》"卬卬盛貌"，鄭氏箋云"志氣則卬卬然高朗"，與叔師志行高也同。卬與昂同音，昂即卬之後起字。五臣注"馬行貌"者，就千里駒言之也。今陽唐韻字多有高廣堂皇之義，則卬卬爲高行，于音理有據，《新附》"昂舉也"，與人部仰亦高義，則昂仰皆卬之轉注字。《説文·馬部》有駉字，訓駉駉馬怒貌，與《卜居》昂字義合，又後起專字矣。

軒軒

《九思》"鸒鵅兮軒軒，鶉鷚兮甄甄"。舊注"軒軒將止之貌"。洪補"鵅音爚"。按舊注以將止訓軒軒，前所未聞，依上下文義言之，皆言鹿斲貓隨鶉飛，此不得獨言將止。按《淮南·原道訓》"軒軒然方迎風而舞"。《論衡·道虛》亦言"見一士焉，深目玄準，雁頸而鳶肩，浮上而殺下軒軒然，方迎風而舞"，則兩漢人言軒軒者，謂舞也。與軒翥同義軒即鶱之借。《説文》"鶱飛貌也"。此言鸒鵅之飛翔也。注顯誤。

峨峨

《楚辭》四見而有三義，皆自山高貌引申之。

（一）山高貌。《招魂》"增冰峨峨，飛雪千里些"。王逸注"言北方常寒，其冰重累，峨峨如山。凉風急時疾雪隨之，飛行千里，乃至地也"。五臣云"峨峨高貌"。洪興祖《補注》"神異經北方有曾冰萬里，厚百丈"。朱熹《集注》同叔師説。又《九歎·憂苦》"聽玄鶴之晨鳴兮，于高岡之峨峨"。王逸注"言己聽玄鶴振音晨鳴，乃于高岡之上，峨峨之顛見有德之君，乃來下也"。

（二）冠高貌。《九歎·惜賢》"握申椒與杜若兮，冠浮雲之峨峨"。王逸注"峨峨高貌也。言己獨懷持香艸，執忠貞之行，志意高厲，冠切浮雲，不得而施用也"。

（三）頭角高貌。《招隱士》"狀貌崟崟兮峨峨"。王逸注"頭角甚殊，峨峨一作蟻蟻，音蟻"。五臣云"頭角高貌"。朱熹注"礒音蟻，一作蟻，峨峨頭角高貌"。

按諸高峻義，皆由借山高以爲喻。頭角高貌，當爲頤聲之借，頤《説文》"面前岳岳也"，即面前高之義，亦即《漢書·朱雲傳》之"五鹿嶽嶽，朱雲折其角"之嶽嶽。詳岳岳條下。字又作峩峩，見《九歎》補引一本。又按《詩》亦用峨峨，《大雅·棫樸》"奉璋峨峨"，乃祭祀盛之義，則以峨峨訓高者，特南楚之方言也。漢人賦遂多用此義。

凝凝

《大招》"天白顥顥，寒凝凝只"。王逸注"凝凝水凍貌也。言北方冬夏積雪，其光顥顥天地皆白，冰凍重累，其狀凝凝，其寒酷烈，傷肌骨也。凝一本及《釋文》竝作嶷，魚力切"。朱熹注"凝一作嶷，魚力反，凝凝冰凍貌"。按凝本訓冰堅，則凝凝訓冰凍貌。仍是本義矣。依

《説文》字本作冰，俗冰，疑作凝。大徐魚陵切。惟經典皆以冰爲仌，冰則作凝矣。按凝凝形寒之盛，此當爲南楚之方言。今昆明昭通之間尚有是語。寧波方言言己中心恐懼之甚爲寒凝凝。亦寒義之引申也。

岳岳

《九思·憫上》“叢林兮崟崟，株榛兮岳岳”。舊注“岳岳衆木植也”。按《魯靈光殿賦》“神仙岳岳于棟間”。李善注“岳岳立貌”。《古文苑·蜀都賦》“方彼陣池，峟岰輵辥，礫乎岳岳”。注“總言衆山森列，爭高峻之狀”。岳岳連文。漢文僅此數見，皆訓山貌。按岳即古文嶽字，作⿳，象高形，隸變作岳。則岳岳本訓山高立貌。《九思》以作株榛衆木植者，引申義也。又岳岳漢人常語。《説文》“頤面前岳岳也”，面前岳岳者，王筠以爲即相人術之五岳朝拱，則頤乃轉注專字。《漢書·朱雲傳》云“五鹿嶽嶽，朱雲折其角”。錢大昕謂嶽嶽，即頤字，音轉爲髍髍。見《大招》。嶷嶷見《九懷·陶壅》。先秦則用巖巖。《詩·小雅·節南山》“維石巖巖”是也。聲轉爲峩峩。《招隱士》“狀貌崟崟兮峩峩”。五臣注峩峩“頭角高貌”。

峉峉

《九思》“川谷兮淵淵，山阜兮峉峉”。王逸注“峉峉長而多有貌”。“峉音額，山高大貌”。按《説文》無峉字。當即峩峩岳岳等詞之聲轉。漢賦家多自造新字，此亦當爲叔師自造之字，詳峩峩、岳岳、巖巖諸條下。

岌岌

《離騷》“高余冠之岌岌兮，長余佩之陸離”。王逸注“岌岌高貌”。

洪興祖《補注》"岌魚及切"。朱熹義同王，音同洪。《爾雅》"小山岌，大山峘"。郭注"岌謂高速"。《玉篇》"岌魚及反，山高貌"。重言之則曰岌岌。《廣雅·釋訓》"岌岌高也。岌岌盛也"。惟《説文》無岌字。《説文》引《爾雅》小山岌作小山馭，而馭則馬行相及也，與此訓高者義不同，則岌岌乃後出字。

欵欵

《卜居》"吾寧悃悃欵欵"。王逸注"志純一也。欵一作款"。五臣云"悃欵懃苦貌"。洪補云"苦管切。誠也。俗作欵"。朱熹《集注》"悃款誠實傾盡之貌"。按《説文》"欵意有所欲也"。大徐"苦管切"。《蒼頡篇》"款誠重也，至也"。《廣雅·釋詁》一"款誠也，又愛也"。《玉篇》"誠也。叩也"。徐鍇曰"今人言誠款也"。《荀子·修身》"愚款端愨，則合之以禮樂，通之以思索"。注"款誠款也"。《字林》"款誠也"。單言曰款，重言之則曰款款。叔師訓志純一與誠義同。《廣雅·釋訓》"款款愛也"，《文選·司馬遷報任少卿書》"欲効其款款之愚"，李善注"款款忠實之貌"，皆其證。聲轉爲灌灌。《詩·大雅》"老夫灌灌，小子蹻蹻"。傳"灌灌猶款款也"。陳奐《毛詩傳疏》曰"毛意灌讀爲懽，懽與款聲同，古曰懽懽，今曰款款"。此以今語通古語也。皆懇誠愷切之意。

悃悃

《卜居》"吾寧悃悃欵欵，朴以忠乎"。王注"志純一也"。五臣云"悃欵懃苦貌"。洪補云"悃苦本切"。朱熹注"悃欵誠實傾盡之貌"。按《説文》"悃愊也"。又"愊悃愊誠志也"。則單言曰悃。《楚辭·九歎·愍命》"親忠正之悃誠兮"。重言曰悃悃複言曰悃愊其義一也。《白虎通·文質》"贄者質也。質己之誠，致己之悃愊也"。

純純

《九辯》"紛純純之願忠兮，妒被離而鄣之"。王逸注"思碎首腦而伏節也"。"一作紛忳忳而願忠"。朱熹"忳忳專一貌"。純純先秦以來習用詞。《莊子》"純純常常，乃比於狂"，《大戴禮·哀公問五義》"總要萬物，穆穆純純，其莫之能循"，《淮南·原道訓》引《老子》曰"其政悶悶，其民純純，其政察察"，皆純朴誠懇之義。《説文》純訓絲也。引《論語》"今也純儉"。孔安國曰"純絲也"。作純樸誠懇用，則與醇字音義相通，古從屯之字，多有厚重之義，一本作忳者，後起專別字也。又或作肫。《禮記·中庸》"肫肫其仁"，鄭注肫肫或作純純。《荀子》"繆繆肫肫，其事不可行"。《大戴禮·哀公問五義》作"穆穆純純"。肫字本訓面頯也。面頯即面部顴骨之處曰肫，則亦假借字，故純純正字當作醇或惇。《説文》"惇厚也"。純純則引申義，而忳則後起專字。肫則假借字也。

契契

《九歎·惜賢》"孰契契而委棟兮"。王逸注"契契憂貌也。《詩》云'契契寤歎'。契一作挈"。洪興祖補云"《爾雅》佻佻契契逾遐急也。契苦絜切。注云賢人憂歎，遠益急也"。按"契契寤歎"，《小雅·大東》又《毛傳》"契契憂苦也"，《釋文》"契苦計反"，徐"苦結反"。馬瑞辰曰"《釋文》苦計反，讀如契約之契"。又云"徐苦結反，則讀如提挈之挈，憂苦即提挈之引申……挈挈其正字也。《廣雅》挈挈憂也。與《詩》契契皆假借字"。按馬説是也。契《説文》訓"大約也"，挈訓"懸持"，謂懸而持之，即提挈之義。《禮·王制》"班白不提挈"。《釋名》"挈結也。結束也，束持之也"。故得引申爲憂苦。惟古籍無用挈挈者。《太玄·干》次三"菑鍵挈挈匪貞"，司馬光注"挈挈急切貌"，爲漢人用之惟一之證。《爾雅》"佻佻契契逾遟急也",注"賦役不均,小國困踣,賢人憂歎遠益急切",爲《太玄》所本。叠均之變,則爲奕奕。《小雅·頍弁》"未見君子憂心奕奕"。傳"奕奕然無所薄也"。《釋文》音亦又深喉淺喉之別也。

忳忳

《九章·惜誦》"申侘傺之煩惑兮,中悶瞀之忳忳"。王逸注"忳忳,憂貌也。言已憂心煩悶,忳忳然無所舒也"。洪興祖補曰"忳徒昆切,悶也"。按《説文》無忳字。《九辯》"紛純純之願忠兮"。一作"紛忳忳而願忠兮"。《禮記·中庸》"肫肫其仁",注"肫肫讀如'誨爾忳忳'之忳忳,懇誠貌"。肫肫或爲純純,則《九章》之忳忳,北土或用純純肫肫也。南土或用忳忳。《集韻》二十七恨,頓字紐。"忳忳愚貌",引《老子》"忳忳兮"。(今本多作沌,誤之又誤者也)。《九辯》雜用沌沌,《九辯》本屈宋後期作品,或已多北土用字,或爲後人所更,皆不可知。凡從屯之字,多有艱屯之義,如屯、春、窀、頓、黗、鈍、惷、蠢等皆是。故引申爲憂懼愚惑諸義。北土用純則借字,南土用忳則方俗,以心中艱塞爲義,而新增者也。此轉注也,所以多後起字。

頴頴

《九思·哀歲》"神光兮頴頴,鬼火兮熒熒"。舊注"神光山川之精,能爲光者也"。按《説文》"頴火光也"。二徐皆音古迥反。《小雅·無將大車》"不出於頴",傳"頴光也",則火光乃本義,而光也,乃引申義。重言之,則曰頴頴。按《説文》別有烱字,訓光也。《廣雅·釋訓》云"烱烱光也。聲與頴全同"。則本字當作烱。《廣雅·釋訓》"烱烱光也"。王念孫云"襄五年《左傳》'我心扃扃',杜預注'扃扃明察也',《楚辭·哀時命》'夜炯炯而不寐',《九思》'神光兮頴頴',竝字異而義同”。餘詳炯炯條下。

炯炯

《哀時命》“夜炯炯而不寐兮，懷隱憂而歷兹”。王逸注“言己中心愁怛，目爲炯炯而不能眠”。“炯一作烱”。洪興祖《補注》云“烱古茗切，光也。烱俱永切，炎蒸也”。按《説文》“炯光也”。重言之則曰炯炯。《廣雅·釋訓》“炯炯光也”。《玉篇·火部》“炯公迴、户頂二切。炯炯明察也”。王念孫曰“襄五年《左傳》‘我心扃扃’，杜預注‘炯炯明察也’，《楚辭·哀時命》‘夜炯炯而不寐’，《九思》云‘神光兮熲熲’，竝字異而義同”。按《文選·秋興賦》“珥金貂之炯炯”。李善注“《廣雅》炯炯‘光也’”。六臣云“五臣作熲熲，古鼎切”。炯一作烱及熲。與炯同音通用。皆可由此證之。又《文選·寡婦賦》“目炯炯而不寢”。即此“夜炯炯而不寐”也。翰注“炯炯目不閉而光也”。《遠遊》“夜耿耿而不寐兮，魂煢煢而至曙”與此兩句相同。叔師于彼注引《詩》“耿耿不寐”。舊注本言耿一作炯，耿炯古同古茗切。則炯炯即耿耿也。先秦只作耿耿，至漢人乃作炯炯也。詳耿耿條下。

噍噍

《九思·哀歲》“虸蚸兮噍噍”。王逸注“促寒將蟄，故噍噍鳴”。按揚雄《羽獵賦》“噍噍昆鳴”。《漢書》顔師古注“音子由反”。《文選》李善注“噍與啾同子由切。”向注“噍噍鳴聲”。又《長笛賦》“求偶鳴子，悲號長嘯，由衍識道，噍噍讙譟”。《離騒》“鳴玉鸞之啾啾”。王逸注“啾啾鳴也”。《九歌》“猨啾啾兮狖夜鳴”，則獸類亦言啾啾。詳啾啾條下。聲轉爲嘖嘖。《北征賦》“鶤雞鳴以嘖嘖”，即《羽獵賦》之“噍噍昆鳴”也。此類狀聲字極多，不及備載。

磕磕

《九章·悲回風》"憚湧湍之磕磕兮，聽波聲之洶洶"。王逸注"磕一作礚"。洪補云"磕苦蓋切石聲"。朱熹《集注》"磕磕水石聲"。《九懷·尊嘉》"榜舫兮下流，東注兮磕磕"。王逸注"濤波踴躍多險難也。磕一作礚"。《釋文》作礚。洪補云"竝苦蓋切。石聲"。按《説文·石部》"磕石聲"。今多書作礚，隸變作磕，其實一也。《漢書·司馬相如傳·子虛賦》"礧石相擊，琅琅磕磕"，師古曰"磕磕音口蓋反"，《文選》銑注"言轉石相擊而爲聲"，《高唐賦》"礐震天之磕磕"，李善注《字林》曰"大聲也"，義皆大同小異。就《九章》論，則水石相擊之義爲重，就《九懷》言，則大聲義已明。因所施而小別。

喈喈

《九思·悼亂》"鵹鶊兮喈喈"。王逸注曰"鵹鶊鸝黄也。喈喈鳴之和"。《詩·周南·葛覃》"黄鳥于飛，集於灌木其鳴喈喈"。傳"喈喈和聲之遠聞也"。又《鄭風·風雨》"雞鳴喈喈"。《釋文》"喈喈音皆"。又《大雅·卷阿》"菶菶萋萋，雝雝喈喈"。傳"梧桐盛也，鳳皇鳴也"。《釋文》"喈喈音皆，鳳皇鳴也"。按《説文·口部》"鳥鳴聲"。《九思》用喈喈蓋本之《葛覃》之詩。此先秦北土習用語，南土諸士未見用之者。叔師習五經，故引入賦也。聲轉爲關關見《詩·關雎》。又爲咬咬，《文選·鸚鵡賦》"咬咬好音"。善注引《韻略》曰"咬咬鳥鳴也"。音交。

嶮嵫

《楚辭》凡兩義。

（一）高貌。《招隱士》"白鹿麏麚兮，或騰或倚，狀貌峚嵷兮峨峨"。王逸注"頭角甚殊"五臣云"峚嵷峨峨頭角高貌"。按崟山之岑崟也。《廣雅》"岑崟高也"。字又作嶔作礒。桂氏義證詳矣。大徐音"魚音切"。

（二）眾饒貌。《九思》"叢林兮峚嵷，株榛兮岳岳"。王逸注"峚嵷眾饒貌。嵷一作岭"洪補注"竝音吟"。按馬融《廣成頌》"豐彤對蔚，崟頜慘爽"。注"竝林林貌也"。崟音吟蓋即本之。

觻觻

《招魂》"其角觻觻些"。王逸注"觻觻猶猎猎，角利貌也。言地有土伯執衛門户，其身九屈，有角觻觻，主觸害人也。觻一作觺"。五臣云"觻觻銛利貌"。洪《補注》曰"觻音疑，又牛力切"。按五臣訓銛利貌，《廣韻》七之觻在疑紐"觻觻獸角貌"。又"魚力切"。按聲義與岳岳、嶽嶽、頱頱皆相引。詳各條下。《招魂》以前典籍不見此字。《廣韻》雖載之而漢人亦不用，則南楚方俗文字也。

嶷嶷

《九懷·陶壅》"越炎火兮萬里，過萬首兮嶷嶷"。王逸注"見海中山數萬頭也。海中山石嶷嶷嶽嶽萬首交跱也。萬首一作千首，嶷嶷一作旌旌"。洪《補注》"嶷音擬。又魚力切"。按叔師以嶷嶷嶽嶽狀嶷嶷，謂嶷嶷與嶽義爲交跱也。《史記·五帝紀》"其德嶷嶷"。《索隱》"嶷嶷德高也"。嶽嶽見《漢書·朱雲傳》"故諸儒爲之語曰：五鹿嶽嶽，朱雲折其角"。師古曰"嶽嶽長角之貌"。則叔師所謂交跱者，謂山石嶷嶷，高而且眾，相交跱也。嶷嶷與嶽嶽亦一聲之轉，嶽即古文作岳。

謷謷

《九思・怨上》"令伊兮謷謷，羣司兮譨譨"。舊注"令尹楚官掌政者也。謷謷不聽話言而妄語也"。洪補"謷五高切"。按《説文》"謷不肖人也。從言敖聲，一曰哭不止。悲聲謷謷"與此爲別。《詩・小雅・十月之交》"讒口囂囂"，《釋文》"囂囂五力反。衆多貌"，《韓詩》作謷謷。則謷謷即囂囂也。舊注以爲"不聽話言而妄語"正囂囂之義。《爾雅・釋訓》"謔謔謞謞崇讒慝也"，《釋文》"謞謞虛郭反或大角反"；《大雅・生民・板》云"多將熇熇，不可救藥"，《毛傳》云"熇熇熾盛也"，鄭箋云"多行憍憍慘毒之惡，誰能止其福"，竝字異而音近義通。

字又作嗸嗸。《詩・小雅・鴻雁》"鴻雁于飛，哀鳴嗸嗸"。傳"未得所安集，則嗸嗸然"。《釋文》"嗸本作嗷，五刀反。未得所安"。小人之謀君子，本不能得所安，故義與叔師乃相同。古從口從言之字多爲異文。嗸嗷必爲一字無疑。《説文》錄嗷字，訓衆口愁也。不錄嗸。段氏以上敖下口爲本字，嗷爲後人妄改，所爭在形似，非本質也。《説文》固有上下之形與左右之形別爲二字者，然爲一字之衍化者亦至多，正不必嗸嗷争辯也。嗷嗷亦見《九歎・惜賢》"聲嗷嗷以寂寥兮"。注"嗷嗷呼聲也"。別詳嗷嗷條下。

嗷嗷

《九歎》"聲嗷嗷以寂寥兮"。王逸注"嗷嗷呼聲也。嗷一作嗸"。洪補"嗷嗷衆口愁也。嗷呼也，音叫"。按《説文・口部》"嗷衆口愁也。《詩》曰"哀鳴嗷嗷"。段玉裁注曰"按此五經文字，《玉篇》、《廣韻》、《經典釋文》皆下口上敖，本《説文》也。今《説文》作嗷，後人所妄改，《董仲舒傳》'囂囂苦不足'，《食貨志》'天下謷謷'，《陳湯傳》'嗸嗸苦苦'，皆同音假借字。嗸正字，嗷俗字也"。段説是也。古從口從言或不分，左右上下移易或不分。《詩·小雅·鴻雁》"鴻雁于飛，哀鳴嗸嗸"，傳"未得所安集，則嗸嗸然"，則人聲鳥聲皆可同嗸嗸。

諤諤

《惜誓》"或推迻而苟容兮，或直言之諤諤"。王逸注"言臣承順君，非可推可迻，苟自容入，以得高位，有直言諤諤，諫正君非，而反放棄之也"。諤《釋文》作"讍"。朱熹《集注》"諤一作讍。諤諤直言貌。語曰千人之諾諾，不如一士之諤諤，周武諤諤以興，殷紂諾諾以亡"。按朱申叔師說是也。千人諾諾數語，見《史記·商君傳》及《韓詩外傳》七、《廣雅》。王念孫曰"諤諤，猶詻詻也。《大戴禮·曾子立事篇》'君之出言以鄂鄂'。盧辯注云'鄂鄂辨屬也'。《史記·商君傳》云'千人之諾諾不如一士之諤諤'。《漢書·幸傳》云'咢咢黃髮'。《鹽鐵論·國病》篇云'今辯訟愕愕然'。亦字異而義同。按鄭注《坊記》"徵諫不倦者，子於父母尚和順，不用鄂鄂"。與《立事篇》同。按《說文·吅部》"咢譁訟也"。《字林》咢直言也。則諤諤本字當即咢。作鄂者借聲字。作諤愕者皆後起分別文。言部"詻論訟也"，則聲同義近字。惟《說文》不收愕諤字。

猎猎

《九辯》"猛犬猎猎而迎吠兮，關梁閉而不通"。王逸注"讒佞讙呼而在側也"。五臣云"猎猎開口貌，迎吠拒賢人，使不得進也"。洪興祖《補注》"猎音垠，犬爭，一云吠聲"。按《說文》無猎字，當即犴之異體。慧琳《一切經音義》五十四猎猎下云"又作犴，同魚巾牛街二切。猎猎犬吠聲"是也。此字不見他古籍使用，惟犴字語斤一切，與今音猎同。而《玉篇》之牛佳切，蓋即今俗用之啀字。啀啀亦犬聲。《說文》亦無之。

卓卓

《哀時命》“處卓卓而日遠兮”。王逸注“卓卓高貌。卓一作逴遠一作高”。洪興祖《補注》“逴音卓”。按叔師訓高貌者，卓本義也。《文選・三國名臣序贊》“卓卓若人曜奇赤壁”。亦謂高貌。卓本訓高，故可單言，亦可重言，亦可加語尾爲卓然、卓爾（卓然見《漢書・成帝紀》卓爾見《論語・子罕》）皆從高義立訓。惟本文云卓卓曰遠，似應訓遠，更能拍合，則高之引申矣。詳卓字條下。

逴逴

《九辯》“春秋逴逴而日高兮”王逸注“年齒已老，將晚暮也”。洪興祖《補注》“逴竹角切。遠也”。朱熹《集注》同。按《說文》“逴遠也”。字亦作卓，單言則曰卓。《九章》云“道卓遠而日忘”。重言則曰逴逴。《哀時命》“處卓而日遠兮”。王注“卓卓高貌，一作逴”。《九辯》言逴逴日高與《哀時命》言卓卓日遠同。王叔師與洪慶善兩注高遠二義適相顛倒。蓋卓本訓高，而逴本訓遠，高自上下言，遠自前後言，其義本可通也。詳卓與卓卓兩條下。

申申

《離騷》“女嬃之嬋媛兮，申申其詈予”。王逸注“申申重也。言女嬃見己施行不與衆合，以見放流，故來牽引數怒，重詈我也。予一作余”。洪補曰“《論語》曰申申如也。申申和舒之貌，女嬃詈原，有親親之意焉。《九歌》云‘女嬋媛兮爲余太息’，是也”。朱熹曰“申申舒緩貌也”。按申申乃重言形容詞，義存於聲，與上下文相會而各不同，洪引《論語》申申如也，以爲和舒之貌（本馬注）。《廣雅》亦云“申申容也"。《漢書·石奮傳》申申整敕之貌。諸義與罶字及上句之嬋媛一詞，皆不能調合，則申申應爲狀重罶之詞，王訓重，又與上文嬋媛合詁之，説最精審。此義寄於聲之詞，不能求其本字，亦不必求其本字也。《漢書·叙傳》"夭夭伸伸"，顏注引《論語》"孔子燕居伸伸如也"，以伸爲之。

譨譨

《九思·怨上》"令尹兮謷謷，羣司兮譨譨"。舊注"羣司衆僚，譨譨猶偬偬也。言皆競於佞也"。洪興祖《補注》"譨譨多言也。奴侯切"。按《説文》無譨字，亦不見他書用之者。凡今從農之字，多有衆多厚重之義。則叔師説字亦合於六書結構音理。《蒼頡篇》有譊字，"訟聲也"，《説文》訓"恚呼也"，大徐音"女交切"。《繫傳》曰"聲音噪也"。《法言·寡見篇》"譊譊者天下皆訟也"。《後漢書·儒林傳》注"譊譊喧也"。字又作憢。《詩·民勞》箋"憢猶讙譊也"。又按《方言》有譨字，云"貎譨眿多也。南楚凡大而多謂之貎，亦謂之譨"。凡人語言過度，及妄施行，亦謂之譨。譨與譨皆從農聲，蓋轉注字。從多故曰多，從言故曰多言。則譨音正南楚方言也。

甄甄

《九思·悼亂》"鶉鷁兮甄甄"。舊注"甄甄小鳥飛貌。一云鶉鷁兮飄飄"。按《説文》"甄匋也。從瓦垔聲"。"居延切"。無鳥飛義。此本狀聲字。狀聲字多借用。朱駿聲以爲猶奔奔賁賁，以韻準之也。其實當爲關關喈喈，本無正字。古假借必以古雙聲爲準不以叠韻爲準也。

蠢蠢

《惜賢》"盪渭湋之姦咎兮，夷蠢蠢之溷濁"。王逸注"蠢蠢無禮義貌也。《詩》云‘蠢爾蠻荊’。言己欲盪滌讒佞汙穢之臣，以除姦惡，夷滅貪殘無禮義之人也”。洪補曰“蠢出尹切”。按《説文》“蠢蟲動也。從蚰，春聲。𧐢古文蠢。從戈。《周書》曰‘我有𧐢于西方’”。大徐，引申爲凡動之稱。《詩》“蠢爾蠻荊”。《毛傳》“動也”。單言曰蠢，重言曰蠢蠢。《左傳》昭二十四年“今王室實蠢蠢焉”。注“蠢蠢動擾貌”。《釋文》蠢昌允反“動擾貌”。（今《説文》引“王室實蠢蠢”作“惷惷”，《三體石經》作𧐢。《説文》引《尚書》十字亦作𧐢作蠢，乃漢人隸變俗字也。）叔師訓無禮義貌者，即動擾之義。今方俗謂人舉動贛愚曰蠢，則又引申義矣。此字在先秦惟見於《詩》、《書》、《禮》、《左傳》，不見于南土諸士之作。疑本北土方言。子政徧習故書，此蓋用《詩》、《書》義也。

遼遼

《九歎·憂苦》“山修遠其遼遼兮”。王逸注“遼遼遠貌。言己遙視楚國山林，長遠遼遼難見”。按《説文·辵部》“遼遠也”。單言曰遼，重言則曰遼遼。《廣雅·釋訓》“遼遼遠也”，遼遠皆先秦以來南北通語耳。吾鄉俗言“老遠”，老亦遼之聲變也。

陶陶

《九思·哀歲》“冬夜兮陶陶”。舊注“長貌”。按陶陶當讀爲遙遙，古陶與繇同音，皋陶作皋繇是也。陶字訓喜樂，即喒傜之聲借，則訓遠者，陶自可爲遙之借字。《九章·悲回風》“翼遙遙其左右”。雖遠念君在旁側也。《廣雅·釋訓》“遙遙遠也”。《方言》六“遙廣遠也”。《左傳》昭二十五年“遠哉遙遙”。漢人或轉爲迢迢。《古詩十九首》“迢迢牽牛星”是也。遙遙轉爲迢，亦猶陶陶轉爲傜、遙爾。

媞媞

《七諫·怨世》"西施媞媞而不得見兮"。王逸注"媞媞好貌也。《詩》曰好人媞媞"。洪氏《補注》云"媞大奚切。媞媞安也，一曰美好"。《爾雅·釋訓》"厭厭媞媞安也"。注"皆好人安詳之容"。《釋文》"媞媞徒低反"。疏"孫炎曰媞媞行步之安也。《魏風·葛屨》云'好人媞媞'。毛傳'媞安諦，謂步行安舒而審諦也'，此皆好人安詳之容也"。按《説文》'媞諦也，一曰妍黠也，一曰江淮之間謂母曰媞"。毛傳訓安諦正許君所本。叔師引《詩》"好人媞媞"，今《魏風》作提提，借字也。《檀弓》"吉事欲其折折爾"。注云"安舒貌"。《詩》云"好人媞媞"。《釋文》"折折大兮切"。校勘記曰閩監毛本同，石經同，岳本、嘉靖本同。《衛氏集説》"《釋文》出折"。考又云"古本折折作提提"。按折折疑亦聲借字。

嫋嫋

《九歌·湘夫人》"嫋嫋兮秋風，洞庭波兮木葉下"。王逸注"嫋嫋秋風搖木貌"。洪興祖《補注》"嫋長弱貌。奴鳥切"。按《説文》"嫋姌也"。"姌弱長貌"。《廣雅·釋訓》"嫋嫋弱也"。王念孫疏證"《史記·司馬相如傳》姄嫋姌嫋，重言之則曰㚒㚒、嫋嫋、姌姌。嫋亦弱也"。卓文君《白頭吟》云"竹竿何嫋嫋"。《文選·吳都賦》"嫋嫋素女"。李善注"埤蒼曰嫋嫋美也"。古女性以荏弱為美，凡此所謂弱與美，皆言其荏弱婀娜之態，引申則秋風搖木，亦婀娜荏弱，故木葉因風而落也。叔師以秋風搖木釋之，字義與文義兩調。

離離

《九歎·思古》"曾哀悽欷，心離離兮"。王逸注"離離剥裂貌。言己不遭明君，無御用者，重自哀傷悽愴累息，心爲剥裂"。按離離猶言離遜，音尾有輕重耳。《書·多方》"離遜爾土"。《漢書·谷永傳》"誅逐人賢，離遜骨肉，羣小用事"。師古曰"遜遠也，字又作邋"。《左傳》襄十四年"以從執政，猶殽志也。豈敢離遜"。《史記·周本紀》"離邋其王父母弟"。惟離遜離邋作動詞用，而離離則爲狀態詞，狀態以叠字爲最順適。漢賦調協、字音較先秦爲盛，故得以離離爲離遜也。離離別有行列，下垂、茂美之義。皆隨文申説。參蠡蠡、纚纚、歷歷諸條自知。

蠡蠡

《九歎》"覽芷圃之蠡蠡"。王逸注"蠡蠡猶歷歷行列貌也。言己登高大之陵，周而四望，觀香芷之圃，歷歷而有行列，傷人不采而佩帶也。言己亦修德行義，動有節度，而不見用也"。洪補云"蠡禮弋切"。按叔師以歷歷釋蠡蠡，則借爲歷歷也。歷字本從秝。《説文》部首"秝稀疏適也。從二禾"，言禾疏朗，可指數之義，歷則爲秝之動字，經歷指數也。故歷歷有行列之訓。凡疏朗則行列明。《古詩十九首》"玉衡指孟冬，衆星何歷歷"，言星明白可指數也。蠡蠡則同音之借。洪音禮弋切者，以上下文峨嵯協韻也。

隣隣

《九歌·河伯》"魚隣隣兮媵予"。王逸注"言江神聞己將歸，亦使波流滔滔來迎河伯，遣魚隣隣侍從而送我也。隣一作鱗"。洪興祖《補注》"屈原託江海之神，送迎己者，言時人遇己之不然也。杜子美詩

‘岸花飛送客，檣燕語留人’亦此意”。朱熹《集注》“隣一作鱗。既已別矣，而波猶來迎，魚猶來送，是其眷眷之無已也”。按王、洪、朱三家所釋，皆章句之義，非訓詁字義也。隣隣當從一本作鱗鱗爲是。鱗本訓魚甲鱗鱗聯文，則義與鱗集、鱗羅等相同。鱗集言相次也。方俗言魚一尾爲一鱗，魚相次而數之，則曰鱗集。重言之則曰鱗鱗。猶言一尾一尾之魚其多而可數。叔師言侍從者，即自多而可數之義蘊出。

睩睩

《九思·憫上》“哀世兮睩睩，謥詷兮嗌喔”。舊注“睩睩視貌。賢人不用，小人持勢也”。洪補云“睩目睞謹也，音禄”。按洪補説見《説文·目部》“從目、録聲，讀若鹿”。大徐“盧谷切”。又睞字云“目瞳子不正也”。《洛神賦》“明眸善睞”。李善注“睞旁視，則睩者，謂注視而又謹畏，不敢正視也”。《招魂》“娥眉曼睩，目騰光些”。王曰“好目曼澤，時睩睩然，視精光騰馳感人心也”。按從録之字多有謹意，娽娽謹貌，行部“逯行謹逯逯也”。餘詳睩字下。

漣漣

《九歎·憂苦》“涕流交集兮，泣下漣漣”。王逸注“漣漣流貌也。《詩》云‘泣涕漣漣’。言己思念楚郢之路，冀得復歸還，顧眄視心中悲感涕泣，交會漣漣而流也”。《詩·衛風·氓》“泣涕漣漣”。《釋文》“漣，音連，泣貌”。子政用《詩》義也。《漢書·韋玄成傳》“先后兹度，漣漣孔懷”，師古曰“先后即先君也，以父昔居此位，故泣涕而甚思之也”同。《玉篇》水部之引《詩》曰“泣涕”，泣涕淚下貌。按《説文》正字作瀾，本訓大波，爲瀾從水、闌聲。漣瀾或從連，本洛干切。鉉曰“今俗音力延切”。是《毛詩》古文作漣，則瀾乃今文也。《詩·伐檀》“河水清且漣漪”，《爾雅·釋水》引作瀾漪。則《爾雅》

亦今文也。音本當讀洛干切，而後人誤爲力延也。義本波瀾引申爲流貌。

躝躝

《九思·悼亂》“鹿蹊兮躝躝”。舊注“躝一作躪，躝躝一作繼踵”。洪興祖《補注》“蹊徑也，躪吐管切。《集韻》作躪。《説文》云‘禽獸所踐處也’”。按《説文》“躪踐處也，從足，躝省聲”。大徐“徒管切”。經籍無他處可證，諸家注《説文》皆引此爲説。曰“鹿蹊躝躝”，則《豳風·東山》所謂“町畽鹿場”者是也。田部“畽禽獸所踐處”，與此實同。町畽雙聲。則躝直漢人語。漢時亦不見他人用之，則直叔師新增字爾。

遲遲

《九歎·惜賢》“時遲遲其日進兮”。王逸注“遲遲行貌”。《詩》云“行道遲遲”。按《詩·邶風》毛傳“遲遲舒行貌”。《説文》引《詩》訓徐行，舒即徐也。《詩·豳風·七月》“春日遲遲”。傳“遲遲舒侵也”。《正義》曰“遲遲者日長而暄之義”。故叔師訓行貌也。按遲遲乃《詩經》恒語。除上兩例外，又見《小雅·出車》、《商頌·長發》、《小雅·采薇》等篇，各依上下文而取義有小別。總其歸要，皆徐行一義之引申。《廣雅》訓長，亦引申義也。子政閑習故書，故多用《詩》義。字又作遲遲，遲遲用籀文也。

蟬蟬

《九思》“鹿蹊兮躝躝，麡貉兮蟬蟬”。舊注“蟬蟬相隨之貌”。洪興祖《補注》“蟬滛潭二音”。按蟬本白魚蟲，即今書籍中所生魚蠹也。叔師用作相隨貌者，聲借字。《後漢書·馬融傳·廣成頌》“或夷由未殊，顛狽頓躓，蝡蝡蟫蟫，充衢塞隧”，注“蟫音似林反，亦動貌也”，則漢人固以蟫蟫爲物動之貌，相隨亦動也。洪又音淫，則當爲尤《説文》“尤淫淫行貌”。

摶摶

《九辯》“橬精氣之摶摶兮”。王逸注“託載日月之光耀也。楚人名圓摶也”。“摶一作槫”。洪補云“摶度官切”。按《橘頌》“圓果摶兮”。摶即團字。《詩·鄭風·野有蔓艸》“零露漙兮”。《釋文》云“本亦作團，團團然衆多也。精氣衆多，團團然也”。然《説文》無摶字，而漙在新附，蓋許氏偶遺之也。此則南楚異體字，不能純依《説文》求之也。至一本作槫。《毛詩》“勞心慱慱”。李善注《文選·思玄賦》引作團團，則慱亦團也。參專專條下及漙字條下。

塗塗

《九歎·逢紛》“白露紛以塗塗兮”。王逸注“塗塗厚貌。一云紛紛。言四時欲盡，白露已降，秋風急疾，年歲且老，愁憂思也”。按《文選·謝玄暉酬王晉安詩》“稍稍枝早勁，塗塗露晚晞”。李善注引此文及王注，作“厚貌也”。按《説文》新附土部“塗泥也。從土，除聲。無厚意。《詩·鄭風》“野有蔓艸，零露漙兮。“《毛傳》“漙漙然盛多也”。《釋文》“漙本亦作團，徒端反”。塗即漙之音借。亦即《離騷》之“墜露”。墜、塗、漙皆雙聲。詳墜字下。

專專

《九辯》“計專專之不可化兮，願遂推而爲臧”。王逸注“我心匪石，不可轉也”。朱熹《集注》“言我但能專一於君而不可化”。按專專讀爲

《詩·檜風·素冠》"勞心慱慱"。傳"慱慱憂勞也"。《釋文》"徒端切"。《爾雅·釋訓》"忉忉慱慱憂也"。字又作搏搏。《文選·思玄賦》"志搏搏以應懸兮"是也。專專不可化，即憂勞不能去之意。故叔師以"匪石不可轉"釋之。朱熹以爲"慱"一字。慱一於君，何用作計。其不允至顯。參搏搏條下。

納納

《九歎·逢紛》"裳襜襜而含風兮，衣納納而掩露"。王逸注"納納濡溼貌也。上曰衣下曰裳。言己放行山野，下裳襜襜，而含疾風，上衣濡溼，而掩霜露。單行獨處，身苦寒也"。洪補云"《說文》云納絲溼納納也"。按《說文》訓納爲絲溼納納也。於古惟見子政此文，及叔師此注，則叔師取於《楚辭》之證。大徐音奴答切。

慅慅

《九章·抽思》"數惟蓀之多怨兮，傷余心之慅慅"。王逸"慅慅痛貌也"。洪補曰"慅音憂。《說文》云'愁也'"。按《說文》無慅字，洪云愁者，當爲慐字，"愁也"。然經傳多借和行也之憂爲慐，愁字（和行一義，只見《詩》"布政憂憂"一語。今本亦作慅慅）又"舒慅受兮"，陸氏《釋文》曰"慅舒貌，亦憂之本訓，而惜慅爲之"（唐石經作憂，與"布政憂憂"同）。蓋慐俗作憂，更衍心旁作慅，本漢字發展之一例。則慅慅當依本字作慐慐矣。同聲之變，則爲悠悠。《詩·邶風·雄雉》、《秦風·渭陽》皆有"悠悠我思"，深思之意。深思即《九懷》所謂"失志兮悠悠"，亦即"傷余心之慅慅"也。《後漢書·章帝紀》亦云"中心悠悠"。聲轉爲遙遙。《說苑·辨物》引《詩》云"瞻彼日月，遙遙我思"即《邶風·雄雉》之"悠悠我思"也。又作搖搖。《詩·王風·黍離》"中心搖搖"。傳"搖搖憂無所愬"。又作慆慆。《玉篇》心

部 "搖余招切，憂也"。《詩》曰 "憂心搖搖"。別詳悠悠條下。聲轉爲 "心鬱鬱之憂思兮"。詳鬱鬱條下。

侁侁

《招魂》"豺狼從目，往來侁侁些"。王逸注 "侁侁往來聲也。《詩》曰 '侁侁征夫'。言天上有豺狼之獸，其目皆從，奔走往來，其聲侁侁。爭欲啗人也"。"侁一作莘"。五臣云 "侁侁衆貌"。朱熹《集注》曰 "侁叶式巾反。一作莘。侁侁衆貌"。按叔師以侁侁爲往來聲，洪、朱以爲衆貌。《詩·皇皇者華》作 "駪駪征夫"。鄭箋亦云 "駪駪衆多之貌"。作駪者古文，作侁則三家今文也。《説文·人部》"侁侁往來行貌，從人，先聲"。（從慧琳《一切經音義》十九引增侁侁往來四字）則洪朱説爲允。《古文苑·傅咸皇太子釋奠頌》"濟濟儒生，侁侁胄子"，亦言胄子之多。配濟濟而可決知。字又作駪駪，見上行《皇皇者華》。《説文》"駪馬衆多也"。又作莘（《韓詩外傳》、《説苑·奉使篇》引 "侁侁征夫" 作莘莘，則莘乃《韓詩》）。《國語·晉語》"莘莘征夫"，即用詩句。韋注 "莘莘衆多也"。《班固傳》"俎豆莘莘"。莘與侁古通用，有莘作有侁，是其證。又繁作莘。漢《婁壽碑》"冕紳莘莘"，隸變也。字又作莘莘。《廣雅》、《玉篇》竝云 "多也"。字又作詵詵。《詩·周南·螽斯》"螽斯羽詵詵兮"。傳 "詵詵衆多也"。本字當作牲牲。《説文》"牲牲竝立之貌"，《大雅》"牲牲其鹿"，用本字也。餘多用借字。聲轉爲溱溱。《小雅·無羊》"室家溱溱"。傳 "溱溱衆也"。又爲增增。《魯頌·閟宮》"烝徒增增"。傳 "增增衆也"。左思《魏都賦》用此句成語作 "習習冠蓋，莘莘烝徒" 者也。又《招魂》"蝮蛇蓁蓁"，王注 "侁侁積聚之貌" 亦一聲之變也。

察察

《漁父》"安能以身之察察，受物之汶汶者乎"。王逸注 "己清潔也”。五臣云“察察潔白也”。按《説文》“察覆也。從宀，祭聲”。賈誼《新書·道術》篇“纖微皆審，謂之察。反察爲眊”。《爾雅·釋言》“清也”。《禮記》“王獻祭”。注“察明也”。則叔師訓察察爲清潔者，察本可引申爲明、爲清，更探下文，汶汶而摋摋，故曰清潔也。汶訓“蒙垢塵”，故以清潔反察，非察察有清潔義也。《荀子·榮辱》篇“察察而殘者忮也”。楊倞注“至明察而見傷殘者，由於有忮害之心”。

磊磊

《九歌·山鬼》“采三秀於山間，石磊磊兮葛蔓蔓”。王逸注“言己欲服芝草，以延年命。周旋山間，采而求之，終不能得，但見山石磊磊，葛艸蔓蔓。言石葛者，喻所在深也”。五臣云“芝草仙藥，采不可得，但見葛石爾。亦猶賢哲難逢，諂諛者衆也”。洪補曰“磊衆石貌魯猥切”。按王注與五臣注皆就文義立説。洪補乃詁字，按《説文》“磊衆石也。從三石”。大徐“落猥切”。字亦作礧作礌。《高唐賦》“礫磥磥而相摩兮”，《莊子·秋水》“不似礨空之在大澤乎”，《司馬相如傳》“礧石相擊”皆是。單言曰磊，重言則曰磊磊，其義一也。《古詩十九首》“磊磊澗中石”。李善注引《字林》曰“磊磊衆石也”。銑注“磊磊石貌”。一作名詞解，一作形容詞解。

蒵蒵

《九歎·愍命》“懷椒聊之蒵蒵兮，乃逢紛以罹詬也”。王逸注“蒵蒵香貌”。洪興祖《補注》“蒵桑葛切，《集韻》引此”。按《説文》“蒵香艸也”。《廣雅·釋訓》“蒵蒵香也”。從艸，故《説文》自艸立訓，曰香草。《廣雅》就通義立訓，曰香。其義各有當。

習習

《楚辭》凡有兩義。

（一）爲風和舒之貌。《九思·傷時》"風習習兮飋熮"。按《詩·邶風·谷風》"習習谷風，以陰以雨"。傳"習習和舒貌"。《文選·東都賦·靈台詩》"習習祥風，祁祁甘雨"。良注"習習祁祁風雨和貌"，與《九思》此句正同。

（二）爲行貌。《九辯》"驂白霓之習習兮，歷群靈之豐豐"。王逸注"驂駕素虹而東西也。言己雖去舊土猶修潔白，以厲身也"。朱熹注"習習飛貌"。按《文選·東京賦》"清道案列，天行星陳，肅肅習習，隱隱轔轔"。綜注"習習行貌"。行貌與叔師東西之説義同。按《説文》"習數飛也。從羽從日"。《文選·左太冲詩》"習習籠中鳥"。李善注引《説文》作"習習數飛也"，《月令》"鷹乃學習"，則習者鳥數數飛也。故從羽，引申之，則有行動義。朱熹以飛動貌釋此字義，文義兩切，可爲叔師之注作注。此言"驂白霓"，故曰飛、曰動也。聲轉爲趚趚。《莊子·山木》"其爲鳥也，翂翂趚趚，而似無能"。《釋文》"趚音秩。司馬云翂翂趚趚舒遲貌。一云不高貌"。趚與習亦一聲之變也。

蕭蕭

《九歌·山鬼》"風颯颯兮木蕭蕭"。王逸注"言己在深山之中，遭雷電暴雨，猨狖號呼風木搖動，以言恐懼，失其所也。風颯颯者政煩擾也。木蕭蕭者，民驚駭也"。"蕭蕭《文苑》作搜搜"。洪補云"颯蘇合切，搜搜動貌，與蕭同"。又《九懷·蓄英》"秋風兮蕭蕭"。王逸注"陰氣用事，天政急也"。又《九歎·逢紛》"秋風瀏目蕭蕭"。王逸注"瀏風疾貌也。言四時欲盡，白露已降，秋風急疾，年歲且老，愁憂思也"。按蕭蕭《楚辭》三見，皆與相繫，蓋狀風聲之詞也。《荆軻傳·易水歌》亦曰"風蕭蕭兮易水寒"，後世亦多以蕭蕭狀風聲。《洞簫賦》"翔風蕭蕭而逕其末兮"。漢人詩歌多同此用，不備舉。則《山鬼》"風颯颯兮木蕭蕭"者，秋風動木而蕭蕭，非木蕭蕭也。《楚辭》文善狀物，此亦一例也（《詩·小雅·車攻》"蕭蕭馬鳴，悠悠斾旌"，《毛傳》"言不讙譁也"，此蕭蕭乃肅肅之誤。唐人所更定。故北土無用蕭蕭爲狀聲字者）。《文苑》作搜搜者，以下憂字叶而改也。

速速

《九歎·逢紛》"心懭慌其不我與兮，躬速速其不吾親"。王逸注"速速不親附貌也。言君心懭慌而無思慮，不肯與我謀議，用志速速，不與己相親附也"。《後漢書·蔡邕傳》釋誨"速速方轂，夭夭是加"。注《詩·小雅》"速速方轂，夭夭是椓"。毛萇注"速速陋也"。《爾雅·釋訓》"速速蹙蹙，惟述鞠也"。注"陋人專禄國侵削，賢士求哀念窮迫"。郝懿行曰"速者，《玉藻》注'遨猶蹙蹙也'。《詩·正月》傳'蔌蔌陋也'。蔌蓋遨之或體，遨籀文速字也"。叔師訓爲不親附者，文中有不吾親之詞而立義也。其實當從《爾雅》訓"述"或《蔡邕傳》注引毛傳作陋，方爲達詁。此文字學與解經傳之説之異也。蹙蹙亦即速速之聲轉。

凄凄

《九章·悲回風》"涕泣交而凄凄兮"。王逸注"凄凄流貌。一云交下而凄凄"。洪補云"凄寒凉也。音妻"。按《説文》無凄字，乃淒之俗誤，淒者雲雨起也。《詩·緑衣》"淒其以風"。毛傳"淒寒氣貌"。又《風雨》曰"風雨淒淒"，又《四月》"秋日淒淒"，傳"凉風也"，《吕覽·有始》"西南曰淒風"，皆寒凉之意。《文選·寡婦賦》"寒凄凄以凛凛"。李善注云"毛詩'秋日淒淒'"。濟注"淒淒冷貌"。引申則爲悽涼。“涕泣交而淒淒”，言涕泣交而悽涼也。叔師訓流貌者，就形象言。
淒字又借萋萋爲之。《詩》“蒹葭萋萋”。《詩·大田》“有渰萋萋”，《漢
書·食貨志》及《説文》淒下皆引作“有渰淒淒”是也。又《廣雅·釋
訓》“悽悽愁也”與淒淒、淒淒皆轉注字。在心則從心，言風雨則從水，
悽悽之變則爲懹懹、爲惻惻、爲愴愴，別詳參淒淒條下。

淒淒

《招隱士》“淒淒兮漇漇”。王逸注“衣毛若濡也”。按淒《説文》
“雲雨起也”。宋玉《高唐賦》“淒兮如雨”。《詩》“淒其以風”。傳“淒
寒風貌”。單言曰淒，重言曰淒淒。其義一也。《詩·鄭風》“風雨淒
淒”，傳“風且雨淒淒然”；《小雅·四月》“秋日淒淒”，傳“淒淒，凉
風也”，亦兼風雨言之。俗作淒。《九章·悲回風》“涕泣交而淒淒兮”。
王逸注“淒淒流貌”。洪補“寒凜也”。《説文》無淒字。淒即淒之俗。
又《爾雅》“哀哀悽悽，懷報德也”。郭注云“悲苦征役，思所生也”。
又《廣雅》“悽悽哀哀”。悽悽與淒淒音義皆同。在心作悽，指風雨則作
淒，皆表悲涼之意也。聲轉則爲湝湝。《説文》湝字注“一曰湝湝寒
也”。引《詩》“風雨湝湝”，即此“風雨淒淒”也。湝又作喈。《詩·
邶風》“其鳴喈喈”，亦寒意。

悁悁

《九歎·惜賢》“勞心悁悁，涕滂沱兮”。王逸注“言己欲竭節盡忠，
終不見省但勞我心，令我悁悒悲涕而橫流也”。《九歎·憂苦》“悲余心
之悁悁兮，哀故邦之逢殃”。王逸注“言己所以悲哀心中悁悒者”。《九
歎·思古》“悲余心之悁悁兮，目眇眇而遺泣”。按悁悁一詞三見，皆劉
向一人用之。《詩·陳風·澤陂》“中心悁悁”，傳“悁悁猶悒悒也”，爲
子政之所本。《説文》“悁忿也，一曰憂也”。《戰國策·秦策》“忿悁含

怒之日久也”。忿悁亦連言之。《字林》云“悁含怒也”。單言曰悁，重言之則曰悁悁矣。

嗟嗟

《九章·悲回風》“曾歔欷之嗟嗟兮”。嗟嗟王逸無注。又《九思·悼亂》“嗟嗟兮悲夫”。舊注“傷時昏惑”。《楚辭》用嗟嗟只此兩見皆悲歎之意。按嗟嗟見于《詩·頌》其義有二，一則《商頌·烈祖》之“嗟嗟烈祖”，箋云“重言嗟嗟，美歎之深”，《漢書·韋賢傳》“嗟嗟我王，漢之睦親”，又“嗟嗟我王，曷不此思”，皆此義。一則戒勑之辭，《詩·周頌·臣工》“嗟嗟臣工”。傳“嗟嗟勑嗟也”。《正義》曰“嗟嗟歎聲，將勑而嗟歎，故云嗟嗟”。勑嗟非訓爲勑也。與《九章》、《九思》兩用之義皆稍別，蓋本吁歎之意，因所施而小別耳。然《説文》無嗟字，正當作𧪃。《説文》“咨也一曰痛惜也”。《廣韻》九麻“嗟𧪃同”。蓋古口部、言部之字，多爲一字之分化，故《説文》録𧪃，不録嗟也。其訓咨者，多歎美之義；其訓痛惜者，則爲悲切之義也。

愴愴

《九懷·思忠》“心愴愴兮自憐”。王逸注“意中切傷，憂悲楚也”。《説文》“愴傷也”。單言曰愴，重言則曰愴愴。《廣雅·釋訓》“愴愴悲也”，即叔師故訓。叠韻之變則爲愴悢。《文選·北征賦》“心愴悢以傷懷”。李善注“《廣雅》曰‘愴悢悲也’”。又爲愴怳，即倉兄。倉兄見《詩·桑柔》，愴怳見《九辯》。詳愴怳條下。

總總　　緫緫

《離騷》“紛總總其離合兮，斑陸離其上下”。王逸注“總總猶傳傳，聚貌"。又"紛總總其離合兮，忽緯繣其難遷"。王逸注"言謇修既持其佩帶，通言而讒人，復相聚毀敗，令其意一合一離，遂以乖戾而見距絕"。朱熹《集注》"本作緫"。按緫正字，總俗字也。《説文》"緫聚束也"。段注"謂聚而縛之也。恖有散意，系以束之禮經之緫束髪也。《禹貢》之緫，禾束也。引申之凡兼綜之偁"。按段説最確。《離騷》"總余轡乎扶桑"。王注"結也"。即《説文》之束義。則總總者，叠兩字爲一詞，而義不易者也。又《九歌·大司命》"紛總總兮九州"，王注"衆貌"，衆亦聚也。至叔師以傋傋申之者，《説文》"傋聚也"。《詩·小雅·十月之交》"傋沓背憎"。（今作噂，俗改也）傳"傋猶傋傋沓沓"。《廣雅》"傋傋衆也"與《大司命》之"總總"訓衆者同義。《莊子·則陽》"是稯稯何爲者邪"。李頤注云"稯稯聚貌"。稯與緫通，聚束則易亂故總總亦可訓亂。《汲冢周書·大聚解》"殷政總總，若風草"。注"總總亂也"。是騷歌之"紛總總"亦衆而含亂意。《漢書·揚雄傳·甘泉賦》"齊總總樽樽其相膠葛兮"。樽樽即傋傋也。

萋萋

《招隱士》"王孫遊兮不歸，春草生兮萋萋"。王逸注"萬物蠢動抽萌芽也；垂條吐葉紛華榮也"。五臣云"萋萋草色"。《文選·遊天台山賦》"藉萋萋之纖草，蔭落落之長松"。李善注引《楚辭》曰"春草生兮萋萋"。濟注"萋萋草美貌"。《説文·艸部》"萋艸盛。從艸，妻聲。《詩》曰菶菶萋萋"。《繫傳》"臣鍇按萋深切之義，言其色深切也"。則萋萋本草美盛也。引申之則凡盛皆可曰萋萋。《廣雅》云"茂也"，皆是。

蓁蓁

《招魂》"蝮蛇蓁蓁，封狐千里些"。王逸注"蓁蓁積聚之貌"。洪補

“蓁音臻”。按《説文》“蓁草盛也”。單言曰蓁，重言曰蓁蓁。其義一也。《詩·周南·桃夭》“桃之夭夭，其葉蓁蓁”。傳“蓁蓁至盛貌”。《廣雅》“蓁蓁茂也”。《玉篇》云“衆也”。引申之凡衆盛皆可曰蓁蓁。叔師積聚，即衆盛之義。蝮蛇衆盛，借草衆盛之義也。聲轉爲菁菁。《文選·東都賦》注引《韓詩·小雅》“蓁蓁者莪”。《毛詩》作“菁菁者莪”。蓁蓁菁菁聲近而義通也。又《文選·東都賦》“百穀蓁蓁”，《後漢書》作“百穀溱溱”，亦同音通用也。

纚纚

《離騷》“索胡繩之纚纚”。王逸注“纚纚索好貌”。洪補“纚所綺切”。朱熹音又同，按《説文》訓纚爲冠織也。此作索好者，蓋邐之借字。《上林賦》“輦道纚屬”。注“連屬也”。《景福殿賦》“若幽星之纚連也”。經典借縰爲冠織字（見《内則》）。故宋玉《高唐賦》“縱縱莘莘”。注“衆多之貌”。縱縱即纚纚之借也。凡相連屬之字其事象皆美好。如陸離、連縷之類皆有美義。故纚纚亦得訓索好矣。

穰穰

《九思·哀歲》“蚄蛑兮噍噍，蜘蛆兮穰穰”。舊注云“將變貌”。按穰穰《説文》訓“黍治竟者也”。王菉友云“依元應引改治者繫其穗，以下其粒也，竟者盡也。未治時爲穗，治之既盡，所餘者爲之穰”，是穰即今糠字之義，與變説不類。《詩·周頌·執競》“降福穰穰”。傳“穰穰衆也”。又《烈祖》“豐年穰穰”。《釋文》“穰穰如羊反”。《史記·滑稽淳于髡傳》“五穀蕃熟，穰穰滿家”，則穰穰乃以狀五穀物豐盛之貌，爲穰之引申義。而“降福穰穰”之義，則又穀物豐盛之引申。《鹽鐵論·毀學》篇“司馬子曰，天下穰穰，皆爲利往”，則漢人已用穰穰爲衆多而紛雜之義矣。《哀歲》之“蜘蛆穰穰”，言蜘蛆之多也。以上句言蚈蚗噍噍而鳴，故《章句》以爲穰穰而變，此就文而申之，非詁字義也。

冄冄

《楚辭》七用皆與至、極、弛、衰、逮等字聯用，爲形容老壽漸至之義。《離騷》"老冄之其將至兮"。王逸注"冄冄行貌"。五臣云"漸漸也"。朱熹用五臣義。按《說文》作𠕋，隸定爲冄，今變作冄，毛冄冄也。象形。段玉裁注云"冄冄者，柔弱下垂之貌，須部之𩓣取下垂義，女部之姌，取柔弱義"。又云"《離騷》老冄冄其將至，此借冄冄爲尤尤"。按垂老衰弱。亦得由柔弱下垂引申之。《廣雅·釋訓》"冄冄行也"，又"冄冄進也"，盖皆用叔師此注之義。冄冄與老接者，《楚辭》、《離騷》、《九章》、《九辯》、《哀時命》四處；與壽接者，見《惜誓》、《七諫》；與時接者，見《九章》。皆指年歲言，遂爲千古形容老至之專用疊詞。

騷騷

《九歎》"欲酌醴以娛憂兮，蹇騷騷而不釋"。王逸注"蹇難也。言己欲酌醴酒以自娛樂，心中愁思不可解釋也"。《九歎·遠遊》"聊假日以須臾兮，何騷騷而自故"。王逸注"言己思年命欲暮，願且假日遊戲須臾之間，然中心愁思如故，終不解也"。按《說文》"騷擾也"。單言曰騷重言曰騷騷。其義一也。《文選·思玄賦》"寒風淒其永至兮，拂穹岫之騷騷"。李善注"騷騷風勁貌"。引申爲愁擾。叔師兩注皆言愁思，是也。《說文》又有慅字，亦訓動，則騷與慅，盖轉注字。此言心愁，則正字當作慅慅，而騷騷則引申義。《廣雅·釋訓》"慅慅憂也"。字又作草草。《爾雅·釋訓》"庸庸慅慅勞也"。《釋文》"慅即騷、草、蕭三音"，則慅、草音同。《疏》釋曰"《小雅·巷伯》云'勞人草草'。毛傳'草草勞心'。又《陳風·月出》'勞心慅兮'。慅草音義同"。

鬤鬤

《九歎·思古》"髮披披以鬤鬤兮，躬劬勞而瘏悴"。王逸注"披披鬤鬤，解亂貌"。洪補云"鬤而羊切"。按《大招》"披鬤鬤只"。王注"鬤亂貌也"。單言曰鬤，重言曰鬤鬤，其義一也。《説文》無鬤字，然從襄之字有多與亂義，或多亂之引申義。益州謂人肥曰䑋馬之卬卬曰驤，推而奪之曰攘，煩擾曰孃，作酒曰釀，皆是。蓋襄以𤳰得聲，𤳰本訓亂從爻、工、交、吅，髮多而亂，故造爲鬤字。此漢人新增專別字也。許氏未收入《説文》。

颯颯

《九歌》"風颯颯兮木蕭蕭"。王逸注"言己在深山之中，遭雷電暴雨，猨狖號呼，風木搖動，以言恐懼，失其所也。風颯颯者，政煩擾心，木蕭蕭者，民驚駭也"。蕭蕭《文苑》作"搜搜"。洪補云"颯蘇合切，搜搜動貌，與蕭同"。按《説文》"颯翔風也"。大徐"穌合切"。王菉友云"小徐作朔風。《風賦》作風聲。《廣韻》同。《楚辭·九歌》'風颯颯兮木蕭蕭'。《風賦》'有風颯然而至'，此風聲之證。漢賦'八風不翔'，《春秋考異郵》'八風以節翱翔'此風稱翔之證。惟翔亦回也。與飄回風也不殊"。按以飄回風不殊者，言許書次颯於飄後，飄訓回風也，翔風與風聲實無大殊，翔風自形而言，而風聲則自聽感而言，然就字音而言，自以訓風聲爲宜，深秋之風其聲"搜搜"然，故曰颯。今西南言風，秋寒爲"涼搜搜"春寒爲"冷絲絲"。古時中原之民，未必知寒流自北南下之實，而寒流之氣爲風，固人之所能感受，故以風爲説，曰颯，以寒氣而言，則曰涼颯颯，皆求其實也。大約秋深葉落而枝條未盡，風起木末其聲颯颯，故就風言曰颯，就木言則曰蕭蕭。蕭亦如肅音也。慧琳《一切經音義》四十八"颯然"下注云"桑合切，急也。颯颯風吹木葉落聲也"，説颯颯聲最能體會秋意。

吸吸

叠字狀語。《九歎》凡兩用。一形悲歎不已，一形雲行不已貌。

《九歎·惜賢》"望高丘而歎涕兮，悲吸吸而長懷"。王逸注"言己遥望楚國，而不得歸，心爲悲歎，涕出長思也"。又《九歎·思古》"風騷屑以播木兮，雲吸吸以淒戾"。王逸注"吸吸雲動貌也，淒戾猶卷戾也。言己心既憂悲，又見疾風動摇草木，其聲騷屑浮雲吸吸，卷戾而相隨重愁思也"。按兩吸吸皆狀悲歎與雲行之象；一以長懷足其意，一以淒戾足其義。細體文義，皆所以狀行動汲汲不正之像。疑吸吸即汲汲之義。《禮記·問喪》"其往送也，望望然，汲汲然，如有進而弗及也"。《釋文》音急，《莊子·天地》"汲汲然，唯恐其似己也"，又《盜跖》"子之道狂狂汲汲"，諸汲汲皆有行迫遽之義與。《九歎》用詞盖同。然汲本汲引字，義雖得引申，《説文·彳部》"彶急行也"與汲吸皆從及聲，則汲汲、吸吸皆及彶彶也。然彶字亦只是及之繁文，及者從復及之也。行匆迫之義，則及爲初文，彶爲繁文。汲吸則用于水與口，而行義之轉注字也。

漇漇

《招隱士》"淒淒兮漇漇，獼猴兮熊羆"。王逸注"衣毛若濡也"。"漇一作縰"。洪興祖《補注》"漇疏綺切，潤也"。按洪慶善以潤釋漇字，古書未見其證。《説文》無漇字，他書亦不見。一本作縰，縰字見《内則》"櫛縰笄總"。鄭注"縰韜髮者也"。《説文》亦無縰字。遂無從質正。按當爲灑之借。灑汛也。汛有潤濕之義。古注麗，與從漇字，多相通。如纚《玉篇》同漇，《説文》之韅，即《蒼頡篇》之釃，《漢書·武帝紀》亦云"吾棄妻子如脱躧"。《史記·周本紀》"其罰信纚"。徐廣云"一作蓰"。《詩·栢舟》箋引"禮,世子昧爽而朝,亦櫛纚筓總"。今《內則》作櫛涕。《離騷》亦云"索胡、繩之纚纚"。別參。

從從

《九辯》"前輕輬之鏘鏘兮,後輜乘之從從"。王逸注"輜軿侍從,響雷震也"。洪補云"從楚江切"。朱熹注"鏘鏘、從從,皆其鸞聲也"。按叔師以響雷震釋從從,義至精確。《禮記·檀弓》"南宮縚之妻姑之喪,夫子誨之髽曰爾母從從爾"。《釋文》正義,《羣經音辨》皆以爲從從高大貌。誤也。《儀禮·士喪禮》鄭注引《檀弓》作縱縱,鄭訓亂貌。此從從即縱縱。又《漢書·揚雄傳·甘泉賦》"風縱縱而扶轄兮,鸞風紛其御蕤"。師古注"縱縱前進之意也"。《文選》字作漎漎,皆縱縱形誤也,亦即從從繁文,曰亂、曰疾,皆各就一偏言之。其音亦即《離騷》"紛總總其離合兮"之總總。聚衆之義。"後輜乘之從從",即後輜乘盛衆,從從然紛聚之也。然上句言"輕輬鏘鏘",鏘鏘爲軒車聲,故其對句,叔師以響字對之,而曰雷震者,正所以狀其紛然而盛之義也。朱熹以爲鸞聲,則與上鏘鏘連繫立説,然不足以明其紛盛,故仍以王義爲長。參總總、縱縱諸條下。

悄悄

《九章·悲回風》"愁悄悄之常悲兮"。王逸注"憂心慘慘,常涕泣也"。洪補曰"悄親小切"。《詩》云"憂心悄悄"。按《詩·邶風·栢舟》、《小雅·出車》皆有"憂心悄悄"之言,《栢舟》毛傳"悄悄憂貌"。《釋文》併音七小反。《孟子·盡心》、《荀子·坐宥》並引"憂心悄悄"一語,趙岐注"憂在心也"。楊倞注云"憂貌"。叔師注以慘慘釋之者,本《爾雅·釋訓》"悄悄慘滲慍也"。郭注"皆賢人愁恨"。按

《説文·心部》"悄憂也",引《詩》"憂心悄悄"。臣鍇曰"憂心,低下也"。低下者謂憂悶蘊于内之象。單言曰悄《詩·月出》"勞心悄兮"。傳"悄憂也"。重言則曰悄悄,聲轉爲慽慽,《説文》"憂也"。爲忡忡,《説文》"憂也"。《詩·召南·草蟲》、《小雅·出車》皆有"憂心忡忡"之言。毛傳"言忡忡猶衝也",即徐鍇所謂憂而心動也之義,與悄悄爲一動一静之象。忡忡即《九歌》"極勞心兮懺懺"之懺懺。詳懺懺條下。

戚戚

《九章》"居戚戚而不可解"。王逸注"思念憔悴相連接也"。按《論語》"君子坦蕩蕩,小人常戚戚",《集解》鄭曰"長戚戚,多憂懼",《釋文》"戚戚千歷切",與叔師憔悴之義合。《漢書·陳湯傳》"此臣所以爲國家尤戚戚也",又《韋玄成傳》"今我度兹,戚戚其懼",皆漢人用憂懼義之證。聲轉爲蹙蹙。《詩·節南山》"蹙蹙靡所騁"。毛傳"慘慘猶戚戚也"。詳慘慘條下。

愁愁

《九歎·逢紛》"聲哀哀而懷高丘兮,心愁愁而思舊邦"。王逸注"言己放斥山野,發聲而唫其音哀哀,心愁思者,念高丘之山,想歸故國也"。按愁愁即愁之重言也。《説文》訓愁爲憂。《廣雅·釋訓》云"愁愁憂也"。愁愁猶愁然。《論衡·知實》"愁然清净者衰絰之色"。愁然亦憂貌也。

漸漸

《九歎》三用分兩義。

(一)爲泣流貌也。《九歎·遠逝》"涕漸漸其若屑"。王逸注"漸漸泣流貌也。言己憂愁，腸中廻亂繚繞而轉，涕泣交流若磑屑之下無絶時也"。洪興祖《補注》"漸側銜切"。又《憂苦》"留思北顧涕漸漸兮"。王注"言己所以留精思，常北顧而視郢都，想見鄉邑，思念君也，故涕漸漸而下流"。洪補"漸仄銜切"。

（二）漸次也。《九歎·憂苦》"心漸漸其煩錯"。王逸注"言己且欲須臾以忘憂思，中心漸漸錯亂，意不能已也"。洪興祖《補注》"漸子廉切，流入貌"。漸次之義，至今猶存之。考《説文》"漸訓水名出丹陽，黟南蠻中東入海"。則泣流與漸近兩義皆假借也。《説文·水部》"瀸漬也。從水韱聲"。子廉反，漬字有浸潤之義，則故書多言漸漬，則漸漬即瀸漬也。《荀子·勸學》"其漸之滫"，楊注"漸漬也"。引申爲浸潤，即漸次之義。故洪氏於心漸漸音子廉反，即讀爲瀸也。至流貌一義則當爲滲字之引申。《説文》訓滲爲下漉也。大徐所禁切。《史記·司馬相如傳》、《索隱》作"滲漉水下流貌"。徐鍇本漉字注"水下流貌"。

穆穆

《遠遊》"形穆穆以浸遠兮，離人羣而遁逸"。王逸注"卓絶鄉黨，無等倫也"。《大招》"三公穆穆"。王逸注"穆穆和美貌。言楚有三公其位尊高，穆穆而美"。朱熹注"穆穆和美貌"。按穆穆一詞，三古恒語，或訓美或訓敬或訓静，其實一也。自其象之總體言之曰美，自其所以美言之曰敬，敬者必不妄動，故亦引申爲静。然《説文》今本穆字，訓禾，古書無用此義者。段氏以爲蓋，禾有不穆者，實誤。故叔師或又以穆之訓敬美者，以爲㣎之借字。㣎者，細文也。古籍亦不見用之者，考慧琳《一切經音義》卷六注引《説文》作"穆和也"。《詩·烝民》"穆如清風"。鄭箋訓穆"以言和也"。《淮南·覽冥訓》"宓穆休於太祖之下"。注"和也"。《漢書·揚雄傳》上集注"雍穆和也"。則今本《説文》作禾者，蓋形有奪誤，金文穆字皆作𥝩《師望鼎》若𥟳《邾人鐘》像禾穗既實而下垂之象。成熟則爲美，則穆本義，當爲禾熟之美，引申爲敬默。《史記·孔子世家》"有所穆然深思焉"。《書·金縢》"我不爲王穆卜",即敬卜也。又"於穆清廟",傳穆美也。《周書·諡法解》"布德執義曰穆"。注"純也"。《文選·非有先生論》"於是吳王穆然俛而深惟"。善注"穆猶默静思貌也"。重言則曰穆穆。《書·舜典》"四門穆穆"。傳"美也"。《詩·大雅·文王》傳"穆穆,美也"。傳"堯躬行敬敬在上"。《爾雅·釋訓》"穆穆,肅肅,敬也"。又《釋詁》"穆穆,美也"。叔師訓三公穆穆爲和美貌,謂和穆美,囊括衆義而有之。《遠遊》以卓絶鄉黨訓之者釋作義,非詁字義也。

沛沛

《九懷·尊嘉》"望淮兮沛沛"。王逸注"臨水恐慄畏禍患也"。"一云淵沛沛"。洪補云"沛普貝切"。《文選·吳都賦》"直衝濤而上瀨,常沛沛以悠悠"。逮注"沛沛行貌"。向注"流貌"。《廣雅·釋訓》"沛沛流也"。此言水流盛之意。惟《説文》訓沛爲水名,按沛從巿。巿部以爲"巿艸木盛,巿巿然,象形"。以聲讀若輩,則沛字從巿乃轉注字。與建類字之別當有水盛意。古籍以沛字訓行、訓盛者至多。許君澇字注亦云"澇沛",許君偶失之也。《九歌·湘君》"沛吾乘兮桂舟"。注"沛行貌"。後增字則爲霈,當補。

駓駓

《招魂》"逐人駓駓些"。王逸注"駓駓走貌也"。洪補云"駓音丕"。按《説文》"駓黃馬白毛也。從馬,丕聲",與走貌不相合。《廣雅·釋訓》"駓駓走也"。王念孫疏證曰"《魯頌·駉》篇'從車伾伾'。毛傳云'伾伾有力也'。《釋文》云'《字林》作駓,走也'。《説文》俀字注引《小雅·吉日》篇'伾伾俟俟'。《後漢書·馬融傳》'鄢騃譟讙'。李賢注云'鄢騃獸奮迅貌也'。引《韓詩》'駓駓駍駍,或羣或友’。《文選·西京賦》‘羣獸駓騃’。李善引薛君章句注云‘趨曰駓駓行曰騃騃’。毛詩作‘儦儦俟俟’。《楚辭·招魂》‘敦脄血拇，逐人駓駓些’。王逸注‘駓駓走貌也’。駓駓伾駓、儦五字立聲近而通用”。

縹縹

《九懷·危俊》“顧列孛兮縹縹”。王逸注“邪視彗星，光瞥瞥也”。洪補云“縹匹妙切”。按《説文》“縹帛青白色，從糸票聲”。《釋名》“縹猶漂漂，淺青色，有碧縹，有天縹，有骨縹，各以其色所像者言之也”。古書無他意，重言曰縹縹。則除《九懷》外，僅見《漢書·賈誼傳·弔屈原文》“鳳縹縹其高逝兮”，師古曰“縹縹輕舉貌”。又《揚雄傳》“帝反縹縹有陵雲之志”兩縹縹皆高舉之意。叔師訓此縹縹爲瞥瞥，則意爲暫見，從顧字立義，非達詁也。“列孛縹縹”亦高遠之象也。當訓爲遠視，則其與縹眇同義。《文選·海賦》“羣仙縹眇”。李善注“縹眇遠視之貌”。縹眇疊韻之變也。以疊字代聯語，固漢人常習。

焱焱

《九歎·遠遊》“日暾暾而西舍兮，陽焱焱而復顧”。王逸注“言日暾暾西下，將舍入太陰之中，其餘陽氣猶尚焱焱而顧，欲還也”。焱一作炎。焱火華也，音琰，炎音同。《文選·東都賦》“焱焱炎炎，揚光飛文”。李善注“《説文》焱火華也”。也劍切。《字林》曰“炎光也。干柑切”。按焱訓火華，與炎訓火光二字音義都同，古當爲一字之繁簡。

瞥瞥

《九思·守志》“目瞥瞥兮西没。“按《説文·目部》“瞥過目也，又目翳也。從目，敝聲一曰財見也”。按今世尚存此語。謂財見曰一瞥，

《廣韻》音普滅切。單言曰瞥，重言曰瞥瞥，其義一也。又按《說文》說瞥有三義，其實過目與財見，義分淺深，無大殊也。過目者，倏忽見之，即張衡《舞賦》所謂"瞥若電滅也"。《莊子·徐無鬼》"瞥云猶一瞥也"。《釋文》引司馬注"瞥暫見貌，電滅與暫見"。而《說文》過目與財見之比，至目瞥一訓，自是別義。朱駿聲以爲蔑之借，或然也。

壗壗

此字《楚辭》二見。一在劉向《九歎·惜賢》篇"愈氛霧其如壗"。一在《九懷·陶壅》"霾土忽兮壗壗"，王逸曰"風俗塵濁，不可居也"，"壗一作梅"，皆訓塵。單詞與複詞義同也。按《說文·土部》"壗塵也，從土麻聲"。大徐"亡果切"。《繫傳》作莫播反。徐鍇引《楚辭》"涉氛霧兮如壗"，即《九歎·惜賢》文，而字微不同。《一切經音義》十二"《通俗文》塵土曰壗"。《廣雅》同，字或作堁，《淮南子·齊俗訓》"物或堁堁也，坌塵也"。又《主術訓》"譬如揚堁而弭塵"，注"堁塵也"。則塵乃南楚故言審矣。又《莊子》"野馬也，塵埃也。是生物之以吸相吹也"。野馬當即塊壗之聲轉。《說文》"塊塵埃也"。其文當讀作"野馬者塵埃也"。莊生寓言十九，塊壗聲近野馬，或時人讀塊壗如野馬，故以爲寓。其實則塊壗聲轉也。今俗或寫作塵末，末亦壗借字。

莫莫

《九思·疾世》"時眤眤兮旦旦，塵莫莫兮未晞"。舊注"莫莫合也，晞消也。朝陽未開霧氣尚盛。莫一作漠"。按《漢書·揚雄羽獵賦》"莫莫紛紛，山谷爲之風猋，林禾爲之生塵"，師古曰"莫莫塵埃貌"。又《文選》李善注"風塵貌"，與此句義合。莫本今暮字，無風塵義，明其爲借字也。其音與濛、霥、霚等皆相同。今俗言塵末或曰塵毛，皆一音之變也。分詳濛濛、霥末諸條下。

垺垺

《九歎》"飄風蓬龍，埃垺垺兮"。王逸注"垺垺塵埃貌"。垺一作浡。洪補云"垺音佛塵起也"。浡音同。按文曰"埃拂拂兮"，故訓爲塵埃貌。《説文》無此字。《管子·白心》"美哉弟弟"，注"弟弟興起貌"，則埃垺垺亦言浃起貌也。與此垺垺皆爲借音字。特《説文》不收垺，他書亦未見用者。然弟本山脅道，訓起亦非本義云。

被被

《九歌·大司命》"靈衣兮被被"。王逸注"被被長貌。一作披"。洪興祖《補注》"被與披同"。按潘岳《寡婦賦》"瞻靈衣之披披"，李善注引此作披披。良注"披披動貌"，又《九歎·遠逝》"服雲衣之披披"，王注"披披長貌"，則被披二字通用。然《説文》"被寢衣，長一身有半。從衣皮聲"，大徐"平議切"。則被即今被褥字古衾屬也。故被引申爲長。靈巫舞服必修長，故以被被狀之。則被被只有長義。此《九歌》所當有也。被與披同音古籍多通用。披本"從旁持"之意，而經典多訓分，故被亦訓分。《離騷》"何桀紂之倡被"，借被爲披也。《論語》"吾其被髮左衽矣"，亦借被爲披皆分義。《考工記·廬人》"以其一爲之被，而圍之"。注"把中也"。則被借爲披字本義也。至以被披爲分義者，別詳披披條下。

披披

《九歎·遠逝》"服雲衣之披披"。王逸注"披披長貌也。言積德不止，乃上游清冥清涼之庭，被服雲氣，而通神明也"。又《九歎·思古》"髮披披以鬈鬈兮"。王逸注"披披鬈鬈解亂貌也"。《文選·寡婦賦》

“瞻霓衣之披披”。良注“披披動貌”。按雲衣披披，本《九歌·大司命》“靈衣兮被被”，叔師注與此同訓長貌。彼引一本作披。洪補亦曰“被與披同”。《説文》“從旁持曰披”。經典多訓分，衣披字當作被。《莊子·知北遊》“齧缺問道乎被衣”。《釋文》“被本作披”。《漢書·揚雄傳》“被芙蓉之朱裳”，師古曰“被音披”，則披被二字通用。叔師訓長貌義未允，直當如今俗語言披披者，被於身而分披之也。《一切經音義》十三引纂文“披分也”。以其爲衣裳，故作被。本以表物，引申爲被，被則與披同，披作動字用也。別詳被字下。《思古》篇“髮披披”即《論語》“吾其被髮”之義。特一作形容詞，一作動詞爾（《説文》“柀析也”。段玉裁以爲披折字。經典多誤披。披行而柀廢）。

默默

《九章·悲回風》“路眇眇之默默”。王逸注“郢道遼遠，居僻陋也”。洪補云“眇眇遠也，默默寂無人聲也”。又《卜居》“吁嗟默默兮”。王逸注“世莫論也”。吁一作于，默一作嘿。五臣云“嘿嘿不言貌”。朱熹注“默一作嘿”。按《説文》“默犬潛逐人也”。（今本潛字作暫。此從《六書故》引唐本。）從犬黑聲，讀若墨。潛逐人，故引申爲語默默。默後人別作嘿字。雖爲專字，而古書皆以默爲之。重言則爲默默。《卜居》“吁嗟默默兮”。《文選》作嘿嘿。五臣云“不言貌”。《漢書·竇嬰傳》“墨墨不得志”。用墨墨引申爲了無，或不可知之義。《莊子·在宥》“至道之精，窈窈冥冥；至道之極，昏昏默默”。注“窈冥昏默皆了無也”。《莊子·天運》“蕩蕩默默”。疏“默默無知之貌”。《悲回風》“路眇眇之默默”。眇眇之默默，遠而無可知之象。即洪補所謂寂無人聲之義。叔師以居僻陋釋之，則仍用嘿嘿義。言嘿嘿無人知如居僻陋也。義可相成，默默本戰國時期之恒語，蓋皆所謂志士不得意，了無聞知之狀。《莊子》則引申以表靜默。靜默猶默而、默然、默爾等義。

浮浮

《九章·抽思》"何回極之浮浮"。王逸注"回邪也，極中也，浮浮行貌"。洪補云"《詩》曰'江漢浮浮'。浮水流貌。此言回邪盛行，猶秋風之搖落萬物也"。朱熹曰"回極浮浮，未詳所謂。或疑回極指天，極回旋之樞軸，浮浮言其運轉之速，而不可當，亦未知其是否也"。按浮浮一詞，《詩》用之最多。《詩·大雅·生民》"釋之叟叟，烝烝浮浮"，傳"浮浮氣也"，《釋文》"浮浮如字，氣也"，《爾雅》、《説文》竝作"烰日烝也"。《説文》烰烰引《詩》作"烝烝烰烰"，釋云"烝也"。又《小雅·角弓》"雨雪浮浮"，傳"浮浮猶瀌瀌也"；又《大雅·江漢》"江漢浮浮"，傳"浮浮衆强貌"，皆各有專字。則浮浮之通借者多矣。《抽思》"何回極之浮浮"，此浮浮依上下文義作不定貌解。"悲秋風之動容兮，何回極之浮浮"者，言余悲痛秋風之冲融深廣（詳動容條下）。何其往來回旋，如此其浮浮無定也。回極與秋風句義相貫，實一義。自來各家分説，都不無是處，都不可通。朱熹以回極，爲天極回旋之樞軸，此自漢人義，與屈子此文無涉也。詳回極條。

氾氾

《卜居》"將氾氾若水中之鳧乎"。王逸注"普愛衆也。氾一作泛。羣戲遊也。一無乎字"。五臣云"氾氾鳥浮貌"。朱熹注云"氾一作泛"。按《説文》"氾濫也"。氾濫謂洪水濫流。《孟子》所謂"洪水橫流泛濫於天下"是也。此氾氾無濫意。叔師訓普愛衆，則當爲汎若泛之借字。《説文》"氾一作泛"。《老子》"大道氾兮"，《釋文》本又作汎，皆其證。汎《説文》訓"浮貌"。《詩·二子乘舟》"汎汎其景"。毛傳"如乘舟而無所薄，汎汎然。汎急而不礙也"。又水部"泛浮也"。《詩·邶風》"汎彼栢舟"。汎、泛、氾三字大徐皆音字梵切。《廣雅》"汎汎泛泛浮也"。"氾氾若鳧"，猶言若鳧氾氾而浮，無所事事，浮者不著實之貌。故得引申爲普博。叔師之訓，蓋探其詞底之義，而爲之説，非必詁字也。

豐豐

《九辯》"騑白霓之習習兮，歷羣靈之豐豐"。王逸注"周過列宿，存六宗也"。靈一作神。朱熹注"靈一作神，豐豐言多也"。按豐豐叔師無説。朱熹以爲言多也，就字義立説，與叔師列宿六宗義相會，是也。此言放游志於雲中之象，故曰文，靈而釋之曰列宿六宗也。《説文》"豐豆之豐滿者也。從豆象形。𧯂古文豐"按從豆之豐，乃承器之豆，豆有承觶、承尊之別，見《儀禮》。其實豆之名則一，而其用則至殊。凡承器之豆，皆斲木爲之，與盛食品醬醢者大異。非盛食品之豆也。上形㳿，即與古文拜同。自來説者皆不得其解。其實拜即拜，乃"錫我百朋"之朋字。本作拜。凵則盛器也。蓋祭祀陳貝玉之盛，豐象祭所用貝玉，必大且豐盛，小貝玉則以爲飾。拜即象系貝玉之形，卜辭作拜，《後編》下四十三葉金文《乙亥敵》有玉十丰之言可證。《説文》之玉，即由此而得，而合兩系之貝或兩系之玉，則形爲拜，以凵盛之於豆以祭，其音當與朋字同，玨音古岳切，當爲後起之音，貝之用早於玉，故玨音當承朋音，不得以朋音承玨音爲謬也。古無輕唇音，則豐亦讀朋矣（參王國維《觀堂集林》卷三，《説玨朋》一文）。是則豐本祭時承用貝玉之器，因其宏大，故引申爲盛。後世本義既亡，遂無由定其形矣。清儒如段、王、桂、朱（士瑞有《説文·豐字考》）、陶（方琦有《釋豐》）雖足以解經典之疑，而皆未能闡明字形，故略釋之如此。

茇茇

《九辯》"左朱雀之茇茇兮，右蒼龍之躍躍"。王逸注"朱雀奉送飛翩翻也。茇《釋文》作芙，於表切。一作茂，音蒲艾切"。洪補云"《集韻》拔茷茷皆有茷音"。朱熹《集注》"茷茷飛揚之貌"。按《説文》"茷艸根也，從草，友聲"。春草根枯，引之而發土爲撥，故謂之茷。一曰艸之白華爲茷。大徐"北末切"與此文不相中。下句言"蒼龍躍躍"，而又爲能飛之鳥，故朱熹以飛揚貌釋之，故其言文義則是，其言詞義，則説之不能通。諸本或作芣、作拔皆非。當從一本作茷。《詩釋音》蒲蓋反，入去聲，泰韻（《廣韻》茷字有三音一博蓋切，一符廢反，一房越反。而無蒲蓋反一音。然茷斾二字古通用極多，則有斾音，亦至有據。參茷斾條下。）按《詩·魯頌·泮水》"其斾茷茷"。傳"茷之言有法度也"。按茷字《説文》訓"艸葉多"，引申固可狀旌旗，然《羣經音辯》三"其斾茷茷"作伐，訓云"斾貌也"，則茷又未必即借字。按《出車》云"旟旐斾斾"，狀斾貌。茷茷即斾斾之借，經典斾茷二字多相借。《大雅·生民》"荏菽斾斾"。毛傳"斾斾然長也"。此言荏菽，則當爲茷字之借，是其證；《左傳》定四年"緒茷"，《禮記·雜記》注引作"蔧斾"，亦其證字或又借浡爲之，《采菽》"其斾浡浡"，即《泮水》之"其斾茷茷"也，因之《小弁》之"萑葦浡浡"，亦即茷茷之借矣。《九辯》本文當作茷茷，正與先秦用字恒習相應，今作芣者，後人所更也。參茷斾條下。

蒙蒙

《九辯》"雲蒙蒙而蔽之"。王逸注"羣小專恣，掩君明也"。蒙一作濛。《七諫·自悲》"微霜降之蒙蒙"。王逸注"蒙蒙盛貌"。《詩》云"零雨其蒙"。蒙一作濛，注同。又《九思·憫上》"雲蒙蒙兮電儵爍"，舊注"儵爍疾也，闇多而明少也"。蒙一作濛。按蒙本艸名，《説文》訓"王女"即女蘿之大者，蒙蒙叠用，則爲形況詞。《楚辭》三見，《九辯》"雲蒙蒙而蔽之"，則蒙蒙者蔽也。《七諫·自悲》"微霜降之蒙蒙"，喻羣小紛聚之貌，故訓爲盛多，《九思·憫上》言"雲蒙蒙兮電儵爍"，以儵爍對蒙蒙，謂闇多而明少，則蒙蒙爲暗幽，與《九辯》義同，則蒙蒙一詞《楚辭》用義有二，一爲幽蔽；二爲紛雜衆多。而二處皆引一本作濛濛者，《説文》訓“微雨貌”。《豳風》“零雨其濛”。字又作霥。《廣雅·釋訓》“霥霥雨也”。濛濛今恒語。蒙蒙者，濛濛之借；訓幽蔽者，小之引申；訓衆多者小雨濛濛正狀雨之細而多也。是《楚辭》三蒙蒙皆濛濛聲借字也。

濛濛

《哀時命》“霧露濛濛其晨降兮”。王逸注“一作朦朦。言幽居山谷，霧露濛濛而晨來下”。一無下濛字，一作朦朦。按《詩·豳風·東山》“我來自東零雨其濛”。傳“濛雨貌”。箋云“歸道遇雨濛濛然，是尤苦也”。《釋文》“莫紅反”。《古文苑·梁王兔園賦》“羽蓋綷起被以紅沫，濛濛若雨委雪”。《説文·水部》“濛微雨也。從水蒙聲”。大徐“莫紅切”。則單言曰濛，重言曰濛濛，其義一也。字或作霥。《廣雅·釋訓》“霥霥雨也”，當爲漢以後俗字，因訓雨而易爲雨旁也，聲轉爲霙。今世俗言小雨曰毛毛雨，即此字。字作朦朦者，當爲月色朦朧之貌，又音同義近借字也。然朦朧及《説文》新附字。瀧字水部亦有之，訓曰雨瀧瀧也，則朦朧皆粘附字。

昧昧

《九章·懷沙》“日昧昧其將暮”。王逸注“昧冥也。言己思念楚國，願得君命，進道北行，以次舍止，冀遂還歸，日又將暮，不可去也”。朱熹注“言將北歸郢都，而日暮不得前也”。又《九辯》“何毀譽之昧昧”。王逸注“論善與惡不分析也”。《説文》“昧爽旦明也”。一曰闇也（從段注）。王筠曰“旦明猶言向晨，與尚冥爲儷語”。莫下云“日旦冥者，由明之暗也。此云旦明者，出暗之明也……昧爽者，天文家所謂矇影限也”。又曰“連言昧爽，則爲旦明，第言昧，則爲闇”。又王氏《釋例》云"然昧爽之時，較日出時言之，則爲闇較雞鳴時言之，則爲明。本是一義，不須區別"。説昧字本義，最爲明晰。引申則爲一切不明。重言之曰昧昧。《書·秦誓》"昧昧我思之"，《廣雅·釋訓》"昧昧暗也"，皆是。《楚辭》凡兩見，皆用引申義。《懷沙》同。昧昧似是本義，其實日昧將暮則非由暗之明，而爲由明之暗也。《九辯》"毀譽昧昧"謂毀譽不分明也。

汶汶

《漁父》"安能以身之察察，而受物之汶汶者乎"。王逸注"蒙垢塵也"。洪興祖《補注》曰"汶音門。汶濛沾辱也。一音昏。《荀子》注引此作惛惛。惛惛不明也。惛、門、昏二音"。按《史記·屈原傳》索隱"汶汶者音閔，汶汶猶昏暗也"與叔師蒙垢塵義近，叔師明其義，《索隱》詁其詞也。《文選》向注云"汶汶塵垢也"，則不明叔師之義，而妄以爲詁字辯之。惟《説文》"汶"爲水名，盖借爲惛也。《説文》"惛不憭也"。《玉篇》作惛訓亂也、癡也，亂、癡即昏暗之意。《漢書·王温舒傳》"爲人少文，居宅惛惛不辨"。師古曰"言爲餘官，則心意蒙蔽，職事不舉"。惛音昏。餘詳惛惛條下。《荀子·不苟》篇亦有"新浴"等四句，受物汶汶，作"受人之掝掝"。楊倞注引此作惛惛。《韓詩外傳》又作"容人之混污"。掝字楊注以爲當作惑。惑惑與汶汶（讀昏）惛惛皆一聲之轉，而混污則以聲近義同之訓詁字代之也。

雰雰

《九章·悲回風》"漱凝霜之雰雰"。王逸注"雰雰霜貌也。言己雖昇青冥，猶能食霜露之精以自潔也'。洪補云"雰音芬。詩傳雰雰雪貌"。又《九歎·遠逝》"雪雰雰而薄木兮"。王逸注"雰雰雪貌"。按《説文》"雰即氛字，祥也"，與霜雪雰雰不相應。《詩·小雅·信南山》

“上天同雲，雨雪雰雰”。傳“雰雰雪貌”。《釋文》“芳云反，雪貌”。《御覽》天部八《白帖》二引此詩皆作紛紛，則雰雰猶言紛紛耳。然紛亦無霜雪義。特古籍多借紛爲紛亂、紛盛之義。故三家或亦作紛紛耳。然《悲回風》之雰雰，叔師訓霜露之精則由盛義更引申之，且與上文吸湛露之浮源相會而釋之，非雰雰有精義也。

紛紛

《九歎·遠逝》“霧宵晦以紛紛”。王逸注“言己渡廣水，心迷不知東西，霧氣晦冥，白晝若夜也”。紛紛一作紛闇。按叔師未爲紛紛作釋。此當訓亂也。《漢書·天文志》“若煙非煙，若雲非雲，郁郁紛紛，蕭索輪囷，是謂慶雲”。以紛紛狀雲霧，與《遠逝》此文同。《漢書·揚雄羽獵賦》“莫莫紛紛山谷爲之風猋，林叢爲之生塵”。師古曰“紛紛亂起貌。”《遠逝》紛紛當與《羽獵》之紛紛同意。古籍紛紛一詞多訓雜亂。《神女賦》“紛紛擾擾，未知何意”，《管子·樞言》“紛紛乎若亂絲”，《荀子·解蔽》“縮縮紛紛”，《呂氏春秋·慎大覽》“紛紛分分”，《孟子》“何爲紛紛然與百工交易”，皆是。雜亂者必眾，故紛紛亦有眾義。《廣雅·釋訓》“紛紛眾也”。餘詳紛字下。

霏霏

《九章·涉江》“雲霏霏而承宇”。王逸注“室屋沈没與天連也。雲霏霏而承宇者，佞人竝進滿朝庭也”。洪補云“霏芳微切”。《詩》“雨雪霏霏”。又《九歎·遠逝》“雪雰雰而薄木兮，雲霏霏而隕集”。又《九思·怨上》“電霰兮霏霏”。舊注“霏霏集貌”。按《詩·小雅·采薇》“雨雪霏霏”。傳“霏霏甚也”。《釋文》“芳非反甚也”。《文選·西京賦》“初若飄飄，後遂霏霏”。綜注“飄飄霏霏雪下貌”。《楚辭》三用霏霏一詞，一爲屈賦，二爲漢賦，皆以狀雲電，則與《詩》小異。《九歎》"雲霏霏而隕集",《九思·怨上》"雹霰兮霏霏",固與雪下貌義同,然《涉江》言"雲霏霏而承宇",則當訓盛若甚,與《小雅》用義合。蓋先秦以爲狀雪雲之甚,兩漢直言其降落,義雖有殊,亦降落之甚也。此如《廣雅·釋訓》"直以爲雪"其義一也。一就質言,一就功能言,一就其形狀言,其實一也。《説文》無霏字。新附、《玉篇》、《廣韻》皆以爲霉字重文。《説文·答問》以爲即罷字,本訓毛,紛紛也。紐玉樹又以爲古通菲。此字既見於《涉江》,則非漢以後賦家新增,則新附霏字訓雨雪貌是也。不必更求他字。

斐斐

《九歎·惜賢》"佩江蘺之斐斐"。王逸注"一作菲菲"。洪補云"斐音霏"。《説文》"往來斐斐貌"。(按洪引《説文》斐斐往來貌,今本作往來斐斐也,一曰醜也。洪本與《廣韻》合)。《小雅》毛傳"騑騑行又止之貌"與斐斐義同。然佩不得言往來。即《離騷》"佩繽紛其繁飾兮"之義,"芳菲菲其彌彰"兩語合用,則斐斐猶言菲菲矣。原文當作菲菲。王逸"菲菲猶勃勃,芬秀貌"。詳菲菲下。

菲菲

菲菲一詞,《楚辭》皆用以形容芬馥芳烈之義。如《離騷》之"芳菲菲其彌彰"及"芳菲菲而難虧",《九歌》之"芳菲菲兮襲予"、"芳菲菲"及《九歎》之"誠惜芳菲菲兮",皆是也。《離騷》"芳菲菲其彌彰"。王逸注"菲菲猶勃勃,芬香貌也。佩玉繽紛而衆盛,忠信勃勃而愈明,終不以遠故改其行"。朱熹《集注》云"菲菲猶勃勃,芳香貌也。佩服愈盛,而明志意愈修而潔也"。按《説文》訓菲爲芴即今土瓜,《詩》所謂采葑采菲也。竝無香義,此借聲疊詞也。《太玄》"昆白菲菲"。注"雜也"。《吳都賦》"曄兮菲菲"。注"花美貌"。《九歎·遠逝》“雲霏霏而隕集”，即《思玄賦》之“雲菲菲兮僥予”。《後漢書·梁鴻傳》“志菲菲於升降”，則香也、美也、雲也、降也，皆因文而見義，非專字明矣。《廣雅·釋訓》“菲菲香也”，《集韻》引作菲菲，則漢以後後起專字也。

芒芒

《楚辭》凡兩義，一爲茫茫之借，廣大也，一爲昏亂也。

《九章·悲回風》“莽芒芒之無儀”。王逸注“草木彌望，容貌盛也”。洪補曰“芒莫郎切，芒芒廣大貌”。《詩》曰“宅殷土芒芒”。朱熹注云“言己之愁思，浩然廣大幽深不可爲像也”。一爲昏亂也。《九章·悲回風》“罔芒芒之無紀”。王逸注“又欲罔然芒芒，與衆同志則無以立紀綱垂號諡也”。洪補云“此言楚國上下昏亂無綱紀也”。請得引釋如次。按芒芒一詞先秦恒語，《詩·商頌》“宅殷土芒芒”，毛傳“芒芒大貌”；又《長發》“洪水芒芒”；《左傳》襄四年“芒芒禹迹，畫爲九州”，注“芒芒遠貌”《呂氏春秋·應同》“黃帝曰芒芒昧昧”，凡此皆訓大。馬瑞辰曰“《説文》芒艸耑也。無大義。據《荀子·富國》篇注，芒或讀爲荒。《史記·三代世表》帝芒。《索隱》芒一作荒。芒芒當即荒荒之借。《説文》茫水流廣也’。《廣雅·釋詁》‘茫大也’。茫通作荒，荒借作芒，故傳箋訓爲大耳”。按馬説可通。“莽芒芒無儀”之芒芒即當作此解。叔師訓盛是也。至“罔芒芒”之芒芒，則當讀《孟子·公孫丑上》之“芒芒然歸”之芒芒。注“芒芒然罷倦之貌。《音義》云丁音忙”。按司馬相如《上林賦》“繽紛軋芴，芒芒怳忽”。郭璞注“言眼亂也”。又《外戚·李夫人傳》“驩接狎以離別，宵寤夢之芒芒”。師古曰“芒芒無知之貌”。眼亂、無知與罷倦義通。《文選·歎逝賦》“何視天之芒芒”。注“芒芒猶夢夢也”。《爾雅·釋訓》“夢夢亂也，儚儚昏也”，則趙岐罷倦之説，蓋即《爾雅》夢夢之説也。“罔芒芒無紀”，即昏亂無紀之義。

茫茫

《哀時命》"怊茫茫而無歸兮"。王逸注"茫一作芒。言己幽居遇雨愁思,茫茫無所依歸"。按《淮南·俶真訓》"天下茫茫,孰知之哉"。與此"怊茫茫而無歸"意同。《文選·魏都賦》"茫茫終古,此焉則鏡",李善注"茫茫,遠貌也",皆漢人常用字。一作芒芒者,則先秦以來恒語。《詩·商頌·玄鳥》"宅殷土芒芒"。傳"芒芒,大貌"。馬瑞辰以爲沆之假借,《説文》"沆,水流廣也"是也。《左傳》昭四年引虞人之箴曰"芒芒禹跡",杜注"芒芒,遠貌"與大義同。又《長發》"洪水芒芒",《九章·悲回風》亦云"莽芒芒之無儀",參芒芒條下。《説文》無茫,則沆當即茫本字也。《孟子·公孫丑上》"芒芒然歸",注"芒芒然猶罷倦之貌"與《哀時命》"怊茫茫無歸"義亦同。則茫茫亦即夢夢之借。《爾雅·釋訓》"夢夢訰訰亂也,儚儚昏也"。參夢夢條下。

曼曼

《楚辭》曼曼四見。皆形容修遠之疊詞,然其用實分爲二,一爲道路之修長,一爲時間之修長。

(一)《離騷》"路曼曼其修遠兮,吾將上下而求索"。王逸注"言天地廣大,其路曼曼,遠而且長,不可卒至"。"《釋文》曼作漫"。五臣云"漫漫遠貌"。洪興祖《補注》"曼漫並莫半切。《集韵》曼曼長也,謨官切"。朱熹音義同。按《遠遊》"路曼曼其修長兮,徐弭節而高厲",《九歎·遠逝》"路曼曼其無端兮,周容容而無識",皆言路之修遠。此一義也。

(二)又《九章·悲回風》"終長夜之曼曼兮,掩此哀而不去"。王逸注"曼曼長貌"。洪音與上同,此言時日之修長也。兩義雖同,而不一致。言路者,謂其遠;言夜者,指其夜之長。按《説文》"曼引也"。

大徐"舞鈑反"。鍇曰"古云樂有曼聲，是長之聲也"。《詩·閟宮》"孔曼且碩"。傳"曼長也"。凡訓長、訓遠、訓延、訓善、訓過、訓澤諸義，皆引之誼，隨所施而別，重言則曰曼曼。《廣雅·釋訓》"曼曼長也"。《長門賦》"夜曼曼其若歲兮"皆是。字作慢者同聲通用。

蔓蔓

《九歌·山鬼》"采三秀於山間，石磊磊兮葛蔓蔓"。王逸注"言己欲服芝草，以延年命，周旋山間，采而求之，終不能得，但見山石磊磊，葛草蔓蔓。言石葛者喻所在深也"。《九章·悲回風》"藐蔓蔓之不同量兮，縹緜緜之不可行"。王逸注"八極道理，難算計也"。一作邈漫漫。《文選》、《九歌·山鬼》葛蔓蔓銑注"葛貌"。按《説文》"蔓葛屬"，《繫傳》"蔓葛之總名也"，則銑以葛貌釋之者，以名活用爲形容詞也。然《悲回風》言"藐蔓蔓"，則不得自名詞之葛活用甚明。朱駿聲引《爾雅》"茜蔓于"及《詩·谷風·葑菲》鄭箋蔓青皆非葛類，因謂許所謂葛類者，謂如葛之類，引藤曼長者皆謂之蔓也，故瓜瓠蓲蘽之屬皆曰蔓。按古籍之字多訓引延，朱氏舉之詳矣。則蔓之言曼也。《詩》"野有蔓草"，傳"延也"；《左傳》隱元年"無使滋蔓"；《楚辭·九思·怨上》"菽藟兮蔓衍"，皆訓延，則單言曰蔓，重言之曰蔓蔓。其義一也。《汲冢周書·和寐解》"緜緜不絶，蔓蔓若何，豪末不掇，將成斧柯"，《史記·蘇秦傳》引若作奈，末作氂，掇作伐，成作用。《漢書·禮樂志·郊祀歌·齊房》十三"蔓蔓曰茂，芝成靈華"。師古曰"蔓蔓言其長久，日以茂盛也"。《山鬼》"蔓蔓"當同此意。《悲回風》以"藐蔓蔓"爲詞，即藐藐蔓蔓也。藐蔓猶言眇忙、眇茫，今恒語，謂微小而遠，恍惚不可知之象也。叔師故以難算計釋之。亦即《九章·悲回風》之"路眇眇默默"之眇默。聲義與漫漫同。詳漫漫條下。

漫漫

　　《九歎・逢紛》"登逢龍而下隕兮，違故都之漫漫"。王逸注"言己登逢龍之山，而遂下顧去楚國之遼遠也"。"漫一作曼"。洪補云"漫莫半切"。《九歎・憂苦》"山修遠其遼遼兮，塗漫漫其無時"。王逸注"言己遙視楚國，山林長遠，遼遼難見，道路漫漫，誠無時至也"。"一作曼曼"。按《管子・四時》"五漫漫，六惛惛，孰知之哉"。注"漫漫曠遠貌"。古甯戚《飯牛詩》"從昏飯牛至夜半，長夜漫漫何時旦"。《甘泉賦》"正瀏濫以弘惝兮，指東西之漫漫"。師古曰"漫漫長也"。《文選》李善注"漫漫無涯際之貌也"。《廣雅》"漫漫蕩蕩平也"。《玉篇》水部"漫莫半切，水漫漫平遠也"，蓋綜合諸説而定之也。《説文》無漫字。《文選・班叔皮北征賦》"遵長城之漫漫"。李善注引《楚辭》"路曼曼其修遠"，云"漫與曼古字通"。按《文選・上林賦》"爛漫遠遷"。《漢書・司馬相如傳》同。《史記》作爛曼，《離騷》"路曼曼其修遠兮"，《釋文》作漫漫，則二字古通用者多矣。曼《説文》訓"引也"。引長自有平遠之義，然《説文》"滔"字訓"水漫漫大貌"，則許氏固用漫字，凡漫、慢、蔓諸字皆以曼爲聲義，而各托以所別之事，漫言水，慢言心，蔓言草，則皆轉注字也。複詞用漫者亦多矣。漫衍、漫羨、漫演、漫滅、漫延、漫瀾、漫胡皆是。不得全爲曼之形借。則《説文》當補漫字，訓水平遠。單言曰漫，重言則曰漫漫也。餘詳曼曼條下。

亹亹

　　《九辯》"時亹亹而過中兮，蹇淹留而無成"。王逸注"時已過半日進往也"。五臣云"亹亹行貌"。洪補曰"亹音尾"。《九辯》又云"事亹亹而覬進兮，蹇淹留而躊躇"。王逸注"思想君命，幸復位也"。又《九懷・蓄英》"雍雲兮回回，亹亹兮自强"。王逸注"稍稍陞進遂自力

也"。按亹亹《楚辭》三用,《九辯》兩見《九懷》一見。依作品文義
詁之,則往進自勉之義也。《易》云"定天下之亹亹"。《開成石經》及
宋版《易》,又作娓娓,當爲俗字,作斖,又俗譌矣。本字當只作亹即
金文眉壽之眉字,作斖斖或斖,《齊侯敦》《詩》"勉亹我王",《荀子》引
作"亹亹我王"。又《詩·文王》篇之"亹亹文王",當即《棫樸》篇
之"勉亹我王"也(以上略本錢大昕《潛研堂集》)。則音讀門或勉,惟
以字義定之。則此即"勉"之借字,當讀爲勉。洪朱同音尾者,依
《易》"定天下之亹亹",崔霯思改從娓其實皆非也。

緜緜

《九章·悲回風》"縹緜緜之不可行"。王逸注"細微之思,難斷絶
也"。又《九辯》"事緜緜而多私兮"。王逸注"政由細微以亂國也"。
"緜一作綿"。朱熹注云"緜緜一作綿綿,多私徇己意,任女謁,聽讒言
之類也"。按《説文》"緜緜聯微也"。今本作聯微也,不成詞。據《非
有先生論》師古注引《説文》及王筠《句讀》説正。緜聯爲一義,微也
又爲一義。緜訓緜聯,重言之則曰緜緜。《文選·非有先生論》"緜緜連
之殆哉世",緜緜不絶也,不絶即緜緜之義。單言曰緜,重言曰緜緜,
叠韻變複輔音則曰緜聯,倒言之則曰聯緜。義皆一也。緜緜之詞,蓋三
古習語。《詩·王風·葛藟》"緜緜葛藟"。傳"長不絶之貌"。又《大
雅·緜》傳"緜緜不絶貌"。《汲冢周書·和寐解》"緜緜不絶,蔓蔓若
何"。《荀子·王霸》"緜緜常以結引馳外爲務"。注"緜緜不絶貌"。
《楚辭》兩用緜緜,叔師皆以細微釋之,與《説文》微也,一義合。微
者《詩》"瓜瓞緜緜",《正義》云"細微之辭";《禮·玉藻》"言容繭
繭",疏云"言緜緜聲氣微細",皆是其證。凡長者多不能粗大,故細微
與長義相成。《老子》"緜緜若存用之不勤",河上注"鼻口呼翕喘息當
緜緜微妙,若可存復若無有",即緜緜最好之説明。俗字或作綿綿。《家
語》"綿綿不絶,或成網羅"。注"綿綿細微若不絶,則有成網羅者也"。

聲轉爲民民。《詩·大雅·常武》"緜緜翼翼不測不克",《釋文》引《韓詩》作民民。《周頌·載芟》"緜緜其麃",《釋文》亦引《韓詩》作民民,云"衆貌"。聲小變爲緜蠻。《詩》"緜蠻黄鳥",傳"緜蠻小鳥貌",《文選》注引《薛君章句》"緜蠻文貌"。在草則曰顠髳,見《爾雅·釋詁》。又轉爲緜藐,見《漢書·上林賦》,又轉爲緬邈,六朝以後增益,又爲緜幕"微貌",見《文選·魏都賦》。

滑滑

《七諫》"處滑滑之濁世兮"。王逸注"言己居濁溷之世,無有達我清白之志也"。"滑一作涽,一無乎字"。洪補云"滑音昏"。按《説文》無滑字,亦無涽字。當即昏之借字也。《孟子·盡心》章下"今以其昏昏,使人昭昭。"趙岐注"今之治國法度昏昏,亂潰之政也"。《老子》"我獨昏昏"。《吕氏春秋·誣徒》"篤昏於小利"。高誘注"昏迷也"。字又作惛。《廣雅·釋訓》"惛惛亂也"。《孟子·梁惠王》上"吾惛"。注"王言吾情思惛亂"。古從民、從氏之字多相混,如昏亂又作昬亂。《詩·邶風·蝃蝀》"昏姻"《禮記經解》作昬姻,《書·益稷》昏墊,《文選·謝靈運遊南亭詩》作昬墊,皆是。故昏昏又作昬昬。《莊子·在宥》"至道之精,窈窈冥冥;至道之極,昏昏默默"。注"窈冥昏默,皆了無也"。惟昏字《楚辭》無用之者皆作昬,大概昬昏之變起自魏晋以後,《楚辭》尚未爲所亂也。

徽徽

《九思》"鴛鴦兮噰噰,狐狸兮徽徽"。舊注"相隨貌"。洪興祖《補注》"徽《釋文》音眉,一作嶽非"。按徽徽于古無徵,遍檢字書,無載徽者,《釋文》音眉,亦不知所本。舊注訓相隨,但就文義上下句相比而言,未必即達詁。按《説文》訓徽爲三糾繩。《太玄》從,亦言

"從徽徽,後乃登於階,終。《測》曰'從徽徽'後得功也"。《文選·文賦》亦云"文徽徽以溢目,音泛泛而盈耳",則徽徽有盛多之義,三紉繩之引申也。古從系從言之字,多相譌,徽徽其徽徽之誤乎。又考《詩·衛風》"雄狐綏綏",又《齊風·南山》亦言"雄狐綏綏",傳皆訓匹行貌或雄狐相隨,與舊注此釋正同,形訟狐羣之狀,亦古習之語。叔師通五經,則此處之狐貍兮徽徽,當即本于《詩》。綏與悽、棲、依、西等合韻(徽亦可合韻)。兩説必有一當,《釋文》一書,本宋初人作《楚辭》唐已無佳本,況於宋乎。

杳杳

杳杳一詞,《楚辭》六見。其二屬屈宋賦;其四屬漢賦。除《九歎》之《遠逝》"杳杳以西頹"用本義外,餘皆用引申義。《説文》"杳冥也。從日木在下"。大徐音"鳥皎反",小徐音"倚了反"。日出爲杲,從日在木上,日入爲杳,故從日,在木下。二字同韻,又莫則日在茻中,造字法亦同。莫爲日且冥,杳則全冥矣。引申爲暗。《管子·内業》"杲乎如登於天,杳乎如入於淵",《遠逝》"日頹曰杳",用本義也。《哀郢》"瞭杳杳而薄天",《懷沙》"眴兮杳杳",《史記》杳杳作窈窈。按《説文》有皀字"望遠合也。讀若窈窕之窈",則"杳杳薄天"與"眴兮杳杳"之杳當以皀爲本字。叔師訓杳冥或深冥其義同。《九歎·思古》"阜杳杳以蔽日"。叔師訓深林冥冥之中,亦用《説文》本義冥字爲訓。《九懷·陶壅》"覽杳杳兮世惟"。叔師以泥濁俗愚蔽則幽暗之再引申。《九思·遭厄》"衆穢盛兮杳杳"義同於《陶壅》。而以盛形容之者,言其暗之盛也。《漢書·禮樂志·房中歌》"杳杳冥冥,寬綽永福"與冥冥合用。此與《九歌·東君》之"杳冥冥兮以東行",又《山鬼》"杳冥冥兮羌晝晦"、《涉江》"深林杳以冥冥兮"皆同。然《楚辭》句例除明明闇闇悃悃款款外無四字連用之例。"杳冥冥"與"紛總總"、"皇剡剡"、"芳菲菲"等句法相同。皆屬于《楚辭》三字狀語一例("怳鬱邑"、"斑陸離"、"判獨離"等亦一例。別詳）。至漢賦則此例漸少，而重言者遂多。杳杳冥冥四字句中，此等用法極盛，亦先秦之承襲也。惟杳杳冥冥則或省爲杳冥矣。參杳冥、冥冥諸條。

冥冥

按冥冥一詞，《楚辭》十四見。見於屈宋作品者六：《九歌》三見，《九章》兩見，《九辯》一見；見於漢賦者八：《七諫》二見，《九懷》一見，《九歎》四見，《九思》一見。

有指光之冥暗者，《東君》之"杳冥冥兮以東行"、《山鬼》之"杳冥冥兮羌晝晦"；有與雷雨相聯者，《山鬼》之"雷填填兮雨冥冥"、《遠逝》之"雲冥冥而闇前"、《九思·哀歲》之"雨雪兮冥冥"；有與林永相繫者，《涉江》之"深林杳以冥冥兮"、《九歎·思古》之"冥冥深林兮，樹木鬱鬱"；有與水相繫者，《遠逝》之"水波遠以冥冥兮"是也；有與地理相繫者，《九懷·思忠》之"覽中國兮冥冥"、《九歎·怨思》"經營原野杳冥兮"是也；亦有以人事人心相繫者，《悲回風》之"翩冥冥之不可娛"、《九辯》之"瞭冥冥而薄天"、《七諫·怨世》之"晦冥冥而壅蔽"是也。是此一叠詞，在先秦兩漢使用之範圍極寬博，然細繹詞義，又皆冥字本義之引申也。《説文》訓冥"幽也從日從六，冖聲"。按此字義訓諸家引《説文》古本與今多異，然訓幽則無別，故不細校。大徐"本莫經切"。叔師于《山鬼》訓云"雲氣深厚"；於《思古》訓云"深林冥冥之中"；於《遠逝》訓云"晦冥"；於《怨思》訓云"杳冥無人"；於《悲回風》訓云"身處冥幽"；於《怨世》訓云"佞人壅蔽"，皆就幽暗一義之立言，而《涉江》訓"草木茂盛"；《九辯》訓"茂德焕炳"，蓋茂盛則易暗，其實亦幽之引申也。皆與文義相應，細讀自知之。又按先秦典籍以冥冥一詞爲幽暗者至多，不可勝舉。《詩·小雅·無將大車》"維塵冥冥"，《莊子·天地》"視乎冥冥聽乎無聲"，又《知北游》"昭昭生於冥冥"，《管子·内業》"冥冥乎不見其形"，《荀子·解蔽》“冥冥蔽其明也”，又《勸學》“是故無冥冥之志者”，又《修身》“行乎冥冥”，《吕覽·仲冬紀》“氣霧冥冥”，《趙策》“豈掩於衆人之言而以冥冥決争哉”，漢以後用之更多，舉不勝舉。大抵以昭昭詔詔對舉，以杳杳窈窈合用，與官能之視形字合用，與夕夜、日月、陰陽、夢寐相連屬，故其用至爲寬博而繁多，與《楚辭》所用亦大體相應，而道家、陰陽家更層出不窮（《淮南》一書用冥冥者十餘事）。細審其所表現意義，大體與昧昧、默默、渺渺、漠漠、茂茂等皆聲之通轉，故其義相連。詳參各條下自知之。總之冥冥一詞爲先秦南北諸地通語，自《詩》至《國策》、《莊》、《騷》莫不通用，而引申之義亦至寬綽，正面之義爲幽暗，而相反之義則爲茂盛。漢詞之義變化此亦一規律得其條理，固亦萬變不離其宗者也。又《九歌》兩用“杳冥冥”，《涉江》一用“杳冥冥”亦即此杳杳冥冥之義。參杳冥條下。

忽忽

《離騷》“欲少留此靈瑣兮，日忽忽其將暮”。王逸注“言己誠欲少留於君之省閣，以須政教，日又忽去，時將欲暮，年歲且盡，言己衰老也”。惟《楚辭》用忽忽皆與時間、名詞、形容詞及年齡、衰老之義相連，則此形容時日悠悠忽忽，去于無形之義。《九辯》之三“歲忽忽而遒盡兮，恐余壽之弗將”。王逸注“年歲逝往若流水也”。五臣云“忽忽運行貌”。又《九辯》七“歲忽忽而遒盡兮，老冉冉而愈弛”。王逸注“時去晻晻，若鶩馳也”。忽一作曶。又《惜誓》“惜余年老而日衰兮，歲忽忽而不及”。王逸注“言己年歲衰老氣力衰微，歲月卒過忽然不還，而功不成，德不立也”。上列諸説，言忽忽者，歎年歲衰老，歲時漸去，於不知覺之中之形容詞，則忽忽猶言悠悠忽忽也。此迭字形容詞。《高唐賦》“悠悠忽忽”。注“迷貌”。《素問·玉機真藏論》“忽忽眩冒而巔疾”。注“不爽也”。迷也、不爽也，皆不知不覺，如有迷失之象，與老冉之冉冉同。冉冉猶言漸漸也。

一作曶者，曶本語氣詞，音與忽同，盖亦借字。詳曶曶條下。按忽忽一詞，當爲南楚方俗習用語，除《楚辭》外。又見於《高唐賦》，亦可單言，《老子》二十章"忽兮若海"。河上注"我獨忽忽如江海之流"。北土儒書無用之者，《管子·内業》有"忽忽乎如將不得"之語，《晏子春秋·外篇》"忽忽矣，若之何"之句。管晏書多雜言，且多漢以後人竄亂，不足據信，則此爲南楚方言諒矣。

曶曶

《九章·悲回風》"歲曶曶其若頽兮，時亦冉冉而將至"。王逸注"年歲轉去而流没也"洪興祖《補注》"曶音忽"。曶字《説文》作🔲，出氣詞也，從曰，象氣出形。《春秋傳》曰"鄭太子曶"。🔲籀文曶，一曰佩也，象形。大徐"呼骨切"。按曶與心部忽，形近音同而義異。忽忽南楚方俗常語，迫促之貌，作曶曶者，形近而誤。詳忽忽條下。

晻藹

《離騷》"揚雲霓之晻藹兮，鳴玉鸞之啾啾"。王逸注"晻藹猶翁鬱，蔭貌也"。"藹《釋文》作濭，一作靄"。五臣云"雲霓虹也，畫之於旌旗。晻藹旌旗蔽日貌"。洪補"晻藹暗也，冥也"。朱熹《集注》"晻藹陰貌"。按晻藹雙聲聯綿詞，義寄於聲，故字形之變極多，而漢以後爲尤甚。左思《吳都賦》作"菴藹"，阮籍《清思賦》作"奄藹"，王粲《鶯賦》作"奄藹"，王粲《鸚鵡賦》作"晻藹"，王褒《關塞篇》作"掩藹"，字又作闇藹，《揚雄傳》"車騎雲會，登降闇藹"。又作暗藹，揚雄《甘泉賦》（《文選》）"儐暗藹兮降清壇"。《後漢書·張衡傳》"臨舊鄉之暗藹"。藹又變作曖，作濭。《文選·張衡思玄賦》"偏連翩兮紛暗曖"，又《南都賦》"晻曖翁蔚"，《漢書·禮樂志》"露夜零，晝晻濭"，《離騷》"時曖曖其將罷兮"，曖曖昏昧之貌，聲義與晻藹皆同。

《説文》訓晻爲不明，重言則曰晻晻。《北征賦》曰“晻晻其將暮”，即《離騷》之“日曖曖其將罷”也。《九歎》亦言“日晻晻而下頽”，則正言曰晻，叠言曰晻晻，長言曰晻藹，皆一語之變也。暗字與晻同音。《説文》訓暗爲日無光，暗又借闇爲之，則暗亦爲正言，叠言之曰暗暗。《漢書・甘泉賦》注“暗暗幽隱也”是。長言之則曰暗藹，與晻藹聲義皆同矣。又《釋文》晻藹作晻瀓者，《漢書・郊祀歌》“晝晻瀓”，師古曰“瀓音藹，晻瀓雲氣之貌”。《郊祀歌》本楚聲，則晻藹亦楚之方言耳。漢以後賦家皆受楚聲之教，故其文遂多此一詞矣。《集韻》“晻瀓鬱陰也”。按朱季海云“《釋文》是也。《集韻》上四卷有云‘晻瀓鬱陰也’，其義即取之王注。惟王云‘翕鬱陰貌’，今云‘鬱陰’，則割鬱字下屬，是誤讀王注也。所據與《釋文》本正合。《離騷》瀓字王逸訓作晻，又訓掩。敦煌本《楚辭音》於‘瀓吾游此春宮’句出‘瀓苦閤反’。王逸曰‘瀓奄也’。案奄竝作晻字，於感反。《廣雅》‘晻晻暗也’。《字詁》云‘亦暗字也’。王逸又詁爲掩，凡作三形也，其苦閤反自是今音，王讀不爾。依王，晻瀓聲義俱近，瀓瀓同字，晻猶瀓也。雙聲言之則曰晻瀓。《漢書・郊祀歌・赤蛟十九》云‘晝晻瀓’，師古曰‘瀓音藹，晻瀓雲氣之貌’。此自楚聲。《離騷》舊本當與《漢書》同，其作藹者以音改之，猶宅改宇也。日本古鈔卷子本《揚雄傳》、《反離騷》、顏注引《離騷》已作晻藹字，則自唐以前有此本矣。霭則又蒙雲霓字從雨耳。王氏《廣雅疏證》云‘瀓依也’。各本作瀅，乃隸書誤《衆經音義》卷十九引《廣雅》‘瀓依也’，據以訂正。李海謂瀅不成字。然各本作瀅，則字不從瀓，舊本當或作瀓，脱壞作瀅爾。《集韻人》十八益有瀓字，引《博雅》‘依也’，是其證。王偶不省，遂泛稱隸書之誤爾’。然瀓又爲瀓可知”。聲轉爲晻翳，乃漢人以訓詁字易之者也。

低昂

《遠遊》“服偃蹇以低昂兮”。按《漢書・司馬相如傳・大人賦》“低卬夭驕裾以驕驚兮”，《楊惲傳》“拂衣而喜，奮袖低卬”，《文選・

西征賦》"倦狹路之迫隘，軏琦瑀以低仰"，與此低昂皆同音同義詞。《説文》無低字，《新附》訓爲下，《玉篇》訓垂，低即氐字。《漢書·食貨志》"封君皆氐首卬給"，即低首也。《説文·日部》昏注云氐者下也。則低字乃漢以後新增。昂字，《説文》亦無，《新附》云舉也，按《説文》"卬望也，欲有所庶及也"，此當爲俯仰古字。又"仰舉也"，此低昂古字。角部觲注"用角低仰便"。馬部驤注，"馬之低仰"用之，則低仰者本字，低昂者俗字也。參卬仰諸條。

容與

雙聲聯綿詞，作動詞或狀詞或形容詞用。其義可約爲三類，一游戲也，二徘徊不進也，三有節度也。茲分述如次。

（一）遊戲也。《離騷》"忽吾行此流沙兮，遵赤水而容與"。王逸注"容與游戲貌。言口行忽然過此流沙，遂循赤水而游戲，雖行遠方，動以潔清自灑飾也"。朱熹義。又《九歌·湘君》"旹不可兮再得，聊逍遥兮容與"。王逸注"《詩》曰'狐裘逍遥'，言天時不再至，人年不再盛，己年既老矣，不遇於時，聊且逍遥而遊，容與而戲，以待天命之至也"。又《湘夫人》"時不可兮驟得，聊逍遥兮容與"。王逸注"富貴有命，天時難值，不可數得，聊且游戲以盡年壽"。又《九辯》"農夫輟耕而容與兮，悲田野之蕪穢"。王逸以爲"愁苦賦斂之重數也"，未允。朱熹云"農夫輟耕而容與，言不恤國政而嬉遊也"，於義最當，《哀時命》之"騎白鹿而容與"，《九歎·怨思》之"欲容與以竢時兮"，又《思古》之"容與漢渚，涕淫淫兮"，皆此一義也。

（二）徘徊也。《九章·涉江》"船容與而不進兮，淹回水而疑滯"，王逸注"船猶不進隨水回流"，即徘徊不進之意，又《哀郢》"楫齊揚以容與兮，哀見君而不再得"。王逸注"言己去乘船，士卒齊舉楫櫂，低徊容與，咸有還意，自傷卒去而不得再事於君也"。低徊即徘徊也。此外如《思美人》之"固朕形之不服兮，然容與而狐疑"、《遠遊》之

"氾容與而退舉"、《九懷》之"將離兮所思，浮雲兮容與"《九歎·離世》之"身容與而自遠"等亦皆徘徊之義。上二義往往相依，但當視其上下文義之輕重而分之。

（三）有節度也。《九歌·禮魂》"傳芭兮代舞，姱女倡兮容與"。王逸注"謂使童稚好女，先倡而舞，則進退容與，而有節度也"。與或作冶，容冶乃以訓詁字易之者也。是三義者皆無正字。聯綿詞之依於聲義而無正字者，此最爲典型。漢以後詞賦多引申爲從容閑雅之義，如《揚雄傳·河東賦》"安流容與"，師古注"容與而安豫也"。他如司馬相如《哀二世賦》、《漢書·外戚·李夫人傳》等皆是。此漢以後發展引申之義。然容與一詞不見於《詩經》，亦且不見於北方經典。《詩經》有義與容與相當者，而曰逸豫、燕譽、引翼、易由、游衍等。《漢書·禮樂志·郊祀歌·練時日》云"澹容與，獻嘉觴"。師古曰"容與言閑舒也"。《莊子·人間世》亦云"因案人之所感，以求容與其心"。維諸漢人詞賦亦多用之，則容與乃楚方俗之語也。故《楚辭》用之極繁夥。字又變作容裔，見《遠遊》、《九懷·尊嘉》兩篇。別詳容裔條下。又作溶與，見《遠遊》，詳溶與條下。溶與又作溶滴，見《高唐賦》。南土曰容與，北土則用容閱。《詩·曹風·蜉蝣》"蜉蝣掘閱"。《毛傳》"掘閱容閱也"。又《谷風》"我躬不閱"。傳"閱容也"。《左傳》襄二十五年作"容悅"。《詩》所謂"我躬不說，皇恤我後"者，杜注"言令我不能自容說"。《孟子·盡心》"量事是君，則爲容悅"者也。漢以後此詞遂通行于詞賦文章之中矣。

溶與

《遠遊》"屯余車之萬乘兮，紛溶與而並馳"。注"車騎籠茸而競驅也"。洪補曰"溶音容，水盛也。《大人賦》曰'紛鴻溶而上厲'"。按溶與即容與，一聲而字有變化者也。王以籠茸釋溶與，固未安；洪以水盛單釋溶字，更誤。溶與即容與，詳容與條下。

容裔

《九懷·尊嘉》"儵忽兮容裔"。注"往來亟疾，若鬼神也"。漢賦多用之。《南都賦》"汰瀺潏兮船容裔"。注"容裔船行貌"。字或作溶瀷。《高唐賦》"洪波淫淫之溶瀷"。李注"溶瀷猶蕩動也"。六臣注"水之廻屈緩流之貌"。

濩渃

《九思·疾世》"望江漢兮濩渃"。舊注"濩渃大貌也，還見江漢水大也"。"漢一作海"。洪興祖《補注》"濩音穫，渃音若。大水也"。按《説文》濩"雨流霤下"。一曰濩渃大水。渃字《説文》無考。《切韻》系統各韻書，自陸法言、長孫訥言、孫愐、王仁煦及諸五代刊本（詳《瀛涯敦煌韻輯》字部各卷），下至《廣韻》，皆不收渃字。自宋人《集韻》始收之。十八藥注云"濩渃水大貌"。十九鐸濩渃下亦有渃字，亦訓大水貌。他害皆無此字。疑本作若，濩若猶濩然。《一切經音義》九十一濩落一詞下，亦言水大貌。宋以後刻《楚辭》者，不曉濩若猶言濩然，乃依濩字水旁，於若旁加水，成此奇文也。若然皆古漢語中狀字語助（詳若字下），宋人無識，遂以收入《集韻》（《類篇》不收此字，爲謹嚴矣）。叠韻之變，則爲濩落。見上引《一切經音義》。《莊子·逍遥遊》"剖之以爲瓢，則瓠落無所容，非不呺然大也"。《釋文》"瓠户郭反，司馬音濩落，簡文云'瓠落猶廓落也'"。依音斷之，則亦大義，故曰"非不呺然大也"，與濩若義亦同。此亦當是楚語。

威夷

《九懷·陶壅》"建虹旌兮威夷"。王逸注"樹蝃蝀旗，紛光耀也"。

按叔師以光耀釋威夷，此喻義也。威夷即委移一聲之轉。《離騷》、《九歎》、《遠遊》"帶隱虹之逶蛇"，與此句正同，亦即《離騷》"載雲旗之委蛇"。惟此一詞有兩讀，漢以前皆讀"啊陀"，漢人音變爲委移。詳委蛇、委移諸條下。

依斐

《哀時命》"霧露濛濛其晨降兮，雲依斐而承宇"。王逸注"言幽居山谷，霧露濛濛；而晨來下，浮雲依斐，承我屋雷，晝夜闇冥也"。洪興祖《補注》"斐音非"。朱熹《集注》"依斐雲貌"。按依文義定之則依斐乃雲下垂貌。依斐猶言依附，依違也。《九歎·離世》"余思舊邦，心依違兮"。王注"言我思念故國，心中依違不能遠去"。猶雲依斐承宇也。詳依違下。違、斐叠韻故義得相通。

詳狂

《天問》"梅伯受醢，箕子詳狂"。王逸注"梅伯紂諸侯也。言梅伯忠直而諫紂，紂怒，乃殺之，葅醢其身。箕子見之，則被髮詳狂也"。"詳一作佯"。洪補引《淮南》、《史記》以疏梅伯箕子之事。又曰"詳詐也，與佯同"。按詳借聲字。《史記·蘇秦傳》"詳僵而弃酒"。《索隱》"詳詐也"。《吳太伯世家》"公子光詳爲足疾"。《索隱》"詳即僞也"，此訓詁之義。詳字從言，本義爲審議，無僞義。字又作佯，乃後起專字，《説文》所未載，則古直借詳爲之耳。字又作陽，《大戴禮·保傅篇》"箕子披髮而陽狂"，即佯狂也。陽亦借聲字，是則訓僞之佯，或作詳、作陽，皆借聲字，而未有本字。古有是語而未製字者多矣。自其使用範圍觀之，則先秦以前，蓋徧及於北南諸家，則亦當時習用語也。

佯狂

《惜誓》“比干忠諫而剖心兮，箕子被髮而佯狂”。王逸注“已解於《九章》”。“佯一作詳”。按箕子被髮而佯狂，見《天問》。逸注“已解於《九章》”，應作《天問》。《天問》作“詳狂”。“梅伯受醢，箕子詳狂”是也。箕子佯狂故事，古書傳之者極多。而字或作佯狂、作詳狂、作陽狂，皆同音通用。作佯狂者，見《惜誓》外，見《荀子·堯問》、《史記·龜策傳》、《淮南·齊俗訓》、《新序雜事三》、《漢書·梅福傳》、《後漢書·翟酺傳》（作微子誤），《廣韻》“佯詐也，或作詳，狂病也”。作詳狂者，見《史記·殷本紀》、《宋微子世家》、《鄒陽傳》及《天問》。詳詳狂一條下。作陽狂者，見《大戴禮·保傅篇》、《漢書·鄒陽傳》、《東方朔傳》。按《左傳》定十二年注“陽不知也”，《釋文》陽本作佯，是佯、陽同音也。此詞爲先秦北南通用成語。

越裂

《九歎·逢紛》“顏黴黧以沮敗兮，精越裂而衰耄”。王逸注“越去也，裂分也，耄老也。言己欲進不得，中心憂愁，顏色黧黑，面目壞敗，精神越去，氣力衰老也”。按越裂叠韻聯綿詞。《文選·七發》“精神越渫，百病咸生”。李善注“《呂氏春秋》曰‘精神勞則越’。高誘曰‘越敗也’”。越裂與越渫叠韻之變，音近義同。精越裂即精神越渫，其義一也。依善引《呂氏春秋》“精神勞則越也”定之，則語源正是越字，裂渫皆尾音矣。叔師訓裂爲分者，常語也。渫者《七發》善注引鄭玄《毛詩箋》曰“發也”，則裂渫乃以訓詁字書之，此聯綿詞至漢以後發展之常規。

晏衍

《九思·傷時》"聲嗷誂兮清和，音晏衍兮要婬"。舊無注。按《漢書·揚雄傳·長楊賦》"抑止絲竹晏衍之樂，增聞鄭衛幼眇之聲"。師古曰"衍弋戰反"。《文選》李善注"晏衍邪聲也"。字或作案衍。《上林賦》"陰淫案衍之音"，即此晏衍要淫。郭璞曰"流湎曲也"，《文選·子虛賦》注"司馬彪曰'案衍窊下也'"，又《文選·琴賦》"清和修昶，案衍陸離"，李善注"案衍不平貌"，皆是。各家各就其形質、精神作用以解之。意雖不同，而義之歸則一也。

尩頹

《九思·逢尤》"車軏析兮馬尩頹"。舊注"驅騁不能甯定，車弊而馬病也"。"軏一作軸"。洪興祖《補注》"尩音灰，《集韻》作尫癀"。按尩頹一語，始見于《詩·卷耳》"我馬尩隤"，而字則或作尩頹，或作尩穨，或作尩隤，或又作瘣隤，或又作尩癀，宋人《集韻》更作尫癀，形雖多變，而音義皆同也。《爾雅》釋作"尩穨病也"。注"尩穨、玄黃皆人病之通名，而說者便謂之馬病，失其義也"。《釋文》"尩虎回反，又呼懷反，頹徒回反"。《校勘記》曰"尩頹葉鈔《釋文》雪窗本同，通志堂《釋文》、《唐石經》單疏本、注疏本作尩頹爲是"。郝懿行《爾雅義疏》曰"尩者《卷耳》傳云'病也'，《釋文》'《說文》作瘣'。按瘣字誤，《說文》作瘣，云病也。引《詩》'譬彼瘣木'《毛詩》瘣作壞，故傳云'壞瘣也'，謂傷病也。是壞當作瘣（胡罪反）。《詩》及《爾雅》之尩俱瘣之叚音，頹《詩》作隤，亦叚音也。《釋文》'隤《說文》作穨'。按《說文》作穨云'禿貌'。隸作頹，通作隤。《說文》'隤下隊也'。《釋名》'陰腫曰隤，氣下隤也'。然則尩頹亦人病之通名。《詩》、《釋文》引孫炎云'馬疲不能升之病'，亦望文生訓耳。且尩頹二字，俱爲叚音。《漢書·景十三王傳》云‘曰崔隤’。《集注》‘崔隤猶蹉跎也’。蓋蹉跎與崔隤聲轉，崔隤又與虺隤聲近，證之此等假借之字，皆以聲爲義也”。（參陳奐《毛傳疏》、馬瑞辰《傳箋通釋》等）。又《玉篇》虺部“虺㿗馬病”。按《說文》有隤無㿗。㿗者後人依倣虺字，更異隤字爲之。《集韻》十四皆㿗字注“楬虺馬病”。《玉篇》、《集韻》皆因孫炎誤言所收俗字也。

　　按此北語而王叔師用詩義以入文也。

宛轉

　　《哀時命》“愁修夜而宛轉兮，氣涫瀇其若波”。王逸注“而一作之。言己心憂宛轉，而不能臥，愁夜之長”。按《莊子·天下篇》“椎相輐斷，與物宛轉”，疏“宛轉變化也”。按變化之說，乃喻其理，此宛轉言隨物相宛轉以意其變也。字本作夗轉。《說文·夕部》“夗轉臥也，從夕、從卩，臥有卩也”。《廣雅·釋言》“夗轉也”，皆其證。宛則聲別義同借字也（《說文》訓宛爲屈艸自覆，即宛曲之義，亦得引申爲糾纏）。又孳乳爲婉轉，《淮南·精神訓》“屈伸俛仰，抱命而婉轉”。婉轉又變爲婉僤，司馬相如《上林賦》“象輿婉僤於西清”，《史記》僤作蟬。《說文》蟺下云“夗蟺也”，夗蟺亦即婉僤。又或作宛蟺，《古文苑·甘泉賦》“黃龍游而宛蟺”。婉僤字又變作宛潬，《上林賦》“宛潬膠盭”。《史記》作蜿灗。宛蟺或省作宛亶，見《文選·江賦》李善注。以疊字言之，或作宛宛。《史記·封禪文》云“宛宛黃龍”，即《甘泉賦》之“黃龍游而宛蟺”也。又《九歎·惜賢》“憂心展轉，愁怫鬱兮”。注“展轉不寐貌”，句義與《哀時命》“愁修夜而宛轉”同。《詩》“展轉反側”，即叔師注所謂不能臥也。宛與展疊韻，故宛轉即展轉一語之變。惟《詩》言展轉、言婉孌，而不言宛轉。宛轉蓋南楚故語也。按《方言》五“簿謂之蔽，或謂之箘，秦晉之間謂之箭；吳楚之間或謂之蔽；或謂之簿裏，或謂之簿毒，或謂之夗專”。郭注“夗於辯反，專音轉”，

《廣雅》"夗專簿也"。楚俗有是語，則夗專猶言宛轉矣。又郭璞《爾雅·釋器》注"有緣者謂之弓"。曰"緣謂繳纏之，即今宛轉也"。璞注《爾雅》多采當時人語。"即今宛轉"之言，雖不能定其必爲南楚之言，亦不得定爲聞喜之言。東晉時流行語，實多南言也，則宛轉一詞，用之形容，用之名物，皆可證其爲南言無疑。北土用展轉、婉戀，而南音小別，用宛轉蓋其實矣。

霹靡

《招隱士》"蘋草霹靡"。王逸注"隨風披敷。蘋一作蘋，霹一作蘪，一作蘸"。洪興祖《補注》"霹靡弱貌，霹草木花敷貌"。朱熹《集注》"蘋一作蘋霹音髓"。按《説文》"霹飛聲也"與此義無關，此則借音字，惟《説文》音呼郭切。《玉篇》云"綏彼切，霹靡草隨風貌，亦作霍"云云。《文選·招隱士》六臣云"霹音髓"。慧琳《一切經音義》十一、五十一、八十二霹靡下竝云"上雖紫反，醉唯反，下音美"。下引《韻詮》云"霹靡艸敷貌"，又引《考聲》"霹靡艸偃貌"，引《韻英》云"霹靡艸弱隨風偃貌"，並引《楚辭》"蘋艸霹靡也"，王逸注云"隨風披敷也"，論文竝從草，作蘸靡，俗字也。《章句》、《洪補》、《朱注》所出音注及字形變易，皆由此得明證。

蜿蟬

《九思·守志》"乘六蛟兮蜿蟬"。舊注"蜿蟬群蛟之形也"。按蜿蟬即蜿蜿之義，此漢賦常語，形容動物婉婉之狀。字又作宛潬，《上林賦》"宛潬膠盭"。注"展轉也"。又作蜿蟺，見《史記·司馬相如傳》注"婉委也"。《琴賦》作"蚲蟺"，《廣雅·釋蟲》作"蜿蟺"聲轉爲蜿蟪，見《九思·哀歲》。別詳蜿蟪條下。

葳蕤

《七諫·初放》"上葳蕤而防露兮"。王逸注"葳蕤盛貌，防蔽也"。洪補"葳音威，蕤儒佳切，草木垂貌。《集韻》作蕤"。葳蕤二字，今本《説文》皆無之。慧琳《一切經音義》九十八葳蕤注引《説文》"葳草木花盛貌，蕤草花心也，並從草，威、榮皆聲"。是《説文》本有葳字蕤字。《漢書·司馬相如傳》、《子虚賦》、《封禪文》、張平子《東京賦》、《文選·景福殿賦》、《南都賦》、《蜀都賦》、《文賦》、王粲《公讌詩》、《玉篇》艸部，並有葳蕤字。則蕤乃蕤之形譌也，惟其義至繁（依王念孫《讀書雜志》三之六紛論葳蕤條，以爲《説文》無葳字，則作威者是也，凡葳蕤之葳作葳者，皆因蕤字而誤，恐亦未允）。有以爲木草初生者（《文選·王粲公讌詩》），有以花鮮好者（《文選·蜀都賦》），有以爲羽毛美者（《漢書·司馬相如傳·子虚賦》），有以爲旗貌者（《文選·南都賦》），有以爲亂貌者（《史記·司馬相如傳·封禪文》）。考葳蕤一詞之用，始自漢人，求其語源，當與委隨、委施、委移、阿儺等同源。因所施用不同，而別構新字。據字形定之，則當以花鮮好，或草木初生兩義（《廣韻》六脂"葳蕤草木華貌"）爲本義，而其他皆引申義也。叔師訓盛，詁其義，洪氏訓草木垂，釋其態，兩皆可通。則"上葳蕤而防露"，猶言上汱若而防露，上委隨而防露也。參委隨、委蛇諸條。

偓促

《九歎·憂苦》"偓促談於廊廟兮，律魁放于山間"。王逸注"偓促拘愚之貌"。洪興祖《補注》"偓促迫也，一曰小貌，於角、楚角二切"。按《玉篇》人部"偓於岳切。偓促拘之貌"。《史記·司馬相如傳·難蜀父老文》"豈特妄瑣握齪，拘文牽俗"。《索隱》"局促也"。《漢書》顏師古注"局陿也"。握齱與偓促同,與委瑣局促亦一聲之轉也。慧琳《一切經音義》九十二云"偓齱,上音握,下士角反"。應劭注《史記》云"偓齱急促之貌也"。又曰"其民握齱,頗有桑麻業也"。《埤蒼》、《聲類》並云"逐促貌"。字又變作握齰。《史記·酈生陸賈傳》"酈生聞其將皆握齰,好苛禮自用"。應劭注"握齰急促之貌"。俗或作齷齪,以從齒變之也。又作喔齱,見《文選·難蜀父老文》。

窈悠

《九思·怨上》"倚此兮巖穴,永思兮窈悠"。注云"長守忠信,念無違而塗悠遠也"。"悠一作宛"。按窈悠組合爲一詞極勉强,可作深遠、深長、幽長諸解,然倚巖穴而永思者,爲深遠、幽長,似亦羌無實際。一本作窈宛者,較易解。參窈宛一詞下。

眩曜

《離騷》"世幽昧以眩曜兮,孰云察余之善惡"。王逸注"眩曜惑亂貌"。"眩一作眩"。洪興祖《補注》"眩日光也,其字從日,眩目無常主也,其字從目,竝熒絹切。《淮南》云'嫌疑肖像者,衆人之所眩耀'"。按《説文》"眩目無常也"。《字林》"眩亂也"。今本有作眩者。從目、從日之字,古多相亂,此當作眩曜。《説文》無。《詩·檜風》"日出有曜",當即耀之或體。《説文》"耀照也",《玉篇》"曜照也",是其證。此處不得以眩字連文。

按《説文》"瞢惑也,從目營省聲"。大徐廣扃切,瞢通作熒。《人間世》"而目將熒之"。注云"使人眼眩也"。瞢耀雙聲,故《離騷》借曜爲之。眩瞢即瞢惑之義,故與幽昧對文。凡《離騷》句法"以"字在句中以連聯綿詞者,此兩聯綿詞義必相近,則眩曜亦即幽昧之義矣。

又《九歎·惜賢》"揚精華以眩燿兮,芳鬱渥而純美"。王注"炫燿光貌”。此音同而義別之詞，詳眩燿下。又今俗以誇燿于人，亦用炫燿字，則“衒鬻”一語之音同而異義者。詳衒鬻一條下。

猒飫

《哀時命》“時猒飫而不用兮，且隱伏而遠身”。王逸注“言時君不奸忠直之士，猒倦其言不肯用”。洪興祖《補注》“飫於據切”。朱熹《集注》“飫於據反。猒飫自足而不樂見聞之意也”。按猒飫一詞，叔師以爲猒倦，則以爲厭倦之借字；朱熹以爲自足而不樂見聞，則以爲饜足之饜借字。依上下文義斷之，則晦庵説有據。《説文》“猒飽也”。段玉裁曰按飽足則人意倦，故引申爲猒倦、猒憎，經傳多借猒爲之。《説文》厭笮也，即今壓字。飫字《説文》無。《小雅》“飲酒之飫”。《毛傳》“飫私也，不脱履升堂謂之飫”，此一義也。

其訓飽、訓厭者，則當爲䬢。《説文·勹部》“䬢飽也，從勹殷聲，民祭祝曰厭䬢”。大徐已又切，又乙庶切。徐鍇曰“禮有陰厭陽厭之䬢也，今禮作飫”。厭飫者，求鬼神之厭飽也，則猒飫乃複合詞，故禮家成語。朱熹用此以釋《哀時命》爲有據，然依上下文義，則此處似不能以禮儀説之，故又申之曰“不樂聞見之意”，則段玉裁所謂飽則意倦之引申也，然文義仍不能洽當。蓋依朱説，則此句應省去主語“余”、“吾”等字，余吾之省，當在下句“且隱伏”之首，此處無省略之可能。按時謂當其世之時，乃用作猒飫之主語者，則猒飫乃時世時人之所爲。按《禮記·曾子問》“祭殤必厭，蓋弗成也”。鄭注“猒飫而已，不成其人”。引申其義，則“猒飫不用”謂但受豢養如猒飫而不能用。故下句曰“且逃去隱伏，遠身于野，不受其豢養也”，此説似較叔師義爲屈折，然于詞義爲有據，且探上下文義，亦較深邃云。

瑩娭

《九思·傷時》“菫荼茂兮拮流，蘅芷彫兮瑩娭”。舊注“蘅杜蘅，芷若芷，皆香艸。娭一作冥"。洪興祖《補注》"塋於銘切，娭音冥"。塋娭即《説文》之嫈娭也。《説文·女部》娭字解云"嫈（原作嫈，《繫傳》作鷺，皆誤字。當從 S. 11055、《内府本王仁煦切韻》又《廣韻》耕所收塋娭二字訓，皆作嫈娭）娭也，一曰嫈娭小心態也"。（從王筠《句讀》説）又《説文》嫈字解"小心態也"，則塋娭乃叠韻聯綿詞。凡此諸語，皆入耕、清、青韻，其義有二，一爲小心態，一爲新婦貌。此義起《内府本王仁煦切韻》，而《廣韻》承之。依慧琳《一切經音義》二十四及七十八兩處嫈娭下引《考聲》云"嫈娭下里婦人嬌態貌也"。總三義而論之，則皆有退縮不自光大之象。叔師用此詞以狀香草蘅芷之彫，善得形狀之妙。蘅芷芳潔，當其盛茂，則馥鬱芬烈，今見委棄，而本質之芬鬱未變，有如新婦或下里嬌婦之小心翼翼，塞縮局促不安之至也。引申之，則塋娭遂成晦暗之義矣。馮衍《顯志賦》所謂"神雀翔於鴻崖兮，玄武潛於嬰冥"是也。注"嬰冥猶晦昧，所謂幽都也"。《九思》嫈作塋者，同音借字。字又作嬰冥，見上引《顯志賦》；又作嬰娭，嬰字《説文》娭字注小徐作鷺娭，鷺與嫈聲近，猶鶯可爲鷺也。而嬰則當是據娭從女改。

逍遥

《楚辭》九十餘見，多與相羊、浮游、容與等聯用。《離騷》"折若木以拂日兮，聊逍遥以相羊"。王逸注"逍遥、相羊，皆遊也"。"逍遥一作須臾"。洪興祖《補注》"猶翱翔也"。又"欲遠集而無所止兮，聊浮游以逍遥"。王注"且遊戲觀望以忘憂，用自適也"。合上兩釋而義乃俱足，大體皆在無可奈何之情況下，以游戲而自適之意，故多與聊字相結合。如《九歌》之"聊逍遥兮容與"，《九章》之"聊逍遥以自持"，《遠遊》之"聊仿佯而逍遥"，《九辯》之"聊逍遥以相佯"，《九懷》之"聊逍遥兮播光"，皆是。其意義略有消極成份。其不與聊字相結合者，則意義或有積極成份。加《七諫》之"服清白以逍遥兮"，《九思》之

"陟玉巒兮逍适"是也。漢人亦有用作消極自遣之意者，《九思·遭厄》之"意逍遥兮欲歸，衆穢盛兮杳杳"是也。逍遥一詞爲先秦常語，亦見於《詩》、《禮》、莊周之書，而《詩經》爲尤多。如《鄭風·清人》、《檜風·羔裘》、《禮記·檀弓》、《莊子·讓王》，其義皆自適爲主。漢人用者尤多。《淮南·原道》、《韓詩外傳》五、《太玄經·翕首》、《史記·司馬相如傳》，除賦中所用，仍有楚風。如司馬相如《上林賦》之"消搖乎懷佯"而外，則多單用而不與他聯綿詞合用，其證至繁，無所事於列舉。字又作消搖，見《禮記·檀弓》"消搖于門"、《後漢書·仲長統傳》"消搖一世之上"，又作消遥，見《太玄經》。又作消摇，見《漢書·司馬相如傳》。聲轉爲須臾，《九思·守志》"陟玉巒兮逍遥"。王逸注"逍遥須臾也"。叠韻之變則爲招遥。《文選·司馬相如上林賦》"招遥乎襄佯"，即《離騷》"逍遥乎相羊"也。字又作招摇，《史記·孔子世家》"衛靈公與夫人同車出，使孔子爲次乘，招摇過市"。《集解》徐廣曰"招摇翱翔也"。叠韻之變又爲遊敖。《詩·齊風·汶水》"齊子遊敖"。遊敖亦作由敖，《詩·王風·君子陽》"右招我由敖"。聯綿詞以聲爲主，其字形不定，後人往往集訓詁字音近者爲之而寫法形體遂日多矣。雙聲之變則相羊、儀佯、須臾義皆相通。別詳相羊條下。

須臾

《九章·哀郢》"羌靈魂之欲歸兮，何須臾而忘反"。王逸注"倚住顧望，常欲去也"。常欲即俄頃之義。又《九歎·遠逝》"引日月以指極兮，少須臾而釋思"。王逸注"釋解也。言己施行正直，願引日月使照我情，上指北辰，訴告於天，冀君覺寤，且解憂思須臾之間也"。又《九歎·惜賢》"欲竢時於須臾兮，日陰曀其將暮"。王逸注"言己欲待盛世明時，君又暗昧，年歲已暮，身將老也"，言竢俄頃之時也。《儀禮·聘禮》速賓辭曰"寡君有不腆之酒，請吾子與寡君須臾焉"。注"須臾言不敢久"。古者樂不踰辰，燕不踰漏。故少頃之間，皆稱須臾。

另作逍遥解。《九歎・憂苦》"聊須臾以忘時兮，心漸漸其煩錯"。王逸注"一作忘時"。"言己且欲須臾以忘憂思"。按下云"願假簧以舒憂兮，志紆鬱其難釋"，則此須臾不得言俄頃也。叔師釋須臾義謂逍遥，與下句假簧舒憂意合。又《九歎・遠遊》"聊假日以須臾兮，何騷騷而自故"。王逸注"言己思年命欲暮，願且假日遊戲須臾之間"。按此言與《九懷》"聊假日以相佯"同，則須臾即相佯也（《離騷》"折若木以拂日兮，聊逍遥以相羊"。《文選》"逍遥"作"須臾"，此六朝別本也。屈子時尚無此解，故不援引）。按須臾本叠韻聯綿詞，漢以前古籍皆作俄頃解（《莊子・山木》"無須臾離居"、《知北游》"須臾之語也"、《荀子・勸學》"不如須臾之所學也"、又"不可須臾舍也"、《吕覽・長攻》"好須臾之名"，又《慎大覽》"飄風暴雨，日中不須臾"、《韓詩外傳》五"而無是須臾怠焉"、《儀禮・燕禮》"以請吾子與寡君須臾焉"、《日知録》"古者樂不逾辰，燕不移漏，故稱須臾，言不敢久"、《禮・中庸》"道也者，不可須臾離也"，皆是）。至《史記》而用爲從容、延年之義，見《淮陰侯傳》"足下所以須臾至今者，以項王尚存也"（王念孫《讀書雜志》五謂"此須臾與《中庸》'道也者不可須臾離也'異義。須臾猶從容、延年之義也……從容。須臾語之轉耳"。按王説是也）。其義更引申之，則與遊樂義近，音與逍遥相轉。須臾、從容、逍遥語根相近，義實大别。須臾本義只應是俄頃，偶以音近，漢人不能細别，遂與逍遥義混矣。此辨析語詞之所當知。聲又轉爲須摇，見《漢書・禮樂志・郊祀歌》"神奄留，臨須摇"。晋灼曰"須摇須臾也"。聲與逍遥相通，五臣本"聊須臾以相羊"。須臾作逍遥是也。

儲與

《哀時命》"衣攝葉以儲與兮，左袪挂於榑桑"。王逸注"攝葉儲與，不舒展貌"。洪《補注》"儲音宁，又音佇"。按儲與一詞，漢以前不見。漢人用此詞，凡三義，於《哀時命》皆通。《漢書・揚雄傳・羽獵賦》

"儲與虖大溥，聊浪乎宇内"。服虔曰"儲與相羊也"。《淮南·本經》"陰陽儲與，呼吸浸潭"。注"儲與猶尚羊也"。此一義也；《淮南》"儲與扈冶，浩浩瀚瀚"。注"儲與扈冶，褒大意也"。此其二，又其一則《哀時命》叔師注"不舒展貌"，朱熹承之。按《淮南·要略訓》亦有"儲與扈冶"之言而注謂"儲與猶攝萸"，則與《哀時命》句義同。依《羽獵》、《本經》、《俶真》及《要略》此注定之，則叔師不舒展貌之説有誤。當緣後人因下文不得舒展而誤。詳攝萸條下。攝萸、儲與皆紆徐寬大一意，張衡《南都賦》有"羅襪躡蹀而容與"，傅玄《鬥雞賦》"或囁喋容與"，與此攝萸、儲與同義。儲與與容與，疊韻之變，則儲與亦容與之義也。

徙弛

《九歎·思古》"槳白水而高騖兮，因徙弛而長辭"。王逸注"言己恐登階被害，欲乘白水高馳而遠遊，遂清潔之志，因徙弛却退而長訣也"。"弛一作弛，一作施"。按徙弛即徙迆，作弛、弛、施皆形近通借字也。《周禮·小宰》"歛弛之聯事"。注"杜子春弛讀爲施"。叔師訓邸退，謂乍前乍却而退之義。言己恐進則遇害，欲乘白水高馳，又不忍劇絶，雖從此長辭，亦依依不舍而前邸徙施也。參徙倚條。

徙倚

《遠遊》"步徙倚而遙思兮，怊惝怳而乖懷"。王逸注"彷徨東西，意愁憤也"。又《哀時命》"然隱憫而不達兮，獨徙倚而彷徉"。王逸注"徙倚猶低佪也"。按《説文》"迆迻也，從辵、止聲，徙或從彳"。《廣雅·釋言》"徙移也"，是徙本遷徙字，謂自此移彼之義。段玉裁謂乍行乍止，而意止則移其所，故徙有徘佪義也。聲轉則爲逍遙，逍遙猶徘佪也。詳逍遙條下。又轉爲相羊，詳相羊條下。徙倚、逍遙、相羊皆同一語根之變，皆古聯綿詞，互參自知之。漢以後人或作徙迆，即《説文》之徙迻也。見《洞簫賦》"遷延徙迆"。《文選》翰注"遷延徙迆，進而復退皃"。謝叔源《游西池詩》"徙倚方引柯"，即徙倚也。聲變爲徙靡，《高唐賦》"徙靡澹淡，隨波闇藹"。李善注"徙靡言數往來靡靡然"。徙倚同聲之變爲邐倚，見張衡《西京賦》"墱道邐倚以正東"。薛琮注"一高一下，屈一直也"。邐倚即《吳季重答東阿王書》之"邐迆"。又按徙倚不見先秦北土諸書，疑亦南土方言。凡南土用徙倚者，北土皆用逍遥、相羊。

嗌喔

《九思·憫上》"哀世兮睩睩，諓諓兮嗌喔"。《章句》"嗌喔容媚之聲"。洪興祖《補注》"嗌音益，喔於角切，又音屋"。按此形容聲響之詞，無本字。《卜居》之所謂"呬喔"（詳呬喔條下），此類狀聲字，皆隨上下文義而變。《文選·射雉賦》"良遊呝喔引之規裏"（注，良遊媒也。言媒呝喔其聲誘引令入，可射之規內也）。呝於隔切，皆聲同義近之詞。《晋語》"暇豫之吾吾"，《玉篇》之"呢喃"（小聲多之也），亦皆聲音可通，而多不能以文字説之。

岭峨

《七諫·怨世》"世沈淖而難論兮，俗岭峨而參嵯"。王逸注"岭峨參嵯不齊皃。言時世之人沈没財利，用心淖溺，不論是非，不別忠佞，風俗毀譽，高下參嵯，賢愚合同，上不任賢，化使然也"。"岭一作岑"。洪興祖《補注》"竝魚今切"。按《説文》"岑山小而高也"。大徐音組箴切，小徐音助吟切，皆在正齒音。洪補音魚今切在疑紐則與峨爲雙聲。按岑在疑紐，《廣韻》以前韻書無徵。《廣韻》疑紐吟下無岑字，《王二》、《王一》吟下亦無之，惟《集韻》則兩收吟下有岑及從岑之吟。則此音起自宋人也。洪氏蓋本之時俗，恐未允。峩字《説文》"嵯峩也"，嵯峩爲叠韻聯綿詞，岭峩則嵯峩之聲轉，詳嵯峩條下。又轉爲岑崟，《招隱士》注"岑崟參嵯"，即此文之岑峩參嵯也。《説文》"崟山之岑崟也"，上音鋤箴切，下音魚音切。《廣韻》"岑崟高也"。字又作岑巖，《司馬相如傳》"岑巖參差"，《史記》作"岑巖"是也。又作岑嵒，見《文選·琴賦》。又轉爲嶄巖，見《招隱士》，詳嶄巖下。又作礐崟，見《漢書·揚雄傳·羽獵賦》。聲轉爲巉巖見《廣雅·釋詁》四，王念孫疏之詳矣。聲轉爲巑岏，《九歎》"登巑岏以長企兮"詳巑岏條下。聲又轉爲岝崿，見《廣韻》二十陌。又作岝粤，見《文選·南都賦》、《玉篇》上四百切，下五百切。又《文選·吳都賦》"雖有石林之岝崿"，又《文選·海賦》"啟龍門之岝嶺"，竝字異而義同。

按岑峩與嵯峩等音理之關係如何，蓋難言之。嵯峩爲叠韻詞，當衍自先秦以來之崔嵬；嶄巖等詞，其音衍之詞有如上述，大體皆以聲爲樞紐，而以韵而變。惟岑峩則有固定之聲母，而隨意變其音尾韻，此足以説明古音之變必以聲母爲樞軸也。

要娙

《九思·傷時》"音晏衍兮要娙"。《章句》"要娙舞容也"。洪補"言娙遊也。江沅之間謂戲爲娙也"。按俗娙或作媱，非也。戴震《方言疏證》、錢繹《方言箋疏》、段玉裁《説文解字》引王逸注皆作娙。《廣雅》亦同。要娙乃雙聲兼叠韵聯綿詞，猶言逍遙，即《遠遊》之"神要眇以淫放"之要眇。北土曰夭紹、要紹、窈窕，轉爲幽蚪。詳余《詩騷聯綿字考》。

淫暳

《九歎·逢紛》"願承間而自恃兮，徑淫暳而道雞"。王逸注"淫暳闇昧也。《詩》云‘不日有曀’。言己思承君閒暇，心中自恃，冀得竭忠，而徑路闇昧，遂以壅塞”。洪補“曀於討切”。按叔師就曀義立説，聯語固亦有以訓詁字寫之者，此曀字是也。求其聲則當即與陰曀、夭遏、壅遏、陰暗等皆一聲之變。《九歎》云“欲竢時於須臾兮，日陰曀其將暮”。王注“陰曀闇昧也”。訓與淫曀同，陰暗今常語，兩字皆訓詁字組合爲一詞，此漢語發展之一例也。聲轉又爲淫鬻，《上林賦》“沆溶淫鬻”，六臣注“淫鬻山川繁鬱貌，鬻音育”，則淫鬻義如鬱鬱矣。

淫溢

古義有三，而《楚辭》所用者二。

（一）猶鬱邑，無潤澤也。《九辯》“顏淫溢而將罷兮，柯彷彿而萎黄”。王逸注“形貌贏瘦，無潤澤也”。五臣云“淫溢積漸也”。朱熹用五臣積漸之説，從訓詁立言，實未允。叔師釋爲無潤澤者，鬱邑不舒，因而贏瘦，與句中罷字義相應，是也。

（二）猶言淫淫。《九辯》“皇天淫溢而秋霖兮，后土何時而得漑”。王逸注“久雨連日，澤深厚也”。此處“淫溢秋霖”，即《大招》之“霧雨淫淫”也，王注“流貌”。此與久雨爲淫義同。單言則曰淫；叠言則曰淫淫；音尾稍變，則曰淫溢，其實皆一聲之變也，別詳淫淫條下。

（三）其別一義，則與淫泆同，亦即淫逸。《墨子·非樂上》“啟乃淫溢”。孫仲容引惠氏云“溢與泆同其在《楚辭》則用淫遊。《離騷》‘羿淫遊以佚畋兮’是也”。淫遊又言“以佚”，即淫淫佚佚長言之。詳淫遊條下。

恢台

《九辯》“收恢台之孟夏兮，然欲傺而沈藏”。王逸注“上無仁恩以養民也。宋玉援引天時，託譬艸木，以茂美之樹，興於仁賢，早遇霜露，懷德君子，忠而被害也"。"台一作炱一作怠"。五臣云"恢台長養也"。
《釋文》"台他來切"。洪補云"《舞賦》云'舒恢炱之廣度'。注'恢炱
廣大貌，炱與台古字通'。黄魯直云'恢大也，台即胎也。言夏氣大而
育物'。《爾雅》曰'夏爲長嬴'是也。《集韵》'炱煤塵也。臺胎二
音'"。朱熹《集注》"台一作炱，一作魚，竝他來反。恢台，廣大貌。
言收斂長養之氣，使陷止而沈藏也。"梁章鉅《文選旁證》引尤本《楚
辭》"台作炱"又云"本書《舞賦》注引作台，云台與炱古字通。梁元
帝《纂要》夏爲長嬴，即恢台也。洪補引黄魯直恢大也，台即胎也。見
山谷《跋希圓禹廟詩》"高閣無恢台'，直言無暑氣耳。《楚辭》'收恢
台之孟夏'，恢大也，台胎也。《爾雅》曰'夏爲長嬴'，即恢台也、'高
閣無長嬴'可乎"。按恢台一詞，叔師無專釋。"上無仁恩"，是何義藴，
有待闡述。洪、朱引《舞賦》以爲廣大；黄魯直以爲夏氣大而育物讀臺
爲胎；方以智駁黄説，以爲即《説文》恢炱言火氣也，火氣發揚，即有
動盪廣大之意；山谷以爲大胎"攷失之"云云（見《通雅》卷十二），
張雲璈從《舞賦》注（見《選學膠言》卷十四），皆不能廣證。按恢台
一語，又作恢胎，《後漢書·馬融傳·廣成頌》"徒觀其坰場區宇，恢胎
曠蕩，蘋復勿罔，寥豁鬱泱"。注"竝廣大貌"。又《後漢書·竇憲傳》
"下目安固後嗣，恢拓境宇，振大漢之天聲"。《魏志·鍾令傳》"恢拓宏
業"，《鹽鐵論》"刺復春秋曰其恢卓，恢卓可以爲卿相"。諸恢拓恢卓，
皆與恢台聲近義通。聲轉爲呿臺，《世説新語·雅量》"許上床便呿臺大
鼾"，大鼾曰呿臺，亦聲義相同也。《莊子·德充符》有哀駘它，仲尼言
其才全，曰"死生存亡，窮達貧富，賢與不肖，毁譽、饑渴、寒暑，是
事之變，命之行也。日夜相代乎前，而知不能規乎其始者也。故不足以
滑和，不可入於靈府，使之和豫，通而不失於兑，使日夜無郤，而與物
爲春，是接而生時於心者也"。此一段形頌之語，皆言其廣大、順時，
無心而照之象，則哀駘它，亦莊子寓言之廣大之士，故曰哀駘它與恢台，
亦一源之詞也。是恢台、哀駘諸語，蓋南楚之方言也。由諸同音義近之
詞證之，則叔師所謂"仁恩養民，托譬艸木，以茂美之樹，興於仁賢，

早遇霜露"云云，體作者之意最爲深透，廣大長養之義非徒然也。聲轉又爲滑稽。詳滑稽條下。

委蛇

叠韵聯綿詞，春秋戰國以來南北通用語，原讀阿（烏何切）陀（徒河切）戰國末期歌韻與支韵漸分音，遂轉化爲委（於爲切）移（弋支切），字形亦遂分爲兩系，詞義亦稍有變化，讀歌韻者，有委曲而美麗之義；讀委移者，有下垂而委婉之義；而漢賦則兩義多混，此語言發展之一現象也。《楚辭》用此詞四見。《離騷》"駕八龍之婉婉兮，載雲旗之委蛇"。《九歌·東君》"駕龍輈兮乘雷，載雲旗之委蛇"。《九辯》"載雲旗之委蛇兮，扈屯騎之容容"。委蛇皆以狀雲旗之委曲而美麗之象。叔師釋爲長，義尚未全允。《九歎·遠逝》亦云"佩蒼龍之蚴虬兮，帶隱虹之逶虵"，叔師訓同，其實亦狀虹之長而且美也。《九歎》爲擬古之作，故時與古説相合。又以北土之《詩經》證之，《召南·羔羊》"退食自公，委蛇委蛇"。《毛傳》"委蛇委曲自得之貌"。委曲而自得者，謂委曲而安適，安適近美好，則與騷義近矣（《左傳》襄七年引《詩》此二句，杜注亦云"順也"。然全文皆以《羔羊》起興，此疑與《君子偕老》之"委委佗佗，如山如河，象服是宜"一例，疑皆指服飾之美好言。兩處《毛傳》分釋，委委佗佗爲委委行可從迹，佗佗者德平易，失之至遠）。皆與《騷》、《歌》狀雲旗之美者同義，此先秦舊義如是也。其音皆讀歌韵。《詩·羔羊》皮、紽、蛇爲韵，《君子偕老》以珈、佗、河、宜、何爲韵，《離騷》與《遠遊》皆以馳、蛇爲韻，而擬作之《九歎》亦以和、佗、鵝、披爲韻（《九辯》不入韻）惟《九歌》叶蛇入脂。此不僅於《楚辭》爲僅見，先秦典籍中不曾見，良由《九歌》乃南方民歌，用民間俗韵自較寬，與他文之用標準韻者異也（南音多 i 化亦一理由，此處不能詳）。南土用之者屈宋外，以莊周爲最多。《庚桑楚》言"與物委蛇"《至樂》"委蛇而處"，《徐無鬼》"有一狙焉，委蛇攫

揲，見巧乎王"，《運帝王》"吾與之虛而委蛇"，《天運》"形充空虛，
乃至委蛇"，"女委蛇故怠"，皆是。其義則順遂任達，皆自然之美也。
其音亦讀阿陀。《庚桑楚》、《釋文》蛇以支切，《徐無鬼》、《釋文》餘
支切，其實皆誤，《徐無鬼》又云"吾與之一委蛇而不與之爲事所宜"，
宜在歌韵，此與《君子偕老》之宜、蛇協者同，則莊周本自讀入歌，漢
以後儒生誤爲支韻也。其證至多，不及一一引爲論據矣。蛇本它字繁體，
故漢人有書作委它者，見《後漢書·儒林傳序》。字變則作委蚭，見
《九歎·遠遊》。詳委蚭條下。又變爲委蚮、見《莊子·至樂》蚭乃蛇之
隸俗字，蚮又蚭之譌也，字變爲蝷蛇，見《西京賦》"聲清暢而蝷蛇"。
字又作蝷蚮，見《抱朴子》。又作逶佗，見《廣雅》。又作逶迤，見《説
文·辵部》逶字下。又作逶蚭，見《費鳳碑》。又委字或作蝸，故漢隸
省作過迤者，見《隸釋》、《童子逢盛碑》。同聲之異，則爲委惰，《楚
辭·哀時命》"欸愁悴而委惰兮"，詳委惰條下。委惰即《説文》委字下
之委隨，字又變爲《衡方碑》之委隋（隨字古入歌韻），《管子·白心》
"人不偶，不如人，不始不隨"，《吕覽·任數篇》"無唱無和，無先者
隨，古之王者，其所爲少，其所因多"。隨與和多韻可證。隋則漢隸變
也。《劉雄碑》又作委隨，亦當讀歌韻。字又作逶隨，《九思·逢尤》
"望舊邦兮路逶隨"，詳逶隨條下。音義書爲遺蛇，見《漢書·東方朔
傳》。古籍更別有婑媠、逶壝，皆聲變字也。又聲轉爲阿儺、爲猗難，
皆見《詩經》，其轉支韻，讀委移者，詳委移條下。其聲韻轉變之形體
至多。別詳余《詩騷聯綿字考》。

逶蚭

《九歎·遠遊》"佩蒼龍之蚴虬兮，帶隱虹之逶蚭"。王逸注"隱大
也，逶蚭長貌"。洪補曰"蚭唐何切"。按長貌與《離騷》"載雲旗之委
蛇"同訓，蚭讀唐何，即入歌韻，説詳委蛇條下。逶即委之別體，蚭即
蛇之隸變，《費鳳碑》以"君有逶蚭之行"，仍用逶蚭。字又變作逶佗，

《廣雅》"委佗宂邪也",《詩·君子偕老》作委佗,《一切經音義》九引《韓詩》作逶佗,又變作逶迤。《説文》"逶逶迤,衺行去之貌"。衺行去者,凡委曲則非正,故得引申爲衺去也。其語根實不殊(惟兩字《説文》皆讀入支韻,恐非。委字《説文》從女禾聲,《唐韵正》曰"古音於戈反"是也。迤字大徐音移爾切。按《一切經音義》逶迤引《韓詩》"逶逶迤迤,如山如河"。即委蛇也。故音迤爲徒何切,又四十九逶迤下云下又作佗,同達何反,引《廣雅》"委佗宂邪也"。又五十六逶迤下説同。按逶虵即逶迤之誤,則迤之讀爲歌韵,六朝以來猶未全誤也)。委之作逶,後起分別文,與委譌皆轉注字。蛇之作迤與蛇之作虵同例,則迤疑當即迻之別構(今《説文》作迤者誤也)。別詳委蛇條下。

逶隨

《九思·逢尤》"願魂節兮隔無由,望舊邦兮路逶隨"。王逸注"逶隨迂遠也,近而障隔,則與迂遠同也"。"逶一作委"。按此言舊邦之路,逶隨而長,不易到達也,故叔師以迂遠釋之。然以聯綿詞語根論之,當爲委蛇之變,當訓修美委曲。然漢時歌韻已分出支韵,故音讀遂變爲委移,義遂爲修曲所獨專,美麗之義消失。逶隨亦即委隋之變,委隋者本亦漢人之語,而未盡變古義者也。見《哀時命》詳逶隋條下。逶隨之讀委移,故義亦變與委移同。其字形變易之實,亦可參委移條下。

委隋

《哀時命》"欿愁悴而委隋兮,老冉冉而逮之"。王逸注"欿愁貌也,委隋懈倦也"。按隋古入歌部,則委隋猶委蛇也。叔師釋爲懈倦者,依隋字立説,以釋漢賦家新更之字義,或然也,實亦未離其語根之義。委蛇爲委曲,凡懈倦則無率直也,聲同義近,字變爲委隨。見《九思·逢尤》,亦漢賦家新更字,與隋實同。詳逶隨條下。委隋字又繁爲委備,

《哀時命》"欿愁悴而委隋",《釋文》"隋作隋"是也。

委移

此詞《楚辭》兩見,一讀爲委蛇,一讀如本字。《九章·悲回風》
"軋洋洋之無從兮,馳委移之焉止"。王逸注"雖欲長驅無所及也"。"一
作馳,逶蛇之焉至。"洪補曰"委音逶"。一作逶移,一作蛇。言己心煩
亂,無復經紀,欲進則無所從,欲退則無所止也。按漢以前委移無讀支
韻者,當從一本作委蛇,或經讀委移爲委蛇,亦可移從多得聲,本當讀
入歌韻。又按《漁父》以移、波、釃爲四字爲韻,則屈宋賦讀移,則與
《離騷》之訓委蛇者亦同。至漢以後,自歌分出支,遂有委移一語。此
《九歎·離世》及他漢賦所用最多之逶移一詞,皆讀如本字者,且有甚
多之形變音變字。別詳逶移條下。

逶移

《九歎·離世》"遵江曲之逶移兮,觸石畸而衡遊"。王逸注"逶移
長貌,一云遵曲江之逶蛇"。按一本作逶蛇,讀同委蛇。此漢時尤有之
先秦舊音也。詳逶蛇條下。然漢以後多向支韻發展之音,則逶移讀如本
字無疑。而注家之好古者,則又多從委蛇之音,如逶迤即逶移同音字。
王仁煦《切韻》殘卷已入五支,《類篇》亦依説文迆袤之義,而《一切
經音義》十五、四十九、五十六又存下字佗音,是其證。詳委蛇下。音
變則爲逶逝,見《九懷》。叔師以爲聲稍變爲委施。而奔邁即"馳逶移
之焉止"義同。同聲之異則爲婁紾、爲委夷、爲威夷、爲郁夷、爲委
維、爲威遲、爲逶遲、爲委施,聲轉則爲旖施、旖旎,詳旖旎條下。清
儒考之詳矣。

逶逝

《九懷·危俊》"結榮茝兮逶逝，將去忞兮遠遊"。王逸注"束草陳言遂奔邁也"。"逶一作遠"。按逶一作遠恐非。下句有遠遊，此又言遠逝，意複。叔師注此，言奔邁，則僅有往逝之義，而無遠義，可證逶逝即逶移一聲之轉。逝古讀支韵，與移叠韵之變也。逶移見《九歎·離世》"結榮茝兮逶逝"，"馳逶移之焉止"同義。逶移、逶逝皆馳而去之也。詳逶移條下。竝參委蛇、委移諸則。

委棟

《九歎·惜賢》"執契契而委棟兮，日晻晻而下頹"。王逸注"契契憂貌。言誰有契契憂國念君，欲委其梁棟之謀若己者乎"云云。按叔師以委其梁棟之謀釋委棟，增字釋經已至不安，而以文義上下審之，則至可商。契之用，《詩》"契契寤歎"，義自可牽及賢人，然詩人未必即可以賢者自居，且下句言曰"晻晻下頹"，則此句義與相承，而忽就自己立言，似亦未可。按棟字當爲頓與隋之聲誤，惟委頓一詞起於東漢以後，則此當爲委隋。《哀時命》"欲愁悴而委隋兮"。王注"委隋懈倦也"。隋字《釋文》作隋，音徒果反，與橢爲雙聲。此言契契勤勞而至于困頓懈倦，曰時則晻晻下頹，日之下頹正喻人之懈倦困頓，兩言相切礦而義章矣，委隋即委它。詳委蛇條下。

旖旎

《九辯》四"竊悲夫蕙華之曾敷兮，紛旖旎乎都房"。王逸注"旖旎盛貌，《詩》云'旖旎其華'。《文選》作猗柅，上音倚，下女綺切"。又云"旖一作旑，於可切，旎乃可切"。洪興祖《補注》"《集韻》旑倚可切，其字從可，斻旎旌旗貌。旑音倚，其字從奇，旑旎旌旗從風貌”。朱熹《集注》“旑音倚，旎女綺反”。又云“旑一作斻，於可反，旎乃可反。即《詩》阿難字，旑旎盛貌”。按旑旎叔師釋爲盛貌，是也。引《詩》“旑旎其華”，今《毛詩》作“阿難其華”。洪引《集韻》分別字形爲二，而音亦有兩讀，此以解漢以後紛絮之説是也。以論《楚辭》恐未全允。按《七諫·謬諫》“橘柚萎枯兮，苦李旑旎”，與鵝、池、駝、阿、荷五字相協，則東方先生固讀爲阿難也。則漢葉以前之音可確定其爲阿難。叔師引《詩》“旑旎其華”，不論其爲三家之任何一家，音讀不能大異，則此詞以讀猗儺爲正。“猗儺其華”見《詩·檜風》。《毛傳》云“柔順也”，亦即《小雅·隰桑》“隰桑有阿，其葉有難”之阿難，皆美盛柔順之義。《七諫·謬諫》云“橘柚萎枯兮，苦李旑旎”。王注“旑旎盛貌也，言君乃拔去芝草，賤棄橘柚，種植芋荷，養育苦李，愛重小人，斥逐君子也”。王釋旑旎同於《九辯》，而發明喻義尤多可觀。又《九歎·惜賢》“結桂樹之旑旎兮，紉荃蕙與辛夷”。王音注引《詩》皆同《九辯》，則亦讀猗儺矣。聲同字異，則爲猗儺、阿難，全部保存聯綿詞記音，不論字之本形，猗儺與漸近于訓詁釋義，而旑旎則轉化爲複合詞矣。《説文》“旑旗旑施也”。段注曰“許於旗曰旑施，於木曰橢施，於禾曰倚移，皆讀阿那。《楚辭·九辯》、《九歎》皆作旑旎，《上林賦》‘旑旎從風’，《文選》作猗狔，《漢書》作椅柅，《考工記》注則作倚移，與許書禾部合，知以音爲用之字日多。《廣韻》、《集韻》曰婀娜、曰旑㫊、曰裒襃、曰橢榱，皆其俗體耳。本謂旌旗柔順之貌，引申爲凡柔順之稱，倚移與旑施同。許以從人從禾別之”。按段説至允當，過前人遠矣。依段例，則於艸曰萎荻（即《夏小正傳》之荷隨），于人曰委蛇，於鳥曰鴲鵗，於馬曰駊騀，細數之不能終其物，聲轉則爲沃若。《詩》“沃若其華”，即阿儺其華也。金文有亞若，亞若亦沃若也。聲轉爲委蛇、爲諉遲。各詳。叠韻之變則爲婆娑，見《東門之枌》，説又作嫯娑，其類實繁。

緯繣

《離騷》"紛總總其離合兮，忽緯繣其難遷"。王逸注"緯繣乖戾也。遂以乖戾而見距絶。言所居深僻，難遷徙也"。洪補曰"緯音徽，繣呼麥切，又音畫。《博雅》作敽懂，《廣韵》作徽繣。此言隱士忽與我乖剌，其意難移也"。朱音同洪，義同王。按此義存於聲之詞，故字形無定。《廣雅·釋訓》作敽懂，《廣韵》廿一麥繣下作徽繣，馬融《廣成頌》(見《後漢書》)作徽嫿，《廣雅疏證》云"《説文》'敽戾也'，《玉篇》'懂乖戾也'。今言之則曰敽懂……意相乖違，謂之敽懂，行相乖違亦謂之敽懂。馬融《廣成頌》'徽嫿霍奕，別鶩分奔'，是也"。按緯字依《説文》即敽之借，繣字《玉篇》作懂，云乖戾也。唐寫本《騫公音》云"緯宜作敽，同許韋反，繣宜作懂，同火麥反"。(火原誤大) 即本之兩書也"。按韋字本相背之義，而從韋之字，義多回衺，如違、諱、韋、湋、媁、襦、潿皆是，而敽則又韋之後起分別字，《説文》敽戾也(朱駿聲以爲韋爲皮革義所專是也)，則韋敽媁皆無不可。然義主於聲，固不必鑿求之也，至繣之作繣，兩文皆不見《説文》。《玉篇》所採多一時俗字。至繣字，見於《西征賦》"繣瓦解而冰泮"，注"繣破聲也"。以聲求之則《莊子·養生主》"砉然嚮然"之砉，司馬注"砉骨皮相離聲"，字又作騞，《列子·湯問》"騞然而過"，《釋文》破聲，骨皮相離，亦乖戾之義也。

夷猶

《九歌·湘君》"君不行兮夷猶，蹇誰留兮中洲"。王逸注"夷猶猶豫也"。言湘君所在左沅湘，右大江，苞洞庭之波，方數百里，羣鳥所集，魚鼈所聚，土地肥饒，又有險阻，故其神常安，不肯遊蕩，既設祭祀，使巫請呼之，尚復猶豫也"。朱熹《集注》云"夷猶猶豫也"。又

《九章·抽思》"悲夷猶而冀進兮，心坦傷之澹澹"。王逸注"意懷猶豫，幸擢拔也"。朱熹《集注》謂"夷猶欲進"。又同篇"低佪夷猶，宿北姑兮"，王逸注同。按夷猶與低佪連文，故有低佪義，聲與猶豫通轉，故王叔師以猶豫釋之。餘義詳猶豫條下。字又作夷由，《後漢書·馬融傳》"或夷由未殊，顛狽頓躓"，注"夷由不行也"，即此"君不行兮夷猶"句義。聲變則爲由由，《九歎·惜賢》"默順風以偃仰兮，尚由由而進之"。尚由由句與"悲夷猶而冀進"義同。由由即夷猶也，故王注亦釋爲猶豫，詳由由條下。

猶豫

《離騷》"心猶豫而狐疑兮，欲自適而不可"。王逸無説。洪興祖《補注》引《顏氏家訓》曰"犬五尺爲猶，人將犬行，犬好豫在人前，待人不得，又來迎候，此乃豫之所以未定也。故謂不決曰猶豫"。又引《爾雅》曰"猶如麂，善登木，猶獸名也。既聞，人聲，乃豫緣木，如此上下，故稱猶豫"。又曰"《禮記》曰'決嫌疑定猶豫'，《疏》云'猶是玃屬，豫是虎屬'，《説文》云'豫象之大者'"，朱熹亦用《家訓》之説。又《史記·呂后紀》引崔浩説"猶猿類"，《漢書·高后紀》顏注"猶獸名，多疑"云云，即本《家訓》。按皆非也，此聯綿詞，不得望文生訓。王念孫《讀書雜志》、《漢書·高后紀》猶豫條駁之是也（黃生《字詁》已駁獸名説）。《廣雅疏證》六上考之尤悉。《史記·淮陰侯傳》云"猛虎之猶豫，不如蜂蠆之致螫；騏驥之躑躅，不如駑馬之安步；孟賁之狐疑，不如庸夫之必至也"。猶豫、躑躅、狐疑義皆相同，又皆雙聲字，可證猶豫之義。豫字又作預，《史記·魯仲連傳》"猶預未有所決"。又作由豫，《易·豫》九四"由豫，大有得，勿疑"。字又作冘豫，見《後漢書·馬融傳》"計冘豫未決"，又作由與，《呂覽·下賢》又作猶予，見《史記·呂后紀》"猶予未決"，聲轉則爲猶與，《曲禮》"卜筮者，先聖王之所以使民嫌疑，定猶與也"。嫌疑與狐疑一聲之轉，猶與即猶豫，《曲禮》之嫌疑、猶與，猶《離騷》之狐疑猶豫也。聲又轉爲容與，《九章》之容與狐疑與《騷》之"心猶豫而狐疑"同。雙聲兼叠韵之聯語，其轉化之律又可倒言故猶像也，又可單言。《九章》"壹心而不豫兮"，王注"豫猶豫也"。《老子》"與兮若冬涉川，猶兮若畏四鄰"，《淮南子·兵略訓》"擊其猶猶，除其與與"，則長言之也。

紆軫

《惜誦》"背膺牉以交痛，心鬱結而紆軫"。王注"紆曲也，軫隱也"。補曰"紆縈也，軫痛也"。按此兩訓詁字之合成詞。紆《説文》"詘也"。軫，紾之借字。《哀郢》"出國門而紾懷"，王注"紾痛也"，與洪補同。《方言》三"紾戾也"，又《懷沙》"鬱結紆軫兮，離慜而長鞠"，句法與《惜誦》同。王訓紆曲而痛，則軫固訓痛矣。《後漢書·馮衍傳·顯志賦》"馳中夏而升降兮，路紆軫而多艱"，謂路隱曲而多艱也。字又作轔，轔乃漢隸以後字變，凡㐱多變作尒也。見《哀時命》"悵惝罔以永思兮，心紆軫而增傷"。王逸注"言己舍憂彷徉，意中悵然，惝罔長思，心屈纏痛，苦重傷也"。洪補云"軟當作軫"。

狐疑

《離騷》"心猶豫而狐疑兮，欲自適而不可"。王逸無説。洪興祖引《水經》引郭緣生《述征記》言聽冰事。又言"狐性善疑"云云，故有狐疑之説。朱熹從之。按顏師古《漢書·文帝紀》注云"狐之爲獸，其性多疑，每渡冰河，且聽且渡。故言疑者稱狐疑"。後世訓詁多以此爲據，其實非也。此如首鼠之言鼠，猶豫之言犬，同一望文生義，不可從也。狐疑猶今人言惑疑也，聯綿詞寄義于聲，不得以字義強解之。狐疑一詞，《離騷》三用，兩言"心猶豫而狐疑"，一言"曰勉遠逝無狐疑兮"《九章·思美人》一用"然容與而狐疑"，《九歎》一用"欲登階而狐疑", 王逸皆以徘徊、狐疑釋之是也。他如《韓非子·初見》、《七術》諸篇亦見之。而漢人用之尤多。《史記·李斯傳》、《漢書·蒯通傳》、《劉向傳》、《後漢書·張衡傳》、《杜篤傳》、《蔡邕傳》皆是。人多與猶豫連用,與《離騷》之用同。聲轉則爲嫌疑,《曲禮》"卜筮者先聖之所以使民決嫌疑定猶與也"。上句用嫌疑,下句用猶與,猶《離騷》之"心猶豫而狐疑"也。又狐疑與惑疑,亦一聲之轉,惑疑今常語,而以訓詁字易之者也。

易由 ("易初本迪" 句)

《九章·懷沙》"易初本迪兮,君子所鄙"。王逸注"《史記》迪作由,一無初字。言人遭世遇變,易初行,遠離常道"。朱熹《集注》云"易初謂變易初心也。本迪未詳"。按"易初本迪"句,歷世說屈賦者皆未能説之允當。叔師以迪訓道,故以本迪爲常道;朱熹知其未安,故直言未詳;王夫之以"初本迪爲始所主志,本所率繇",則以迪爲由;蔣驥以爲變易其初時本然之道也。屈賦無此句法;陳本禮以爲變易初心,本於先人啟迪之道,屈賦中從無本于先人啟迪之義;屈復以爲易根柢之道;周拱辰只釋易初爲變易、初心;林雲銘就字釋爲改變始初本來之道,了無新義。所釋多不合屈賦文法,與文義多不相應。徐文靖謂"由迪正也,迪本正也。此言其初志本正,後乃變易其初志,爲君子所鄙"云云,較各家爲善,亦尚間一隙。按迪當從《史記》作由,易初本由,當是易由本初之誤倒。本初如諸家之釋,依字面説之可也。易由者,《詩·小雅·小弁》"君子無易由言、耳屬于垣",又《大雅·抑》"無易由言,無曰苟矣,莫捫朕舌,言不可逝矣",兩無易由言,鄭注皆釋由爲用或於。其實易由蓋古成語,即夷猶一聲之變,無易由言,言毋夷猶其言。《小弁》"君子無易由言,耳屬于垣"者,言無猶豫其言,言毋反復再三,不作決斷之言,有耳在垣,防人之伺其隙也。《抑》之"無易由言,無曰苟矣"言毋猶豫其言,不可作苟且如是之詞也。《毛傳》

無説。鄭箋顯未得其義。自《詩》上下文通之，則易由之爲夷猶，毫無可疑。易由謂行事不決也，亦可單言曰由，《小雅·賓之初筵》“匪言勿言，匪由勿語，由醉之言，俾出童羖”。“匪由勿語”，不作易由之言也。由醉之言，猶言易由之醉言也。故易由本初謂於其本初易由不決也，夷猶本初則是可以改迹，則方固可以爲圓矣，故爲君子之所鄙也。

（存參）又或説爲“易初不由”古不字形與本字近，因而致譌。不由乃戰國以來習用語，見《孟子》、《荀子》、《莊子》、《韓子》者至多，不由猶言不以爲道也，於文句似較上説爲暢。然不由言所鄙，果爲變易不由，則其事既成，無可救藥，不僅爲君子所鄙，當爲君子所棄矣。然本句文義暢遂，亦可作參考，故附之也。又徐文靖《管城碩記》卷十七曰“按《方言》由迪近也，東齊青徐間相正謂之由，迪本正也。《史記》本作由，義同也。此言其初志本正，後乃變易其初，亦是君子所鄙”。按雖可通，而誤以《方言》複詞之由迪作單詞用，實誤不可從。然與上説相成，故附之以爲參正。

喔伊

《卜居》“將哫訾栗斯，喔咿儒兒，以事婦人乎”。王逸注“强笑噱也”。洪興祖《補注》“喔音屋，咿音伊。皆强笑之貌。一云喔咿强顏貌。呃曲從貌”。朱熹《集注》“喔音握，咿音伊。喔咿儒兒，强語笑貌”。按《玉篇》口部“咿《楚辭》云‘吾將喔咿嚅呢以事婦人乎’，喔咿嚅呢，謂强笑噱也”。《韓詩外傳》九“夫鳳凰之初起也翾翾，十步之雀喔咿笑之”。《古文苑·王孫賦》“聲歷鹿而喔咿”。注“喔音渥，咿音伊。强顏作聲”。凡所證皆漢人之説，大體皆本之《卜居》。北土諸士無用之者，則此亦當爲南楚方言。

隱閔

《九章·思美人》“寧隱閔而壽考兮，何變易之可爲”。王逸注“懷智佯愚，終年命也”。朱熹《集注》“隱閔壽考，優游卒歲也”。按朱熹以優游釋隱閔實未允。王叔師謂佯愚，即今言隱忍之義。按此兩言即

《涉江》之"予將董道而不豫兮，固將重昏而終身"。董道不豫即此之變易，可爲重昏者。朱熹以爲重複暗昧，終不復見光明，故重複暗昧也。引申之則爲隱忍。"寧隱忍而壽考兮"，即《卜居》"將氾氾若水中之鳧，與波上下，偷以全吾軀乎"之義。漢人更引申作無形迹解。《淮南‧原道訓》"穆忞隱閔"。注"穆忞隱閔皆無形之類也"。字又綴尾，音爲忍。《史記‧伍子胥傳》"故隱忍就功名，即此隱閔壽考也"。今俗語有因仍一語，義謂苟且依從，亦即此隱閔一聲之轉也。

隱憫

《哀時命》"然隱憫而不達兮，獨徙倚而彷徉"。王注"言己隱身山澤，内自憫傷，志不得達"。"憫一作閔"。按隱憫即隱閔一詞之別寫，增心旁，以見其爲心之象也。本義爲憂憫，引申之則爲與今恒語。隱忍一詞義近隱憫而不達，猶《漢書‧陳湯傳》之"隱忍而未有云"，及《師丹傳》之"朕隱忍不宣"。

發憤

《哀時命》之"抒情"即含憤懣之情者也。《九章》"惜誦以致愍兮，發憤以抒情"。王逸注"憤懣也，言己身雖疲病，猶發憤懣，作此辭賦"，又《哀時命》"焉發憤而抒情"。王逸注"言己懷忠直之志，獨悁悒煩毒，無所發我憤懣，泄己忠心也"。按發憤一詞，先秦成語，字又作發奮。《論語‧述而》"發憤忘食，樂以忘憂"。《釋文》"憤符粉反"，《管子‧五行》"然則天無疾風草木發憤鬱氣息"，皆是其證。叔師以憤爲憤懣之憤，是漢以來習用之義，然發憤忘食，不必即有憤懣之情。《漢書‧律曆志》上"陛下躬聖發憤，昭配大地"，《董仲舒傳》"六經離析下惟發憤"，《匈奴傳贊》"是以文帝中年赫然發憤"，《淮南‧修務訓》"且夫身正性善發憤而成仁，帽憑而爲義"等句，皆無憤懣之義。

大抵與今《管子》所謂發奮同義，猶言發很，謂努力圖強之義。然振奮者，或有所冀望，亦或有所感激，冀望則奮然而起，是爲先秦以來舊義。感激則懑然而興，是爲後世以懑訓憤之新義。《惜誦》"發憤抒情"之言，自全文言之，似不能無懣懑之情，然"惜誦致愍"、"發憤抒情"兩句，所指乃往時所陳辭翰（惜乃昔之誤，別詳），故下言所言非忠，願蒼天五帝爲之質正，則懣懑之懷，乃指重著以自明之詞，即竭忠誠以事君以下一段也。故所用發憤一詞，仍《論語》、《管子》所用發奮之義，而不必即漢人憤懣之義也。至《哀時命》"焉發憤而抒情"之辭，雖亦襲用《惜誦》原文，而文義則異。上言"時獻飫而不用，且隱伏而遠身，抑窴端而匿迹，嘆寂默而無聲。獨使悁而煩毒，乃（焉）發憤而抒情"，此發憤在不用、遠身、窴端、匿迹，使悁煩毒之後乃發憤而抒情，則發憤者，叔師所謂己懷忠志，獨悁悒煩毒，無所發我憤懣，泄己忠心也。與史公《自序》"《詩》三百篇，大抵聖賢發憤之所爲"之意相同。此漢人所習用也。他如《漢書·禮樂志》"此賈誼、仲舒、王吉、劉向之徒所謂發憤而增歎也"，《司馬遷傳》所謂"太史公發憤且死，而子遷適反者也"。《賈誼傳》所謂"發憤快志，剚手以衡仇人之匈者"也。

悁悒

《九思·憫上》"忿悁悒兮孰訴告"。舊注"一云於悒悒兮"。洪補"悁一緣切，告入聲"。按慧琳《一切經音義》三十三上"於緣反"。《聲類》"憂貌也"。《說文》"悁忿也"。言腸中悁悒憤懣。悁悒乃漢人常語。《周禮·冬官考工記·廬人》鄭注"絹讀爲悁邑之悁"。《釋文》"悁邑烏玄反"。《後漢書·邊讓傳》"邑竊悁邑"。注"悁邑憂憤也"。吳質《答東阿王書》"懷眷而悁邑者"。《文選》銑注"悁邑憂貌。《抱朴子》'外博喻，達乎通塞之至理者，不悁悒於窮否'"。悒《說文》"不安也"。悒本字，邑聲借字。單言則曰悁、曰悒，重言則曰悁悁。《詩·陳風·澤陂》"中心悁悁"。《楚辭·惜賢》"勞心悁悁，涕泗滂沱兮”。詳悁悁下。亦曰悒悒，《大戴禮·曾子立事篇》“君子終身守此悒悒”。注“悒悒憂念也”。復合兩字爲一詞，則曰悁悒，其義一也。

悒殟

《九思·逢尤》“悒殟絶兮咶復蘇，仰長歎兮氣餉結”。舊注“憤忿晻絶，徐乃蘇也”。殟《釋文》作愠。按悒猶悒悒，不安也。殟當從《釋文》作愠。小篆心與歹形近而誤。愠怨也（從段校）。悒愠連文猶鬱結不舒之義，然叔師讀殟絶連文，與《楚辭》句例不調。悒愠絶，當爲雙音節名詞悒愠，加動詞絶，言悒愠已絶，又咶而復蘇也，愠絶不成詞。

愠惀

《九章·哀郢》“憎愠惀之修美兮，好夫人之忼慨”。王逸無注。洪興祖《補注》“愠紆粉切，心所愠積也。惀力允切，思求曉知謂之惀”。又曰“君子之愠惀若可鄙者，小人之忼慨若可喜者，惟明者能察之”。按憎愠惀之修美兮兩語，又見《九辯》。王注“惡孫叔敖與子文也，愛重囊瓦與莊蹻也”，即洪補所謂君子小人之義所本，特《九章》虛言，《九辯》實指也。愠惀本聯綿詞，猶雷言曰蘊隆（見《詩·大雅·雲漢》）；水言蘊淪（見《爾雅·釋水》注），其音義皆相近，惟聯綿詞雖義自聲立，而字義亦往往相協，故亦可得自字義說明之，如此一詞是也。按《說文》“愠怨也“（從段玉裁注說），凡有所蘊蓄則怨，惀《玉篇》思也，即《說文》“欲知之貌”之義，蘊積之思即心中鬱積之義，此言君子虛與委移，不爲矜直，故形似修美，實則心中鬱積也。故《集韻》收此詞云“愠惀煩憒”，《類篇》同（感部），則直陳其實質矣。

冤結

《九章・悲回風》"悲回風之搖蕙兮，心冤結而內傷"。王逸注"言飄風動搖芳艸，使不得安，以言讒人亦別離忠直，使得罪過也。故己見之，中心冤結而傷痛也"。《九歎・惜賢》云"心懭悢以冤結兮"，又云"冤結未舒，長隱忿兮"，《九歎・遠逝》"愁獨哀而冤結"，等皆其義。冤結即鬱結，《懷沙》之"鬱結紆軫"、《史記・屈原傳》作"冤結紆軫"是其證。冤結又即《詩・小雅・都人士》之"我不見兮，我心菀結"之菀結。其餘參鬱結條下。

冤屈

《九章・懷沙》"撫情效志兮，冤屈而自抑"。王逸注"抑按也，言己身多病長窮，恐遂顛沛，撫己情意，而考覈心志，無有過失，則屈志自抑而不懼也"。《史記》云"挽詘以自抑"。按《說文》"冤屈也，從冖從兔，兔在冖下不得走，益屈折也"。字又作冤曲，《說文・虫部》"它蟲也，從虫而長，象冤曲垂尾形"。又乙字云"象春艸木冤曲而出"。聲轉爲俛詘，《史記・屈原傳》所錄《懷沙》此句，即作"俛詘以自抑"也。聲轉爲冤結，《九章・悲回風》"心冤結而內傷"，詳冤結條下。冤結猶鬱結，《遠遊》"獨鬱結其誰語"，詳鬱結條下。冤結轉爲宛結、爲怨結。

閼絕

《九思》"志閼絕兮安如，哀所求兮不耦"。舊注"志望已訖，不知所之"，"如一作歸"，洪補云"閼音遏"。按閼絕猶言壅絕、壅遏，雙聲之變也。《七諫・怨思》"道壅絕而不通"。閼字《說文》"遮攤也"。遮

者遏也，諸書多與遏通。如單闕《淮南·天文訓》作單遏，《左傳》虞
闕父，《陳球碑》作遏父，《書》遏密，《春秋繁露》引作闕密，故遮攔
即遏之之義。絶者，《説文》"徐斷絲也"，故闕絶謂壅塞而斷止之也。
與冤結、鬱結等皆一聲之轉，義有强弱，而音亦略爲差別。冤鬱性輕，
故義止於結而不解，遏闕性重，故義重於絶止。

偃蹇

《離騷》"高瑶臺之偃蹇兮，見有娀之佚女"。王注"偃蹇高貌"。按
此就瑶臺立義，故曰高也。《荀子·非相》"足以爲奇偉偃却之屬"楊注
"偃却偃蹇也"。按却讀如隙，隙蹇聲近。其第二義訓衆盛美好者，如
《離騷》"何瓊佩之偃蹇兮，衆薆然而蔽之"。王逸注"偃蹇衆盛貌，言
我佩瓊玉，懷美德，偃蹇而衆盛。"又《九歌·東皇太一》"靈偃蹇兮姣
服，芳菲菲兮滿堂"。王注"偃蹇舞貌"。朱注"偃蹇美好貌"。按舞貌
之説爲得，細體上下文自知。舞者亦紛盛美好之引申耳。此偃蹇義猶連
蜷，下文亦云"靈連蜷兮既留"是也。偃蹇與連蜷皆叠韻也。人舞曰偃
蹇，馬行如舞亦得曰偃蹇，《遠遊》"服偃蹇以低昂"。王注"駟馬駊騀
而鳴驤也"。其第三義則委曲夭蹻。《招隱士》曰"桂樹叢生兮山之幽，
偃蹇連蜷兮枝相繚"，王注"偃蹇容貌美好德茂盛也"，則與上第二義
同。其實此指桂枝相繚之貌，即委曲夭蹻之義也。與此相同者，《九
懷·昭世》"乘龍兮偃蹇"《七諫·哀命》"何山石之嶄巖兮，靈魂屈而
偃蹇"。偃蹇形屈之貌，因屈則得引申爲難，故王叔師以偃蹇難止釋之
是也。按《左傳》哀六年"彼皆偃蹇，將棄子命"，注"偃蹇驕敖貌"，
此當爲古訓本義。《後漢書·趙壹傳》"偃蹇反俗，立致咎殃。"注"驕
傲也"。《玉篇》收傿字，注云"偃傿不服也"爲古義之傳流者。引申爲
高峻美好，有强弱之殊，則訓美亦驕之引申。至如訓爲夭蹻委曲者，亦
言其矯健也，義亦與驕傲通矣。今世俗以沈滯不偶爲偃蹇，古並無此解。
除上引《離騷》、《九歌》外，如上引《左傳》"彼皆偃蹇，將棄子之

命"。注"驕傲也"。班固《兩都賦》稱"偓佺上躋",《鄭重傳》稱"偓佺自伸",趙壹《嫉邪賦》稱"偓佺反俗",至唐柳子厚《論文》曰"亦懼其偓佺而驕也",竝與俗解各異。參張文虤《螺江日記》卷八。

忼慨

《九章·哀郢》"憎慍愉之脩美兮,好夫人之忼慨"。王逸無注。慨《釋文》作"磕苦蓋切"。洪興祖《補注》曰"忼苦朗切。忼慨憤意,君子之慍愉,若可鄙者;小人之忼慨,若可喜者。惟明者能察之"。又《九辯》"忼慨絕兮不得,中瞀亂兮迷惑"。王逸注"中情悲恨,心剝切也"。"忼一作慷"。洪補云"忼慨壯士不得志。忼口朗切"。按《説文》"慨忼慨,壯士不得志也"。徐鍇曰"內自高亢,憤激也"。《玉篇》心部忼字下同。《史記·項羽本紀》"於是項王乃悲歌忼慨",又《刺客列傳·荆軻傳》復爲"羽聲忼慨,士皆瞋目,髮盡上指冠"。字又作慷慨,《九辯》"好夫人之慷慨",即襲用《哀郢》成句也。見慷慨條下。又作忼愾,《魏志·蔣濟傳》"詔曰'卿兼文武,志節慷愾'"。魏晉以後多用之。忼慨字又作沆瀣,《洞簫賦》"澎濞慷慨",六臣云"五臣作沆瀣",銑注"澎濞沆瀣,勇烈聲也"。《韓詩外傳》九"奄忽龍變仁義浮沈,湯湯慨慨,天地同憂"。湯湯慨慨即忼慨之重言也。倒言則曰慨感。《後漢·黨錮》、《范滂傳》"使天下之士奮迅慨感"是也。按忼慨一詞,起於戰國,文獻可徵,除屈宋文章外,僅《燕策》一見。此詞與當時社會士習有關,大概皆指豪俊有爲之士之失志者言,許叔重所謂志士者是也。漢高以泗上亭長取天下,亦豪俊之所爲,故秦漢之際多游俠,而此詞之用亦幾以豪俊勇士爲主,自《史》、《漢》中可歷歷得其證。

慷慨

即《哀郢》之忼慨。《九辯》"憎慍愉之修美兮,好夫人之慷慨"。

王逸注“愛重囊瓦與莊蹻也”。《釋文》“慨作礈，莊蹻一作椒蘭”。按《九辯》此兩句，襲用《九章·哀郢》兩詞。此作慷慨者，《九章》用本字，作忼慨，此用俗字也。餘詳忼慨條下。慷慨二字之用，不見於先秦以前書，而《史記》、《漢書》用之最多。如《史記·高祖紀》言“高祖乃起舞，慷慨傷懷”。《漢書·趙光傳》“今之歌謠，慷慨風流猶存耳”。漢以後用之益多。字又作慷愾，《吳志·步騭傳》“慷愾之趨，惟篤人物”是也。今恒語亦言慷慨，蓋與古異。古言志士不得志曰慷慨，義與今之感慨同。今言慷慨，指人之勇於輸財，勇於赴義。此詞義古今之變也。倒言之則曰慨慷，魏晉以後人用之，曹操詩“慨當以慷”，左太冲雜詩“歲暮常慨慷”，又《文選·琴賦》“心慨慷以忘歸”，李善注引《爾雅》作“愷康樂也”，則同音而異義之詞也。

歍切

《哀時命》“愧獨守此曲隈，然歍切而永歎”。王逸注“言己獨處山野，愧然守此山曲心爲切痛，長歎而已”。朱熹《集注》“歍音坎”。按歍讀坎是也。歍切猶後世言愷切耳。此言獨守山曲，然而此心愷切明直，因而永歎也。叔師以切痛釋之，“然而語調無對舉相反或轉折義，失語氣矣。愷切今恒言，古或曰懇切、曰懇惻，與忼慨當爲同一音族之語。合參忼慨條。

沆瀣

《遠遊》“餐六氣而飲沆瀣兮”。王逸注“遠棄五穀，吸道滋也”。洪興祖《補注》“沆胡朗切，瀣音械”。又《惜誓》“吸沆瀣目充虛”。王逸注“言己周流行求道真，吸清和之氣，以充空虛療饑渴也”。又《七諫·自悲》“引八維以自道兮，含沆瀣以長生”。王逸注曰“言己乃擎持八維，以自導引，含沆瀣之氣以不死也”。

按沆瀣一詞《楚辭》三見，皆導引呼吸之術語。叔師兩言“氣”，爲《廣雅·釋天》所本。又引《陵陽子》釋之，以爲北方夜半氣，在六氣之中，則上言餐六氣，下言飲沆瀣，於文義不合（洪補引《莊子》李注同叔師以爲北方夜半子氣。子字據《一切經音義》九十四增）。《文選·琴賦》五臣注以沆瀣爲清露，《思玄賦》引舊注“沆瀣爲夕霞”，向注“沆瀣爲露氣”，宋吳聿云“沆瀣唐劉商白角樽歌云‘或謂輕冰盛沆瀣’。注云‘海氣也’”。終無定説。按沆瀣兩字皆從水，《司馬相如·上林賦》“澎濞沆瀣”，司馬彪曰“沆瀣徐流也”，恐當爲此字正義。至導引家用以爲服食養生之一種氣體，只不過虛構之義，恐宇宙間原無此物也。文獻所載洪朱兩家引之詳矣。疑沆瀣本徐徐吸呼吐故納新之一種氣功方法，引申遂爲氣耳。又考《洞簫賦》“澎濞慷慨”，六臣云“五臣作沆瀣”，銑注“沆瀣勇烈聲也”，則沆瀣即沆瀣之異文，則其語根蓋與忼慨相同。一從心，一從水，則其用義所施有異，而遂異其文耳。

廓落

《九辯》“廓落兮羇旅而無友生”。王逸注“喪妃失耦愧獨立也。遠客寄居，孤單特也”。五臣云“廓落空寂也”。朱熹注“廓落空寂也”。又《哀時命》“廓落寂而無友兮”。王逸注“廓落無知友”。按《哀時命》以廓落狀寂，故五臣注訓爲空寂，是也。叔師偶語，乃釋義蘊，非詁詞義也。朱熹亦用五臣説，最确。《莊子·逍遙遊》“剖之以爲瓢，則瓠落無所容”，《釋文》“簡文云瓠落猶廓落也，瓠落無所容，言其空虛”，則六朝人已知此義。《漢書·揚雄傳·羽獵賦》“萃縱允溶，淋離廓落”。《釋名·釋宮室》“郭廓落，在城外也”。《一切經音義》引《考聲》“濩落水大貌也”。《魏志·杜畿傳》注引《晉諸公贊》曰“阮武者亦拓落大才也”。濩落、拓落並聲同義近。《爾雅》“廓大也”。《廣雅》“大也”。故廓落之義重在廓字，當亦可單用，惟先秦多言廓然、廓如、廓若、廓爾，故廓落義與廓然、廓若、廓如同。又此一詞先秦多南土諸士用之，漢時亦賦家爲多。此蓋南楚方言耳。參寂寞條。今西南方俗有空落落之語，義即空空如也；或作空老老、空寥寥皆可。

佂攘

《九辯》"逢此世之佂攘"。王逸注"卒遇譖讒，而遽惶也"。五臣云"佂攘憂懼貌，一作怔勷，一作起孃"。洪興祖《補注》曰"佂音匡，攘而羊切，狂也，遽也"。朱熹注"佂攘狂遽貌"。王念孫《讀書雜志》曰"案佂攘亂貌。逢此世之佂攘，言與亂世相遭也。《哀時命》曰'概塵垢之枉攘'，今王注曰'枉攘亂貌'，枉攘同。此注以爲遇讒而惶遽失之"。按王説是也。又《廣雅·釋訓》"佂孃惶勷也"。念孫釋之曰"上文云惶惶佂佂勷也"。《文選·舞賦》注引《埤倉》云"孃疾行貌，字通作攘"。《史記·貨殖傳》"天下攘攘，皆爲利往"。合言之則曰佂孃。馬融《圍棊賦》云"狂攘相救兮，先後竝没"。義與佂孃同。《方言》"瀾沐佂佷惶遽也"。遽與勷通，惶遽謂之佂孃。故擾亂亦謂之佂孃。《楚辭·九辯》"悼余生之不時，逢此世之佂攘"是也。佂攘、枉攘竝與佂孃同也。

枉攘

《哀時命》"概塵垢之枉攘兮，除穢累而反真"。王逸注云"枉攘亂貌"。"一作狂攘"。朱熹注"狂攘亂貌"。朱熹本枉作狂，注一本作枉。按枉攘叠韻聯綿詞，一作狂攘。《古文苑·馬融圍棊賦》"狂攘相救兮，先後竝没"是也。又作佂攘，《九辯》"悼余生之不時，逢此世之佂攘"。王逸注以爲遇讒而惶遽，就作義言之也。恐非。

詳佂攘條下。又作佂孃，《廣雅·釋訓》"佂孃惶勷也"。又作怔勷、起孃，見佂孃下。紛亂惶遽曰狂攘，則斬殺不當曰枉撓，枉橈義相同，而以訓詁字書之遂易爲複合詞矣。《淮南·時則訓》"斬殺必當，無或枉撓"。《禮記·月令》作枉橈，《正義》曰"枉橈不當，枉謂違法曲斷，橈謂有理不申”。更就訓詁細則言之。混言曰枉橈，分言則曲斷爲枉，不申爲橈也。漢語音與字義交關之跡，可考而知也。

枯槁

《遠遊》“神儵忽而不返兮，形枯槁而獨留”。王逸注“身體寥廓，無識知也”。朱熹《集注》“知愁歎之無益而有損”。又《漁父》“顏色憔悴，形容枯槁”。王逸注“癯瘦瘠也”。按《說文·木部》“枯槀也”。《說文》“槀木枯也”。槁本義勞，此借爲槀，則兩字乃互訓，字義同而合爲一詞，引申爲凡枯槁之義。《楚辭》兩見，皆指人身形體而言。按枯槁連文，先秦以前實南北通語，而南楚用之獨多。除《卜居》、《遠遊》外，《老子》七十六章“萬物草木之生也，柔脆；其死也，枯槁”，《莊子·徐無鬼》“枯槁之士宿名”，又《刻意》“枯槁赴淵者之所好也”，又《天下》“雖枯槁不舍也”，皆是。又北土見《呂覽·音律篇》有“草木枯槁”之言。“形容枯槁”句，亦見《秦策》、《呂覽》雜書，度亦有南人之筆。《秦策》此語，乃蘇秦說惠文君中語，此篇所記，本多南言，《漁父》又用之，疑亦效《楚語》也。故此詞疑本始于南人，而北人有效之者耳。《汲冢周書·大聚解》亦云“春發枯槁，夏發葉榮”，則又必不始於戰國之末矣。

懭悢

《九歎·惜賢》“心懭悢以冤結兮，惜乖錯以曼憂”。王逸注“懭悢失志貌也”。洪興祖《補注》云“懭苦晃切，悢音朗，橫胡晃切”。《九辯》“愴怳懭悢兮，去故而就新”。王逸注“愴怳懭悢，中情悵惘，意不得也”。五臣云“愴怳、懭悢，皆悲傷也”。洪興祖《補注》“懭悢不得，上口廣切，下音朗，又音亮”。按懭悢與悵惘，疊韻之變，悵惘亦失志也。詳悵惘條下。懭悢又猶廓落，心失所主，猶今恒語空虛，本疊韻聯綿詞。漢人以訓詁字書之，遂轉化爲複合詞。懭即《説文》廫字，闊也；一曰廣也，大也，寬也。從心，從廣，廣亦聲，大徐苦滂切。《漢書·元帝紀》"衆僚久廫"，師古注"廫古曠字，曠空也"。按此後儒所爲分别文。從心者，言心之空。凡從廣、從光之字，多有空義，皆轉注之一例也。恨字《説文》無。然《廣雅·釋訓》"恨恨悲也"，又《釋詁》"恨悵也"。悵與悲恨義同。單言曰恨重言曰恨恨，其義一也。《文選·李陵與蘇武詩》"徘徊蹊路側，恨恨不能辭"，《蜀志·法正傳》"顧念宿遇，瞻望恨恨"，則《説文》遺誤，當補。是懭恨者，謂心中空虛而生悲恨也。惆悵、愴況、溷瀡等，皆與懭恨爲叠韻，音義皆近。廓落、瓠落、魁律、硈硞等，與懭恨皆雙聲，音義亦相類。聲與坎壈，爲雙聲之變。參坎壈條下。

寂漠

《遠遊》"山蕭條而無獸兮，野寂寞其無人"。王逸注"林澤空虛，罕有民也"。"寂一作宋，漠一作寞"。朱熹注"宋與寂同"。按寂漠，楚方言也，字當作宋莫。《方言》十"宋安静也，江湘九嶷之郊謂之宋"。《音義》"宋音寂"。《莊子·大宗師》"容宋"。《釋文》"本亦作寂"。又《齊物論》郭象注"槁木取其宋莫無情耳"。《釋文》"宋音寂"。《説文》作"宋無人聲也，或作誎"。（當爲後起字，以無聲而從言，或由啾變也。詳下）。《廣雅》"宋静也"。字又作啾，《説文》"啾嘆也"。俗作寂，莫又作夢，《説文》"夢宋也"。《九辯》"蟬宋而無聲"，《文選》六臣銑注"宋漠無聲也"。惟古籍多用宋漠，《莊子·刻意》"夫恬惔宋漠，虛無無爲"。又《天下》"寂寞無形"。《九辯》"欲寂漠而絶端兮"。王注"甯武佯愚而不言也"。"漠一作嘆，一作寞"。五臣云"寂寞止息貌"。字又作宋寞，《九歎·憂苦》"幽空虛以寂寞"。《吕覽·審分》"氣得遊乎寂寞之宇矣"。《揚雄傳·解難》"寂寞爲尸"。又《文選·陸韓卿奉答内兄希叔詩》"徂落固云是，寂蔑終始斯"。又《遊天台山賦》

"恣語樂以終日，等寂默於不言"。《古文苑·美人賦》"閑房寂謐，不聞人聲"。諸寂蔑、寂默、寂謐與寂寞，皆音近義同也。

寂寞

《九歎》"幽空虛以寂寞"。王逸注"言己巡行陵陸，經歷曲澤之中，空虛杳冥寂寞無人聲也"。按即寂漠一詞之異字。詳寂漠條下。

宋漠

《九辯》"蟬宋漠而無聲"。《章句》"一作寂寞"。無聲靜默也。按即寂漠同聲異文也。詳寂漠條下。

寂寥

《九歎·惜賢》"聲嗷嗷以寂寥兮"。王逸注"嗷嗷呼聲也，寂寥空無人民之貌也"。"嗷一作嗽"。《釋文》作"寂嘐，上七到，下音老，一作敂嘐，音同"。洪補云"嗷嗷衆口愁也。嗽呼也，音叫。《集韵》'敂音寂'。嘷嘐寂静也。音草老"。按寂寥即宋寥。宋南楚作岁，見《方言》十。詳寂漠條下。《老子》第二十五章"寂兮寥兮，獨立而不改"。河上注"寂者無音聲寥者空無形"。王弼注"寂寥無形體也"。諸寂繆、宋寥、宋廖及本篇《釋文》所引，皆聲義均同之別體字，皆謂空寂無人也。詳寂廖一作下。然此篇言"聲嗷嗷"，則似有矛盾。叔師謂空無人民之貌，正以調遂之詞爲釋之，則聲嗷嗷者，指上兩句"覽屈氏之《離騷》兮，心哀哀而怫鬱"，嗷嗷之聲即《離騷》之文也。曰以寂寥者，歎屈子之言，空無人能知，言雖忠耿，眇無聽者，則如空無人矣。

宋廖

《九辯》"沈寥兮天高而氣清，宋廖兮收潦而水清"。王逸注"源瀆順流漠無聲也"。"宋一作寂，廖一作寥，一作漻"。五臣云"寂漻虛静貌"。洪興祖《補注》云"《説文》曰：宋無人聲，與寂同；廖空虛也，與寥同，漻深清也，竝音聊。一云廖崖虛也"。朱熹注"宋無人聲，廖空虛也"。按宋字《説文》"無人聲也，字當作宋。江湘九嶷之郊謂静爲宋"。則宋乃南楚獨有字，《説文》作宋者，當時正字也。又《説文》無廖字。广部"廖空虛也，從广膠聲"，則宋廖，即宋廖也。古籍皆宋寂爲之。廖則變易爲寥、爲漻、爲嘹，皆從翏聲也。其作寂寥者，見《九歎·惜賢》"聲嗷嗷以宋寥兮"。《老子》二十五章"寂兮寥兮，獨立而不改"。河上注"寂者無聲，寥者空無形"。此南楚用語也。其作宋寥者，慧琳《一切經音義》四十二引《埤蒼》"宋寥無人也"。其作寂嘹、叔嘹，見《九歎》、《釋文》（詳寂寥條下）。其作寂漻，《文選》、《九辯》"寂漻兮收潦而水清"。詳寂漻條下。又見《漢書·禮樂志·郊祀歌》"寂漻上天知厥時"。《漢書·司馬相如傳·上林賦》"寂漻無聲"。聲轉爲寂歷，《文選·江淹雜體詩》"王徵君養疾，寂歷爲草晦"。按寂廖乃兩義近之複合詞，其語根當以寂爲主，廖者語尾複輔音之殘餘。秦漢以訓詁字書之，遂由聯綿詞之寂寞，變爲複合詞之寂廖矣。雙聲之變，則爲廓落，廓落見《九辯》。近世言角落、濩落，皆冷然之義，其音亦自此始矣。

怐愗

《九辯》"然潢洋而不遇兮，直怐愗而自苦"。王逸注"守死忠信，以自畢也"。《釋文》作"恘愗"，洪興祖《補注》云"怐遘寇二音，愗音茂"。朱注"佝愁愚也"。按佝愁朱訓愚是也，乃佝務之借字。《説文》云"佝務也"。大徐音苦侯切。《玉篇》引《楚辭》"直佝愁以自苦"，亦作佝。段云"佝音寇"《廣韻》云"佝愁愚貌"。《説文》無愁字，愁當爲語餘。佝之音，蓋當讀 Koum 之聲隨亡佚，長言之曰佝務，務者蓋 m 音之餘也，詳後。故本無愁字，先秦人以愁書之，不根故常，故用之者絶少也。故亦可單用，《廣雅·釋詁》一"佝愁愚也"。《荀子·非十二子》篇云"世俗之溝猶瞀儒，嚾嚾然不知所非也"。溝猶瞀儒者溝瞀之長言，溝猶叠韻，瞀儒亦叠韻爾。故《儒效篇》"愚陋溝瞀"，《漢書·五行志》"不敬而備霧之所致也"，又云"心區霧則冥晦"，又"區霧昏亂"、"區霧無識"，立字異而義同。《説文》"婁務也"。婁務又佝愁之轉矣（用王念孫説）。又其字作觳霧，見應劭注《漢書·五行志》中之上；又作穀霧，見郭璞注《山海經·大荒東經》，督霧，其音並同，義亦同。又按此詞不見於先秦北土諸士之書，當爲秦漢間南楚方言之一，荀子用之最多，而變化則亦做南言爲之者也。佝愁以佝爲語根，而愁者語餘也。緩言之則曰佝愁，急言之則僅一佝字。佝佝之音不論其爲《廣韻》之苦侯切或呼漏切，或音寇，或音吼，從句之字皆收虞尤兩韻，其主要元音當爲 ou，而自其通轉孳生之音論之，則其音當爲 Koul。l 之音後世佚失（務字），此佝務一系之由來也。其音更衍爲溝猶、瞀儒，又漢語之音之變，有一例，其收音有邊音者，在聯綿詞中之下字亦存邊音。如坎坎變爲坎壈，劬劬變爲劬勞，是其證。甚且其音即挾邊音而變，故佝務可變作婁務矣。此與聯語下字之用雙唇音者亦得變爲邊音，如寂寞之變爲寂寥，是其徵矣。故佝愁亦得變爲傴僂，特佝愁以爲愚暗，而傴僂則以形論矣。別詳傴僂條下。此例在劬勞一詞之變爲最。別詳。

　　依其語音之變表列如次。

　　　　　　┌──婁務 l 不佚倒爲 lw
　　　　　　├──佝務失佚 l──溝猶瞀儒上下字叠韵之變
　佝 Koul ─┼──劬勞 l 變爲單音獨立字──劬禄──鞠録
　　　　　　└──佝僂──┤傴僂
　　　　　　　　　　　 └僂佝

劬勞

《九歎》"躬劬勞而痯悴"。王逸注"劬亦勞也,《詩》云'劬勞於野'。言己履涉風露,而身罷病也"。按劬勞,古成語。《邶風·凱風》"母氏劬勞"。傳"劬勞病苦也"。《小雅·鴻雁》"之子於征,劬勞於野"。傳同。陳奐《毛詩傳疏》謂"劬勞二字平列。鄭注《內則》云'劬勞也',是也。《釋文》引《韓詩》'劬數也',韓讀不平列"。按《說文》無劬字,有以爲宜作劇勞者。鈕氏《新附攷》以爲句訓曲,與勞苦義合。鄭康成注《禮記·明堂位》引《世本》"無句,作磬",《釋文》"句又作劬",以爲即句勞。有以爲趜勞者,王際盛《新附通誼》立之,鄭珍《新附攷》以爲即人部之佝務也。力部勞訓劇,劇訓務,足以互證。其說是也。古亦通作軥拘,《荀子·榮尋篇》"軥錄疾力",《君道篇》"愿愨拘錄",《淮南·主術訓》作"健疾劬錄"是也。錄者趢之借,《說文》"趢,趬趢也"、"趬,行趬趢也。曲脊兒"。(節用鄭知同《新附攷》文。)字又作劬禄,《淮南·泰族訓》"雖察慧捷巧,劬禄疾力不免于亂也"。說見上。劬禄猶今人言勞碌也(盧文弨《鍾山札記》二,有說,詳之)。

以漢語語音發展論之,則劬當爲語根而收邊音,古讀如 Kioul 或 Koul,1 以單音書之。則寫其急言曰劬,寫其緩言則曰劬勞。勞字實非主音,故無定字也。故《荀子》以錄當之,《淮南》以禄當之,後世又以碌爲之,又趢蓋亦後起專字耳。劬古作佝爲正,古文從人從力之字,多相混云,則《說文》錄佝不錄劬者,以劬爲俗字耳。又《莊子·天下篇》"謑髁無任,而笑天下之尚賢",此謑髁猶言愚闇也,即佝愁一音之變。佝愁者其語根之佝,實與劬勞之劬同,劬勞訓苦者,與愚闇義得相因,凡愚者不能不勞碌,愚闇亦一苦耳,故兩義得同根矣。詳參佝愁一條後附表解,自明。聲又與佝僂相爲類,佝僂又作傴僂;人身句曲之象,句曲亦病苦之一也。

硱磳

《招隱士》"嶺岭碕礒兮，硱磳魂硊"。王逸注"崔鬼嵯峨"。洪補曰"硱，綺矜切。《釋文》苦本切，非也。硱從困，磳從困，石貌"。按硱磳《說文》未載，但見《玉篇》及《一切經音義》皆作硱磳，不作硱磳。《廣韻》亦只有硱無硱，則硱字乃誤亂者矣。《玉篇》硱字音口本、口冰二切，磳字子登、仕冰二切，引《埤蒼》阬隒也，引《聲類》石貌也。六臣本《文選》作"硱魂磳硊"，文句雖顛倒，而字則作硱。《一切經音義》硱磳下云"上虧雲反，下剚凌反"，引《招隱士》王逸注"硱磳謂崔巍嶔崜也"，皆從困曾，皆讀溪紐，洪以爲非也，恐未允。P.2011及《內府王仁煦切韻》及《廣韻》十六蒸硱紐及十七登磳字下皆云"硱磳石貌"，亦不從困，惟均有綺兢切（《內府》本作綺陵反）。則洪以從困爲非者，未允。正字當作硱磳。

倥傯

《九歎，思古》"愁倥傯於山陸"。王逸注"倥傯猶困苦也。言悲念我之生，遭遇亂世，心無歡樂之時，身常困苦於山陸之中也"。洪興祖《補注》云"倥傯苦貢、走貢二切。困苦也。又音孔，傯事多也"。按倥傯字又作倥傯，古從悤之字，魏晉以來或作怱悤也。倥傯字不載《說文》，字書只《玉篇》、《廣韻》有之，使用典籍最早，亦東漢儒士用之，此漢人習語也。《玉篇》人部"倥傯困窮也"。《廣韻》一董"倥倥傯多事"。又一送"倥傯困貌"。《後漢書·張衡傳》"誠所謂將隆大位，必先倥傯之也"。注"倥音口弄反，傯子弄反。《埤蒼》曰'倥傯窮困也'"。倥傯即困窮，音義皆近之詞。凡困窮者，事不從心。則必繁逼。《文選·北山移文》"牒訴倥傯裝其懷"。六臣向注"倥傯繁偪兒"。今人以窮而忙亂爲倥傯，深得其義，今民間言繁亂曰倥傯，倥傯即古遺語。

惟此語起于東漢，其在先秦，其坎坷，契闊一族之語歟。聲轉爲困控，見《九思》，詳困控條下。

困控

《九思·哀歲》"修德兮困控，愁不聊兮遑生"。舊注"將誰困控，言無引己也"。按《章句》以困控爲無引己也，釋控爲引，似與《説文》義合。然控之訓引，乃引而控制之，此之引則當爲引向進前之意，與上文自恨無反句義方調。然偏考控字，皆作控制義（《漢書·賈誼傳》"無所控揣"，孟康曰"控引也，揣量也"。引量亦控制之義。《詩》之"控于大邦"，《左傳》襄八年"無所控告"，諸控字皆應釋申。至《詩》"抑磬控忌"之控，傳謂"止馬曰控"，則制義更明）。不作引進義解。疑困控乃困窮聲誤。困窮爲先秦以來通語，《易·繫詞》"困窮而通"。注"處窮而不屈其道也"。此外見于《尚書·大禹謨》、《呂覽·知分》、《情欲》、《順民》等，漢人用之尤多。聲轉則爲困苦，見《莊子·逍遙遊》。此處言修德者不達而至于困窮，故下文曰愁不遑生。若僅無人援引而遂至不遑生，則輕生亦甚矣，非叔師意也。聲轉爲悾慲，繁偏困窮也。見悾慲條下。

謑詢

《九思·遭厄》"違群小兮謑詢"。舊注"謑恥辱垢陋之言也"。"詢一作呴"。洪興祖《補注》云"謑音傒，詢許侯切，又胡豆切。《荀子》'無廉恥而忍謑（謑之譌，下同）詢'。注云'謂罵辱也，謑音奚：一云謑詬小人怒'"。按《説文·言部》"詬謑詬恥也"。詬或從句，上音胡禮切，下呼寇切。《玉篇》言部"詬，謑詬，恥辱也"，謑《説文》恥也，詢、詬一字之異文。《荀子·非十二子篇》"無廉恥而忍謑詢"。注"謑詢詈辱也"。《廣雅·釋詁》四"謑詬恥也"。王念孫《疏證》"昭二十年《左傳》‘余不忍其詢’，定八年《左傳》‘公以晋詬語之’，杜預注竝云‘耻也’。《大戴禮·武王踐阼》篇云‘口生诟’，詢、诟並與詬同。《説文》‘謑詬耻也’，《吕氏春秋·誣徒篇》云‘不可謑詬遇之’，《漢書·賈誼傳》云‘奭詬亡節’，竝字異而義同”。按王所舉例證皆是也。古從句從后之字，多相亂。依《説文》義則詬爲正而詢爲俗。

緊絭

《九思》“心緊絭兮傷懷”。舊注“緊絭糾繚也，望舊土而心感傷也”。“絭一作礬，一作繾綣”。洪興祖《補注》云“緊繾並祛引切，礬綣並苦遠切，纏綿也”。按《説文》“緊纏絲急也，從臤從絲省”。大徐糾忍切。絭《説文》“攘臂繩也”。大徐音居願切。《淮南子》“短袂攘絭，以便刺舟”。按緊絭組合爲一詞，叔師訓糾繚者，蓋由纏絲急與攘臂合而引申之，絲繩之纏攘，亦與心之有所纏攘同也。心被纏束故傷懷，此漢賦家造詞之一法，惟純由作者新創。抑在當時方語中有之，則不可辨。今蜀、滇、黔間尚有此語，音如緊拳，或緊曲。又《詩·大雅·民勞》“以謹繾綣”，《毛傳》“反覆也”。錢大昭曰“王逸《九思》‘心緊絭兮傷懷’，《章句》緊絭糾纏也，一作繾綣，則繾綣即緊絭之別體”。北土用繾綣，南土或用緊絭也。聲又轉爲遷塞爲塞產，別詳遷塞、塞產諸條下。又變爲遷延，則古今恒言耳。音變如糾纏，糾纏古今常語。視事態之輕重，而語音別其輕重，大小義亦稍稍殊矣。詳遷塞、繾綣各條下。

固植

《招魂》“弱顔固植，謇其有意些”。王逸注云“固堅也，植志也。言美女內多廉恥，弱顔易媿，心志堅固，不可侵犯”。按固訓堅者，《詩·小雅·天保》“亦孔之固”。傳“固堅也”。又植叔師訓志者，蓋借植爲志也。固植亦古成語,《管子·法法》"上無固植",言在上者無定堅之志也。

絓結

《九章·哀郢》"心絓結而不解兮,思蹇産而不釋"。王逸注"絓懸。言己乘船蹈波,愁而恐懼,則心肝縣結,思念詰屈,而不可解釋也"。洪興祖《補注》云"絓礙也,音畫"。《九章·悲回風》亦有"心絓結而不解兮,思蹇産而不釋"兩語,王逸注"一本無此二句"。朱熹《集注》云"一本無末二句,非是。"按絓結二字同義,絓亦結也(《廣韻》"絓絲結也")。《史記·律書》曰"秦二世結怨匈奴,絓禍于越",是結與絓同義,絓結雙聲也(略本王念孫《讀書雜志》志餘下)。《説文》訓絓爲"繭滓絓頭",謂繭滓名曰絓頭也,蓋繅時繭絲成結有所絓礙,則絓礙即挂礙矣。以其爲繭絲故從絲;以其爲手有所礙,故從手,此轉注字也。亦可倒曰結絓,《玉篇》系部絓字云"《楚辭》'心結絓而不解'",即引此句而作結絓。亦可分用,《史記·律書》曰"二世結怨匈奴,絓禍於越",結絓亦即絓結也。以其雙聲,故可倒言。聲轉爲結縎,《九思·怨上》"心結縎兮折摧",與此心結絓而不解義同。《廣雅》"結縎不解"。字又作結慉,《漢書·息夫躬傳》"心結慉兮傷肝",師古曰"結慉亂也"。慉與縎同音。字又作頡慉,《莊子·徐無鬼》"頡慉有實"。向秀注"頡慉錯亂也"。詳結縎條下。按此亦南楚方言,北土絶無用之者。

呴嘷

《九懷·蓄英》"熊羆兮呴嘷"。王逸注云"猛獸應秋,將害賊也"。"呴一作呴"。洪興祖《補注》"呴音吼,一音雛,一音烏角切,嘷胡刀切"。按洪補呴有三音,考吼音,《內府王切》厚韻有此音,惟非正字,乃吼之或亦字。別有遇韻香句切一音，及上聲麌韵況羽切一音（見《內府本王仁煦切韻》、P. 2011 亦有之，惟字則殘損），即姁字音同義同字也。詳响之下至烏角一切，即《九思》"孤雛驚兮鳴呴呴"之音，此疑雞雛之啼聲也，似亦無據，則此處直宜讀吼矣。下音呼刀切，即號之同音同義字也。聲轉則爲呴吁，《論衡·雷虛》"隆隆之聲，天怒之音，君人之呴吁矣"。又"人性怒則呴吁，喜則歌笑"。於獸爲呴噑，于人爲呴吁，其爲怒同，故其音亦同也。

哎喋

《九辯》"鳧鴈皆哎喋夫梁藻兮"。王逸注"羣小在位，食重禄也"。洪興祖《補注》云"哎喋鳧雁食貌，上音娿，下音霅"。朱熹《集注》"哎音娿，一無夫字，哎喋鳧雁食貌"。按王逸不爲哎作正式詁訓，而洪朱皆以哎喋叠韵聯語釋之。今本多作哎夫梁藻，無喋字，恐係誤脫。哎喋本叠韵聯綿詞，如跈蹀、躞蹀等，參跈蹀條下。此本聯語，而後世以音近之訓詁字書之者也，故可分釋。按哎喋字《説文》皆不收，古籍見哎字，以《九辯》此處爲最早。揚雄《廣騷》次之，有"雲修既信，椒蘭之哎佞兮"，師古注"哎佞譖言"，與此大別。此當讀《集韵》七接切一音，實即《尚書》"諓諓諞言"之諓。《楚辭》或以謇爲之，詳謇下。此哎洪音娿，則與啑字同音。《玉篇》云"啑喋鴨食也"，即此哎喋之義。惟啑字亦非《説文》所有。最早見於《史記·吕后紀》言"始與高祖喋血盟"，蓋以爲後之喋字，則又與哎喋之喋混矣。至喋字早見於《玉篇》"便言也"，義與鳥食無涉，當爲讘之借字。《説文》"讘多言也"，其以爲鳧鴈食者，亦僅《九辯》此一見。故依字義語音（參合跈蹀等詞，見跈蹀下）定之，此兩詞字音，可能表示一種瑣細之動作，小行、難行、多言、細食（鳥食細也）皆就所施而定。而賦家以外之諸子、史籍，皆不收此兩詞，則必爲楚之方言無疑，故惟于《楚辭》家文中見之也。

跿跦

《九章》“衆跿跦而日進兮”。又《九辯》同有此一句。王逸注“無極之徒在帷幄也”。“跿一作躅，《釋文》作𧽯𧾷”。洪興祖《補注》“跿思協切，跦音牒”。按跿跦一詞，凡兩見，皆在屈宋賦中，句法亦全相同。叔師一無訓，一則申其作義，而不詁其字義。洪興祖、朱熹同以行貌釋之，是也。字又作躞蹀，《玉篇》足部“躞字蘇協切，躞蹀”。又“蹀字徒篋切，躞蹀”。慧琳《一切經音義》二十四躞蹀下云“上暹葉反，下恬叶反”。《考聲》“躞蹀小步貌也”。許叔重注《淮南》云“蹀蹈也”。顧野王“徐細步也”。《古今正字》“蹀從足，枼聲，躞或作躞，蹀或作𧿒，反也”。《説文》無跿字，則作躞者，漢以後人之書，作跿者，楚人書之也。《説文》𧺰字訓足，段玉裁以爲即蹀，恐非。按辵部有遱字，訓前頓、與蹀異部同義字。字又作捷攝，《後漢書・趙壹傳》“捷攝逐物，日富月昌”。躡字又作捷，唐沈亞之《柘枝賦》“驅捷蹀以促碎”。亦小步意。又作蹴蹀，蔡邕《青衣賦》“盤跚蹴蹀，坐起低昂”，是也。行難曰跿跦，食不通利曰唼喋，見《漢書・司馬相如傳》。《廣韻》又錄𧽯𧾷，訓鳧鴈食，與唼喋實同。詳唼字條下。字又作嚘喋，見《淮南子・覽冥訓》，又小契曰胲牒，聲轉爲躡蹀，《後漢書・張衡傳》“羅襪躡蹀而容與”。李善注“躡蹀小步貌”。《説文》曰“躡蹈也，徒頰切”。許慎《淮南》注曰“蹀蹈也”。蘇協切。高注“躡蹀小取步，而行容與也”。跿跦爲叠韻，而躡蹀則爲雙聲兼叠韻語也。倒言則曰蹀躞，慧琳《一切經音義》九十五引《考聲》云“蹀躞步小貌也”。《淮南》又云“蹀陽阿之舞也”。《説文》作𧿒，從足，執聲。《集韻》作躞，通也。字又作蹀躞，《後漢書・彌衡傳》“衡方爲漁陽參撾，蹀躞而前”是也。小行曰跿跦，則小心翼翼曰懾懾，《史記・霍驃騎傳》“輜重人衆，懾懾者弗取”。

聲轉爲蹭蹬，《説文》訓失道，又轉爲趑趄，見《廣韵》。又凡此諸音皆與蹉跎相變。詳蹉跎下。

蹇産

《九章》“思蹇産而不釋”一語三見。《九章》一見。《哀郢》王逸注“蹇産詰屈也。言己心肝縣結，思念詰屈而小可解釋也”。一見《抽思》作“思蹇産之不釋兮”。王逸注“心中詰屈如連環也”。三見《悲回風》“思蹇産而不釋”。王逸注與《哀郢》同。《史記·司馬相如傳·上林賦》“蹇産溝瀆”。《集解》引《漢書音義》“蹇産屈折也”。《廣雅·釋訓》“蹇産詰詘也”。詘與屈通，則叔師注乃古今通訓。字又作蹇滻，《文選·蜀都賦》“經三峽之崢嶸，涉五峴之蹇滻”是也。“五峴蹇”一作“喬木滻”，指山之高，此與《七諫·哀命》“望高山之蹇産”同。王逸注云“言己履清白，其志如水，雖遇棄放，猶志仰高遠而不懈也”。俗又作嶃嶬，以在足言，俗又作跰躃者，同爲後起分別俗字。蹇産訓詰詘，與詰詘亦一聲之轉也。又與蹇吃、拳局、卷曲、拮据、跼局、局蹐、膠加、膠葛等，皆同一語根之分別文。各詳該條下。又按蹇産一詞只見於《九章》及漢賦家，不見于北土諸子，疑亦南楚故言也。

鉏鋙

《九辯》“圜鑿而方枘兮，吾固知其鉏鋙而難入”。王逸注“所務不同若粉墨也”。五臣云“鉏鋙相距貌”。洪補云“鉏狀所、狀舉二切，鋙音語，不相當也”。按鉏鋙即《說文·金部》之鉏鋙，與齒部之齟齬也，齒小相值曰齟齬，與鋸齒不相值曰鉏鋙同義。段玉裁注謂“鉏鋙蓋亦器之能相抵拒錯摩者，亦不知爲何器”。《九辯》作鉏鋙者，省字。從且之字，在甲文金文多有作盧者。吾御古同音，故漢人俗寫，遂省作鉏鋙矣（御從午，古午與五形近，皆有交午之義，故可省御爲吾也）。《說文》“業大版也，所以飾縣鐘鼓，捷業如鋸齒，以白畫之象其鉏鋙相承也”。段曰“鉏鋙相承，謂捷業如鋸齒也”。《韻會》引作“齟齬相承”，在齒

則從齒，在鋸則從金，而其音則同爲"且吾"。《爾雅·釋樂》"斨柷
敔"。郭注"敔如伏虎，背上有二十七鉏鋙刻以木"言背上有二十七齒
刻也。故"且吾"一語，乃上下齒相値相承之音。今吳語系統中尚存此
語音，如"居吾"。《周禮·冬官考工記》"玉人牙璋、中璋，七寸，射
二寸，厚寸"。鄭注"二璋皆有鉏牙之飾"。孫詒讓《正義》云"牙櫡牙
也。《廣韻》九麻'櫡齬齒不正也'。則漢末人以牙易齬，而《廣韻》又
別採入齬字，又牙之孳乳也。則且、鉏、齟、櫡及吾、牙鋙、鋤鋙、齬
皆同音假借字"。相抵拒曰鉏鋙，後世或言牴牾，又作抵梧，或曰乖午，
或曰阻碍，皆今古音變，以時而異字也。因之，則禁衛曰金吾，今則變
言禁衛、禁圉。樂器曰柷敔，縣樂處曰捷業，齒部魚有齵齲，皆聲近通
之辭也。相抵拒曰鉏鋙，相交互曰交午曰交互，皆聲義相近之詞，而午、
五、互、牙、筶諸字，實皆有交結之義，或即爲鉏鋙一詞之語根也歟。

結縎

《九思·怨上》"心結縎兮折摧"。洪補曰"縎結也。音骨"。按
《説文》"結締也"。"縎結也"。則結縎二字同義。縎大徐音古忽切。
《廣雅·釋詁》"結縎不解也"，則結義之引申爾。然古籍實無正字，《莊
子·徐無鬼》"頡滑有實"，向注云"頡滑錯亂也"，則結縎即頡滑矣。
又《漢書·息夫躬傳》"心結愲兮傷肝"，師古曰"結愲錯亂也"，孟康
曰"愲音骨"，沈欽韓曰"愲同縎"是也。又《玉篇》糸部結字下云
"《楚辭》'心結絓而不解'"，結絓亦即結縎一聲之變。今《九章·哀
郢》作"心絓結而不解"。詳絓結條下。聲轉爲結交、結構、膠加、膠
葛，亦聲近義通。分詳諸條下。

轇轕

《九歎·遠遊》"潺湲轇轕，雷動電發，馺高舉兮"。王逸注"轇一

作膠。言蛟龍升天，其形潺湲，若水之流，縱橫轇轕，遂乘雷電而高舉也。以言己亦想遭明時，舉而進用”。洪補曰“轕音葛”。按《甘泉賦》“齊總總以撙撙，其相膠轕兮”，李善注《吳都賦》曰“東西膠葛，南北崢嶸”。銑注“轇轕雜亂貌”。字或作膠葛，見《遠遊》及司馬相如《大人賦》（詳膠葛條下）。又作膠轕，見《漢書·大人賦》。又作膠轕，見《文選·羽獵賦》。其作轇轕，以車旁易膠爲轇增葛爲轕也。漢賦家多據所狀事物更易偏旁，此其一例也。轇轕聲轉爲膠加，見《九辯》。叔師訓反戾，亦雜亂之義也。詳膠加條下。

膠葛

《遠遊》“騎膠葛以雜亂兮”。王逸注“參差駢錯而縱橫也”。“一作轇轕”。洪補云“轇音膠，轕音葛，車馬喧雜貌。一云猶交加也”。朱熹注“膠葛一作轇轕，音同。膠葛雜亂貌。一曰猶交加也”。司馬相如《大人賦》“雜遝膠葛以方馳”。《索隱》“膠葛驅馳也”。《廣雅疏證》云“《漢書》作膠葛，《楚辭·遠遊》‘騎膠葛以雜亂兮。王逸注‘參差駢錯而縱橫也’。《九歎》云‘潺湲轇轕，雷動電發，馺高舉兮’。竝字異而義同，亦見《甘泉賦》、《吳都賦》等。音轉爲膠加，《九辯》‘況一國之事兮，亦多端而膠加’。王逸‘賢愚反戾，人異形也’。以反戾釋膠加者，申其文義也”。今恒語曰糾葛，聲轉爲邂逅、爲膠加。別詳。

膠加

《九辯》“況一國之事兮，亦多端而膠加”。王逸注“賢愚反戾，人異形也”。洪補曰“《集韻》膠加戾也，膠音豪加丘加二切”。按膠加之膠當讀交。洪、朱引《集韻》音豪加丘加二切，於古皆無據。S. 2055、P. 2011 及吳縣蔣氏藏《唐寫本》及《廣韻》共有三音，一音如交，一音如敲，皆在肴韻；一音如教，在效韻，此外皆無之。而交音下則轇、繚、灄、濩等皆在焉（敲音訓胁膠，面不平。P. 2011）。教音訓黏乃膠本義，則音當讀交無疑。膠加猶言交加也，交字《廣韻》訓戻，與叔師訓合。交本訓交脛，引申爲交接，丩纏皆曰交。交加今恒語，猶言交錯相結及反戻之義，交錯相結故曰多端。膠亦與戻字連用。《上林賦》所謂"蜿灗膠戻"是也。司馬彪音婉、善、交、戻四音。交加即膠葛也，《遠遊》"騎膠葛以雜亂兮"。一作轇轕，轇轕車馬喧雜貌，一云猶交加也。《上林賦》"雜遝膠葛以方馳"。師古注"膠輵猶交加也"。《漢書》作膠輵，《九歎》"潺湲轇轕"，立異體也。詳膠葛、轇轕諸條下。

詰詘

《九思·遭厄》"思哽饐兮詰詘，涕流瀾兮如雨"。按《説文》"詰問也。從言吉聲"。大徐音去吉切。詘詰詘也，一曰屈襞，從言出聲。大徐區勿切。段玉裁注曰"詰詘二字雙聲，屈曲之意"。《廣雅》"詰詘曲也"。按詰問，詰詘謂詰問而言詘也，字又作詰屈，《文選·魯靈光殿賦》"巖突泏出，逶迤詰屈"。銑注"詰屈曲貌"。在頭曰頡頑（《説文》"頑頭頡頑也"），行走曰趌趒，在蟲曰蛣蚏，在口曰蹇吃，在手曰拳曲，在足曰跭局，在事曰蹇産、曰契闊，皆聲近義通之詞也。聲轉爲膠加、邂逅，亦屈曲之義也。參各條下。

蜷局

《離騷》"僕夫悲余馬懷兮，蜷局顧而不行"。王逸注"蜷局詰屈不行貌，蜷局詰屈而不肯行，此終志不去，以詞自見，以義自明也"。洪補曰"蜷音拳，蟲形詰屈也"。朱與王同。字又作跭跼，《九思》"跭跼兮寒局數"，王逸注"跭跼傴僂也"，義與詘屈同，因所施而義別也。又《廣雅》"觠局匍跭也"。王念孫《疏證》云"《説文》'趞行曲脊也'，趞與觠通。《小雅·正月篇》'謂天蓋高，不敢不局'。傳云'局曲也，合言之則曰觠局'"。別詳踡跼條下。用于足曰踡跼，用於手曰拳曲，見《莊子·人間世》"夫仰而視其細枝，則拳曲而不可以爲棟梁"是也。按蜷局即曲局一語之變，《诗·小雅·采綠》"予髮曲局，薄言歸沐"。曲局蓋雙聲複合詞。曲局《説文》促也。言局促不得伸，故曰"予髮曲局"。短言曰曲、曰局，《詩·正月》"不敢不局"，傳"局曲也"。長言曰曲局，聲轉爲詘屈，曰蜷局，所施雖不同，而義則皆自屈曲引申之也。聲又轉爲掬局，《釋名》"掬局也，使相局近也"。倒言之則曰局促，字又作跼躅，《史記·淮陰侯傳》"騏驥之跼躅，不如駑馬之安步"。叠韵之變則爲踧蹐，《太平御覽》五百七十六引《周書》曰"師曠見太子晉，師曠踧蹐其足曰善哉善哉。王子曰太師乎何擧足驟。師曠曰天寒足跼，是以數擧也"。聲轉爲檝槶，《詩·豳風·鴟鴞》"予手拮据"，傳"拮据檝槶也"。拮据亦一聲之轉也。又爲曲局，《小雅·采綠》"予髮曲局"，傳"局卷也"。大略北土多用曲局、詰詘，南土多用蜷局、踡跼、拳曲。

蜷跼

《九思·憫上》"匍匐兮巖石，踡跼兮寒局數"。王逸無注。按此即《離騒》"踡局顏而不行"之蜷局，王逸訓詘屈是也。"踡跼兮寒局數"者言因寒而至於詘屈、局促也，故下文申之曰獨處兮志不伸也，餘詳蜷局條下。

局數

《九思》"踡跼兮寒局數"。舊注"一云踡跼兮數年，一云踡跼兮寒風數"。洪補云"數音促"。按依洪音，則局數即局促也。局促乃漢人常語。《説文·口部》"局促也"。人部"促迫也"。《史記·灌夫傳》"局促效轅下駒"。聲轉爲局趣，《史記·魏其武安侯傳》"今日廷論局趣"，應劭云"局數纖小之貌"。按局趣即局促也。《後漢書·鄭衆傳》"西域欲歸化者局趣狐疑,褱土之人絶望中國"。《詩‧小雅‧正月》"謂天蓋高,不取不局,謂地蓋厚,不敢不蹐"。傳"局曲也","蹐累足也"。箋云"局蹐者,天高而布雷霆,地厚而陷淪也"。《釋文》局本作跼,其欲反曲也。蹐井立反,徐音積,累足也。《説文》"小步也"。按局蹐亦局促一聲之轉,傳、箋、《釋文》皆分釋之,未必當。

轙羈

《離騷》"余雖好脩姱以轙羈兮,謇朝誶而夕替",《九章》"心轙羈而不開兮"。王逸於《騷經》注云"轙羈以馬自喻,轡在口曰轙,革絡頭曰羈。言爲人所累也"。洪補云"上音居依,下音居宜切"。《九章》無注。按轙字《説文》所無,亦不見他經,惟《漢書‧刑法志》有"是猶以轙而禦駻突",即《楚辭》兩處用之。王釋爲轡在口爲轙,在口之轡,義主轉動,以操縱馬者,則當爲機之分別字。晋灼注《漢書》以爲轙古羈字,非也。桂未谷已駁之。凡古籍言機,皆主發動周轉,如《虞書》"璇機",馬注"渾天儀,可轉旋"。門之發動可轉者曰樞機(見《禮記‧緇衣》'若虞機張"注)。皆其證。或原本作機,漢以後人以下羈字從革,遂易從木爲從革也(略本朱駿聲説),羈即羈之或體,《説文》"馬絡頭也"。

餄結

《九思》"仰長歎兮氣餄結"。舊注"仰將訴天也,餄結也"。洪補曰"餄於結切。《説文》'飻窒',與噎同"。按餄字不見《説文》,《玉篇》始著之,音於結切,以爲或噎字,爲慶善所本。《玉篇》訓食不下,《説文‧口部》"噎飯窒也。從口壹聲",則餄結乃訓詁字複合成詞,然其語根實與冤結、鬱結、紆結等同源。詳各詞下,此則漢儒以訓詁字乃聯綿詞與複合詞之過渡體,至餄或爲六朝俗體,漢人除此一見外,未見有用之者。

滑稽

《卜居》"將突梯滑稽"，王逸注"轉隨俗也"。洪興祖《補注》云"《文選》注云'滑音骨稽音雞'。五臣云委曲順俗也"。揚雄以東方朔爲滑稽之雄，又曰"鴟夷滑稽"。顏師古曰"滑稽圜轉縱舍，無窮之狀；一云酒器也，轉注吐酒終日不已，出口成章不窮竭，若滑稽之吐酒"。朱熹《集注》"稽音雞，突梯滑渳貌，滑稽圜轉貌，以脂灌韋而絜之，是以突梯滑稽而無所止也，未知是否"。

按滑稽一詞，王叔師與突梯合釋爲轉隨俗，略陳大義，不爲名物訓詁。古今説者至不一律。主辯説之人，能亂異同，訓滑爲亂，稽爲同者，《史記·滑稽傳》、《索隱》之説也，主流酒器名者，《索隱》引崔浩之説也（崔説詳《御覽》七百六十一引崔浩《漢記音義》）。主圜轉縱舍無窮之狀者，《漢書·公孫弘卜式兒寬傳》贊，顏師古注説也；主俳諧者，《莊子·徐無鬼》、《釋文》及《史記·滑稽傳》、《索隱》引姚察之説也。其音則讀骨雞，或讀滑如字，稽爲雞。洪慶善、朱晦庵之説蓋本之師古，辯證已明言之。以之解《卜居》，何棄何從，今古無定説。按戰國以來詞義名物之不可考者至多，而滑稽一詞，漢人用之者，大抵皆指辯材無礙，或詼諧百出之人。《史記·滑稽傳》所載，固詼諧百出之士，可指而數也。而《孔子世家》亦云"夫儒者滑稽而不軌法"，《荀卿傳》又云"鄙儒小拘，如莊周等，又滑稽亂俗"，則滑稽又詭辯無礙之士，徧及儒、莊，詭辯不必即爲恢諧，則史公所用，已非一義。因而諸儒解釋遂多異聞。惟俳諧一義，至今尚爲通國恒語。讀爲滑如字稽，聲轉爲恢諧讀皆，軒渠。恢諧見《漢書·東方朔傳》諧當讀皆軒渠亦漢末人語，《後漢·方術薊子訓傳》"滑稽笑貌"。（惠棟引黃朝英説，軒渠欲舉自以就父母之狀云云，後附之説，不足爲訓）。凡訓俳諧者，皆讀此音。讀骨雞一音者，其義以師古説爲最圓通，且與叔師説亦相應。滑亂稽同之説，死於字義，不足以言訓詁。崔浩、姚察酒器之説，由誤讀揚雄《酒賦》"鴟夷滑稽，腹大如壺，終日盛酒，人復借沽"之言，即妄言之者。酒器乃鴟夷，非滑稽。鴟夷滑稽者，言鴟夷圜轉，縱舍無窮，復誤終日盛酒，爲轉相注酒，終日不已，可笑殊甚。按滑稽一詞，最早見於《莊子·徐無鬼篇》，其言曰"黃帝將見大隗乎具茨之山，方明爲御昌寓驂乘，張若謵朋前馬，昆閽滑稽後車，至於襄城之野，七聖皆迷，無所問塗"。《釋文》"滑稽音骨雞"。後車二人從車後。司馬云後車二人從車後。成玄英以"大隗"爲大道廣大而隗然空寂也。實即七人相屬而游於寂寞，言車駕前後護從，曰御、曰驂、曰前、曰後，各有其義蘊，各表其車象，此莊子寓言描寫手法，曰方、曰明、曰昌、曰張、曰謵、曰朋，其所含之義，與字面必相關，方、明、昌、張、謵、朋，皆爲人世機智材性之一，與《離騷》鷥皇先戒，鳳鳥承旂，西皇涉予之寫法相似，而内容大異，而車後兩人之名，殊爲奇詭。細繹文義，則昆閽當即《天地篇》之混冥，《繕性篇》之混芒。謂無迹象未分明，以言事象，即混混然無迹象可尋之義；以言物象，即《天下篇》所謂輪不碾地也，至滑稽一詞與混冥比而觀之，義或相反、或相近、或相成，而不與車能相協者，則無過圜轉縱舍者矣。圜轉縱舍所表意象，爲圓滑黠詐，與混冥實相對。則此圜轉縱舍之物象當即指車輪之機巧而言，吾人雖不敢強以爲即指車輪之機括，而與車輪有關則可。自《卜居》更得一暗示，《卜居》云"寧廉潔正直以自清乎，將突梯滑稽如脂如韋以潔盈乎"，滑稽必與下句脂韋有關，自文章之結構，已可知之。古車行必先加脂，而車之束佩，必以柔韋爲之，又制度上可肯定之事，則謂莊生寓言之滑稽，即指車輪一類機括言，似不爲過。吾鄉民衆言車輪曰骨录，細別之，則一輪曰骨录，兩輪而行者則曰骨雞，或倒言之曰機骨。今西南有獨輪車曰雞公車，亦古之遺也。而門樞之圜轉處曰機骨轉，一切圓形可旋轉之物亦通言曰機骨轉，轉者狀語，機骨者本詞。因而人之慧黠圜轉縱捨者曰"機骨轉多"。余旅蜀，次於湘贛間，來止吳下，與勞動工農言談，亦皆曾聞類似之語。取證今時，亦脈絡至清。則滑稽以指圓轉之物，本自民間習語，非有甚深義蘊。又《莊子·至樂》"支離叔與滑介叔觀于冥伯之丘，崑崙之墟，黃帝之所休"。《釋文》李注云"支離忘形，骨介忘智"。成玄英疏"滑介猶骨稽也，謂骨稽挺特，以遺忘智"。按玄英説失之鑿，此段故事與上引《徐無鬼》篇昆閽、滑稽、後車一説，乃一義之發揮。此滑介即彼滑稽也，滑稽忘智，即圜轉隨人之意，混然無迹象之義。且又不僅此也，取證於他事物以相比勘，使見分理亦考古者之所許。《莊子·天運》"且子獨不見夫桔槔者乎，引之則俯，舍之則仰"。隨人俯仰者，必圜轉縱捨，無所礙，故曰桔槔。桔槔亦滑稽雙聲之變也。《方言》一"虔儇慧也。楚謂之倢，趙魏之間謂之黠，或謂之鬼"。鬼、黠即《荀子·修身篇》之"倚魁之行"之倚魁，楊倞注"謂偏僻狂怪之行"，亦即《大戴禮·官人篇》"畸鬼者不仁"之畸鬼。《詩·大雅·民勞》"無縱詭隨，以謹繾綣"。《毛傳》"繾綣反覆也"。（詭隨亦叠韵之變）《漢書·趙充國傳》"召先零諸豪三十餘人，以尤桀黠，皆斬之"。諸虔、儇、倢、鬼、黠、倚魁、畸鬼、繾綣，（詭隨）桀黠等與滑稽皆聲近義通之詞。依此例而通之，則會稽、會計、估計、詭計、鬼繫，劇數數不能終其物。人身腰旁之骨曰髁、曰髖，按髀骨曰髀臋骨、曰髖、或曰堅骨、曰機關，皆取其圜轉縱捨之義。所以司一身之伸屈者（沈肜釋骨云腰髁骨旁臨兩股者，曰堅骨、曰大骨、曰髂，一身之伸屈司焉），故通曰機關，關之旁曰髀樞，亦曰樞機者，髀骨入樞者也。在髁以上者曰髀骨，曰股骨，其直者曰楗，其斜上俠髖者則所謂機也。曰髁、堅、髂、髖，皆指腰下各圜轉圓滑之骨，而總名之曰機關，或曰機。皆與滑稽同音，以其同爲圜轉縱捨之物，立名取義，皆自相同，故音亦同也。其所用單詞在牙音，複詞皆與滑稽合。《莊子·齊物》"其發若機栝"，機栝亦滑稽之倒言也。機本指弩牙，栝指箭末，張弩發矢以栝入機，機動即發。引申之則言行隨時圜轉者曰機栝，義與滑稽同。又《莊子·天地》"有機械者，必有機事，有機事者，必有機心"，機械指巧利之器，引申之則喻人之巧詐亦曰機械。《淮南·本經訓》"故機械詐譌，莫藏于心"，人以機詐相處者曰狡獪。《説文》"獪狡獪也"，本以言犬之巧黠者。漢以後借以言人，尚爲今恒言。狡獪即狡猾，《左傳》昭二十二年"無助狡猾"，《方言》"小兒多詐，謂之狡猾"，後世或言詭譎。詭譎、詭詐聲皆相同。又凡圜轉巧利之物，多用見溪諸字，如果、如瓜、如栝、如車、如骨、如機、如巧，如髁，程瑤田《果贏轉語》考言之詳矣。凡圜轉必巧利，人之黠譎詭詐者似之。故單言之則曰虔、儇、倢、譎；合言之則曰鬼黠、狡獪、詭譎、桀黠、繾綣、詭詐、滑（骨）稽；倒言之則曰畸鬼、倚魁、狂怪（亦如機械、機關、機栝等等）；叠韻之變則爲詭隨；語尾收複輔音，則曰果贏、瓜樓、枯髏、車輪、骨骼。漢語正反兩義，往往同音，其在單詞，歷世多已言之，其在複詞，如滑稽之反爲骨齡、骨硬、耿介、耿光、果敢、果決、愨切，（今俗作確切）乃至規矩、倔強等，劇數之不能終其物。漢語語源，餘杭章先生《文始》論單音者，詳且盡，而複音詞則論者甚少。郝懿行《爾雅義疏》發明殊少，王念孫《廣雅疏證》稍具規律，而限于體制，未能暢發。有待于吾人之研討者正多，姑借此以發一例，以與世之好此者共論之。然細繹戰國以來滑稽一詞，只見於屈賦及莊子兩用之，北土無聞焉。又證以《方言》一"虔儇慧也，南楚謂之倢……趙魏之間謂之黠，或謂之鬼"，則此言，古中原江漢故地方言，非齊魯縉紳之士之莊語，此又吾人之所當知。

至滑稽之作恢諧解者，別詳。

磈硊

《招隱士》"嶺岑碕礒兮，硱磳磈硊"。王逸注"崔嵬嶘嶙"。洪補"磈於鬼切，硊魚毀切，竝石貌"。按《廣韻》七尾"磈硊石山貌"。又"危也"。竝見S. 2055、P. 2011及《内府本王仁煦切韻》七尾磈紐，四紙硊紐下（P. 2011韻尾殘損）。作石山貌，或石貌，兩解危也，一訓無之。洪所用兩切皆見各書。磈硊亦叠韻聯綿詞，初無正字，漢以後依聲製文，人任己私，不能一一料理也。聲轉則爲嵬嶷，《吳都賦》"其山澤則嵬嶷嶤巟"。逵注"高大貌"。濟注"山高險之貌"。

魁堆

《九歎・遠逝》"陵魁堆以蔽視兮"。王逸注"魁堆高貌"。"魁一作
觖"。按魁堆即崔巍疊韻之變，亦即《莊子・山林》之"畏佳"，同一語
根，皆山高峻之貌。又董仲舒《山川頌》"山則巃嵸嵬雄"，《山林賦》
"摧萎崐崎"，《甘泉賦》"摧嶉而成觀"，皆音近義同。

魁摧

《哀時命》"孰魁摧之可久兮"。王逸注云"言己爲諛佞所譖，被過
魁摧，不可久止，願退我身，處於貧窮而已"。按孫詒讓《札迻》卷十
二《哀時命》第十四云"案魁摧義未詳。竊疑當作魁堆，摧堆形近而
誤"。《九歎・遠游》"陵魁堆以蔽視兮，雲冥冥而闇前"。注云"魁堆高
貌"。此亦高危，不可久處，故欲退身而窮處也。《莊子・齊物論》篇云"小
林之畏崔"，本作嵬，李頤云"畏佳，山阜貌"。魁堆，畏佳，聲義同也。

魁壘

《九思》"年齡盡兮命迫促，魁壘擠摧兮常困辱"。舊注"魁壘促迫
也，擠摧折屈也"。"壘一作纍"。洪興祖《補注》云"魁苦罪切，壘纍
竝音磊，魁壘盤結也"。按魁壘一詞，始見于漢，而義則兩歧，一爲磊
砢之轉語，訓魁壯，《漢書・鮑宣傳》所謂"朝臣亡有大儒，骨鯁白首
耆艾，魁壘之士"是也。其一則爲迫促盤結之義，如《章句》與洪慶善
所説。此二者是否由同一語根轉成，不可得知。然盤結迫促一義，疑魂
磊、魁瘣（見《爾雅・釋木》及郭注），磈魂碨（見《江賦》），磈硱
（見《玉篇》石部）諸詞同一根源。凡此諸語，皆有不平與盤結之義。
此與吾西土之高山崑崙其語根必有同源共貫一脈相承之義無疑。《爾

雅·釋丘》“三成爲崑崙丘”，古只作昆侖，郭云：崐崘上三重，故以爲
名，疏釋曰“崑崙山記云崐崘山，一名崐丘，三重……凡丘之形三重
者，因取此名云耳”，則昆侖謂其山之又重也，則凡盤結不平之物皆得
曰昆侖。則魁壘一詞，當源於此，與律魁之倒言，必爲一源也。又《顏
氏家訓·書證篇》有傀儡子一名，乃木偶戲之一種，大略爲一種禿頭人
之滑稽戲。調稱禿人曰傀儡。今世俗語尚言人禿頭曰光郎頭，光郎亦傀
儡一語之變也。又《風俗通》“有魁檑樂，其乃東晋末風習，時京師賓
婚嘉會皆作魁檑……魁檑喪家之樂”云云。此種喪樂，其内容如何不可
知。以禿者爲調戲，而音樂以合之，則與顏黄門説同矣。叔師用此詞以
狀困辱，所本者或雖不可知，而必不爲鮑宣之所用，則可知。故其義應
別具根源，不得與魁壯相牽涉也。字又作魁礨，《漢書·司馬相如傳·
上林賦》“水玉磊砢”。郭璞注“磊砢魁礨貌也”。聲轉爲崣嵔，《上林
賦》“丘虛崣嵔”。《史記正義》“堆壘不平貌”。又作崣礨，亦見《大人
賦》。

碕礒

《招隱士》“嶔岑碕礒兮，硱磳磈硊”。王逸注“山阜峨峨”。碕礒，
一作崎嶬。洪興祖《補注》云“碕音綺，礒音蟻，又音錡。碕礒石貌，
崎嶬山形”。按《文選》六臣注“碕綺礒蟻”。按碕字有三訓，在支韻
者，訓曲岸，與石橋，音渠羈切，在微韻，訓曲岸，則字作崎，音渠希
切，與礒連文者，訓石貌。自 S. 2055、P. 2011、《内府本王仁煦切韻》
下至《廣韻》皆音墟彼切，無例外。礒則只紙韻一收，諸《切韻》殘卷
與《廣韻》皆讀魚倚切，亦皆與碕連文，無例外。則叔師山阜峨峨一
訓，自是崎嶬一詞本訓。字或又作崎碕、崎嶬。見《玉篇》石部碕下引
《招隱士》“嶔崖崎碕”，《魯靈光殿賦》“上崎嶬而重注”，如此則當讀
渠希切，支微兩韻最近。古通用至繁，則碕礒亦疊韻聯綿詞也。聯綿詞
遂有兩字分訓，或訓詁字書之者，而大要以聲爲主，故不能切指一字一

義。古支歌合韻，故碕礒亦即嵯峨也。《招隱士》亦云"山氣巃嵸兮石嵯峨"。詳嵯峨條下。又厜㕒、崔嵬、崒危、嵽嵲、岑崟、巑岏皆聲近義通之詞，別詳諸條下。

騆跳

《九辯》"當世豈無騏驥兮，誠莫之能善御；見執轡者非其人，故騆跳而遠去"。(《七諫·謬諫》亦有此四語，"誠莫之能善御"句作"誠無王良之善御"，則東方蓋本此篇也)。《九辯》王逸注"被髮爲奴，走橫奔也"。"一作駒跳，一作駒駣"。五臣云"言見君非好善之主，故賢才皆避而遠去"。洪興祖《補注》云"馬立不常謂之騆，音局，一本駒，亦音衢六切。《釋文》跳徒聊切，躍也。駣徒浩切，馬三歲名"。朱熹注云"言彼賢才見君之不能用，故寧遠引而去也"。按騆跳，一作駒跳，《七諫·謬諫》亦作駒跳，一作駒駣，皆非也。上文言騏驥，此不得更出駒，若跳作駣，駒駣爲名詞，則句法中不得有而字。故朱熹仍以駒跳爲正，然洪、朱又訓馬立不常爲踊，亦未允。騆當即踊之誤，而踊又踊之繁衍字，因上文有騏驥等字，寫者誤踊爲騆也。別詳駒跳一條下。踊跳即局曲而跳，謂不伸舒而跳躍以遠去也。至馬立不常之訓，則洪、朱皆以駒爲正字矣。

駒跳

《七諫》"故駒跳而遠去"。王逸注"已解。見《九辯》"。按駒跳當爲跔跳之誤，別詳騆跳一條下。駒乃跔之譌。《戰國策》"跿跔科頭"，注"偏舉一足曰跿跔"。《史記·張儀傳》注"跳躍也"。跔或作踊，凡從句之字，或又從局，兩字正解，一作天寒足跔，一作蹻踊不伸。《集韵》又收趵字，皆音踽，訓行貌。實則趵亦跔也，皆後世訓詁家依經傳分別立訓也。然跔兼跳躍之訓，與跔字本訓無關，跔跳連文，自以跳躍之訓爲確。字又變作距跳，見《九思》。別詳。

距跳

《九思》"踴躍兮距跳"。舊注"以泄憤懣也"。洪興祖《補注》云"跳徒招切"。按《九辯》"故踂跳而遠去"，又《七諫》"故跔跳而遠去"，義與此距跳同，皆謂跳躍也。音變爲距躍。《左傳》僖二十八年"距躍三百"。杜注"超越也"。疏云"距地而前跳，而越過物也"。《儀禮·鄉射禮》"距隨長武"。注"始前足至東頭爲距，後足來合而南面爲隨"。距本雞距，而《儀禮》、《左傳》皆以爲活用，蓋以足趾爲動點而跳躍曰距躍。叔師之距跳，蓋即本之此義也。

躊躇

《九辯》"蹇淹留而躊躇"。王逸注"久處無成，卒放棄也"。洪補曰"躊躇進退貌"。《七諫·怨世》"驥躊躇於弊輂兮"。王逸注"躊躇不行貌"。又《哀時命》"倚躊躇以淹留兮，日饑饉而絶糧"。王逸注"以一作目，言己欲躊躇久留"。又《九懷·昭世》"紆余轡兮躊躇"。王逸注"緩我馬勒，而低個也。一云情躊躇"。按躊躇一詞，《楚辭》四見，其義皆與前卻不進相應，當即踟躕一聲之轉，詳踟躕條下。《說文》無躊躇二字，有彳亍鸞箸兩詞，聲與此近。惟彳亍不成字，而其語則與二徐音彳亍二字相應。聲又轉爲躑躅，爲跱崛、爲蹢躅及在名物則爲荎藸、鼄、蟺、荎者，俱詳躑躅等條。細審古音，舌上歸舌頭，則與町疃、打橦、鼎董爲類，惟細繹躊躇一詞之使用，三見《莊子》（《田子方》"方將躊躇"、《外物》"聖人躊躇以興事"、《養生主》"爲之躊躇滿志"），北土絶不一見，則躊躇乃南楚故言，與北土之踟躕音近。先秦語音差殊之大齊，此可爲一佳證。

躑躅

　　《九思》"懷蘭英兮把瓊若，待天明兮立躑躅"。舊注"言懷蘭把若，無所施之，欲待明君，未知其時，故屏營躑躅"。"一作蹢躅"。洪興祖《補注》"上文隻、下文局切"。（按兩文字，皆丈字之誤）。按《説文・足部》"躅蹢躅也，從足蜀聲。大徐直録切"。又足部"蹢蹢躅，住足也，從足，商省聲"。（《文選・古詩十九首》注引《説文》作蹢躅，住足也。今本敓謫躅二字，從段説補）。大徐直隻切。《玉篇》音丈隻切，則躑躅即蹢躅也。《一切經音義》八引《字林》"躑躅，跓足不進也"，則躑當爲蹢之俗字，《易・姤》"羸豕蹢躅"、《釋文》"蹢直戰反，徐治益反，一本作躑，古文作踟"，是其證。古亦有作躑躅者，《荀子・禮論》"今夫大鳥獸，則失亡其羣匹，越月踰時，則必沿過故鄉，則必徘徊焉，鳴號焉，躑躅焉，踟躕焉"是也。《神女賦》亦云"奮長袖以正衽兮，立躑躅而不安"。然漢儒用之最多，疑戰國末期南楚故習。（《莊子・秋水》之蹢躅，則雜用南北字體，疑爲漢人所更動。）故北土無用之者。而蹢躅則自《易・姤》外，又見《禮記・三年問》，則北土之士用之。字又別作踟躕，見《詩・静女》之"愛而不見，搔首踟躕"。踟躕讀音與蹢躅同，則又北土之別字也。字又作蹢躑者，《易・姤》初六、《釋文》"躅本有作躑"是。又《詩・静女》之踟躕，《文選・鸚鵡賦》注引薛君《章句》云"踟躕躑躅也"。《三年》之"蹢躅踟躕"。《釋文》作"蹢躅踶躕"。《易緯是類謀》"物瑞騠驪"。《淮南・俶真訓》"是故躊躇以終，而不得須臾恬澹"。《説文》"簹簹箸也"。又《易・姤》、《釋文》引古文躅作踜，立字異而音義皆同，皆俗譌雜沓，當以蹢躅爲北土用字，躑躅爲南土用字，二者爲準。薛傳均求之《説文》，以爲其初文即彳亍二字，似是而實誤。彳亍乃行之分割，行古作𠁁，象四達之形，彳亍各表一旁，省之則一旁可明，合之則事象更顯。甲文金文中從彳之字，與從行之字多不別，許君偏旁必有義蘊音理。而未審古文省繁之例，定爲二字，以踟蹰二音説之，於古實無徵也，不可從。其聲轉之詞，則有尢踔、踸踔、沈淖，詳踸踔條下。又得轉爲惆悵，詳惆悵、周章諸條下。又得變爲次且，見《易·姤》"九三臀無膚，其行次且"。次且音讀較躑躅爲輕，故其義亦較躑躅爲弱，此亦漢詞義與音理相關之必當知之者。

踸踔

《七諫·怨世》"蓬艾親入御於床第兮，馬蘭踸踔而日加"，王逸注"馬蘭惡草也，踸踔暴長貌也，加盛也。言蓬蒿蕭艾入御房中，則馬蘭之艸踸踔暴長而茂盛也。以言佞諂見親近。則邪偽之徒踴躍而欣喜也"。洪補曰"踸勑錦切，踔勑角切，又丑角切。《説文》云'踸踔行無常貌'"。按《説文》新附足部"踸踸踔，行無常貌，從足，甚聲"。鄭珍曰"按踸踔，見《莊子·秋水篇》，以狀夔之行，《廣雅》及《海賦》作跂踔，《莊子》、《釋文》作跰踔，踸、跂、跰皆漢後字，古當作尢，《説文》'尢淫淫行貌'。《漢書·揚雄傳》'三軍芒然，窮尢闕與'。孟康注云'尢行也，蓋皆行不得其正'。踔《説文》訓'踶也'，踶跳也，夔以一足踶地，跛倚跳躍而行，故云以一足尢踔而行，俗加足作跂，配踔字，又改從甚、從今，踔作卓，則省借。六朝詞賦用踸踔。作行無常義，始見《廣雅》與本義略不同"。按鄭氏考字源至詳盡是也。叔師以暴長貌釋踸踔，則與六朝人以行無常義近，隨所施而有增益減損也。依先秦古音定之，則當讀爲丁敊，即《詩》"町畽鹿塲"之町畽，鹿行無常，其跡在田曰町畽，亦即丁冬的達等同聲詞，《詩》"挑兮達兮在城闕兮"。傳"挑達往來貌"。又《詩·墓門》之"顛倒思予"。《説文》"趬，趬𧾷，輕薄也"。《荀子·禮論》"蹎跌碎折"。挑達、顛倒、趬𧾷，蹎跌，皆音近義同之語，而各就所表爲釋者也。字又作沈淖，《七諫·怨世》"世沈淖而難論兮"，亦言世行亂雜無常，而難論也。參沈淖條下。又變作踟蹰、作躑躅，詳躑躅條下。

周章

《九歌》"聊翱遊兮周章"。王逸注"聊且也，周章猶周流也。言雲神居無常處，動則翱翔，周流往來，且遊戲也"。五臣云"翱遊周章，往來迅疾貌"。朱珔《文選集釋》卷十九曰"案五臣注周章往來迅疾也，又注《吳都賦》'周章夷猶'云'恐懼不知所之也'。注《魯靈光殿賦》云'顧盼周章驚視也'，王氏《學林》曰'周章者，周旋舒緩之意'。蓋《九歌》有翱翔字，《吳都賦》有夷猶字，《魯靈光殿賦》有顧盼字，皆與周章字相屬，亦優游不迫之貌。《前漢·武帝紀》'元狩二年南越獻馴象'，應劭注'馴者教能拜起周章，從人意也'。所謂拜起周章者，其舉止進退皆喻人意，而不怖亂也。而五臣反以爲迅疾、恐懼、驚視，誤矣。余謂周章，乃不定之意，觀此處王注，可知。《吳都賦》劉注'周章謂章皇周流也'。《羽獵賦》'章皇周流'，李善注'章皇猶傍偟也'。劉又引《楚辭·湘君篇》'君不行兮夷猶'，王注'夷猶猶豫也'。《太冲賦》正言獵事故曰輕禽狡獸，周章夷猶，'狼跋乎紘中'，更何得云舒緩。下文'魂褫氣懾'，即五臣恐懼之義，不知所之者，言其傍偟無定也。《靈光殿賦》'俯仰顧盼，東西周章'，蓋極狀殿之宏麗，上下左右驚視無定也。五臣語無不合，惟馴象拜起周章，似與舒緩義稍近，然亦言其或拜或起周旋進退，在在若解人意，原不指一事，但非恐懼、驚視，此則各隨文釋之。要其爲不定之意，固略同，王氏說殊未的"。又云"又案周章與儻張二字，音竝同。《爾雅·釋訓》'儻張誑也'，《尚書·無逸》'儻張爲幻'，蓋亦眩惑無定之意。儻張一作倘張，倘一作倜，又作輖，張本書《劉越石答盧諶詩序》'自頃輖張'，注云'輖張驚懼之貌也'，此與五臣釋周章爲恐懼、爲驚視相合，則知其以同聲義得通矣"，按朱氏駁王觀國説及自説皆是也。惟周章一詞，先秦惟南楚用之，實與惆悵、怊悵等爲音同義近之詞，北土則用踟躕、籧篨，《尚書》用儻張，《詩·陳風》、《毛傳》用倘張，皆字異而音同（儻張爲古文，倘張則今文也。

詳王先謙《孔傳參正》）。字又作輈、作舟、作侜（作輈者，見《後漢書·皇后紀》，作舟者，見《尚書大傳》，作侜者，見揚雄《國三老箴》，皆詳王氏書），此中有一極可注意之事，則侜、怊、惆三字，先秦皆可獨用，惆、怊各詳怊悵、惆悵兩條下。侜字則見《詩·陳風·防有鵲巢》"誰侜予美"，傳"侜張誑也"。而張字無用作誑亂者，則張乃語尾，參惆悵條下辵字一節可知。故南土音變爲周章，章亦無義，至戰國而有悵字，於是周字增心旁爲惆，又或簡化爲怊，周、舟古多通用，則南楚周章、惆悵，即北土之侜張、譸張。本一語之衍，而用字各依方習，遂使詞以字增，此漢語發展之一例也。

惆悵

《九辯》"羈旅兮而無友生，惆悵兮而私自憐"。王逸注"後黨失輩惆愁毒也，竊内念己，自憫傷也"。五臣云"惆悵悲哀也"。《九辯》"春秋逴逴而日高兮，然惆悵而自悲"。王逸注"功名不立，自矜哀也"。《九懷·通路》"陰憂兮感余，惆悵兮自憐"。王逸注"悵然失志，嗟厥命也"。《九懷·陶壅》"覽杳杳兮世惟，余惆悵兮何歸"。王逸注"罔然失志，無所依也"。《九思·怨上》"蟲豸兮夾余，惆悵兮自悲"。舊注"言己獨處山野，與眾蟲爲伍，心悲感也"。按《説文》"惆悵失志也"。（從《一切經音義》卷一、卷三引《玉篇》亦云"惆悵悲愁"。）大徐敕鳩切，又"悵望、恨也"，大徐丑亮切。按惆悵本聯綿詞，古書亦有單用者，《荀子·禮論》"惆然不嗛"是也，楊倞注"惆然悵也"，則聯綿詞製專字，已在戰國之時矣。其語根蓋甚早，惟徧考群書，惆悵一詞，先秦典籍只南楚之士用之，北土未嘗一見。就語音論，其即《詩》之"踟躕"歟。踟躕即《説文》之"篨箸"，《淮南·俶真訓》"是故躊躇以終，而不得須臾恬澹"，言失志以終，不得逍遥恬惔也。踟躕、篨箸、躊躇，皆音同義近之語，其語根當即《説文》之辵字，訓"乍行乍止"，及"行止不可"之意。讀若《春秋公羊傳》"辵階而走"，音丑略切。言心理狀態者，則別爲惆字，俗又簡化爲怊（詳怊悵條下）。故先秦典籍，尚有單用怊、用惆者，音衍則爲踟躕、躊躇、惆悵。漢人雜用踟躕、惆悵，意稍別輕重。惆悵言失志（又見《蒼頡篇》）。言懊惱（見慧琳《一切經音義》四，引郭璞注），言悲愁（見《玉篇》），亦以時而有增損。《楚辭》凡五見，皆與悲憐等字句合用，義較失志爲重，故叔師訓愁毒矜哀、悲感，隨所在而異云。又《書·無逸》“無何譸張爲幻”，《孔傳》“譸張誑也”。譸字當作侜，或作輈、作舟、作侏，皆同音通用字。《詩·陳風·防有鵲巢》亦言“誰侜余美”，傳“侜張誑也”，此譸張、侜張，亦即惆悵，同聲異字。蓋自言曰惆悵、周章；使人周章，則曰侜張、譸張，自動他動之變，而各爲專字專義，而語根則爲一字。音衍而爲踟躕、籧篨，其跡顯然，然徧徵古籍，則北土用譸張、侜張、踟躕，南土用周章（參周章條下）。其使用之跡，固亦同歷然如在也。別詳余《詩騷聯綿字考》侜張條下。

怊悵

《九辯》“心搖悅而目矞兮，然怊悵而無冀”。王逸注“內無所恃，失本義也”。洪補云“怊音超”。《七諫》“卒撫情以寂寞兮，然怊悵而自悲”。王逸注“怊悵恨貌也。言己終撫我情，寂寞不言，然怊悵自恨，心悲毒也”。《九歎》“心怊悵以永思兮，意晻晻而日頹”。王逸注“言己將至於海，心中怊悵而長思”。《楚辭》言怊悵凡三見，意皆相同。怊悵即惆悵一聲之轉也，《七諫》之“怊悵自悲”，即《九辯》之“惆悵兮而私自憐”，及“然惆悵而自悲”也。詳惆悵條下。細考怊悵及惆悵兩詞，先秦人士使用只限於南土諸士（又《高唐賦》“怊悵自失”），且僅見於屈宋賦中，則此兩詞乃南楚恒語。《莊子》用“怊乎”，見《天地篇》“怊乎若嬰兒之失其母”，《荀子》用“惆然”，見《禮論篇》“惆然不嗛”，楊倞注“惆然悵然也”。北人無用之者，考其語音，蓋與《詩經》所用之躊躇、踟躕，音同義近，別詳踟躕、周章諸條下。怊字《説文》不載，《新附》云“悲也，敕宵切”。但《説文》有惆字，訓失意，即悲之義也。則怊與惆蓋同字（《莊子·天地篇》“怊若嬰兒之失其母”。《釋文》引徐音尺遥反，則音亦同，當爲漢人簡體字之一）。鄭氏《新附考》云“《莊子·徐無鬼》‘武侯超然不對’，《釋文》引司馬云‘超然猶悵然也’”。蓋本借作超，俗乃改怊。

慫悵

《九思·逢尤》“慫悵立兮涕滂沱”。舊注“憂悴而涕流也”。“慫一作贛，一作惆，一作怊”。洪《補注》云“慫丑紅切，贛音同，視不明也，一曰直視”。按舊注以憂悴釋慫悵。慫，《説文·心部》“愚也”。《周禮·司刺》“三赦曰慫愚”，注云“慫愚生而癡騃童昏者”，無憂悴義。當從一本作惆，慫、惆雙聲而誤。惆悵故曰憂悴。詳惆悵條下。一本作贛者，又同音之誤，皆不可從。

啁哳

《九辯》“鵾雞啁哳而悲鳴”。洪補曰“啁哳聲繁細貌，上竹交，下涉轄切”。按《説文》“啁啁嘐也”。啁即後世嘲字，本戲謔之義，此則借聲字，與哳結合爲雙聲聯綿詞，猶後世言嘈雜矣。馬融《長笛賦》“啾咋嘈碎”，嘈碎即今言嘈雜矣。啁哳、嘈碎，皆雙聲聯綿詞，而作嘈雜，則以訓詁字易之者也。《玉篇》“嘈聲也”。《廣韻》“喧也”。

周流

《離騷》“及余飾之方壯兮，周流觀乎上下”。王逸注“周流四方，觀君臣之賢欲往就之也”。朱熹《集注》“周流上下，即靈氛所謂遠遊，巫咸所謂上下也”。又《九歎·遠遊》“周流覽於四海兮，志升降以高馳"。又同篇"朔高風以低佪兮，覽周流於朔方"。此三周流皆與觀覽字相結合，成三字雙重動詞，義重在目觀，而不重在行遊，故用周流原義訓之爲當。此與《九懷·危俊》之"遺光耀兮周流"，及《九歎·遠逝》之"波淫淫而周流兮，鴻溶溢而滔蕩"，兩周流之言光波水波者，必須依原義解周流，不得言游同其作用，此其一。《天問》"穆王巧梅，夫何爲周流"，此指周穆王巡行天下，周遊四方一事。此周流當訓爲周游，乃爲達詁。《九章·悲回風》"寤從容以周流兮，聊逍遥以自恃"，此周流亦周游之意也，因之《遠遊》之"周流六漠，上至列缺兮"，《九歎·思古》"聊浮游於山陜兮，步周流於江畔"，《九思·疾世》"遵河皋兮周流，路變易兮時乖"，諸周流義皆當作周遊解。凡此等處，必與行、步、遵、至等行路有關之詞相連，與第一義之與觀、覽相連實成對比。其中有一例與上二例略有出入，《離騷》"覽相觀于四極兮，周流乎天余乃下"，單從下句五義，則與第二義近，結合上句覽、相、觀，則與第一義近，此自作者遣詞立義靈活之處，在解者之斟酌至當而釋之。

嬋連

《九歎·逢紛》"余肇祖於高陽兮，惟楚懷之嬋連"。王逸注"嬋連族親也。言屈原與懷王俱顓頊之孫，有嬋連之族親，恩深而義篤也"。"嬋一作嬋"。洪興祖《補注》"嬋連猶牽連也"。按叔師釋嬋連爲族親者就其事實立言，非詁詞義也。洪以牽連釋之明詞義也。《説文》無嬋字。王筠曰"嬋者嬗字隸書，猶嬗讓之借禪也"。按《説文·女部》"嬗緩也。從女，亶聲，一曰傳也"，則嬋連猶言相傳而連之也。此叠韻聯語之專字定之者，其事蓋起於漢儒。字又作蟬連，《玉篇》虫部"蟬蜩也，以旁鳴者，蟬連系統之言也"。字又作蟬聯，《史記·陳杞世家》。《索隱述贊》"蟬聯血食"，《文選·吳都賦》"布濩皋漢，蟬聯陵丘"，李善注"蟬聯不絶貌"。聲轉爲蟬嫣，揚雄《反騷》"有周氏之蟬嫣兮，或鼻祖於汾隅"，應劭曰"蟬嫣連也。言周氏親連也"，與《九歎》"惟懷王之婵連”義同。又轉爲婵媛。詳婵媛條下。

動容

《九章·抽思》“悲秋風之動容兮，何回極之浮浮”。王逸注“風爲政令，動搖也。言風起而草木之類動搖，君令下而百姓之化行也”。洪補曰“《九辯》曰‘悲哉秋之爲氣也，蕭瑟兮艸木搖落而變衰’，意與此同”。朱熹注“悲下有一夫字，秋風動容，謂秋風起而草木變色也”。按諸家説動容皆非，朱熹就叔師義而更刻畫之，皆增字釋經，爲最不宜。洪引《九辯》以比其義，雖好學深思，而此篇下文云“何回極之浮浮”，與此句實爲一義。回極浮浮，言秋風回旋至乎其極，浮浮不定也，則與《九辯》相距至遠。按容非容貌之容，乃榕之借字。《説文》“榕動榕也”。段注“動榕漢時語”。（按段説似是而非，當云動容漢時人用字，因其語已見于屈原、孟子書中也，詳後。）《廣雅》曰“榕動也”。《繫傳》引《淮南子》“動榕無形之域”。古或借容爲之。《廣雅·釋詁》“容舉動也”，《孟子·盡心下》“動容周旋中禮者，盛德之至也”，即借容爲之。動容猶今言動搖。然中國字義根於語根，語根同族者，以詞性別爲諸詞。動搖云者，指其云謂之義，其在稱名則曰童容；其在形頌，則曰冲融，諸此詞性，又展轉相依。吾人訓釋宜爲融貫。即如秋風動容之句，雖爲動詞而義兼疏狀。不僅以動搖解之，雖已勝舊注，而探賾文心，則尤未也。動容又有籠蓋深廣之義，動榕亦謂其動搖之彌漫，如爲所籠蓋者然。比合而現，則秋風動容，猶言秋風冲融爾。試更即此以求之，則自形容秋風，轉爲秋風之專名。即《九歌·河伯》“衝風起兮”之衝風。王注衝風爲隧風，《詩·桑柔》“大風有隧”。傳“隧道也”。道者，謂風來如有道，然亦即童容之義。則悲秋風之動容者，猶《涉江》之“欸秋終之隊風”矣（原作“欸秋冬之緒風”）。字又作動溶，《淮南·俶真訓》“若夫真人，則動溶於至虛”。《韓非·揚確》“動之溶之，無爲而改之”。

惝怳

《遠遊》"步徙倚而遙思兮，怊惝怳而乖懷"。王逸注"惆悵失望，志乖錯也"。洪補云"惝昌兩切，怳詡往切。驚貌"。《遠遊》"聽惝怳而無聞"。王逸注"窈無聲也"。洪興祖《補注》"師古曰：惝怳耳不諦也"。《玉篇》心部"惝惝怳失志不說之貌"。《文選·謝朓郡內登望詩》銑注"懨怳神不安"，五臣本惝作懨也。《說文》無惝字，怳訓"悉貌"，與此異。此聯綿詞不必分釋。《哀時命》"悵惝罔以永思兮"，《風俗通·怪神》"家見漢，直謂其鬼也。惝惘良久"，《史記·司馬相如大人賦》"聽惝恍而無聞"（恍即怳之別構，《漢書》作惝怳可證），《史記·司馬相如難蜀父老》"敞罔靡徒"，《九思》"悵敞罔兮自憐"，《漢書·外戚傳》"寖淫敞克"，皆與惝怳字異而音義皆同。別詳敞罔、惝罔諸條下。《楚辭》凡兩見，"惝怳無聞"乃其引申義。按此詞不見先秦他典籍，疑亦楚方言。聲轉則爲惖罔，見《九思》"走惖罔兮乍東西"，漢人舌頭音已分出別讀舌上音也。又轉爲懭慌，怳、慌雙聲同韻，懭亦舌上之變。見《九歎》"心懭慌"及"耳懭慌"。別詳兩條下。疊韵之變則爲倘佯，倘佯訓游戲，與惝怳訓失意義相反。此同音詞而有反義之一例，亦漢語之一規律也。

惝罔

《哀時命》"悵惝罔目永思兮，心紆軫而增傷"。王逸注"言己含憂彷徉，意中悵然惝罔長思"。洪興祖《補注》曰"惝昌掌切，驚貌"。按《遠遊》"怊惝怳而乖懷"，注"惆悵失望"，句法與此相同，惝罔即惝怳也。詳惝怳條下。字又作惝惘，又作懨惘，轉爲敞罔、爲惖罔、惝恍、懨怳、懭慌，竝漢人異文。漢人又多言悵惘。竝詳各條下。

㟃罔

《九思·逢尤》"走㟃罔兮乍東西"。舊注"動觸詣毀，東西趣走"。"一作㟃垱，一作暢垱，一本云垱敞，音又主尚切"。洪補云"《集韵》有垱敞尚二音，距也，躡也，有垱音餉，正也"。按㟃罔即悵惘之音借，《九辯》"愴怳懭浪兮"。王注"中情悵惘"，字又作惝惘，《哀時命》"悵惝罔以永命兮"。注"意中悵然，惝罔長思"。字又作惝怳，《遠遊》"怊惝怳而乖懷"。又"聽惝怳而無聞"。字或作敞罔、惝恍、敞罔，詳敞罔、惝罔、惝怳、悵惘諸條下。其作㟃垱、暢垱，皆訛亂不可料理之字。"走㟃罔兮乍東西"者，惝怳而乍東乍西，東西即指惝怳之狀也。

敞罔

《九思·守志》"志稸積兮未通，悵敞罔兮自憐"。舊注"言陞仙之事，迫而不通，故使志不展而自傷也"。按上文言隨真兮翱翔，食元氣兮長存，故舊注申明句義，陞仙不通，使志不展，以不展，明敞罔之意也。《史記·司馬相如難蜀父老》之"敞罔失志貌"。按敞罔即悵惘之音借，悵惘者漢人特爲正字，而敞罔、惝惘、惝罔、㟃罔，皆音同義同。屈賦則作惝怳，蓋皆一聲之轉，別詳惝怳、㟃罔、悵惘諸條下。

偉遑

《九思·逢尤》"遽偉遑兮驅林澤，步屏營兮行丘阿"。舊注"偉一作章，一作憧，一作慻"。洪興祖《補注》"《集韵》徫徨行不正"。按《説文》無偉遑字，此叠韵聯綿詞，其最省略之字爲章皇。《漢書·揚雄羽獵賦》"章皇周流，出入日月"。《文選》李善注"章皇猶彷徨也"。《楚辭·遠遊》序"上爲讒佞所譖毀，下爲俗人所困極，章皇山澤，無所告訴"，則叔師亦用章皇也。字又作偉偟，《吳越春秋》"夫差内侍臣，聞章者戰不勝，敗走，偉偟也"。偉、偟、遑皆後起字。聲轉爲方皇，即仿偟、彷徨、方皇，見《荀子·禮論》"於是其中焉，方皇周挾曲得其次序"。（《史記·禮書》作"房皇周挾"）。詳彷徨條下。然彷徨乃先秦人語，而章皇則始用於漢人，則漢人語也。魏晉人則用栖遑、棲遑、悽惶、栖惶、栖皇等，猶唐以後用倉皇、倉惶或蒼黄也。

曭莽

《遠遊》"晻曖曃其曭莽兮"。王逸注"日月晻黮而無光也"。"曖曃一作晻曀，一作黤黮"。按《説文》"曭不鮮也，從黑尚聲"。大徐"多朗切"。《繫傳》"臣鍇曰莽曭然"。按從黑故訓不鮮，此字之本義，古籍多借爲鄉鄙字，遂增日旁以明之，故曭即曭後起字。莽字當爲語尾，古收複輔音之聯綿字，下一字多爲上一字音尾之延續，故曭莽實曭收鼻音之引長耳。曭古音當入侵覃部。莽字無義，以疊韵之雙鼻音而增者。字入陽韵，乃收睸字，訓曭睸爲不明，實漢以後俗書也。日無光曰曭莽，人目無精，視物不明，則曰曭眄。《後漢書·梁冀傳》"冀爲人鳶肩豺目，無精曭眄"。《説文·目部》"曭目無精，直視也，從目，曭聲，他朗切"字又作曭睸，《廣韵》三十七蕩"曭曭睸目無精"。眄、睸皆音尾，皆世俗新增字。聲又變爲曭朗，慧琳《一切經音義》曭朗下云"涮朗反，《古今正字》曭莽不明貌也。從目曭聲"。

悇憛

《七諫·謬諫》"心悇憛而煩冤兮"。王逸注"悇憛憂愁貌也"。洪補云"悇他胡切，憛他闇切。一曰禍福未定"。按《後漢書·馮衍顯志賦》"竝日夜而幽思兮，終悇憛而洞疑"。注《廣蒼》云"悇憛禍福未定也。悇音它乎反，憛音它紺反，本或作悇憏，悇音丑加反，憏音丑制反。未定也"。舌上歸舌頭，則恀憯亦讀如它加、它制二音矣。《廣雅·釋訓》"恀憯懷憂也"。

按《書·仲虺之誥》"有夏昏德，民墜塗炭"。《偽孔傳》以爲"民之危險，如陷泥墜火"云云，恐非。塗與炭不盡爲危險也，而趙岐《孟子》注又以爲塗泥炭墨其失皆均也。此塗炭即涂憯，雙聲一義也。亦憂愁之意。

陶遨

《九思·守志》"攄羽翮兮超俗，游陶遨兮養神"。舊注"陶遨心無所繫"。按陶遨即陶樂游遨之義，義近複合詞之由疊韵聯綿詞轉成者也。陶讀爲《王風·君子陽陽》之"君子陶陶"之陶，傳"陶陶和樂貌"。《釋文》"陶音遥，和樂貌"。《檀弓》"人喜則斯陶"。《廣雅》、《方言》皆曰"陶樂也"。按此皆當從《釋文》讀遥，古陶繇同音通用，皋陶即皋繇，可證。《爾雅·釋詁》"繇喜也"。繇與傜同聲。《說文》"傜喜也"。大徐余招切。又口部"嗂喜也"。傜嗂蓋一字異文。繇則同聲借用字，遨字《說文》無之，當即敖，《說文·出部》"敖遊也"。從出從放，經典相承作遨，乃漢人新益字也。是陶遨，即《詩·齊風》"齊子遊敖"之游敖。遊敖猶敖游也。《釋名》"游翱敖也，言敖遊也，翔祥猶彷徉也"，是敖游與翱翔同義，而聲亦相轉，音變爲"遊娛"、"遊晏"、"遊豫"、"遊燕"，皆源斿一聲。而以各各不同之訓詁字書之。皆漢以後文士所增益。

訑謾

《九章·惜往日》"或忠信而死節兮，或訑謾而不疑"。王逸注"張儀詐欺，不能誅也"。"訑一作詑"。洪興祖《補注》"訑謾皆欺也。上音移，下謨官切"。朱熹《集注》"詑一作施，音移，謾謨官切"。按《說文》"詑沇州謂欺曰詑。從言它聲。大徐託何切"。《戰國策》"寡人甚不喜詑者言也"。漢人往往誤以從它之字與從也之字相混亂，此作訑者，漢人俗字，正當作詑。洪、朱同音移者，即襲俗而譌也。按《孟子》"人將曰訑訑"，趙岐注"訑訑自足其智，不嗜善言之貌"。孫奭《音義》引丁公著云"字作訑者，音怡訑訑自足其智，不嗜善言之貌。今諸本皆作訑，即不合注意。當借讀爲訑，音怡，同"。爲洪朱所本。《孟子》古本當作詑，今作訑者，亦俗譌也。謾者《説文》"欺也"。《方言》一"虔儇慧也。秦謂之謾"，則詑謾乃義近複合詞。又作謾訑，《方言》"秦謂之謾"，郭注"謾訑也"。《淮南·説山訓》"媒但者非學謾訑"。《説文·逸》字注云"謾訑善逃也"。又《史記·龜策傳》"人或忠信而不如誕謾"。誕謾與訑謾一聲之轉也。倒言之則曰謾誕。《韓詩外傳》"謾誕者趨禍之路"是也。或曰眠娗，詳眠睼條下。字亦作謵誕，郭注"託蘭、莫蘭二切。欺謾之語也。楚郢以南，東揚之郊通語也"。

踢達

《九思》"御者迷兮失軌，遂踢達兮邪造"。舊注"流星雖甚，猶不得道，踢達誤過也"。"邪一作袤"。洪補云"踢音惕，達他達切，一音跌。跌踢行不正貌。林云踢徒郎、大浪二切"。按踢達即《説文》之踢跌，足部"踢，踢跌也"，又"跌踢也"。今字又作踼、從易。漢以後誤字。《聲類》"踢跌也"。《蒼頡篇》"踢失迹也"。《吳都賦》"魂褫氣懾，而自踢跌"。劉注曰"踢跌頓伏也"。《廣韵》"踢跌頓伏貌"。踢達雙聲聯綿詞，亦可倒言，《漢書·張衡傳·思玄賦》"爛漫靡麗，貌以迭遏"。《文選》李善注"迭過也，遏突也"。字又作跌宕，見《蜀志·簡雍傳》、《文選·恨賦》、昭明太子《陶淵明集序》皆有之。《文選》銑注"跌宕放逸也"。字又作佚蕩，見《漢書·揚雄傳》。放逸與失墜義近。指性行言曰放逸，指行動言曰失墜，其義一也。又《詩傳》"挑達往來貌"。《説文》引作"叏達"，亦踢達一聲之變也。古舌上歸舌頭，則踟躕即讀的篤，與町疃、踢達皆一聲之轉也。詳踟躕條下。要之，往來馳逐，自其善者則爲倜儻，言其惡，則曰挑達。不別善惡，則曰踢達，其根一也。

超搖

《七諫·謬諫》“心怵惕而煩冤兮，蹇超搖而無冀”。王逸注“超搖不安也。言己自念年老，心中怵惕，超搖不安，終無所冀望也”。按王注超搖爲不安，申明句義，非詁字也。搖當爲遙之借字，故超搖猶言超遠（《廣雅·釋詁》一“超遠也”。）。超與迢同字，今用迢字也。超遠見《九歌·國殤》、《九章·哀郢》及《九辯》乃《楚辭》恒言。超搖無冀，言己年老過時，無所可冀也。餘詳超遠條下。超遠即《莊子·徐無鬼》“若是者超軼絶塵，不知其所”之超軼，及《漢書·元帝紀下》“超逾羽林亭樓”，《漢書·甘延壽傳》作“超踰”，《文選·舞賦》“超逾鳥集”，《魏志·管寧傳》“聖敬日躋，超越周成”，與超搖皆同，音近義近。

担撟

《遠遊》“欲度世以忘歸兮，意恣睢目担撟”。王逸注“縱心肆志，所願高也”。“撟一作矯”。洪補云“《大人賦》云‘掉指撟以偃蹇’，《史記索隱》云‘指居桀切，撟音矯’。張揖云‘指撟隨風指靡也’。担《釋文》云“音丘列切，舉也。撟居廟切’，《史記》作撟，其字從手”。朱注“担居桀反，撟音矯，一云上立列反，下居廟反，担撟軒舉也”。按洪引一本担，作丘列切，朱音居桀反。洪又引《大人賦》“掉指撟”云云，及《史記索隱》“指居桀切”，又引張揖説，以定拮撟之義。則洪以拮當此之担，撟當此之搞，其音至異。《文選·射雉賦》“昈箱籠以揭驕”，徐注“揭驕志意肆也”。又曰“《楚辭》揭驕作桔矯”。李善注引《楚辭》“意恣睢以拮撟”，作揭作拮，音與洪朱引《釋文》丘，列切合。

若作担則不可能有此音，則担乃揭之濫蜕。而拮與桔形近，《大人賦》又誤爲拮也，則作揭作拮皆可。依李善引文則原本當作拮撟，唐人尚未誤，則其誤始於宋人矣。《射雉賦》李注"拮矯高舉也"，叔師"縱心肆志所願高也"，正與高舉説同。倒言之，則曰喬詰，《莊子·在宥》"喬詰草鷙"，《釋文》引崔云"喬詰意不平"，意不平亦矯舉之引申也。喬詰又作喬桀，"或調翰之喬桀"，爰注"喬桀俊逸也"，井上取水器曰桔皋，亦謂其矯舉而高也，亦音同義近字。桔皋又作挈皋，見《漢書·郊祀志》上"通權火"，張晏注"權火烰火也，狀若挈皋"。

邅迴

《九歎·怨思》"寧浮沉而馳騁兮，去江湘目邅迴"。王逸注"邅迴運轉也。言己不能隨俗，寧浮於沉水，馳騁而去，遂下湘江運轉而行"。《淮南·本經訓》"曲拂邅佪，以像潙涺"。注"邅迴轉流也"。慧琳《一切經音義》六十引《聲類》"移也"。按邅迴一詞，乃楚故言，字作儃佪，不作邅也。邅則先秦南北通語，《易·屯》六二所謂"屯如邅如"，《九歌》所謂"寋將邅兮壽宮"皆是。漢儒亂之，乃作邅迴，《九歎》此文是也。又作邅回見《淮南·原道訓》"邅回川谷之間"，注"邅回猶委曲也"。字又作邅佪，見《哀時命》"寋邅佪而不能行"是也。分詳儃佪、邅佪條下。竝參邅字。舌上歸舌頭，則音變作低佪。

邅佪

《哀時命》"車既弊而馬罷兮，寋邅佪而不能行"。王逸注"言己周行四方，車以弊敗，馬又罷極，寋然邅佪，不能復前，而不遇賢君也"。"佪一作迴"。按邅佪即邅回，見《淮南·原道訓》。又作邅迴，見《九歎》"下江湘目邅迴"，乃南楚故言。以字例定之，當依《九章》作儃佪。凡作邅者，皆漢人混亂之字，而義則可通者也。詳儃回一條，即邅字一條，舌上之變則爲低佪。

低佪

《楚辭》四見，一《九歌·東君》"長太息兮將上，心低佪兮顧懷"。
王逸注"言日將去扶桑，上而升天，俳佪太息，顧念其居也"。"低一作
俳，一作僮"。洪補云"低佪疑不即進貌"。二《九章·抽思》"低佪夷
猶，宿北姑兮"。王逸注"言己所以低佪猶豫宿北姑者，冀君覺寤而還
己也。低一作俳"。三《九懷·陶壅》"淹低佪兮京沴"。王逸注"且留
水側，息河洲也"。四《九歎·遠遊》"遡高風以低佪兮"。王注云"遡
高風以徘佪"。按低佪一詞，叠韻聯綿詞。《楚辭》四見皆有猶豫不進之
義，與俳佪、僮回意皆近。考先秦典籍，北土無用此詞者，則南楚故言
也。兩漢賦家人多用之，揚雄《河東賦》"泪低回而不能去"。師古注
"猶言俳佪"。又揚雄《解嘲》"犬語叫叫，大道低回"。師古注"低回
紆衍也"。《思玄賦》"依招搖攝提，以低回劉流兮"。注"低回劉流，
回轉之貌"。作低回與低佪同。字又作低佪，司馬相如《大人賦》"低佪陰
山，翔以紆曲兮"。師古曰"低佪猶俳佪也"。聲轉爲遲迴，《後漢書·
明帝紀》"光武不忍，遲迴者數歲"。猶之俳佪者數歲；音變爲超回，舌
上音由舌頭音分出，故低回變爲僮回，詳僮回條下。

超回

《九章·抽思》"超回志度，行隱進兮"。王逸注"超越也。言己動
履正直，超越回邪，志其法度"云云；朱熹云"超回隱進，亦不可曉。
"按余舊説云《抽思》自亂曰以下，以欲南歸，而道途塞艱，爲言以喻
世路險阻之義，超回上承軫石二句，言道中途艱塞，使吾之願望阻絕。
超回者謂或超或回，意謂或越過其當行之道，或回曲其當行之道，而以
志意擬度隱占而後進也（參志度、隱進二條）。此亦形容行路之難也，

即承上句蹇字而來。按此就字義綴合而爲言，於義雖亦可通，就覺牽附之甚。今謂超回即僮佪也。按超回合成一詞，除此一見外，不僅屈宋賦中未再見，即漢人諸賦，乃至漢以後歷代詞賦之中皆未見。超與他詞之複合者至多，不下三四十組，而無一與回結合，且無一與回旋、邪曲諸義結合之詞（以超字基本含義有二，一爲遠，即迢迢別構，一爲越）。故此一詞組至可疑，二則志度一詞，指心理狀態之審識調查研究而言，與遠越無可綴合之理。故此必有譌誤，今謂"超回志度行隱進兮"者，上言"輪石崴嵬塞吾願"，下又言"低佪夷猶"而"宿于北姑"，則此二語，乃言吾之心情志慮，至爲進退兩難，故行事但能隱微而進也。則超回必不能言超越回邪（以上下文義皆無絲毫回邪與超越之象也），故就上下文定之，此超回當即僮回一詞之聲借，超與僮雙聲（超字古當如召，不得讀吐氣也）。故上言蹇，下言低佪、夷猶、皆躊躇徘徊之義。且僮回一詞（或作僮佪），《九章》凡三見，曰"欲僮佪以干傺"，曰"吾且僮回以娛憂"，曰"入溆浦余僮佪"云云，皆徘徊難進之義，即此所謂"行隱進兮"者矣。餘詳僮佪條下。

僮回

《惜誓》"壽冉冉而日衰兮，固僮回而不息"。王逸注"僮回運轉也"。"僮一作遭"。按即僮回一詞之小異。詳僮佪條下。

僮佪

《楚辭》四見，三見於《九章》，皆作僮佪，一，見于《惜誓》則作僮回。其見於《九章》者，一《惜誦》"欲僮佪以干傺兮，悲重患而離尤"。王逸注"僮佪猶低佪也。言己意欲低佪，留待於君"。洪興祖《補注》"僮知然切，僮佪不進貌"。二，見於《涉江》"入溆浦余僮佪兮，迷不知吾所如"。王無注。引一本作遭迴。三，見於《思美人》"吾且僮佪以娱憂兮，觀南人之變態”。王逸注“聊且游戲，樂所志也。偆佪一作徘徊”。其作偆回者，見《惜誓》“壽冉冉而日衰兮，固偆回而不息”。王逸注“偆回運轉也”。“偆一作遭”。總四義而觀，則運轉之通語，其曰低佪、徘徊、游戲，皆引申之義也。《説文・人部》“偆偆何也”。段玉裁注云“未聞假令訓爲儋何，又不當析而厠於此（按指儋俠之下，俛仰之上言）。或當作偆回，《九章》‘欲偆佪以干僬’，又曰‘入漵浦余偆佪’，王逸注‘偆佪猶低佪也’。洪興祖曰‘偆知然切’”。按依段説，則今本《説文》誤佪爲何也，説至確。惟先秦北土典籍，絕不見偆佪一詞。《莊子・田子方》有之曰“後至者偆偆然不趨”。偆偆亦徘徊之義。則偆佪乃南楚故言，重言則曰偆偆，複言帶音尾，則曰偆佪，漢人則用遭回，見《淮南・原道訓》、《覽冥》諸篇。《九歎》亦有“下江湘以遭迴”語，詳遭佪條下。因其與行動有關，故易爲遭，其實遭則先秦南北通語，非楚故言矣。詳遭字條下。俗書誤亂，不可不察。古音舌上歸舌頭，故遭字應讀端音，即《九歌・東君》“心低回兮顧懷”之低回也。低回遲疑不進之貌，《楚辭》四見，皆此意。《九章》“偆佪”，王逸訓低回者，蓋亦以雙聲求之也。詳低佪條下。又《九章・抽思》別有“超回志度”一詞，超回亦偆佪也，超或字形之誤，或聲音之誤，皆無不可。詳超回下。

淹回

《九章・涉江》“淹回水而疑滯”。五臣云“淹留也”。按淹留本通詁，惟此不得言留。淹回猶言淵回、淵旋，即今言灣還之義。謂水回旋，故下言疑（讀爲擬）滯也。音轉則爲遭回，淹、淵、遭韵通，遭回亦迴旋也，此南土方言。即今語所謂灘之長言，灘者水中有淵旋，或以深陷之坎，或以大石所障，使水不得暢流，今大江兩岸多有之，蜀中滇人皆呼曰灘，三峽多險灘，亦其此也。北土爲高原地帶，水少淵旋，故灘遂爲南土所獨有。古語長言之則曰遭回、曰淵回，而淹回、淵回，皆以訓詁字書之者也。在貽讀回水爲一詞，意謂“淹留留于回旋之水”，説亦明快，故錄之。

佗傺

《楚辭》用佗傺六見，一見於《離騷》，四見《九章》，一見《九歎》，義皆相同。《離騷》“忳鬱邑余佗傺兮”。王逸注“佗傺失志貌，佗猶堂堂立貌也，傺住也。楚人名住曰傺”。洪補曰“佗敕加切，傺丑利切，又上敕駕切，下敕界切。《方言》云‘傺逗也，南楚謂之傺’。郭璞云‘逗即今住字’”。朱熹云“佗傺失志貌，佗猶堂堂也，又立也；傺住也，楚人語也”。《九章·惜誦》“心鬱邑余佗傺兮”。王注同。又“懷信佗傺”，王逸注“悵然住立，内結毒也”。凡佗傺二字，皆與鬱、惑、慼、憂、戚等字連而成句，則失志貌一訓，總得其情。按佗傺二字，《説文》有佗無傺，佗作侘“寄也，從人，宅聲，宅古文宅，音他各切”。音義皆不相涉，則佗乃借字也。王叔師訓猶堂堂立貌，則當爲吒字，“吒怒也”，《史記·淮陰侯傳》“項王暗噁叱咤”，《索隱》咤或作吒，叱咤發怒也，怒者失志而怒之意。聯綿詞寄義於聲，不必皆可確詁也。惟傺字《方言》七“傺眙逗也。南楚謂之傺，逗其通語也”。爲王叔師所本。則佗傺，亦南楚特有方言，非他書所具。故典籍中不見一用，而屈宋賦獨多用之。長言曰佗傺，短言曰傺（詳傺字下），逗即今住字。凡人怒不可遏，則仿偟住立，是佗傺猶仿偟徘徊不安之意，住立者，説其事，失志者，訓其義，其實一也。南楚用佗傺，北地則用踟躕，踟躕亦住立不前之義。《詩·静女》“愛而不見，搔首踟躕”。《毛傳》“志往而即行止”。《韓詩》作躊躇，亦一聲之轉也。吐氣濁聲言之曰佗傺，清聲呼之則曰周章，語氣有輕重，故表意亦別輕重。詳周章條下。

展轉

《九歎》“憂心展轉，愁怫鬱兮”。王逸注“展轉不寤貌。《詩》云

'展轉反側',言己放棄,不得竭其忠誠,心中愁悶,展轉怫鬱,不能寐也"。洪補曰"今詩作輾,臥而不周曰輾"。按一作輾轉,因轉從車而譌也。《廣雅‧釋訓》展轉反側也,此用《詩‧周南》語,以爲訓釋也。王念孫《疏證》曰"《説文》展轉合言之,則曰展轉,《周南‧關雎》篇'輾轉反側',《釋文》'輾本亦作展',展轉即反側,重言以申義耳。故《小雅‧何人斯篇》'以極反側',箋云'反側展轉也',《關雎》正義云'反側猶反覆也'"。《惜賢》言"憂心展轉,愁怫鬱兮",叔師訓展轉爲不寐者,申其義,非詁其字也。展轉反側,正言其不寐之狀,澤陂云"輾轉伏枕",即展轉不寐之義。餘參陳啟源《毛詩稽古》或馬瑞辰《傳箋通釋‧關雎篇》。按南土無言展轉者,此北土通語。子政習羣經,故不純用楚語也。

零落

《離騷》"惟草木之零落兮"。零落,王注"草曰零,木曰落"。《禮記‧王制》"草木零落",《説文》"落凡艸曰零,木曰落",王注即本此。按零落乃雙聲聯綿詞,不必分釋。零落所以狀其飄落之貌,後世以訓詁字摹其聲,落既有義,零亦有義矣。《廣雅‧釋詁》"零墮也",是也。《夏小正》"票零",傳"降也"。義亦同。

陸離

陸離一詞,《楚辭》用之極多,而皆有美好之義。有分散而美者,參差而美者,衆多委長而美者,總其形頌,皆爲美好之義。隨文訓釋,蓋聯綿字之寄義于聲者。王念孫《讀書雜志》以爲有二義,一爲參差,一爲長貌。雖已得其字義,而未結合文義體會之。《離騷》云"高余冠之岌岌兮,長余佩之陸離"。王逸注"陸離猶嵾嵯衆貌也。言己懷德不用,復高我之冠,長我之佩,尊其威儀,整其服飾,以異於衆也"。洪興祖《補注》"許慎云'陸離美好貌',顏師古云'陸離分散也'。朱熹訓陸離爲美好分散之貌。"斑陸離其上下",王注"陸離分散貌"。《九歌》"玉佩兮陸離",王注"玉佩衆多,陸離而美",是其證。《哀時命》"冠崔嵬而切雲兮,劍淋離而從橫",即《九章》"帶長鋏之陸離"也。此淋離爲參差之美。詳淋離條下。《揚雄傳》"萃縱允溶,淋離廓落",則又分散之美也。《九懷·通路》"舒余佩兮綝纚,竦余劍兮干將",即"長余佩之陸離"也。洪補"綝纚衣裳羽毛垂貌",此委長之美也。詳綝纚下。屈賦諸此美義,皆只用陸離,而漢人則細別爲綝纚矣。固漢語詞彙發展之一常例也。聲轉爲流離,見《上林賦》。又爲林離,見《大人賦》。爲綝纚、爲羅鱗,皆見《洞簫賦》。字變作琳瓃,見《東都賦》;爲琳瓃,見《説文·林部》;爲嬴鏤,見《淮南·本經訓》。今人言伶俐,亦美好之義。玉之好者曰玲瓏,鳥之美者曰流離,此類至多,不能畢備。又按此詞先秦時間只見于南楚詞人用之,北土惟鳥名流離,音與之近,他無所見,則南楚方言無疑。漢詞賦家多南人,或非南人,亦多襲用《楚辭》,故賦家亦多用之云。

淋離

《哀時命》"冠崔嵬而切雲兮,劍淋離而從橫"。王逸注"淋離長貌也,言己雖不見容,猶整飾衣服,冠則崔嵬,上摩於雲,劍則長好,文武竝盛,與衆異也"。朱熹注云"淋音林,淋離長貌也"。按淋離雙聲聯綿詞,《漢書·揚雄傳·羽獵賦》"萃縱允溶,淋離廓落",淋離亦長義,與廓落爲空大義對。字又作淋灘,見《文選·五臣本·哀時命》,字又作淋灑,《文選·洞簫賦》"被淋灑其靡靡兮",善注"不絕容"。聲轉作淋灑,慧琳《一切經音義》四十八引《三蒼》"淋灑水下淋瀝也"。淋瀝亦同聲異字。《抱朴子·外篇·君道》"甘露淋灑以霄墜"。按聯綿詞多無專字,漢儒多依聲配字,言水則從水,作淋離。《説文》"淋以水沃也,從水,林聲,一曰淋淋,山下水貌"。段注"謂山下其水也"。以言衣裳羽毛，則作綝纚。《九懷·通路》“舒佩兮綝纚”，《思玄賦》“佩綝纚以輝煌”。詳綝纚條下。皆漢師新字，其在先秦，當即《離騷》之陸離。《九懷》“舒佩綝纚”，即《離騷》“長余佩之陸離”，與《九歌》“玉佩兮陸離”，句義亦全同。則綝纚之爲陸離一矣。詳陸離條下。然陸離一音，實有兩義：一爲長貌，一爲美貌，一義轉爲留離一系，而長義，則漢人多以淋離代之，此各有專字，字離其本而音則未變也。

綝纚

《九懷》“舒佩兮綝纚，竦余劍兮干將”。王逸注“緩帶徐步，五玉鳴也”。“一本舒下有余字”。洪補曰“綝林森二音，纚力知所宜二切，衣裳毛羽垂貌”。按此雙聲聯綿詞也，應上讀林，下音力知切。洪更録森，與所宜二音者，疑不能明也。綝纚即淋灘淋灑，其音皆本于先秦之陸離。漢儒依文義，別以訓字書之，在水，則從水，作淋灑，在佩，則從糸，作綝纚也。《文選·思玄賦》“佩綝纚以輝煌”，李善注“綝音林，纚音離”是也。舊注“綝纚盛貌”，翰注“綝纚盛飾貌”，此皆用陸離一詞之衆多委長，而美盛一義也（詳陸離下）。大抵先秦南楚之方言，皆用陸離，並非專別字，而漢儒多求其本字本義，遂有綝纚、淋灘、棽麗矣。參陸離、淋離諸條自知。

潦洌

《九思》“北風兮潦洌，草木兮蒼唐”。舊注“寒節至也”。“洌一作烈”，洪興祖《補注》“潦音寮”。按潦洌與《九辯》之憭慄聲同義近。《招隱士》作憭栗，亦即漢以後之謬戾，因所施不同，而各異其文字。參憭慄、憭栗二條自知。又按《詩·豳風·七月》“二之日栗烈”，傳“栗烈寒氣也”，與此北風潦洌之義同。叔師此句，義本於三百篇，而詞則漢儒訓詁字也。即此一詞之變而論之，則栗烈一語，本先秦通語，北土用栗烈，南土用憭慄、憭恔，而漢儒更別構潦洌、繆戾、繆盭、繚戾諸異字，以各施用於相異之事物。此固漢詞發展之一例也。參憭栗、繚恔諸條自知。

繚恔

《九辯》"靚杪秋之遥夜兮，心繚恔而有哀"。王逸注"思念糾戾，腸折摧也"。"恔一作悷"。洪補云"繚音了、恔靈帝反，又音悷，又作悷。繚繳繞也，恔悲結也"。按字又作繚戾，《九歎·逢紛》"龍邛脟圈，繚戾宛轉，阻相薄兮"。注以"相薄不得順其流"釋之，義與此同。詳繚戾條下，字又作寥戾、繆盭，皆即憭慄、憭栗、潦洌等詞聲同義近之字。惟《廣韵》諸書音繆，多作靡幼反，入唇音。此至違誤，與戾盭、恔栗連文，當讀來紐，古從翏之字亦多讀來可證。諸書之勠力同心，《詛楚文》作"繆力同心"，是其的證。《秋興賦》之憀慄，即《九辯》之憭慄，其證至繁，餘詳憭慄條下。又《説文》"了尥也"。允部"尥行脛相交也，從允勺聲"。段玉裁曰"凡物二股或三股結糾紾縛，不直申者，曰了戾"。《方言》"軫戾也"。郭注"相了戾也"。《淮南·原道訓》、《荀卿》楊倞注，王砅《素問》注，段成式《酉陽雜俎》及諸書皆有了戾字，而或妄改之，則初文或當作了也。字不見先秦書，或是漢時俗字如此。

繚戾

《九歎·逢紛》"龍邛脟圈，繚戾宛轉，阻相薄兮"。王逸注"言水得風，則龍邛、繚戾與險阻相薄，不得順其流性也。以言忠臣逢讒人，亦匡攘惶遽，而竄伏也"。洪補云"繚音了，戾力結切，曲也。字又作繚恔"。亦見《九辯》"心繚恔而有哀"是也。以其言心，故戾傍增心也。詳繚恔條下。字又作繚戾、繚盭、寥戾等，聲轉爲憭慄、憭栗、潦洌，俱詳繚悷條下。

憭慄

《九辯》"憭慄兮若在遠行"。王逸注"思念暴戾，心自傷也。遠客出去，之他方也"。五臣云"憭慄猶悽愴也"。洪興祖《補注》"憭舊音流，又音了"。按《文選·秋興賦》"憀慄兮若在遠行"，則憭慄即憀慄也。李善注"憀慄兮自念，卷戾心自傷，憀音了"。濟注"憀慄傷念之貌"。聲轉爲繆戾，《漢書·武帝紀》"上下不和，則陰陽繆盩"。師古曰"盩古戾字"。字又作繚悷，《九辯》"心繚悷而有哀"。分詳繚戾、繚悷兩條下。字又作寥戾，《文選·四子講德論》"故虎嘯而風寥戾"。銑注"寥戾風聲"。字又作瀏淚，轉爲潦洌、飄厲、刺戾、嶵利，《招隱士》"憭兮栗"，亦即憭慄一詞而間以語氣兮字者，聯綿詞在賦家運用時多變化，此其一例也。參潦洌條下。聲轉爲洌慄，《九懷·昭世》"志懷逝兮心洌慄"，王注"心中欲去内傷悲也"，"志懷遠逝"與此"若在遠行"同。故注義亦同。詳懰慄下。

憭栗

《招隱士》"憭兮栗"。王逸注"心剝切也"。"栗一作慄"。洪《補注》"憭音了，又音聊，一音留"。按即憭慄一詞之中間以語氣詞者，憭慄又見《九辯》"憭慄兮若在遠行"，王逸注"思念暴戾，心自傷也"，五臣注"憭慄猶悽愴也"，與叔師心剝切之義合。餘詳憭慄條下。

懰慄

《九懷·昭世》"志懷逝兮心懰慄"。王逸注"心中欲去，内傷悲也"。"一無懰字"。洪補云"懰音留。懰慄憂貌"。按懰慄即憭慄一聲之轉，《九辯》"憭慄兮若在遠行" 與此 "志懷遠逝" 句義正同，彼王注 "心自傷也" 與此 "內傷悲也" 亦同。詳憭慄條下。轉爲繆戾、憀洌，各詳該條下。《漢書·外戚傳》"懰慄不言，倚所恃兮"。師古曰 "懰慄哀愴之意也。上音劉，下音栗"。

聊慮

《九辯》"罔流涕以聊慮兮，惟著意而得之"。王逸注 "愴然深思而悲泣也"。《文選·長笛賦》"或乃聊慮固護"。李善注 "聊慮固護，精心專一之貌"。按聊慮一詞，先秦兩漢只此二見。詞義重點爲慮字。《説文》"慮謀思也。從思虍聲，良據切"。言部 "慮難曰謀"，則謀思謂思之難。叔師訓深思，李善訓精專，其義皆同。按聊慮，即憭慄聲變，亦即繚悷，或作聊戾，皆見《九辯》。《漢書·外戚傳》"懰慄不言"，師古曰 "懰慄哀愴之意也"，與五臣訓聊慮猶悽愴義同。"罔流涕以聊慮"，謂無流涕以悽愴也。罔與下句 "惟著意而得之" 之惟相呼應。此一篇上下文異詞同義。別參繚戾諸條。

寥廓

《遠遊》"上寥廓而無天"。王逸注 "空無形也。寥一作嵺"。洪《補注》"師古云寥廓廣遠也"。按《史記·司馬相如傳·大人賦》亦用此一語。《漢書·揚雄傳·羽獵賦》"歷五帝之寥廓"。師古曰 "廖廓空曠也"。又《難蜀父老文》"猶焦朋已翔乎寥廓"，師古曰 "寥廓天上寬廣之處"，與《遠遊》義相應。漢人用此詞多與忽慌連用，亦皆空曠之義。邵瑛《説文羣經正字》"廖空虛也。從广膠聲"。"霤雨止雲兒，從雨郭聲，此爲寥廓正字。徐鉉曰'今別作寥廓，非是'。按寥廓字，詞賦家多用，經典隅一見之。《禮記·檀弓》'祥而廓然'，孔疏'至大，祥而寥廓，情意不樂而已，正字當作廖霤'"。按邵於《説文》求正字説，是也。然此詞早見於南楚，則徐鉉以爲今別者，其説至誤。考今從翏之字，多空忽虚緲之義，而宀與广，周金多通用，則寥即廫之别體，《吕氏春秋·情欲》“有九竅寥寥，曲失其直”之語，寥亦訓空，則不僅《遠游》一證也。廓字《説文》不收，經典實累見不一，多訓空大，則廓亦先秦舊書，從郭之字，亦多空大之義，則謂霩廓爲轉注字，可也。《後漢書·馬融傳》、《廣成頌》“徒觀其坰場區宇，恢胎曠蕩，藐敻勿罔，寥豁鬱泱”。注“竝廣大貌也”。寥豁亦寥廓也。字又作嵺𡾰，見《九辯》、《九思·疾世》兩篇。詳嵺廓下。

嵺廓

《九辯》“老嵺廓而無處”。王逸注“亡官失禄，去家室也”。“嵺一作廖”。洪補云“《玉篇》云‘廫廓空也’”。《九思·疾世》“居嵺廓兮尠疇”。舊注“嵺廓空洞而無人也”。洪《補注》“嵺音寥”。按《漢書·司馬相如傳·大人賦》“上嵺廓而無天”。師古注“嵺廓廣遠貌”。嵺音遼。《史記》作寥。按《大人賦》本《遠遊》，《遠遊》亦作寥廓。詳寥廓下。

連蜷

《九歌·雲中君》“靈連蜷兮既留”。王逸注“連蜷巫迎神導引貌也”。洪《補注》曰“蜷音拳《南都賦》云‘蛾眉連卷’。連卷長曲貌”。《遠遊》“驂連蜷以驕驁”。洪補曰“連蜷句蹄也”。《招隱士》“桂叢生兮山之幽，偃蹇連蜷兮枝相繚”。王逸注云“容貌美好，惪茂盛也”。“蜷一作卷”。五臣云“皆樹之美貌，亦喻原之美行”。《九懷·陶壅》“駕八龍兮連蜷”。王注“蜷一作踡”。《補注》曰“竝音權”。按連蜷一作連卷、踺踡、連拳、連婘，竝見下。《楚辭》四見。以狀靈巫、驂馬、樹木、蛾眉、蛟龍，其用至博。諸家各就上下文義立説，皆一端也。綜合先秦用義，大體爲拳曲壯美之意。《九歌》、《遠遊》可證。至漢儒用法，則除壯美一意外，漸有柔美之義。洪引《南都賦》之"娥眉連卷"是也。惟《楚辭》漢賦兩見。《招隱士》、《九懷》皆仍存壯美之意。此本古叠韵聯綿詞，字作連卷可也。其他皆比附所增益。《詩·卷阿》傳"卷曲也"。卷正字，其從足、從虫、從女皆附益字也。《漢書·揚雄傳》"蛟龍連蜷於東厓兮"。師古曰"連蜷卷曲貌"。《文選》李善注"連蜷長曲貌也"。作連卷者，見《漢書·司馬相如傳·上林賦》"攢立叢倚，連卷欐佹"。又《大人賦》"訕折隆窮躒以連卷"。洪補《遠遊》即本此（此說至鑿，不足信）。作連拳者，見《文選·魯靈光殿賦》"連拳偃蹇，崙困蹳嵯"。李善注"皆特起之貌"，按此猶存先秦舊義。作連婘者，見《南都賦》"娥眉連卷"。五臣本作婘。作連踡者，見《九懷》引一本。其作踠蜷者，則比附踡字，而增足傍也。《史記·司馬相如傳·上林賦》"長眉連娟"，《漢書·外戚李夫人傳》"美連娟以修嫮兮"，宋玉《神女賦》"眉聯娟以娥揚兮"，《莊子·天下》"其書雖瓌瑋而連犿無傷也"，諸詞皆聲近義通。

謰謱

《九思·疾世》"媒女詘兮謰謱"。舊注"不正貌。一云謀女，一云媒拙訥兮"。洪補云"詘與訥同。《方言》'謰謱拏也。南楚曰謰謱，音連縷'，注云'言譇拏也。一曰謰謱，語亂也'"。《說文·言部》"謰謰謱也，從言，連聲"。又"謱謰謱也，從言，婁聲"。徐鍇曰"義如前"。連遱，按《說文·辵部》"連遱"，聲同義近、則謰謱即連遱之轉注字。從辵，則謂行亂；從言，則謂言亂也。《方言》十"嚖咄謰謱拏也。南楚曰謰謱"，郭注"言譇拏也"，則謰謱固楚語矣。《玉篇》"謰譇言不可解也"。《說文》"拏牽引也"。牽引亦即舊訓不正之義。字又作嗹嘍。《玉篇》"多言也"。《淮南·原道訓》"終身運枯形於連嶁列埒之門"。高誘注"連嶁猶離嶁也。委曲之類"。王延壽《王孫賦》"羌難得

而覼縷”。《玉篇》“覼力和切。覼縷委曲也”。連嶁、覼縷，皆聲近義
通。又《方言》十“囒哷謰謱拏也，東齊周晋之鄙曰囒哷”。囒哷亦通
語也，南楚曰謰謱，或謂之支柱，或謂之詀諽轉語也。按囒哷與謰謱，
亦一聲之轉（《魏風·伐檀》“河水清且漣漪”，漣即《説文》瀾字，又
《士喪禮》“牢中旁寸”，鄭注云“牢讀爲樓”是其證），而謰謱乃南楚
方言，叔師亦南楚舊屬，故亦用其故語也。

聊啾

《九歎》“耳聊啾而慷慌”。王逸注“聊啾耳鳴也，慷慌憂愁也。言
己願乘舟航，濟渡湘水，寂無人聲，耳中聊啾而自鳴意中憂愁而慷慌，
無所依歸也”。洪補云“聊音留”。按聊啾猶廫愀。《後漢書·馬融傳》
“原野廫愀”。注“蕭條貌也”。文與耳字義相關，故叔師訓耳鳴。原野
寂寞無聲，則耳中如有所鳴，凡老病憂傷之士多有此現象；又凡聊聲古
多與從翏、從寮之字聲通，《説文·風部》訓高風也。《廣雅》亦云“飂
飂風也”。字亦作飉。《廣雅》又曰“飉飉風也”，《吕覽·有始》“西方
曰飉風”，字亦作飀。《吴都賦》“翼飀風之飀飀”，注“風動貌”；《莊
子·齊物論》“而獨不聞之翏翏乎”，注“長風之聲”；《老子》亦云
“飂兮若無止”，則初只借翏爲之，後乃造專字曰飂，以同聲而别作飉、
作飀，高風與翏翏不聞之風，則所謂耳聊啾也。則聊亦猶言翏翏矣。其
本字當以飂若翏爲正，聊則古聲同通用字也。啾猶啾啾也，啾啾《離
騷》“鳴玉鸞之啾啾”，王逸注“啾啾鳴聲也”。又《九歌》“猨啾啾兮
狖夜鳴”，王逸注“猿啾啾者，讒夫弄口也”，皆是。詳啾啾條下。《説
文》訓啾爲“小兒聲”，則聊啾乃叠韵聯綿詞與義近複合詞之過渡體，
而漢人以訓詁假借字書之者也。《招隱士》“蟪蛄鳴兮啾啾”。王逸注
“秋節將至，悲嘹嘺也”，與聊啾蓋同聲同義之詞。固漢人之所嘗用矣。
古來母字多變舌頭音，故聊啾又變作啁嘺，《禮·三年問》“啁嘺之頃”
是也。

汋約

《九章》"外承歡之汋約兮，諶荏弱而難持"。王逸注"汋約好貌"。洪補云"汋音綽"。《遠遊》"質銷鑠以汋約兮，神要眇以淫放"。王逸注"身體癯瘦，柔媚善也"。洪興祖《補注》"汋音綽。汋約柔弱貌"。按汋約疊韵聯綿詞，柔美之貌，故花之柔美者曰芍藥，人之柔美者曰汋約。字又作綽約，《莊子》"藐姑射之山有神人焉，肌膚若冰雪，綽約若處子"是也。洪音汋爲綽，即本此（汋本讀市若切）。字又作淖約，《莊子·在宥》"淖約柔乎剛强"。注"言能淖約，則剛强者柔矣"。《荀子·宥坐》"淖約微達似察"。楊倞注"淖當爲綽，綽約柔弱也"。字又變作婥約，爲㜻約，音轉爲淖弱。《管子·水地》"夫水淖弱以清"，又"楚之水淖弱而清，故其民輕果而賊"。按汋約一語，北土惟管子用之，南土則屈莊皆數數使用，似爲南楚方言。惟汋約與芍藥語根相同，勺藥在詩，則先秦北土亦有此語，特未入詩歌耳。

龍邛

《九歎·逢紛》"龍邛脟圈，繚戾宛轉，阻相薄兮"。王逸注"言水得風則龍邛繚戾，與險阻相薄，不得順其流性也"。按此與脟圈、繚戾宛轉等相對成文，爲一聯綿詞無疑。則當作龍邛，讀龍窮。蓋形水不順流之義。爲東韵疊韻聯綿詞。古籍只此一見，以雙聲求之，當與聊啾、繚戾、踉蹌、唧嘈等爲同根。下言脟圈，亦雙聲之變也。龍邛、脟圈，猶言"罷池，陂它"矣。聯綿詞寄義於聲，不能以字義求之也。

脟圈

《九歎·逢紛》"龍邛脟圈，繚戾宛轉，阻相薄兮"。王逸注"言水得風，則龍邖繚戾與險阻相薄，不得順其流性也”。“胕一作綸”。洪補曰“胕音臠，圈懼兔切”。按王叔師不爲胕圈作釋，只以龍邖概之，則胕圈亦龍邖矣。兩皆聯綿詞，洪補“胕音臠”，蓋本《集韵》，《廣韻》音力輟切，音同劣，其本義爲脅肉。此則聯綿詞之寄義於聲者，胕圈即龍邖一聲之變也。與繚轉聊啾皆同一語根之詞，有繞糾宛轉之義。

梁昌

《九思·疾世》“居嵺廓兮尠疇，遠梁昌兮幾迷”。舊注“梁昌陷據失所也，迷惑欲還也”。“陷據一作蹹懅”。按梁昌叠韵聯綿詞，《九辯》“然潢洋而不遇兮”。注“㒼倡後時無所逮也”。梁昌即㒼倡，後時無逮與陷據失所義正同。《文選·射雉賦》“己踉蹌而徐來”，爰注“踉蹌乍行乍止，不迅急之貌也”，李善注“踉蹌欲行也”，聲義皆與梁昌同。唐以後則聲爲郎當，黃繙綽謂明皇驛中聞鈴曰“三郎郎當”，楊億詩“鮑老當筵笑郭郎，笑他舞袖太郎當”，則唐代有此語。

堤翳

《九歎·遠逝》“舉霓旌之堤翳兮，建黃纁之總旄”。王逸注“堤翳蔽隱貌”。洪興祖《補注》“堤音帝。《博雅》云‘障蔽也’”。按堤翳叠韵聯綿詞。《説文》無堤字，《玉篇》“堤徒計、徒結二切。堤翳隱蔽貌”。《廣韻》訓同。蓋取諸《玉篇》諸書堤翳之音，似爲漢人新詞，於古無徵。

櫹槮

《九辯》三“菊櫹槮之可哀兮，形銷鑠而瘀傷”。王逸注“華葉已落，莖獨立也”。洪興祖《補注》曰“菊音梢，菊蓼，木枝竦也。《釋文》、《文選》竝音朔。枝柯長而殺者。欐音蕭，槮音森，欐槮，樹長貌”。《文選·西京賦》“欐爽欐槮”。倞注“欐槮皆草木盛貌也”。按欐當作欐。《說文》“欐長木貌”。欐與槮同義聯文，原當作欐，淺人加艸耳。《說文》槮下《繫傳》引《楚辭》曰“蒯欐槮之可哀”可證。又槮《說文》“長木貌”。（今作木長，依段說倒）大徐所今切。則欐槮二字，乃義近複合詞。叔師以莖獨立釋欐槮者，探下句“形銷鑠而瘀傷”，竝結合蒯字而爲之說也。《西京賦》以欐、欐分爲二字，而《說文》只錄欐，不錄欐者，許氏以爲一字也。俗作欐槮，字又作掔參。《周禮·冬官考工記·輪人》“望其輻，欲其掔爾而纖也”。注“掔纖殺小貌也”。鄭司農云“掔讀爲紛容掔參之掔”。按掔參與欐槮同。郭璞曰“紛容蒯蔘枝竦擢也”。字又從竹，作篅簺，聲轉爲簫森聲轉爲欐爽，見《西京賦》。即《詩·豳風》之蕭爽。《詩傳》言秋高氣清也，與樹長義近。別詳。

蕭瑟

《九辯》“蕭瑟兮草木搖落而變衰”。王逸注“陰冷促急，風疾暴也。華葉隕零，肥潤去也”。五臣云“蕭瑟秋風貌。言屈原枉見放逐，其情如秋節之悲，故託言秋之爲狀而盛述之”。蕭瑟寒涼之意。按《文選·秋興賦》引此句，注云“蕭瑟秋聲”（《吳都賦》李善注聲也同）。魏文帝《燕歌行》“秋風蕭瑟天氣涼，草木搖落露爲霜”，即擴此二語而成，皆以指秋時之狀態言，或言風、或言聲、或言艸木，皆就文義各爲之融會。漢以後用此詞，亦不外作爲風木容態之狀語。聲轉爲蕭索，《竹書紀年》“蕭索綸困”。爲簫散，見《顏氏家訓·文章篇》定遠也。又秋風寒涼曰蕭瑟，秋氣高暢則曰蕭爽，義得相與爲類，蕭爽與蕭瑟雙聲之變也。詳欐槮條。蕭爽之轉則爲蕭灑、蕭森。

蕭條

　　《遠遊》"山蕭條而無獸兮，野寂寞其無人"。王逸注"溪谷寂寥而少禽也"。按叔師以寂寥釋蕭條，合下句寂漠無人義言之也。《文選·北征賦》"野蕭條而莽蕩"。李注引此語。銑注"蕭條曠遠之貌"。又李善《曹植送應氏詩注》引劉歆《遂初賦》曰"野蕭條而寥廓"，與《北征》義同。又《文選·曹子建贈白馬王彪詩》"原野何蕭條"。良注"蕭條草木衰落貌"。山蕭條無獸與野蕭條無木草同義，故蕭條一語即空無所有，或寥落無所有之義，聲與睄宨同，故義亦相同。《九思·疾世》"聞睄宨兮靡睹"，舊注"睄宨幽冥也"，幽冥者指其深遠而言；空曠者，指其平視而言。蕭條與睄宨實一語也。詳睄宨條下。字又作蕭蓚，《隸釋》十九載《張平子碑》"對封樹之蕭蓚"，蓚字增艸，漢俗師依蕭字爲之也。

睄宨

　　《九思·疾世》"日陰曀兮未光，聞睄宨兮靡睹"。王逸注"聞窺也，睄宨幽冥也"，"一作闚睄宨"。洪興祖《補注》"聞古覓切，睄與宵同，宨徒了切，深也"。按睄宨叠韵聯綿詞，惟睄字不見《説文》，字書亦無收之者。始見《集韵》，音所教切，與洪音近，訓小視也，與舊注幽冥義別。他無所見。依聲韵求之，則雙聲之轉爲蕭條，蕭條恒語也。詳蕭條條下。與幽冥義近，則《淮南·原道訓》"上游霄雿之野，下出無垠之門"。注"霄雿高峻貌也"。又《俶真訓》"虛無寂漠蕭條霄雿無有仿彿"。注"霄讀爲紺緒之緒，雿讀爲翟氏之翟"。按霄雿與虛無寂漠蕭條等連文，則霄雿者，蕭條寂漠之義。《原道訓》以爲高峻者，自上視之爲高遠，自下梘之爲幽冥，自平視之爲寂漠蕭條，其義一也。故睄宨即霄雿也。叠韵之變爲噭咷，《方言》一"平原謂啼極無聲謂之唴哴，楚謂之噭咷"。《説文·口部》"咷楚謂兒泣不止曰噭咷"。字又作嗷誂，

《九思・傷時》“聲嗷誂兮清和”。注“嗷誂清揚貌”。啼極無聲，或聲音清和，皆幽冥義之引申。以視言則曰幽冥，不易見也；以聲言則極至無聲，或清和之微音也，故語得相近。因之，則容態幽嫺曰窈窕，《説文》訓窈爲深遠，窕爲深肆極也，則窈窕有幽深之義，與幽冥義一矣。聲轉爲叫嘩，《魯靈光殿賦》“洞房叫嘩而幽邃”。詳窈窕條下。

嗷誂

《九思・傷時》“聲嗷誂兮清和，音晏衍兮要淫”。舊注“嗷誂清暢貌。嗷音叫，誂他弔反”。洪補曰“嗷呼也。楚謂兒泣不止曰嗷咷，咷音耀”。按《方言》“楚謂啼極無聲謂之嗷咷”。郭注“叫逃兩音”。嗷誂、嗷咷音同，古從言從口之字多相通，或且爲一字之異文，則咷即誂之異也。楚言啼無聲，而叔師以爲聲嗷而清和，清和與啼似不相應。蓋嗷誂一詞爲聯綿詞音，與睄窕、窈窕、霄霓皆同，漢人多通用，非必即以楚音爲據。叔師雖楚人，而《九思》全篇用字，不應楚語，乃至自鑄新詞至多，不能拘拘爲説，視上下文義定之，而知其通轉之跡，可乎？

恩

《九歌・湘君》“心不同兮媒勞，恩不甚兮輕絶”。王注“言人交接初淺恩不甚篤，則輕相與離絶，言己與君同姓共祖，無離絶之義也”。東方《七諫》云“修往古以行恩兮，封比干之丘壟”。王注“言武王修先古之法，封比干之墓，以彰其德”云云。按《説文》“恩，惠也。從心因聲”。徐鍇曰“因者有所因也，因心爲恩”。按恩字漢以後用之最多，其義亦至繁。往往於前後增字以定之，如天恩、親恩、國恩、皇恩，或恩義、恩情、恩德、恩愛等。然在先秦則較蘊蓄，《禮記・喪服》四“制恩者仁也”。《詩・鴟鴞》“恩斯勤斯”，毛傳訓愛，箋則以爲殷勤字之借。《廣雅》則訓爲隱。唐人更引之爲私也。其實就先秦兩漢用義衡之，大體爲人倫中之一種善意之私德，施於人而利彼或兩利，見後則惠也、仁也、愛也、隱也、私也，皆各各有其至當不可易之含義，而在人倫關係中僅施用於上者、尊者，對下者卑者或兩平等關係之友朋、師友，尤其是夫婦，皆爲一種保全雙方或保全對方之情誼，乃至生命，多少有私人愛惜之成份，不得爲一種公德。故《廣雅》以隱釋之，《廣韻》以私釋之，皆後出轉精之義也。《湘君》言"恩不甚兮輕絕"就男女愛情立言，不甚猶言不厚也。《七諫》就上下古今立義，故曰修古行恩，行恩猶言施恩爾。

阡眠

《九懷》"遠望兮仟眠"。《楊升庵集》五十七卷云"陸機詩'林薄杳阡眠'。呂延濟曰'阡眠原野之色'。按《說文》裕'山谷裕裕青也'。則阡眠字當作裕眠。又《列子》云'鬱鬱芊芊'。注'芊字茂盛之貌'。李白《賦》'彩翠兮芊眠'。裕眠作芊眠亦通。《文選》別作肝眠，字皆從目"。（按楊引《說文》山谷，山上蛻一望字。）字又作裕瞑，陸機賦"青麗裕瞑"是也。阡眠，《文選·謝朓和王著作八公山詩》"阡眠起雜樹"。注"《楚辭》曰"遠望兮阡眠'"。按今本阡作仟，王逸注"遙視楚國，闇未明也"。與《南都賦》之"青冥阡瞑"，俱作幽昧解。惟《文賦》"清麗千眠"，善主"光色盛皃"。六臣作芊，呂延濟注"芊眠盛貌"，與茂德意合。方以智《通雅釋詁》"肝瞑一作阡眠"。陸機賦"芊眠"，又作阡綿，是阡與千仟立字異而義同也。聲轉爲阡薆蔥蘢，皆青盛貌也。千見、力見二反。然阡眠當是聲借字，寄義於聲者，不必有專字也。聲與纏綿、牽連皆爲同族，故義亦得相通。

參差

《九歌·湘君》"吹參差兮誰思"。王逸注"參差洞簫也。言已供修祭祀，瞻望於君，而未肯來，則吹簫作樂，誠欲樂君，當復誰思念也"。五臣云"謂神肯來斯，而我作樂，吹聲參差，當復思誰，言思神之甚"。"一作篸篸"。洪興祖《補注》云"《風俗通》云，舜作簫，其形參差像鳳翼參差不齊之貌。初簪又宜二切。此言因吹簫而思舜也。《洞簫賦》云，吹參差而入道德，洞簫簫之無底者，篸篸竹貌"。朱熹《集注》曰"參差洞簫也。望湘君而未來，故吹簫"。《文選·洞簫賦》"吹參差而入道德兮"，良注"參差簫曲名"，與叔師說異。按洞簫與曲名皆非也。《說文》"簫參差管樂，象鳳之翼"。段注即引《湘君》此文，叔師注釋之，非也。王紹蘭《說文段注訂補》五引《風俗通》云"舜作簫韶九成，鳳皇來儀，其形參差，象鳳之翼。說與許同。箹下云'通簫也'，此即後世之洞簫。以其無底故謂之通，亦謂洞。《通典》引《月令章句》云'簫編竹有底大者二十三管，小者十六管，長則濁，短則清，以蜜蠟實其底，而增減之，則和'。是簫或二十三管，或十六管，編竹參差，因有參差之目，若洞簫，但截竹為箹而已，非編竹為之，何得謂之參差。《楚辭·九歌》云'吹參差兮誰思"。言參差明是謂簫，王逸以洞簫當之，已昧洞簫之制。段注乃引以證簫，非許義矣"。按王說是也。《爾雅·釋樂》"大簫謂之言，小者謂之箹"。郭云"編二十三管，長尺四寸，小者十六管，長尺二寸"。諸家之說如此，是否全當，雖不可知，而古制略可見也。附《三禮圖》簫圖。

字又作篸篸，以其為簫，簫以竹為之，故新增為此耳。

另為不齊貌。《九歎·思古》"山參差以嶄巖兮"。王逸注"言己放在山野，處於深林冥冥之中，山阜高峻樹木蔽日，望之無人，但見鳥獸也"。"參差一作篸篸"。叔師以高峻釋參差者，以參差與嶄巖同用也，依舊義當作不齊解。《詩·周南》"參差荇菜"，《釋文》"參初金反，差楚宜反，又初佳反"則參差乃雙聲聯綿詞。《說文·木部》樴字引《詩》作"樴差荇菜"，又竹部"篸篸差也"。又絲部"縒參縒也"。竝字異而義同，皆不齊之義，無高峻之說。《莊子·秋水》"無一而行，與道參差"，注"不能隨變，則不齊于道"，又《天下篇》"其辭雖參差，而諔

詭可觀"。《史記·三王世家》"簡之參差長短皆有意",皆以不齊爲達
詁。《漢書·司馬相如上林賦》"嶄巖參差",師古曰"參差不齊也",與
嶄巖亦連文而訓不齊。則叔師高峻之説,重在嶄巖,高峻亦非必整齊也。
字又增形爲嵾嵳,以其指山言也,於是而有高峻之訓。詳參嵯條下。

嵾嵳

《七諫·怨世》"俗岭峨而嵾嵳兮"。王逸注"岭峨嵾嵳不齊貌"。洪
興祖《補注》"嵾楚岑切,嵳叉宜切,一音倉何切"。又《九歎·遠逝》
"石嵾嵳以翳日",王逸注"言己居臨險之處山石蔽日"。《九歎·惜賢》
"睨玉石之嶒嵯",王逸注"嵾嵯不齊貌也"。《史記·司馬相如上林賦》
"深林鉅木,嶄巖嵾嵳",《正義》"嵾楚林反,嵳楚宜反",師古曰"嵾
嵳不齊也",郭璞注"皆峯嶺之貌",義與《七諫》、《九歎》諸篇合。
《漢書·上林賦》則字作參差,皆無山旁,《説文》無嶒字,古只作參
差。詳參差條下。字或作嶒嵳,《文選·甘泉賦》"增宮嶒嵳,駢嵯峨
兮"。善注"嶒與參同,初林切"。嵾嵳、嶒嵳皆漢人附益字,以其言
山、言石,故增山旁耳。

呢呫

《卜居》"將呢呫栗斯,喔咿儒兒,以事婦人乎"。王逸注"承顔色
也"。"一作促呫"。洪補"呢促並音足,唐本子禄切,呫音貼,呢呫以
言求媚也"。按呢呫猶言趦趄,倒言也。呫從此聲,趄從次聲,古同部。
呢之轉爲趄,猶足恭之足,音阻也。於行曰趦趄(易從次且)於言曰呢
呫,於色曰戚施,義爲同類,音則同族矣。《方言》十"忸怩慙蹴也。
楚郢江湖之間謂忸怩,或謂之戚咨",郭注"戚子六反呫莊伊反",則呢
呫音正同戚咨矣。《玉篇》"戚咨慙也",《廣雅》亦云"忸怩戚咨也"。
戚咨同韻之變,則爲戚施。《詩·邶風·新台》"燕婉之求,得此戚施"。

鄭箋 "戚施面柔也"。郭注 "戚施之人不能仰，面柔之人常俯似之，亦以名云"。陳啟源《毛詩稽古篇》曰 "《爾雅》籧篨口柔也，戚施面柔也，夸毗體柔也。三者曲盡小人狐媚之態，《周書》'巧言令色、便嬖' 語異而義同。巧言即口柔，令色即面柔，便嬖即體柔。《論語》亦云 '巧言、令色、足恭' ……三名而實一也"。按陳氏此解可謂善爲比附，得其緌理者矣。此蓋儒家常誡，即《論語·季氏篇》之損者三友也，故《表記》引孔子 "不失色於人，不失口於人"，叔師注 "呢訾爲承顏色"，亦即《詩》、傳箋《爾雅》諸訓戚施爲面柔，以色下人之義，是南土用呢訾，至漢而音變爲麿咨，北土言戚施，其音固源于一而小有差池，此蓋方言之常例也。《玉篇》別有規覛（見部面柔也）《廣韻》又收鶏覛（五支，面柔也）。又《九歌》"吾與君兮齋速"，即呢訾之倒言。別詳。雙聲之變則爲踟躕等。又按呢訾、栗斯皆以小語支韻齒音表小人謹愨，即《詩》之籧篨麿施也，與此呢正一聲之轉。

囁嚅

《七諫·怨世》"改前聖之法度兮，喜囁嚅而妄作"。王逸注 "囁嚅小語謀私貌也。言小人在位，以其愚心改更先聖法度，背違仁義，相與耳語謀利，而妄造虛偽以譖毀賢人也"。"囁嚅或作噂沓"。洪興祖《補注》曰 "囁如葉切，嚅如朱切。《説文》云 '噂聚語也'。引《詩》'噂沓背憎'"。按《埤蒼》"囁嚅多言也"。《玉篇》作呫哶二字，《説文》則兩字皆無之。言部有讘字，訓多言，從言聶聲，之涉切。又口部有呶字，訓讘呶多言也，從口投省聲，大徐音當侯切。則二字爲雙聲端紐（《玉篇》呫呶多言也。呫丁頰切，呶丁侯切則大徐之涉一切，乃唐以後之變）。清儒多以讘呶即囁嚅是也。讘呶即《虞書》之讙呶，以放言得罪，則讙呶亦多言之義。讙呶亦即囁嚅一聲之轉洪補音囁嚅爲日紐。古音娘，日歸泥亦舌頭音矣。按古音喉部字可轉爲各部，牙、舌、唇、齒亦得歸喉，故囁嚅亦得爲讙呶。如是則此詞發展次第當爲讙呶變爲懾呶

（此爲讙兜，《古文尚書》作䳿吺），衍爲聶嚅。《説文》"㗊多言也。讀與聶同"，亦一證。至漢以後，乃有如葉如朱二音，聯綿詞衍變之跡固當通今而綜釋之，乃能得真。惟漢人亦有仍讀舌音者，如《史記·魏其武安侯傳》"咕囁耳語"，咕囁即囁嚅之倒言，而其爲舌上雙聲，則固未有以異也。而耳語之訓，與叔師小語謀私之説亦全相符合。又按《説文》"聶附耳私小語也，從三耳"。大徐尼輒切。即《史記·魏其武安侯傳》之咕囁，則囁讘皆後起分別文，其本字只作聶。而讘訓多言，囁吺亦訓多言，與聶或咕囁之訓附耳小語者，其義適相反，其實亦適相成。附耳私小語者狀其語時之態，多言者指其所以小語之意義，自耳立文，則當以耳語爲根，小語必多，故得引申爲多言也。而嚅字乃語尾，《説文》雖録吺字，而先秦書籍只讙吺一見，義至可疑。則此語主要語音爲聶，亦從可知矣（俞樾《兒笘録》以聶字當訓合，以爲聶字既不從言，又不從口，而以聶字訓義爲讘之義訓，其説亦誤耳。所以爲聽非所以爲合，加言、加口，皆戰國兩漢間人所增累之字，故聶即囁嚅本字，至訓合一義，乃攝之借）。《説文》録讘字乃戰國兩漢俗書，而囁又讘異部同義之字。漢詞增益，此亦一例也。聲轉則爲囁呢，《古文苑·王孫賦》"嚼咋哚而囁呢"。注"囁之涉切，呢音兒，竝口動貌"。按注所言，義是而音非。囁當從洪補音如葉切，以合于漢以後音也。

齋速

《九歌·大司命》"吾與君兮齋速，導帝之兮九坑"。王逸注"吾屈原自謂也，齋戒也，速疾也。言己願修飾，急疾齋戒，侍從於君"。洪補云"齋速者，齋戒以自救也"。朱熹《集注》"齊如字，又音咨，又側皆反，一作齋，非是速，《禮記》作遬，音速，齊速整齊而疾速也"。按叔師以齋戒自救釋齋速，未允，當從朱熹説爲近。《離騷》"反信讒而齋恕"，注云"齋疾也"，則齋速即疾速之古語。疾速者，迫切歙持，則心情急劇也。齋速即《禮記·玉藻》之"齊遬"，《玉藻》云"君子之容舒遲，見所尊者齊邀”。注“謙愨貌也”。《釋文》齊音咨，又側皆反，下音速。王引之《經義述聞》曰“《正義》曰，舒遲者閑雅也，齊謂齊齊也，邀謂蹙蹙。言自斂持，迫促不敢自寬奢，故注云謙愨之容，舒遲不迫，見所尊者則疾速以承之，唯恐或後也。《爾雅》曰舒緩也，齊疾也。舒遲與齊邀相對爲文，《楚語》‘敬不可久，民力不堪，故齊肅以承之’。齊肅皆疾也，與此齊邀同義。非謙愨自持之謂也”。按王説齊速義至辯洽（別參《經義述聞·國語》下《楚語》故齊肅以承條下）。惟仍陷於以單字詁聯語之範疇。隱以齊爲齋戒，邀爲疾劇耳，則尚隔一間。按齊速之音，聲轉則爲齋宿，《孟子·公孫丑》“弟子齊宿而後敢言”。是也。此與《玉藻》“見所尊者齋邀”同義。於《詩》爲齊稷，《詩·楚茨》“既齊既稷，既匡既敕”。《毛傳》“稷疾也”。《釋文》云“鄭音資，一音才細反”。《正義》引王肅云“執事整齊已，極疾已……”敬戒如急疾，故引申爲慎敬。王説未全當，齊稷聯語，兩字義近而相成，皆有疾義。《毛傳》不爲齊作訓者，齊義易知，而稷之訓疾，其義難曉。亦如既匡既敕之訓敕不訓匡也。故齊稷即疾義也，聲轉爲《荀子·修身》、《非十二子》、《君道》、《性惡》等等所謂“齊給”。《尚書大傳》亦言“多聞而齊給”。鄭注“齊疾也，或作資給”，是齊給即齊稷，亦即齋速矣。北土言齊稷，南土言齋速，語根固無大殊也。《大司命》此文言吾與大司命敏疾給事，以導帝往於九坑也。聲轉則爲趦趄，倒言之則爲呧訾、蹉咨，又爲趑趄、爲踟躕。皆別詳。依其所施用之主象爲言、爲行、爲情感，而各製專字耳。

蒼唐

《九思·哀歲》“草木兮蒼唐”。舊注“始凋也。草一作艸，唐一作黃”。按當從一本作蒼黃。唐黃同韻而誤。蒼黃謂青黃之間，草木之色已青黃則始凋之象也。以蒼唐爲平列狀詞。《文選·北山移文》“豈期終始參差，蒼黃翻覆淚翟子之悲”，此言墨翟悲素絲之染，翻覆於蒼與黃也。則兩字分用，爲本義訓詁字矣。字又作倉黃，《説文》部首"冂倉黃冂而取之"是也。同韵之轉、則爲蒼狼，《吕氏春秋·審時》"後時者弱苗，而穗蒼狼"，謂穗色青黃不熟也。故竹青曰蒼筤，《易·説卦》"震爲蒼筤竹"《集解》引《九家易》曰"蒼筤青也"。《藝文類聚》八十九、《初學記》十引《易》作"蒼琅"，蒼琅言竹色青爾。《漢書·五行志》"木門倉琅根"，師古曰"銅色青，故曰倉琅"，引而申之，則在天曰倉浪，在水曰滄浪，竝字異而音同。詳滄浪條下。始凋曰蒼黃，始生之色亦艷黃而青，故皆得用此一音也。

騷屑

《九歎·思古》"風騷屑以搖木兮，雲吸吸以湫戾"。王逸注"騷屑風聲貌"。按騷屑雙聲狀聲聯綿詞，古籍惟見此一用。以聲求之，當即《文選·東京賦》"駙承華之蒲梢，飛流蘇之騷殺"一聲之變。六臣"殺音桑葛反"尤足爲證。良注"飄颺貌"，與風聲義相成。又《九歌》"風颯颯兮木蕭蕭"與此句"風騷屑以搖木"義同。則騷屑爲雙颯颯爲叠字，其音亦極相近。漢賦易叠詞與聯綿詞相易者至多，此亦一例。又漢賦家往往求聯綿詞於字義，故騷屑亦近複合詞。騷本有動義，《説文》騷擾也。《爾雅·釋詁》騷動也。屑字《説文》訓動作切切也，《左傳》昭五年"屑屑焉習儀以亟"，《漢書·王莽傳》"晨夜屑屑"，師古注"屑屑猶切切，動作之意也"，則騷屑正以形木之搖，木搖以風，故曰風騷屑。王逸以風聲訓之者，本其作意也。

從容

《楚辭》八見，屬屈宋者四見，屬漢賦者四見，其義皆同，而叔師所注則就文陳説，不竟本義。然可自其同，以別其異也。王念孫《廣雅疏證》以爲從容有兩義，一訓爲舒緩，一訓爲舉動。其訓爲舉動者，字書韻書皆不載其義，下引古籍之當訓爲舉動者，詳辯而精析之，至爲精審。然舉動之義實自叔師發之。《九章·懷沙》"孰知余之從容"，王注"從容舉動也。言聖辟重華，不可逢遇，誰得知我舉動，欲行忠信也"。又《九章·抽思》"尚不知余之從容"，與《懷沙》同義，《哀時命》亦言"孰知余之從容"，然所謂舉動與後世所謂一舉一動之義小別。此舉動當指發自心志之誠言，故《抽思》王注以未照我志之所欲訓之，精審絕倫。體會作意至爲深切。舉動者心之表，故舉動可占人之誠僞。《九辯》"信未達乎從容"。王逸注"若不明察其真僞"是也。其訓爲舒緩者，亦見《九章·悲回風》云"寤從容以周流"，王逸注"覺立徙倚而行步也"，即《莊子·秋水》之"儵魚出遊從容是魚樂也"，《釋文》"從容放逸之貌"。又《在宥》"從容無爲而萬物炊累焉"，疏"從容自在"，《惜誓》亦云"願從容虖神明"《九歎·憂苦》云"步從容於山廋"，《九思·傷時》"且從容兮自慰"，皆同此義。其始見於《書·君陳》"從容以和"，又《禮·中庸》之"從容中道"。《史記·留侯世家》"良嘗從容步游下邳圯上"，又《梁孝王世家》"上與梁王燕飲，嘗從容言曰千秋萬歲後傳於王"。史漢用此意最多，不勝舉。自動謂之從容，動人謂之慫慂，聲義相近，故慫慂亦或作從容。《史記·吳王濞傳》"鼂錯數從容言過可削"。從容即慫慂。《漢書·衡山王傳》"日夜縱臾王謀反"，《史記》作從容，則縱臾亦聲近詞也。縱臾即從諛，《史記·儒林傳》"寬在三公位，以和良承意從容得久"，即從諛得久之義。從諛見《汲黯傳》"從諛承意"與寬詞意同。《酷吏傳贊》亦同。諛容一聲之轉，如鬼臾區之又作鬼容區也。《樂記》有"松容"一詞，亦從容之變音也。舒緩一意之音變爲雍容、優容。別詳。字又作邕容、雝容。又《漢書·司馬相如傳》"脩容乎禮園，翶翔乎書圃"。脩與容一聲之變。字或作從頌，《史記·魯仲連傳》"世以鮑焦爲無從頌而死者，皆非也"。《索隱》"從頌音從容。言世人見鮑焦之死皆以爲不能自寬容而取死"。

悽愴

《九辯》"中憯惻之悽愴兮"。王逸注"志願不得，心肝沸也"。"之一作而，一注云心傷慘也"。又《九懷·昭世》"魂悽愴兮感哀"。王逸注"精神惆悵而思歸也"。又《九思·哀歲》"余感時兮悽愴"。舊注"感時以悲思也"。按悽愴一詞《楚辭》凡三用，其義則皆謂傷感、悲傷也。《禮記·祭義》"霜露既降，君子履之，必有悽愴之心"，注"悽愴怵惕"，皆爲感時念親也。《釋文》"悽音妻，愴初亮反"。《淮南·覽冥訓》"悽愴於內"又《本經訓》"愚夫愚婦皆有流連之心，悽愴之志"，注"悽愴傷悼之貌"，《漢書·劉向傳》"意悽愴悲懷"，又《張釋之傳》"上自倚瑟而歌，意悽愴悲懷，顧羣臣曰嗟乎"，皆與叔師心肝沸也、惆悵也、悲思義同。聲轉爲悽惻、《漢書·丙吉傳》"吉仁心感動，涕泣悽惻"。又可言悽慘，《漢紀·孝宣紀》"襲狐狢之煖者，必憂至寒之悽慘"。《漢書·王襃傳》作悽愴。

悽欪

《九歎·思古》"曾哀悽欪，心離離兮"。王逸注"言己不遭明君，無御用者，重自哀傷，悽愴累息，心爲剥裂"。按《文選·南都賦》"坐者悽欪，蕩魂傷情"。翰注"悽欪猶悽愴也"。《九辯》"中憯惻之悽愴兮"，王注"志願不得，心肝沸也"，義與此同。詳悽愴條下。聲轉爲悽惻、悽慘。《説文·心部》"悽痛，從心妻聲"，又欠部"欪歔也"，《玉篇》"欪悲也，泣餘聲也"，則悽欪乃義近複合詞。

慘悽

《九辯》"心閔憐之慘悽兮"。王逸注"内自哀念，心隱惻也"。《九辯》"霜露慘悽而交下兮"。王逸注"君政嚴急，刑罰峻也"。朱熹注"慘一作憯。霜露下而霰雪加。喻衰亂之愈甚也"。慘悽即悽慘之倒言，亦即悽愴一聲之轉。詳悽愴條下。《說文》訓慘爲毒也，從心參聲。大徐七感切。《詩・月出》"勞心慘兮"，《毛傳》"慘憂貌"；又《詩》"我心慘慘"，《毛傳》"憂不樂也"；《正月》"憂心慘慘"，傳"猶戚戚也"，皆慘訓憂之證。悽《說文》訓痛，痛與叔師所謂隱惻相當。至《九辯》"霜露慘悽"，則言因霜露可慘悽也，慘一作憯者，憯與慘同音。《說文》訓爲痛也，與悽痛複合更切直，或後人易之也。聲轉爲慘切，《後漢・章帝紀》"憂心慘切"。又轉爲慘愴，猶悽愴之轉爲悽慘也，《後漢書・黃瓊傳》"天維陵弛，民鬼慘愴"。

曾閎

《九歎・惜賢》"山峻高以無垠兮，遂曾閎而迫身"。王逸注"曾重也，閎大也。言己所在之處前有高陵，蔽不得視；後有峻大之山，迫附於己。幽藏山野，心中愁思也"。按叔師釋曾閎爲重大，探上句"山峻高以無垠"爲說也。體會文義至爲允當。然閎之訓大，字義可徵，而曾訓重，當更有說。按《說文》"曾詞之舒也"。徐鍇引《詩》"曾是掊克"以申明之，又曰"緩氣言之，故曰舒"，大徐昨稜切。然《孟子・告子》"曾益其所不能"，《楚辭・招魂》"曾臺累榭"，曰曾益，曰曾累，則皆爲增或層之借字。則曾之訓重，乃增之借字也。別詳曾字下。然曾閎以其爲聯綿詞之變，故又以訓詁字崇閎書之。《史記・司馬相如傳》"崇論閎議"是也。《漢書》閎作紘，聲變舌爲登閎。《揚雄傳》"涉三皇之登閎"。注"高大貌"。又作窷宏，見《玉篇》穴部，闊大貌。則此乃義近叠韻複合詞。聲轉爲崢嶸，《方言》六"崝嶸高峻之貌"。《玉篇》云"嶝同嶸"。《西都賦》、《七命》注竝引《方言》"崢嶸高峻也"。崢嶸即崝嶝。聲轉爲巀嶭，見《九歎》。詳崢嶸、巀嶭條下。

恣睢

《遠遊》"意恣睢目担撟"。王逸注"縱心肆志，所願高也"。洪補云"恣干咨切，睢許鼻切。恣睢自得貌。恣一音資二切。《莊子·大宗師》"汝將何以遊夫遙蕩恣睢轉徙之塗乎"。《釋文》"恣七咨反。又如字。睢，郭、李云許維反，徐許鼻反。李、王皆云恣睢自得貌"。疏"恣睢縱任也"。《荀子·非十二子》"縱情性，安恣睢"。《性惡篇》同。楊倞注"恣睢矜放之貌，睢許季反"。又《解蔽》"無正而恣睢"，注"恣睢矜夸也"。《呂氏春秋》"子之在上無道，倨傲荒怠貪戾虐衆，恣睢自用也"。《史記·李斯傳》《索隱》"恣睢謂恣行爲睢惡之貌也"。又曰"鄒誕生恣音資，睢音千餘反，劉氏恣音如字，睢音季休反"。（錢大昕《廿二史考異》謂睢睢二字形聲皆別，從劉音字當從目，從鄒音字當從且）。曰自得曰縱任矜放、矜夸自用、放縱恣行爲睢惡之貌，與叔師縱心肆志之義皆同，爲先秦通語，而南土用之尤多。依《説文》則字當作姿婎，《説文·女部》"恣婎姿也"是。字或作恣褮，《玉篇》交部"褮許維切，恣褮或爲睢"。叠韵之變則爲訾謉，《管子·形勢》"訾謉之人，勿與任大"。訾與恣一聲之變，謉與睢一韵之變。言恣睢之人勿以任大也。又《賈子新書·禮》"鷹隼不鷙，眭而不逮，不出穎羅"，房注"眭音奚，目深惡貌"，此與《伯夷傳》《索隱》恣行爲睢惡之貌義同。聲變牙音而韻不變也。

相羊

《離騷》"折若木以拂日兮，聊逍遙以相羊"。王逸注"相羊遊也。言己折取若木，以拂擊日使之還去，且相羊而遊，以俟若命也"。"羊一作佯"。洪興祖《補注》"相羊猶徘徊也"。朱熹《集注》"逍遙相羊皆遊也。相息羊反，羊一作佯"。《玉篇》引作"纕絴"，音同。又《九

章·悲回風》"眇遠志之所及兮，憐浮雲之相羊"。王逸注"相羊無所據
依之貌也。言已放棄，若浮雲之氣，東西無所據依也"。"羊一作佯"。
朱熹《集注》"羊一作佯。相羊游浮之貌。因自言其志高遠，與浮雲齊，
而不能合於世"。按《漢書·外戚傳·孝武李夫人傳》"念窮極不還兮，
惟幼眇之相羊"。顏師古注"相羊翱翔也"。翱翔義與浮游無所據依，皆
相近，隨文立說，聯綿詞原則也。然其本意，相羊蓋先秦常語，所以狀
浮遊無所依據之象，秦漢間人尤多用之，例不勝舉。字又作相佯《九
懷》"聊假日兮相佯"。《後漢書·張衡傳》"悵相佯而延佇"。注"相佯
徘徊也"。又作襄羊，見《史記·司馬相如傳》。又作儴佯，見《文選·
上林賦》、《後漢·張衡傳》。又作儴徉，見《廣韻》十陽，轉爲尚羊，
《惜誓》"託回飆乎尚羊"。王注"尚羊游戲也"。又爲常羊，見《漢
書·禮樂志》。又作尚佯，見《淮南·覽冥》。以訓詁字易之，則曰相
翔，《周禮·秋官》"禁暴若有賓客，則令守除之，人聚㯖之，有相翔者
誅之"。鄭注"相翔猶昌翔觀伺者也"。《儀禮·覲禮》云"俟于東箱"，
鄭氏注"東夾之前，相翔待車之處"。則相翔者相觀翱翔之義也。又
《莊子·山木篇》"徐行翔佯而歸"，亦即相羊之變。又按相羊、尚羊、
倘羊諸詞，先秦北土諸家無用之者，疑亦南楚方習之言。參尚羊條下。

相佯

《九辯》"聊逍遥以相佯"。王逸注"且徐徘徊以游戲也"。"一作倘
佯，一作相羊"。《九懷·危俊》"聊假日兮以相佯，遺光燿兮周流"。王
逸注"且徐遊戲，須年歲也"。"相一作倘"。《釋文》作倘羊，音祥。
《後漢書·馮衍傳》"乘翠雲而相佯"。聲轉爲相羊、相翔，見相羊條下。
爲儴佯。《文選·上林賦》"招遥乎儴佯"。音義又與尚羊、常羊、倘徉
等同。轉爲逍遥爲倘佯。分詳各條下。

尚羊

《惜誦》"託回飈乎尚羊"。王逸注"尚羊遊戲也。言己臨見楚國之中衆人貪佞，故託回風遠行遊戲也"。"一云託回風乎倘佯"。洪《補注》"尚音常，與倘同"。叔師釋尚羊爲游戲，游戲即浮遊無據依之象。字又作尚佯，《淮南·覽冥》"尚佯冀州之際"。亦即常羊。《漢書·禮樂志·郊祀歌》"雙飛常羊"。顏注"常羊猶逍遥也"。音變爲倘佯。詳倘佯條下。字又作爲徜徉。《廣雅·釋訓》"戲蕩也"。又作襄羊，即相羊矣。唐以後或又作倡佯、猖洋，字又作尚陽，《古文苑·黃香九宮賦》"聊優遊以尚陽"，注"尚陽一作倘佯"，即聊浮游以相羊也。

尚羊又即逍遥一聲之變，《漢書·禮樂志·郊祀歌》"景星十二，周流常羊，思所竝"。顏注"常羊猶逍遥也"。詳逍遥條下。

倘佯

《楚辭》二見，而分兩義。

（一）猶相羊逍遥也。音常羊。《九歎·思古》"臨深水而長嘯兮，且倘佯而氾觀"。王逸注"氾博也。言己憂愁，不能寧處，出升山側，遊戲博觀，臨水長嘯，思念楚國而無解己也"。洪興祖《補注》"倘音常"。左思《吳都賦》"徘徊倘佯，寓目幽蔚"。李善注"倘佯猶翺翔也"。字亦作徜徉，《廣雅·釋訓》"徜徉遊蕩也"。宋玉《風賦》"徜徉中庭"。《廣韻》十陽倘字注"徜徉猶徘徊"。字省作尚羊。見尚羊條下。音轉爲相羊、儴羊等。詳相羊條下。

（二）山名。《九歎》"歎曰：倘佯壚阪，沼水深兮"。王逸注"倘佯山名，壚黃黑色土也。言倘佯之山其阪土玄黃，其下有池，水深而且清，宜以避世而長隱身也"。按此山蓋以其委移相屬而得名。

懞慌

《九歎·逢紛》"心懞慌其不我與兮"。王逸注"懞慌無思慮貌"。"慌一作怳"。洪補曰"懞慌失意，上坦朗，下呼晃切"。《九歎·遠逝》"耳聊啾而懞慌"。王逸注"聊啾耳鳴也，懞慌憂愁也。言己願乘舟航，濟渡湘水，寂無人聲，耳中聊啾而自鳴，意中憂愁而懞慌，無所依歸也"。"一作黨荒"。按懞慌即惝怳之異文。《玉篇》始收之。心部"懞慌無思貌"。《廣韻》三十七"懞慌失意兒"。漢人尚已讀舌上，古從尚之字皆可讀舌上，音如當、黨、尚皆是，故以黨字易之。正字或當作敞怳，詳惝怳條下。又與惝罔、敞罔、罔罔等，音近義通。皆各詳該條下。疊韻之變則爲曠莽，見《遠遊》注"日月無光也"。詳該條下。

蹉跎

《九懷·株昭》"驥垂兩耳兮，中坂蹉跎"。王逸注"衆無知己，不盡力也"。洪興祖《補注》"蹉跎失足"。《廣雅·釋訓》"蹉跎失足也"。爲洪補所本。《文選·西京賦》"鯨魚失流而蹉跎"。李善注引此，又引《廣雅》，亦同。《玉篇》足部"蹉采何切，蹉跎也"。又"跎達何切。蹉跎"。按《説文·新附》作失時也，與失足義近。依文字結構而論，以失足爲本訓，失時爲引申義也。字又作蹉跑，《文選·謝琨遊西池詩》"良游常蹉跑"。又《阮籍詠懷詩》"白日忽蹉跑"。失足者傾跌之義也，故聲轉爲蹉跌。《漢書·朱博傳》"功曹後常戰栗，不敢蹉跌"。《後漢·李固傳》"本朝號令豈可蹉跌"。字或作差跌，《曲禮上》注"蹉跎也"。《釋文》"蹉本亦作差"。《漢書·陳遵傳》"嘗謂張辣，足下諷誦經書，苦身自約不敢差跌。"《淮南·俶真訓》"其所守者，不定而外浮於世俗之風，所斷差跌者，而内以濁其清明"。《説文·齒部》"齹齒差跌貌"。段注"差者不值也，跌者踢也。齒差跌，謂參差踢跌不平也"。《一切經音義》五十三引《考聲》云"不相值也"。《韻詮》云"參差不齊也"。此之差跌，猶今言差失，亦失足義之引申，與《新附》所謂失時類。古歌與支合韵，故蹉跎亦即差失，先秦則用差池。《説文》蹉字，徐鍇注曰"經史通用差池，此（指蹉跎）亦後人所加"，其説至確。《詩·邶風》"燕燕于飛，差池其羽"。傳"燕燕於飛必差池其羽"。箋云"差池其羽，謂張舒其尾"。按鄭以張舒釋差池者，言其動作，非言其事象。其事象固當謂其羽參差不齊也。《左傳》襄二十二年"譬諸草木，吾臭味也，何敢差池"。杜注"差池不齊一也"。《釋文》"池徐本作沱"。燕尾之參差不齊，猶齒之參差不齊，爲差跌（見上佐齒字下）。聲轉爲柴池，《管子·輕重》甲"管子對曰，請以令高杠柴池，使東西不相覩，南北不相見。桓公曰諾"。柴池即《司馬相如上林賦》"傑池茈虒"，張揖曰"傑池參差也"。揚雄《甘泉賦》亦云"傑偄參差"。蹉跎可能爲差跌，均差池之轉。差跌又轉爲差忒，《吕氏春秋·季夏紀》"故無或差忒"。又《仲冬紀》"大酋監之，無有差忒"。《淮南·時則訓》"陶器必良，火齊必得，無有差忒"。又變爲差遲，《韓詩外傳》"一婦人入對曰客之行差遲乖人"。又爲差躓，見《易林·乾之謙》。又變爲差等，其義則益相遠矣。

蹉跎雙聲之轉，則爲摧隤。《漢書·廣川王傳》"上不見天生何益，日崔隤時不再，願棄驅死無悔"。師古注"崔隤猶言蹉跎"。字亦作摧頹，《北史·荀濟傳》"自傷年歲摧頹，恐功名不立"言自傷年歲蹉跎也。崔隤叠韵之變則爲虺隤。詳虺隤條下。倒言差池則曰參差。詳參差條下。細繹上來所陳，則差池一詞，先見於《詩》爲最早，其次則爲差忒、柴池及倒言之參差，皆先秦舊語。至差跎、蹉跎、蹉跌、溠跌、崔頹皆古今語變也。

棲遲

《九思》"從邛遨兮棲遲"。舊注"邛獸名，遨遊也。罷駑從邛而棲遲願望也”。按棲遲本《詩·陳風·衡門》“衡門之下，可以棲遲”。傳“棲遲游息也”。《正義》曰“釋詁云棲遲息偃也”。馬瑞辰曰“棲遲叠韻字，《説文》‘屖屖遲也’。據《玉篇》屖今作栖，《説文》‘遲籀文作遟’。是屖遟即棲遲也。《説文》以棲爲西之或體，故《嚴發碑》作‘西遲衡門’。蔡邕《焦君贊》作‘栖遲偃息’。《説文》遲或從𡰥，𡰥即古夷字。故《婁壽碑》作‘徲徲衡門’。遲又作遅，《李翊碑》‘棲遅不就’”。馬氏析字形變易至審。《荀子·王制》亦云“務本事，積財物，而勿忘棲遲薛越也”。又云“彼將日日棲遲薛越之中野”。薛越亦聲之轉，其修辭有如陂池坡陀也。《淮南·俶真訓》“棲遲至於昆吾夏后之世”。

儒兒

《卜居》“將呢訾栗斯，喔咿儒兒，以事婦人乎”。王逸注“强笑噱也”。“一作嚅唲”。洪補曰“嚅音儒，唲音兒。皆强笑之貌。一云唲曲從貌”。按儒兒一詞。《玉篇》引作嚅唲，依笑聲之義而易爲口旁也。六臣本《文選》同。《廣韵》五支，《御覽》七百二十六皆引作嚅唲，《説文繫傳》五引作嚅説。皆俗間後起分别專字。聲與忸怩相近。《書·五子之歌》“顔厚有忸怩”。傳“忸怩心慙”。心慙曰忸怩。强爲笑噱曰儒兒，聲同義近。惟忸怩皆北土之士用之，而儒兒乃見南楚，亦先秦語言差異之一例也。

栗斯

《卜居》“將呢訾栗斯”。王逸注“承顔色也”。“栗一作慄，斯一作凘，一作促訾粟斯”。洪補云“慄音栗，謹敬也；粟讀若慄，音粟，詭隨也；斯讀若凘，音斯，慄也。竝見《集韻》”。朱熹注“粟一作栗，一作慄，斯一作凘，音斯。粟從米，詭隨也。其從木者，謹飭也，非是。

斯，辭也"。按諸家説栗斯義不甚了。栗當作粟，讀爲《管子·小問》"未敢自恃自命曰粟"之粟，注"謹促之名也"。栗斯當即《廣韵》三燭粟下之"慄斯"，蓋皆㛂之借字。《説文》"㛂謹也，從女束聲。讀若謹敕數。測角切"。《史記·張丞相傳》"婕婕廉謹"，婕當即㛂之別構。古書無用㛂者，惟從束之字，多有謹敕之義。斯者音尾助字，無實義（俞樾以爲即《説文·木部》之櫼櫼楔指也，亦古禁止罪人之具云云。此亦因聲而造字也。其音則久存矣。俞説見《俞樓雜纂》卷二十四）。栗斯與呢訾連文，呢訾即𠻳咨，亦即齌速之倒言。齌速者謹㥈之貌，呢訾栗斯言小心謹慎之貌，此指小人籧篨、戚施、面柔、口柔之象也。此之呢訾、栗斯即《詩》之籧篨、戚施之比也，而其音亦得相轉矣。栗斯之轉則爲六朝以後之趔趄，《説文》訓越爲側行也（《考工記》栗作爲量，古文栗作歷，兩字同來紐故相貿也。郭在貽自余《瀛涯敦煌韵輯》S. 2071 中檢得趔趄行貌一訓）。

杳冥

《惜誓》"馳騖於杳冥之中兮。休息乎崑崙之墟"。王逸注"言己雖馳騖杳冥之中，脩善不倦"。《七諫·自悲》"莫能行於杳冥兮"。王逸注"言衆人誰能有執心正行於杳冥之中，施於無報之人乎。言皆苟且而行，以求利也"。洪補云"傳曰行乎冥冥，施乎無報"。按《説文·木部》"杳冥也，從日在木下"。大徐烏皎切，又冥部"冥幽也"。則杳冥二字乃義近複合詞。段玉裁云"莫爲日且冥，杳則全冥"，兩字皆指日入時色象言，引申爲一切幽暗不可知之象。《楚辭》凡兩用，皆指行事言，用引申義也。《漢·禮樂志·房中歌》"芬樹羽林，雲景杳冥"。師古曰"言所樹羽葆其盛若林，芬然衆多，仰視高遠，如雲日之杳冥也"。此外尚見於《漢書·五行志》下、《息夫躬傳》、《中山靖王勝傳》等，蓋漢人習用語。然《九歌·東君》"杳冥冥兮以東行"，又《山鬼》"杳冥冥兮羌晝晦"，《涉江》"深林杳以冥冥兮"，《九歎·怨思》"杳冥冥兮"，諸杳冥冥，皆即杳冥之叠言。《楚辭》句例，字數有限，故杳杳冥冥省作杳冥冥，更有省爲杳冥。杳杳冥冥或杳冥冥者，先秦南楚習用語，而杳冥者，漢賦家精減之言，則杳冥猶言杳杳冥冥也。此亦漢語發展之一規律（《九辯》"瞭冥冥而薄天"，《文選·江淹從冠軍建平王登廬山香鑪峰詩》李善注引作"杳杳冥冥而薄天"，顯爲李善記憶之誤。《九辯》以前無此句法也）。字又作杳溟，見《文選·江賦》。聲轉爲杳眇，見《上林賦》、《大人賦》。又作杳渺，參杳杳冥冥諸條。

伴援

《九章·惜誦》"衆駭遽以離心兮，又何以爲此伴也；同極而異路兮，又何以爲此援也"。注曰"伴侶也，身無伴侶特立於世也。援引也。言忠佞之志不相援引而同也"。寅按王、洪諸家説此四語，皆望文生訓，大非本義；而其差誤則在不知伴援爲古叠韻聯綿詞，此蓋以叠韻聯綿詞分作兩韻字用，此古詩用韵之一法耳。《詩·小雅·隰桑》一章"隰桑有阿，其葉有難"，二章"隰桑有阿，其葉有沃"，三章"隰桑有阿，其葉有幽"，阿難、阿沃、阿幽皆即阿儺也，而分在兩句，與此例正同。至聯語兩字中之加字，有兩不相涉者，如婉兮變兮之即婉變，以引以翼之即引翼，有馮有翼之即馮翼，則燕則譽之即燕譽，更僕難數。蓋叠韵聯綿詞詠言吟歌，重在其聲之漫長，則一語分在兩句，韻味相屬如貫珠，此固歌謠中常有之例也。自此秘不傳，於是解古詩歌者，多扞格不通之義矣。故此句之伴，當與下句之援同釋。案伴援即《詩·大雅·皇矣》之畔援也，鄭注援爲"胡喚反"，則畔援又即《大雅·卷阿》之伴奐、《周頌·訪落》之判渙矣。"將予就之，繼猶判渙"，《毛傳》"判分也，渙散也"。《大雅·卷阿》"伴奐爾游矣，優遊爾休矣"，傳"廣大有文章也"。《皇矣》"無然畔援"，鄭箋"跋扈也"，此伴援本有三義，而鄭箋爲得（詳余《詩騷聯綿字考》）。言此跋扈之衆人又將何以爲得，即無可奈何之義。近讀俞樾《讀楚辭》亦頗有與余相成者，其言云"望文生訓，未達古義，伴援本叠韵字，《詩・皇矣》篇‘無然畔援’，鄭箋云‘畔援猶跋扈也’。《釋文》引《韓詩》云‘武强也’。《玉篇》引作‘無然伴换’。《卷阿》篇‘伴奐爾游矣’。《訪落》篇‘繼猶判渙’。伴奐、判渙，竝即伴换，亦即畔援也。形况之詞初無定字，亦無達詁，故美惡不嫌同辭。《論語・先進》篇‘由也喭’，鄭注曰‘子路之行失於畔喭’。《正義》曰‘舊注作吸喭，字書吸喭，失容也’。畔喭、吸喭亦即畔援也。屈子疾時人之跋扈，故以伴援譏之。一則曰又何以爲此伴也，再則曰又何以爲此援也。文異而義實同。亦猶風人之詞，分爲三章四章而無異義也。解者不達古義，望文生訓，殊非其旨矣”。

勃屑

《七諫・怨世》“西施媞媞而不得見兮，嫫母勃屑而日侍”。王逸注“嫫母醜女也。勃屑猶變姍，膝行貌。言西施媞媞，儀容姣好，屏不得見；嫫母醜惡，反得變姍而侍左右也。以言親近小人，斥逐君子也”。洪補曰“嫫音謨，屑蘇骨切，勃屑行貌。變姍一作蹣跚”。按叔師以變姍釋勃屑，一聲之轉也。字又作蹣跚，見洪補。《廣韻》“蹣跚跛行”。勃屑叠韻聯綿詞，勃屑又即勃窣，《司馬相如傳・子虛賦》“變姍勃窣上金隄”。師古曰“變姍勃窣，謂行於叢薄間也”。《文選》勃作敦。《史記》窣作猝，《文選》向注“勃窣美人上隄貌。謂美人上隄，其行變姍，不中步履矩矱也”。敦字《説文》無。《木蘭辭》有“雄兔腳僕遬”，或作撲朔之語，僕遬亦即勃窣也。聲小變則爲侼偛，《集韻》“侼偛不安也”，《文選・上林賦》有“便姍嫳屑”之言，即《子虛賦》之“變姍勃窣”也。則嫳屑亦即勃屑一聲之變。字又作弊薜，弊薜乃後人依行步義而增益之字，其初當只作弊薜也。《莊子・馬蹄》“蹩躠爲仁，踶跂爲義”。崔本蹩作弊躠作薜是也。或又移足傍于左，作蹁躃，見《南都賦》。《説文・足部》蹩字注“《莊子》‘蹩躠爲仁’，小行也”。小行與難行皆不中矩矱之義。聲又轉爲跋躄，見《玉篇》足部。又作跋躉，見《廣韻》

詳跋躄條。又下色曰鬈姍，見《説文》。不方正曰攑揳，見《玉篇》。蓑衣曰襏襫，見《集韻》。皆分別物象而爲之製字，其語根亦同族也。按上諸詞大體爲漢人所習用，推求其在先秦語類，則當爲南土《莊子》之蹣蹒，北土《詩經》所用之跋涉。《莊子・大宗師》"蹣蹒而鑑于井。"司馬云"病不能行，故蹣蹒也"。《釋文》崔本作邊鮮，邊鮮即鬈姍，皆字異而音義一也。《詩・鄘風・載馳》"大夫跋涉，我心則憂"。《毛傳》"草行曰跋，水行曰涉"。《儀禮・聘禮》疏引《詩》"大夫軷涉"，鄭注"山行之名"。《釋文》引《韓詩》"不由蹊遂而涉曰跋涉"。毛、韓義近，而皆與勃屑、蹣姍之説相成，而分釋跋涉則毛氏之疏也。字又作拔涉，見《耿勳碑》。跋涉聲轉爲拔掇，亦即《淮南子・俶真訓》之弊掇。又《詩・陳風・東門之枌》"子仲之子，婆娑其下"。傳"婆娑舞也"。婆《説文》作媻，娑《説文》舞也。引《詩》"市也媻娑"。《正義》引李巡曰"勃屑、盤辟舞也"。《後漢書・張衡傳》"蹴蹋蹁躚"，則蹴蹋與婆娑同義，舞者容與，小其行步，委曲之態，則舞又小行之引申矣。《怨世》之"勃屑日侍"，叔師訓爲鬈姍膝行，亦當以舞爲義，非謂蓑母侍側而膝行，乃謂蓑母侍在左右，有如舞蹈者然，輕麗抑揚也。與上句媞媞不得對文。餘詳婆娑條下。

扶疏

《九思・傷時》"菫荼茂兮扶疏"。王逸注"扶一作敷"。扶疏《説文》作枎疏，木部"枎枎疏四布也"。然經典作扶疏，《吕氏春秋・辯土》"樹肥無使扶疏……肥而扶疏則多粃"。《韓非子・揚權》"爲人君者數披其木，毋使木枝扶疏。木枝扶疏，將塞公閭"。則扶疏乃大木枝柯四布之象，則《漢書・劉向傳》"其梓柱生枝葉，扶疏上出屋"，《上林賦》"垂條扶疏"皆其義也。字又作扶疎，《水經・瓡子河注》"南西北三面長欒聯蔭，扶疎里餘"。疎蓋疏俗字。按《詩・鄭風》"山有扶蘇"，《毛傳》"扶蘇、扶胥木也"。（今本木上衍一小字。此從《釋文》。)扶蘇、扶胥皆即扶疏也。大木分披則其勢盛，故扶疏又有盛義。《廣韻》"扶疏盛也"。禰衡《鸚鵡賦》"思鄧林之扶疏"，謂鄧林之盛也，因之舞容之盛，亦曰扶疏。《淮南·修務訓》"援豐條舞扶疏"是也。又按扶疏一詞，當以扶爲語根，而疏則聲尾。而後人以訓詁字書之也。故其語當即扶字，惟扶乃"左也"，與敷布不協。此當作專字之借，後人有扶字訓行，布亦扶之比也。

扶輿

《九懷·昭世》"披華裳兮芳芬，登羊角兮扶輿，浮雲漠兮自娛"。王注"陞彼高山，徐顧眪也"。"輿一作與"。洪補曰"《相如賦》云'扶輿猗靡'。《史記》注云郭璞曰《淮南》所謂曾折摩地，扶輿猗委也。按今《淮南》云'曾撓摩地，扶於猗那'"。按依洪說扶輿即扶於也。王念孫《讀書雜志》九之十九曰"扶於猗那，皆疊韵也。《史記·司馬相如傳》'扶輿猗靡'，扶輿即扶於也。相如又云'垂條扶於'，《太平御覽》樂部引此正作'扶於'"，按王說是也。《史記·相如傳》注，扶於猶扶疏也。今《文選》諸本皆作扶疏，後人殆不知有扶於矣。然秦漢以來多作扶疏或枎疏，扶於疊韵之變也。《呂覽》"樹肥大扶疏"，《漢書·劉向傳》"梓柱生枝葉，扶疏上出屋"，《揚雄傳》"支葉扶疏"，扶字當作枎。枎疏本大木枝柯四布之貌，則枎疏本指木。然《禮·投壺》"室中五扶"，注"鋪四指曰扶"，扶鋪則指疏，故曰扶疏。則扶字亦本鋪義，二字蓋轉注也。許從木者，以枎疏說木耳，用各有當。《水經·瓠子河注》"聯蔭扶疎里餘"，則作疎。字又作蘇、作胥，《詩·鄭風》"山有扶蘇"，《毛傳》"扶蘇、扶胥木也"。(《正義》引作小木，誤也。此從《釋文》)。詳陳氏《傳疏》、胡氏《後箋》。音變作樸遫、樸樕，在足曰蹼率，在舞曰婆娑，花之四布者曰扶渠，屋之四布者曰罘罳，通轉至多，不勝枚舉。

扶輿音與敷與同，敷與旁達亦四布之義也。詳敷與條下。

爛漫

《哀時命》"生天墬之若過兮，忽爛漫而無成"。王逸注"爛漫猶消散也。言己生於天地之間，忽若風雨之過，晻然而消散，恨無成功也"。"爛一作瀾"。按《莊子·在宥》"大德不同而性命爛漫矣"。注"立小異而不止於分"。疏"爛漫散亂也"。《文選·思玄賦》"爛漫麗靡"，李善注"爛漫分散貌"。司馬相如《上林賦》"牢落陸離，爛漫遠遷"。師古曰"言其聚散不恒，雜亂移徙也"。字又作爛曼，《上林賦》"爛漫遠遷"，《史記》作"爛曼"。又作爛漫，《上林賦》"爛漫遠遷"，《文選》作"爛漫"。江沅《説文釋例》上云"曼引也，凡曼延及路曼曼，古皆用此字，今人作漫，乃俗字也。又爛曼亦當如此，今作爛熳，大誤；作爛漫，亦俗"。按江氏所別求之字詁，其説是也。然此皆漢儒新益，或後人援據上下字而新增改易偏旁，以爲漢人新益更允當。又爛漫一詞別有狀聲音美妙之義，《上林賦》"麗靡爛漫於前"是也。又此詞始見《莊子》，北土諸儒無用之者，疑亦南楚故言。唐人用此詞義至夥。

恬愉

《遠遊》"漠虛静以恬愉兮"。王逸注"恬然自守，内樂佚也"。按《説文》"恬安也"。宀部"安静也"。又愉《説文》"薄也"。古籍經子多訓爲和樂，故段注云"此訓當作薄樂也，傳寫奪樂字，謂淺薄之樂也"。按段説至確。《廣雅·釋詁》一"愉善也"，又三"説也"，慧琳《一切經音義》九十二恬愉下云"上牒兼反，《方言》云'恬静也'，《説文》亦安也。下庾珠反"。鄭注《論語》云"愉顔色和也"。《廣雅》云"喜也"，《爾雅》"樂也"。則恬愉乃義近複合詞，先秦特通語。《莊子·盜跖》"慘怛之疾，恬愉之安"，《管子·心術上》"恬愉無爲"，《荀子·正論》"老者休也，休猶有安樂恬愉如是者乎"，又《禮論》

"故文飾麤惡，聲樂哭泣。恬愉憂戚，是反也"，此諸訓皆爲和樂之義，至漢人乃以無所好增爲恬愉。《淮南・原道訓》"恬愉無矜，而得於和"。又"虛無恬愉者萬物之用也"。叔師以自守内樂佚釋之，自是先秦舊誼。然《遠遊》以漠虛静與恬愉連文，則恬愉之有虛静，蓋自南楚之士始（《墨子・非儒》言力恬漠待問而後對，雖恬漠連文而非虛静，《莊子》始言"恬惔寂寞，虛無無爲此天地之平而道德之質也"。《刻意篇》又云"虛無恬惔，乃合天德"。又《天道篇》言天"虛静恬惔，寂寞無爲"，《韓非・解老》亦用之，則謂恬愉與虛静合詞，其爲南楚學人之説，彰彰明矣）。

沉寥

《九辯》"沉寥兮天高而氣清"。王逸注"沉寥曠蕩空虛也，或曰沉寥猶蕭條，蕭條無雲貌。秋天高朗體清明也。言天高朗照見無形，傷君昏亂，不聰明也"。"氣清一作氣平"。洪補云"沉音血，寥高貌"。朱熹《集注》"沉音血，寥一作嵺，沉寥曠蕩空虛也。或曰蕭條，無雲貌"。按沉寥以形天高氣清之象，與句義方調。叔師引或説猶蕭條無雲貌（此從六臣本《文選》），此蕭條乃與常義不同。洪分釋嵺爲高及朱之説，不可從。故曠蕩空虛之義爲最允。《玉篇》"沉寥天氣清又空貌"，《廣韻》"沉寥空貌"，皆引申言之也。又沉字有兩音，古穴切，一音血，《玉篇》兩用之，《廣韻》用血，不用古穴切，《文選》善注亦音血，是也。

仿佯

《遠遊》"聊仿佯而逍遥兮"。王逸注"聊且戲蕩而觀聽也"。洪補云"仿佯旁羊二音"。《吕氏春秋・行論》"鮌爲諸侯，召之不來，仿佯于野"，謂游蕩於野也。《淮南・修務訓》"逍遥仿佯於塵埃之外"，又《俶真訓》同。字又作彷徉，《招魂》"彷徉無所倚，廣大無所極些"，《哀時命》“獨徙倚而彷徉”，詳彷徉條下。字又作方洋《漢書·吳王濞傳》“從文王後車，方洋天下”。師古注“方洋猶翱翔也”。《史記》作彷徉。又作方佯。《易緯是類謀》“雞失羊亡”。注“從恣主方佯”。注“方佯無所主”。洪補朱《集注》讀仿爲旁。叠韻之變則爲彷徨，《莊子·大宗師》之“芒然彷徨乎塵垢之外，逍遥乎無爲之業”，《淮南·精神訓》用此二語，彷徨作仿佯可證。佯讀羊，與皇叠韻，但聲有清濁耳，故得相轉。字又作仿偟，《九歎·思古》“夕仿偟而獨宿”，《後漢書·馬皇后紀》“夜起仿偟，爲思所納”。字省作方皇，又作徬徨。《莊子·逍遥遊》“徬徨乎無爲其側”。《國語·吳語》“王親獨行，徬徨於山林之中”。字又作傍偟，《史記·楚世家》“於是獨傍偟山中”。又省作旁皇，見上。詳仿偟條下。聲轉則爲徘徊。詳徘徊條下，又爲漂摇、嫖姚、飄摇爲馮閎。

彷徉

《招魂》“彷徉無所倚，廣大無所極些”。王逸注“言欲彷徉東西，無民可依，其野廣大行不可極也。一言西方之土廣大遥遠，無所臻極，雖欲彷徉求所依止，不可得也”。“一作仿佯”。五臣云“彷徉遊行貌”。洪補“《廣雅》云‘彷徉徙倚也’。彷蒲忙切”。《哀時命》“然隱閔而不達兮，獨徙倚而彷徉”。王逸注“徙倚猶低個也。言己隱身山澤，内自憫傷，志不得達，獨徘徊彷徉而遊戲也”。“一作仿佯”。《九懷·通路》“宣游兮列宿，順極兮彷徉”。王逸注“周繞北辰，觀天庭也”。按彷徉一詞，《楚辭》三見，義皆同。王注《哀時命》“彷徉猶低個也”，又釋云“彷徉游戲也”，義至允。《史記·吳王濞傳》“從大王後車，天下彷徉”，言隨後車游戲天下也。《漢書》字作方洋，省體也。師古注“猶翱翔也”。《廣雅·釋訓》“迴旋不進也”。字又作彷佯，《三國志·管輅傳》“解衣彷佯”是也。又作仿洋，《淮南·原道訓》“仿洋於山峽之旁”。又作仿佯，《遠遊》“聊仿佯而逍遥兮”。《吕氏春秋·行論》“鮫爲諸侯，召之不來，仿佯於野"。《淮南·精神訓》"芒然仿佯於塵垢之外，而逍遥乎無事之業"，又《修務》"逍遥仿佯於塵埃之外"。詳仿佯條下。彷徉即叠韵之變則爲彷徨，《莊子·大宗師》"芒然彷徨乎塵垢之外，逍遥乎無爲之業"。《淮南·精神訓》彷徨作彷徉。《釋文》"彷薄剛反"。洪引《廣雅》彷讀薄茫切，則彷徉亦即徬徨。《國語》"吴王親獨行，徬徨於山林之中"。《莊子·逍遥遊》"彷徨乎無爲之側"。字又作徬徨。《史記·楚世家》"於是獨徬徨山中"。又作仿偟。詳仿偟條下。雙聲之轉則爲徘徊、俳回，詳俳個條下。又爲漂摇、嫖姚、飄摇、飄飄、漂遥。

滂沛

《九歎·逢紛》"波逢涌涌，潰滂沛兮"。王逸注"水性清潔平正，順而不爭，故以喻屈原也。言水逢風紛亂，揚波滂沛，失其本性。以言屈原志行清白，遭逢貪佞，被過放逐，亦失其本志也"。《史記·司馬相如傳·大人賦》"涉豐隆之滂沛"。《正義》"案豐崇將雲雨故云滂沛"。《漢書·揚雄傳》"雲飛揚兮雨滂沛"，又"德溥而恣懫，知滂沛而盈溢"。慧琳《一切經音義》五十六滂沛下云"上普傍反，下普賴反"。《三蒼》"滂沱也，沛水波流也，沛亦大也"。按《説文》"滂沛也，從水旁聲"。又沛字訓"水出遼東，番汗塞外，西南入海"云云。古籍多以沛爲大水，《説文》不載此義，而許氏以沛釋滂，蓋以通用義釋專字也。漢以後又有霶霈，則粘附俗字也。又作滂霈，見《易林·坤之旅》"流潦滂霈"是也。又作滂濞，《漢書·相如傳·大人賦》"豐隆滂濞"，即《史記》之"滂沛"也。濞沛聲近，聲轉爲滂湃。《玉篇》"水勢也"，又《史記·上林賦》之"洶涌滂濞"，《後漢書·馮衍傳·顯志賦》之"氣滂浡而雲披"，《文選·七發》之"觀其兩傍則滂渤怫鬱，闇漠感突"，皆聲近義通之詞。

蓬龍

《九歎·遠逝》"飄風蓬龍，埃坲坲兮"。王逸注"蓬龍猶蓬轉，風貌也。坲坲塵埃貌也"。"蓬一作逢，坲一作浡"。按蓬龍即蓬累一聲之轉也，龍累雙聲。《史記·老商申韓列傳》"且君子得時則駕，不得時則蓬累而行"。《索隱》"劉氏云蓬累猶扶持也"。《正義》云"逢沙磧上蓬轉也，累轉行貌也。言君子得明主，則駕車而仕，不遭時則若蓬轉流移而行，可止則止也"。按梁履繩《左傳補釋》"《埤雅》曰《釋艸》云'齧雕蓬，薦黍蓬'。《詩》曰'首如飛蓬'。蓬蒿屬，草之不理者也。其葉散生如蓬，末大於本，故遇風輒拔而旋"。此言飄風蓬龍，則虛狀飄轉動之象，不必即謂飄風如蓬也。

蔓衍

《九思·怨上》"菽藟兮蔓衍"。舊注"蔓衍廣延也"。按《遠遊》"騎膠葛以雜亂兮，斑漫衍而方行"。叔師注"繽紛容裔以竝升也"。繽紛釋漫衍，與此廣延義同。蔓衍即漫衍也。詳漫衍條下。字正作曼，蔓亦借字也。《後漢書·黨錮傳序》"諸所蔓衍，皆天下善士"。聲轉爲蔓莚，《詩·邶風·旄丘》傳"諸侯以國相屬，憂患相及，如葛之蔓莚相連及也"。《釋文》"莚以戰反，又音延"。慧琳《一切經音義》二十七蔓莚下云《西京賦》云"其形蔓莚"。《洪範》上音萬下餘戰反。《廣雅》"蔓長也，延遍也"。王延壽賦"臨軒蔓莚謂長不絕"。字又作蔓延，《詩·衛風·芄蘭》箋"芄蘭柔弱，恒蔓延於地"。蔓延今恒語爾。餘參漫衍條下。

漫衍

《遠遊》"騎膠葛以雜亂兮，斑漫衍而方行"。王逸注"繽紛容裔以竝升也"。"漫一作曼"。洪補云"斑駁文也，漫莫半切，行弋戰切，漫衍無極貌"。《漢書》"漫衍之戲"。按《史記·司馬相如封禪文》"大漢之德，逢湧原泉，沕潏漫衍"。《漢書·西域傳贊》"設酒池肉林，以饗四夷之客，作巴俞都盧海中，碭極漫衍魚龍角抵之戲，以觀視之"。叔師以容裔釋漫衍，與《封禪文》、《西域傳贊》之義皆合，即容裔舒行之貌。洪以爲無極者，無所至止之義，舒行之引申也。《列子·仲尼》"公孫龍之爲人也，行無師，學無友，佞給而不中，漫衍而無家"，注"儒墨刑名，亂行而無定家"，即無極之義。《説文》無漫字，古只作曼。《説文·又部》"曼引也"。引申爲修遠。《離騷》"路曼曼其修遠兮"是也。詳漫漫條下。衍者《説文·水部》"水朝宗於海也"。引申亦爲引長，則二字乃義近複合詞。字又作漫羨。《漢書·藝文志》"及盪者爲之，則漫羨而無所歸心"，師古注"漫放也"，放即引申長之義。字又作漫演。《漢書·武帝紀》"設酒池肉林……碭極漫演角觝之戲"，即《西域傳贊》之"漫衍"也。聲轉爲漫延。漫延今恒語。巨獸百尋則名曰曼延，亦漫衍之義也。又轉爲博衍，《遠遊》"音樂博衍，無終極兮"。王注"五音安舒，靡有窮也"。安舒即釋博衍，與漫衍舒行之義同，其本字皆作曼衍。《莊子·齊物論》"因之以曼衍"，司馬注"無極也"。《甘泉賦》"駢交錯而曼衍兮"。注"分布也"。《漢書·晁錯傳》"曼衍相屬"。注"猶聯綿也"。又或作蔓衍，《九思·怨上》"菽藟兮蔓衍"，注"蔓衍廣延也"。詳蔓衍條下。

紛緼

《九章·橘頌》"紛緼宜脩，姱而不醜兮"。王逸注"紛緼盛貌。言橘類紛縕而盛，如人宜修飾，形容盡好無有醜惡也”。洪補云“紛音墳，縕音氳，《集韵》荔蘊積也。《文選·東都賦·寶鼎詩》‘寶鼎見兮色紛縕’”。六臣本作“紛紜”。紛紜與紛縕一聲之轉也。字又作紛蘊，《古文苑·王融和王友德之古意二首》“千里不相聞，寸心鬱紛蘊”。又作荔蘊，見《九懷》。別詳。疊韵之變則爲紛綸，《文選·琴賦》“紛綸翕響冠衆藝兮”。向注“紛綸翕響，聲繁美貌”。字又作紛輪，司馬相如《封禪文》“紛綸葳蕤”。《漢書》作紛輪。參紛紜條下。

荔蘊

《九懷·蓄英》“荔蘊兮黴黧”。王逸注“愁思蓄積，面垢黑也”。“荔一作紛”。洪補曰“荔音墳，蘊於雲切。荔蘊蘊積也”。按《説文·員部》“賦物數紛賦，亂也”。徐鍇曰“即今紛紜字”。段注“賦今作紜。紜行而賦廢矣”。紛賦謂多，多則亂也。荔蘊即紛賦一聲之轉。荔蘊又作紛縕，《九章·橘頌》“紛縕宜修，姱而不醜兮”。注“紛縕盛貌”。《補注》曰“《集韻》紛縕積也。《東都賦·寶鼎詩》‘寶鼎見兮色紛縕’”。六臣本《文選》作紛紜。字又作紛蘊，《古文苑·王融和王友德之古意二首》“千里不相聞，寸心鬱紛蘊”。詳紛縕條下。紛紜或作紛云，《漢書·禮樂志·郊祀歌·天門十一》“專精厲意逝九閡，紛云六幕浮大海”。司馬相如《難蜀父老文》“威武紛云”。又作紛員。《郊祀歌·象載瑜十八》“赤雁集六紛員”。師古曰“紛員多貌”。《史記》作紛紜。云員即賦之裂變。《九懷》作荔蘊者，荔從艸，蓋依蘊從草而誤衍艸也。

彷徨

《九懷·匡機》“彷徨兮蘭宮”。王逸注“游戲道室誦五經也”。“一作仿偟”。《九歎·憂苦》“外彷徨而游覽兮”。王逸注“言己外雖彷徨于山野之中以游戲，然心常惻隱含悲而念君也”。《莊子·逍遥遊》“彷徨

乎無爲其側”。《釋文》“彷薄剛反，徨音皇”。疏“彷徨、逍遥，皆自得
逸像之名”。又《天運》“有上彷徨，孰嘘吸是”。《釋文》“彷薄皇反。
司馬本作旁皇，云旁皇，飈風也”。疏“彷徨迴轉之貌”。又《知北遊》
“彷徨乎馮閎”。《釋文》“彷音旁，本亦作徬，徨音皇”。字亦作仿偟，
《九歎·思古》“夕仿偟而獨宿”。又作方皇、房偟、旁皇，皆詳仿偟條
下。又作徬徨，《説文·示部》“祘，門内祭先祖朼以彷徨”。《繫傳》本
徬作彷。《韻會》及《釋宫》釋文引徬亦作彷。《玉篇》及《詩·楚茨》
釋文引則作徬。《文選·西京賦》“降周流以徬徨”。李善注“《毛詩序》
徬徨不忍去”。一韻之變則爲仿佯，又作彷徉，詳仿佯、彷徉條下。一
聲之轉則爲漂遥、飄搖、嫖姚，爲徘徊，爲馮閎。

仿偟

《九歎·思古》“夕仿偟而獨宿”。王逸注“言己旦起徘徊，行於長
阪之上。夕暮獨宿山谷之間，憂且懼也”。按《後漢書·馬皇后紀》“夜
起仿偟爲思所納”。字省作方皇。《荀子·禮論》“於是其中焉方皇周挾，
曲得其次序，是聖人也”。楊倞注“方皇讀爲徬徨，猶徘徊也。言於是
禮之中，徘徊周帀，委曲得其次序而不亂，是聖人也”。又《君道》“古
者先王審禮，以方皇周浹于天下”。《漢書·揚雄傳》“溶方皇于西清”。
師古曰“方皇彷彿也”。五臣本作彷徨。字又作房皇，《史記·禮書》引
《荀子》“方皇周挾”，作“房皇周挾”，《索隱》“房音旁，旁皇猶徘徊
也”。字又作彷徨，《魏策》上“左江右湖，以臨彷徨”。吳師道《補校
注》曰“姚云彷徨，一作方湟”。鮑注“自上觀下曰臨”。《集韻》“彷
徨、彷洋、仿佯，徙倚也”。《莊子·天運》“風起北方，一西一東，上
有彷徨”。《釋文》“彷薄皇反。司馬本作旁皇”。《楚辭·九懷·匡機》
“彷徨兮蘭宫”。詳彷徨條下。字又作徬偟。一韻之變則爲方羊，亦作仿
佯、彷徉。詳仿佯、彷徉兩條下。一聲之轉則爲漂搖、漂遥、飄颻、飄
姚、嫖姚，爲徘徊，爲馮閎。

匍匐

《九思·憫上》"匍匐兮巖石"。同篇"潛藏兮山澤，匍匐兮叢攢"。按《詩·生民》"誕實匍匐"。《毛傳》"匍匐兒以手行也"。《谷風》"凡民有喪，匍匐救之"。箋云"匍匐言盡力也"。《釋文》"匍音蒲，又音符；匐蒲北反，一音服"。《説文》"匍手行也，從勹甫聲"。大徐薄乎切。又"匐伏也。從勹畐聲"。大徐音"蒲北切"。手行與伏地，義稍別輕重，然《詩》兩用，《禮·問喪》一言，《莊子·秋水》、《徐無鬼》各一言，《孟子·滕文公》一言，皆作匍匐，無單言者，則許書誤也（王筠以爲今本《説文》據《字林》、慧琳《一切經音義》及《文選·長揚賦》李善注作匍匐手行也爲允當）。匍匐猶今言俯伏，亦勉力從事之義。《毛詩》、《莊子》作匍匐者專字。字又作扶服。《禮記·檀弓》引《詩》"匍匐救之"作"扶服"，則三家詩也。其餘如《家語》引"匍匐救之"則作扶伏。《左傳》昭十三年"奉壺飲冰以蒲伏焉"。《釋文》本文作匍匐。蒲本又作扶。昭二十一年"扶伏而擊之"，《釋文》本或作匍匐。《史記·蘇秦傳》"嫂委蛇蒲服"。《史記·范雎傳》"膝行蒲服"，《淮陰侯傳》"出袴下蒲伏"，《漢書·霍光傳》"孺扶服叩頭"。《七發》"沈沈湲湲，蒲扶連延"，《初學記》十三，《藝文類聚》三十九竝引湛方生盟文曰"俯從詩人匍伏之義"。又《漢書·田蚡傳》"譜服謝罪"，譜服亦扶服也。《廣韻》有彴匐，《集韻》有匍匐，皆匍匐之異文。又《秦和鐘》云"匍百四方"，亦即匍匐四方也。按匍匐一詞，先秦南北之士皆用之，其義皆同，蓋一時通語也。惟《楚辭》見之，自王叔師文始，則本之詩義而用古文也（《周秦十三經音略》辯服字不可讀匐，必上字爲匍，下即爲匐；上字爲扶，下即爲服云云。不知聯綿詞之義。陳壽祺已辯之矣）。

便旋

《九思・悼亂》“便旋兮中原”。《文選・西京賦》“便旋閭閻，周觀郊遂”。薛綜注“盤桓便旋也”。濟注“便旋猶迴轉也”。按便旋叠韵聯綿詞。《廣雅・釋訓》“便旋徘徊也”，與盤桓、徘徊皆一聲之轉，文異而義不殊。盤桓又轉爲盤旋。《淮南・人間》“而蓑笠盤旋也”。字又作槃旋，見《後漢書・蔡邕傳》。又作槃還，見《淮南・齊俗》。又作般還，見《禮・投壺》。皆便旋一聲之字變也。《莊子・大宗師》“跰𨇤而鑑于井”，《釋文》崔本作邊鮮。司馬云“病不能行，故便旋也”。又《史記・司馬相如傳》“媥姺徶㣯”。《國語・魯語》“踦跂畢行”。韋注“踦跂跰蹇也”。《玉篇》足部“躚跰跰舞貌”。《廣韻》一仙躚字注“蹁躚旋行貌”。《文選・南都賦》“翹遥遷延，蹴蹐蹁躚”。（即《相如傳》之“媥姺徶㣯”也）。諸跰𨇤、邊鮮、媥姺、跰蹇、跰躚、蹁躚與便旋亦皆一聲之轉，而字皆不同者。漢以來詞賦家多依聲托事，而增益假借者也。字又變爲便嬛。《文選・上林賦》“便嬛綽約”。郭注“便嬛輕麗也”。旋之變爲嬛，猶《齊風》“還兮”之還。《韓詩》又作嫙也。聲轉爲便娟，《遠遊》“雌蜺便娟”是也。詳便娟條下。

彷佛

《九辯》“柯彷佛而萎黄”。王逸注“肌肉空虚，皮乾腊也”。洪補云“佛音費”。按叔師以肌肉空虚皮乾腊也釋“柯彷佛”句，萎黄自色而知，驗之于目，與《説文》訓彷佛爲“相似視不諟也”。（此從《文選・甘泉賦》李善注引《説文》，今本作仿佛，見後）。之言相合。《甘泉賦》“猶彷佛其若夢”。注“晋灼曰恐遂不識其形觀，猶髣髴若夢也”。《文選・長揚賦》“從者彷佛，骫屬而還”。注“張晏曰從者彷佛，委釋而回旋”。字又作彷佛。《禮記・祭義》“以與神明交，庶或饗之”。注“或猶有也。言想見其彷佛來"。字又作髣髴，上引《長揚賦》李善注"彷彿或作髣髴"。《九章·悲回風》"存髣髴而不見"。《遠遊》"時髣髴以遙見兮"。宋玉《神女賦序》"目色髣髴，乍若有記"。《漢書·叙傳》"曾未得其髣髴"。詳髣髴條下。按《説文·人部》"仿相似也"，"佛不審也"。則彷彿當以仿佛爲本字，其他皆後增字或俗譌字也。《玉篇》人部"仿佛相似也"，"佛仿佛也"。字又作方物，《後漢書·張衡傳》"人神雜擾，不可方物"，即本之《漢書·郊祀志》之"民神雜擾，不可方物"也。又作肪胇，《一切經音義》二"仿佛古文作肪胇"是也。字又作放患。《漢書·禮樂志》"相放患"。師古曰"放患猶髣髴"。字又或作方佛、方弗、放弗、方弗、佊佛、佊佛、吩咈，詳見段氏《説文注》及桂氏《説文義證》。要皆仿佛之異文，或反言曰拂仿，《儀禮·既夕禮》鄭注"有所拂仿也"是。同韻之變則曰怳惚，《老子》"道之爲物，惟怳惟惚"。字又作荒忽，詳慌忽條下。彷彿可倒言，故怳惚亦得倒言曰惚怳，《老子》"惚兮恍兮"是也。

髣髴

《九章·悲回風》"存髣髴而不見兮"。王逸注"髣髴謂形貌也。一云不得見"。洪補云"髣髴形似也。髴，沸拂二音"。《遠遊》"時髣髴以遙見兮，精皎皎以往來"。王逸注"託貌雲飛，象其形也"。洪補曰"《説文》'髣髴見不諟也'"。按髣髴雙聲聯綿詞，視不審諟之貌。《鬼谷子本經·陰符·養志》"神喪則髣髴"。注"不精明之貌"。《神女賦》"目色髣髴，乍若有記"。李善注"髣髴見不審也"。《玉篇》云"髣芳往切，髣髴也"。《一切經音義》八十四引《考聲》"不分明貌"。髣字或從人作仿，音同。髴字亦或從人作佛，或從心作患，義同。《子虛賦》"若神之髣髴"。《史記》作彷彿，則髣髴即仿佛之別構。今《説文·人部》"仿相似也"、"佛見不審也"。詳彷彿條下。漢隸省書作髣髴者，書法之變，不關字體結構。

俳佪

《遠遊》"焉乃逝吕俳佪"。王逸注"遂往周流，究九野也"。按叔師以周流訓俳佪與《九思·疾世》"周俳佪兮漢緒"用義相同，周流亦俳佪之義也。《廣雅》"俳佪便旋也"。便旋者謂委曲前却盤桓迴旋之義，故或訓爲仿偟。《漢書·高后紀》"俳佪往來"。注云"俳佪猶仿偟不進之意也"。古書作徘徊者爲多。蓋先秦南楚習語，詳徘徊條下。惟《説文》不載此二字，當是許君脱遺。《説文》有裵字，徐鉉以爲俳佪正字，拘虚不識語源。俳字《説文》訓戲也，又無佪字，則古書當以徘徊爲正，而俳佪則省體也。聲轉爲磐桓，磐桓亦先秦舊語。見《易·屯卦》初九"盤桓利居真"。《正義》"不進之貌"字又作泏桓。《管子·小問》"君乘駿馬而泏桓"。尹知章以泏爲盤古字是也。漢以後多作盤桓，是俳佪者南土之習語，盤桓者北地之故言，語根雖一而方俗之差稍異矣。字又作般桓，見傅毅《舞賦》，又作槃桓，見《後漢書·種岱傳》，又畔桓見《漢張表碑》聲轉爲徬徨或仿偟，見仿偟條下。即方皇之變也。又轉爲仿佯，見仿佯條下。通轉之例尚多，不及一一備録矣。

徘徊

《七諫·自悲》"徐風至而徘徊兮，疾風過之湯湯"。王逸注"風爲令言，君命寬則風舒，風舒則己徘徊而有還志也"。《九歎·逢紛》"徐徘徊於山阿兮"。王逸注"阿曲隅也。徘一作低。言己至於山之隈曲，且徐徘徊，冀想君命"。《九歎·思古》"旦徘徊於長阪兮，夕仿偟而獨宿"。王逸注"言己旦起徘徊，行於長阪之上"。《九思·疾世》"周徘徊兮漢渚"。舊注"言居山中愁憤，復之漢水之涯，庶欲以釋思念也"。按徘徊一詞，《楚辭》四見，皆漢賦所用，其實亦先秦南土習語也。《莊子·盜跖》"執而圓機獨成，而意與道徘徊"，疏"徘徊猶轉變意"；《荀子·禮論》"今夫大鳥獸，則失亡其群匹，越月踰時，則必反，鉛過故鄉則必徘徊焉，鳴號焉，躑躅焉，踟躕焉，然後能去之也"，楊注"徘徊回旋飛翔之貌"，宋玉《風賦》"徘徊於桂椒之間"，皆是的證。北土無一用之者。叔師釋爲"舒則徘徊"，然曰"徐風徘徊"，則其義以舒徐爲主，皆低佪不進之意。《子虛賦》"於是楚王乃弭節徘徊，翱翔容與"，《上林賦》亦有同樣用法之句。以弭節、翱翔、容與等同用，即叔師舒徐之意也。《吳都賦》以徘徊徜徉同用。《思舊賦》以徘徊、躊躇同用。《説文》無徘徊字。《玉篇》彳部"徘徊猶仿偟也"。徘徊、仿偟蓋一聲之轉。字又作俳佪。《漢書·高后紀》"俳佪往來"。又作俳回，《後漢書·張衡傳·思玄賦》"馬倚輈而俳回"。按徐鉉句中正等上校定許氏《説文》表，有用俗書，譌謬不合六書之體二十八則，其中有徘徊一詞，注云"本作裵回寬衣也，取其裵回之狀"。考漢以來書用裵回者至多。《史記·呂太后紀》、《漢書·外戚·李夫人傳》、《後漢書》馮衍、馬融、謝弼諸傳皆是，其義與徘徊無二致。字又作裵佪，見馬融《圍棋賦》，又作裴回，見《漢書·禮樂志·郊祀歌》，又見《燕剌王旦傳》、《後漢書·蘇亮傳》。排比諸義皆與徘徊一詞相應，則徘徊乃叠韻聯綿詞，本無定字。賦家多以形容仿偟不安之象，則作徘徊裵回，皆無不可。裵回專以指衣之舒徐當爲寬衣正字，而語源固與徘徊不殊。不得以《説文》有無爲斷也。餘詳俳佪條下。

繽紛

《離騷》"佩繽紛其繁飾兮，芳菲菲其彌章"。王逸曰"繽紛盛貌。言己整飾儀容，佩玉繽紛而衆盛，忠信勃勃而愈明。終不以遠，故改其行"。洪補曰"繽匹賓切"。朱熹《集注》曰"繽匹賓反，繽紛盛貌。佩服愈盛而明，志意愈脩而潔也"。此繽紛言盛。又"時繽紛其變易兮，又何可以掩留"。王注"言時溷濁，善惡變易"。五臣云"繽紛亂貌"。朱熹同。此繽紛作紛亂解。又《九懷》"撫余佩兮繽紛，高太息兮自憐"。王注"持我玉帶，相糾結也"。此繽紛作糾結解。《廣雅》"繽繽紛紛衆也"。《淮南·俶真訓》"繽紛蘢苁",高注"繽紛雜糅也",《反離騒》"暗藹其繽紛",顔注"繽紛交雜也",其義訓亦不一致。按《説文》無繽字,又紛字本義,乃馬尾韜,與上面諸義皆不相合。《説文·門部》"闐闠也,匹賓切"、"闗闠連結闐紛相牽也"。(用段氏説) 撫文切,即此繽紛也。繽紛乃假借字,借字行而本字廢矣。聯綿詞多無本字,而亦時有之,此一例也。連結相牽者謂不止也,有繁多之義。連結相牽則闐之盛,故引申得訓爲盛。盛則易亂,故亂亦盛之引申。亂則糾結不可解,亦亂之實也,亦相牽之引申矣。佩之繁飾,紛然如闐,故曰盛。闐而不解,有如糾結,故亦曰繽紛。而時之變易,紛然不可揆理,狀其不可理之象曰亂。此繁盛之所由生滅,亦詞義之所由發展也。香之繁盛而牽連者曰咇茀,見《上林賦》。水之盛發者曰渾沸,見《説文》。火之盛而不絶者曰燀薜,風之盛而不絶者曰馮發,與繽紛皆一聲之轉也。

被離

《楚辭》三見,皆言"妒被離而鄣之"(《遠遊》鄣作折),叔師各依文義釋之。《哀郢》曰"讒人妒害,加被離析,鄣而蔽之",《九辯》同,讒邪妒害,而壅遏之。《九歎·遠遊》曰"共被離摧折而棄之"。《漢書·揚雄傳·反離騒》"亡春風之被離兮",師古曰"被讀爲披",則被離猶言分離、析離也。分離今恒語。三文皆各引一本作披,詳披披與被被兩條下。字又作被麗。《文選·甘泉賦》"紛被麗其亡鄂"。李善注"被麗行散貌也"。又《風賦》"至其將衰也,被麗披離"。李善注"四散之貌也"。被麗披離猶"罷池陂陀"、"委蛇委佗"之比。倒言之曰離披,見《九辯》"奄離披此梧楸",詳離披條下。

離披

《九辯》"白露既下百草兮,奄離披此梧楸"。王逸注"痛傷茂木又芟刈也"。"披一作被"。五臣云"言秋氣傷物之甚也。奄同，離，羅也。既凋百草而梧楸同罹此患。百草喻百姓，林木喻賢人"。洪補曰"奄忽也、遽也、離披，分散貌。被與披同"。按離披即披離。詳被離條下。《哀郢》"妒被離而鄣之"，注云"被一作披"，與此注"披一作被"同，即析離分披之義。聲轉爲離別。《離騷》"余既不難夫離別兮"。詳離別條下。又《後漢書·班固傳》之離叛亦聲近義同。五臣訓離爲羅，則以奄離連文，誤矣。

便娟

《遠遊》"雌蜺便娟目增撓兮"，"娟一作蜎"。洪補曰"便讀作婢，毗連切，娟於緣切。便娟輕麗貌，《爾雅》疏引'雌蜺婢嬛'，嬛與娟同"。《釋文》"嬛虛捐切"。又《大招》"豐肉微骨，體便娟只"。王逸注"便娟好貌也"。又《七諫·初放》"便娟之脩竹兮"王逸注"便娟好貌"。按《文選·南都賦》"致飾程蠱，偓佺便娟"。李善注《廣雅》曰"便娟則嬋娟也"。向注"偓佺便娟，多容姿也"。《楚辭》三用，依上下文義定之，則《遠遊》之"雌蜺便娟"當作便旋解。《西京賦》"便旋閭閻，周觀郊遂"。濟注"便旋猶迴轉也"。《大招》之"豐肉微骨，體便娟只"當與《南都賦》之"偓佺便娟"同義，多姿容也。《七諫》之便娟則有修長之義，所謂"碩人頎頎"也。而總爲美麗。字又作婢娟，《玉篇》女部"婢娟美女貌"。婢嬛，見洪補引《爾雅》疏引《遠遊》。字又作便嬛。《漢書·司馬相如傳·上林賦》"便嬛綽約"。注"郭璞曰便嬛輕麗也"。字又作便旋，見上引《西京賦》。旋嬛古通用也。詳便旋條下。

便悁

《七諫·謬諫》"獨便悁而懷毒兮"。王逸注"言憂愁之無窮"。"便悁一作申旦”。洪補曰“悁忿也，音淵”。《哀時命》“獨便悁而煩毒兮，馬發憤而抒情”。王逸注“言己懷忠直之志，獨悁悒煩毒，無所發我憤懣，泄己忠心也”。按便悁一詞。《楚辭》及群書只此二見。以其與懷毒、煩毒連文成句，故叔師以憂愁釋之也。按《説文》“悁忿也。從心肙聲。一曰憂也”。大徐於緣切。則此詞當以悁聲爲主，便悁本叠韻聯綿詞，則便或其聲首與。然一本作申旦，一本作悁悒，則疑《七哀》此文爲悁悒一詞之誤。《詩·澤陂》“中心悁悁”。傳云“悁悁猶悒悒也”。吳質《答東阿王書》“乃質之所以憤積於胸臆，懷眷而悁邑者也”。（李善注《洞簫賦》“哀悁悁之可懷”引《説説》悁字，“悁悒憂貌”，則許原書亦訓悁爲悁悒也）。又古籍多言忿悁或憤悁。《九歎·逢紛》“腸憤悁而含怒兮”。《史記·魯仲連傳》“棄忿悁之節，定累世之功”。《新序·雜事一》“解忿悁之難，交兩國之歡”。字或作忿狷。《戰國策·趙策》“棄忿狷之節，定累世之功”，則此便悁或當是忿悁之誤。忿便雙聲，而便悁一詞，又與便娟同聲，因而致誤也。

滂沱

《九懷·株昭》“卷佩將逝兮，涕流滂沱”。王逸注“袪衣束帶，將橫奔也。思君念國，泣霑衿也”。“流一作泗”。《九歎·惜賢》“勞心悁悁，涕滂沱兮”。王逸注“言己欲竭節盡忠，終不見省，但勞我心，令我悁悒，悲涕而橫流也”。《九思》“憑悵立兮涕滂沱”。舊注“憂悴而涕流也”。按滂沱一詞最早見於《詩·小雅》“漸漸之石，月離于畢，俾滂沱矣”。《釋文》“滂普郎漢沱徒河反”。《漢書·天文志》引此詩而釋之曰“言多雨也”。又《陳風·澤陂》“涕泗滂沱”。《文選·寡婦賦》李善注引此語。翰注“滂沱淚多也”，則滂沱以水大流爲本義，涕泗滂沱爲引申義。《楚辭》三用，皆與涕連，則皆用引申義。而沱字皆作沱者，俗寫也。引申則汗流亦曰滂沱。《古文苑·程曉嘲熱客詩》“搖扇腷中疼，流汗正滂沱”。流血亦曰滂沱。《蜀志·蔣琬傳》“夜夢有一牛，頭在門前，血流滂沱”。酒肉盛多亦曰滂沱。《風俗通》“怪神遠近，翕赫其下，車騎常數千百酒肉滂沱”。

陂陀

《招魂》“文異豹飾，侍陂陀些”。王逸注“陂陀長陛也。言侍從之人，皆衣虎豹之文異采之飾，侍君堂、隅，衛階陛也。或曰侍陂池，謂侍從於君，遊陂池之中，赫然光華也”。“陀一作陀”。洪補云“陂音頗，陀音馳，不平也”。《文選》陂音波。按《文選·招魂》作“陂陀”。陂陀叔師凡兩訓：一訓長陛，猶言長阪也；一訓陂池，則漢世所行也。陂陀字又作陀陂、陀陂、池陀、陀池，皆一形之變也。《左傳》哀元年“今聞夫差次有臺榭陂池焉”，《淮南·主術訓》“志專在于宮室臺榭陂池苑囿”，則陂池蓋遊觀之所，與苑囿同科。按《説文》無池字。段玉裁依《初學記》引《説文》“池者陂也，從水也聲”。補池字。章炳麟《小學答問》曰“唐人引《説文》，雜存《字林》及《説文舊注》都非誠記。古無舌上音，池讀若隉，《説文》但作隉。隉唐也。周帀者謂之隉，多以言眾受者，若眾受者謂之唐逯，以言周帀者矣（俗字作塘）。陂本阪也，亦爲池，明周帀眾受，得互偁，同名……緣邊周帀者，亦曰池。《記》言‘魚躍拂池’。顏師古引《左思詩》‘衣被皆重池’。唐時卧氈施緣者曰池氈。惟本誼爲水厓隉防，故緣飾邊幅者依以爲名，斯則本字爲隉，藉字爲沱。沱變作池。沾補者甚無謂也”。是陂陀本以緣邊周帀爲誼，故與苑囿同科也。《左傳》、《淮南》之言，得存古義於髣髴。則《招魂》所謂“侍陂陀”者，亦侍遊揚之義。惟戰國之末與漢人之用陂陀者，多有衰義，或有池塘義，則以陂爲坡，以陀爲池之變也。《廣雅·釋詁》二“陂陀衺也”。《爾雅·釋地》“陂者曰阪”。郭注“陂陀不平”。《漢書·司馬相如傳》“罷池陂陀，下屬江河”。郭璞云“言四方頹也”。則陂陀乃靡迆之地，靡迆必漸衰，故引申爲衰也。《呂氏春秋》言“無漉陂池”（《禮記·月令》同），《月令注》“畜水曰陂，穿地通水曰池”，此即《後漢書·光武紀》所謂“無爲山陵陂池，裁令流水而已”，言不須高作山陵，但令小隆起坡陁然裁得流泄水潦耳。引申爲江旁小水。《上林賦》“衍溢陂陁”。郭璞注“陂陁江旁小水”，詞義以代而變，此其例也。

屏營

《九思·逢尤》“步屏營兮行丘阿”。舊注“憂憒不知所爲，徒經營奔走也”。洪補“屏音并，卑盈切，征忪也”。按屏營一詞，乃先秦習用語，驚惶失據之貌。《吳語》“王親獨行，屏營傍偟于山林之中”可證。至漢以後用之尤多。《廣雅·釋訓》“屏營征忪也”。（《玉篇》引作“怔忪也”）。《後漢·章帝八王·清河孝王傳》“夙夜屏營，未知所立”。注“屏營仿偟也”。屏營、仿偟、徘徊並一聲之轉。舊注以爲經營奔走（奔走二字釋下行丘阿），大誤，決非叔師原注，魏晉以後遂成章牘套語矣。

屏移

屏字《楚辭》五見。其曰屏營、屏風、屏蓬者，皆聯綿詞，別見。此外則凡得二義。

（一）《七諫·怨世》“玄鶴弭翼而屏移”。王逸注“言貪狼之人並進成群。廉潔之士斂節而退也”。按王逸以玄鶴比斂節之士也，釋屏爲退隱，讀爲《曲禮》“則左右屏而待”之屏。注“退也，隱也”，此於《說文》當爲偋之借字。

（二）棄也。《論語》“屏四惡”。孔注“除也”。《九歎·愍命》“君乖差而屏之”。王逸注“言己雖竭忠謇，以重達其志，君心乃乖差，而不與我同。故遂屏棄而不見用也”。《禮記·王制》“屏之遠方”。注“猶放去也”。

別離

　　《九歌·少司命》“悲莫悲兮生別離，樂莫樂兮新相知”。王逸注“人居世間悲哀莫痛與妻子生別離”。洪補“樂府有生別離，出於此”。《九辯》“願賜不肖之軀而別離兮”。王注“乞丐骸骨而自退也”。既爲讒妬所郭，故願乞身而去也。按別離古成語。《楚辭》兩用，皆屈宋之作。本義近複合詞。《離騷》王叔師注“近曰離遠曰別”。（詳離別條下）是也。《説文》“㓤分解也，從冎從刀”。隸省作別。分解者如庖丁解牛之解，故引申爲分離。又八部“八別也，象分別相背之形”，此爲北之簡形，北者實象之兩人相背，背亦其孳乳字也。足相背爲𣥂，形音皆自北八相衍。簡之則爲八，遂成虛象，重之則爲兆，兆分也，從重八。此亦分非字，八兆別三字，音同，古蓋一字異體。

　　一自兩人相背會意。一自殘骨之冎與刀會意。一自二八相重指其事。上兩字實象，下一字虛象也。故北、八、冎、別。結構取象雖異，而表意則一也。從冎有別，故從八有分，義與別冎兩會，古無輕脣，別入聲，分平聲之變，讀音有緩急也。故亦得言分離。又判亦訓分，從半從刀、與分同義，而半又兼聲。故別離又得言判離也。大抵北、八爲最古之文，北自甲文已借用爲四方名，別增益爲背。八借爲數字，遂孳乳爲分爲冎，故分離背離、冎離（《荀子·天論》“上下乖離”即兆離之誤。後世少見兆，遂誤作乖也）、別離、判離皆一聲之轉也。其音更轉變爲披離、被離、配離、仳離、毗劉等詞，而足相背曰𣥂剌，亦別離同聲之變異也（參章炳麟《文始》別詳別分諸條下）。離本離黃字，古籍多借爲劵。《廣雅·釋詁》一“離分也又遠也，二去也、三散也”，《釋言》“離別也”，其證至多，不可枚舉（別詳離字條下）。又考別離一詞，即《詩經》之仳離，北土無用別離者，則當是南楚方習之語，與仳離蓋亦一聲之轉也。

辟摽

《九懷·思忠》"寤辟摽兮永思"。王逸注"心常長愁，拊心踴也，辟拊心兒也"。"辟一作僻"。洪補云"《詩》云'寤辟有摽'。注云'辟拊心也，摽婢小切，擊也'。張景陽《七命》云'熒嫈爲之擗摽'，擗避辟切，摽避權切。驚心也"。按《詩·柏舟》"覯閔既多，受侮不少，静言思之，寤擗有摽"，此《九懷》所本也。《毛詩》作擗者，古文；《九懷》作辟者，三家説也。《毛傳》"擗拊心也，摽拊心貌"。《釋文》"擗本作擘"。按辟字，《説文·辟部》訓"法也"。《詩·柏舟》釋文以爲本作擘者，《説文·手部》"擘撝也"。《九歌》"擗蕙櫋兮既張"。《文選》張注"析也"。《廣雅·釋言》"擘剖也"。引申之，則拊亦曰擘，與劈、捭並同。摽者，《説文》"擊也"，《左傳》"長木之斃無不摽也"，杜注"摽擊也"，則辟摽二字義近複合，爲一平列之詞。《毛傳》訓拊心者，從"覯閔"、"受侮"、"静思"諸義融會而曰拊心，則所以訓釋文義，不僅詁詞義也。漢人遂直以辟摽爲拊心。《長笛賦》"靁歎頽息，掐膺擗摽"，《文選·張景陽七命》云"熒嫈爲之擗摽，嬬志爲之鳴咽"，亦此義。

虛静

《遠遊》"漠虛静以恬愉兮，澹無爲而自得"。王逸注"恬然自守，內樂佚也"。按"漠虛静以恬愉"與《莊子·刻意》篇"夫恬淡寂寞，虛無無爲"之意全同。《刻意》又曰"虛無恬惔乃合天德"與此"漠虛"、"澹無"兩句意全同。此本戰國諸子恒語。如《荀子·解蔽》之"虛壹而静，謂之大清明"、《吕氏春秋·有度》之"静則清明，清明則虛"，又《知度》"用虛無爲本"，《史記·老子韓非傳贊》"老子貴道，虛無因應"，虛静寂寞之説，皆南土諸子言之，此自南派諸子如老莊之流之所守也（《荀子·解蔽》頗受南學影響）。然氣象作用則大異。至漢而《淮南》言之最悉。所謂虛靜者，既虛且靜之義，爲性命修養之一要法。《淮南·精神訓》云"氣志虛靜恬愉而省嗜欲"，又"恬愉虛靜以終其命"數語可作《遠遊》注解。虛靜恬愉，不忘思念，即上文耿耿縈縈之對文。《遠遊》"漠虛靜"爲屈子三字狀語之一例。

壅蔽

《九辯》"何氾濫之浮雲兮，猋壅蔽此明月"。注"妨遮忠良，害仁賢也"。又"卒壅蔽此浮雲兮，下暗漠而無光"。王逸注"終爲讒佞所覆冒也"。朱熹本壅作雝。注云"一作壅"。按壅蔽即蔽壅之倒言，《九章·惜往日》"諒聰不明而蔽壅兮"是也（又見《七諫·沈江》）。按壅即邕之借字。詳邕字條下。凡從邕之字，皆有抱圍擁護之義。蔽本訓蔽，蔽小草，然古籍多用爲障蔽、掩蔽之義，則壅蔽一詞乃義近複合狀性詞，謂圍擁而障蔽之也。故上言"壅蔽此浮雲"，下言曰"暗漠無光"，謂擁障浮雲，故無光也。《荀子·成相》"上壅蔽失輔埶"《韓非·孤憤》"然而人主壅蔽，大臣未權，是國爲越也"，《漢書·劉向傳》"委任趙高，專權自恣，壅蔽大臣"。字又作擁蔽，《韓非子·二柄》"故劫殺擁蔽之主"，《禮記·內則》"女子出門，必擁蔽其面，夜行以燭"，注"擁障也"。又作壅閉，《左傳》昭元年"勿使有所壅閉湫底，以露其體"，《正義》曰"壅謂障而不使行，若土壅水也；閉謂塞而不得出，若閉門也"。倒言之則曰蔽壅。詳蔽壅下。

壅塞

雙動詞之複合詞。《哀時命》"道壅塞而不通兮，江河廣而無梁"。王逸注"言己欲竭忠謀，讒邪壅塞而不得達"。按壅即邕之俗體，邕爲四方有水，自邕城池，引申之則塞亦曰壅。詳壅字下。《左傳》昭元年

“距達君命，而有所壅塞不行”。《吕氏春秋》“情欲血脈壅塞”古恒語也。亦今常語。今通俗書作擁塞者亦可通。别參彰壅、壅絶諸條。

避匿

義近叠韵複合詞，藏也。《七諫·謬諫》“直士隱而避匿兮，讒諛登乎明堂”。王逸注“言忠直之士隱身避世”。“避一作辟”。按《説文》“避回也”。《漢書·胡建傳》“避迴也”，則回即迴俗字也。連言曰迴避。匿者，《説文·匸部》“亡也”。《爾雅·釋詁》“匿微也”，注“微謂逃藏也”。則避匿謂迴避、亡匿。義近複合詞也。《史記·廉頗藺相如傳》“相如引車避匿”，《七諫》言“隱而避匿”，則避匿正隱之義也。

遐迥

《九思·守志》“道遐迥兮阻歎”。舊注無。按《説文》不收遐字。《詩·邶風·泉水》“不瑕有害”，《毛傳》“遠也”。又《南山有臺》“遐不眉壽”。鄭箋“遐遠也”。古書用之者至多。鄭知同《新附考》云“《説文》‘嘏大遠也’。即遐本字。凡《爾雅·釋詁》、《大雅》毛傳、《禮經》鄭注皆訓嘏爲大。《少牢禮》注訓嘏爲大福，而許君猶兼言遠，蓋本《郊特牲》‘嘏長也’之義言之，遠長一也”。迥者，《説文》“遠也”。大徐户穎切。《爾雅·釋詁》“迥遐也”。遐迥雙聲義近複爲一詞。古籍多單用。

慌悴

《九歎·憂苦》“僕夫慌悴散若流兮”。王逸注“慌亡也。言己欲求賢人而未遭遇，僕御之人感懷愁悴，欲散亡而去，若水之流不可復還也”。洪興祖《補注》云“慌音荒。《博雅》云忘也”。按僕夫慌悴，即本《詩·小雅·出車》篇之"僕夫況瘁"也。劉向或本三家詩耳。慌與況音同。《釋名》云"兄荒也"。又慌惚即怳忽，皆其證。故陳碩甫《毛詩傳疏》云"況古作兄，兄茲也。瘁與瘁同聲通用"。陳氏引《北山》"或盡瘁國事"。《毛傳》云"盡力勞瘁，一從國事"。況瘁盡瘁皆二字平列義同。《九歎》云"顧僕夫之憔悴"，又"僕夫慌悴"，竝與《詩》況瘁同。叔師訓慌爲亡，洪引《博雅》訓爲忘，於此竝失之。

昏

《惜誓》"方世俗之幽昏兮，眩黑白之美惡"。王逸注"幽昏不明也。言方今之世，君臣不明，惑於貪濁，眩於白黑，不能知人善惡之情也"。按又作幽昏，《莊子·天運》"幽昏而無聲"。注"所謂至樂"。《楚語》上"教之世而爲之昭明德而廢幽昏焉"。解"幽闇昏亂也"。按《説文·絲部》"幽隱也"。日部"昏日冥也"。古從氏從民之字多相同，故昏亦作昏。此爲一種複合成語，依古籍考之，皆南楚之士用之，不見於北土諸子，疑爲南楚方言之一，聲轉爲幽晦。詳幽晦條下。

環理

《天問》"環理天下，夫何索求"。王逸注"環旋也。言王者當脩道德，以來四方何爲乃周旋天下，而求索之也"。洪興祖《補注》"穆王事見《竹書》、《穆天子傳》，後世如秦皇漢武託巡狩以求神仙，皆穆王啟之也。志足氣滿，貪求無厭，適以召亂"。朱熹《集注》曰"環旋也。《左傳》云'穆王欲肆其心，周行天下，將必有車轍馬跡焉。祭公謀父作《祈招》之詩以止王心，王是以獲没於祇宮'"。按三家大義皆近之，而詁訓反晦暗。"環理"即上文周流之義，猶言周行也。理聲與履同。沈約注《竹書》"西征還履"即此意。《開元占經》四引《竹書紀年》"穆王東征天下二萬二千五百里，西征億有九萬里，南征億有七百三里，北征二億七里", 其數至侈。而 "穆王巧楳" 之事, 固應不虛也。諸書引《紀年》言穆王環理者至多, 如《大荒北經》注引 "穆王北征, 竹流沙千里, 積羽千里", 《藝文類聚》七引 "西征崑崙邱見西王母" 等皆是。郭璞《山海經序》言之最悉, 可參者。

潢洋

疊韵聯綿詞。《楚辭》二見。

(一)則浩蕩不無所依之意。《九辯》"被荷裯之晏晏兮, 然潢洋而不可帶"。王逸注 "潢洋猶浩蕩, 不著人貌也"。洪補云 "潢音晃, 戶廣切。水深廣貌。洋音養, 滉瀁水貌"。又《九辯》"然潢洋而不遇兮, 直怐愗而自苦"。王逸注 "俍倡後時, 無所逮也"。

(二)則大水之貌。《九歎·遠遊》"赴陽侯之潢洋兮, 下石瀨而登洲"。王逸注 "赴陽侯之大波, 過石瀨之湍, 登水中之洲"。洪補云 "潢戶廣切, 洋以掌切。水深貌"。依字詁言之則大波大水乃其本義, 而大則荒眇難據, 當是引申義。然以語音求之, 則與潢瀁、潢漾、潢漾、汪洋皆同音, 而與浩蕩、荒唐、泓宏、浩洋、浩唐皆一聲之轉, 則不能以字詁限之也。惟《方言》三記 "浼、潣、洼、洿也", 郭注 "皆洿池也, 荊州、呼潢也", 則亦可單言。

汪洋

《九懷·蓄英》"臨淵兮汪洋, 顧林兮忽荒"。王逸注 "瞻望大川, 廣無極也"。洪補曰 "汪洋晃養二音"。按汪洋疊韵聯綿詞, 皆形容水廣大貌。《説文·水部》"汪深廣也, 洋水名"。借爲決字, 盛也。重言曰洋洋, 《詩》'河水洋洋' 是也。汪洋本聯語, 漢以後乃以義近訓詁字書之者也。疊韵之變則爲汪洸, 洸音烏宏切。《文選·江賦》"澄瀲汪洸" 是也。又變爲洸洋。《史記·莊周傳》"其言洸洋自恣以適己"。《索隱》

洸洋二音，又音晃養，晃養亦音義皆同字，又作溰瀁。《九辯》"被荷裯之晏晏兮，然溰洋而不可帶"王注"溰洋猶浩蕩"。浩蕩亦廣大也。即汪洋一聲之變。詳溰洋條下。

惻隱

複合詞，傷痛也。《九歎·憂苦》"外彷徨而游覽兮，內惻隱而含哀"。王逸注"言己外雖彷徨於山野之中以遊戲，然心常惻隱含悲而念君也"。叔師以含悲釋惻隱，常詁也。《孟子·公孫丑》上"皆有怵惕惻隱之心"。《正義》曰"皆有怵惕恐懼惻隱痛忍之心"。按《說文·心部》"惻痛也"；《漢書·鮑宣傳》云"豈有肯加惻隱於細民"，注云"惻隱皆痛也"；《文選·四子講德論》"惻隱身死之腐人"，濟注"惻隱傷痛也"，皆與叔師含義合。參隱惻條下。

隱惻

當爲惻隱之誤倒，詳惻隱條下。《九歎·惜賢》"欲卑身而下體兮，心隱惻而不置"。王逸注"言己欲卑身下體，以順風俗，心中惻然而痛，不能置中正而行佞諛也"。按隱惻疑本作惻隱。叔師注云"心中惻然而痛"，以痛釋隱，則王所見本猶作惻隱也。惻隱爲戰國習用語。《孟子·公孫丑》"皆有怵惕惻隱之心"。又《梁惠王》"惻隱之心人皆有之"。漢人言之尤多。《史記·張釋之傳》"無惻隱之實"，《漢書·藝文志》"咸有惻隱古詩之義"，又《宣元六王傳》"發心惻隱"，《淮南·主術訓》"唯惻隱推而行之"，乃至《公羊解詁》、《周禮·考工記》，鄭司農注皆有之。即《九歎》同篇《憂苦》"內惻隱而含哀"，從無作隱惻者，疑隱惻乃誤倒。義詳惻隱條下。

隱憂

與陰憂、陰曀等皆同義，均爲複合詞。《哀時命》"夜炯炯而不寐兮，懷隱憂而歷茲"。王逸注"如遭大憂，常懷戚戚，經歷年歲"云云，洪補"隱痛也，慇大也。注云大憂疑作慇者是"。按慶善以爲叔師訓大憂，則隱憂當爲慇憂爲是，解字爲説也。《詩·邶風·柏舟》"耿耿不寐，如有隱憂"，《哀時命》即本此也。《毛傳》釋隱爲痛，則大憂即痛憂矣。馬瑞辰謂隱慇古同聲通用，隱者慇之借。《説文》"慇痛也"。《文選》注引《韓詩》作慇憂云云，則三家與毛本自方音之殊也。然《詩》有"憂心慇慇"之説，則隱憂故亦可言慇憂矣。賦家用詞亦時有至義，言陰憂則謂憂之隱微而深；言慇憂者謂憂之厚而重，則義亦自別。隱字亦自有憂義，《九歎·遠逝》"志隱隱而怫鬱"，注"隱隱憂也"；《荀子·儒效》"隱隱兮其恐人之不當也"，楊注"隱隱憂戚也"，則短言曰隱，長言曰隱隱。

陰憂

雙聲複合詞。蓋本原於聯綿詞之陰曀、晻藹等語。義爲憂愁、鬱伊。《九懷·通路》"陰憂兮感余，惆悵兮自憐"。王逸注"內愁鬱伊，害我性也"。憂當爲慸之惜。古經典多用憂，陰憂複合爲一詞，其義一也。陰即憂，憂亦即陰，此漢賦家以訓詁家變易古聯綿字之一例也。別詳陰曀條下。陰憂與隱憂亦一聲之轉。《哀時命》"懷隱憂而歷茲"，《釋文》"隱一作慇"，則隱憂亦作慇憂。即《詩》"憂心慇慇"倒言。陰憂亦見《詩·邶風·柏舟》。馬瑞辰以爲隱爲慇之假借，《説文》"慇痛也"。別詳隱憂條下。

陰曀

　　雙聲聯綿詞，義謂陰闇也。《楚辭》陰曀三見，義皆同。《九歎》
"欲竢時於須更分，日陰曀其將暮"。王逸注"日以喻君，陰曀闇昧也。
言己欲待盛世明時，君又闇昧年歲已暮，身將老也"，此與"經濔曀而
道廱"之濔曀同訓，一聲之轉也。按《說文》"曀陰而風也"。《詩》曰
"終風且曀"，則陰曀義近，故以陰釋之。《開元占經》引《說文》作天
陰沈也同。《釋名》"曀翳也"，言雲氣晻翳日光使不明也。晻翳亦陰曀
一聲之轉，而用訓詁書之者也。長言之曰曀曀。《詩》"曀曀其陰"，傳
云"如常陰曀曀然"。字又作壹，稍變其聲則曰陰壹，陰壹雖亦訓詁字
之組合，而聲義實含多端，不能以字義限之也。聲韻相近略無大殊者，
則有晻濫、掩藹、晻暗、暗藹等，別詳晻藹條下。《開元占經》引《說
文》曀字"天陰沈也"。陰沈今常語。沈今讀澈紐，古當讀爲尤，大徐
余箴切，則陰尤即陰曀一聲之變矣，又《九思‧疾世》"日陰曀兮未
光"。舊注"北方多陰，陰一作霿"。按霿曀亦見《楚辭》。《九辯》"忠
昭昭而願見兮然霿曀而莫達"。洪補曰"霿音陰"。詳霿條下。陰曀、霿
曀、晻翳諸詞之訓爲陰闇者其實皆引申之義，而各詞皆各有其專門之用。
至純以訓詁字異之者，則有《九懷‧通路》之陰憂，憂借爲惡字。詳陰
憂條下。

霿曀

　　雙聲複合詞，即陰曀之異文，義即陰闇也。《九辯》"忠昭昭而願見
兮，然霿曀而莫達"。王逸注"邪謁推排而隱蔽也"。洪興祖《補注》
"霿音陰，雲覆日也。曀陰風也"。洪朱皆分釋兩字，其義與叔師不背，
而就字義立說，尤爲達詁。霿曀即陰曀也。《九思》"日陰曀兮未光"，
舊注云"一作霿"，此即霿字之別構。故洪音霿，爲陰是也。餘詳陰曀

條下。

淹留

《楚辭》習用語。七見，三見於屈宋，四見漢賦，副動相屬之複合詞，義爲久停留躊躇之意。《離騷》"時繽紛其變易兮，又何可以淹留"。王逸注"言時世溷濁，善惡變易，不可以久留，宜速去也"。《九辯》"時亹亹而過中兮，蹇淹留而無成"。王逸注"雖久壽考無成功也"。五臣云"蹇語詞也。念己將老，淹留艸澤，無所成也"。又《九辯》七"事亹亹而覬進兮，蹇淹留而躊躇"。又《招隱士》"攀援桂枝兮聊淹留"。王逸注"周旋中野，立踟躕也"。又同篇"心淹留兮恫慌忽"。王注"志望絶也"。會諸漢賦義定之，曰淹留躊躇，曰聊淹留曰淹留慌忽，則王叔師以久留釋之者，義蓋略與漢師説等。又見於《七諫·怨世》、《哀時命》等文。按淹留一詞，《爾雅·釋訓》"久也"。《戰國策·秦策》"臣請避於趙淹留以觀之"。《漢書·郊祀歌》"神淹留"，則淹留乃停留之義。停留則久，故引申爲久，久留則躊躇，躊躇又其引申也；躊躇則慌忽，故淹留又得與慌忽連文。字又作奄留，《漢書·禮樂志·郊祀歌》"神奄留臨須搖"。淹或作奄是也。聲轉爲稽留，《史記·龜策傳》"上至蒼天，下薄泥塗，還徧九州，未嘗愧辱，無所稽留"。漢以後有遲留（見《後漢書·李南傳》），逗留（見《後漢·光武紀》），則至今猶存之恒言矣。聲轉爲淹恤，《左傳》襄二十六年"君淹恤在外十二年"，又昭公二十八年同有此句，亦憂在外也。聲轉淹息。別詳淹息下。

按留與化茅之茅協韻。蓋音如勞，高誘注《淮南子》云"留連之留，非劉氏之劉"。漢人音讀序然不紊。

淹息

副動相屬之複合詞，沈滯久留也。《九懷·危俊》"望太一兮淹息，紆余蠻兮自休”。王逸注“觀天貴將止沈滯也’。按《離騷》“日月忽其不淹兮”。王逸注“淹久也”。《爾雅·釋詁》亦云“淹久也”。《左傳》成二年“無令輿師淹於君地”亦訓久，久則留，故淹亦訓留。《左傳》宣十二年“二三子無淹久”。注“留也”。叔師此訓沈滯即久留之義。聲轉爲淹恤，《左傳》襄二十六年“君淹恤在外十二年”，注“淹久也”，又“寡人淹恤在外”，又昭二十八年“天福魯國君淹恤在外”，皆久留之義，惟聲稍異，義亦稍別深淺。淹恤所表義爲益憂悴，此種複合詞得以意更改淹息爲久留，則可曰淹久。《左傳》僖三十三年“吾子淹久於敝邑”與襄廿六年“君淹恤在外十二年”義全同。又可曰淹滯，《左傳》昭十四年“舉淹滯”，注“淹滯有才德而未敍者”，此以事象言，若以字詁言，則亦可詁爲久留未達之義。

易初

動賓相屬複合詞，謂改變初衷也。《楚辭》兩見，其別一見爲錯簡，詳易由一詞下。

《九章·思美人》“欲變節以從俗兮，媿易初而屈志”。王逸注“慙恥本行，中回傾也”。朱熹《集注》“不能易初而屈志也”。屈賦用初字多指其本始之美。參初字條下。則易初猶言改其本始。故叔師以中回傾釋之是也。又《九章·懷沙》“易初本迪兮，君子所鄙”。王逸注“言人遭世遇變，易初行遠離常道”。朱熹亦謂“易初謂變易初心也。本迪未詳”。按此句有錯簡，歷世諸家未得其解。詳易由一詞下。

愉娛

《七諫·自悲》“凌恒山其若陋兮，聊愉娛以忘憂”。王逸注“言己乘騰高山以爲痺小，陟險猶易聊且愉樂以忘悲憂也”。“愉一作媮”。按此雙聲複合詞，上下兩字義近愉，經典多用爲和樂之義。詳愉字下。娛

《説文》“樂也”。《詩》“聊可與娛”。傳“誤樂也”。《九章》“設張辟以娛君兮”。王注“娛樂也”。字又借虞爲之。《楚策》“王惑於虞樂”是也。單言曰愉曰娛，複合言之曰愉娛，字又借媮爲愉。見《遠遊》。參媮娛條下。

媮娛

《遠遊》“内欣欣而自美兮，聊媮娛以自樂”。補注“媮樂也，音俞”。按此本複合詞。惟媮本音託侯切。巧黠也。此則借爲愉字，愉者和樂也。詳愉字下。《説文》“娛樂也”。《九章》“設張辟以娛君”。注“娛樂也”。單言則曰愉曰娛，複合則曰愉娛。詳娛字下。字本作愉娛。《七諫·自悲》“凌恒山其若陋兮，聊愉娛以忘憂”。王逸注“言己乘騰高山，以爲痺小，陟險猶易，聊且愉樂以忘悲憂也”。愉一作媮。古從女從心之字義多相近。

回畔

動賓結構之複合詞。義猶改道也。

《九章·抽思》“羌中道而回畔兮”。注“信用讒人，更狐疑也”。按叔師以回爲囬，邪則回畔猶背叛矣，恐非是。《離騷》“羌中道而改路”語句與此相同。此回畔、改路義同，則回當作改字解。畔者田間道也。中道改路，即不能踐黃昏之期，復昔時之成言，而放逐己身，是改其軌迹矣。故下句承之曰“反既有此他志”也。反有他志，亦即《離騷》“後悔遁而有他”之義，且曰“中道”，則以仍就道路釋之爲切貼。釋作背判則當改字矣。又《九歎·離世》“興中塗以回畔兮，馭馬驚而橫奔”。叔師以信畔釋回畔，亦未允。回畔作改道義，此句爲最明，回畔猶言回辟，《史記·始皇紀》“六國回辟”。《漢書·王商傳》“回辟下媚以進其私”。師古曰“回衺也。辟讀曰僻”。回衺即回邪。禮樂謂回邪曲直各歸其分，言乖違邪僻，即回字訓也。音又轉爲回薄。《史記·賈生傳》"萬物回薄兮，振蕩相轉"。俗作迴薄，依回字立義，則曰回穴（亦作回沈）。《幽通賦》"畔回穴其若虛"。師古曰"畔亂貌也。回穴轉旋之義"。

回翔

《楚辭》兩見皆王褒賦也。

《九懷·昭世》"高回翔兮上臻"。王逸注"行戲遨遊遂至天也"。"回一作迴"。又《匡機》"孔鶴兮回翔"。王逸注"陞青雲也"。按馮衍《顯志賦》"鸞回翔索其群兮，鹿哀鳴而求其友"。回翔乃形容鳥飛翔回旋之義，則回翔猶回旋，謂回旋飛翔也。《説文》"翔回飛也"，則回翔乃義近複合詞。字又作迴翔，俗書也。

迴翔

《九歌》"君迴翔兮目下"。王逸注"迴運也。言司命行有節度，雖乘風雨，然徐迴運而來下也"。洪興祖《補注》"迴翔猶翱翔也"。朱熹《集注》"迴翔盤旋也"。按《玉篇》"迴胡雷切。轉也。迴避也"。故《文選·七發》"迴翔青篾"。李善注"迴翔水復流也"。洪朱兩家釋訓竝有轉旋之義，故或用迴旋。《列子·湯問》"迴旋進退莫不中節"是也。聲又轉爲迴環，《漢書·王遵傳》"而水波稍邸迴環"音義又與回沈通，詳回沈條下。

歔欷

歔欷爲《楚辭》習用語。《離騷》"曾歔欷余鬱邑兮，哀朕時之不當"。王逸注"歔欷懼貌，或曰哀泣之聲也"。洪補"歔許居切，欷香衣、許毅二切”。朱音義同。《九章・悲回風》“曾歔欷之嗟嗟兮，獨隱伏而思慮”。王逸注“歔欷，啼貌”。又《七諫・自悲》“過故鄉而一顧兮，泣歔欷而霑矜”。王逸注“言己遠行猶思楚國而悲泣也”。依《楚辭》諸文文義斷之，王逸注歔欷爲哀泣者是也。《説文》“歔欷也”。小徐《繫傳》謂“悲泣氣咽而抽息也”，言之益悉。《字林》“涕泣也”，即小徐之所本此本雙聲聯綿詞，然二字亦可單用。故許君以欷釋歔，以爲轉注字，《玉篇》“欷悲也，泣餘聲也”。《漢書・景十三王傳》“臣聞悲者不可以爲欷”。顏注“欷歔欷也”。以歔欷釋欷則以聯綿字釋單音矣。《漢書・馮衍傳》“過故墟而歔欷”。（參欷字下）字或作噓唏。古從欠與從口義近。故兩部字多通。《七發》“噓唏煩酲”。詳參《廣雅・釋詁》“歔欷咷嘵”條王氏疏證。

含憂

《九思》“含憂強老兮愁不樂”。此語在“年齒盡兮命迫促”及“鬢髮薴領兮顙鬢白”之間，其爲不樂可知，故曰含憂。含憂爲蘊積憂愁而不能發露也。凡屈宋及漢諸楚辭家賦用含字表情愫之消極一面，爲其修辭上之特點。蓋楚人習語也。參含字條。惟含憂一詞《楚辭》僅此一見。

辯《史記・屈原列傳・懷沙》誤字。

《史記》録《懷沙》之文“舒憂娱哀兮”句作“含憂虞哀”，此誤實不能不辯。按《懷沙》此語在“日昧昧其將暮”及“限之以大故”之間，其爲可憂可哀爲當然之事態。然屈子強爲開解，聊作詞賦，此自詩人寄情之一法，要在説明其自處之方，不爲形勢所宥，而自爲寬解，故曰娱哀、曰舒憂也。以舒與娱對舉，其必不爲含無疑。含爲表消極之詞故然何以誤爲含，則王念孫考之詳矣。其言曰“按含當爲舍字之誤也。隸書含或作含，又作含，皆與舍字相似。舍即舒字也。《説文》舒字從予舍聲。《小雅・何人斯》篇“亦不遑舍”與車旰爲韻。《史記・律書》舍者日月所舍，舍者舒氣也。《左氏春秋》哀六年'齊陳乞弒其君荼'。《釋文》'荼音舒'。《公羊》荼作舍，《聘禮記》'發氣怡焉'。鄭注曰'發氣舍息也'。舍息即舒息。是舒與舍古同聲而通用。王注《楚辭》曰言己自知不遇，聊作詞賦以舒展憂思，樂己悲愁。是舒憂娛哀義本相承，若云含憂，則娛哀異義矣"。

皇直

《九歎》"伊伯庸之末冑兮，諒皇直之屈原"。王逸注"諒信也。《論語》曰'君子貞而不諒'。言屈原承伯庸之後信有忠直美德，甚於衆人也"。按叔師以忠直解皇直，皇字無忠義，若忠義由光美轉來，造詞亦大奇僻，今本皇字或即忠字之誤。

儵爍

《九思·憫上》"雲蒙蒙兮電儵爍"。舊注"儵爍疾也。闇多而明少也"。洪補"爍書灼切"。按舊注以疾訓儵爍，言其義也。其本義當爲火光貌。儵即倏之借，疾也。爍乃爓之借。《說文·火部》"爓火飛也。"鈕樹玉《校錄》云"《初學記》李注《文選·景福殿賦》，《琴賦》，《一切經音義》卷八、卷九、卷十一引並作火光也"。《玉篇》光也，電光也。則光當不誤（今誤作飛），《文選·西京賦》"璿弁玉纓遺光儵爓"。綜注"儵爓有餘光也"。

迅衆

《招魂》"九侯淑女，多迅衆些"。《集注》曰"商九侯之女，人之尌而不憙淫者也。迅衆未詳"。徐文靖云"按《爾雅》曰振迅也。郭璞曰振者奮迅，言雖九侯之好女，亦多奮迅於衆人之中，以自修飾也"云云。約得仿佛。按高步瀛謂多疑妙之省，《説文》"美女也"，《漢書·叙傳》"妙妙公主"，顔注"妙好貌"，迅訊字通。訊又作詢，《爾雅·釋詁》"詢信也"，《詩·宛丘》《毛傳》"洵信也"，《方言》一"恂信也"，《説文》"恂信也"，是詢、洵皆恂之借。故迅亦借爲恂字。多迅衆，猶《詩》言"洵信且仁"言美而洵衆也。按高説可通。

又按門人郭在貽言"迅或與迵通，讀爲《公羊》定四年'朋友相衛而不相迵'之迵，何休注'迵出表辭猶先也'。所謂出表即超越也。此言九侯淑女，超乎凡俗"云云，可謂後來居上矣。迵與洵、詢、恂皆從旬聲，故義皆相類云。

萎約

雙聲複合詞，萎枯而窮約也。

《九辯》"離芳藹之方壯兮，余萎約而悲愁"。王逸注"身體疲病而憂貧也"。洪興祖《補注》云"萎於爲切。草木枯也。約窮也"。《離騷》萎絕洪補云"萎草木枯死也"。多一死字。此當據增。朱熹《集注》云"萎一作委，余，宋玉爲屈原之自余也，凡言余及我者皆倣此"。萎《文選》作委，借字也。萎約猶《離騷》言萎絕。《九辯》言萎黄，皆指草木之枯槁引申爲人之窮愁。

摇悦

雙聲義近複合詞，喜悦也。

《九辯》"心摇悦而日幸兮"。王逸注"意中私喜，想用施也，摇一作遥，一作愮"。洪補云"摇動也"。朱熹注"心謂既老，將有所遇，故摇悦而日幸。然卒自知其無所望也"。按摇字《説文》動也。無喜義，當爲愮之借字。《説文》"愮喜也"。古籍或又借陶爲之。《禮記·檀弓》"人喜則斯陶"是也。悦字經典只作説、喜也。此以兩義近字複合爲一詞。

渥洽

雙聲複合詞。優厚也。大徐《説文》上音於角反，下音侯夾切。

《九辯》“願銜枚而無言兮，嘗被君之渥洽”。王逸注“前蒙寵遇錫祉福也”。五臣云“我亦欲不言自棄爲昔者，嘗受君之厚澤。故復不能已。渥厚也。洽澤也”。按渥洽聯文只此一見。《説文》“渥霑也”。《詩·簡兮》“赫如渥赭”。傳云“渥厚漬也”。《信南山》“既優既渥，既霑既足”。優渥霑足聯用，其義至明。《説文》洽亦訓霑，《書·大禹謨》“好生之德，洽於民心”。《正義》謂“霑漬優渥，洽於民心，潤澤多也”。潤澤多即叔師錫祉福之義。單言曰渥、曰洽，合言之曰渥洽。

覺晧

疑爲覺悟一詞之誤。

《九歎·遠遊》“服覺晧以殊俗兮，貌揭揭以巍巍”。王逸注“覺較也。《詩》云有覺德行。晧猶明也”。“晧一作浩，一作酷。注竝同”。按覺晧先秦兩漢書未見第二人用此，鑄詞過鑿，恐非子政原文。疑覺寤之誤。寤或作悟，與晧形近。古寤覺同意。《關雎》“寤寐求之”。傳“寤覺”。《碩人》“獨寐寤言”。箋云“在澗獨寐，覺而獨言”。《周禮·春官·占夢》“四曰寤夢”。注“覺時道之而夢”。又司寤注“寤覺也”。《説文》亦訓覺寤也。又《説文·心部》“悟覺也”。《蒼頡篇》云“寐覺而有言曰寤”。《公羊》昭三十年《解詁》“覺悟也”。古籍言覺悟、覺寤者至多，《荀子·成相篇》“不覺悟，不知苦”。《韓非·外儲》“人生無所覺悟”。漢人書益多，不勝枚舉。《史記·項羽本紀》、《韓長孺傳》、《范雎傳》，《漢書·息夫躬傳》、《五行志中》、《項籍傳贊》、《鄒陽傳》、《司馬相如傳》、《京房傳》，《淮南·要略》，《論衡·譴告》，

《楚辭·招魂序》皆用之，則自戰國至兩漢恒語無疑。子政生時正此一詞盛行之時，用此原自可能。悟與晧形近，遂至錯亂。又晧猶明也。一注慧琳《一切經音義》四十五引《考聲》云"覺明也"。恐叔師原訓本以有覺德行之覺，後人不解，因而以晧易悟，遂以明爲晧之訓矣。姑發難於此，以待知者。

儇媚

《九章》"忘儇媚以背衆兮，待明君其知之"。王逸注"儇佞也。媚愛也。背違也。言己修行正直，忘爲佞媚之行，違僊衆人，言見憎惡也"。洪補"儇隳緣切，《説文》慧也。一曰利也。言己忘佞人之害己，爲忠直以背衆。背音佩"。朱熹注"儇許緣反，背音佩。儇輕利也。媚柔佞也"。按儇媚義相近之複合形容詞。《説文》"儇慧也"。《方言》同。徐鍇曰"謂輕薄察慧小才也"。《詩·齊風》"揖我謂我儇兮"，傳"儇利也"，此引申義，謂慧者多輕利也。媚者《説文》説也，謂使人愛説之人。洪言己忘佞人害己，爲忠直以背衆，説至膚淺而未允。朱熹云"吾寧忘儇媚之態以與衆違，其所恃者獨待明君之知耳"，體會文義最爲深切，與叔師義實相補充。惟仍釋忘爲忘懷，仍差一間。忘者無也。言吾無儇媚之行，以背棄衆人，其所恃者，獨明君之知耳。

鴻溶

叠韻聯綿詞。大貌。

叠韵聯綿詞而以訓詁字書之者，大水也。

《九歎·遠逝》"波淜淜而周流兮，鴻溶溢而滔蕩"。王逸注"言己愁思懍慌，又見水中流波，淜淜相隨，鴻溶廣大，悵然失志也"。"鴻一作澒"。洪興祖補曰"澒鴻竝乎孔切，溶音勇，水盛也。《大人賦》'紛鴻溶而上屬'"。《漢書》張揖注"鴻溶竦湧也"。竦湧亦鴻溶叠韻之變字。又作鴻湧。《大人賦》作“紛鴻湧而上厲”是也。鴻訓大者，皆洪之借字。字又作澒溶。《九歎・遠遊》“汎滛澒溶，紛若霧兮”。詳澒溶條下。

聲轉爲滉瀁。《文選・西征賦》“其池則湯湯汗汗，滉瀁彌漫”。注“言廣大也”。《吴志・薛綜傳》“加又洪流滉瀁”。又爲洸洋，《史記・莊周傳》“其言洸洋自恣以適己“。《索隱》“洸洋音汪羊二音，又音晃養”。又爲汪洋。《九懷・蓄英》“臨淵兮汪洋”。注“廣無拯也”。又爲沆瀁，《吴都賦》“澒溶沆瀁莫測其深”，又爲浩洋。《淮南・覽冥》“水浩洋而不息”。其異體至繁不及一一載之矣。参汪洋條下。按鴻溶溢而滔蕩一語，與上句波滛滛而周流成對文，而鴻溶不能對波，滛滛不能對溢。故或從溶溢爲一詞而作名詞用，與波對，於文法上似更可通。若鴻溶爲一詞，則本句無主語，更覺難解。然溶溢爲一詞，漢以來未見，其音雖得與容與容裔相轉，而究無他證。鴻溶結詞至寬，故其用亦至博，而音近義通之詞又最多，不得割裂，故此語遂成語法上與詞彙兩不調遂之現象，疑有錯簡。疑鴻上蜕一名詞性之字，而溢字爲衍文，或溢本在鴻上，後人誤倒。皆可。

澒溶

《九歎・遠遊》“譬彼蛟龍乘雲浮兮，汎淫澒溶紛若霧兮”。王逸注“言己懷德不用，譬若蛟龍潛於川澤，忽然乘雲汎淫而遊，紛紜若霧，而乃見之也”。“汎一作沈，澒一作鴻”。洪補云“汎淫已見《九懷》，澒鴻竝乎孔切，溶弋孔切”。叔師未訓澒溶。《吴都賦》“泓澄奫潫，澒溶沆瀁；莫測其深，莫究其廣”。翰注“此上皆水深廣貌”。六臣上胡貢、下余腫切。按澒溶、澒濛、澒洞等詞之澒字，皆當爲鴻之借字。澒即水銀，即今俗汞本字，與泓大義决無關，凡澒洞、澒濛、澒溶，古皆作鴻濛、鴻洞、鴻溶也。澒鴻形近聲又近而誤，或俗士借用。詳鴻濛條下。《九歎・遠逝》“鴻溶溢而滔蕩”。注“鴻溶廣大”。詳鴻溶條下，叠韻之

變則爲澒洞，《古文苑·旱雲賦》"運混濁之澒洞兮，重沓而竝起"。注
"澒洞汹湧貌"。汹湧亦同一韻之變也。

澒濛

叠韻聯綿詞，大氣也。《九歎·遠遊》"貫澒濛以東竭兮，維六龍於
扶桑"。王逸注"澒濛氣也。竭去也。言遂貫出澒濛之氣而東去"。"澒
一作鴻"。洪補"澒鴻竝乎孔切，濛蒙孔切，大水也"。按《淮南·精神
訓》"古未有天地之時，惟像無形。窈窈冥冥，芒芠漠閔，澒濛鴻洞，
莫知其門"。注"皆未成形之氣也"。字又作鴻濛，《漢書·揚雄羽獵賦》
"鴻濛沆茫"。師古曰"廣大貌"。《文選》李善注"韋昭曰鴻濛沆茫水
艸廣大貌"。廣大或水草廣大者，皆就實象言，言氣者當從《淮南·俶
真訓》"以鴻濛爲景柱"，注云"鴻濛，東方之野，日所出，故以爲景
柱"，此漢人解釋自然現象之形容詞，而轉變爲名詞者，就本篇句義論，
曰貫鴻濛以東竭，則義與《淮南》說近，而與《羽獵賦》說遠。叔師釋
爲氣，當即指東方日所出之氣言。就通義立說，則《文選》李善引韋注
至允。按《莊子·在宥》"雲將東遊過扶搖之枝而適遭鴻蒙，鴻蒙方將
拊脾雀躍而遊，雲將見之倘然止贄然立曰，叟何人邪？叟何爲此？鴻蒙
拊脾雀躍不輟，對雲將曰，遊……"《釋文》"鴻濛如字，司馬云，自然
元氣也。一云海上氣也"。此爲鴻濛一詞最早之傳說，曰元氣，則無所
不包，曰海上氣，則固東方日出之氣也。故本篇以貫鴻濛以東竭爲言。
按此詞始于《莊子》，蓋亦南方學道者之言，爲南楚故習，子政承用之
而已。漢儒之用者，則近道者以爲氣；近詞賦者以爲廣大，廣大亦自浩
汗元氣之義得之也。因字從水旁，遂引申爲水廣大矣。

骫靡

《九思·憫上》"骫靡兮成俗"，舊注"委靡面柔也。骫一作委"。按

骪字《漢書・枚皋傳》"其文骪骳"。師古注"骪古委字"。邵瑛《説文解字群經正字》亦云"骪字《史》、《漢》屢見，注竝云骪古委字"。按《説文》骪字"骨耑骪奊也"。段注矢部奊下曰"頭衺骪奊態也"。又云"骪字厠于此者統人及禽獸之骨言"。師古説與許君異。惟漢人多言骪曲、骪任、骪骳，骪訓麗，骪字皆讀委，義亦與委同（S. 2055 内府本王仁煦、《切韻》兩殘卷、《廣韻》四紙皆收於説切下）。曲骨之義（《切韵》殘卷及《廣韵》訓義），亦得引申爲委曲。古以骪爲委，師古以爲一字者，雖未允當，而用實同之也。則骪靡即今委靡矣。《章句》訓面柔者，申其義言之也。委靡今恒言，然義稍别。今爲不振作之義，韓愈《送高閑上人序》"泊與淡相遭，頹墮委靡潰敗不可收拾"是也。聲轉爲骪骳，《漢書・枚皋傳》"又自詆娸，其文骪骳，曲隨其事，皆得其意"。師古曰"骪骳猶言屈曲也"。

顑頷

《離騷》"長顑頷亦何傷"。王逸注"顑頷不飽貌"。洪補云"顑虎感切，頷户感切，又上古湛切下魚檢切。顑頷食不飽面黄貌。頷一作頜，音同"。按顑頷叠韵聯綿詞之可分釋者。顑字《説文》訓"飯不飽面黄起行也"。（讀若贛）起行二字不可解，大徐下感下坎二切。頷者，《説文》面黄也。大徐胡感切。《廣韵》收平上二聲竝引《説文》同。王筠以爲顑之面黄乃由餓病。頷之面黄蓋見生質，或然也。又《説文》别有顲字。次顑下，訓云"面顑顲貌，從頁薴聲"。大徐音盧感切，則與顑亦叠韵聯綿字。段玉裁、王筠諸人皆以爲顑顲食不飽面黄本字，而以頷爲借字。按《廣韵》"顑顲瘦也"。即《説文》之義。朱珔《文選集釋》云"許書之頷，恐淺人所增。考《方言》，頷頤頜也。南楚謂之頷，秦晉謂之頜。頤是頜正訓，頤尚在《説文》之前，《説文》已有頜顄字，則頷字可不收，且不相厠，疑當如段説。又安知《離騷》之頷非即顲字傳寫之譌乎，《廣韵・感》顲字又云面色黄貌瘦之訓蓋本之《聲類》詁如是"。按今俗稱人面黃曰䫱顲，則讀如都感切，西南滇池之間音如炎炎則又單音成義也。又《哀時命》"志欲憾而不憺兮，路幽昧而甚難"。王逸訓憺爲安，又云"言己心中欲恨意識不安，欲復遠去，以道路深冥，故難數移也。按欲憾即䫱顲同音，此漢儒用字之異也。"志欲憾而不憺"者，不憺亦不足之意，與食不飽義相類也。

夭隱

即夭閼一聲之變，阻塞也。聲變爲壅遏。

《大招》"察篤夭隱，孤寡存只"。王逸注"篤病也。早死爲夭。隱匿也"。"夭，作殀"朱熹注"夭一作殀。篤厚也。夭早死也。隱幽蔽也。察夭隱者而厚之，則孤寡皆得其所矣"。按王朱皆分釋夭隱，非也。夭隱蓋亦雙聲聯綿詞，與《莊子》之夭閼同意。《逍遥遊》"而後乃今培風，背負青天而莫之夭閼者"。注"風不積則夭閼不通故耳"。《釋文》"夭於表反。司馬云折也。閼徐於葛反，一音謁。司馬云止也。李云塞也"，以折止釋夭閼，亦即夭隱。亦即《離騷》永遏在羽山之永遏。皆阻塞不通之義（詳永遏下）。察篤夭隱，即察督阻塞不得上通其情之民之義（篤與督通。王念孫《讀書雜志》昭二十二年《左傳》晉司馬督，《漢書·人表》作篤，《漢書·張騫傳》身毒國，李奇曰一名天篤，《後漢書·文苑傳》作天督。《鹽鐵論·詔聖》篇渫篤責而任誅斷。篤責即督責。《哀時命》云"伯夷死於首陽兮，卒夭隱而不榮"。王亦以夭爲死，則與上死於首陽義復，此亦當首陽阻塞之義耳）。則孤寡皆得存問矣。《莊子·至樂》曰"夫天下之所尊者，富貴壽善也；所樂者，身安厚味美服好色音聲也；所下者，貧賤夭惡也"。夭惡亦即夭閼、夭隱一聲之轉。貧賤夭惡，亦即《大招》所謂察督夭隱矣。字又作夭遏，《淮南·俶真訓》"天地之間，宇宙之内，莫能夭遏"，是也。詳永遏、壅遏諸條下。

翺遊

疊韻複合詞。上五牢反，下以周反，翺翔游戲也。

《九歌》“聊翺遊兮周章”。王逸注：“言雲神居無常處，動則翺翔，周流往來，且遊戲也。”五臣云：“翺遊周章，往來迅疾貌。”按翺猶翺翔，遊猶遊戲，集兩義近字以成一詞也。分別詳翺翔、游戲兩條。翺遊與遨游聲同義同。《莊子·列禦寇》：“飽食而遨游，汎若不繫之舟。虛而遨游者也。”莊屈兩家皆用此語，則南楚方言也。在北地則倒言曰遊敖，《詩·齊風·載驅》“齊子游敖”。陳奐《毛詩傳疏》曰“游敖猶敖也”。《釋名》云“翺敖也，言遨遊也”。按《説文·出部》“敖游也”。漢以後則遨遊遨兩用，如《後漢·馬援傳》“鄉遨遊二帝間……頗衰”，《老子》“使得遨遊”、《文選·魏文帝芙蓉池作詩》“遨游快心意”，皆是。用游敖者，則《漢書·文帝紀》“上乘良策肥千里遊遨”。依《説文》則敖爲正字，遨乃俗字。

翺翔

古成語。上音五牢反，下音似羊反。翺翔者，回旋而飛之義。《楚辭》通用語也。

《離騷》“鳳皇翼其承旂兮，高翺翔之翼翼”。王逸注“鳳皇來隨我車，敬承旂旗，高飛翺翔，翼翼而和，嘉忠正，懷有德也”。洪補云“《淮南》曰‘鳳皇曾逝萬仞之上，翺翔四海之外’。注云‘鳥之高飛翼一上一下曰翺，直刺不動曰翔’”。朱熹用此義。《九章·哀郢》“凌陽侯之氾濫兮，忽翺翔之焉薄”。王逸注“言己遂復乘大波而遊，忽然無所止薄也”。《九辯》“莽洋洋而無極兮，忽翺翔之焉薄”。王逸注“浮遊四海無所集也”。《惜誓》“澹然而自樂兮，吸衆氣而翺翔”。王逸注“言己得與松喬相對，心中澹然而自欣樂，俱吸衆氣而遊戲”。按王注翺翔或曰遊或曰浮遊或曰遊戲，諸不離遊之義。《説文》"翱翱翔也。從羽皋聲"。"翔回飛也從羽羊聲"。按翱翔統言不別，分則上下曰翱，直刺不動曰翔，則本義爲飛，引申爲遊，不論其爲十下、爲直刺，均爲鳥遊敖之狀，故引申爲人之敖遊也。《釋名》云"翱遨也，言敖游也，翔佯也，言仿佯也"，就語音以求義根。大約近之。翱翔蓋本先秦成語，《詩·鄭風·碩人》、《齊風·載驅》、《檜風·羔裘》皆用之。義與《楚辭》全同。南土除《楚辭》外，《莊子·逍遥遊》、《鶡冠子·天權》亦用之，義皆大同，偶有小別，則此一詞乃先秦南北通語。

荒忽

雙聲聯綿詞。若存若止若有若無之貌，猶言仿佛也。

《九歌·湘夫人》"荒忽兮遠望，觀流水兮潺湲"。王逸注"言鬼神荒忽，往來無形，近而視之，彷彿若存；遠而望之，但見水流而潺湲也"。洪興祖《補注》"此言遠望楚國若有若無。荒忽不分明之貌"。又《九章·哀郢》"發郢都而去閭兮，怊荒忽其焉極"王逸注"言己始發郢去我閭里，愁思荒忽，安有窮極之時"。一本荒上有怊字。又《遠遊》"意荒忽而流蕩兮，心愁悽而增悲"。王逸注"悄思罔兩無據依也"。又"覽方外之荒忽兮，沛罔象而自浮"。諸荒忽叔師皆以仿佛罔兩等釋之。其音則《遠遊》洪補音呼廣切，顏師古注《漢書》則音呼光反，調之異也。音與恍惚同。詳恍惚條下。與仿佛同韻之聲變，詳仿佛下。又洪朱引各本有作慌惚（見《九歌·湘夫人》），此漢人以訓詁字易之也。戰國以前只作荒忽，無作慌惚者。後人以後起常用字易之也。字又變作荒吻，見《遂初賦》。又按荒忽一詞，先秦典籍不見於北土諸家，疑爲南楚方言，按《老子》第二十一章"道之爲物，惟恍惟惚"，河上本作怳忽，音同。河上注云"道之於萬物，獨怳忽往來於其無所定也"。《文選·神女賦》"精神怳忽若有所喜"。先秦諸子狀心理現象，莫善於《老》、《莊》，怳忽一詞見《老》、《屈》，不見於他家，則其爲南楚方言無疑。

此外則見於《韓非》,《韓非》有解老喻老,則亦讀老子書而得之也。《禮記》"祭義有夫何恍惚之有乎"。《禮記》爲漢人所集,故可用恍惚也。恍忽字又譌作洸忽,見司馬相如《大人賦》。叠韻之變則爲仿佛,王注《離騷》即以仿佛釋荒忽也。雙聲之轉則爲儵忽。詳儵忽下。

慌忽

雙聲聯綿詞,即荒忽之以,可相比合之訓詁字寫之者,義猶仿佛無據之貌。

《七諫·自悲》"忽容容其安之兮,超慌忽其焉如"。王逸注"不知所之也"。又《九歎·離世》"情慌忽以忘歸兮,神浮遊以高厲"。王逸注"言己心愁,情志慌忽。思歸故鄉"。按恍忽即屈宋賦中之荒忽,亦即老子書中之悦忽。恍忽以其形容心理狀態,故遂增心旁以明之。此漢人新增字之常例也。先秦無此書法。詳荒忽條下。慌字又譌作㤰,見《一切經音義》卷五十一、七十九引《廣雅》及《禮記》鄭注。

忽荒

雙聲聯綿詞,即荒忽之倒言。

《九懷·蓄英》"臨淵兮汪洋,顧林兮忽荒"。王逸注"回視喬木與山薄也"。洪興祖《補注》"荒火晃切"。按忽荒即荒忽之倒言,《老子》"是謂無狀之狀,無物之象,是謂忽恍",河上注云"忽忽恍恍者,若存若亡不可見之也",是則此本南楚方言故習矣。賈誼《鵬鳥賦》亦言"寥廓忽荒兮與道翱翔",《淮南·人間訓》亦云"翱翔乎忽荒之上"。字又作忽悦,見上引《老子》,又見《文子·自然》、《淮南·原道》、《覽冥》等篇,俗作惚恍;見《法言·問神》又作惚恍,見《東方朔畫像贊》。參荒忽條下。

儵忽

叠韻聯綿詞，字義與語可相比合者也。疾急貌也。《楚辭》七用皆同，《天問》以爲電光，亦疾急之義也。上音叔。

《九章·悲回風》"據青冥而攄虹兮，遂儵忽而捫天"。王逸注"所至高眇不可逮也"。又《遠遊》"神儵忽而不反兮，形枯槁而難留。"王逸注"覓靈遠逝遊四維也"。《遠遊》又云"視儵忽而無見兮，聽惝怳而無聞"。王逸注"目瞑眩也"。又《九辯》"願寄言夫流星兮，羌儵忽而難當"。王逸注"行疾去疆路不值也"。又《招魂》"往來儵忽，吞人以益其心些"。王逸注"儵忽疾急貌也"。又《九懷·尊嘉》"雲旗兮電驚，儵忽兮容裔"。王逸注"往來疆疾若鬼神也"。按以上各句，王逸皆訓疾急爲主，亦與作品原意相中，其説是也。然儵字無急義，諸書引一本作倏，從犬攸聲。按《説文》"倏疾也"。聲與儵同，則字當作倏。倏訓走，依許義當爲犬急行，亦得引申爲疾，而仍以倏爲本字。然經典多以倏爲之，則作倏亦是也。忽本訓忘，此借爲曶字，倏忽見《吕覽·君守》"故至神道遙倏忽而不見其容"。儵忽譌作倏忽，又見《楚策》"倏忽之間墜於公子之手"。倏忽漢以後常用詞，先秦以前不見於北土諸書（《吕氏春秋·君守》篇有此詞，《吕覽》雜書，本集諸方學人所爲，則南言亦得爲之也）。南土則屈宋皆常言之，《莊子》亦有"南海之帝爲儵，北海之帝爲忽"之語，則儵忽蓋亦南楚方言之一也。又《天問》"雄虺九首，儵忽安在"，此言雄虺出入迅疾，倏忽之間又安所在也。《招魂》"南方之害，雄虺九首，往來儵忽"可證，王逸以電光，言雄虺一身九首，速及電光，皆何所在乎。釋最牽强。然漢人固多以儵忽爲電光者，揚雄《甘泉賦》"雷鬱律而巖突兮，電倏忽於牆藩"，師古曰"倏光也"。文在叔師前，師古即采逸説以注《漢書》也。儵忽又可分言，上引《莊子》"南海之帝爲儵，北海之帝爲忽"是也。又《九歌·少司命》"荷衣兮蕙帶，儵而來兮忽而逝"。王逸注"言司命被服香浄，往來奄忽，難當值也”是也。漢以後有儵怳，見《文選·江賦》有“儵復”，見《漢書·司馬相如傳》皆訓疾，一語之轉也。聲變則爲儵爍，即儵爐，見《九思·憫上》，詳該條下。

溷濁

溷音胡困反。溷濁訓詁字義之構成詞，溷亂也，濁貪也。亂而貪之世之人皆曰溷濁。《楚辭》十餘見，皆作此義。

《離騷》“世溷濁而不分兮，好蔽美而嫉妒”。王逸注“溷亂也。濁貪也。言時世亂臣貪不別善惡”。此言世溷濁也。他如《九章·涉江》“世溷濁而莫余知兮，吾方高馳而不顧”，《懷沙》之“溷濁莫吾知”，《七諫》“固時俗之溷濁兮，志眷迷而不知路”，《九歎·怨思》之“時溷濁猶未清兮”《九歎·遠遊》“時溷濁其猶未央”，皆言時言世。又《九章·惜往日》“信讒諛之溷濁兮，盛氣志而過之”，又《卜居》“世溷濁而不清”，又《九歎·惜賢》“夷蠢蠢之溷濁”，則指人之溷濁言。所施雖異，而義則不別也。《說文》“溷亂也。一曰水濁貌”。濁字《說文》訓水名。經典皆用爲混濁不潔字，故溷濁實構成詞可以分釋也。音與混同，故又可用混濁。混濁，今常語。《史記·司馬相如傳》“時若薆薆將混濁兮”；義又可指天氣，《漢書·翼奉傳》“天氣溷濁”，《後漢·郎顗傳》“天地溷濁無所施而不可矣”。

婞直

義近構成詞。婞很也。婞直者，言悻悻然很直也。

《離騷》曰“鮌婞直以亡身兮，終然夭乎羽之野”。又《九章·惜誦》“行婞直而不豫兮，鮌功用而不就”。兩章所言爲一事。按王逸注“婞很也”。洪興祖《補注》曰“婞下頂切。言鮌蓋剛而犯上者耳”。朱熹《集注》“婞一作悻，胡泠反，又胡頸反，又音脛。言堯使鮌治洪水婞很自用，不順堯命，乃殛之羽山死於中野"。按婞直乃構成詞，各以其本義爲義。《説文》"婞很也"。引《楚辭》曰"鯀婞直"。段注"很者不聽從也"。直字常語。婞字經典或作悻，《孟子》"悻悻然見於其面"。趙注"狷急"。又引《論語》"悻悻然小人哉"。《説文》無悻。《孟子音義》引丁公著音悻悻字當作婞很也，直也。婞與矜一聲之轉，故其義同矜爲直立之物。《方言》"矜謂之杖"，故古人以直爲矜。《論語》"古之矜也廉，今之矜也忿戾"，又云"君子矜而不争"，廉直爲矜，所謂悻也；忿戾爲矜，所謂機拙光棍也（《左傳》"檮杌"杜注以爲即鯀，此中有一語言之重要啓示，則鯀者忿戾之義，今人言光棍，即鯀析言。別詳）。婞悻與矜皆一聲之轉，特北土言矜而南楚則言婞也（矜字今皆誤從今，非也）。

揺落

《九辯》"蕭瑟兮草木揺落而變衰"。王逸注"華葉隕零，肥潤去也"。朱熹探作意至允，曰"蕭殺寒凉，陰氣用事，草木零落，百物凋悴之時，有似叔世危邦，主昏政亂，賢智屏絀，姦凶得志，民貧財匱，不復振起之象，是以忠臣志士遭讒放逐者，感事興懷，尤切悲歎也"。揺落言草木揺動而華葉隕落也。《説文·木部》有榣字，訓樹動也。當爲此揺本字。然揺字亦訓動，又《方言》"蹂跳也"。《説文》"遙疾行也"。凡從䍃聲之字，多有動義，則皆爲轉注字也。

冤抑

《七諫·怨世》"獨冤抑而無極兮，傷精神而壽夭"。諸家無説。按冤曲而抑壓之也，即《九章·懷沙》之"冤曲而自抑"也。《説文·兔部》"冤屈也。從兔從冖，兔在冖下不得走，益屈折也"。又"抑按也"。此集兩字成一詞，"獨冤抑而無極"者，謂己獨冤抑而無所止極也。參冤屈下。

壓塞

《九辯》五"然中路而迷惑兮，自壓桉而學誦"。王注"弭情定志，吟詩禮也"。"壓一作厭，桉一作按。一作壓塞"。洪補引《釋文》"厭於鹽切，安也"。壓當從一本作厭，桉當從一本作塞，厭塞即猒塞。《方言》"猒塞安也"，郭注"物足則定"，是壓塞有安定之義，故王云弭情定志也。《廣雅·釋詁》"懕寒安也"，則後起專字。皆見於《説文》，後人不達，改作壓按字耳。《説文》"懕安也"引《詩》"懕懕夜飲"，今本《小雅》作厭厭，《毛傳》"安也"；《韓詩》作愔愔，宋玉《神女賦》"澹清静其愔嫕兮"，《洞簫賦》作厭瘱，《説文》"瘱静也"。寒者，《説文》寔也。引《虞書》剛而寒，今《皋陶謨》作塞。《邶風》"其心塞淵"，《毛傳》"塞瘱也"，是猒塞猶厭瘱愔嫕也。則厭塞乃義近連用，非聯綿詞，本當讀猒塞，安也。又《尚書》"文塞晏之"即晏塞倒言之，亦安定義。

壓桉

《九辯》五"然中路而迷惑兮，自壓桉而學誦"。王逸注"弭情定志，吟詩禮也"。"壓一作厭，桉一作按，一作壓塞"。洪興祖《補注》"《集韻》'壓益涉切，安也'。桉與按同，抑也，止也。《釋文》'厭於鹽切，安也'"。朱熹《集注》"厭按皆抑止之意。言欲速則不達，欲緩則無門，故自抑而止也"。按壓桉乃雙聲複合詞，集兩義近字爲之者。《説文》"壓壞也，一曰塞補"。假借爲厴。《説文》"一指按也"。《莊子·外物》"厭其顙"。《釋文》"壓本亦作厴"。《字林》云"厴一指桉也"。然經傳多借壓爲之，字又作撒，《洞簫賦》"挹抐撒擸"。李善注"言中制也"。桉即今按字，《説文》"按下也"，段玉裁申之曰"以手抑之，使下也"，《爾雅·釋詁》"按止也"，《管子·霸言》"按强助弱"等皆是。單言曰壓、曰按，複言曰壓桉，其義一也。

淫遊

《離騷》"羿淫遊以佚畋兮，又好射夫封狐"。王注云"羿爲諸侯荒淫遊戲，以佚畋獵"。按王分釋淫爲荒淫、遊戲，雖亦可通，然此乃聯綿詞，不必分訓，而所狀爲畋獵，又别有佚字限之，則此但通狀其嬉遊而已。又"保厥美以驕傲兮，日康娱以淫遊"。王逸注"言宓妃用志高遠，保守美德，驕傲侮慢，日自娱樂以遊戲自恣，無有事君之意也"。五臣云"淫久也"。洪補引《爾雅》久雨謂之淫，故淫亦訓久，以申五臣之説也。按王逸此注上既云"保守美德"，下又言"侮慢遊戲自恣"，兩不相類。"淫遊"一詞，亦與羿淫遊句訓其荒淫者異，是名同而實有異。此言以遊戲自恣釋淫。按《書·無逸》《正義》引鄭玄云"淫放恣也"是其義。此與驕傲句正相應。然淫遊聯語之有訓詁作用者，則淫亦遊也。考《説文》"尢淫淫行貌。從人出冖"。淫即尢之借也。是有游義。《招魂》"歸來兮不可久淫些"。注"淫遊也"。則此注遊當從久義。叔師意主於保厥美，謂隱居以高潔也。曲得屈子文心，而於語詞差次不復相協。《廣雅·釋言》"淫游也"。王念孫《疏證》引《曲禮正義》、《文選》注皆云游也。按淫遊亦嬉遊之意，不必分釋也。淫遊即《書·皋陶謨》"無教逸欲有邦"。《王莽傳》"以輿馬聲色佚遊相高"。字又作逸遊，《韋賢傳》"邦事是廢，逸遊是娱"。聲轉則馬戲遊，《九思·逢尤》"嚴載駕兮出戲遊，周八極兮歷九州"。戲遊即喜遊。《史記·貨殖列傳》"招致天下之喜遊子弟"。《史記·司馬相如傳》"嬉遊往來"。《漢書·地理志》作"招致天下娱遊子弟"。《漢書·司馬相如傳》作"娱遊"，繁變之詞極多，小能一一備舉。《尚書·益稷》又言"無若丹朱傲，惟慢遊是好"。《説苑》引此作好慢淫。慢淫、慢遊亦淫遊之義矣。

古尤韻字，多分屬支韻，故“淫遊”又轉爲“淫佚”。《害・酒誥》“誕惟厥縱淫佚於非彝”。又《多士》“大淫泆有辭”。傳“大爲過逸之行有惡辭”。《釋文》泆音逸，亦作佚，淫佚見《周語》、《管子・四時》。又作淫失，見《周語》下，淫逸，見《楚語》上，又作“淫溢”，見《墨子・非樂》上，又見《九辯》。詳淫溢條下。轉爲“淫衍”，見《韓非・説難》，劇數之不能終其物。

又按《離騷》“淫遊以佚畋”句，當爲賦家衍古語以成者。淫佚本古標準成語，淫有遊義，而又深喉音，凡音尾之衍，以深喉音爲最順適。則淫遊以佚。即淫佚之音衍，此如《屈賦》之“鬱結紆軫”，宋玉賦節爲“結軫”，所取方法雖各異而同爲漢語詞發展之一種方法，故疑淫遊，乃屈子用古語衍成語。姑發此義於此，以俟達者。

衒鬻

《九思・疾世》“抱昭華兮寶璋，欲衒鬻兮莫取”。舊注“行賣曰衒鬻賣也。言己竭忠信以事君而不見用，猶抱此昭華寶璋衒賣之。璋玉名也”。按衒即《説文》衙字，行且賣也。或從去。大徐黄絢切，鬻《説文》訓鍵也。大徐音武悲切。又音之六切，爲別一義，與衒字非類。段玉裁、朱駿聲皆以爲賣之借字，則音當爲余六切，可單言曰衒曰鬻（古經典多以粥爲之）。合言之則曰衒鬻。《漢書・東方朔傳》“四方士多上書言得失自衒鬻者以千數”。師古曰“衒行賣也。鬻亦賣也”。或書作俒鬻。《説文繫傳》“衙行且賣也，從行言”。徐鍇曰“按崔駰曰叫呼衙鬻”，衙鬻亦即衒賣。《説文・貝部》“賣衙也。從貝，𡕥聲。𡕥古文睦，讀若育”。大徐余六切。賣不見經傳，多誤爲賣。《後漢書・龐參傳》“衒賣什物以應吏求”是也。段玉裁謂“《周禮》多言價，訓買亦訓賣”。胥師飾行價慝，賈師貴價者，蓋即《説文》之賣字。而《説文・人部》“價見也。則今之覿字也。《玉篇》云“賣或作粥鬻，是賣鬻爲古今字矣。按賣隸變作賣，易與賣相混”。按段條理終始，至爲精審，今俗或以炫耀二字當之，音同而義異也。炫耀當即眩曜，或亂也，又別有炫耀一詞，本訓光皃，或以爲衒鬻以求光寵，亦可通。

鬱結

《九章·惜誦》"背膺牉以交痛兮，心鬱結而紆軫"。王逸注"言不忍變心易行，則憂思鬱結，胷背分裂，心中交引而隱痛也"。"結一作約"。又《懷沙》"鬱結紆軫兮，離愍而長鞠"，又《遠遊》"遭沈濁而汙穢兮，獨鬱結其誰語"，諸鬱結猶言紆結淤塞也。鬱字《説文》本訓木叢生者，而古籍多作憂鬱解，單言曰鬱，重言曰鬱鬱（各詳該條下）；聲稍變則曰鬱邑，詳鬱邑條下。則鬱結猶言憂心如結也。在心曰鬱結，在天氣亦曰鬱結。《莊子·在宥》"天氣不和，地氣鬱結"。《釋文》"鬱結如字"。按如字者，謂釋之如其字之義也。《史記·自序》"此人皆意有所鬱結，不得通其道"，則直以兩字二義合詁之，而無所引申者矣。古牙音清聲字，得與舌音清聲字相轉變。故又轉爲鬱滯，滯亦訓詁字也。《史記·儒林傳序》"公孫弘爲學官，悼道之鬱滯"。即《史記·自序》之"不得通其道"之義也。鬱聲轉爲冤，故鬱結亦轉爲冤結。詳冤結條下。《詩·檜風·素冠》"我心蘊結兮"。蘊結即鬱結也。大約中原言蘊結、言宛結（《史記》改鬱結爲宛結可證）。南土則聲稍變爲鬱結也。又《九思·逢尤》"仰長歎兮鬱結"，洪補"鬱於結切"。《説文》"餀窒也"，則餀即噎字。餀結亦即鬱結矣。詳餀結條下。漢賦家又各以其所知，因其情愫之深淺抑昂，以訓詁字易之，曰鬱積、怨結、委結、蘊積、蘊籍。

又鬱結紆軫當爲古成語。至宋玉節爲結軫。蓋省去發音之深喉音，鬱紆二字也。此漢語發展之一例。

延佇

《離騷》“延佇乎吾將反”。王逸注“延長也，佇立貌。《詩》‘佇立以泣’，言己……長立而望，將欲還反終己之志也”。洪補曰“佇直呂切，久立也。異姓事君，不合則去；同姓事君，有死而已。屈原去之則是不察於同姓事君之道，故悔而欲反也”。朱熹注“延引頸也，佇跂立也”。按《説文·延部》“延長行也。從延丿聲”。大徐以然切。段玉裁曰“本義長行，引申則專訓長。《方言》曰‘延長也’，今《方言》作延年長也”。按段説是也。《爾雅·釋詁》“延長也”，《廣雅》同。佇者，《説文·人部》新附“佇久立也”。又作竚。大徐直呂切。《玉篇》佇引《詩》亦作佇立，以注久也。按《爾雅·釋宮》“門屏之間謂之宁”，郭注“人君視朝所佇立”，則宁立之字古即以宁爲之。然《説文》又訓宁爲辨積物也。《文選·天台賦》“惠風佇芳”。李善注引邊讓《章華台賦》惠風施宁猶積也。積物則定定則久，故有久義。古當讀端紐，則與杜音近，即今侍字。今南北通語讀待陰平如呆，俗作呆，亦即宁字也。後人加人旁作佇，又或加立旁作竚，皆漢以後新增字也。則延佇者即淹滯一聲之變。朱熹以爲引頸跂立，則《呂氏春秋·順説》篇所謂“莫不延頸舉踵”之義也。其訓反屈而説明延佇之情實則甚真。字變作延竚，見《九歌》“結桂枝兮延竚”是也。又作延貯，《漢書·外戚傳》“飾新宮以延貯”是也。師古曰“貯與佇同”。貯即《説文》積物之義，當爲後起專字。

延竚

《九歌》“結桂枝兮延竚”。王逸注“延長也。竚立也。《詩》曰竚立以泣。《釋文》延作延”。洪補曰“竚久立也，直呂切”。朱熹注“竚直呂反。言神既去而不留，使延望而怨思也”。按《離騷》“延佇乎吾將反”與此延竚同。伫竚皆爲宁之繁變，字又變作貯，今人言待竚古讀舌頭音，則與待雙聲，轉魚模韻最近。詳延伫條下。

宴娭

《九思》“遇神嫹兮宴娭”。王逸注“嫹北方之神名也。言遇神宴而待之”。按宴娭乃複合詞。宴者《説文》安也。安謂安息閒適之義，引申爲宴饗，古多借燕爲宴。娭者《説文》戲也。《招魂》“娭光眇視，目曾波些”。王注“娭戲也”。《九章》“屬貞臣而日娭”。王注“政忠良而游息也”。詳娭字下。段玉裁謂即今之嬉字，今嬉行而娭廢矣。其説是。《玉篇》音虚基切，正是嬉音，又大徐音遏在切。當爲《説文》别義。“一曰卑賤名也”之音，故宴娭即宴樂遊戲之義，注謂遇神宴而待之，則以娭爲俟矣，大誤。

闇昧

《九思·守志》“彼日月兮闇昧”。舊注“日月無光，雲霧之所蔽，人君昏亂，佞邪之所惑”。按闇即暗之假，《説文》“日無光也”。昧者，《説文》“昧爽旦明也，一曰闇也。尚未明時曰昧”。《史記·司馬相如傳·封禪文》“首惡湮没，闇昧昭晢”。馬融《廣成頌》“闇昧不睹日月之光”。用本字作暗昧。《鄭語》“今王棄高明昭顯，而好讒慝暗昧”，解暗昧幽冥不見光明之道也，幽冥亦一聲之轉也。漢以後又有晻昧，見《漢書》《元帝紀》、《藝文志》、《劉向傳》等。音尾音稍變則爲暗漠。《九辯》“下暗漠而無光”。詳暗漠條下。暗漠見《九辯》則其語先有暗漠，後變爲闇昧，再變爲曖昧矣。昧音同韻之轉則作闇晦，《淮南·説林》“見之闇晦”。注“闇晦不明”。漢以後又變爲曖昧，見《蔡邕傳》。其通轉之字至多，不能一一備舉。

暗漠

複合形容詞，猶言暗昧無光也。

《九辯》"卒壅蔽此浮雲兮，下暗漠而無光"。按《説文》"暗日無光也。漠清也"。清者《爾雅·釋言》文。樊光曰"漠然清貌"。李善引作寂也。則暗漠猶暗然、寂然，無光之義。字音變爲闇昧，闇與暗同音，昧漠雙聲之轉，闇昧見《九思》。詳闇昧條下。闇昧者，漢人以訓詁字變之也。王逸釋此句爲"忠臣喪精不識謀也"。以喻義解之也。

鬱邑

雙聲兼叠韻之聯綿詞。楚辭中常用語，其後則轉成爲訓詁字義之複合詞。

《離騷》"曾歔欷余鬱邑兮"、"忳鬱邑余侘傺兮"，《九章》"心鬱邑余侘傺兮"。王逸注"鬱邑憂也（曾歔欷句下）。又愁貌也（《九章》下）"。洪補云"鬱邑憂貌。下文曰'曾歔欷余鬱邑兮'。五臣以忳鬱爲句絶，誤矣。邑一作悒"。按《説文》"悒不安也，從心邑聲"。邑乃悒之聲借字。然聯綿字義存於聲不必以單字字義束縛之也。作鬱邑者，如《後漢書·張衡傳》"怒鬱邑其難聊"，作鬱悒者，《漢書·司馬遷傳》"是以獨鬱悒而誰與語"。字又作鬱殪，《淮南·精神訓》"情心鬱殪，形性屈竭"，聲轉爲於邑，《九章》"氣於邑而不安"，別詳於邑下。又轉爲夭閼、雍閼、鬱殪等。聲轉爲鬱悠，乃晉宋魯衞間方言耳。《方言》"鬱悠思也。晉宋魯衞之間謂之鬱悠"。《廣雅》同。錢氏《方言箋疏》與王念孫《廣雅疏證》，字又作鬱攸，見《左傳》哀三年，又轉爲鬱快，又轉爲鬱湮，見《左傳》昭二十九年，又爲鬱閼，見《吕覽·古樂》。鬱殪又可倒言曰殪鬱，《漢書·賈誼傳》"獨壹鬱其誰語"。壹鬱，《史記》作堙鬱，亦一聲之轉也，聲又轉爲伊鬱，見《文選》班彪《北征賦》，爲紆鬱，見《文選·陸機詩》。雙聲叠韻聯綿詞又得重言，《大戴禮·曾子立事》"君子終身守此悒悒"。注"憂念也"。《蒼頡篇》"悒悒不舒之貌"。字亦借邑邑爲之，《文選·應璩與滿公琰書》"不獲侍坐良增邑邑"，李善注"邑邑不樂也"，又《九章·哀郢》"慘鬱鬱而不通兮"，又《悲回風》"愁鬱鬱之無怏兮"，又宋玉《九辯》"憑鬱鬱其何極"，則鬱鬱亦得叠用也。別詳鬱鬱下，聲轉爲蔚蔚，《後漢書·張衡傳》"愁蔚蔚以慕遠兮"。《廣雅·釋訓》"蔚蔚憂也"。長言曰鬱邑、曰悒悒、鬱鬱，短言則曰悒、曰鬱。詳鬱下。

鬱渥

雙聲複合詞。猶今言優渥也。

《九歎·惜賢》"揚精華以眩燿兮，芳鬱渥而純美"。王逸注"渥，厚"。按鬱優雙聲，《詩·信南山》"既優既渥，既霑既足"。鄭箋以饒洽釋優渥。《釋文》引《説文》優作漫，音憂。《説文·水部》"漫澤多也"，引《詩》曰"既漫既渥"，傳"優渥也"，則漫、優義近，優即漫之假借也。經典多借優爲漫，《楚辭》作鬱者，音稍變耳。

鬱怫

叠韻複合詞。義猶鬱鬱，心巾憂懣之貌。

《九歎·遠逝》"志隱隱而鬱怫兮，愁獨哀而冤結"。王無説。按隱隱與鬱怫合用，王訓隱隱爲憂心，則鬱怫乃憂懣之貌也。按《説文》"怫鬱也"，則鬱怫二字義同，此複合詞也。聲轉爲鬱勃，《文選·宋玉風賦》"鬱勃煩冤"。李注"風旋之貌"。風旋者亦鬱怫之義。在風曰鬱勃，言山則曰鬱㟶，《吳都賦》"巊冥鬱㟶"，逵注"鬱㟶山氣暗昧之貌"。又《莊子·刻意》"水之性不雜則清，莫動則平，鬱閉而不流，亦不能清"。鬱閉謂壅閉，亦鬱怫一聲之轉也。義近之複合詞，文學修辭上之使用可以顛倒，故鬱怫可倒作怫鬱，《惜賢》"覽屈氏之《離騷》兮，心哀哀而怫鬱"。王注"言心爲之悲而怫鬱也"。《七諫》"不顧地以貪名兮，心怫鬱而内傷"。王注"心爲傷痛而怫鬱也"。詳怫鬱條下。

鬱陶

陶，讀如皋陶之陶，音繇。鬱陶雙聲聯綿詞。猶鬱悠，思也。

《九辯》"豈不鬱陶而思君兮，君之門以九重"。王逸注"憤念蓄積盈胸臆也"。按此本《尚書·五子之歌》"鬱陶乎予心"，《孟子》亦云"鬱陶思君"。《尚書》孔傳鬱陶言哀思也，然《爾雅》云"鬱陶繇喜也"，於是諸家解《尚書》、《孟子》者皆有喜樂一義。郝懿行亦以爲猶怡悦。王念孫《廣雅疏證》乃以鬱陶爲思之意、和喜之意，竝以郭璞引《孟子》證《爾雅》之非。實則鬱陶當兩讀，《爾雅》之訓喜者，讀如《尚書·五子之歌》、《釋文》蔚陶二音，至《尚書》、《孟子》、《九辯》之鬱陶則當讀爲鬱繇，與鬱悠同意，《説文》悠憂也。《爾雅》"悠傷憂思也"。古陶讀爲繇，故皋陶讀作皋繇，繇悠同音。《廣雅·釋言》云"陶憂也"，則讀爲繇矣，今言之則曰鬱陶。至《樂緯稽耀嘉》"武王克殷之後，民乃大安，酌酒鬱摇"。鬱摇即鬱悠，而義喜樂，則漢以後之譌變。詳王念孫《廣雅疏證》、焦循《孟子正義》。

滃鬱

雙聲聯綿詞。而字義與語音相比合者也。義指雲氣浮起之貌。

《九懷·昭世》"進瞵盼兮上丘墟，覽舊邦兮滃鬱"。王逸注"下見楚國之亂危也"。洪興祖《補注》"滃鄔孔切，雲氣起也"。按叔師亂危非詁字義，探作意言之也。又《九懷·蓄英》"望谿兮滃鬱，熊羆兮响嗥。"王逸注"川谷吐氣雲闇昧也"。闇昧疏説滃鬱之象也。滃字本義，《説文》雲氣起也。《玉篇》"滃鬱川谷吐氣貌"，此爲漢以來常用語。叔

師注《招隱士》"山氣龍樅"及《九懷》"觀玄雲兮陳浮",皆或言雲瀴
鬱,或言山氣瀴鬱,鬱字應爲聯語尾音而亦用實字寫之者,尾音之變,
則爲瀴溶,見《九懷·通路》"浮雲兮容與"。注"天氣瀴溶,乍東西
也"。猶言雲氣容與矣。聲轉則爲泱鬱,《説文》"泱,瀴也"。《擊傳》
引武常內侍七月七日泱鬱白雲起,瀴與泱東陽韻轉也。泱即《詩·白
華》之"英英白雲"。《韓詩》作泱。

紆鬱

雙聲聯綿詞。義猶鬱結,屈仰難解。

《九歎》"願假簧以舒憂兮,志紆鬱其難釋"。王逸注"紆屈也,鬱
愁也。言己欲假笙簧吹以舒憂思,中紆鬱誠難解釋也"。按屈愁叔師以
訓詁字釋之也。其實紆鬱猶言紆餘,《上林賦》"酆鎬潦潏,紆餘委蛇"。
尾音強言之則曰紆徐,《子虛賦》"襞積褰縐,紆徐委曲"。又轉爲紆譎,
《甘泉賦》"超紆譎之清澄"。孟康曰"紆譎曲折也"。諸紆餘、紆徐、紆
譎,皆屈結難解之義,而紆音皆不變,則餘、徐、譎者,皆語尾之變也,
《説文》"紆詘也"。一曰"縈也"。詘即屈之古文,紆與縈異,王筠曰
"紆祇是一頭詘,縈則回環旋繞也"。此屈有大小之別,謂可訓大詘之
縈,可訓小屈之詘也,其本質爲屈則不異。許氏兩存之耳。其雙聲之變,
則爲鬱邑、於邑,而義有強弱深淺大小之別。各詳該條下。

景響

《九章·悲回風》"登石巒以遠望兮,路眇眇之默默;入景響之無應
兮,聞省想而不可得"。王逸注"竄在山野,無人域也"。洪興祖《補
注》"景於境切,物之陰影也。葛洪始作影。響或作嚮,古字借用"。按
《淮南·原道訓》"如響之與景",注"響應聲,景應形"以釋此"入景
響之無應"句最易明白。《史記·禮書》"時使而誠愛之,則下應之如景

響"。字或作景鄉，《漢書·董仲舒傳》"如景鄉之應形聲也"。師古曰
"鄉讀如響"。又作"景嚮"，《荀子》"天下之人，應之如景嚮"，又
《富國》篇"三德者誠乎上，則下應之如景嚮"。注"嚮讀爲響"。《漢
書·伍被傳》"下之應上，猶景嚮也"。師古曰"言如影之隨形，響之應
聲"。按此兩字聯文，起於戰國。戰國以前則單言景或單言響。今可考
者，自屈原、荀子始。荀子仕爲蘭陵令，則此詞亦南楚大夫之習用語。

煢獨

孤獨也，義近複合詞。

《離騷》"世竝舉而好朋兮，夫何煢獨而不予聽"。王逸注"煢孤也。
《詩》曰'哀此煢獨'，言世俗之人皆行佞僞，相與朋黨，並相薦舉，忠
直之士孤煢特獨，何肯聽用我言而納受之也"。"煢一作嫈"。洪興祖
《補注》曰"煢渠營切。今詩作惸"。朱熹《集注》作嫈，注曰"孤也，
何能哀我嫈獨而見聽乎"。又《九思·憫上》"貞良兮煢獨"。王逸注
"《詩》云獨行煢煢。煢一作惸"。按字應作煢，王洪本作嫈，朱本作嫈，
參煢字條。嫈，《説文》"回疾也"，此與獨構成一詞，則非回疾之意。
然經傳皆當嫈煢不分，又各以嫈獨構爲一詞，《書·洪範》"無虐嫈獨而
畏高明"，《孟子》"哀此嫈獨"，《左傳》哀十六年（見後）皆是（段玉
裁謂回轉之疾飛也，引申爲嫈獨，取裴回無所依之意，或作惸、作罘、
作嬛。《毛傳》曰罘罘無所依也。説並勉強可通）。按《方言》六"絓挈
僙介特也。楚曰僙，物無耦曰特"。錢《箋疏》云"《衆經音義》一嫈古
文惸傑二形，傑即僙之譌，《洪範》嫈獨，《孟子》作惸獨，唐杜牧獨行
罘罘，《周頌》'閔予小子''嬛嬛在疚'，《漢書·匡衡傳》引作嫈嫈，
哀十六年《左傳》'嫈嫈在疚'，《説文》及《周官·太祝》注引並作懁
懁。《説文》'趯獨行也，讀若嫈'。僙、嫈、惸、罘、嬛、懁、趯古字
並通"。按三家作罘，正字作趯，嫈、惸、嬛皆借字，自上來諸證觀之，
嫈嫈一詞自《書》、《詩》、《春秋》、《孟子》皆用之，則爲當時通語無

疑。又依《方言》定之則亦南楚之言也。參嬛字條。《哀時命》"塊獨守此曲隅"。塊獨亦嬛獨一聲之變，漢人所用也。參塊獨條下。

惸獨

《九章·抽思》"既惸獨而不群兮"。王逸注"行與衆異，身孤特也"。洪補云"惸渠榮切，無兄弟也"。按《説文》無惸字，惸獨即嬛獨。《小雅》"哀此惸獨"。《孟子·梁惠王》篇引《詩》作嬛獨，則惸乃別字。詳嬛獨一條下。

塊獨

猶嬛獨孤獨也。義近複合詞。言塊然獨處也。

《哀時命》"塊獨守此曲隅兮"。王逸注"言己獨處山野，塊然守此山曲，心爲切痛，長歎而已"。按塊獨叔師訓塊然獨處，依文字爲説也。《離騷》"夫何嬛獨而不予聽"。《九章·抽思》"既惸獨而不群兮"。塊獨即嬛獨也。塊、嬛、惸皆一聲之轉，先秦南北皆用嬛獨，而漢人用塊獨，此漢語之變也。參嬛獨條下（先秦《莊子》言塊然獨以形立，疏：塊然無情之貌。《荀子·君道》塊然獨坐而天下從之如一體）。字亦作隗，《荀子·性惡》"隗然獨立天地之間而不畏"。《穀梁傳》僖五年"塊然受諸侯之尊，已而主乎其位"。諸塊、隗字皆謂特立獨行之義，而非孤獨嬛獨，漢人乃以塊獨作嬛獨，則塊嬛一聲之轉故也。故辯之如此。

隔錯

義近字複合詞。障隔差失也。

《九思》"心爲兮隔錯"。舊注"隔錯失其性也"。按《説文》"隔障也"又"錯失也"，即差之借字，故《章句》以爲失其性。此聯兩義近字成一詞。隔錯聲轉如隔塞，《漢書·五行志》下情隔塞，則不能謀慮。

疑滯

兩義近之訓詁字複合詞。止留之也。滯音帶。

《九章·涉江》"船容與而不進兮，淹回水而疑滯"。王逸注"疑惑也，滯留也，言士衆雖同力引櫂船猶不進，隨水回流，使己疑惑，有還意也。疑一作凝"。五臣云"疑滯者戀楚國也"。洪興祖《補注》曰"江淹賦云'舟凝滯于水濱'，杜子美詩云'舊客舟凝滯'，皆用此語。其作凝者傳寫之誤耳"。按洪説疑字誤，未允。叔師釋疑爲惑，可證江、杜自本《漁父》耳。惟疑滯即凝滯同音異字，則無疑。《九章》用省文也。叔師以疑滯爲屈子疑惑有還意，失之鑿。淹回疑滯相連成句，二詞必相成，此《楚辭》句例，則疑滯仍指水之疑滯，不指人言，疑滯猶止留住也。亦即淹回深一層意思也。至《文選·別賦》李善注引此作凝滯者，唐人習《漁父》者多，偶未細檢耳。慧琳《一切經音義》十八引《考聲》云"沈也，止也"。賈注《國語》云"滯久也"。《説文》"凝也"。形聲字也。可以互參。餘詳凝滯下。

凝滯

兩義近訓詁字之複合詞。止留也。

《漁父》"聖人不凝滯於物"，王逸注："不困辱其身也。《史記》云'夫聖人者'一本物上有萬字。"朱熹注："聖上史有夫字，人下史有者字，於下史有萬字。"《史記·自序》"上下無所凝滯"。《漢書·五行志》中之下"盛陰雨雪凝滯而冰寒"。《淮南·氾論訓》"凝滯而不化"。《文選·別賦》"舟凝滯於水濱"李善注《楚辭》曰"船容與而不進，淹迴水以凝帶"。《廣雅》曰"凝止也"。向注"凝滯逶遲少留貌"。《九章·涉江》"船容與而不進兮，淹回水而疑滯"。凝滯即疑滯也。詳疑滯條下。音轉爲泥滯，《後漢書·左雄傳》"而黃瓊、胡廣、張衡、崔瑗之徒，泥滯舊方，互相詭駁"。凝滯轉爲泥滯，古疑泥聲近也。泥滯又即陷滯矣。

陷滯

義近複合詞。陷没礙滯也。上大徐音户猛切，下大徐音直例切。

《九章·懷沙》"任重載盛兮，陷滯而不濟"。王逸注"陷没也，濟成也。言己才力盛壯，可任重載，而身放棄陷没，沈滯不得成其本志"。朱熹《集注》"陷没也，滯留也，濟度也。此言重車陷濘而不得度也"。又《思美人》"蹇蹇之煩冤兮，陷滯而不發"。王逸注"含辭鬱結，不得揚也"。"陷一作滔"。按《説文》"陷從高而下也"。（今二徐本作高下也，慧琳《一切經音義》四十七、五十七兩文陷字並引《説文》從高而下也。今從之）。音户猛切，《易》曰"坎陷也"，謂陽陷陰中也。凡深没其中曰陷滯。《説文》凝也。《九章》"淹回水而凝滯"。《漁父》"聖人不凝滯於物"。凝本冰凝字，義與礙止字通。冰凝則礙也。故凝滯即礙帶。詳凝滯條下。《周禮·廛人》"凡珍異之有滯者"，鄭司農云"貨物沈滯於廛中"，此言陷滯不濟，陷滯不發，猶今言停留不濟不發。

乖剌

義近複合詞。違離也。

《七諫·怨世》"吾獨乖剌而無當兮"。王逸注"乖差也，剌邪也"。洪補云"剌戾也，力達切"。按《説文·㐄部》"菈戾也"。乖剌即乖戾一聲之變。《廣雅·釋訓》"敿戾乖剌也"。《漢書·劉向傳》"朝臣舛午膠戾乖剌"。師古曰"言志意不和，各自違背，剌音來曷反"。音轉爲乖戾，《説文·大部》"戾曲也"。《史記·天官書》三"能色齊，君臣和，不齊爲乖戾"。《後漢書·范升傳》"各有所執，乖戾分争"。聲轉爲乖烈，《吳越春秋·闔閭内傳》"王邪王邪何乖烈"。按烈剌聲近義通。聲轉爲乖亂，《史記·秦紀》"秦以往者數易君。君臣乖亂"。《漢書·宣帝紀》"五鳳三年因大乖亂"。又《韓詩外傳》二"寇賊並起上下乖離"。《漢書·藝文志》"後世經傳既已乖離"。《廣雅·釋詁》三"乖離也"。《後漢·杜喬傳》"今梁氏一門宦者微孽，垃帶無功之綬，裂勞臣之士，其爲乖濫，胡可勝言"。乖烈、乖亂、乖離、乖濫，亦猶乖剌，皆聲同義近之詞，而漢人各以訓詁字書之者也。

坎毒

義近複合詞。恨恚也。

《九歎》"哀僕夫之坎毒兮，屢離憂而逢患"。王逸注曰"坎恨也，毒恚也。坎一作歁。言已不自念惜身之放逐，誠哀僕御之夫，坎然恚恨，以數逢憂患"。洪補曰"歁音坎，食不滿也"。按叔師訓坎爲恨，引申義。坎從土欠聲。《説文》陷也。陷者高而入於下也。故又訓爲險恨，即下也、險也之引申。其本字當爲惂，坎毒蓋複合義近字爲一詞。

强圉

《離騒》"澆身被服强圉兮，縱慾而不忍"。王逸注"强圉多力也。一云被於彊圉。言浞取羿妻而生澆，彊梁多力，縱放其情，不忍其慾，以殺夏后相也"。洪興祖《補注》曰"《詩》曰'曾是彊禦'。彊禦彊梁也"。朱熹《集注》曰"圉魚吕反。强圉多力也"。按澆强圉之説，又見《天問》與《竹書紀年》。《竹書》曰"初浞娶純狐氏，有子早死，其婦曰女岐，寡居。澆强圉，往至其户，陽有所求，女岐爲之縫裳，共舍而宿"云云。疑即結集《楚辭·離騒、天問》而成。然强圉一詞，春秋以來已多用之，而字作彊禦，禦圉同聲通用也。《詩·大雅》"曾是强禦"，又"强禦多懟"，又《烝民》"不畏强禦"，《左傳》昭十二年"吾軍彊禦"，《國語·周語》"軍帥彊禦"，字又作强禦，文見《春秋繁露·五行相生》；又作彊圉，見《漢書·公孫賀傳贊》；碑字有作强衛（《北海相景君碑》）。今世則音稍變爲强硬矣。

欿憾

義近之叠韵複合詞。上音胡感切，下音胡紺反，猶顑頷。

《哀時命》"志欿憾而不憺兮，路幽昧而甚難"。王逸注"言己心中欿恨，意識不安"。朱熹注"欿音坎"。按欿憾乃義近複合詞，二字平列。叔師以欿恨釋欿憾，則用欿之本義。《説文》"欿欲得也"。惟二徐音透紐，而朱熹以爲讀坎，則入溪紐。從臽之字，本有喉牙二系，此則喉音爲近是。《廣韻》欿字入頷紐，虎胡感下，P. 2011 内府王切同，則二徐音恐不實。朱熹坎讀，内府王切平聲覃韵啥下有之，然在平聲也。信如是，則欿憾與不安連文，亦即不安之貌也。《離騷》"長顑頷亦何傷"之顑頷，顑頷讀上虎感，下户感反，與此爲同韵，欿屬溪紐，顑屬曉紐，深淺喉本可通也（又顑又讀古湛切，則更爲同聲矣）。此漢儒用字與屈宋異也。顑頷本訓食不飽，與欿恨意近（欿又與歁同聲通用，歁苦感切，歁亦食不滿，可爲旁證）。《孟子》"自視欿然"，亦歉然不滿之意，皆其證。詳欿字條下。

干傺

古成語。即干進之誤，求進而仕也。

《九章·惜誦》"欲儃佪以干傺兮，恐重患而離尤"。王逸注"干求也。傺住也。言己意欲低佪留待於君，求其善意，恐終不用，恨然立住"。洪興祖《補注》云"干傺謂求仕而不去也"。按干傺一詞，叔師、朱熹同訓求住，洪申王義謂求仕不去，義皆可通。然王鈎擗不易通曉。傺作住解，尤爲未允。《説文》不録傺字，朱豐芑以爲交際本字而借爲際，引《張遷碑》騰正之際爲證。王闓運亦同此義，則干際爲求其際會。按此詞至鑿，不僅屈子無此鑿法，先秦賦家亦無此習，即漢初如賈誼、東方、淮南之徒亦無之。多讀古籍者自能心會。在《楚辭》家中惟王褒、王逸可能有此鑿風。《九章》遣詞多同《騷》、《歌》、《天問》，此詞在全部屈子作品中無絲毫氣氛可尋，疑有誤字。按《離騷》有"既干進而務入兮，又何芳之能祗"。注"干求。言子椒茍欲自進，求入於君身，得爵祿而已"。余疑干際即干進之聲誤。進祭雙聲，調類亦同。祭韵與真韻古亦合部，其聲可通至明；書者因上文有從人之僵個，遂亦誤從人之際矣。此自語音得證之者。又如叔師説，或朱豐芑諸人説，則既已恨然立住，又何用下句之重患離尤，惟其有低個以干進之心，故恐得罪，則干求進取，正其所以恐離尤之前提，苟已恨然住立而止，則此前提不能得恐離尤之果也。且文與上文僵個云云文義相貫，僵個者，前却不足也。集此諸因緣故干際一詞當襲用《離騷》干進無疑。故辯之如此。下文又云"欲高飛而遠集，君罔謂汝何之；欲橫奔而失路，堅志而不忍"云。此與僵個、干際義相輔相成，矛盾心恒本患離尤之端也。《離騷》言干進則芳不能祗。此則憂懼益深，干進且將得禍，《九章》作於《離騷》之後，其情其詞亦較《騷》爲切直憂深。

歁際

陷止也，遞進義複合詞。《九辯》"收恢台之孟夏兮，然歁際而沈藏"。王逸注"民無駐足，竄巖穴也。楚人謂住曰際也"。"歁本多作坎"。五臣云"坎、陷、際止也。言收斂長養之氣，使陷止沈藏，但以秋氣殺物矣，皆喻楚之君臣也"。洪興祖補云"歁與坎同"。按《章句》引一本歁本作坎，《説文》則有陷字亦與坎訓同從臽，故洪、朱遂以爲與坎同。《説文》歁本訓欲得也，大小徐皆讀爲舌音透紐，若讀爲坎，則變溪紐，清濁同也。《孟子》"附之以韓魏之家，如其自視歁然，則過人遠矣"。張鎰歁音坎，亦借爲坎也。《説文》"坎陷也"，言自高而下陷之義。傺《廣韻》音丑例切，叔師謂楚人謂住曰傺者，《方言》七"傺眙逗也。南楚謂之傺，西秦謂之眙"。郭注"逗即今住字也"。欿傺兩字平列，傺亦楚言，則與欿連文，亦必楚習用語矣。他書絕無用之者，《說文》亦不録傺字，惟傺在《楚辭》有兩讀，一讀丑例切，其一則侘傺之傺，讀爲敕界切。別詳侘傺下。

埳軻

《七諫·怨世》"年既已過太半兮，然埳軻而留滯"。王逸注"轗軻不遇也。言己年已過五十，而轗軻沈滯，卒無所逢遇也"。"埳一作轗，一作輡"。洪補云"埳苦闇切，軻苦個切；又音坎可；轗音坎，埳坷不平也。輡軻車行不平。一曰不得志"。按埳者，坎之異文，《莊子·秋水》"獨不聞夫埳井之鼃乎"是也。《說文》無埳字，埳軻即坎坷也。《說文·土部》"坷坎坷也，從土可聲"。徐鍇曰"坎坷不平也"。（原作不通，依校勘記改）。《玉篇》"坎坷不平"。《漢書·揚雄傳》"瀀南巢之坎坷兮"。師古曰"坎坷不平貌"。坎訓陷，而臽又有坎音，故遂誤坎埳爲一字，遂以埳易坎。《七諫》作埳軻者，《玉篇》引《聲類》"小車軸折更治曰軻"，則軻乃別一義，此乃坷之借甚明。《論衡》又書作埳坷，宣漢云"夷埳坷爲平均"是也。字又作轗軻，《一切經音義》卷七十六引《考聲》云"車行不平也。"又引王注《楚辭》"轗軻不遇"，則《楚辭》舊本有作轗軻者矣。《文選·古詩十九首》"無爲守窮賤，轗軻長苦辛"。李善注引《楚辭·七諫》"年既已過太半兮，然輡轗不遇也"。輡轗與輡軻同，此外《玉篇》車部轗軻二字下，慧琳《一切經音義》三十一首有之，車行不平曰輡軻，人心不平曰坎坷，音義皆同，而字不同。字又作墈坷，見《玉篇》土部，墈字注口感切，墈坷與埳軻爲雙聲聯綿詞。其疊韻之變則爲坎壈、坎憾、頜頗，參各條下。

坎壈

同坎廩。

《九歎·怨思》"志坎壈而不違"。王逸注"坎壈不遇貌也。言己放逐，心中鬱鬱，憂而愁毒，雖坎壈不遇，志不離於忠信也"。洪興祖《補注》"壈力感切"。按坎壈即坎廩。別詳坎廩下。《東觀漢紀馮衍傳》"明帝以爲衍材過其實，抑而不用，遂坎壈失志"。《敦煌切韻殘卷》S. 2055、P. 2011 內府王切皆收坎壈一詞。《顏氏家訓·勉學》篇亦兩見，慧琳《一切經音義》八十八、九十二引《考聲》云"契闊貌也"。《字書》云地不平也。下音藍感或拉咸反，字又作埳壈、轗軻等。參坎廩條下。

坎廩

叠韻聯綿詞。失志不平也。上音苦感切，下力敢切。

《九辯》"坎廩兮貧士，失職而志不平"。王逸注"數遭患禍，身困極也。廩一作壈"。五臣云"坎壈困窮也"。洪興祖《補注》云"廩力敢切。坎廩失志。一曰不平"。按坎廩叠韻聯綿詞。坎字別詳。廩本倉廩字，音力敢切，與廩本音力甚切異。詳坎壇下。無由得失志不平之義。聯綿詞義存於聲，故不必皆有正文也。然坎本坎陷，陷者自高而下也，則失志與不平，皆得引申而得之。則此詞重在上字。聯綿詞往往有偏在一字而其餘一字爲語餘者，語餘多在下字，此亦一例也。字又作坎壈，則壈字因坎從土而變也。《九歎·怨思》"志坎壈而不違"。叔師注"坎壈不遇貌也"。與失志、不平義同。詳坎壈下字。又作埳壈，《後漢書·馮衍傳》"衍娶北地女任氏爲妻，悍忌不得畜媵妾，兒女常自操井臼，老竟逐之，遂埳壈於時"。字又作轗軻，《玉篇》車部"轗軻車行不平"。（《廣韻》感韻同）字又作轗軻，北齊張充《與尚書令王儉書》"叔陽复舉轊轋乎千載"。

聯綿詞以雙聲爲重，而下一字往往爲語尾，（坎廩廩字爲邊音，乃古漢語音尾收 l 之餘，今滇垣西北郊人字尾讀音尚存大量 ml 複輔音之象可爲之證）。故坎廩可轉爲坎坷，坎坷雙聲音強重，故坎坷義亦相同。《七諫·怨世》"年既已過太半兮，然坱軻而留滯" 是也。詳坱軻條下。聲與壙悢爲雙聲之變。參壙悢條下。

結撰

《招魂》"結撰至思，蘭芳假些"。王注 "撰猶博也"。五臣云 "我能撰深心以思賢人"。補曰 "撰述也，定也，持也"。王又曰 "言君能結撰博專至之心以思賢人，賢人即自至也"。按王與五臣説皆誤，依下文 "人有所極，同心賦些" 而言，洪以撰爲述，已得其義，但未申其内含。古今説之者，亦多未分析上下文理，此將結束時之詞也。惟王夫之云 "結者結其篇章，撰其詞句。至思極思也。蘭芳假者，藻思中發。若蘭蕙之芳相假借也"。按王説極與文理相協，爲千古發明一義，惟以假爲假借義，尚差一間。今謂假讀爲格，王注假爲至允，即讀爲格。詩以假爲格之例至多，格之猶言來格，此言精思極至，則其文章之美如蘭蕙之來格也。

驕美

動賓相屬詞。自矜其美也。

《九辯》"既驕美而伐武兮"。王逸注 "懷王自謂有懿德，又勇猛也。驕一作憍"。朱熹注 "驕一作憍，驕美自矜其美也。伐武自誇其武也"。按驕美與伐武對文，故朱熹訓自矜其美，以驕爲動字是也。與叔師自謂有懿德義同，而更爲明白。

驕驁

驕驁即驕傲，驁與傲同。詳驕傲下。

《遠遊》"服偃蹇以低昂兮，驂連蜷以驕驁"。王逸注"驂騑驕驁，怒顛狂也"。洪興祖補曰"驕驁馬行縱恣也。上居召、下王到切"。按驕驁又作驕傲，又作憍傲，驕傲見《離騷》"保厥美以驕傲兮"。詳彼條下。驕憿見《史記·鄒陽傳》"今人主誠能去驕憿之心"。（《漢書》作驕傲）立字異而音義皆同。作驕驁者，指馬之驕驁，專用字也。司馬相如《大人賦》"低卬夭蟜，據以驕驁兮"。《索隱》張揖曰"驕驁縱恣也"。《漢書·王吉傳》"率多驕驁，不通古今"。師古曰"驁與傲同"。餘詳驕傲下。

驕傲

此立立之叠韵複合詞。今常語。

《離騷》"保厥美以驕傲兮，日康娛以淫游"。王逸注"倨簡曰驕，侮慢曰傲。傲一作敖。言宓妃用志高遠，保守美德，驕傲侮慢"。按此叠韻聯綿詞之可分釋者，驕傲義相近。驕者，本馬高六尺之名，用爲驕傲，即高傲，當爲喬字之借。喬本訓高而曲，高而曲則高非正直，故引申爲倨簡、爲奢、爲慢。《禮記·樂記》"敖辟喬志"，《坊記》"富斯喬"，《書大傳》"禦貌於喬忿"皆是。經典多以驕爲之。喬字變爲憍，《公羊》襄十九年"爲其憍蹇"，《莊子·達生》"方虛憍而恃氣"，司馬注"憍高仰頭也"。傲者《説文》"倨也"，《書·堯典》"象傲"，傳"傲慢不友益稷無若丹朱傲"等，《書經》凡用四傲字，皆訓慢，則三古舊訓如是矣。聲轉爲桀傲或作傑傲，皆後世衍益之詞。

嫉妒

此訓詁相近之組合詞，今多連用。《楚辭》五見，《離騷》、《九章》、《九辯》、《哀時命》，其義皆同。

《離騷》"各興心而嫉妒"。王逸注"害賢爲嫉，害色爲妒。"朱熹注同。《説文》以嫉爲嫉之或體，解云"妎也"。（本書"妎妒也"）嫉或從女，今經典通用疾。《秦誓》"冒疾以惡之"，《禮記·大學》同。《少儀》"有亡而無疾"，《緇衣》"母以嬖御人疾"，莊后母以嬖御士疾，莊士大夫卿之類皆是。妒者，《説文》"婦妒夫也"。按婦妒夫即王逸所謂害色爲妒。《左傳》叔向之母妒叔虎之母美而不使，即此義。朱熹《集注》作妬。段玉裁亦以爲當從女，石聲。《玉篇》以妬爲妒之重文，《廣韻》同。古書二字通用，見《詩經·樛木》、《螽斯》、《桃夭》、《小星》序及箋。《楚辭》單用妒字，時亦多作妬（詳妬下）。至五經文字，乃以妬爲正，以妒爲非。

稽疑

古成語。猶問疑也。

《九思》"就祝融兮稽疑"。舊注"祝融赤帝之神，稽合所以折謀，求安己之處也"。按《尚書·洪範》"次七日明用稽疑"。《説苑·反質篇》"凡古之卜問者，將以輔道稽疑"。《論衡·感類》篇"洪範稽疑"。段玉裁云"《説文》卟下云卜以問疑也。從口，讀與稽同。徐鍇《繫傳》云《尚書》明用卟疑，今文借稽字"。按今存敦煌隋唐寫本卷子稽字皆作卟。此字恐是魏晋間人俗書。

徼幸

古成語。徼本字作憿，幸也。幸乃夭之隸變，吉而免凶也。義謂求其吉而免於凶也。

《九辯》"願徼幸而有待兮"。王逸注"冀蒙貰赦，宥罪法也"。洪補云"徼古堯切"。按徼幸一詞，先秦南北通成語，《春秋左氏傳》昭六年"並有爭心，以徵於書，而徼幸以成之"。注"因危文以生爭，緣徼幸以成其巧偽"。《釋文》"徼本又作邀，古堯反"。又哀十六年"吾聞之以險徼幸者，其求無饜"，《禮記‧中庸》"小人行險以徼幸"，《正義》"小人以惡自居，恒行險難傾危之事，以徼求榮幸之道"，皆北土諸土用徼幸之證（《莊子》作僥倖，見後）。惟《中庸正義》釋徼幸與叔師說大異。按《說文‧心部》"憿幸也"。（按當作憿，憿幸也。竝非兩字同訓，憿幸乃古成語，許氏以爲正字作憿也。憿義當爲要求，許不言要求者，憿幸古通語成語，不待釋也。詳下）又夭部夭"吉而免凶也"。夭隸變作幸，則徼乃憿之聲借字，然古書多訓徼爲要。《左傳》文十二年"寡君願徼福於周公魯公"，注"要也"。又《左傳》昭二十三年"請遂伐吳以徼之"。注"要其勝負"。《左傳》僖四年"君惠徼福於敝邑之社稷"，《國語‧吳語》"吾欲與之徼天之衷"，杜韋兩家並訓要。《漢書‧嚴安傳》"民離本而徼末矣"，注"要求也"，則徼幸正要求吉而免凶之義。《說文》作憿者，正字，而古書無用之者，則直漢人新增字，古皆借徼爲之也。字又作儌，《一切經音義》八"儌冀冀幸也"。《說文》亦無儌字，當亦徼之形坯。又借饒字爲之，班固《奕旨》"優者有不遇省者有饒幸"。亦有作僥倖者，《莊子‧在宥》"此以人之國僥倖也幾何，僥倖而不喪人之國乎"。《釋文》"僥古堯反，一云僥倖，求利不止之貌"。又《盜跖》"使天下學士不反其本，妄作孝弟，而儌倖於封侯富貴者也"。

周容

《離騷》"背繩墨以追曲兮，競周容以爲度"。王逸注"周合也，度法也。言人臣不修仁義之道，背棄忠直，隨從枉佞，苟合於世，以求容媚，以爲常法，身必傾危而被刑戮也"。朱熹《集注》曰"周合也。言争以苟合求容爲常法也"。又《九歎》"妄周容而入世兮，内距閉而不開"。王逸注"言己欲妄行周比，苟容自入於君。"按周容即《詩》夸毗戚施之義，言面柔體柔以隨人意之謂。猶《論語》言"巧言令色孔壬"之義。此亦構成詞也。

調度

義近詞之複合詞也。

《離騷》"和調度以自娱兮，聊浮游而求女"。王逸注"言我雖不見用，猶和調己之行度，執守忠貞，以自娱樂"。五臣云"度，法度也"。洪補曰"和調，重言之也"。按王、洪義皆非也，此當以調度爲一詞，和則其動詞也。錢澄之《屈詁》云"玉音璆然，有調有度，古者佩玉進則抑之，退則揚之，然後玉聲鏘鳴。和者鳴之中節也"，讀調度爲一詞，和爲動字是也。然此又上言芳菲難虧，則所佩主於香品，而不主於玉，則錢説亦失之鑿，惟朱熹謂調徒料反，猶今人言格調之調。度法度也。言我和此調度以自娱，於義爲得。説雖無錢之周詳，而反能包含衆義，不失作意，當從之。又《九章·悲回風》"心調度而弗去兮，刻著志之無適"。王逸無注。按此調度作賓語用，義謂言心中之調度而不忍去。調度亦今日常語。

沈抑

沈抑，或倒言曰抑沈。凡五見。

《九章·惜誦》云"情沈抑而不達兮"王逸注"沈没也，抑按也。言己懷忠貞之情，沈没胸臆，不得白達"。又《七諫·謬諫》"情沈抑而不揚"，又《哀時命》"志沈抑而不揚"，又《九歎·怨世》"思沈抑而不揚"。按諸漢賦所用，顯爲抄襲屈子《惜誦》之詞。蓋屈子自鑄之詞也，古籍無用之者（別參沈、抑兩條）。或作抑沈，見《天問》，別詳抑沈條下。聲轉爲沈菀，見《思美人》。詳沈菀條下。

抑沈

《天問》"比干何逆而抑沈之"。言比干無罪，而遭抑壓沈没之也。抑沈即沈抑之倒言。詳參沈抑條及沈、抑二字各條。

沈滯

雙聲狀性質之複合詞。深匿與世屏絕之意。上音湛，下音直例切。

《九辯》"願沈滯而不見兮"。王逸注"思欲潛匿，自屏棄也"。按沈滯言深匿潛伏之意，沈即湛之別，没也。引申爲深滯，止也（見《禮》"氣不沈滯"賈逵注）。此引申義也。《吕氏春秋·情欲》"身盡府種，筋骨沈滯"，《後漢書·杜篤傳·論都賦》"一卒舉礪，千夫沈滯"，皆各就上下文義爲解。《九辯》"願沈滯而不見"義則與《崔駰傳》所謂"嘿嘿而久沈滯"，《尹敏傳》"帝深非之，雖意不罪，而亦以此沈滯"之義同。

沈淖

古聯綿詞，即跊踔同音詞。行無常也。

《七諫·怨世》"世沈淖而難論兮，俗岭峨而參嵯"。王逸注"沈没也，淖溺也"。洪《補注》"淖泥也，女孝切"。按沈訓没，湛之別字也（詳湛字下）。淖《説文》泥也。《蒼頡篇》云"深泥也"，則沈淖乃動賓複合詞。然實與跊踔等，爲古聯綿詞，則不能全然字義分釋。又《七諫·怨世》"馬蘭跊踔而日加"。王逸注"跊踔暴長貌也"。《説文新附》"跊踔行無常也"。此言沈淖難論者，即行無常之義之引申耳。詳跊踔條下。

沈菀

義近複合詞。深積而鬱塞之也。

《九章·思美人》"申旦以舒中情兮，志沈菀而莫達"。王逸注"思念沈積不得通也"。洪補曰"菀音鬱，積也"。朱熹《集注》"菀音鬱，莫一作不菀積也"。按叔師訓菀爲積者，《詩·都人士》"我心菀結"。箋"結猶積也"。《風俗通》"菀蘊也。言薪蒸所蘊積也"。菀結即鬱結，蘊結之義。《説文》訓菀爲茈菀，出漢中房陵。今俗作紫菀也。故叔師訓沈菀爲沈積。沈本字作湛。《説文》没也。引申爲深爲下，則沈積猶言深積矣。沈鬱漢人多用之，此不具。聲轉爲沈佚，《史記·樂書》"陵遲至於六國，流沔沈佚，遂往不返"。又《上林賦》"汎淫泛濫"。《禮記·月令》"春季……行秋令，則天多沈陰"。亦音近義通之詞。漢以來或言沈冤，亦一聲之轉也。

按《説文》沈"陵上滈水也，一曰濁黕也"。上沈佚、沈淫、沈陰，義皆由滈黕引申（滈爲久雨所集之水）。俗或作沉，又音或讀如徒南切。故字或又通黕、酖、湛。

純龐

義近複合詞。純潔而高尚之義。聲轉爲純樸，爲純蒙。

《九章·惜往日》"心純龐而不泄兮，遭讒人而嫉之"。王逸注"素性敦厚，慎語言也"。洪興祖補曰"龐厚也。莫江切"。朱注"龐厚也。泄漏也。謂不敢漏其密事也"。按純龐一調，義近複合詞，以表態者也。《説文》訓純爲絲也，即《論語》"今也純儉"之純。純蓋素絲，故引申以爲純素不雜之義，又與醇淳音義並同。醇者，不澆酒也。故純粹亦可作醇粹也。庞即龐之俗書，《説文》"龐高屋也"，引申爲凡高之稱。《小雅·四牡》"四牡龐龐"。傳曰"龐龐充實也"。叔師訓敦厚即充實之義。聲轉則爲純樸，《莊子》"故純樸不殘，孰爲犧樽"。《韓非子·大體》"故致至安之世，法如朝露，純龐不散"。《吕氏春秋·知度》"蒙厚純樸以事其上"。字又作純樸，《後漢書·光武紀》"故上古之世，民心純樸"是也。聲轉爲純蒙，《論衡·自然》"道家德厚，下當其上，上要其下，純蒙天爲"。聲轉爲純備，《後漢書·班固傳》"行能純備"。

志度

《九章·抽思》"超回志度，行隱進兮"。王逸注云"志其法度，隱行忠信，日以進也"云云。洪無説，朱熹以爲不可曉。他家亦多就王義申説之，似隔文義一間。按《儀禮·既夕》"志矢一乘，軒輈中亦短衛"。注"志猶擬也"。志度連文，猶言意度、擬度矣。此句言路之難行，其爲儃回、旋還，皆以己意而擬度之，隱占其可否而後進。隱喻君之左右無行媒，如世路之多阻，己之欲歸，其得失直曲，需自爲體認此情此景，極人世悲慘之尤。參軫石、超回隱字諸條。

就超回志度一語，以體認文心，則與《惜誦》"欲儃回以干傺兮，恐重患而離尤"直至"欲高飛遠集横奔失路"一大段情思完全相同。則超回即邅回，志度即干傺，亦重患離尤以下情思也。以其邅回，故乃隱微而難進也。志度就心理邅回爲言，隱進就進退行止爲言。總之以惟恐重患離尤也。

又按門人郭在貽以志度爲跮踱，聲轉謂邅回志度，猶言邅回踟躕也。此亦訓詁上之一發現。然以行文意象而論，則志度惟尤有緻。

吞揆

《天問》"何羿之躬革，而交吞揆之"。王逸注云"吞滅也，揆度也。言羿好躬獵，不恤政事法度，泯交接國中，布恩施德而吞滅之也"。洪云"羿之躬藝如此，唯不恤國事，故其衆交合而吞滅之，且揆度其必可取也"。戴説同。孫詒讓云"案王、洪、戴説竝望文生訓，非屈子意也。揆亦滅也。《吕氏春秋·知上》篇云'靖郭君大怒曰劓而類揆吾家，苟可以傔劇貌辨者，吾無辭爲也'。《戰國策·齊策》作'劓而類，破吾家'"。按孫説是也。此云交吞揆之，即謂泯與國人交結破滅羿之家也。然孫氏於全句文法尚有未盡。以上下文義審之，言羿有射革之力，何泯與純狐能吞滅之，指羿言則揆決不訓度，而字亦無反羿射革之義。按耐能古聲通，故而可借爲能。《易·屯》"宜建侯而不寧"，鄭讀而爲能，而能吞揆之者，言泯與羿妻何以能交相爲用，能吞滅羿也。即《離騷》所言"羿淫遊以佚畋兮"也。

傳道

流傳引導之也。義近之遞進複用詞。

《天問》"曰遂古之初，誰傳道之"。王逸注"遂往也。初始也。言往古太始之元虚廓無形，神物未生，誰傳道此事也"。朱熹注"道猶言也，問往古之初，未有天地，固未有人，誰得見之而傳道其事乎"。按此詞固先秦舊語。洪補"傳道世世所傳説往古之事也"。此本之康成

《禮注》謂"論聖德堯舜之道矣"義別，此與《列子·楊朱》"太古之事滅矣，孰誌之哉"義同。皆就歷史立言，王、朱蓋同，以此説《天問》，非也。詞雖同而義則殊。《天問》就宇宙生成立言，故下文立即承以"上下未形，何由考之"，此傳道謂流傳導引，道與導通，猶今言生發化之義。言宇宙之始生與變化也，此言天地生成之義，即《易》之太初、太始、太極生兩儀，兩儀生四象等言。誰傳道之者，雖指生宇宙之人神或物或本質等（比、擬之詞，姑借此立説耳）。傳者謂生之者，必有生之者，生之者必更有生之者，生生不息，究其本始，則誰爲之，反復無窮止也。故曰傳道者，謂變化，今言變化復有所本，所本更有其本；此變由彼變，彼變更有所變，巧歷不能盡，故曰道。道者，展轉遷流不息之義。故下文直以"上下未形"或由成此上下之形，就天與地之界域立説。

瘏悴

義近複合詞。爲子政新鑄。

《九歎》"躬劬勞而瘏悴"。王逸注"瘏病也。《詩》云'我馬瘏矣'。言己身罷病也"。洪興祖《補注》云"瘏音徒"。按《説文》"瘏病也"。《詩·周南》"我馬瘏矣"，《毛傳》"瘏病也。又悴亦當作瘁"，古文家説也。子政瘏用《毛詩》，則悴亦當從毛作瘁。《詩·小雅》"僕夫況瘁"，又"匪舌是出，唯躬是瘁"，《毛傳》皆訓瘁爲病，而悴則悤而顏色敗也，非病也，故悴與憔連文，見《漁父》。子政《九歎》亦言顧僕夫之憔悴，依訓説固當以瘁與瘏連文爲切，而以悴連則于義未允。此與槁悴不同，槁悴亦義近複合詞，而自形貌立説者也。

槁悴

義近複合詞。言枯槁而憔悴也。

《九歎·遠逝》"山木搖落時槁悴兮"。王逸注"槁枯也。悴病也。言飄風轉運，揚起塵埃，搖動山木使之近時枯槁，莖葉被病，不得盛長也"。洪興祖《補注》云"悴音遂律切"。按槁悴言枯槁，憔悴也。此摘兩詞尾字複合爲一詞，此種琢詞法，實爲漢賦中最拙劣之遣詞。分詳枯槁、憔悴兩條。槁悴從外形之顏色立說，子政則有瘏瘁一詞，義亦相近，而當作瘏瘁。詳瘏瘁條下。

突梯

《卜居》"寧廉潔正直，以自清乎，將突梯滑稽，如脂如韋，以潔楹乎"。王逸注"轉隨俗也"。洪補曰"《文選》五臣注突吐忽切，滑也"。朱熹《集注》"突梯，滑澾貌"。按古今說突梯者，多本三家，大體皆釋義蘊，非詁字訓。王夫之《通釋》以爲"大竇曰突，從突而入，緣梯而登，鑽穴踰牆之謂"，亦不能與下脂韋絜盈相屬。朱琦《文選集釋》云"余謂《廣雅》突欺也，王氏《疏證》引賈子《時變》篇'欺突伯父'是已，《荀子·榮辱》篇'陶誕突盜……以偷生，反側於亂世之間'，疑此突梯即突盜之通用字，盜與梯一聲之轉，皆謂詐欺也。與滑稽正相類"。按朱說極確。《王霸》亦言"亂世不然，汙漫突盜以先之"，《彊國》篇亦言"汙漫突盜以爭地"，汙漫突盜以爭地，正言當時不以正義而尚陰謀詐欺之實，楊倞注訓突爲凌突，不順；或曰凌犯，或訓侵突，皆與下文脂韋絜盈文義不調，詐欺則圜滑，故承之以脂韋。朱熹訓爲滑澾，即與下滑稽之義同，此正古行文之變以足句也。宋玉《風賦》言"被麗披離"、相如《子虛賦》之"罷池陂陀"、《上林賦》之"渾弗宓汨"、揚雄《甘泉賦》之"柴虒參差"，皆其例也。《荀子·議兵》之"隴種東籠"，其句法皆同。荀子言"陶誕突盜"，陶誕亦即突盜一聲之轉也。

潔楹

當作絜盈，乃動賓短語。保持其盈盛，即保全富貴之義。

《卜居》“寧廉潔正直以自清乎？將突梯滑稽，如脂如韋以潔楹乎！”王逸注潔楹句云“順滑澤也”。《文選》潔作絜。五臣云“絜楹謂同諂諛也。絜苦結切”。朱熹《集注》潔作絜，注云“胡結反，一作潔，音苦結反，非是”。又曰“絜楹未詳，或疑絜如《大學》絜矩之絜，謂圍束之也；楹屋柱，亦圓物。又以脂灌韋而絜之，是以突梯滑稽而無所止也。未知是否”。王夫之云“潔與絜通，毀方爲圓，如匠者絜度楹柱必欲其圜也”。朱珔《文選集釋》云“《集注》引或說……正可參看，彼鄭注云‘善持其所有，以恕於人’。疏云‘以之加物，物皆從之，此則言逢迎隨人之短方而楹圓，兩者相反對矣’。《通雅》引梁氏謂兩楹酬酢之地，絜楹猶言盤旋。梁章鉅《文選旁證》謂“絜盈捧盈”。按潔楹一詞，各家說之皆不安其處。《御覽》引作絜盈（絜字當如《大學》鄭注及疏之釋。見上引）。《說文繫傳》“楹盈盈然對立之狀”，則楹乃以盈爲據之轉注字，其語根爲盈也。盈者滿也。則絜盈猶言處盈持盈，持盈即保全富貴之謂。此文上言廉潔正直以自清，反映其時代之不廉潔不正直，則下文言欺詐圜轉巧黠如脂如韋之士，正是不廉潔不正直之徒，不廉不正，即從俗偷生以保全其富貴之人。叔師之訓滑澤，即從上脂韋而言五臣謂同諂諛，亦即總結突梯滑稽如脂如韋之義，正是不廉潔不正直人之本質。若再就楹字立說，其爲圓物，則與滑稽等義，以其爲兩楹，則與義不光顯。《卜居》“以□□乎”一式皆總結上文文義之詞，則絜盈兩字其一必爲動字，其一必爲能總括上文文義之字。諸家多不解此，故說愈紛，而義益晦。今以絜爲絜持，盈爲富貴盈滿之義，則文義詞義，兩可安適矣。

康娛

康娛即縱樂之義。《離騷》三見。

《離騷》"日康娛而自忘兮，厥首用夫顛隕"。王逸注曰"康安也。言澆既滅殺夏后相，安居無憂，日作淫樂，忘其過惡，卒爲相子少康所誅"。朱義同。又"保厥美以驕傲兮，日康娛以淫游"。王注"康安也。言宓妃用志高遠，保守美德，驕傲侮慢，日自娛樂，以游戲自恣……"朱熹義同。按康娛常語，猶今言縱樂。王逸訓安者，就字立義，而未就文立義也。曰自忘，曰淫游，皆即縱意，《楚辭》有三字狀語之例，故康娛又可作夏康娛。《離騷》"啟《九辯》與《九歌》兮，夏康娛以自縱"。夏大也。夏康娛即大縱樂之義。別詳夏康娛下。

夏康娛

《離騷》"啟九辯與九歌兮，夏康娛以自縱。不顧難以圖後兮，五子用失乎家巷"。王逸注"云夏康，啟子太康也。娛樂也。縱放也。言太康不遵禹啟之樂，而更作淫聲，放縱情慾，以自娛樂；不顧患難，不謀後世，卒以失國；兄弟五人家居閭巷，失尊位也"。洪興祖、朱熹更雜引太康失德，畋于有洛，有窮后羿，因民弗忍，距於河，厥弟五人云云，以足成之。於史爲有徵，然論史實多不可信，尤以太康五子之説，及夏啟賢否之辯，至清儒而益邃密，故姚鼐、姜皋、朱珔之論，爲反爲正，皆極有力。案姚氏鼐云啟之失道，載《逸書·武觀》篇，《墨子》所引是也。屈子與澆並斥爲康娛，王逸誤以夏康連讀，爲太康，僞作古文，遂有太康尸位之語，其失始於逸。朱珔《文選集釋》論姚氏以儒家太康舊評而斥王逸者也。然否定夏康連爲一詞，則亦不爲無見。然其固守儒家舊説，視姚氏爲烈。其言曰"余謂《墨子·非樂》篇引《武觀》作啟子，淫溢康樂。而今本子字有誤作乃者，故姚説云然。江氏聲謂啟乃當作啟子，畢氏沅校本亦從之。然啟之敬承禹道，見於《孟子》，何得以爲康娛自縱，今所傳《墨子》譌說最多，姚氏遽以其誤字爲準，非也。考《武觀》即《五觀》，亦即五子，《墨子》所引外，《逸周書‧嘗麥解》及《春秋内外傳》稱述無殊，漢儒習聞其事，故王逸以爲說，若東晉《尚書》謂五子作歌悟主，正與相反，顧轉以僞作古文追咎逸耶？如果屬啟，則上句已言啟，此句又以夏字代啟，似非文義，仍宜從舊說爲妥。至康娛二字下文再見。固不嫌異解，《路史》注引此作康豫自縱，則亦有異本也"。又曰"又案戴氏震《屈原賦注》'曰言啟作《九辯》、《九歌》示法後王，而夏之失德也，康娛自縱，以致喪亂'"。此亦以夏爲夏后氏。但康娛二字連文，非謂康爲太康耳。然不以康娛屬啟言。《讀書志餘》則云"夏當讀爲下，《左氏春秋》僖二年虞師晉師滅下陽，《公》、《穀》皆作夏陽，此即《大荒西經》所謂得《九辯》與《九歌》以下及郭注引《開筮》以國於下也。蓋謂啟之失德，竊《九辯》、《九歌》於天，因以康娛自縱於下，詒謀不善，子姓姦回，故下文有不顧難以圖後云云也。《墨子‧非樂》篇引《武觀》曰"啟乃淫溢康樂於野，飲食將將，銘筦磬以力，湛濁於酒，渝食於野，萬舞翼翼，章聞於天，天用弗式，《竹書》'帝啟十年，帝巡守，舞《九招》於大穆之野'，皆所謂'下康娛以自縱'者也"。此舉漢儒舊說以證逸說之有所本，而不知說雖有本，而於屈原原文之詞氣文理，固不能順適也。以疏不破注之例繩之，則朱氏自亦不失爲對王逸之忠誠，且能引王念孫說以明夏字別解，不與康字連文，雖不無反復，而亦不能爲叔師周圓其說矣。惟姜皋信《墨子》及《山海經‧海外西經》"大樂之野，夏后啟干此儛九代"，及《大荒西經》"后開王上擯於天"，及《易‧歸藏》"夏啟享神于晉之虚"諸說，以明夏啟之有荒唐之行，不爲無因云云。最不固蔽，亦最爲有識。考前人之說，大體上列五家（姚、戴、朱、王、姜），已爬梳略得仿佛，其於史實以姜氏說可爲最後定論。其他尚有多家，似無再加徵引之必要。余則以爲就文理詞氣及《離騷》章句方式審之，則此四句皆就啟言之，故得曰五子，若就少康言則應曰五弟，圖後亦啟圖其後，若指少康，則圖後更不得言五子，蓋皆由不知夏康娛三字爲狀語，此屈賦詞例之一。如"覽相觀"、"曾歔欷"、"斑陸離"、"紛總總"、"皇剡剡"皆其例。而康娛聯文兩見《離騷》（詳康娛下），夏讀《詩》"夏屋渠渠"之夏，《毛傳》"大也"，《釋詁》同。《方言》"凡物之壯大者而愛偉之謂之夏，周鄭之間謂之假"。又曰"秦晉之間凡物之壯大者謂之嘏，或曰夏"。《釋名》"夏假也"。假即嘏借。《詩》"錫爾純嘏"，《毛傳》"嘏大也"。大康樂即自縱之意，指啟言。又按《墨子·非樂》篇引《武觀》曰"啟乃淫溢康樂野於飲食（即飲食於野），將將銘銘（原作銘，依文義增一銘字，樂聲也）。管（原作萈形譌）磬以力湛濁於酒，渝食於野，萬舞翼翼，章聞于天，天用弗式"，《竹書》亦言"啟舞九韶于天穆之野"。夏康娛即《墨子》之淫溢康樂也。又康娛連文，篇中三見，則更不得析康字與夏屬，爲別一名詞也。

登降

古成語。有兩用，一則謂數目之增減，一則爲廟堂階堂升降之儀容。此處正用第二義。

《大招》"三公穆穆，登降堂只"。王逸注"言楚有三公，其位尊高，穆穆而美，上下玉堂，與君議政，宜急俅歸，處履之也"。"降一作玉"。按登降一詞，先秦有兩用：一則《左傳》桓二年"夫德儉即有度，登降有數"。謂數目之增（登）減（降）有一定之量也（詳王引之《經義述聞·春秋左傳》上）。一則爲一種堂階升降之儀容，《墨子·非儒》下"繁登降之禮以示儀"。《呂氏春秋·勿躬》"登降辭讓進退閑習，臣不若隰明"。而《漢書·禮樂志》所謂"畏敬之意難見，則著之於享獻辭受登降跪拜"是也。《大招》之"登降堂只"，即指此儀容而言。論字義則與升降相似，論使用處所則大體指廟堂儀容，此詞義變化之一端也。聲轉爲隲降。

陞降

對舉字綴合之詞。今字作升降。然此處指上下於天地之間言，猶《詩》之陟降，大略指廟堂天庭之上下而言。

《離騷》曰"勉陞降以上下兮，求榘矱之所同"。王逸無注。"陞一作升"。洪興祖《補注》"陞（原誤升）降上下，猶所謂經營四荒，周流六漠耳。不必指君臣"。按陞降一作升降，漢以後習用字耳。先秦則北土作升降，南土用陞降。詳升降條下。又《離騷》言陞降以上下兮，義似複，故王逸以上下指君臣，即避復之義，然細繹文義，則陞降者指上下於天地言，非一般之所謂上下，故洪補以經營四荒周流六漠釋之，至確。則此陞降即《詩·大雅·文王》之"文王陟降在帝左右"之陟降，《詩·周頌·訪落》亦云"紹庭上下，陟降厥家"。《敬之》"陟降厥土，曰監在茲"，《大雅·公劉》亦云"陟則在巘，復降在原"，依諸詩觀之，則陟降一詞乃指廟堂天庭之上下而言，與《離騷》此句旨意正合。則此陞降之陞，即等諸經陟降之陟矣。又南土別有登降一詞，亦略近陟降。《大招》"三公穆穆，登降堂只"是也。登陟古雙聲，則語根亦相同。別詳登降條下。

升降

升降即《離騷》之陞降。北土多作升降上下也。參陞降條。

《九歎·遠遊》"志升降以高馳"。王逸注"言己既周行遍於四海之外，意欲上下高馳，以求賢士也。升一作陞"。按升一作陞，《離騷》用之。詳陞降下。北土諸士多作升降，《畢命》"道有升降"。《儀禮·士喪禮》"升降自西階以東"。（《禮》言升降至多，不備載）。《樂記》"升降上下"即《離騷》之陞降上下也。《大戴禮·保傅》篇"升降揖讓無容"。《管子·小匡》"升降揖讓進退閑習；辯辭之剛柔，臣不如隰明"。

《左傳》襄二十九年"其以宋升降乎"。而南土則用陞降,《離騷》"勉陞降以上下兮"是也。子政南士,疑此亦作陞降。餘參陞降條下。

登霞

先秦神仙家言死之飾詞。猶言上升至於雲霞之處也。然先秦儒家有登遐一詞,亦言大酋上升於天之成語。則登霞乃登遐之神仙化者。

《遠遊》"載營魄而登霞兮,掩浮雲而上征"。王逸注"抱我靈魂,而上升也。霞謂朝霞,赤黃氣也"。按登霞一詞,先秦典籍只此一見,乃神仙之流言死之飾詞,故謂霞爲朝霞,赤黃氣也。以神仙之説解其術語,固當如叔師所注。惟先秦以來,方士之流多雜取諸子之語,附會以爲己説,則朱熹解霞爲遐,深中其盜襲之微。《漢書·郊祀志》下"及言世有仙人服食不終之藥,遙(遙)興輕舉登遐倒景,覽觀玄圃"。師古曰"遐亦遠也"。字又作假,《曲禮下》"告喪曰天王登假"。注云"登上也。假已也"。《爾雅·釋詁》"假、登陞也"。注"《禮記》曰'天王登遐'"。《莊子·德充符》"彼且擇日而登假"。又《大宗師》"是知之能登假於道者也"。皆謂上升也。《列子·周穆王》"世以爲登假焉"。注"假字當作遐"。世以爲登遐,明其實死也。古以爲帝王死則上升於天,即《詩》所謂文王在帝左右之意。則凡造極之事,亦得曰登假,《大宗師》之言是也。神仙家高自標舉,故自謂其死亦曰登假,而《遠遊》更飾以爲登於朝霞矣。

顛隕

義近複合詞。

《離騷》"日康娛而自亡兮,厥首用夫顛隕"。王逸注"自上下曰顛,隕墜也。言澆既滅殺夏后相,安居無憂,日作淫樂,忘其過惡,卒爲相子少康所誅,其頭顛隕而墜地。事見《左傳》"。洪興祖《補注》曰

"顛倒也,《釋文》作巔,隕從高下也"。《天問》"何少康逐犬而顛隕厥首",其事與《離騷》同,而又同用顛隕;按顛倒字當作蹎,而經傳皆以顛爲之;隕,《説文》"從高下也",即隕墜字。又《説文》有殞字,訓落也。則二字爲轉注。隕從自,故曰從高下。殞從歹,故曰落,其實一也。聲轉爲巔越,《惜誦》"行不群以巔越兮",巔殞也,越墜也。詳巔越一條下。

巔越

義近複合詞。殞墜也。聲轉爲顛隕。

《九章》"行不群以巔越兮"。王逸注"巔殞越墜。言己行度不合於俗,身以顛墮,又爲人之所笑也。或曰言己被放而顛越者,行與衆殊異也"。按巔越即《離騷》之"厥首用夫顛隕"。巔顛皆蹎之古通用字;隕者,從高下也。越隕一聲之轉。叔師訓墜即從高下之義。《書·盤庚》"顛越不恭",傳"越隕也",是其證。《天問》亦言顛隕厥首。餘詳顛隕條下。

顛易

《天問》"何顛易厥首"。王逸注"言少康夜襲,得女歧頭,以爲澆,因斷之,故言易首。一本顛下有隕字"。按叔師釋女歧縫裳四句未得。當參女歧、少康等條自明。顛易即上文之顛隕,顛隕爲屈賦習用語。詳顛隕一條下。隕易乃一聲之轉。

佻巧

此立立疊韵聯綿詞。兩字義相近。佻洪補音仕彫切,又土了切。

《離騷》"雄鳩之鳴逝兮,余猶惡其佻巧"。王逸注"佻輕也,巧利也。言又使雄鳩銜命而往，輕佻巧利，多語言而無要實，不可信用也"。五臣云"雄鳩多聲。言使辯捷之士往聘忠賢，我又惡其輕巧而不信"。洪補"佻偷也"。按此聯綿字之聲義可求者，佻者《説文》"愉也"。大徐本小徐作偷，愉者薄也。偷者，愉之俗字。字或作恌，《小雅·鹿鳴》"視民不恌"。（許引此佻）《廣韻》訓輕佻，今常語也。巧本訓技，今常語，當曰技巧；工有技巧則通利，故王叔師訓利也。《月令》"毋或作爲淫巧"。注"謂奢僞怪好也"。《老子》"絶巧棄利"。注"詐僞亂真也"。怪好詐僞等，皆以工之利而得，則亦技巧之引申矣。考《方言》十"遥宛淫也。湘沅之間謂之宛"。郭注"窈宛冶容也"。此佻字從人，與宛蓋同語根之轉注字。而佻巧則又聲之永也，則佻亦楚之故言矣。北土曰窈宛，南楚曰佻巧，其義一也。詳窈宛下。

貪惏

此叠韵組合詞，以義相近而成一詞，與普通聯綿詞異，故可分釋。

《離騷》"衆皆競進以貪惏兮"。王逸曰"愛財曰貪，愛食曰惏"。洪氏補曰"惏盧含切"。朱熹云"惏音藍，又力含反，愛財曰貪，愛食曰惏。言在位之人心皆貪惏"。按貪字《説文》"欲物也"。《廣雅》"貪欲也"。惏《説文》"貪也"。《楚辭》一本作惏，《一切經音義》貪惏下引《楚辭》"衆皆競進以貪惏"，則唐以前本矣。《説文》"河内之北謂貪曰惏"，則惏惏乃同義字。又按《方言》一"晋魏河内之北謂惏曰殘，楚謂之貪"。《方言》二"惏殘也，陳楚曰惏"。《大戴禮·保傅》篇"饑而惏"。注"貪殘也"。則貪惏本楚方言。《左傳》僖二十四年"狄固貪惏"成七年"爾以讒慝貪惏事君"，昭二十八年"貪惏無饜"，則南楚故言，久已通爲當時雅言矣。

贅肬

義近複合詞。體上多生之肉也。

《九章》"竭忠誠以事君兮,反離群而贅肬"。王逸注"群衆也。贅肬過也。言己竭盡忠信以事於君,苦人有贅肬之病,與衆別異,以得罪謫也"。洪興祖《補注》曰"贅之芮切,肬音尤,瘤腫也。《莊子》曰'附贅懸肬'"。朱熹《集注》"贅肬肉外之餘肉"。按《説文》"肬贅肬也"。從段玉裁説,從肉尤聲,然籀文肬從黑,大徐羽求切,《一切經音義》卷十六引《説文》"肬贅也。小曰肬,大曰贅"。又卷十五引《通俗文》"體肉曰肬贅"。《釋名》"贅屬也,橫生一肉屬著體也。肬邱也,出肉上聚高如土邱也"。單言則曰贅曰肬,《老子》"食餘贅行",《山海經》"滑魚……食之已肬"是也。或分言之,《莊子·大宗師》"彼以生爲附贅縣肬",倒言之則曰肬贅,《荀子·宥坐》"今學者曾未如肬贅",《法言·問道》篇"允治天下,不待禮文與五教,則吾以黄帝堯舜爲疣贅"。疣即肬之俗字。又作斿,《公羊》襄十六年傳"君若贅斿",《左傳》作"君若綴斿然"。《詩·商頌·長發》"爲下國綴斿"。綴與贅書傳多通用,則綴斿即贅肬矣。先秦典籍中使用此詞者,南北皆有之,則當時通語矣。

處幽

按處幽一詞《楚辭》五見。

《抽思》之"路遠處幽",《思美人》之"命則處幽",《懷沙》之"玄文處幽",《九思·株昭》之"修潔處幽",又《涉江》有"幽獨處乎山中"亦處幽之倒言(《山鬼》"余處幽篁兮"句,則幽與篁連文,而非與處連文,故不計)。此五用者,根本義無殊,而使用之義則分別爲二。一則猶言隱處、獨處,《涉江》所謂"幽獨處乎山中"是也。又

《山鬼》言處幽篁不見天，義亦相仿佛。此則遺世而孤居，不爲富貴利達縈其心，或以政治上之失利而放逐，所謂路遠處幽也；或從失意而歸之於命，則曰命則處幽也。屈原放逐，居於草野，故曰處幽也。考春秋戰國以來士大夫失志則歸農隱居；或爲窮則獨善之一術，所謂逃隱者矣。遠之則夷齊已然，近之則介之推。此種思想在文人學士中最早而最普遍。《九章》諸處幽皆同。至王褒《株昭》而曰修潔處幽，以修潔自好與屈子所陳至異其趣矣，此其一也。二則《懷沙》之“玄文處幽”一詞，則非指人之行能而爲事物顯隱之殊。按處幽《史記》作幽處，與下文微睇對文，則作幽處於文爲工。玄文者，注玄墨也，幽冥也。言持玄墨之文居於幽冥之處云云。照以上下文句似尚未達詞旨。玄文處幽（下有睭字，《史記》無之，據删），謂之不章，玄文與章字相應，與下文微睇與明字相應同例。章者，黼黻文章也，則玄文指繪於物之黼黻言。古之繪者以黼黻飾物之緣，而其中雜繪以火龍山節蟲魚鳥獸之屬，而五彩之黼黻以墨繪於素質之上最爲彰顯，是謂玄文。若使此玄文之黼黻置之幽暗之處，則雖矇者亦不以爲文章也。故章即玄文，亦即禮家之所謂黼黻也。

怵惕

《九辯》之三“心怵惕而震盪兮”。王逸注“思慮惕動，沸若湯也”。“盪一作蕩”。五臣云“怵惕震蕩，自驚動也”。洪補云“怵音黜”。又同篇“心焉取此怵惕”。注“内省審己無畏懼也”。按《説文》“怵恐也，惕敬也”，故叔師以惕動説之，上音戌，下音他歷切；惕亦作愁，故從易從狄之字多相混也。《書·冏命》“怵惕惟厲”，傳言“常悚懼惟危”。《禮記·祭義》“春雨露既濡，君子履之，必有怵惕之心”。注謂悽愴及怵惕皆爲感時念親也。《孟子·公孫丑》上“皆有怵惕惻隱之心”。《正義》“皆有怵惕恐懼惻隱痛忍之心”。此以恐懼釋怵惕也。《國語·周語》芮良夫曰“猶曰怵惕，懼怨之來也”，注云“怵惕恐懼也”，皆與叔師思慮惕動畏懼之訓合。按此先秦南北通用恒語。上所引證皆北土之説，

《莊子·盜跖》亦云“怵惕之恐欣懽懽之喜”。(《莊子》多用怵然，見《養生主》、《山木》、《田子方》等篇，與《易·乾卦》及《文言》)亦單用之。則單用曰怵曰惕，加語尾曰怵然、惕然，惕然漢人多用之。見《家語》“賢君重用之曰怵惕”。叠用則曰怵怵，見《老子》第四十九章“聖人在天下怵怵”。河上注“常恐怖富貴”。惕惕見《詩·陳風·防有鵲巢》、《晉語》四、《楚語》上。字又作怵愁，見《漢書·王商傳》“於是退勃，使就國卒無怵愁憂”。師古曰：愁古惕字。

悼怵

義近複合動詞。恐懼也。

《七諫》“吾獨乖剌而無當兮，心悼怵而耄思”。王逸注“言古賢俊皆有遭遇，我獨乖差與時邪剌故心中自傷怵惕，而思志爲耄亂”。按《說文》“悼懼也”。叔師以自傷釋悼，即懼義也。又心部“怵恐也”。叔師以怵惕釋怵，《書·冏命》“怵惕惟厲”，《孟子》“人皆有怵惕惻隱之心”，《七發》“怵怵惕惕，臥不得瞑”，蓋亦恐懼之義也。則二字乃義近詞。

震悼

古雙聲成語。驚動恐懼也。聲轉爲震叠，爲震盪。

《九章》“願承間而自察兮，心震悼而不敢”。王逸注“志恐動悸，心中怛也”。按《說文·心部》“悼懼也”。故叔師以恐釋之。《爾雅·釋詁》“震動也”，則震悼有震動恐懼，乃義近複合詞。然此語應是先秦以來北土震動一詞之分化（震動見《書·盤庚》下“爾謂朕曷震動萬民以遷”。《武成》“天下震動”。又見《周語·晉語》、《周禮·冬官考工記》等），南土則用震悼，北土或又用震叠，《詩·周頌·時邁》“莫不震叠”。漢人又別以懾字易叠，見東方朔《答客難》，又或用聾字，之涉切，見《漢書·張湯傳》，又或用憛字，見《後漢書·西域傳》，又《左傳》襄二十六年“楚師輕窕易震蕩也”。《莊子，外物》“海水震蕩”，則又南北通。蕩又作盪，見《左傳》昭二十六年“兹不穀震盪播越”是也。《九辯》亦云“心怵惕而震盪兮，何所憂之多方”。詳震盪條下。

充倔

古聯綿詞。驟得歡喜而至於失節之貌也。

《九辯》“蹇充倔而無端兮，泊莽莽而無垠”。王逸注“媒理斷絕，無姻緣也”。洪補云“倔俱物、臣物二切，《儒行》云：不充詘於富貴，充詘喜失節貌”。按《文選·長笛賦》“充屈鬱律，瞋菌碨柍”。李善注“皆衆聲鬱積競出之貌。屈音掘”。濟注“皆聲鬱結不散貌”。《九辯》充倔即此充屈同聲異字也（《說文》無倔字，《鹽鐵論·論功》篇“倔強倨敖”，倔強即常語屈強之異文，與此正同）。洪補引《儒行》“不充詘於富貴”。鄭注“充詘歡喜失節之貌”。《釋文》“詘永勿反，注同；徐音丘勿反，則詘讀丘勿切也”。按詘屈同從出聲，故亦可通用。《說文》訓詘爲詰詘，一曰屈襞，謅詘或從屈，與充倔義亦不相近。此先秦聯綿詞，不能以字義分釋者也。

結軫

動字複合詞。義猶鬱結紆軫也。

《九辯》“重無怨而生離兮，中結軫而增傷”。王逸注“肺膽破裂，心剖膈也”。五臣云“心中結怨，軫憂而增悲傷”。軫借爲紾，即《哀郢》之“出國門而軫懷”之軫，痛也。《九辯》“重無怨而生離兮，中結軫而增傷”，此結軫即《九章》“鬱結紆軫”之紆軫，而紆軫之變爲結軫，此屈宋漢賦蛻變之一例也。漢賦變屈賦之五言爲四言，往往省五言中第三字之語助詞“而”、“之”、“其”等字而成，則用屈賦擷其精英以鑄新詞者，固宋玉至漢之所必經，此節兩詞爲一詞，《楚辭》多有之。姑發其例於此。

忉怛

義近組合詞。猶忉忉怛怛，皆憂勞之意也。

《九思·怨上》"佇立兮忉怛，心結滑兮摧折"。舊注"佇停"。洪補曰"忉音刀，憂勞也。怛丁葛切"。按忉猶忉忉，怛猶怛怛，皆憂勞之意也。《詩經·齊風·甫田》"勞心忉忉"。《毛傳》"忉忉憂勞也"。《釋文》"忉音刀"。《爾雅·釋訓》"忉忉慱慱憂也"。《説文》無忉字；馬瑞辰以爲即忍之異文，《説文》訓怒也，怒與憂義正相近。又《齊風·甫田》"無思遠人，勞心怛怛"。傳"怛怛猶忉忉也"。《釋文》"怛怛旦末反"。《廣雅·釋訓》"怛怛憂也"。《説文·心部》"怛憯也。悬或從心在旦下。《詩》曰信誓悬悬"。按《詩·衛風·氓》"信誓旦旦"。箋云"言其怨惻歎誠"。《釋文》"旦旦，《説文》作悬悬"。叔師蓋用《詩》義。《易林·蒙之損》"忉忉怛怛，如將不活"，忉怛連文。別見於此，《北海相景君銘》"故吏忉怛"，後漢以後用之益多。《文選·登樓賦》"意忉怛而憯惻"。又《寡婦賦》"痛忉以摧心"。又《李陵答蘇武書》"異方之樂，祇令人悲，增忉怛耳"。注"忉怛内悲也"。

騰告

義近複合詞。騰告猶傳告也。

《遠遊》"騰告鸞鳥迎宓妃"。王逸注"馳呼洛神，使侍予也。使仁賢若鸞鳳之人，因迎貞女如洛水之神，使達己於聖君德若黄帝帝堯者，欲與建德成化，制禮樂以安黎庶也"。按叔師以馳呼釋騰告，義似而神韻未達。《説文·馬部》"騰傳也"。《一切經音義》十二引同。立解之曰"傳音知戀反，謂傳遞郵驛也"。朱駿聲申之曰"謂傳車馬馳"，則騰告有傳呼之義。傳呼而告鸞鳥，非己親馳以告，有主從之別。本句主詞，乃“吾將往乎南疑”之吾字，則叔師馳呼之句主亦謂吾馳而呼之，與全文氣象不調，作傳呼鸞鳥使迎宓妃，則神韻決然矣。故騰乃傳告之義，與告聯文，實義近複合詞也。亦可單言騰，《離騷》“騰衆車使徑待”，言傳告衆車使由徑往而相待。叔師釋此騰爲過，非也。見騰字條下。

檐荷

同義複合詞。檐當爲俗擔字之形僞；擔即儋字，何也。荷乃何字之借。

《哀時命》“負檐荷以丈尺兮，欲伸要而不可得”。王逸注“背曰負，荷曰檐。言己居於衰亂之世，常低頭俛視，若以背肩負檐丈尺而步，不敢伸要仰首，以遠罪過也”。“檐一作擔”。洪補云“檐擔並都濫切，負也。擔又都甘切。《釋名》曰任也，任力所勝也”。朱熹注曰“背曰負，肩曰擔。丈尺，言行於丈尺之下也”。按檐荷，依《説文》則當作儋何，二字互訓，則檐荷乃聲借字。檐字本訓㮇，即今俗書簷字，音余廉切，而儋何字則音都甘切，音至異，疑檐乃俗擔字之誤。隸變從木從扌多相混也。《説文》“儋何也”，又“何儋也”二字互訓。儋字今俗作擔，《齊語》“負任儋何”。韋云“背曰負，肩曰儋”。或單用，《世説》“令婢路上儋糞”，又《儀禮》“喪服無爵而杖者何擔主也”是也。古書多爲俗所誤，多有作檐者，《爾雅·釋天》“何鼓謂之牽牛”。郭注“今荊楚人呼牽牛星爲檐鼓”。檐者荷也。《釋文》引《字林》“檐負也”皆是。何字亦可單用，《詩·商頌》“百祿是何”、“何天之休”、“何天之龍”，《毛傳》皆曰“何任也”。《詩·無羊》“何蓑何笠”，《候人》“何戈與祋”，傳竝云揭也。後多借荷爲之。《古今人表》“何賁”，《論語》作“荷”，《左傳》昭七年“其子弗克負荷”，昭二十一年“厨人濮以裳裹首而荷以走”，皆是。

推迻

義相遞進之複合動詞。本謂推排之遷徙之也。

《惜誓》"或推迻而苟容兮，或直言之諤諤"。王逸注"言臣承順君，非可推可迻，苟自容入，以得高位，有直言諤諤，諫正君非而反放棄之也"。"迻一作移"。按推迻正字，作移者借字也。《説文》"推排也，迻遷徙也"，就人事立言，人爲之推排遷徙曰推迻；自然之變化亦曰推迻；因之隨順情勢委曲相從亦得曰推迻。此《惜誓》之推迻也。

推移

義相遞進之複合動詞。本謂推排之遷徙之也。移即迻之借。詳推迻下。

《漁父》"聖人不凝滯於物而能與世推移"。王逸注"隨俗方圓"。按《禮·王制》"中國戎夷，五方之民皆有性也，不可推移"。《莊子·秋水》"夫不爲頃久推移，不以多少進退者"。《管子·乘馬》"春秋冬夏陰陽推移之"。《淮南·原道訓》"轉化推移，得一之道，而以少正多"。又《修務訓》"且夫精神滑淖纖微倏忽變化與物推移"。注"推移猶變易也"。是推移一詞先秦以來南北通語。按《説文》"推排也"。辵部"迻遷徙也"。移即迻之借，則推迻者，謂推排而遷徙之也。引申之爲一切變化之義，人爲之變曰推移；自然之變亦曰推移也，因之隨俗方圓亦曰推移。

顛倒

《九思·遭厄》"參辰回兮顛倒"。王逸注"參辰皆宿名。夜分而易次，故顛倒失路也"。按顛倒先秦恒言，《詩·齊風》"東方未明，顛倒

衣裳。顛之倒之，自公召之”，又《陳風·墓門》“顛倒思予”，《荀子》
“畜積脩閏而能顛倒其敵者矣”，又《富國》“權謀傾覆，以相顛倒”，
《吕氏春秋·情欲》“臨死之上，顛倒驚懼”，皆是。今恒語曰顛顛倒倒
曰顛之倒之，義至明，猶反覆也（《荀子·富國》篇楊倞注）。以音理求
之，當與町畽、尢踔等同一語根。

顛覆

義近複合動詞。

《九歎·逢紛》“椒桂羅以顛覆兮，有竭信而歸誠”。王逸注“顛頓
也，覆仆也。言己見賢若椒桂之人以被禍，其身顛仆”。按《詩·邶
風·谷風》“昔育恐育鞫，及爾顛覆”。箋云“故與女顛覆盡力於衆事”。
《釋文》“顛覆芳服切”。又《大雅·抑》“顛覆厥德”，箋云“以傾敗其
德”。《谷風正義》顛覆爲盡力，若《黍離》云“閔周室之顛覆”，《抑》
云“顛覆厥德”，各隨其義，不與此同。《書·胤征》“惟時義和顛覆厥
德”，傳“顛覆言倒反也”。《孟子·萬章》上“太甲顛覆湯之典刑”。
按先秦顛覆一詞，惟北土諸家用之，此子政用詩義也。叔師訓頓仆，即
孔傳所謂倒反矣。《説文·走部》“趀走頓也”，則顛乃趀之借。《説文·
襾部》“覆霎也”，又霎下“反覆也”，覆霎反三字雙聲。又部“反覆
也”。反覆者倒易其上下，則顛頓反覆爲其本義，引申爲傾敗，聲轉爲
顛沛。《詩·大雅·蕩》“顛沛之揭”，《論語·里仁》“顛沛必於是”，
《集解》馬曰“顛沛偃仆也”，漢以後又作顛仆，見《漢書·孔光傳》。
又作顛踣，見《後漢書·蔡邕傳》。

鄣壅

義近複合動詞。塞也，隔也。

《九章·惜往日》“獨鄣壅而蔽隱兮，使貞臣爲無由”。王逸注“遠

放隔塞，在裔土也”。“鄣一作彰，音如鄣。雍一作雍”。朱熹注“鄣音章”。按鄣雍乃義近複合詞，《説文·𨸏部》“障隔也”。鄣即障之別構。雍字《説文》無，即雍之繁衍。《小雅》“維塵雍兮”，僖公九年《穀梁傳》“母雍泉”，皆謂雍塞。雍又作灉，其正字當作㕄，《説文·川部》“㕄四方有水自㕄城池者”。《漢書·王莽傳》“長平館西岸崩㕄，涇水不流塞”。注“水不得流也”。一衍爲灉，別構爲雍，《玉篇》又録灉字，即灉之繁，與雍爲㕄之繁皆隷變俗字也。《廣雅·釋詁》一“雍隔也”。隔即自㕄城池之義，鄣雍義同而連文，單言則曰鄣、曰雍，複合則曰鄣雍。分詳雍障兩字下。別參雍塞、雍絶諸條。

溠涊

垢濁也。叠韻複合用詞。

《九歎·惜賢》“撥諂諛而匡邪兮，切溠涊之流俗”。王逸注“切猶概也，溠涊垢濁也。言已如得進用則治讒諛之人，正其邪偽，槩貪濁之俗，使之清净也”。洪補曰“溠他典切。涊乃典切”。按《後漢書·揚雄傳》“騷紛擾以其溠涊”。《張衡傳·玄思賦》“瀓溠涊而爲清”。注“溠他典反，涊音乃典反”。又《文選·文賦》“謬玄黄之秩序，故溠涊而不鮮”。善注引《楚辭·惜賢》王注，又良注“溠涊不鮮明也”。《廣雅·釋詁》三“溠涊濁也”。又《釋訓》“溠涊垢濁也”，即本叔師注語。按溠涊不見先秦典籍，蓋漢時方言。

點灼

義近合用詞。汙點火灸之毁傷也。

《七諫》“高陽無故而委塵兮，唐虞點灼而毁議”。王逸注“點汙也，灼灸也。猶身有病，人點灸之。言堯舜至聖，道德擴被，尚點灸謗毁，言有不慈之過，卑父之累也”。按叔師訓點爲汙，此《説文》小黑也一義之引申。司馬遷《報任安書》"適足以見笑而自點"是也。灼字,《説文》"灸也"。灸謂炮肉,灼謂凡物以火附箸之,如以楚焞柱龜曰灼龜,段氏説。故通言則灼亦可曰灸,别言則灸乃炮肉,灼者火附箸。

駝騁

即馳騁。

《惜誓》"涉丹水而駝騁兮"。駝一作馳。按即馳騁。古從它與從也之字多相混。詳馳騁下。

騁望

《九歌》"白蘋兮騁望"。騁平也。朱熹《集注》云"騁望縱目也"。按《説文》"騁直馳也",此引申爲極目、縱目而望曰騁望;白蘋上蜕登字,言登於白蘋之岸以縱目而望也;叔師訓騁爲平,謂平遠視之也。

馳騖

義近複合詞。猶馳驅也。

《離騷》"忽馳騖以追逐兮,非余心之所急"。王逸無注。"馳一作駝"。洪補曰"騖亂馳也"。《遠遊》"舒並節且馳騖兮"。王逸注"縱舍轡銜而長驅也"。《惜誓》"馳騖于杳冥之中兮,休息乎崑崙之墟"。注"騖一作鶩"。《七諫·自悲》"駕青龍以馳騖兮"。注"言極疾也"。《九歎》"斷鑣銜以馳騖兮"。按馳騖一詞,先秦典籍惟見於南楚詩人作品之中,北土則用馳驅、馳驟(見《孟子·滕文公》、《墨子·尚同》中、《韓非·外儲》及《穆天子傳》),兩漢賦家則多襲楚語用馳騖,而少用馳驅、馳驟。此其大略也。《説文》"馳大驅也"。驅馬馳也。"騖亂馳也"。《後漢書·光武紀》"今此誰賊而馳騖擊之乎?"注"前書音義曰直

騁曰馳，亂馳曰鶩"。慧琳《一切經音義》三十四引郭璞注《穆天子傳》
"鶩馬行疾也"。自《楚辭》五見馳鶩，義並相同。《離騷》以馳鶩連追
逐，與《史記·李斯傳》"此布衣馳鶩之時"，用義相同。同用引申義
也。餘四處皆用本義。又《九歌·湘君》"朝騁騖兮江皋"，用騁騖。古
馳騁亦連用，爲先秦南北通語，馳鶩與騁鶩亦聲近義通，別詳馳騁、騁
鶩兩條下。

謟諛

《九歎·惜賢》"撥謟諛而匡邪兮，切洍洍之流俗"，王逸注："撥治
也。匡正也。謟一作讒。言己如得進用則治讒謟之人，正其邪偽。"又
《九歎·愍命》"放佞人與謟諛兮，斥讒夫與便嬖"，王逸注："以言君如
使己爲政，則遠巧佞謟諛之人。"按《説文·言部》："謟，諛也。從言，
閻聲。或作謟。"是謟諛乃同義複合詞，故可單用，亦可合用，惟先秦
典籍南土無用之者。北土則《左傳》昭二年之"賄左右謟諛"，《齊策》
"寡人不祥，被於宗廟之祟，沈於謟諛之臣"，《管子·立政》"謟諛飾過
之説勝，則巧佞者用"，《墨子·親士》"謟諛在側"，《晏子春秋·雜
上》"謟諛我者甚衆"，《荀子·修身》"謟諛我者吾賊也"，又見《臣
道》、《不苟》，《韓非子·説疑》"謟諛之臣，唯聖王知之"，《吕氏春
秋·察分》"謟諛被賊巧佞之人無所竄其姦矣"。漢人用者益多，子政閑
習先秦典籍，故一篇之中兩用之，而佞人與謟諛句與《吕覽·察分》幾
無別矣。

滔蕩

《九歎》"鴻溶溢而滔蕩"。王逸注"滔蕩廣大貌也。言己愁思懷慌，
又見水中流波淫淫相隨，鴻溶廣大，悵然失志也"。按《吕氏春秋·音
初》"流辟誂越慆濫之音出，則滔蕩之氣邪慢之心感矣"，則滔蕩乃戰國

時南北通語。《淮南·精神訓》云"使神滔蕩而不失其充"，又"五藏搖動而不定，則血氣滔蕩而不休矣；血氣滔蕩而不休，則精神馳騁於外而不守矣"。依《吕覽》、《淮南》定之，則滔蕩二字義同，皆動蕩之義。《説文》又訓滔爲"水漫漫大貌"。蕩本水名，經典多以爲水動蕩字，則叔師主在滔字，而《吕寬》、《淮南》主在蕩義，依事理斷之，則叔師乃因上有鴻溶而申其義也，則滔蕩以動蕩義爲允。《文子十守立》云"血氣滔蕩而不休"，皆動蕩義也。動滔亦雙聲，得通用，聲轉爲滔騰，《淮南·原道訓》"邅回水谷之間而滔騰大荒之野"。

滌盪

雙聲聯綿詞，而以專别字本義書之者，動搖也。

《九歎·逢紛》"揄揚滌盪，漂流隕往，觸崟石兮"。王逸注"言風揄揚水流，隕往觸銳利之石，使之危殆，以言讒人亦揚己過，使得罪罰也"。按《説文》"滌洒也，徒歷切"。桂馥引《詩·泂》、《酌》正義、《華嚴經音義》（卷三）並引作"洗也"。《玉篇》"洒今爲洗"，《漢書·司馬相如傳》滌器於市中，師古注"滌洒也"。又皿部"盪滌器也。吐浪切"。是滌盪二字乃義近複合動詞，字又作滌蕩，音轉爲滌場、滌暢、條暢，然二字雙聲，實爲古聯綿詞，其音所表之義非一。有以爲條暢者，《史記·樂書》"感滌蕩之氣而滅和平之德"，《淮南·泰族訓》"拊循其所有而滌蕩之"，王念孫《讀書雜志》九"滌蕩與條暢同"。又《詩·豳風·七月》"九月肅霜，十月滌場"，謂九月天高氣清，有肅爽之象，十月則其氣條暢也（王國維《肅霜滌場説》）。《文選·洞簫賦》李善注"條暢謂條直通暢也"；有以爲清静者，《古文苑·遂初賦》"心滌蕩以慕遠兮"，又《文選·嘯賦》"心滌蕩而無累"是也；有以爲洗而銷滅之義者，《西征賦》"皆夷漫滌蕩，亡其處而有其名"，《文選》向注"平滅貌"，皆各就所宜以爲之用。至漢人乃一一爲之分别，寫爲滌蕩、條暢其原蓋皆即《詩經》之滌場也，其與《九歎》此篇同訓者，《禮記·郊特牲》"滌蕩其聲"。注"滌蕩猶動搖也"。

闒茸

漢人成語，弱劣也，不肖之人也。

《九歎・憂苦》"雜班駮與闒茸"。王逸注"闒茸駑頓也。言君不明智，斥逐忠良，而任用佞諛，委棄明珠，而貴魚眼。乘駑羸，雜駿馬，重班駮，喜闒茸，心迷意惑，終不悟也"。洪興祖《補注》曰"闒茸劣也。上託盍下乳勇切"。《史記・賈生列傳・弔屈原賦》"闒茸尊顯兮，讒諛得志"。《索隱》"闒天臘反，茸而隴反。應劭胡廣云闒茸不才之人"。《字林》"闒茸不肖之人"。《漢書》顏師古注"闒茸下才不肖之人也"。《漢書・司馬遷傳・報任少卿書》"在闒茸之中"。師古注"闒茸猥賤也"。此漢人恒語，先秦無用之者。此語至今仍流行全國，東至於吳會，西至於滇海之間，皆有是語。義亦相同。

荏弱

即荏染一聲之變，雙聲聯綿詞。柔意也。

《九章・哀郢》"諶荏弱而難持"。王逸注"諶誠也，言佞人承君歡顏，好其諂言，令人汋約，然小人誠雖扶持之也"。洪補云"諶音忱，信也。荏音稔。語曰色厲而內荏"。朱熹注"諶市林反，荏音稔。諶誠也，荏亦弱也"。按《小雅》"荏染柔木"。傳"荏染柔意也"。《大雅・抑》"荏染柔木"，言緝之絲。《釋文》"荏而甚反。染而建反。荏染柔意"。按此爲聯綿詞與複合詞之過渡體，《說文》"槈弱貌，弱長皃"。《廣雅》"槈槈姌姌，弱也"。荏染即槈姌。《廣雅》"柔、奿、恁、媛、槈、愞、偄弱也"。槈恁與荏同，奿、媛、愞、偄一聲之轉，染與柔亦一聲之轉。故南楚言荏弱，與北土言荏染者，一語之小殊。其聲轉之詞至多，爲冄弱，見《嘯賦》。爲姌嫋，見《舞賦》。爲柔茹，見《韓非子・

止徵》篇。《莊子·天下》篇"以濡柔謙下爲表",《荀子·修身》篇"偷儒憚事",即佌弱憚事,濡柔偷儒亦一聲之轉,古無日紐,故得與偷儒爲語轉也。偷儒即柔儒也。其轉語至多,劇數之不能終其物。

太息

太息一詞《楚辭》恒語。《離騷》一見,《九歌》三見,《九章》三見,《遠遊》一見,《九辯》三見,《九懷》一見,《九思》一見。

《九歌》"思夫君太息"、"女嬋媛兮爲余太息"、《九章》"傷太息之愍憐兮",諸太息,王逸皆以歎息解之。又《九辯》"倚結軨兮長太息",王以涕泣釋之。又《九章》"望長楸而太息",一本太作歎,則太息即歎息也。太與歎雙聲,故得相變。然作歎息則爲訓詁近義組合詞,作太息則爲聯綿詞,而義偏在下音者也。太息者,《齊策》"閔王太息",注"長出氣也"。《史記·蘇秦傳》"仰天太息",《索隱》"久蓄氣而太呼也"。《漢書·高祖紀》"喟然大息",顏師古注"言其歎息之大"(是司馬貞與顏師古竝讀太爲大,非也)。字又作大息。《荀子·法行》"事已敗矣,乃重大息,其云益乎",楊注"重大息嗟歎之甚也";作歎息者,《禮·祭義》"出戶而聽,愾然必有聞乎其歎息之聲",《漢書·循吏傳》"庶民所以安其田里而亡歎息愁恨之聲"。古歎與嘆通,《三國志·蜀書·郤正傳》"乃慨然嘆息",又作歎惜,范甯《穀梁傳序》"斯蓋非通方之至理,君子所歎惜也"。亦可單言曰息,《詩·鄭風》"狡童使我不能息兮",傳"憂不能息也"。又《黍離傳》"噎憂不能息也"皆是。按息字《說文》訓喘也,口部"喘疾息也"。《玉篇》"息喘息也"。字又作餿,《方言》"餿息也"。至《九辯》釋爲涕泣者,明其義也。

離合

此對舉字所構成之詞。其義或兩存,或偏用,審上下文義而後定之。

《離騷》“紛總總其離合兮，斑陸離其上下”。王逸注“言己游觀天下，但見俗人競爲讒佞，傅傅相聚，乍離乍合”。又“紛總總其離合兮，忽緯繣其難遷”。王注“讒人復相聚毀敗合其意，一合一離，遂以乖戾而見距絶”。按王兩注皆平釋離合二字爲一離一合、乍離乍合，恐非。此兩離合皆偏言合而不言離也。總總爲聚束之義，則其所狀不得更有分離之義，且下句已言陸離上下，句又言乍離乍合，語意重沓，羌無實義。又下句言忽乖戾距絶，則上句又言一合一離，語意重沓，亦與上則相同。若作偏義使用，只有合義，解釋當句，義不歧出，上下兩句亦得調遂矣。又《九歌·大司命》“固人命兮有當，孰離合兮可爲”。王逸注“言人受命而生，有當貴賤貧富者，是天禄也。己獨放逐離別不復會合，不可爲思也”。朱熹《集注》言“人受命而生，富貴貧賤各有所當，或離或合，神實司之，非人之所能爲也。因祀司命而發此意，則原所以順受其正者亦嚴矣”。按王說自屈子立言，不如朱說自司命立言之當。此離合乃對舉兩面之義，固對舉字之常例也。別詳離合兩詞下。

繚轉

義近複合詞。猶言糾纏。

《九章·思美人》“佩繽紛以繚轉兮”。王逸注“德行純美，能絶異也”。洪補云“繚音了，繚繞也”。朱熹注“繽紛繚轉，言佩之美”。《九章·悲回風》“氣繚轉而自締”。王逸注“思念緊卷而成結也”。朱熹注“繚轉自締，謂繚戾回轉而自相結也”。按繚轉義近複合狀態詞，《說文》“繚纏也”，又車部“轉還也”（從小徐本）。還即環繞之環，故二字同義。《九章》兩見，則已習用爲一詞，叔師以純美釋繽紛，以絶異釋繚轉，蓋探其義蘊，非詁詞也。又緊卷成結，緊卷亦即纏繞之義。詳緊縈條下。

雉經

《天問》“北林雉經”。《國語·晋語》二“申生乃雉經于新城之廟”，雉鳥無自經於樹者，雉乃緤之借。《周禮·封人》“凡祭祀……置其緤”。司農注云“緤著牛鼻繩，所以牽牛者，今時謂之雉，與古者名同”。杜子春云緤當以豸爲聲。雉經言以引牛之繩而自經也。

薴領

竝列複合狀性詞。言鬚髮紛亂而灰敗也。

《九思》“鬚髮薴領兮顙鬢白”。舊注“薴亂也。顙雜白也。薴一作蔓”，洪補云“薴音獰，艸亂也。領音悴，顉領也”。按《說文》“薴艸亂也。從艸寗聲，杜林説艸薴蘦貌”。大徐女庚切。《一切經音義》卷廿一“拏鬠”，引《說文》作“茡蘦”，今《說文》茡下云“茡蘦貌”，則蘦下亦得曰“茡蘦也”。單言則曰蘦，重言則曰茡蘦，其義一也。《玉篇》亦云“蘦艸亂也”。領即顉領之領，肝黴黑也（王注《漁父》顔色憔悴）。引申爲一切色敗，則薴領者，謂鬚髮凌亂而灰敗也。字又作鬠，見上引《一切經音義》，大約是魏晋間附益之字，兩字義相成，則竝列複合狀性詞也。

律魁

叠韻聯綿詞。大而且高奇也。

《九歎·憂苦》“偓促談於廓廟兮，律魁放乎山間”。王逸注“律法也，魁大也，言拘愚蔽闇之人，反談論廓廟之中，明於大法賢智之士，棄在山間而不見用也”，蓋即魁壘同聲異字之倒。王念孫《讀書雜志》論之詳矣。“念孫案王以律爲法，魁爲大，又云明於大法賢智之士，殆失之迂矣。今案律魁猶魁壘也。壘律聲相近，《漢書·司馬相如傳》'隱鱗鬱壘'，師古曰'壘音律'。《路史餘論》曰'《山海經》云神荼鬱壘，二神人主執惡害之鬼'。《風俗通》作鬱律。案今本《風俗通》仍作鬱壘。蓋後人不通古音而改之也。《藝文類聚》果部上《太平御覽》果部四竝引作鬱律。《漢書·鮑宣傳》曰'朝臣亡有大儒骨鯁，白首耆艾魁壘之士'。服虔曰'魁壘壯貌'。轉之則爲律，《小雅·蓼莪》篇曰'南山律律'，《史記·留侯世家贊》曰'魁梧奇偉'，是律魁皆高大之意。正與偓促相對。司馬相如曰'委瑣握齪'，握齪與偓促同。偓促律魁皆叠韵也。凡叠韻之字皆上下同義，不宜分訓"。按王說至碻。餘詳魁壘條下。惟律魁一音，秦漢以來亦多衍化之跡，就字形言，則固壘魁之倒，就語音言，亦別一音族之專屬音也。《說文·石部》"砢磊砢也"。徐鍇曰"《吳都賦》玉石磊砢"，《文選·上林賦》"水玉磊砢"。郭璞注"磊砢魁壘貌"。《魯靈光殿賦》"萬楹叢倚，磊砢相抉"。李善注"磊砢壯大之貌"。《世說新語·言語》"其人磊砢而英多"。又《晉書·庾敳傳》"庾子嵩目嶠森森如千丈栢，雖磥砢多節，施之大廈，有棟梁之用"。（《世說·賞譽》作磊砢）《水經·淇水》注"巨石礦砢，交積隍澗"。又《魯靈光殿賦》"連捲偃蹇，崊菌蜷嶬"。又"嵯峨崒嵬；岧巍巁嵲"。諸磊砢、磥砢、礦砢、崊菌、巁嵲，皆聲近義同之詞。聲又變爲琅玕，美玉也。雙聲之變則爲磊落、礦硌、磥硌，轉爲歷落，又變爲琉璃、流離、陸離，劇數之不能終其物。要皆形事物美好長大之義，則"律魁放乎山間"，即美好賢姱之人於山間。

硍礚

義近複合狀聲詞。石聲也。引申爲雷聲。

《九思·怨上》"雷霆兮硍礚"。舊注"雷聲"。洪興祖《補注》"上音郎，下苦蓋切"。按此義近複合狀聲詞，《說文》"硍石聲，從石良聲，魯當切"。又礚石聲，一曰硍礚（從《玉篇》礚字注引《說文》增）。"從石盍聲，口太切"。單言則曰硍曰礚，重言則曰硍礚，亦可曰硍硍礚磕。《史記·司馬相如傳·子虛賦》"礧石相擊，硍硍磕磕；若雷霆之聲，聞乎數百里之外"。《文選》銑注"言轉石相擊而爲聲"。此借以言雷聲也。字又作琅磕，《漢書·相如傳》作"琅琅磕磕"是也。又作硍滥，《隸釋》四《桂陽太守周憬功勳銘》"斷硍磕"是也。餘分詳硍硍磕磕二條。

歷茲

歷茲爲《楚辭》成語。猶言以至於此。茲字爲時間性限制詞尾。

《離騷》"依前聖以節中兮，喟憑心而歷茲"。王逸注"喟歎也。歷數也。言己所言皆依前世聖人之法，節其中和，喟然舒憤懣之心，歷數前世成敗之道，而爲此詞也"。洪補云"喟憑心而歷茲者，歎逢時之不幸也。歷猶逢也。下文云委厥美而歷茲，意與此同"。朱熹《集注》云"歷經歷之意"。按《離騷》"委厥美而歷茲"王訓"而逢此咎"，《哀時命》"懷隱憂而歷茲"，王訓"經歷年歲以至於此也"，三訓義不同，錢杲之《集傳》訓"歷觀茲事"增事釋經，義亦不恰。依屈賦句例，王注第三訓以至於此較可通，蔣驥《山帶閣注楚辭》云"所歷如此"，戴震亦云"歷茲猶言至此"。按《離騷》兩用，《九章·抽思》一用，《哀時命》一用，體會上下文義，凡歷茲所用皆在喟感怛傷責咎隱憂情緒之中，而上文又必歷叙中正美好，此即《哀時命》之所謂懷隱憂而歷茲也。則歷茲有追憶懷往深慮目前之義。"喟憑心而歷茲"者，言追憶往者，感喟滿心而至於此極也；"委厥美而歷茲"者，謂委棄余之美質而至於此極也；"歷茲情以陳辭"者，謂中心怛傷之情至於此極因以陳辭也。茲字爲時間性詞尾，如《古詩十九首》"爲樂當及時"、"何能待來茲"，《呂覽·任地》"今茲美禾，來茲美麥"是也。

留滯

拘留滯止也。義近複合用詞。

《七諫·怨世》"年既已過太半兮，然埳軻而留滯"。王逸注"言己年已過五十，而轗軻沈滯，卒無所逢遇也"。按留滯漢人恒語。《史記·自序》"而太史公留滯周南"，《淮南·泰族訓》"邪氣無所留滯"，《魏志·夏侯玄傳》"事不擁隔，官無留滯"，字或作留蹛，《史記·平準書》"曰者大將軍攻匈奴斬首虜萬九千級，留蹛無所食"。《索隱》"留蹛無所食，蹛音逝，謂貯也"。韋昭音滯，蹛謂積。又按《古今字詁》蹛今滯字，則蹛與滯同。按謂富人貯滯積穀，則貧者無所食也。字又作流滯，《韓詩外傳》"萬物羣來，無所流滯"。流留同音通用。

霑濡

同義複合詞，霑濕也。

《惜誓》"觀江海之紆曲兮，離四海之霑濡"。王逸注"言己遂見江河之紆曲，志爲盤結，遇四海之風波，衣爲濡濕，心愁身苦，憂悲且思也"。按《說文》"霑霖也"。《離騷》"霑余襟之浪浪"，注"霑濡也"。（今本作雨霖也。茲從慧琳《一切經音義》七卷霑字注引）。又霖字注云"濡也"。則霑濡猶言霑霖，濡霖雙聲，又水部濡濕也（今二徐本無此二字，作水出涿郡故安東入漆、涑，從水，需聲，茲據《一切經音義》五十一卷濡下注引《說文》有濕也二字）。《一切經音義》八霑濡條下引《字書》云"霑霖微濕也"。又引《集訓》霑漬也。又引《字統》"濡小濕也"，又云"濡亦霑也"，是霑濡皆有濕義，二字爲義近複合詞。霑霖今人多用霑染，染本以繒染爲色，非霑濕義。惟漢人用霑染有汙染之義，蓋從《書·允征》舊染汙俗引申而來，今俗語霑染亦有汙義。

離畔

即離披聲轉。分散貌。

《七諫·沈江》"彼離畔而朋黨兮"。王逸注"言彼讒佞，相與朋黨，竝食重禄"。按叔師以讒佞釋離畔，爲屈子一生遭遇而立説，非詁離畔一詞也。離畔當即《九辯》"奄離披此梧楸"之離披，披一作被，洪補曰"離披分散貌"。《古文苑·木賦》亦云"麗木離披，生彼高崖"。又爲離叛，《淮南·齊俗訓》"是故離叛者寡而聽從者衆"。《後漢書·班固傳》"故希望報命以安其離叛"。離叛即離畔也。畔本訓田界，此借爲叛。《廣雅·釋詁》三"畔離也"。《荀子·大略》"言而不稱師爲畔"。故離畔即離叛也。聲之轉則爲離靡離别，叠韻之變則爲離縱離灑，别詳離别下。

離蠁

即《離騷》之異語。遭受憂患也。

《天問》"啟代益作后，卒然離蠁"。王逸注"蠁一作孽，一作擘"。洪補云"蠁魚列切"。朱熹《集注》曰"蠁一作孽，一作擘。離遭也，蠁憂也"。按下文云"帝降夷羿，革孽下民"。王注亦訓孽爲憂，則蠁孽一字。經典從辥之字多作薛，薛私列反，在齒音，則蠁固當以孽爲正字。然孽蠁從辥，《説文》訓辥爲辜，則有憂患矣。故離蠁即《離騷》之異語。故亦訓遭憂。餘詳《離騷》一語下。

離愍

即離愍。

《九章·思美人》"獨歷年而離愍兮"。王逸注"脩德累歲身疲病也"。按《懷沙》兩見。離慜慜字《説文》無。即此愍字之俗也。《説文》訓愍爲痛，與叔師疲病之訓義同。故離愍即離慜。古慜、閔、憫、潛聲皆與愍通。故多相借。參離慜條下。

離慜

遭遇憂病也。

《懷沙》"離慜而長鞠"。王逸注"慜痛也。鞠窮也。言己身遭疾病，長窮困苦，恐不能自全也"。《史記》慜作愍。補曰"離遭也。慜與愍同"。又《懷沙》"離慜而不遷兮，願志之有像"。王逸注"慜病也，遷徙也。言己自勉修善，身雖遭病，心終不徙。慜《史記》作潛，一作閔"。按離訓遭，詳離字條下。慜《説文》無，當爲愍之俗字。《説文·心部》"愍痛也。從心敃聲"。大徐眉殞切。《惜誦》"惜誦以致愍兮"，王注"愍病也"，與《懷沙》兩訓皆同。《左傳》昭元年"吾代二子愍矣"。服注"愍憂也"。字又以閔爲之，《詩·載馳》"本閔衛之亡"。《釋文》閔一本作愍。魯閔公，《史記》、《漢書》竝作愍。離慜即遭遇病痛也。《史記》作潛者，借聲字。

逡巡

叠韻成語。退卻謙遜之貌也。

《九思·憫上》"逡巡兮圃藪，率彼兮畛陌"。舊注無説。按逡巡先秦以來恒語，稍稍引退次且不前之義。最初可爲一種儀節，如宣六年《公羊傳》"趙盾逡巡北面再拜稽首"，又成二年"晉卻克投戟逡巡再拜稽首馬前"，又哀六年"皆逡巡再拜北面稽首而君之爾"，《韓詩外傳》"翟黃逡巡再拜"，又"子貢逡巡面有慚色"，鄭康成注《三禮》，凡賓主相避位皆釋云逡巡避位，或作逡遁，同如《儀禮·士喪禮》"主人不哭，辟君式之"，注"辟逡遁辟位也"，又《特牲饋食》"尸入，主人及賓皆避位"，《周禮·秋官·司儀》"拜逆客辟"，注皆言逡巡避位，或不拜。又《鄉射禮》"主人阼階上，北面拜，賓少退"，《聘禮》"賓三退"，鄭皆注"少退少逡遁也"。"三退三逡遁也"。至漢尚有是禮。《史記·上林賦》"逡巡避席"，《後漢·皇后紀》"帝每有所問，常逡巡後對"，其證例至多，引申之則爲退卻之義，先秦時南北皆通用之。故《管子·戒篇》"桓公蹴然逡遁"，《莊子·秋水》"於是逡巡而却"，又《讓王》"子貢逡巡而有愧色"，《荀子·堯問》"武侯逡巡再拜曰"。字又作逡遁，遁讀爲巡，音循，遁循本一字之變，古從彳從辵從行之字多相變。

陳立《公羊義疏》曰"《公羊答問》云逡巡有作逡遁者，《秦紀》引賈生云'九國之師逡巡遁逃而不敢進'"；《廣雅》逡巡卻退也；有作逡遁者，《爾雅》"逡遁也"，《管子》"桓公蹴然逡遁"，《鄉射禮》注"少退少逡遁也"；有作巡遁者，《晏子》"巡遁而對"；有作逡循者，《漢書·萬章傳》"逡循甚懼"；有作蹲循者，《莊子》"蹲循無争"；有作遵循者，《靈樞經》"黄帝避席遵循而卻"，《亢倉子》"荆君北面遵循"。此皆逡巡借字也（參《匡謬正俗》五論《過秦論》逡遁義，邵瑛《説文群經正字》四）。

曾舉

義近複合詞。舉也，凡舉者必高，故引申爲高舉。

《遠遊》"因氣變而遂曾舉兮，忽神奔而鬼怪"。王逸注"乘風蹈舞，升皇庭也"。補曰"曾音增，高舉也"。朱曾音增。按《東君》"翾飛兮翠曾"，注"舉也"，則亦有舉義。是曾舉乃義近複合詞。聲轉爲曾逝，見《九思·悼亂》"曾逝兮青冥"。按曾本今甑字，上象氣上蒸。曾象甑形，因氣上蒸，故引申爲高爲上。詳曾字條。

曾逝

義近複合詞。高舉也。

《九思·悼亂》“玄鶴兮高飛，曾逝兮青冥”。舊注“青冥太清，曾一作增，逝一作遊”。按曾逝猶曾舉也。《遠遊》“因氣變而遂曾舉兮”，王逸注“升皇庭也”，與此義同。《淮南·覽冥》“還至其曾逝萬仞之上”。注“猶高也”。

湫戾

義近複合詞。卷戾也。與今人言悽厲或作悽戾同。

《九歎·思古》“風騷屑以搖木兮，雲吸吸以湫戾”。王逸注“湫戾猶卷戾也。言己心既憂悲，又見疾風動搖艸木，其聲騷屑，浮雲吸吸，卷戾而相隨，重愁思也。湫一作啾。戾一作淚”。洪興祖《補注》云“湫子小切。戾力結切。曲也”。按《説文》湫字訓“隘下也”，無卷戾之義，朱駿聲以爲湫乃𩏇字之借，《説文·韋部》“𩏇收束也”。大徐即由切，字或作𢴚，《漢書·律曆志》“秋𩏇也。物𩏇斂乃成孰”。師古曰“子由反”。《鄉飲酒禮》曰“西方者秋”，秋之言𢴚，與湫同從秋聲，故得相借，卷戾即曲戾，言浮雲曲戾相隨也。二字義近，又從秋，三字皆有收束之義。從手者，以手，從水者爲隘下，從心者爲心束，故叔師又申之曰“重愁思也”。體會文義至爲深切。聲轉則爲颯戾。

颯戾

清涼貌。原爲風聲義之引申。

《九歎·遠逝》“游清靈之颯戾兮，服雲衣之披披”。王逸注“颯戾清涼貌”。按叔師以颯戾訓清涼者，自清靈一詞與下句雲衣披披體會而得。颰本訓翔風,《九歌》“風颰颰兮木蕭蕭”,宋玉《風賦》“風颰然而至”,又皆訓風聲,蓋引申義。風以聲爲表象,故風聲實翔風之引申義。《春秋考異郵》云“八風以節翱翔”,《江賦》“八風不翔”。則翔風猶言回風飄風之義,則凉義蓋亦有所本。戾字當是語尾,《西京賦》“奮長袖之颸纚”,注“長袖貌”,颰戾與颸纚音近義通,纚從麗得聲,當讀麗。聲轉爲湫戾,《九歎·思古》“風騷屑以搖木兮,雲汲汲以湫戾”。王注“浮雲吸吸,卷戾而相隨”。王以卷申戾非也。

遷藏

《天問》“遷藏就岐何能依,殷有惑婦何所譏”。王逸注“言太王始與百姓徙其寶藏來就岐下。何能使其民依倚而隨之也”。洪補曰“按《詩》云‘度其鮮原,居岐之陽’。注云‘交王謀居善原廣平之地,亦在岐山之南’”。《説文》云“岐周文王所封也”,然太王居邠,狄人侵之,始邑於岐山之下,則遷藏就岐,指太王也。

叢攢

雙聲義近複合詞。即叢欑借字,灌木攢聚之地也。

《九思·哀歲》“潛藏兮山澤,匍匐兮叢攢”。舊注“叢攢羅布也”。按羅布義非詁字也。考《説文·丵部》“叢聚也,從丵取聲”。大徐徂紅切,鍇曰“此凡物叢萃也”。《周禮·大司徒》“其植物宜叢物”。注“萑葦之屬”。《招魂》“叢菅是食些”。注“柴棘爲叢菅茅”者,《説文》無攢字,《内則》“柤梨曰攢之”,《釋文》“攢本作鑚”,《爾雅·釋木》“樝梨曰鑚之”。又《文選·司馬相如上林賦》“攢五叢倚”注“《蒼頡篇》‘攢聚也’”。潘安仁《笙賦》“歌桑下之纂”。李善注“纂與攢古字通。攢聚貌也”。又《説文·木部》“欑,一曰穿也。一曰叢木”。則叢攢乃雙聲義近複合詞。蓋灌木叢攢之地,攢借字,欑本字也。《九

思・哀歲》言匍匐叢攢者，言匍匐於林木之中，與上句藏山澤正對文
也。又按《尚書・皋陶謨》言"元首叢脞哉"，傳"叢脞細碎，無大
畧"。《説文・目部》"脞目小從目坐聲"。引《虞書》"元首叢脞"，又
《漢書・息夫躬絶命辭》"叢棘棧棧曷可棲兮"。叢脞、叢棘、叢攢皆聲
近義通。古蓋爲一種聯綿詞與複合詞之過渡體。

伐武

《九辯》"阮騙美而伐武兮"。按伐讀《左傳》襄十二年"小人伐其
技，以馮君子"之伐。注"自稱其能爲伐"。《禮記》"不自大其事"，
即不伐也。伐本擊也。此則義爲提拔，當即拔之借字，與騙字對文。

伏匿

義近複合詞。隱伏藏匿也。

《天問》"伏匿穴處爰何云"。王逸注"吾將退於江濱，伏匿穴處
耳"。又《九辯》"騏驥伏匿而不見兮"，王逸注"仁賢幽處而隱藏也"。
按《説文》伏本訓司，司即伺之本字。此與匿連文，則言隱伏藏匿也，
《廣雅・釋詁》四"伏藏也"。《易・説卦》"坎爲隱伏"。

碎糜

義近複合用詞，即碎靡。

《九思》"愍貞良兮遇害，將夭折兮碎糜"。舊注"一作靡"。按碎糜
即碎靡，《説文・石部》"碎糜也，從石卒聲"。大徐蘇對反（原作碎礦，
依段王諸家説解作糜）。《説文》"糜碎也"。大徐摸臥反，二字互訓，故
可連用。字又作靡者，《招魂》"靡散而不可止些"，王注"靡碎也"。今
《九思》作糜者，靡之借字。礦即今省之磨，"將夭折兮碎糜"者，言貞

良將因碎糜而夭折，兮訓因而。又按碎糜二字義實小別，碎者破碎，糜則碎之細者，後世多借"糜"爲之，或誤作磨者，以碎從石而誤也。磨者石磑，義大別。

纖介

漢人用爲微細之義，依《九懷》文義定之，則當爲耿介一聲之變，忠直也。

《九懷·危俊》"卒莫有兮纖介，永余思兮怮怮"。王逸注"衆皆邪佞，無忠直也"。按纖介一詞，漢人皆用爲微細之義，《史記·三王世家》"王犯纖介小罪過"，《漢書·陳湯傳》"以纖介之過賜死杜郵"，又《魏相傳》"乃欲發兵報纖介之忿於遠夷"，《後漢書·明德馬后紀》"母子慈愛始終無纖介之間"皆是。《齊策》四亦云"孟嘗君爲相數十年，無纖介之禍者，馮諼之計也"。然《九懷》此句，叔師以忠直釋之，與諸説皆不合。按本篇上文云"覽可與兮匹儔"，下句"永余思兮怮怮"，若爲卒無纖介微小之匹儔，則又何用其怮怮，故屈子所求必非此微小纖介之人可知。叔師體察文義，結合史實，而爲纖介立忠直之義，體驗精審，必不能以常訓論之。按纖介當即耿介一聲之轉，纖今讀 i 化輕音 ki，古當讀重音如 k 也。故纖介即耿介，耿介訓忠直，於義協。詳耿介條下。

淑尤

猶言至乎異地也。淑即弔字，至也。尤絕也。

《遠遊》"絕氛埃而淑尤兮，終不返其故都"。王逸注"超越垢穢，過祖先也。淑善也。尤過也。言行道修善，所以過祖先也"。"絕一作超，尤一作郵"。洪補曰"淑尤言其善有以過物也"。朱熹注"淑猶言其淑善而絕尤也"。按淑尤二字，王朱之説皆同，陸時雍亦用朱説，見《楚辭疏》。林西仲、陳本禮諸家乃據別本尤作郵，因謂境上行曰尤（林説見《楚辭燈》），或傳舍神仙，往來舊府，見《屈辭精義》。至戴東原直以尤爲誤字，亦詁曰淑善也，往來所舍曰郵。按依屈賦句例，而上曰絶氛埃，則而下淑字宜爲動詞，淑古與弔爲一字，昊天不淑，即昊天不弔，金文多用弔字，弔者矢至的也，故淑有至意。尤讀如《漢書·司馬相如傳·封禪文》“未有殊尤絶迹”之尤，《集注》異也。絶迹亦即此絶氛埃之義，則淑尤猶言至乎異地，故下句言終不返其故都。即本承上文離人群而遁逸一義而來，因氣變而高舉，神奔精來，故絶去氛埃，而至於異鄉，不反故都也。語氣順適，無所扞格。如王説爲過先祖，朱説爲淑善絶尤，則義不暢適，而徒生糾撓者矣。故尤與郵本可沟通，不必改字也。叔師爲尤作釋，則王本作尤可知。然朱本已作郵，則宋時已然矣。尤本義當爲殊異，此其徵也。至別作罪尤者，當是訧字，則詳尤字條。

淑郵

《遠遊》“絶氛埃而淑郵兮”。按淑郵即淑尤，朱熹本作郵。然王叔師注云“淑善也。尤過也。所以過先祖也”，則王本作尤可知。詳淑尤條下。

淑離

猶的皪也，鮮明之貌。淑讀如弔。

《九章·橘頌》“淑離不淫，梗其有理兮”。王逸注“淑善也。梗強也。言己雖設與橘離別，猶善持己行，梗然堅強，終不淫惑而失義也”。朱熹《集注》“離下一有而字。淑善也。離如離立，言孤特也”。按淑離一詞，叔師以離別釋離，朱熹以孤特釋離，皆於文義不合。孫詒讓以爲離麗通，言橘之章色善麗而不淫邪，又有文理。蔣驥以爲淑美也，離麗也，蓋爲孫氏所本。於文義雖可通，而不知淑離爲一聯綿詞。俞樾知爲雙聲字，而以爲寂歷之同聲（見《俞樓雜纂》卷二十四）然寂歷乃彫疏之象，與此文義不合。皆得失參半。按淑古音讀舌頭音端紐，音如的，淑離即漢人所用之的皪，若的礰也。《漢書·司馬相如傳·上林賦》“明月珠子的皪江靡”。師古曰“皪音歷，的皪，光貌”。《上林賦》又云“皓齒粲爛，宜笑的皪”，注引郭璞曰“鮮明貌也”。又《張衡·思玄賦》“離朱脣而微笑兮，顔的礰以遺光”，注“的礰明也”。按淑離不淫兩句實相成，淑離之訓鮮，含兩義，一則謂其果葉枝柯之鮮明，一以喻其行事之光明，故淑離即下句之梗不淫，亦即下句之有理也。諸家體會文理皆不足。

然疑

雙聲對舉詞。然不疑也。疑未然也。

《九歌》“君思我兮然疑作”。王逸注“言懷王有思我時，然讒言妄作，故令狐疑也”。五臣云“讒邪在旁，起其疑惑。作起也”。洪補云“然不疑也。疑未然也。君雖思我，而爲讒者所惑，是非交作，莫我作决也”。朱熹云“然信也。疑不信也。至此又知其雖思我而不能無疑信之雜也”。按叔師以然讒言妄作故令狐疑，不詁然字。洪補朱注或有詁，亦可商。然字《説文》訓燒，即今燃之本字。然經傳多以爲然否之然，《禮記·大傳》“其義然也”，注“然如是也”。《淮南·覽冥訓》“葵之向日，雖有明智，弗能然也”，注“然猶明也”，明即如是之義。後人又别作嘫，《廣雅·釋詁》“嘫譍也”。又《説文·子部》“疑惑也。從子從止，矣聲”。（從《六書故》引）又匕部𠤕字訓“未定也”。是𠤕疑二字音同義通，當爲一字之分化，則疑字當即𠤕也。按金文《伯疑父敢》作，甲文有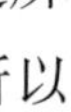字，諸家以爲疑本字，象人有所疑而仰首旁顧之形，此今疑字從子之所本。其實非子也。其音爲疑，爲牛字，爲此字，牛此二形，乃所以注其音，牛此正切疑也。别參然疑二條。又王逸注此云“懷王有思我時，然讒言妄作，故令狐疑也”。似以然字爲轉折語氣詞，而詁疑爲狐疑。洪興祖補曰“然不疑也。疑未然也。君雖思我，而爲讒

者所惑"云云，則洪朱兩家皆以然疑爲對舉詞，意謂然與疑相間而作。然經典從未見然疑連文者，然字雖有作系詞是字一解，而無作名詞是字用者，然疑，狐疑之誤，狐疑古本有作名詞用者，《漢書·劉向傳》之"決斷猶豫，分別狐疑"，《七發》"分決狐疑發皇耳目"，皆是其證。則狐疑作一語並非孤證矣。王注出狐字，疑本文然疑當爲狐疑之誤。

諮詢

《九思·疾世》"將諮詢兮皇羲"。舊注"皇羲羲皇也。諮問詢謀所以安已也"。按《説文》諮詢二字皆無之。諮字即咨之繁文，《詩·小雅·皇皇者華》"周爰咨詢"，正作咨詢。《左傳》襄四年"訪問于善爲咨詢"，新附訓謀，其義是也。詢字早見《小雅·皇皇者華》。則許氏不當逸鄭氏《逸字》謂經典用詢謀者，絕無他字可代，且是漢宣帝名，許君必無遺漏之理，知是寫脱一節，説是也。《皇皇者華》"周爰諮諏"，又曰"周爰咨詢"，《毛傳》訪問於善爲咨，親戚之謀爲詢，則詢亦謀也。實爲達詁，此爲義近複合詞。

聲色

先秦以來恒語。義可爲類之複合詞。音樂與女色也。

《九歌·東君》"羌聲色兮娛人"。王逸注"娛樂也，一作色聲"。朱熹注"聲色一作色聲，靈巫會舞容色之盛，是以娛悦歡者"。按聲色就本義指聲音顏色，《説文·耳部》"聲音也"。部首色"顏氣也"。指人所爲之聲，與顏面所現之色氣言。引申之則指五聲五色。《吕氏春秋·重己》"其爲聲色音樂也"。注"聲五音宫商角徵羽也。色青黃赤白黑也"。又爲絲竹金石之聲與美色，《淮南·時則訓》"聲色"注"聲絲竹金石之聲也，色美色也"。再引申之則爲聲樂與美色，《書·仲虺之誥》"惟王不邇聲色"，孔傳"不近聲樂言清簡，不近女色言貞固"。《東君》所言聲色，朱熹爲全文説之爲“靈巫會舞容色之盛”則是聲樂女美也。按聲色一詞，先秦以來恒語，《莊子·盜跖》“且夫聲色滋味權勢之於人”，《荀子·王霸》“是由好聲色而恬盡耳目也”，與《仲虺之誥》及《吕覽》諸書合觀，則爲上古南北通語無可疑。

鑿枘

南土古成語。圓鑿方枘，不能相入也。

《九辯》一“圓鑿方枘兮，吾固知其鉏鋙而難入”。王叔師注“正直邪枉，行殊則也”。五臣云“君鑿圓穴，斫方木内之，而必參差不可入。喻邪佞在前，先賢何由能進”。補曰“枘音汭，柄也”。此言同鑿枘，則鑿枘相同，非圓鑿方枘之不同。故無鉏鋙難入之象。故叔師以同制量注之，以鑿配枘，蓋古南土成語。鑿者，《説文·金部》“穿木也”。《説文》無枘字，古衹作鑿内，鄭康成説《周禮》“調其鑿内而合之”是也。《羣經音辯》入部“内所以入鑿者也”，注云“如説切，《六書正譌》以爲刻木耑所以入鑿者，其説足申鄭注”是也。別作枘者，蓋俗依木耑義而增木也。字誤作鑿柄，《抱朴子·外篇》“名實安肯蹙太山之峻以適鑿柄之中”。柄即枘之譌。《哀時命》“上同鑿枘於伏戲兮，下合鉅蒦於虞唐”。王逸注“言己德能純美，宜上輔伏戲與同制量，下佐堯舜與合法度，而共治也”。按《莊子·在宥》“仁義之不爲桎梏鑿枘也”。《釋文》“鑿在洛反，又在報反。枘人鋭反。向本作内音同”。《三蒼》云“柱頭枘也”。鑿頭厠木如柱頭，枘《淮南·俶真訓》“於是萬民乃始儵佯離跂，各欲行其知僞以求鑿枘於世”。

楊升庵辯方枘曰“今人作文襲用枘鑿不相入。夫枘鑿本相入之物，惟方枘圓鑿（按《史記·孟子傳》作方枘圓鑿，升庵從此）則不相入，今去方圓字，義不可通，甚者枘作柄，尤可笑也”。

尊節

即今蹲節一詞。退讓也，節省也。

《哀時命》“願尊節而式高兮，志猶卑夫湯禹”。王逸注“言己雖不見用，猶尊高節度，意卑禹湯，不欲事也”。按尊節即《曲禮》“君子恭敬撙節退讓以明禮”之撙節，鄭玄注云“撙猶趨也”。字又作蹲節，《説苑·君道》“蹲節安静以籍之”，蹲節安静亦即《曲禮》之撙節退讓也。字又作遵節，《後漢書·竇武傳》“子紹性疏簡奢侈，武每數切厲相戒，由是紹更遵節，大小莫敢違犯”。叔師訓尊節爲尊高節度，則二字爲主從結構，與鄭注《曲禮》同，而《説苑》之蹲節，《竇武傳》之遵節並當是平列之詞，《後漢書·光武十王傳贊》“沛獻尊節，楚莫流放”，以尊節與流放對舉，則尊節亦爲並列之詞矣。然依《哀時命》文義斷之，釋與鄭氏説爲更允當，則此尊字當即《墨子·尚賢》篇之“古者聖王甚尊尚賢而任使能”之尊尚，叔師注至當不可易。

前後

狀態對舉詞。即先後也。

《九章·悲回風》“氾潏潏其前後兮”。王逸注“思如流水，遊楚國也”。按叔師以游楚國釋氾前後之義，非詁前後字也。此前後作動詞用，猶言前之後之，故得以游字概之也。前後先秦以來對舉字，其義本爲動字，《説文》“𦨟不行而進謂之𦨟。從止在舟上”。止在舟上者，依古漢字結構常例，言止以表動作，舟之前進，或由篙師或借風力，而水流量亦其主要成份，則舟本不行而行，故許以不行而進釋之，義至精確。餘義詳前字下。後字，《説文》“遲也。從彳、幺、夊者後也”。按彳行之省，𠁁即交五（今作午字），象繫形，夊即止之倒書，夊上有繫，則曳而後退之義，加彳則表周行，即御字之所從也，亦爲動字。別詳後下。許訓遲者，後有曳而退，則其行遲也。對舉用之則或爲動詞，《悲回風》此言“其前後”是也；又如《淮南·原道訓》“與援萬物而無所前後”是也；用爲名詞，則《老子》“聲音相和，前後相隨”是也，而作狀語爲最多，《左傳》隱九年“衷前後擊之”，《漢書·武王子傳》“且遣孫縱之等前後十餘輩”皆是。叠韻之變則爲先後，詳先後條下。

邪造

偏正詞組。猶言邪行也。

《九思》“遂踢達兮邪造”。舊注“流星雖其，猶不得道，踢達誤過也。邪一作衺”，《章句》以誤過釋踢達句，則過正釋邪造也。邪即衺之借字，《禮記·樂記》“回邪曲直”，《賈子道術》“方直不曲謂之正，反正爲邪”是也。造讀《莊子·大宗師》“魚相造水”，《釋文》“詣也”。（《説文》訓造爲就，成就謂之造，往就亦謂之造，故得引申爲詣）。引申爲行，則邪造猶言邪行。

擠臧

兩動字相連用，而非緊密結合之雙聲語，排擠而藏匿之也。

《九懷·尊嘉》“江離兮遺捐，辛夷兮擠臧”。王逸注“仁智之士，抑沈没也。臧一作將”。洪補云“擠子雞切，排也。臧音藏，匿也”。按擠臧與上句遺捐對文，遺捐乃集兩義近字而言之，爲古雙聲複合詞。此則亦集兩義而言之，不必即爲一詞，但亦同爲雙聲。此漢賦家常技，故洪慶善分釋之也。擠排也。《説文》本訓“排擠也”，二字爲互訓，義同。《廣雅》“排推謂推而棄之也”，臧即漢以後藏，故洪氏以音藏釋之，匿則擠臧猶言推去而藏匿之（用段氏説，朱駿聲以爲裝之借，亦可通）。《九思·憫上》“年齒盡兮命迫促，魁壘擠摧兮常困辱”。舊注“擠摧折屈也”。音近義通之詞。詳擠摧下。

嫌疑

《九章·惜往日》"奉先功以照下兮，明法度之嫌疑"。王逸注"草創憲度定衆難也"。洪興祖《補注》"《史記》云'懷王使屈原造爲憲令，屬草藁未定，上官大夫見而欲奪之，屈平不與，因讒之曰：王使屈平爲令，衆莫不知，每一令出，平伐其功曰非我莫能爲也。王怒而疏屈平'"。朱熹《集注》"嫌疑課事有同異而可疑者也"。按《説文·女部》"嫌不平於心也，一曰疑也"。大徐户兼切，又心部曰"慊疑也"。慊當爲本字。徐鍇曰"女子多嫌疑，故亦以爲嫌疑字也"。又子部"疑惑也"。則嫌疑二字爲同義複合詞也。《墨子·小取》"夫辯者將以明是非之分，審治亂之紀，明同異之處，察名實之理，處利害，決嫌疑"。《吕氏春秋·慎勢》"有知小之愈於大，少之賢於多者，則知無敵矣。知無敵則似類嫌疑之道遠矣"。因以知嫌疑一詞，所起甚遠，惟細繹古義，則嫌疑一詞大多用於明禮明法及辯家分析名理之用。《惜往日》之"明法度之嫌疑"亦先秦原義也。漢以後乃用於一切事物之嫌疑。《史記·秦始皇紀》所謂"事無嫌疑，黔首改化"，《淮南·泰族訓》之"知足以決嫌疑"，《曲禮》所謂"卜筮者，先王所以使民決嫌疑，定猶與也"皆是。

逡次

《九章》"遷逡次而勿驅兮"。王逸注"使臣以禮，得中和也"。洪補曰"遷逡猶逡巡，行不進貌，再宿爲信，過信爲次"。《説文》曰"次不前也"。逡七旬切。朱熹注"逡七旬反，遷猶進也，逡次猶逡巡也"，按洪説遷逡爲一詞，朱以逡次爲一詞。細繹叔師説"使臣以禮得中和"云云，則以"使"解"遷"，以"以禮"解"逡次"，以"得中和"解"勿驅"，義較允當。則朱以遷訓進義不允，而以逡次連文則是也。《吳語》“彼近其國有遷”。韋注“遷轉退也”。又《爾雅·釋言》“逡退也。逡巡却去也”。《後漢書·隗囂傳》注“逡巡不進也”。與次訓不前同義。朱熹《集注》乃謂遷猶進也，逡次猶逡巡也。既曰進，又曰逡巡，於理不通矣。逡次猶逡巡，參逡巡條下。按逡次猶循次，即今俗所用順次之音畧變也。順次、依次、挨次，皆今恒言，遷逡次而勿驅者，謂且前且却，依次而勿争驅也。按徐文靖《管城碩記》十七云“按《後漢志》曰‘攝提遷次，青龍移辰謂之歲’。孔氏《詩疏》曰‘在天爲次，在地爲辰’。賈公彦《周禮疏》曰‘次十三次也’，《左傳》鄭裨竈曰‘歲不及此次也已’，皆是類也。此承上，造父操駕遷移逡次而勿驅，蓋假日以須時，非止逡巡之謂也”。説雖近巧會而體文理詞氣則極精切，故附著之。

索合

求其匹合也。

《九懷·昭世》“歷九州兮索合，誰可與兮終生”。王逸注，“周遍天下求雙匹也。索一作寡”。按《説文》“索艸有莖葉可作繩索。從宋糸”。大徐音蘇各切，段玉裁曰“經史多假索爲索字”。按段説也。《易·繫詞傳》“探賾索隱”，疏謂求索，《左傳》襄二年“以索牛馬”，注“簡擇好者”。王逸注“此言求雙匹”，亦借爲索也。合依王注讀憫妃匹合之合，然誰可與終生句，王注則云“莫足與友，爲親密也”，似不相調，古人以夫婦喻君臣友朋者至夥，不足異也。

戲遊

《九思·逢尤》“嚴載駕兮出戲遊，周八極兮歷九州”。舊注無注。按戲遊今常語作游戲，《漢書·貢禹傳》“諸官奴婢十餘萬人戲游亡事”是也，戲游即嬉游。《史記·司馬相如傳》“嬉游往來”。又作喜游，《史記·貨殖列傳》"招致天下喜游子弟"。《史記》嬉游、喜遊兩詞,《漢書·司馬相如傳》、《地理志》又作娛游,娛遊聲轉娛優,《文選·王褒洞簫賦》"孤雌寡鵠,娛優乎其下兮"。又轉爲夷由、夷猶、佚欲、擾游。別詳淫遊條下。

遷蹇

《九歎·逢紛》"腸憤悁而含怒兮,志遷蹇而左傾"。王逸注"言己執忠誠而見貶黜,腸中憤懣,悁悒而怒,則志意遷移,左傾而去也"。"一云志徙倚而左傾"。按遷蹇與上腸憤悁句對文,依《楚辭》句法,遷蹇與憤悁兩詞所在句中次序當爲複合詞(此兩句在名詞下當爲動詞性複合詞)。而叔師釋憤悁爲憤懣悁悒,則已爲一詞至明。此遷蹇與憤悁對文,則亦必不爲一詞,以其當一詞之位,故姑合詁。遷本釋登,《說文》古書多以爲移徙,故叔師云遷移也。蹇本訓跛也,引申爲行不正,故下以左傾結之。行不中正則左傾也。叔師不詁蹇者,左傾已含蹇義也。然遷蹇乃雙聲詞,可能爲繾綣一詞之變。《詩·大雅·民勞》"以謹繾綣",傳"反覆也"。錢大昭以爲即《九思》"心緊絭兮傷懷"之緊絭,舊注以爲糾纏,一作繾綣。《說文》"緊纏絲急也"、"絭纕臂繩也"。故繾綣即緊絭之別體。按繾綣猶展轉,此言思遷蹇而左傾,亦言曰展轉也。聲又與遷延近,《左傳》襄十四年"晋人謂之遷延之役",注"遷延却退"。《神女賦》"遷延引身不可親附"。李善注"遷延却行去也"。大體義有輕重,故發言亦別輕重遠近也。

休息

義近複合詞。

《惜誓》"休息虖崑崙之墟"。王逸注"言己雖馳騖杳冥之中,脩善不倦,休息崑崙之山,以遊觀也"。《七諫·哀命》"與神龍乎休息"。王逸注"自喻德如蛟龍而潛匿"。《説文》"休息止也。從人依木"。會休止之意。聲變則爲休思,《詩·南有喬木》"不可休思"是也。《詩·民勞》"訖可小休",傳"休定也",箋"止息也",則可單言。

沙劘

《九懷·株昭》"修潔處幽兮,貴寵沙劘"。王逸注"執履清白,居陋側也。權右大夫,佯不識也"。洪興祖《補注》"沙蘇何切。摩抄也。劘音磨,削也"。按沙劘當爲"沙麽"或"沙靡"。張揖《上林賦》注"靡細也"。沙本水散石也,引申爲小,則沙靡猶《漢書·叙傳》所謂"么麽不尚及數子"。師古謂細小曰麽。古從麻之字,多有小義(歷微塵也,麽微也)。又《御覽》九百九十五引《春秋説題辭》云"麻之爲言微也"。則沙麻爲義近複合詞。《説文》無劘字,當作靡,或徑作麻皆可。貴寵沙劘者,倒裝句,言沙靡微小之人,則貴之寵之,與上句修潔處幽正同,因韻叶而倒之也。今西南滇黔西蜀之間尚有此音,變如"殺麻"、"覺末"等。

或説沙劘疊韵聯綿詞,句法與上"驥垂兩耳兮,中坂蹉跎"同。洪以單字解之,恐非其義。叔師以爲佯不識也,義亦不明。究當何解,蓋甚難明,則本蓋闕之義可耳。

浮遊

古常語。疊韵聯綿詞。義與優游、盤遊諸詞同。

《離騷》"和調度以自娱兮,聊浮游而求女"。王逸注"言我雖不見用,猶和調己之行度,執守忠貞以自娱樂,且徐徐浮游以求同志也"。朱熹義同。《九歎·思古》"聊浮游於山陿兮,步周流於江畔",義亦同。按《史記·屈原傳》"浮游塵埃之外",浮遊猶言逍遥盤游。《離騷》"欲遠集而無所止兮,聊浮遊以逍遥"。王注"言聊且遊戲、觀望以自適也"。浮遊與逍遥連文，故義相近也。《書·五子之歌》"乃盤游無度"。浮盤古雙聲，叠韵之變，則爲優遊，《詩·大雅》"優遊爾休矣"。《淮南·本經訓》"與一世而優遊"。字又作優猶。《荀子·正論》"聖王之生民也。皆使富厚優猶，知足而不得以有餘過度"。更變則爲逸遊、佚游。

并投

義近複合詞。并讀爲进，猶屏也。投讀爲投畀有北之投，并投猶言屏棄，即指殛鯀羽山之事。

《天問》"何由并投而鯀疾修盈"。王注云"言堯不惡鯀而戮殺之，則禹不得嗣興，民何得投種五穀乎?"洪云"并竝也。言禹平水土，民得竝種五穀矣。何由鯀惡長滿天下乎?"戴説同。孫詒讓《札迻》卷十二曰"案并當讀爲《大學》'迸諸四夷'之迸，《釋文》引皇侃云迸猶屏也。投讀爲《詩·巷伯》'投畀有北'之投，《毛傳》云投棄也。并投猶言屏棄，即指殛鯀羽山之事，王洪竝以投種五穀爲釋，疏矣"。按孫説至確。

不祥

古成語。猶言不善不吉也。

《招魂》"舍君之樂處，而離彼不祥些"。王逸注"祥善也。言何爲舍君楚國饒樂之處，而陸離走不善之鄉，以犯觸衆惡也"。"舍一作捨，離一作罹"。五臣云"捨去也"。古成語，猶言不善也。《書·君奭》"其終出於不祥"，傳"言殷紂其終墜厥命以出於不善之故"。《左傳》僖三年"棄德不祥"，注"祥善也"。《老子》"夫佳兵者不祥之器也"。河上注"祥善也"。《墨子·天志》"且夫天下蓋有不仁不祥者"。按其本義當作不吉，《詩·大雅·瞻卬》"不弔不祥"，箋云"王之爲政，德不至于天矣，不能致徵祥於神矣"。《左傳》昭三年"違日不祥"，《莊子·人間世》"所以爲不祥也"，此乃神之所以爲大不祥也。《呂氏春秋·制樂》

"而移死於不祥"，注"祥不吉"。引申則爲一切不吉。《荀子·非相》"人有三不祥，幼而不肯事長，賤而不肯事貴，不肖而不肯事賢，是人之三不祥也"。楊倞注"言必有禍災也"。按《說文》"祥福也。從示羊聲。一云善也"。大徐似羊反，字在示部，故與貞兆鬼神之事有關，則祥乃災祥、吉祥之字。統言則災亦謂之祥，故《說文》訓"祲祥也"。《易》"天際祥也"。孟氏注"天降下惡祥也"。是析言則吉者善者謂之祥，後人多用此義。

不豫

《九章·涉江》"余將董道而不豫兮"。王逸注"董正也。豫猶豫也。言己雖見先賢執忠被害，猶正身直行，不猶豫而狐疑也"。朱熹注"董正也"。不豫見《惜誦》"壹心而不豫兮，羌不可保也"。注云"豫猶豫也。言己專壹忠信，以事於君，雖爲衆人所惡，志不猶豫"。又云"行婷直而豫兮，鮫功用而不就"。注云"豫厭也"。案豫猶言詐也。《晏子春秋·問上》篇云"公市不豫"，《鹽鐵論·力耕》篇云"古者商通物而不豫"，《禁耕》篇云"教之以禮，則工商不相豫"，《周禮·司市》鄭注云"定物賈，防詐豫"，皆即此不豫之義，王汪竝失之。

不肖

古成語。言不似人不如人也。其本義爲子不似其父，引申之爲通義，則對人謙辭。

《九辯》"願賜不肖之軀而別離兮"。不肖一詞，諸家無説。按此古成語，北土諸士用之者，見《孟子》"丹朱之不肖，舜之子亦不肖"。《史記·五帝紀》用此文，《索隱》引鄭玄曰"肖似也。不似言不如人也"。《禮記·雜記下》"某之子不肖"。注"肖，似也，不似言不如人"。《釋文》"肖音笑"。《漢書·吳王濞傳》"吳王不肖有夙夜之憂"。

師古曰"凡言不肖者，謂其鄙陋無所像似也"。按《説文·肉部》"肖骨肉相似也。從肉小聲。不似其先，故曰不肖也"。大徐私好切，則其本義爲子肖父母，復引申爲對人謙辭。《文選·司馬遷報任安書》"日夜思竭其不肖之才力"是也。《九辯》此句用義即以無似相同，無似亦聲轉也。《禮記·哀公問》"寡人雖無似也"。注"無似猶言不肖"。聲又轉爲不材，《史記·吳世家》"札雖不材"，其同義或義近詞極多，皆詞義之變繁，與語音通轉無關，不具。

盤紆

義近複合平列狀態詞，屈曲也。

《九懷·昭世》"腸回回兮盤紆"。王逸注"意中毒悶，心紆屈也"。"回一作廻"。按《高唐賦》"水澹澹而盤紆兮"，李善注"紆回"。銑注"水之廻屈緩流之貌"。六臣盤，五臣作般。《漢書·司馬相如傳·子虛賦》"其山則盤紆岪鬱隆崇律崒"。《文選》向注"盤紆，屈曲反覆貌"。又《九辯》"載雲旗之委蛇"，王逸注"旌旗盤紆，背雲霄也"。以盤紆釋委蛇，明兩詞義同也。《淮南·本經訓》"木巧之飾，盤紆刻儼"，《易林·觀之震》"盤紆九回行道留難"，《南都賦》"谿壑錯繆而盤紆"，諸例言水、言山、言旌旗、言木製、言行道，皆用此一詞，而義皆曲屈之狀。按《説文·木部》"槃承槃也。從木般聲"。盤古文從金，與曲屈義無涉，當爲般之借字。舟部"般辟也。象舟之旋，從舟從殳，殳所以旋也"。《禮·投壺》曰"賓再拜受，主人般旋。曰辟，主人阼階上拜送，賓般旋曰辟"。般辟即委曲之貌，叔師以盤紆釋委蛇者是也。紆者，《説文·系部》"詘也。一曰縈也，從糸于聲"。《一切經音義》二十一引作"屈也"，以詘即屈，詘謂詰詘，今人用屈曲。《玉篇》"紆曲也"，則又不始于近人矣。一訓縈者，即縈繞之義。引申之則一切縈曲皆得曰紆。詳紆字條下。由上所證，則盤紆乃般紆之借字，乃義近複合詞，義爲屈曲也。《昭世》言"腸回回兮盤紆"，即腸回之曲屈之義，字又借猛爲之,《海賦》"盤涃激而成窟",注"旋繞也"。聲轉爲盤桓,《文選·西京賦》"奎蹏盤桓",綜注"盤桓,便旋也"。便旋亦一聲之轉。字又作磐桓,《易·屯》"磐桓",又作畔桓,《張表碑》"畔桓利貞"是。詳盤桓條下。因而聲義與畔奐、徘徊、傍偟、盤跚、盤辟皆相近。

蔽晦

蔽塞使之晦黯也。義近而遞進之複合詞。

《九章·惜往日》"蔽晦君之聰明兮,虛惑誤又以欺"。王逸注"專檀威恩,握主權也"。《七諫·沈江》"浮雲陳而蔽晦兮",王逸注"言讒佞陳列在側,則使君不聰明也"。《漢書·五行志》下"桓公不寤,天子蔽晦"。師古曰"被掩蔽而暗"。按蔽《説文·艸部》訓"蔽蔽小艸",朱駿聲以爲字本訓覆蓋,以小草蔽之本字蔽是也。古籍皆以蔽爲障蔽之義,《懷沙》亦云"修路幽蔽",師古釋爲被掩蔽,正是達詁,晦者《説文·日部》"日盡也,從日每聲"。引申爲凡光盡之偁,晦暗亦光盡也。是蔽晦一詞,乃動賓結構之複合詞,謂掩蔽而使之晦暗也。叔師擅威恩握主權,正所以明其掩蔽而暗之象。雖非詁字,而釋文義極精湛。

紛獨有

離棄衆人而獨有之也。

《離騷》"汝何博謇而好修兮,紛獨有此姱節"。王逸注"女嬃數諫屈原言……汝何爲獨博采往古好修謇謇,有此姱異之節,不與衆同而見憎惡於世也"。洪補"紛盛貌"。按紛獨猶下文言判獨,《抽思》言伴獨,《悲回風》言伴張弛。《楚辭》動字、狀字有分隔使用之例,紛獨有猶獨紛有也。紛即《方言》十拌之借字,拌楚人方言也,義訓爲棄。言獨棄離衆人而有此姱美之節也。舊注皆誤。別參判獨一詞下。

瞀亂

義近複合狀性詞，昏亂迷惑也。

《九辯》"中瞀亂兮迷惑"。王逸注"思念煩惑忘南北也"。五臣云"歎與相絕而不見使，中昏亂迷惑也。瞀昏也"。洪補云"瞀音茂"。《惜誦》"中悶瞀之忳忳"。王逸注"瞀亂也"。按瞀亂猶昏亂也。《説文》"瞀氐（氐原作低，《説文》無低字，宋本作氐，故段、王皆從之）目謹視也"。大徐音莫候切。又《説文》"煩瞀也"。煩瞀一訓，則瞀有煩義，故《玉篇》訓"目不明"。《荀子·非十二子》"綴綴然瞀瞀然子弟之容"，楊注"不敢正視"，亦不明之義也。《後漢書·廉范傳》"君困戹瞀亂邪"注引鄭注《禮記》曰"瞀目不明之貌"。《説文》有鶩字訓亂馳，則分別專字耳。字通霚、通霧。《洪範》曰"霚恒風苦"，《尚書大傳》作瞀，《宋世家》作霧，《漢書·五行志》作霿。霚、霧、霿諸字皆有昏義。別詳瞀字條下。亂字恒義，故亂爲昏亂，引申之則心中迷惑，亦曰瞀亂矣。故《九辯》以瞀亂狀迷惑，其實義則一也。《七諫》云"志瞀迷而不知路"，瞀迷亦亂耳。又《惜誦》云"中悶瞀之忳忳"義與此同，悶瞀即煩瞀也。忳忳亦迷惑之象。《九辯》蓋襲用《惜誦》而稍異其詞。詳悶瞀、容瞀條下。又門人郭在貽引《漢書·董仲舒傳》"廉恥貿亂，賢不肖混淆"，以爲漢人作貿亂，是也。

判獨

《離騷》"薋菉葹以盈室兮，判獨離而不服"。又《九章·抽思》云"好姱佳麗兮，牉獨處此異域"。牉一作叛，一作枅。又《悲回風》云"氾潏潏其前後兮，伴張弛之信期"。孫仲容《札迻》卷十二云"判、牉、伴、叛字竝通，蓋分別離散之意。即《遠遊》注所謂叛散也，云判獨離、牉獨處者，言叛散而獨離處也；云伴張弛之信期者，言張弛任時，判散無定也，諸篇字舛異，而義實同。《悲回風》注説亦未得其恉。《悲回風》戴補注云伴之言寬也，亦非，洪説近是；而謂以張弛之道，期於君則非其恉。又《遠遊》云'叛陸離其上下兮'，則與判伴義異。詳後"。按諸篇字異義同，孫説是也。《方言》拌棄也。楚凡揮棄物謂之拌。郭音伴，又普槃反；諸言判、胖、伴、叛讀與拌同，皆揮棄之意。錢繹《方言箋疏》云"《廣雅》'拌棄也'"。王懷祖曰拌之言播棄也。《士虞禮》"尸飯播餘於篚"。古文播爲半，半古拌字。謂棄餘飯於篚也，説具《廣雅疏證》。播半皆借字，拌字後出，其本字當作<U+83F0>。《説文》云"箕屬，所以推棄之器也"。象形。<U+83F0>拌聲同，器以事名，事緣器見，其始一也，觀於象形本字，禮經古文，則知棄謂之拌，亦在昔通語爾。伴張弛之信期，猶言棄張弛之信期。《抽思》云"昔君與我誠言兮，曰黃昏以爲期，羌中道而回畔兮，反既有此他志"，是其事也。洪氏《補注》云"言己嘗以弛張之道期君，而君背之也，散無定也"。諸篇字舛異而義實同。

茷骫

二字平列之複合詞。茂盛而屈曲也。讀巿委二音。

《招隱士》"樹輪相糾兮，林木茷骫"。王逸注"枝條盤紆。一無林木二字。茷一作芅，一作<U+6800>，一作茇"。洪補云"芅、<U+6800>、茇竝音跋，茷木枝葉盤紆貌，通作芅。骫音委。骫骳屈曲也"。《文選》"茷芅骫"。按《説文》"茷艸葉多，從艸伐聲"。芅本訓草根，古從友，伐發巿之字多同。骫不從九，《説文》"骨耑骫奊也，從骨丸聲"。大徐於詭切。《漢書·淮南王傳》"骫天下正法"。師古曰"骫古委字，謂曲也"。《繫傳》引《楚辭》"林木茷骫"，謂木槃曲也。《枚皋傳》"其文骫骳，曲隨其事，皆得其意"。師古曰"骫骳猶言屈曲也"，則二字乃平列意義之叠韵複合詞，言林木茂盛而凡屈曲，故叔師訓槃紆也。字又作葰骫，《上林賦》"崔錯葰骫"，郭璞曰"葰骫蟠戾也"。洪補"芅、拔、茷竝音跋"

蓋據《文選》作茇。李善注"茇音跋"，朱熹本亦作茇，茇在《廣韻》
有北末蒲撥兩切，北末切義爲華茇，而蒲撥切乃爲艸木根也。考茷字
《廣韻》凡分三音，一音符廢切，與吠同聲；一音博蓋切，與貝同聲；
一音房越切，與伐同聲。雖分三音，而同訓以爲草木茂貌也。《廣韻》
月韵代紐茷有二，一訓木筏，《唐韻》及《切三》、《王二》皆作筏，不
作茷，王觀國引《詩》釋文云"茷蒲害反"，則讀與斾同字，書雖無此
音，而古籍通用顯然，則《詩》釋文音蒲害者非無據。則讀爲斾者，與
原博蓋切同入去聲泰韻，故《九辯》"左朱雀之茷茷"，洪補云"《集
韵》拔茷茷皆有斾音"一説較音跋者最爲允當。《詩·泮水》以茷茷與
下鸞聲噦噦爲韵，亦不讀跋音也。《文選》五臣注音蒲北者，茷字音，
亦非此音也。

飂騰

倏起而飛騰也。

《九思·哀歲》"放余轡兮策駟，忽飂騰兮浮雲"。一云"忽風騰兮
雲浮"。按飂騰舊無注，據上下文義定之，猶言飛騰。飂字，《説文·風
部》"扶搖風也，從風猋聲"。大徐甫遥切。按扶遥即飂之緩言，《莊
子·逍遥遊》"搏扶搖而上者九萬里"。司馬注云"上行風謂之扶搖"。
《爾雅》釋扶搖謂之猋，郭注"暴風從下上"。《初學記》引作"疾風
也"，即暴風之義。引申爲飛躍，《説文》重文作飆，《文選·西都賦》、
《後漢書·班固傳》注，皆作飆，古文飂字。則《説文》作重文者，誤
字。作猋，《九歌》"猋遠舉兮雲中"，王注"去疾貌"。詳猋字條下，又
《説文·馬部》"騰者傳也"從馬朕聲。大徐徒登切，段注引申爲馳也，
躍也。《離騷》"騰衆車使經待"。《招魂》"目騰光些"。注"馳也"。飂
騰連文，謂急馳也。與《哀歲》上下文義定之，曰忽飂騰兮浮雲，故得
引申爲飛騰、急馳之義。別詳騰字條下。

蔽壅

義近複合詞。壅塞之也。

《九章·惜往日》"諒聰不明而蔽壅兮"。王逸注"君知淺短，無所照也"。洪補曰"《易·噬嗑》、《夬》卦皆曰聰不明也"。朱本壅作廱，聰不一作不聰。《七諫·沈江》"不忍見君之蔽壅"。王逸注"言己所以懷沙負石，甘樂死亡，自沈于水者，不忍久見懷王壅蔽於讒佞也"。按蔽壅一詞，《楚辭》二見，皆言蔽壅聰明，實即壅蔽一詞之倒言也。壅蔽見《九辯》，叔師於《九辯》釋爲覆冒，而他文則皆就文申説而已，疑本亦作壅蔽，古多言壅蔽，少言蔽壅也。詳壅蔽條。

菲薄

雙聲同義複合詞。薄也。

《遠遊》"質菲薄而無因兮"。王逸注"質性鄙陋，無所因也"。按《史記·武帝紀》"維德菲薄不明於禮樂"。《漢書》師古注曰"菲亦薄也，音敷尾反"。《文選·諸葛武侯出師表》"不宜妄自菲薄"。李善注"《方言》曰'菲薄也'。郭璞曰'微薄也'"。《遠遊》之質菲薄，《後漢書·章帝紀》云"予末小子，質又菲薄"，言質不得曰微薄，故叔師以鄙陋爲訓，其實引申義也。惟《説文》菲字訓芴也，即今土瓜，其訓爲鄙薄者，朱駿聲以爲借爲㪰，是也。《論語》"菲飲食"，《廣雅》"菲禰也"皆是。菲㪰古聲同，故相借也。薄本林薄字，古籍多用爲厚薄、微薄，亦今恒言。

蕪穢

義近複合詞。不治不潔也。

《離騷》"雖萎絕其亦何傷兮，哀衆芳之蕪穢"。王注"哀惜衆芳摧折，枝葉蕪穢，而不成也"。補曰"蕪荒也。穢惡也"。又《九辯》"農夫輟耕而容與兮，恐田野之蕪穢"。王逸注"失不耨鋤，亡五穀也"。朱熹《集注》"穢叶烏怪反"。又《招魂》"主此盛德兮，牽於俗而蕪穢"。王逸注"不治曰蕪，多草曰穢"。朱熹《集注》"蕪穢田不治而多艸也。穢叶烏會反"。又《七諫·怨世》"何周道之平易兮，然蕪穢而險戲"。王逸注"言蕪穢傾危者，心惑意異也"。按蕪穢義近複合狀性詞也。《説文》"蕪薉也。從艸無聲"。大徐武扶切。又薉蕪也。二字互訓。蕪穢即蕪薉，同聲字。《周語》"田疇荒蕪"，注"穢也"，則古籍用穢字，《説文》所載者本字也。《招魂》注"不治曰蕪，多艸曰穢"。統言則蕪穢不分，別言則不治曰蕪，多艸曰穢也。《説文》無穢字，然禾部穢字云"除田間穢也"，則許固用穢矣。《玉篇》始録穢字，訓"不净也"。其用本字者，《抱朴子·外篇》"守塉墾九典之蕪薉"。又"用形覘亂萌則若薙田之芟蕪穢"，字又作蕪濊，《淮南·齊俗訓》"原人性蕪濊而不得清明者，物或惵惵也"。《楚辭》蕪穢四見，三見於屈宋賦，一見於漢，其義皆同。《離騷》、《九辯》用本義，而其他用引申義也。

麤穢

《遠遊》"保神明之清澄兮，精氣入而麤穢除"。王逸注"納新吐故，垢濁清也"。洪補"麤聰徂切。物不清也"。按麤穢，劉向《九歎》作株穢，同聲之誤也。當從此作。參穢字條。

怫鬱

叠韻複合詞。憂懣之貌，即鬱怫之倒言，只用於漢賦。

《七諫·沈江》"不顧地以貪名兮，心怫鬱而内傷"。王逸注"言己欲效箕子佯狂而去，不顧楚國之地，貪忠直之名，念君闇昧，心爲傷痛而怫鬱也”。洪補曰“怫音佛”。《九懷·匡機》“怫鬱兮莫陳，永懷兮内傷”，王逸注“忠言蘊積，不列聽也”，其義與《七諫》同。又如《九懷·思忠》“寱辟摽兮永思，心怫鬱兮内傷”，《九歎·惜賢》之“覽屈氏之《離騷》兮，心哀哀而怫鬱”，《九歎》同篇“憂心展轉，愁怫鬱兮”，《九思·憫上》之“思怫鬱兮肝切剥”等句，其怫鬱皆與憂思愁哀傷相系，則其正義爲憂懣無疑。按《説文》“怫鬱也”。《字林》“怫鬱心不安也”。經傳鬱字多借郁爲之，怫字又作拂，《玉篇》“拂意不舒也”，又借茀爲之，《漢書·景十三王傳》“内茀鬱憂哀積”，又《史記·河渠書》有沸鬱，《漢書·溝洫志》有弗鬱，皆借字也。

憒悁

《九歎》“腸憒悁而含怒兮”。王逸注“言己執忠誠而見貶黜，腸中憒懣，悁悒而怒”，洪補曰悁烏玄切。忿也”。按《説文·心部》“憒懣也。從心貴聲”。又“悁忿也。從心肙聲。一曰憂也”。則憒悁乃義近複合詞。又《後漢書·應劭傳》“心焉憒邑”，《文選·趙玉與嵇茂齊書》“自知非命，誰能不憒悒者哉”，《後漢書·袁紹傳》“悔内傷心，志士憒惋”，竝與憒悁聲近義同，皆複合義近字爲一詞也。

悶瞀

《九章·惜誦》“中悶瞀之忳忳”。王逸注“悶煩也。瞀亂也。言己憂心煩悶，忳忳然無所舒也”。按《説文·心部》“悶懣也”。又“懣煩也”。則悶瞀即悶懣一聲之變。《古文苑·旱雲賦》“湯風至而含熱兮，羣生悶懣而愁憒”。悶懣愁憒即悶瞀忳忳之意也。悶瞀雙聲聯綿詞，聲轉爲憫然。見《廣韻》。中心煩亂曰悶瞀，則小雨煩亂曰霢霂，小蟲曰蛾蟓，叢草曰覭髳，其言相近，故義亦相類。

紛紜

今恒語。

《九歎·遠逝》"腸紛紜目繚轉兮"。王逸注"紛紜亂貌也"。按紛紜疊韻聯綿詞盛多也。多則易亂，故引申爲亂。《漢書·叙傳》下"票騎冠軍，焱勇紛紜"。師古曰"如焱之勇，紛紜然盛也"。《文選·東都賦》"萬騎紛紜"。濟注"紛紜多也"。《後漢·光武紀》"虔劉庸代，紛紜梁趙"。注"紛紜喻亂也"。此言腸紛紜以繚轉，繚轉亦亂也。故叔師以亂釋紛字。又作紛云，《漢書·禮樂志》、《郊祀歌·天門》十一"專精屬意逝九閡，紛云六幕浮大海"。師古曰"紛云興作之貌"。興作亦盛也。又《難蜀父老文》"威武紛紜"，《漢書》作"紛云"是其證。字又作紛賦，《說文·員部》"賦物數紛賦，亂也。從員云聲"。則似當以賦爲正字，而紛字，《說文》原訓馬尾韜，與紛紜義似無涉。然古籍以紛爲亂爲盛者至多，而從分之字亦多訓亂、訓盛，許氏于賦字既用紛賦爲釋，似當補盛也一義。餘詳紛字條下。如此則紛紜乃聯綿詞之可用訓詁字比附書之者也。聲轉爲紛緼。詳紛緼條下。疊韵之變則爲紛綸，《司馬相如封禪文》"紛綸葳蕤，堙滅而不稱者，不可勝數也"。《索隱》引胡廣曰"紛亂也，綸没也"。《文選·東都賦》"豈特方軌並跡紛綸后辟"。良注"紛綸衆也"。

雰糅

衆雜也。即紛糅。別詳。

《九辯》"霰雪雰糅其增加兮"。王逸注"威怒益盛，刑酷烈也"。洪補云"雰雰雪皃"。按《文選·九辯》"憔其紛糅而將落兮"。翰注"紛糅衆雜也"。雰糅與紛糅今常用語。《說文》雰亦氛字，則雰紛皆借字也。紛本馬尾韜，而古籍訓爲紛亂、紛盛之義，詳紛糅條下。韵轉爲雰雯，《文選·袁宏三國名臣傳贊》"苟非命世，孰掃雰雯"。良注"雰雯昏濁氣也"。

煩惑

煩亂而迷惑也。

《九章·惜誦》"申佗傺之煩惑兮"，王逸注"申重也。言衆人無知己之情，思念惑亂，故重佗傺，悵然失意也"。按煩熱頭痛也。引申爲一切煩亂惑。《説文·心部》"亂也，從心或聲"。則煩惑猶今言煩亂矣。字又作煩或，《漢書·揚雄傳·反騷》"舒中情之煩或兮"，煩或即煩惑也。聲轉爲煩冤，《九章·抽思》"煩冤瞀容"。王注"愁思煩冤，容貌憤亂"。詳煩冤條下。

煩冤

義近複合狀性詞。煩亂而委屈蘊積不安之狀。

《九章·抽思》"煩冤瞀容，實沛徂兮"。王逸注"言己憂愁思念煩冤，容貌憤亂，誠欲隨水沛然而流去也"。又《九章·思美人》"蹇蹇之煩冤兮"。王逸注"忠謀盤紆，氣盈胷也"。又《七諫·謬諫》"心悇憛而煩冤兮"。王注"冤《釋文》作宛，於袁切"。《説文》"煩熱頭痛也"。引申爲煩躁、煩亂。冤者，《説文·兔部》"冤屈也。從兔從冖，兔在冖下不得走，益屈折也"。大徐於袁切。叔師訓氣盈胸，即煩亂之貌。則義近複合詞也。《文選·琴賦》"怫㥥煩冤"。李善注"聲蘊積不安貌"。《風賦》曰"勃鬱煩冤"，《思美人》一本作愊，《謬諫》一本作怨，《釋文》作宛，怨、宛皆冤聲近借字。《詩·都人士》"我心宛結"，傳云"宛猶屈也"。愊即今愊惜字。亦冤聲之借也。雙聲之轉爲煩惑，《九章·惜誦》"申佗傺之煩惑"，注"言衆人無知己之情，思念惑亂，故重佗傺悵然失意也"。詳煩惑條下，又轉爲煩憒。《九思·逢尤》"心煩憒兮意無聊"。注"憒亂也"。補曰"憒音潰"。《廣韵》胡對反。

煩懣

煩憒也。

《九懷》"惟煩懣而盈匃"。王逸注"懣憒也。言己愁思展轉而不能卧，心中煩憒，氣結滿匃也"。《説文·心部》"懣煩也"。則煩懣爲義近複合詞。煩亂也，《方言》七"漢漫眊眩懣也，朝鮮洌水之間煩懣謂之漢漫"。《史記·倉公傳》"使人煩懣食不下"。《漢書·外戚·孝宣許皇后傳》"遂加煩懣崩"。師古曰"懣音滿，又音悶"。字又作煩滿，《素問·痺論》"師痺者煩滿喘而嘔"。聲轉爲煩悶，煩悶今恒語。

煩挐

煩亂也。

《九辯》"枝煩挐而交横"。王逸注"柯條糾錯，而剺巇也"。五臣云"煩挐擾亂也"。洪補云"挐女除切，牽引也，煩也。《淮南·齊俗訓》'於是百姓糜沸豪亂，暮行逐利，煩挐澆淺'"。按《説文·頁部》"煩熱頭痛也"。引申爲一切煩亂。又手部"挐牽引也。從手如聲"。今本挐與拏訓互譌，拏當訓持而在挐下，兹從段朱兩家正。大徐女加切。《招魂》"稻粢穱麥，挐黄粱些"。王注"挐糅也"。與牽引義合。則煩挐者，即煩亂交牽之義。叔師訓糾錯，實爲達詁。蓋義近複合詞也。雙聲之變爲煩撓，《淮南·齊俗訓》"訛文者處煩撓以爲慧"，又爲煩擾，《説文·女部》"擾煩擾也"。《史記·李將軍傳》"我軍雖煩擾，然虜亦不得犯我"。娘日二紐古歸泥，故音又得變爲煩壤，《莊子·達生》"户内之煩壤"，即《説文》之煩擾也。今俗又作煩攘，音變爲煩難，《淮南·主術》"智者雖煩難之事，其不闇之效可見也"。聲變又爲紛挐，《九思》"縠亂兮紛挐"，王注"君任佞巧，競疾忠信，交亂紛挐也"。《漢書·霍去病傳》"昏漢匈奴相紛挐"。紛挐又變爲紛拏、爲紛如、爲紛擾、爲紛攘，紛亂、紛茹、紛糅、紛繞、紛縷。詳紛挐條下。煩文縟節之煩縟，亦由此成語所曼衍，又今人言煩惱，亦娘日歸泥所曼衍。

紛挐

義近複合詞。亂相持搏也。

《九思·悼亂》"嗟嗟兮悲夫，殽亂兮紛挐"。舊注"君任佞巧，競疾忠信，交亂紛挐也"。《漢書·霍去病傳》"漢匈奴相紛挐殺傷大當"。師古曰"紛挐亂相持搏也。挐女居反"。《史記·司馬相如傳·大人賦》"騷擾衝蓯其相紛挐兮"。《鹽鐵論·和親》"故當路結禍紛挐而不解"，字誤作紛拏，《史記·霍去病傳》"漢匈奴相紛拏"拏爲攫拏字，女加切（段玉裁、王筠說）。挐爲煩挐字，女居切。《說文》分爲兩字，紛挐當作挐，不作拏也。拏即今俗拿字。

繁會

錯雜交會，指衆樂皆奏也。

《九歌·東皇太一》"五音紛兮繁會"。王逸注"五音宮商角徵羽也。紛盛貌，繁衆也"。五臣云"繁會錯雜也"。按繁會乃複合詞，會爲動字，繁則副詞也。繁乃緐之俗體。《廣雅·釋詁》三"衆也"。《小爾雅·廣詁》"繁多也"。當爲繁本義（《說文》訓馬髦飾，古有此義。然字從糸從每，系以每衆多之草相會，則本會意字，許說非其朔也）。則繁會者，謂五音衆多相合也。《文選·籍田賦》"中黃曄以發暉兮，方綵紛其繁會"，銑注"繁會言盛也"，亦謂五彩繽紛而相合也。

汎淫

隨水浮游，乍東乍西也。

《九懷·尊嘉》"汎淫兮無根"。王逸注"隨水浮游，乍東乍西也"。"一作沉淫，一作汎搖"。洪補云"搖當作淫，《相如賦》云'汎淫泛濫'，汎音馮，浮也。一讀作泛，一作沈淫，一作搖，皆非是"。按《文選·笙賦》"汎淫氾艷"，李善注"自放縱貌"。《説文》"汎浮也"。《説文》訓淫爲侵淫隨理也。徐鍇曰"隨其脈理而浸漬也"，則汎淫即今言浮淫，猶言浮蕩，故曰汎淫無根。

班駮

義近雙聲複合詞。雜色也。

《九歎·憂苦》"同駑贏與椉駓兮，雜班駮與闟茸"。王逸注"班駮雜色也。言君不明智，斥逐忠良而任用佞諛……乘駑贏，雜駮馬；重班駮，喜闟茸；心迷意惑，終不悟也"。"班一作斑"。《後漢書·五行志》二"衆鳥之性見非常班駮好聚觀之"。按班字，《説文·玨部》"分瑞玉，從玨從刀"。大徐布還切，即《舜典》"班瑞于群后"之班，古通作頒，而班駮之班當作辬，俗作斑，因形近而誤作班耳。《説文·文部》"辬駮文也，從文辡聲"。大徐布還切。辬之字多或體，《易卦》之賁字。《上林賦》之斒字，《史記》璸斒，《漢書》、《文選》玢䰈，俗用之斑，皆是。乃今則斑行而辬廢矣（本段玉裁説）。或假班爲之，《易·屯卦》"乘馬班如"，《禮記·檀弓》"貍首之班然"，景宋本《纂圖互注禮記》作斑，皆是。駮當爲駁之形近而誤，二字亦同音（大徐同音北角切）。駮本獸名，如馬，倨牙食虎豹，即今駁馬。駁字，《説文·馬部》"馬色不純從馬爻聲"。引申爲一切雜色。是班駮正字，當作辬駁，乃義近複合狀性詞也。

迫脅

逼迫而刦持之也，義近複合動詞。

《哀時命》“外迫脅於機臂兮”。王逸注“迫脅近附也。機臂弩身也”。按迫，《説文·辵部》“迫近也”。《史記·萬石君奮傳》“及孝景即位，以爲九卿迫近，憚之”。則迫近即偪迫之義。脅讀爲《晉語》“乃脅欒中行”注刦也。《禮記·禮運》“是謂脅君”，《漢書·常惠傳》“使迫脅求公主”，注“謂以威近之也”。是迫脅乃義近複合詞。《莊子·山木》“引援而飛，迫脅而棲”。《荀子·王道》“迫脅於亂時，窮居於暴國”。《漢書·景十三王·彭祖傳》“迫脅自殺者凡十六人”。《哀時命》叔師訓近附者，義略有輕重也。

迫阨

逼迫而阨塞之也。義近複合動詞。

《遠遊》“悲時俗之迫阨兮”。王逸注“哀衆嫉妒，迫脅賢也。阨一作隘”。洪補辵“阨音厄，或讀作隘”。《説文·辵部》“迫近也。從辵白聲”。大徐博阨切。又自部“阨塞也，從自㞕聲”。大徐於革切。字亦作阸，隸省字也。《史記·商君傳》“魏居嶺阨之西”，《索隱》“阻也”，是迫阨乃叠韵義近複合詞。《説文·戶部》㞕字注云“㞕隘也”，大徐音於革切。則阸㞕乃分別文，阨作隘者，即借爲㞕字也。隘者陜也。義亦通。則字當作迫㞕，作阸則轉注字也。阸當爲山有所阨塞，故從自，自者大陸山無石者。惟經典往往變從戶從乙爲從厂從已作厄，又通用阨。義雖得通，而本字固應爲㞕也。㞕當爲車軶本字。詳林義光《文源》。

奔走

《離騷》“忽奔走以先後兮”。按奔走先後皆古之組合詞，而結合不甚緊密者，然《詩》、《騷》皆用之，《大雅·緜》曰"予聿有奔走"，"予聿有先後"（今本作予曰有奔奏此從王逸注引），分在兩句；屈子此文，則合用之，言奔走於先後也。奔走二字，義有輕重，何奔何走，言何大奔或急行也。奔走先後，皆急追之意，欲前王之業見於今日（戴震說）。今常語以緩行爲走，非古義也。王逸云奔走先後，四輔之職也。則直以喻語明直言探文之義蘊而爲之說，至當不可易。

漫著

《九歎》"讒夫藹藹而漫著兮，曷其不舒予情"。王逸注"漫污也。一無夫字，漫一作罕"。注云"罕污也，漫汙以自著。言讒人相聚藹藹而盛欲漫污人以自著明"云云。文義注義皆不甚瞭瞭。按此或一較希見之語詞結構。漫著著字乃語尾補足之詞。漫王訓污，即塗漫也。字或作墁，墁者專用字，漫則通用字爾。著爲語尾助聲字，今俗尚用之。中州人或言中去聲，兩湖人或言得，西南或言對，皆應聲也。中也、著也、得也、對也，皆雙聲之變；然中、得、著等聲，別有一義，則凡動詞加於著音者，有正進行之義，如走著吃著，猶言正行走、正吃之也。西南人亦曰走得吃得（讀如陰平），皆含一進行之義。其進行也，非迫促而爲。乃舒緩而爲之。則藹藹漫著，謂緩緩地塗污之也。讒人枉說，非詬誶之言，乃諓諓騙讒，夫進讒必然之規律也。王注以著爲實義，使文理不順矣。

博衍

寬平之意，義近複合詞。

《遠遊》"音樂博衍無終極兮"。王逸注"五音安舒靡有窮也"。洪補云"衍廣也達也"。朱熹注"博衍，寬平之意"。按博衍乃義近複合狀態詞。《說文·十部》"博大通也"。又水部"衍水朝宗於海也"。從水從行，洪訓廣訓達者，正衍之引申，蓋本《廣雅》云。雙聲之變，則爲博依，《禮·學記》"不學博依不能安詩"。詩與樂古一也。鄭注以博依爲廣譬喻，譬喻必有所宗，亦如水之宗於海也。聲轉爲漫衍，《遠遊》"斑漫衍而方行"。王注"繽紛容裔以迣升也"。蓋以容裔釋漫衍，亦博衍之義也。詳漫衍條下。

芳澤

《大招》"粉白黛黑，施芳澤只"。王逸注"言美女又工妝飾，傅著脂粉，面白如玉，黛畫眉鬢黑而光澤；又施芳澤其芳香鬱渥也"。朱熹注"澤叶待洛反。芳澤芳香之膏澤也"按《楚辭》芳澤一詞四見，其中三見皆以"芳與澤其雜糅兮"成句，見於《離騷》、《抽思》與《思美人》。此芳澤澤當爲臭字形近而誤。漢人習用芳澤，遂爾易爲芳澤也。已詳澤字條下。至《大招》芳澤一詞，當從叔師又施芳澤之義，朱熹以膏澤釋澤是也。古面體膚裝飾固多重膏澤。《詩》言"膚如凝脂"，言"豈無膏沐，誰適爲容"。《左傳》記之尤詳悉。澤本無膏義，《説文》訓光潤，皮膚施膏則光潤，故曰膏澤也。

罔愆

無過愆也。

《九歎·遠遊》"躬純粹而罔愆兮"。王逸注"言己行度純粹而無過失，上以承美先父高妙之法，不敢解也"。按罔愆本《尚書·秦誓》"尚猶詢茲黃髮，則罔所愆"，《史記》譯此句云"則無所過愆"，與叔師訓同。此先秦習語，謂無過失曰罔愆，故亦作無愆。《新序·雜事》篇引《秦誓》此言云"則無所愆"，王應麟《藝文志》攷漢儒引《尚書》字亦作無愆，一作譽，《漢書·李尋傳》師古注引《尚書·秦誓》則罔無譽則依《説文》則譽乃籀文也。愆譽同字。

營度

《天問》"圜則九重，孰營度之"。王逸注"言天圜而九重，誰營度而知之乎?"洪補云"營經營也，度量度也"。朱熹注"度待洛反"。按營者，《詩》"經之營之"，經營叠韵複合詞。《楚辭·九歎·離世》"經營原野"。注"南北爲經，東西爲營"。（詳經營條下）《廣雅·釋詁》"營度也"，經營乃三古恒語。度者，《詩·小雅·巧言》"予忖度之"，《釋文》"度待洛反"（朱熹即本此），《説文》"法制也"，本權度字，引申爲量度；本讀徒故切，漢師讀待洛反，以別於名詞之權度。單言則曰營，營亦可曰度；複言之則曰營度，其義一也。言天有九重，誰人經營而量度之。

未央

《離騷》"及年歲之未晏兮，時亦猶其未央"。王逸注"央盡也。言己所以汲汲欲輔佐君者，冀及年未晏晚，以成德化也；然年時亦尚未盡，冀若三賢之遭遇也"。按此即《七諫·沈江》"終不變而死節兮，惜年齒之未央"，及《自悲》之"哀獨苦死之無樂兮，惜予年之未央"，兩未央之義，與此皆同。王逸注皆以爲自惜年尚少，壽命未盡，其説是也。然未央乃先秦以來通用成語，如《詩·庭燎》"夜未央"，鄭箋"夜未渠央也"。鄭氏蓋以漢語解古語，漢人緩之，則央曰渠央矣。此央字應作中央解，則夜未央者，謂夜未中也，未久也。桂氏《義證》曰"今關中俗呼二更三更爲夜央夜半，此蓋古之遺言"，則"時亦猶其未央"者，言時未至中，與王注尚少之説合。又訓爲未盡者，立言有依因之效，言未中計全程之過去；言未盡計全程之尚餘者，其實一也。《九歎》"時溷濁其猶未央"義同。又《九歌·雲中君》"靈連蜷兮既留，爛昭昭兮未央"，此未央義與上四例畧異，言光爛昭明不盡也。不得言未盡，義較未爲重，王逸注云"神則歡喜，必留而止，見其光容爛然，昭明無極已也"，最能體會文心。

幼清

《招魂》"朕幼清以廉潔兮"。王逸云"朕我也。不求曰清，不受曰廉，不污曰潔。言我少小修清潔之情"。五臣云"皆代原爲辭"。朱熹注"此宋玉代爲屈原之詞，言朕者，爲原之自朕也。幼少也。言其性然也。清者其志之不雜"。按五臣、朱熹皆以《招魂》爲宋玉作，故曰代原爲辭。其實《招魂》亦屈子文也，別詳。幼清幼字，古皆以爲年歲少小之稱，《爾雅·釋言》"幼稺也"。《曲禮》"人生十年曰幼"。則幼清者，言少小清白，廉潔者，言少小清白且廉正純潔也。

永多

永多，按《天問》"受壽永多，夫何久長"。王逸注"言彭祖進雉羹於堯，堯饗食之以壽考，彭祖至八百歲自悔不壽，恨枕高而唾遠也"。洪興祖《補注》云"《莊子》曰'彭祖得之，上及有虞下及五伯'，彭祖壽考者之所好也"。朱熹注云"舊説鏗好和滋味進雉羹於堯，堯饗之，而錫以壽考至八百歲，《莊子》以爲上及有虞，下及五伯是也"。

按永多一詞至生强，恐有誤。何以言之？若以二字合寫一事，則二字毫無共通屬性，永就時間事態之綿延言，多就事物之數量言，無合成一詞之基礎。此其一。若以爲二字分寫兩事，則下句言"夫何久長"，此又言永，永即久長也，重沓無義蘊，此其二。古無永多連文者，不僅屈宋賦無此例，先秦舊籍亦無此例，此其三。細繹此語，受壽永多，就彭鏗八百歲之説爲言故曰多，多者以數八百也；下句"夫何久長"，則贊歎其何以能久長如是。《天問》固曾以長壽爲問者矣，則八百歲就人世年壽之紀數言之，此兩語必作如是解，方不犯複而有餘味。故多字不誤，其誤當在永字。考古言多之複合詞如煩多、衆多、盛多爲漢以後恒言（而《詩》、《傳》、《爾雅》、《廣雅》則有那多、褒多、僉多諸詞）。然漢人恒語不得以證屈子此文。而《詩》、《雅》則集其詁字之義而非鑄詞，其鑄詞之見於《詩》、《書》而與文義相調適者，莫如孔多。然孔在溪紐與永非雙聲，其《小雅·節南山》之"喪亂弘多"莫屬。弘多，大多也。弘多又見襄公三十一年《左傳》，則其爲春秋戰國以來習語無疑。弘多尤盛多矣。弘與永雙聲（其字形古文亦得相亂），則上句言受壽弘多，言得壽八百歲之數也。下句則嘆其壽之久長，如此則語無重複尤沓之敝，義有相成之美，則於古亦有徵矣。

永遏

《天問》"永遏羽山，夫何三年不施"，王逸注"永長也。遏絕也。施舍也。言堯長放鯀於羽山，絕在不毛之地，三年不舍其罪也"。洪興祖《補注》"遏猶遏絕苗民之遏"。朱熹注曰"羽山在東海中，施謂刑殺之也。《左傳》曰'乃殛鯀刑侯'，此問鯀功成不何但囚之羽山而不施以刑乎"。

按就上下文義論之，王朱各說似皆勉强可通。然就屈子所傳鯀事跡及其對鯀之觀感論之，則不調之甚。請一二辯之，上句言永遏，依字義定之，既永遏矣何以又加三年云云之斷限，此不可通者一也。《離騷》言"鯀婞直以亡身兮，終然夭乎羽之野"。終然即永之義，夭乎羽之野，即永遏羽山之義，與儒家所傳殛鯀於羽山之說合，則無三年不施之可言。按此之永遏即彼夭字之長言也。夭遏即壅遏，義謂幽閉于羽山，與下文"何由竝投而鯀疾修盈"同義。別參下文"阻窮西征"以下至"脩盈"段，自能知之。

攘詬

《離騷》“忍尤而攘詬”。王注曰“尤過也，攘除也。詬耻也。言己所以能屈安心志，含忍罪過而不去者，欲以除去耻辱，誅讒佞之人，如孔子誅少正卯也”。按上句曰“屈心而抑志兮”抑志與屈心義同對舉，則攘詬必與忍尤同義對舉。如王注則是屈心、抑志、忍尤六字共爲一義，而攘詬自爲一義，於文理殊不可通。攘之言藏也，《管子·任法》篇曰“皆囊於法以事其主”，尹注曰“囊者所以斂藏也”。以藏釋囊，義存乎聲。攘與囊聲同，亦得有藏義。忍尤而藏詬者，容忍其尤而含藏其詬，實一義也。

徑待

《離騷》“路修遠以多艱兮，騰衆車使徑待”。王逸注云“崑崙之路，險阻艱難，非人所能由，故令衆車先過，使從邪徑以相待也”。按徑者小道，非車馬所能行，參徑字下。故叔師以邪徑釋之是也。惟騰告之言，當“指西海以爲期”句止，則待字必需待於西海而後可。又細審文義則叔師以路修遠云云二語爲屈原騰告衆車，恐與下兩語路不周以左轉，“指西海以爲期”不甚條暢。依文義詞氣定之，自“路修遠”至“爲期”四語，乃受詔之西皇以涉屈子西去之安排，蓋由西皇騰告來從之衆車使由不周左轉迴避崑崙之險，故曰至海爲期也。則此徑待之待，非等候也，當從一本作侍。《遠遊》云“左雨師使徑侍，右雷公以爲衛”。侍衛對舉，侍亦衛也。言西皇分命衆車，使衆車直衛屈子，而自不周以達西海也。徑字作直字解，直侍者，猶言謹侍爾。叔師以邪徑相待釋之，則王本自亦作待，而取證《遠遊》則作侍爲宜。

徑侍

《遠遊》"左雨師使徑侍兮，右雷公以爲衛"。王逸注"告使屏翳，備下虞也"。朱本作徑待，徑待見騷經。按孫詒讓《札逐》卷十二《遠遊》第五云"左雨師使徑侍兮，案侍當作待，《離騷》云'路修遠以多艱兮，騰衆車使徑待'。注云'言崑崙之路險阻艱難，非人所能由，故令衆車先過，使從邪徑以相待也'。此文當與彼同"，《離騷》洪校云待一作侍，彼別本雖亦與此同，然以注從邪徑相待之義覈之，則王本必不作侍明矣。按孫説可商。徑侍與下句爲衛對文，則此侍字亦謂侍衛之爾，王本作待，細繹上下文義，恐亦當作侍（詳徑待條下）。孫反以王誤説改此，則又以非爲是矣。是其未審實文義詞氣，徒以訓詁家常技改字，亦一弊也。

進退

對舉字複合詞。先秦以來成語。

《哀時命》"身既不容于濁世兮，不知進退之宜當"。王逸注"言己執貞潔之行，不能自入貪濁之世。愁不知進止之宜，當何所行者也"。按進退爲對舉字，自先秦至今爲漢語習用詞之一。《易·乾》"進退無恒"。又《繫辭》"變化者進退之象也"。《詩·大雅·桑柔》"人亦有言，進退維谷"或以作爲一種舉動之儀專用術語，如《禮記·內則》"進退周旋慎齊"，《仲尼燕居》"進退揖讓無所制"，《儀禮·士相見禮》"庶人見於君，不爲容進退走"，《左傳》定十五年"將左右周旋進退俯仰"，《論語·子張》"小子當灑掃應對進退則可矣"，《莊子·達生》"進退中繩，左右旋中規"，又《田子方》"進退一成規一成矩"，《荀子·修身》"容貌態度，進退趨行"，《呂覽·孝行》"敬進退又勿躬，登降辭讓，進退閑習"，又《恃君覽》"無進退揖讓之禮"，又《大容》"進退中度"，《漢書·王古傳》"進退步趨以實下"，《張敞傳》"進退則鳴玉佩”，又《馮參傳》“進退恂恂正可觀也”，由此而引申爲前進後退，引申爲動靜，爲後世恒用之義也。

蹇脩

楚人習用成語，媒人之代詞。

《離騷》“解佩纕以結言兮，吾令蹇脩以爲理”。王逸注“蹇脩伏羲氏之臣也。言已既見宓妃，則解我佩帶之玉，以結言語，使古賢蹇脩而爲媒理也。伏羲時敦樸，故使其臣也。五臣云“令蹇脩爲媒以通辭理”。洪興祖《補注》曰“宓妃，伏犧氏之女，故使其臣以爲理也”。朱熹《集注》云“蹇脩人名。求神女之所在，而令蹇脩致佩纕以爲理，則蹇脩似是下女之能爲媒者。然亦未可考也”。按章炳麟《菿漢微言》云“上古人物署具古今人表，不見有蹇脩者，此蓋以上有宓妃，故附會言此耳。今謂蹇脩爲理者，謂以聲樂爲使，如《司馬相如傳》所謂以琴心挑之；《釋樂》‘徒鼓鐘謂之脩，徒鼓磬謂之蹇’，則此蹇脩之義也。古人知音者多，荷蕢野人聞磬而歎，有心鍾磬，可以喻意明矣”。按此説最爲有致。然《爾雅》鼓鐘磬之説，不見先秦任何經典，疑亦雜採方俗之語，今不可知。頗疑蹇脩乃某一特定媒理所用之詞，可能即爲鳩字之緩言。蹇鳩雙聲，脩鳩叠韵，故鳩緩言得蹇脩耳。先秦以鳩爲媒鳥，《詩·關雎》以雎鳩象征君子求女，雎鳩即今布穀鳥，布穀之鳴以仲春，古仲春爲婚媾之節，則鳩鳴而婚，指故傳説，遂以鳩爲媒矣。《離騷》亦言“雄鳩之鳴逝兮，余猶惡其佻巧”。（楊雄《反離騷》誤作雄鵃，故曰“抨雄鵃以作媒兮”）《九歎·惜賢》篇亦云“進雄鳩之耿耿兮，讒介介而蔽之”。此即《離騷》所謂理弱而媒拙之音。王叔師注此以爲言己欲雄鳩進其耿耿小節之誠義，稍失之。樂聲爲使之説本太炎先生。

歸真

古成語。動賓複合短語，謂歸其真樸。古修煉之士所用術語。

《九懷·陶壅》"覲皇公兮問師，道莫貴兮歸真"。王逸注"執守無爲，修樸素也"。按叔師以歸真爲修樸，其説合於先秦先期之所謂真，《老子》曰"其中有精，其精甚真"。《莊子·漁父》篇"真者精誠之至也"。《列子》曰"精神離形，各歸其真"。則老、莊、列之所謂真者，謂渾一不雜之儔，略與後世真偽之説同。至《大宗師》"子桑户死其友，歌之曰，而己反其真，而我猶爲人猗"。則以死爲歸真，以死爲歸真與以生爲寄相對立，爲一種樸素之生死觀，其大要如此，當爲道家本義。至《莊子》各寓言篇及《吕覽·先己》等所傳之真人，始有長生久視上登雲天之説。桂馥《義證》引之詳矣。《繫傳》通論推闡許氏真字義，訓仙人變形而登天之説，亦至詳盡。則神仙方技之流影，借莊列寓言合而一之。大約爲戰國末期及西漢時代之説。漢代賦家學至雜駁，雜用諸説，或本常故，或探時義，固難料理。王褒之説，蓋以反朴爲歸真，亦賈誼、淮南之流也（見《淮南·精神訓》）。賈誼《鵩鳥賦》"真人恬漠兮，獨與道息；釋智遺形兮，超然自喪"。言歸真至明暢。

亡身

《離騷》"鯀婞直以亡身兮，終然殀乎羽之野"。王逸注"言堯使鯀治洪水，婞很自用，不順堯命，乃殛之羽山，死於中野"。按《天問》云"不任汨鴻，師何以尚之；僉曰何憂，何不課而行之；鴟龜曳銜，鯀何聽（當作聖）焉；順欲成功，帝何刑焉；水遏在羽山，夫何三年不施"云云，即此事之詳載。南楚所傳鯀事，與儒家不同，帝何刑焉，夫何三年不施，即此之永遏在羽山，亦即《尚書》所謂殛鯀於羽山。而《離騷》言永遏羽山，永遏非殛死也。餘詳鯀下。今謂就戰國諸家所傳鯀事細審之，則屈子所傳爲最近真。蓋鯀非殛而死，乃永遏在羽山而已。其得罪之由，在于婞直者，猶言矜直剛直不屈，引之至多不過剛愎自用之人，而非凶小人，此其大要也。《離騷》乃有婞直亡身之説，與《天問》不協。考亡身亡字，《文選》五臣本作方，錢杲之引一本亦作方。按方字古文作匸與亡形近而致誤。故亡身之説不足信。且文中已有終然殀乎羽之野之言，若以爲亡身，則與殀義複。今知亡乃方之誤，方身亦不辭。考《尚書》言"鯀方命圮族"則方身疑爲方命之誤。身與命聲近相通借，《盤庚》"汝悔身何及"，漢石經身作命，可證。則此言婞直方命，正與《尚書》説方命圮族合。婞直方命，終焉永遏在羽山也。文理順適，以證《天問》理宜若是。求符楚史事當相同也。

然《孟子》言四凶誅死之説，以鯀則殀死，《尚書》亦有四罪而天下咸服之言，恐與《尚書》羣臣舉鯀之義不同。焦循《易餘籥録》卷二有"論鯀非頑凶"，在清代經生中少見之説。且引端盡緒，亦及于《離騷》女嬃一段之言，兹録如次。

"《左傳》以鯀爲檮杌，列於四凶。按《堯典》始則僉舉之，繼則四嶽獨薦之，使誠凶人，何至盈廷稱道如此。堯謂其方命圮族，鄭氏讀方爲放，與《孟子》方命虐民，趙岐注同。然則不用帝命，故解者謂其逆命，顧逆命之人，亦豈容於朝乎。孔傳謂鯀以方直自名，余謂此説當是也。《楚辭·離騷經》云'女嬃之嬋媛兮，申申其詈余。曰鯀婞直以亡身兮，終然殀乎羽之野。汝何博謇而好修兮，紛獨有此姱節'。女嬃以鯀之婞直比屈原，大抵婞直之人，自命爲方正，多絶物違衆；聖人之道，善與人同；爲國之要，在乎禮讓。觀禹垂益伯夷之讓，殳斨朱虎熊羆之諧，正與方命圮族相反。可知鯀之所以得罪，惟其婞直，故當時在廷諸臣皆信其爲賢而群相推服。惟帝堯能知人，知其方命圮族，必不可以有功。宋明之人自命爲正人君子，動與世忤，國事日敗而事功不成。正鯀之方命圮族而九載績用不成也"。

切磋

《九懷·株昭》"悲哉于嗟兮，心内切磋"。王逸注"愁思憤懣，長歎息也。意中激感，腸痛惻也"。叔師以激感痛惻釋切磋，申其義而會文心也。按切磋先秦北土恒言，《詩·衛風·淇奥》"如切如磋，如琢如磨"。傳"治骨曰切，象曰磋"。《爾雅·釋器》同。《荀子·天論》"若夫君臣之義，父子之親，夫婦之別。則曰切磋而不舍也"。《大略》引此《詩》作"如切如磋"。《説文》有瑳無磋，則瑳正而磋別也。《韓詩外傳》二"夫子内切瑳以孝"，又"今被夫子之教寖深，又賴二三子切瑳而進之"，又"此儒者所謹守曰切瑳而不舍也"，《論衡·量知》"骨曰切，象曰瑳，玉曰琢，石曰磨。切瑳琢磨乃成寶器，人之學問知能成就，猶骨象玉石切瑳琢磨也"，是切磋本治器之義，引申而爲治學修德之嘉言。此言心内切磋，亦謂心中如切如磋，因上文言"悲哉于嗟"，則所切磋者，即此悲嗟之事。故叔師以激感痛惻解之也。郝氏《爾雅義疏》據《釋文》本及臧氏《經義雜記》以爲切字當作瑳爲正。今《爾雅》作切者，後人改，可參。

剞劂

剞劂刻鏤工具。乃二義近複合詞。

《哀時命》"握剞劂而不用兮，操規榘而無所施"。王逸注"剞劂刻鏤刀也"。洪興祖《補注》云"剞居綺切。劂居衛切。又九月切"。應劭曰"刻曲刀，劂曲鑿"。《説文》云"剞劂曲刀也"。按剞劂《説文》作剞劚（《説文》無劂字），剞字注云"剞劚曲刀也"。劚字注"剞劚也"。大徐剞音居綺切，劚音九勿切。惟古今釋義有五，訓曲刀者，《説文》之説。又《文選·魏都賦》"剞劂罔掇"，李善注引許慎《淮南》注從之。二作剞曲刀，劂曲鑿。《漢書·揚雄傳·甘泉賦》應劭注之説也。

三作刮巧工鉤刀，刷者規度刺畫墨邊篾也。《淮南·俶真訓》"鏤之以刮刷"注是也。四作刮巧刺畫盡頭墨邊篾也，刷鏋尺削兩刃句刀也。見《淮南·本經訓》"公輸王爾無所錯其刮刷"注。五則混言刻鏤刀，《哀時命》王逸注。古說至雜亂，古工程用具，後世無傳之者，莫能定其形實。或歷世有所更革，皆莫能詳也。又或混言刀鑿（見《文選》濟注），或混言斤斧（見《魏都賦》翰注），字又作掎歲（宋祁說），或作刮刷，爲《說文》之形，其音則洪補外，顏師古曰刮音居爾反，刷音居衛反，《一切經音義》八十二上音奇，下音厥，《類篇》又音刷爲姑爲切，或九芮切。故不僅古無定解，而音亦甚出入，以今定之，則爲一種刻鏤工具，其形曲其音則與局曲、拮据、轂侷、詰曲等爲同一語根之變，參詰曲、拮据等條自明。

傾側

古成語。偏險不正也，肩傾側，即《孟子》"脅肩諂笑"也。字又作傾仄。

《哀時命》"肩傾側而不容兮，固陋腹而不得息"。王無說，洪興祖《補注》云"《孟子》云'脅肩諂笑'"。按傾側，古成語，《荀子·議兵》"若飛鳥然，傾側反覆無日"。又《成相篇》"讒人罔極，險陂傾側此之疑"。楊倞注"言當疑此議人傾險也"。又《君道》"修飾端正，尊法敬分而無傾側之心"。《韓非子·外儲說》"公傾側法令先後臣以言"。《春秋繁露》"考功名若川瀆之寫於海也，各順其勢，傾側而制於南北"。依諸書所載斷之，則傾側蓋有偏險不正之義。《說文》訓傾爲仄訓側爲旁，偏仄旁出則其爲不正明矣。引申之則曰傾險，險猶言傾危也。即《漢書·息夫躬傳》所謂"夫議政者，苦其讕諛傾險，辯慧深刻也"之義。字又作傾仄，《漢書·王嘉傳》"其國極危，國人傾仄不正"。又《鼂錯傳》"險道傾仄"。《蕭望之傳》"恭顯又時傾仄見詘"。師古曰"仄古側字"。字又作傾昊，《文選·長笛賦》"兀巃狖冨，傾昊依伏"。

洪慶善引《孟子》"脅肩諂笑"，正形容傾側者形態之一；而肩傾側亦如《孟子》"脅肩諂笑"之義也。

捷巧

《離騷》"夫唯捷徑以窘步"。王逸注"捷疾也"。又《哀時命》"置猨狖于櫺檻兮，夫何以責其捷巧"。王逸注"言猨狖當居高木茂林，見其才力，而置之櫺檻之中。迫局之處，責其捷巧，非其理也。以言君子當在廟堂爲政，而棄之山林，責其智能，亦非其宜也"。"捷一作提"。按《方言》"虔儇慧也。宋楚之間謂之倢"。郭注"言便倢也"。盧校本曰《廣雅》作"捷"，《廣雅·釋詁》云"捷慧也，敏也，亟也"，蓋即本之《方言》，又亟，《説文》亦訓敏疾，捷倢字之異文，疾亟與捷音同，故義皆相通。捷巧雙聲複合詞，則捷巧猶工巧，與巧佞亦義近詞。

降省

古專用術語。

《天問》"降省下土四方"。王逸注云"言禹以勤力獻進其功，堯因使省迫下土四方也"。洪興祖《補注》"降下也，省察也"。按降省猶降觀，先秦典籍多用以指自天而下臨視民間，或天子監視之一種專用詞，實即於降下加字以成。降在古籍多用作自天而降，如《離騷》"惟庚寅吾以降"。《湘夫人》"帝子降兮北渚"，《天問》"而禹播降"皆是。詳降字下。

降觀

古專用術語。上天或天子下視民生疾苦善惡之行也。

《天問》"帝乃降觀，下逢伊摯"。王逸注"帝謂湯也。言湯出觀風俗，乃憂下民博選於衆，而逢伊尹，舉以爲相也”。降觀猶降省，謂下而觀察省視也。先秦典籍多以指上天臨視民間，或天子臨視之專用成語。詳降字條下。參降省條。

光景

《九章·惜往日》“慙光景之誠信兮”。王逸注“質性謹厚貌純慤也”。洪興祖《補注》“《説文》云‘景光也’，此言己誠信甚著，小人所慙也”。朱熹注“無罪見尤，慙見光景”。按慙光景二句，諸家説不安處，實皆未會文心，不解詞例之故。光景猶言明暗，景即影本字，光指明處之行事言，景指暗處之自守言，誠信真誠不欺，可質天人也。下句言“身幽隱而備之”備者具備也。此言余行事獨處皆無欺於天人，然而中心慙愧者，其真信不顯於立朝見信之時，而身既幽隱，乃備具顯白，其明暗無所欺，慙字直貫兩句爲説。光字即指立朝信任之時言，影字即指心純麗而不泄以下言，此總束前半之言也。《九章·悲回風》“借光景以往來兮，施黄棘之枉策”。王逸注“言己願借神光電景，飛注往來”。洪興祖《補注》云“言己所以假延日月，往來天地之間，無以自處者”。朱熹《集注》以棘爲策，光有芒刺，而又不直，則馬傷深而行速。舊注以爲願借神光電景飛注往來，施黄棘之刺以爲馬策，以求介子伯夷之故迹也。按王以神光電景釋往來，於往來一詞稍含神祕作用蘊義有所啟發，然于上下文理仍未的當，且與屈子用詞亦不甚一致。《惜往日》慙光景喻明暗，此亦當同。此言明則往，暗則來復爾。洪以日月釋之，亦未全備。往來者，往來於天地（上下）以求介子見伯夷也，四句必須相將而釋，方爲具足。則光景之不爲神電日月至明。惟施黄棘之枉策一語，施字即由借字生出，而黄棘則有兩義，王朱皆以爲大刺之馬策曰王棘，故亦曰枉策，而洪補以懷王廿五年與秦昭王會於黄棘，懷王入秦不返一事爲枉策，注釋前人遺箸能徵事實，固爲上乘，而黄棘一會，確爲楚衰亡之關鍵，然依上下文義詞氣定之，上句言借光景以往來，下句言求介子見伯夷，往來正爲求爲見，則施大棘之策，以求速見，正文理中最順適、思維邏輯上最允當佳善之發展。若忽插入他事，則不僅文理詞氣爲之隔越，且引用之事于文中亦羌無著落，更求文義申之，則潮水以上皆從彭咸所居之事，即其既寏焱氣煙液之理，不能永長浮游天地，而必返於霜雪潮水之悲（喻楚國之衰朽）遂欲棄彭咸之所而去，故借上天之光與影，以往來於上下，光影喻其速，黃棘枉策喻其欲速而求賢人，速者求自處。求介子伯夷之往迹者，求介子之立枯，伯夷之餓死也。

又光景景字，不易體會，此戰國時術語之一，各家皆用之。如《荀子‧解蔽》"故濁明外景，清明內景"，《大戴‧曾子天圓》"夫子曰天道曰圓，地道曰方；方曰幽而圓曰明，明者吐氣者也，是故外景；幽者含氣者也，是故內景。故火曰外景而金水內景"，此以內外說明景象，而見解不純一。故採之以申上文之明暗內外諸象。

羈旅

古成語。動賓複合詞。羈於旅舍之人也。

《九辯》"廓落兮羈旅而無友生"。王逸注"遠客寄居，孤單特也"。"羈一作羇，一無生字"。洪興祖《補注》曰"羈旅寓也"。朱熹《集注》"羈一作羇，一無生字，非是"。按羈旅古成語，謂寄居於旅舍之人也。字本作羈，《說文》"馬絡頭也"。或從革作羇，俗易以聲符作羈，人之寄居異域，猶馬之絡其頭引申之義也。《周禮‧地官》"掌野鄙之委積以待羈旅"。注"羈旅過行寄止者，故書羈作寄。杜子春云寄當爲羈"。疏"旅客也。謂客有羈繫在此，未得去者，則于此惠之"。《周禮》此說證之以古籍，蓋至確也。《左傳》莊二十二年"羈旅之臣幸若獲宥"。《秦策》二"今臣羈旅之臣也"又甘茂曰"我羈旅而得相秦者"。《韓非子‧亡徵》"羈旅僑士"。又"樹羈旅以爲黨"。又"羈旅起貴以陵故常者可亡也"。兩漢人用之尤多。

懲連

言止其傷恨也。動賓結構用詞。連當作違。

《九章·懷沙》"懲連改忿兮，抑心而自强"。王逸注"懲止也。忿恨也。《史記》連作違。言己知湯禹不可得，則止己留連之心，改其忿恨，按慰己心，以自勉强也"。朱熹《集注》"違一作連。違過也。强於爲善，而不以憂患改其節，欲其志之不可爲法也"。按連字《史記》作違，朱熹從之。一、王念孫《讀書雜志》以爲當從《史記》作違，違恨也。言止其恨，改其忿也。恨與忿義相近，若云留連之心，則非其類矣（見《讀書雜志》卷三之五）。二、大足徐永孝以爲懲連與改忿相對爲文，王逸以留連釋連，與憂忿不偶。《史記》改連爲違，拂違之意，亦與憂忿不近。訓恨又與忿同，重複無意。疑連借爲慹；《說文》"慹泣下也"。《易·屯》"泣涕慹如"。今慹如作漣，如《詩·氓》"泣涕漣漣"，彼以漣爲慹此以連爲慹；蓋慹漣連三字相通，慹從心，訓泣下，傷悲之意也，與忿從心，訓憂忿，其意相近。故必懲止之改變之。按徐說不必改字，亦可備一說。三、然以文義審之，《史記》作違亦可通，而不必訓恨，違即拂違之義（此出戴震），懲違即上文"重華不可遌"、"吉固有不并"、"湯禹不可慕"等相違異之事，故懲艾之而改其忿恨，抑按其心志而自勉强也。

曡飽

疑飽字爲食字之誤。朝食古喻男女會合之隱語。

《天問》"胡維嗜不同味而快曡飽"。王逸注："言禹治水道，娶者憂無繼嗣耳，何特與衆人同嗜欲，苟欲飽快一朝之情乎?"按飽字與上文味字不叶，朱熹以爲疑叶備音，恐未允。飽疑食字之誤，朝食蓋古人男女會合之隱語。《詩·陳風·株林》刺靈公淫乎夏姬，上章言"胡爲乎株林，從复南"，下章言"朝食于株"，則朝食亦從夏南之意也，今民俗尚有是言。參嗜不同味條。

覽揆

《離騷》"皇覽揆余初度兮"。王逸注"覽觀也。揆度也。覽一作鑒"。五臣云"我父鑒度我初生之法度"。朱熹注"覽觀也，揆度也"。覽揆訓義相近，有遞進作用之構詞，應分別詮釋乃得明確。按《楚辭》覽字多與他動詞相組合，如覽觀、覽察、覽相皆是。覽揆，王注"覽觀也，揆度也"。又"覽民德焉錯輔"、"覽余初其尤未悔"、"覽相觀於四極"、"覽察草木其猶未得"、《九章·抽思》"覽民尤以自鎮"，諸覽字王皆訓觀，又《九歌·雲中君》"覽冀州兮有餘"，王注訓望，又"覽余以其修姱"，王注"陳列好色，以示我也"，觀望皆常語，而義有深淺。望者，目游而意存之。言觀者，深識而心注之。詳細分析上列各例，自能體會。至示我云云，蓋自游目而漸漫于抽繹事象之要義，以相告語之謂，其義益深。覽與揆相連，則謂既自外表之形態以得生時之象，又自此象加之以解析忖度，以得此事象之最高意義，則曰揆，故此一辭有遞進之義，則覽揆猶言覽察矣，洪引古一本覽又作鑒（覽余修姱句同）者，字形相似而譌。揆《説文》"度也"（從《六書故》第十四引唐本），《爾雅·釋言》"揆度也"，郭主云"同度"，古書揆字皆此義，則見《禹貢》、《詩·定之方中》、《左傳》文公十八年、昭二十八年。

魏晉以後，以皇覽連文則爲主謂短語。梁武帝有《皇覽》一書，至唐以後則文家又以覽揆連文，指初生言，遂成習用語矣。

陸夷

陸當作陵，陵夷漸平之稱。

《九歎·憂苦》"巡陸夷之曲衍兮"。王注"大皁曰陸。夷平也"。王念孫《讀書雜志》曰"巡陸夷之曲衍兮。王注曰'大阜曰陸夷平也，衍澤也。言巡行陵陸，經歷曲澤之中'。念孫案巡陸夷及注內大阜曰陸，兩陸字皆當作陵，義見《爾雅》，此因陵陸字相似，又涉注內陸字而誤。又案陵夷者，漸平之稱。陵夷二字上下同義不可分訓，説見本書漣語下。下平曰衍，見《釋名》及《周官》、《左傳》、《國語》注。陵夷即曲衍之貌。王以陵爲大阜，衍爲澤，皆失之"。按念孫説極允當。

遲暮

《離騷》"恐美人之遲暮"。按此組合詞也。而義未相溶和，其用重在暮字，故亦得分釋之。王逸訓遲爲晚，言年老耄晚暮，朱熹同。按《説文》"遲徐行也。從辵犀聲"。引申爲緩慢，再引申爲晚。暮，即莫之後起字。莫者，日在茻中。《説文》訓曰"日且冥也"。隸變茻下之'艸'爲"大"，形作莫，遂失原形之義。古從艸，艸字或隸變爲大，其例至多。俗字作暮，從兩日，與然之俗作燃，梁之俗作樑者同。遲暮組合用爲暮年之稱目騷始，而千年不廢，亦毫未變化，遂成今日常語。

質正

此漢人以訓詁字代古成語之折中也。質有析義，中正義同。

《九歎》"撫招搖目質正"。王逸注"招搖北斗杓星也，斗主建天時。言己上指語日月，使長視己之志，撫北斗之杓柄，使質正我之志，動告神明，以自徵驗也"。《九歎》"信上皇而質正"。王逸注"上皇上帝也。言己中情憤懣，慨然長歎，欲自信理於上帝，使王正其意也"。按自信讀爲伸，即釋質正，其意即訓正，訓正之義與《惜誦》"折中正也"之説同。此以雙聲之"質"、"正"代"折"、"中"，而"質"有折義，"正"有中義。此則漢儒以訓詁代古成語也。然《九歎》此句實擬《惜誦》"指蒼天以爲正"句，《惜誦》言正，此言質正，句義亦小殊，質正是雙動詞，義有禪遞，質正爲雙音動詞，融而爲一，其變化固可指而明也。

端詞

形名複合詞。猶言證詞，證其詞之非虛也。

《九歎·離世》"立師曠俾端詞兮"。王逸注"師曠聖人也。字子墅，生無目而善聽。當晋平公時，端正也"。按叔師訓端爲正，則端詞即正詞，此與《離騷》"指九天以爲正"、《九章·惜誦》"指蒼天以爲正"之正同義。正詞猶言證詞，謂證明其詞之非虛也。明證者必善聽，故叔師以聖而善聽釋之，下文曰"命咎繇使并聽"，叔師聽字即從此語而得。

置詞

動賓結合詞。猶言定詞。定詞者，審定其詞也。

《九歎·遠逝》"指列宿以白情兮，訴五帝目置詞"。王逸注"言己願復指語二十八宿，以列己清白之情，告訴五方之帝，今受我詞而聽之也"。"置一作宣"。按置與上下文之質正、折中、聽之中和義皆相與爲類。置字，《説文·网部》"置赦也，從网直聲"。徐鍇曰"從直與罷同意"，大徐陟吏切。然古置義有建置與廢置兩義，此指建置，《詩·那》"置我鞉（鞉）鼓"，箋傳讀曰植，《禮記》"天子則爲之置後"，注"猶立也"。《吕氏春秋》"湯見祝網者置四面"，注"設也、立也"。皆謂立其事設其事，即建置之義。則置詞猶言設詞矣。古無舌上音，置當讀如的，立設建置則定，故置詞猶言成詞、定詞矣。

成言

形名複合詞。既已約定之言，猶誠言也。

《離騷》"初既與余成言兮"。王逸注"成平也。言猶議也"。洪補曰"成言,謂誠信之言,一成而不易也"。朱熹曰"成言謂成其要約之言也"。按諸家説皆不可通。按此即《詩》"與子成説"之義,成當讀《左傳》桓二年"以成宋亂"之成,定也。成定一聲之轉,《吳語》"吳晉爭長未成",成亦訓定。則成言猶定言,字又作誠言。別詳。王夫之以爲懷王始信己説,謎惑鄭袖上官靳向張儀之邪説云云,乃本《九章·抽思》"昔君與我誠言兮",王逸注"始君與己謀政務"之説,而移以説此。此探作意立説,非釋詞義也。

導言

此形名相屬之複合詞。即指上文媒理通好之言也。

《離騷》"理弱而媒拙兮,恐導言之不固"。王逸注"言己欲効少康,留而不去,又恐媒人弱鈍,達言於君,不能堅固,復使回移也"。按王探作意,故以達言於君釋之也,導讀爲來吾導夫先路之導,媒人達兩姓之好,必善爲之詞,此所謂導言也,言即上文解佩纕以結言之言之義。

大故

《九章·懷沙》"限之以大故"。王逸注"限度也。大故死亡也。言己自知不遇,聊作詞賦以舒展憂思,樂己悲愁,自度以死亡而已,終無它志也"。洪補云"《孟子》云'今也不幸至於大故'"。按趙岐注"大故大喪也"。朱注云"死期將至其限,有不可得而越也"。按此蓋體會上下文義而定其義。古言大故,如《周禮·天官·膳夫》"邦有大故則不舉",指寇戎之事,又《論語》"故舊無大故則不棄也",此指惡逆之事(《集解》引孔説)。進路北次,日已將暮,故舒其憂而娛其哀,以死期將至,有不可得而越也。

得當

《七諫·沈江》"信直退而身敗兮，虛僞進而得當"。王逸注"言信直之臣被蒙潛毀而身敗棄；虛僞之人，進用在位，而當顯職也"。按得當一詞，漢人常語，而用法似頗不一。一、《史記·匈奴傳》"漢留匈奴使，匈奴亦留漢使，必得當乃肯止"。此言必得相值乃肯止也。《説文·田部》"當田相值也"。二、《漢書·司馬相如傳》"文君竊從户窺，心説而好之，恐不得當"。師古曰"當謂對偶之"。三、《漢書·李陵傳》"宜欲得當，以報漢也"。師古曰"言欲立功以當其罪也"。按師古説誤。此得當猶言得便，有機會之意。四、《七諫》"虛僞進而得當"，此得當言得當其位。《七諫》又云"吾獨乖剌而無當"，此無當即不得當之義，得當、無當皆指有當於其時其地之義，引申之則當其時地，進而爲在位；無當於其時其地，則退而在野之謂。

得一

得道純一也，爲道家常語。一猶道也，亦純一之義。

《遠遊》"羨韓衆之得一"。王逸注"喻古先聖獲道純也"。按一字先秦南楚之士用之最爲廣博，與北土易家一生二、二生三之一不同，其義大體以涽一爲歸，詳一字條下。得一一詞，則見《老子》"天得一以清，地得一以寧，萬物得一以成"。此得一爲虛一之義，與《遠遊》義稍別。《遠遊》上文言"貴真人之休德"，此言"羨韓衆之得一"，韓衆即真人，則休德即得一也。《莊子·大宗師》"而真人原誤倒以爲勤成者也，故其好之也一，其弗好之也一，其一也一，其不一也一。其一以天爲徒，其不一與人爲徒，天與人不相勝也，是之謂真人"。成玄英疏云"夫真人同天人齊萬致，萬致不相非，天人不相勝，故曠然無不一，冥然無不在，而玄同彼我也"。細繹《莊子》原文，與成玄英疏，一之義可明。惟

《莊子》之最終目的在齊物，而《遠遊》之一則不及於此。

專任

猶言一任，與今人言一心一意信任之義近。

《七諫·沈江》"齊桓失於專任兮，夷吾忠而名彰"。王逸注"管仲將死，戒桓公曰豎刁自割，易牙烹子，此二臣者，不愛其身，不慈其子，不可任也。桓公不從，使專國政。桓公卒，二子各欲立其所傅公子，諸公子竝爭，國亂無主，而桓公尸不棺，積六十日，蟲流出户，故曰失於專任"。按叔師疏證齊桓失於專任二句至詳且盡，則專任猶言一任，專即嫥之借字。《説文·女部》"嫥壹也"。此一字有貶義，言一心一意信任之也。今語釋之，一猶吳語之一門心思之一。與後世專壹其職任，或專擅大事之專任義異。

振理

雙聲義近複合詞，救而治理之也。

《七諫·初放》"悠悠蒼天兮，莫我振理"。王逸注"振救也。言己憂愁思想，則呼蒼天。言己懷忠正而君不知，羣下無有救理我之侵冤者"。洪補云"《太史公·屈原傳》云'人窮則反本，故勞苦倦極未嘗不呼天也'"。按振理義近複合詞。《説文·手部》"振舉救也"。按即拯別構。拯在甲文金文皆像拯人于坎陷之形，振則形聲字也。理者，《説文》"治玉也"。王叔師申悠悠與振理之義，故言忠正不知無救理者，洪引申《史》"人窮反本而呼蒼天"之義，皆疏證其文也。

昭詩

昭詩疑爲昭詞之誤。昭詞即屈原以宗親爲文學侍從之臣，出使草令，接遇賓客諸端。皆無非詞臣之事。

《九章·惜往日》"受命詔以昭詩"。王逸注曰"君告屈原明典文也"。"詩一作時"。洪補云"《國語》曰'莊王使士亹傅太子箴問於申叔時,叔時曰教之詩,而爲之導廣顯德,以耀明其志'"。朱熹《集注》"時一作詩,非是。時謂時之政治也。言往日嘗見信於君,而受命以昭明時之政治也"。按昭詩一詞,古今聚頌至多,朱熹以詩爲時之誤,説最動人而直截。然不了當。逸以明典文詁詩,不能詁時也。洪引《國語》,在古籍中求根據,較朱説爲慎,而不能四會融通。古受命者不受詞,詞必由受命者自爲之,疑詩乃詞字誤,受命詔以昭詞者,言昔日曾受命詔爲之彰明其詞,即原傳所謂"嫺於辭令,入則圖議國事,以出號令,出則接遇賓客,應付諸侯"一詞。即嫺於辭令一詞,亦即出號令、接賓客、對諸侯及下文草爲憲令諸端,蓋原以宗親爲文學侍從之臣,故以詞字總之,受命受詔皆在上列諸務之中,本篇下文亦云"奉先公以昭下,明法度之嫌疑","國富强而法立兮"。昭下必有詞,法立必有詞(諸語與《史記》原傳相應)。則昭詩詩字爲詞之誤無疑。詞字與上下文用韻亦合。

招指

義近複合動詞。猶指麾也。

《九歎·遠遊》"建虹采以招指"。王逸注"虹采旗也。招指指麾也。旗所以招指語人也。言己乃召九天之神,使會北極之星,舉虹采以指麾四方也"。按招指雙聲複合詞,言招而指揮之也。招可屬之指揮,故叔師以指揮釋之。《説文》"招手評也"。(從段氏正)評者召也。不以口而以手,是手評也。《廣雅·釋詁》"招呼也"。用呼則通用字也。又指者,手指也。手指者,言拇指、食指、中指、無名指、小指等,活用爲動詞,則以指指麾,亦曰指,《離騷》"指九天以爲正",《爾雅·釋言》"指示也"。《廣雅·釋言》"指斥也",則又引申之義矣。

蟬蛻

《九懷》"濟江海兮蟬蛻"。王逸注"遂渡大水,解形體也"。洪補云"《淮南》云'蟬飲而不食,三十日而蛻'"。按蟬蛻其外殼而不死入藥,古以爲形體解散之喻詞。

上下

上下古成語。《楚辭》十四見,有三義,一爲動詞性構詞,一上天下地之義,一則人倫中上下,指君臣言。

《離騷》"路曼曼其修遠兮,吾將上下而求索"。此本作動詞上下用,而義兼上天下地以求索賢人也。又曰"勉陞降以上下兮,求榘矱之所同",義與前句同。王逸以爲上謂君下謂臣。洪補曰"升降上下,猶所謂經營四荒,周流大漠耳。不必指君臣"。朱熹云"陞降上下,陞而上天,下而至地也"。又"紛總總其離合兮,斑陸離其上下"。王逸注"上下之義斑然散亂而不可知也"。王義此上下爲君臣上下之間也。又《遠遊》"斑陸離其上下兮,遊驚霧之流波",句法與上句同,而義則指流波之上下也。此與《卜居》之"與波上下"同,則純爲動詞性使用之。上下隨所施而異。《遠遊》指霧,《卜居》指水波也。又《天問》"上下未形,何由考之"。王逸注"言天地未分,溷沌無垠,誰考定而知之也"。朱熹《集注》云"上下謂天地也。問往古之初未有天地,固未有人,誰得見之而傳道其事乎?"此純以上下代天地言也。

從橫

按從橫一詞《楚辭》二見,而分雨義。

(一)猶經緯,此從橫之本義也。《天問》"天式從橫,陽離爰死"。

王逸注"式法也，爰於也。言天法有善，陰陽從橫之道，人失陽氣則死也"。洪補曰"從即容切"。按天式從橫者，乃天栻之一經一緯也，引申之則有陰陽之義。故下句承以"陽離爰死"言陽氣離散則死矣。《墨子·備城門》"以柴搏從橫施"，言一從一橫經緯而施之。

（二）從橫謂事物之經緯交織；形其多而亂，引申爲盛。《哀時命》"劍淋離而從橫"。王逸注"言己雖不見容，猶整飾衣服，冠則崔嵬，上摩於雲，劍則長好，文武并盛，與衆異也"。王以文武并盛釋從橫，蓋用其引申之義也。字本作縱橫，聲轉爲縱衡，從衡倒言之則曰橫從。《詩》"橫縱其畝"，是也。

素餐

古成語。謂無功受禄也。

《九辯》"願託志乎素餐"。王逸注"謂居位食禄、無有功德名曰素餐也"。《釋文》作"食音孫"，朱熹注云"餐一作飧，音孫。詩人言'不素餐兮'，見《伐檀》篇。素空餐食也。謂無功德而空食其禄也"。按《説文·食部》"餐吞也。從食奴聲湌餐或從水，七安切"。《説文》湌乃後人以《字林》羼入（從王筠説。見《説文句讀》）。《兒笘録》又以湌爲飱重文，口部"吞咽也"。《詩·鄭風·狡童》曰"使我不能餐兮"，《字林》"吞食也"。漢以來俗多認餐與飧同字，素餐或又作素飧，飧《説文》"餔也。從夕食，思魂切"。趙注《孟子》"朝食曰饔，夕食曰飧"是也。故從食從夕，渾言之則不分。引申亦可言食，惟餐音七安切，飧音思魂切，二字不同音，宜以素餐爲正。惟漢以後多相混，甚有譌飧作飱者，朱熹本是也。熹音孫，音是而形非。至《釋文》作食，疑本飧字之誤脱。素餐見《詩·魏風·伐檀》"不素餐兮"，傳"素空也"。《釋文》"餐七丹切"。《説文》作餐，沈音孫，沈音孫則餐爲飧誤也。當從《釋文》讀七丹切，此文言"竊慕詩人之遺風兮，願託志乎素餐"，則全用《伐檀》之義，此南士服習北土詩人之説而引用之，義出襲用，非關語史也。又《伐檀》三章用食，五章用飧，字之變化乃以韵叶而異。後人誤餐飧一字。故沈氏讀餐爲孫，漢人多用餐少用飧（《説苑‧脩文》篇一見）。用素餐者，則《漢書‧元后紀》、《諸葛豐傳》、《谷永傳》、《禹貢傳》，《後漢‧梁竦傳》皆是。素本白緻繒，引申爲空白，凡素水、素食、素衣、素冠、素絲、素功皆白義。別詳素字下。

經營

叠韻複合詞。原本規度之義。《楚辭》以爲往來，引申義也。

《遠遊》"經營四荒兮，周流六漠"。王逸注云"周遍八極"。《九歎‧怨思》"經營原野，杳冥冥兮"。王逸注"南北爲經，東西爲營。言己放行山野之中，但見草木杳杳，無人民也"。按經營一詞《楚辭》兩見，乃先秦南北通語。《書‧召誥》"厥既得卜則經營"。傳"其已得吉卜，則經營規度城郭郊廟、朝市之位處"。《正義》曰"經營，《考工記》所云'匠人營國方九里，左祖右社，面朝後市'"。是也。下有丁巳郊，故知規度城郭郊廟朝市之位處也。《詩‧靈臺》云"經之營之"，傳云"經度之也"。箋云"度始靈臺之基址，營表其位"。又鄭注《儀禮‧士喪禮》云"營猶度也"，是經營皆有度誼。則經營乃古成語，謂城市規度以定建設之布置，當爲一種專用術語。可單言曰經曰營，複合之則曰經營，此經營之本義也。然古人宅京先定南北之位，而後規度以成之，則用經者，正謂規度南北也。故先經之而後營之。《楚語》上"吾子經營楚國"，解"經經緯也"，即其義。《楚辭》經營一詞凡兩見，叔師於《九歎》訓"南北爲經，東西爲營"之語，則原本經義而塗附以緯也。《遠遊》以周遍訓之者，此又申明文義非詁詞訓也。就兩文觀之，用經營與周流對文，則經營必有周流之義。《後漢書‧馮衍傳》"疆理九野，經營五山"。注"經營猶往來"。《文選‧舞賦》"經營切儗"。李善注"經營往來之貌"。此經營亦宜訓往來。《九歎》言"經營原野"，叔師言"放行山野"，放行亦往來矣。

左右

《九章·悲回風》"漂翻翻其上下兮，翼遥遥其左右"。王逸注"雖遠念君在旁側也"。叔師以旁側訓左右，謂翼遥遥之一左一右，與上句之漂翻翻其上下同例。則旁側之訓，非詁左右詞義，乃以明章句之義也。左右一詞，先秦以來南北通語，本言左手右手，古只作ナ又，手在兩旁，故左右有旁義。左右可爲輔助，故又引申爲助。古亦只用左右，後人更造佐佑爲之。《易·泰》"以左右民"，《集解》虞翻曰"左右助之"。又引申爲導，《爾雅·釋詁》"左右導也"。爲扶持，《禮記·檀弓》"左右就養無方"，注"左右謂扶持之"。一爲周旋揖讓，《詩·賓之初筵》"左右秩秩"，箋"左右謂周旋揖讓也"。又引申爲近臣，謂其在君左右也。《詩·大雅·棫樸》"左右趣之"，箋云"左右之諸臣皆促疾其事"。其義至繁，而皆自ナ又手引申之，至禮家用左右義更繁，皆各就上下文義而詁之。漢詞詞義引申之例，上下左右諸詞爲至繁，可爲一佳例也。

往來

《九章·悲同風》"借光景以往來兮"。王逸注"言己願借神光電景，飛注往來，施棘之刺以爲馬策，言其利用急疾也"。洪補云"言己所以假延日月，往來天地之間，無以自處者"。按往來今恒言，猶去來揭來也。古代南北通語。《易》、《詩》言之尤多。此爲一種反義複合詞。往者去也，來者來復也。《易·咸卦》"憧憧往來"，虞翻申之"內爲來，外爲往"。《易·繫詞》上"往來不窮謂之通，見乃謂之象"。《釋名》云"往眰也，歸眰於彼也。故其言之卬頭以指遠也。來哀也。使來入己哀之故其言之低頭以招之也"。解往來兩字意象，最爲形象化。此本平常日用通言，惟《易》與諸子多於此詞以哲理之解說，《易》語已見上引，又《咸卦》云"憧憧往來，未光大也"。亦含深義。《莊子·天下》

"獨與天地鬼神往來，而不敖倪於萬物"。《知北遊》"吾已往來焉，而不知其所終"。《荀子賦》篇"往來惛憊，通於大神"。《吕氏春秋‧決聖》"儵忽往來而莫知其方"。又"精通死而志氣不安"，精或往來也。蓋實體形質之往來，因曰往來，精神魂魄亦以往來爲形頌。遂使此通語含神祕義蘊。往來於四方，往來於天地，猶言上下陟降、魂魄精神之相往還等，皆用此爲言。不僅此也，此等往來經常含有一種冀望之情愫於其間，與一般單純言其事者又小異。此"借光景以往來"，蓋在實質與精神作用之間，故曰借光景（參光景一條下），又曰施黄棘之枉策也。不如此深解，則何以言借光景，又何能遂施黄棘之枉策乎。此吾人所當深思，不徒以《楚辭》解《楚辭》，應以當時實際使用此語之廣大含義，細繹其義，而後能知之也。故此詞得與"上下"、"陟降"、經營等詞相因相成云。

三合

《天問》"陰陽三合，何本何化?" 按三合一義，王逸以爲天地人三合成德，洪興祖《補注》引《穀梁子》以駁之云"獨陰不生，獨陽不生，獨天不生，三合然後生。逸以爲天地人，非也"。朱熹以《穀梁子》之三合爲陰陽天地三者之合，天地之化陰陽而已，一動一靜，一晦一朔，一往一來，一寒一暑，皆陰陽之所爲，而非有爲之者也。然《穀梁》言天而不以地對，則所謂天者理而已矣。成湯所謂上帝降衷，子思所謂天命之性是也。是爲陰陽之本，而其兩端循環不已者爲之化焉。周子曰‘無極而太極，動而生陽，動極而靜。靜而生陰，靜極而動。一動一靜，互爲其根。分陰分陽，兩儀立焉’。正謂此也"。按朱氏徵三合一詞之源是也。然屈子不言天而穀梁別出天字，此當有説。按戰國諸子言化生者，如《老子》"孰能濁以止静，静而徐清；孰能安以久動，動而徐生"。《莊子‧天道》曰"静而與陰同德，動而與陽同彼，其動也天，其静也地"。又《至樂》"天無爲以清，地無爲以寧；故兩無爲相合，萬物皆化"。又曰"子方曰至陰肅肅，至陽赫赫；肅肅出乎天，赫赫出乎地。兩者交通，合成而物生焉"。又《天地》"故形非道不生，非德不明，……泰初有無無，有無名；一之所起，有一而未形"。在儒經典中，如《禮運》云"夫禮必本於太一，分而爲天地，轉而爲陰陽，變而爲四時，列而爲鬼神"。《大戴禮·曾子天圓》篇"天道曰圓，地道曰方；方曰幽而圓曰明。明者，吐氣者也，是故外景；幽者，含氣者也，是故內景。……氣者施而含氣者化。是以陽施而陰化"。上列諸説，或以濁清靜動爲生化之理；或以陰陽天地相化而萬物化；或以道德有無爲生化之理，或以陰施陽化爲説。大約天地有無靜動清濁道德幽明等對舉之詞，皆陰陽一語之變言；皆於陰陽之外不再滲入第三條件。如《穀梁》之所説者，亦即與《天問》陰陽三合二句所説性質全同。則《穀梁》之所謂天決非《莊子·天道》、《至樂》、《田子方》、《曾子·天圓》諸篇天地對言之天，可斷言也。則《穀梁》天字必別求勝解，不然與戰代諸家皆不調矣。戰國以前言三合者，惟此兩處。細體詞氣，則《穀梁》之所謂天乃陰陽兩事相合之一種自然能力，而非別有一天與陰陽三合也。考范甯《集解》徐邈曰，古人稱萬物負陰而抱陽，冲氣以爲和，然則傳所謂天，蓋名其冲和之功，而神理所由也。會二氣之和，極發揮之美者，不可以柔剛滯其用，不得以陰陽分其名，故歸於冥極而謂之天，凡生類禀靈知於天資形於二氣，故又曰獨天不生，必三合而形神生理具矣云云，徐氏所謂傳所謂天蓋名其冲和之功，而神理所由。二語最爲扼要。則天不過陰陽冲和之功能之一名，而非陰陽之外別有天一條件，此天之不爲諸家天地明矣。如此解釋方能與戰代諸家之説相得，則此之三合之三，非一二三之三，乃滲之借字也。

係纍

即縲絏之倒言，縛結而繫之也。

《九思》"亦詘辱兮係纍"。《釋文》作累，力桂切。按《吕氏春

秋·義賞》“不憂其係纍，憂死不焚也”。司馬相如《難蜀父老文》“係
纍號泣”、“内嚮而怨”，省文則作係累。《梁惠王》下“係纍其子弟”，
注“係累猶縛結也”。《趙策》二“侵掠吾地，係累吾民”，鮑注“累同
纍”。按《説文·人部》“係絜束也”。絜束猶結束，即縛義，故係累訓
結縛。又《糸部》“纍綴得理也。一曰大索也”，段注“《論語》作縲，
字之誤。注云黑索也”。字又誤作絫。《難蜀父老文》“係纍號泣”，《漢
書》作係絫，字又作係纍，《荀子·大畧》“氐羌之虜也，不憂其係纍
也，而憂其不焚也”。字又作係縲，《漢紀·孝武帝紀》“冲幼奴虜係縲
嘷泣”。倒言之則曰縲絏。《論語·公冶長》“雖在縲絏之中，非其罪
也”。字又作縲紲。累紲、纍紲聲轉爲係虜。《秦策》四“父子老弱，係
虜相隨於路”。凡此等語多以指罪人縲絏，故係纍又爲刑罰上專用名稱。

先路

《離騷》“來吾道夫先路”。吳旦生曰“王逸注‘路道也，爲君導入
聖王之道也’。此屬强解。按先路車名。《郊特牲》‘先路三就’。《左
傳》襄二十五年‘鄭賜子展先路，子産次貉’”。按依文義詞理，是王
逸説最允，吳氏好奇之説爾。然可益知識。故畧取之。

先故

《招魂》“酣飲盡歡樂先故些”。注“謂先祖及故人”。張雲璈《選
學膠言》卷十四云“按朱子云‘陳嬰母曰：‘汝家先故未曾貴’是也。
瀹注言歡樂爲故，時所無，謬解”。

不羣

《惜誦》、《抽思》兩不羣，言不結朋黨也。《九章·惜誦》“行不羣

以巔越兮"。行不群而無他之義，不結朋黨以自私之義，即上文疾君親。又《抽思》云"既惸獨而不羣兮"。王逸注"行與眾異身孤特也"。言既孤獨又不結爲朋黨也。惸獨指稟性言，不羣指無交往言。

不勝心

《天問》"不勝心伐帝，夫誰使挑之"。王逸注"帝謂桀也。言湯不勝眾人之心，而以伐桀，誰使桀先挑之也"。"挑一作祧"，洪補云"帝謂帝履癸，即桀也。挑徒了切。《蒼頡篇》云'挑招呼也'。《書》'造攻自鳴條朕載自亳'。《天對》云'湯行不類，重泉是囚，違虐立辟，實罪德之由，師馮怒以割，癸祧而雠'"。朱熹注"挑徒了反。言桀拘湯於此，而復出之。湯既得出，遂不勝眾人之心而伐桀，是誰使桀先拘湯以挑之乎"。

敗績

先秦以來軍事術語，軍大崩敗曰敗績。

《離騷》"恐皇輿之敗績"。王逸注"績功也。言我欲諫爭者，非難身之被殃咎也，但恐君國傾危以敗先王之功"。五臣、朱熹義皆同。按敗績乃春秋以來專用術語。《左傳》中時時見之，軍大崩曰敗績也。戴震引《檀弓》馬驚敗績謂車覆也，得之矣。大崩則車覆，驂殪輪霾馬縶矣。即《左傳》"子產云若未嘗登車射御，則敗績厭覆是懼"是也。

九會

《天問》"齊桓九會"、"卒然身殺"云云。其事王逸、洪興祖言之詳矣。按九會之說歷世注《論語》、《左傳》者必欲考其九次會諸侯不以兵車之事實，皆不足九之數。此固春秋戰國甚稱之事，人所習知。其實九即糾之借字，則九合、九會，皆即"糾合"、"糾會"爾。《天問》作"九會"，古會合形近義通。

撥正

古對舉複詞。曲直也。

《九章·懷沙》"巧倕不斲兮，孰察其撥正"。王逸注"撥治也。言倕不以斤斧斲斫，則曲木不治，誰知其工巧者乎，以言君子不居爵位，衆亦莫知其賢能也。《史記》作揆正"。洪補曰"《説文》'撥治也。比末切。揆度也'"。朱熹注"撥一作潑。揆度也，即上章所謂畫也"。按孫詒讓《札迻》云'按撥謂曲枉與正對文'。《管子·宙合篇》云'夫繩扶撥以爲正'。《淮南子·本經訓》亦云'扶撥以爲正'，高注云'撥枉也'。《修務訓》云'琴或撥剌枉橈'，注云'撥剌不正也'。《荀子·正論》篇云'不能以撥弓曲矢正'，《戰國策》云'弓撥矢鈎'，皆其證也。王釋爲治，失之；《史記》作揆，亦誤"。按孫説極磧，則撥正謂曲與直也。《鬼谷子·摩篇》"正者直也"。又依孫氏所引各資料定之，則撥正乃先秦恒語，然《説文》訓撥爲治，又或訓理，無曲義。考《説文》"癶足剌癶也。讀若撥"。足剌癶即《修務訓》之"琴撥剌"，注"琴不正也"。琴不正曰撥剌，足不正曰剌癶，其義一也。則撥乃癶之借音字，後世癶字不行，或借拔、跋等字爲之。詳拔、跋字下。

重無怨

《九辯》四"重無怨而生離兮"。王逸無説。五臣云重"念也"。朱熹注"重深念也"。按"重無怨而生離"，謂無重怨而生離也。重怨本一詞。見《九章·惜誦》"恐重怨而離尤"，與此"重無怨而生離"所指正同。楚人之辭，副詞多提句首，故無重怨作重無怨，明知此例，則文從字順。諸家訓重爲念、爲難、爲惜均非例。紛總總、杳冥冥，紛杳皆形容詞。

便嬖

嬖即辟之後起專字。親近小臣之巧佞者。引申爲巧佞小人。

《九歎》"斥讒夫與便嬖"。王逸注"便利也，嬖愛也。以言君如使己爲政，則遠放巧佞諂諛之人，斥逐讒夫與便利嬖愛之臣而去之也"。洪補云"便毗連切。嬖卑義切。賤而得幸曰嬖"。按便嬖一詞爲先秦恒語，《孟子·梁惠王》"便嬖不足使令於前"，《荀子·富國》"觀其便嬖，則其信者不愨"，楊倞注"便嬖左右小臣寵幸者"；又《君道》"案唯便嬖親比己者之用也"，《説文·女部》"嬖便嬖，愛也。從女辟聲"，皆其證。皆指在上位者之左右親近愛幸小人，言小人愛幸，則以佞巧事其君，故便嬖與讒夫同等。字又作便僻，《漢書·毋將隆傳》"今賢等便僻弄臣"，《蜀志·董允傳》"大愛宦人黃皓，皓便僻佞慧"，即《漢書·佞幸傳》之"咎在親便嬖，所任非仁賢"之義。三代以來亦多用之，《管子·君臣》下"明君在上，便嬖不能食其意"，《荀子·王霸》"唯便嬖左右親比己者之用"，《韓非子》八"便嬖好色"，注"便嬖得嬖美好之色"，皆是其證。大約初只用便僻或便辟，後造爲專字作嬖。《書·冏命》"慎簡乃僚無以巧言令色便辟側媚"，傳"無得用巧言無實令色無質便辟足恭側媚諂諛之人"。《論語》"友便辟"，《集解》引馬曰"便辟巧辟人之所長，以求容媚"，《趙策》四"所謂桑雍者便辟左右之近者"。《管子·八觀》"便辟左右"，又《重令》"朝不貴經，臣則便辟得近"。《荀子·儒效》"其事便辟"。大抵初期多用便辟，中間則用便僻，以其指人而增人旁也。最後乃製爲專字嬖。此漢字與詞義發展之規律也。聲轉爲便敏，見《荀子·性惡》。

爛人

《招魂》"其土爛人，求水無所得些"。注云"言西方之土，温暑而熱，燋爛人肉，渴欲求水，無有源泉，不可得也"。洪補"《前漢·西域傳》'烏弋地暑熱莽平'又'天竺卑濕暑熱'"。案《大荒西經》有壽麻之國，爰有大暑，不可以往。郭注"言熱炙殺人也"。郝懿行即引《招魂》此文爲釋，壽麻即《吕氏春秋·任數》篇之"南服壽靡"，南當爲西字之誤。靡讀爲麻，故高誘注云西極之國。靡亦作麻。

懲艾

同義複合詞。艾即乂字，懲也懲忿也。謂改革前失也。

《九歎·遠遊》"悲余性之不可改兮，屢懲艾而不迻"。王逸注"言己體受忠直之性，雖數爲讒人所懲艾，而心終不移易也"。"艾一作乂，一作苂，迻一作移"。洪補云"艾苂竝音乂"。《九歌·國殤》"首身離兮心不懲"。注"懲忿也。言己雖死，頭足分離，而心終不懲忿"。補曰"忿音乂"。按《説文》"忿懲也"、"懲忿也"。懲忿蓋古成語。字正作懲忿，借聲則作懲艾、懲刈。《史記·樂書》"成王作頌，推己懲艾"。《漢書·宣元六王傳》"懲艾霍氏，欲害皇太子"。師古曰"艾讀曰乂，乂創也"。《後漢書·竇融傳》"其後匈奴懲乂稀復侵寇"。注"懲創也"。桂馥《義證》曰"《一切經音義》八詩傳曰懲止也，又革也。案改革前失曰懲"。《九章》"懲於羹者而吹虀兮"之懲，即革前失之義。則懲艾即改革前失之義，故《説文》以互訓釋之。

重昏

再遭昏亂之遇也。

《九章》"余將董道而不豫兮，固將重昏而終身"。王逸注"昏亂也。言己不逢明君，思慮交錯，心將重亂，以終年命"。朱熹《集注》"重昏重復暗昧，終不復見光明也"。按上文言忠不必用，賢不必以。則己將正道而無所豫。固必將重昏而終其身也。則重昏可能有兩義，一訓重爲大，大昏言昏之甚。此作恒言，無甚深義；一則言己又將再遭昏亂，而至於終身也。作第二義解最允。何以明之？篇首有"年既老而不衰"之語，其爲老年時作無疑。文中又有"哀南夷莫吾知"，則入溆浦幽獨處于山中之時。故《涉江》之作，乃再放江南永無復見宗國之時，再遭讒害，故曰重昏，重昏猶言再逢昏亂，以初放漢北時對立言之也。

夫人

有二義。一指貴族權勢之女人，爲古成語；一則夫字訓彼，夫人猶今言那個人也。有輕蔑含義。爲南楚風習。

《九歎》"即聽夫人之諛辭"。王逸注"言懷王之心曾不與我合，又聽用讒諛之言，以過怒己也"。"即一作測，夫一作讒，一云夫讒人"。按夫人一詞，《楚辭》五見。而有兩意。一、見《九歌·湘夫人》，王逸以爲舜二妃；洪補引《禮記》舜葬蒼梧之野，蓋二妃未之從也。注云"《離騷》所歌湘夫人舜妃也"。此稱自春秋以來多見於經傳，《左傳》隱二年"夫人子氏薨"，《論語·季氏》"邦君之妻，君稱之曰夫人"是也。此自爲貴族階級之一稱謂。二、其他四見。（一）《少司命》云"夫人自有兮美子"，王逸注"夫人謂萬民也"。洪補引《考工記》釋爲凡人。（二）《哀郢》"憎慍惀之修美兮，好夫人之忼慨"。洪補以小人之忼慨釋之。（三）《九辯》同有此二句（忼慨作慷慨爲異）。王逸注愛重囊瓦與莊蹻也。其義即爲《哀郢》洪注所本。（四）《九歎·離世》"靈修曾不吾與兮，即聽夫人之諛辭"。王逸注"言懷王之心，曾不與我合，又聽用讒諛之言，過怒己也"。總四篇文義及《章句》所釋定之，則夫人猶言小人也。讒人則小人之尤者，故曰夫人。莊蹻亦小人之尤者。亦曰夫人衆民，古亦以爲小人也，故亦曰夫人。然不必有斥意。惟以夫人指斥小人，似爲南楚風習，北土諸書，《左》、《公》、《穀》、《論》、《孟》、《三禮》皆無此義。《莊子·田子方》："子路曰'吾子欲見溫伯雪子久矣，見之而不言，何邪?'仲尼曰:'若夫人者，目擊而道存矣。'"又《天地》"不知復有夫人也"。皆以夫人爲彼人，此人之意，《左傳》文十四年"齊公子元不順懿公之爲政也。終不曰公，曰夫己氏"。注"猶言某甲"。《正義》曰"公惡其政，不以爲公……曰夫己氏，斥懿公之名也"。則以夫爲輕慢發語詞，故春秋以來常語。特北土不以言夫人也。又《孟子》言夫人必自侮，此夫字亦發語詞之一種，然非複合詞。

毒藥

《九章·抽思》"何毒藥之謇謇兮，願蓀美之可完"。按毒藥謇謇，造詞極鈎擘可怪。王逸注既强爲附會，而洪補更引若藥不暝眩以成之，蓋令人暝眩。按一本作"何獨樂斯之謇謇"，則作獨樂是也。毒獨雙聲，古幽疾旁轉，藥從樂得聲，故相誤。之亦斯之通借。《經傳釋詞》云之是也。是斯之皆一韻之變，此言何獨樂此謇謇之大言也。下句願蓀美云云，乃此句之答語，言因於願君美之可光（完爲光之誤，別詳），故獨樂此謇謇也。

土爛無水

《招魂》"其土爛人，求水無所得些"。王注云"言西方之王溫暑而熱，燻爛人肉，渴欲求水，無有源泉，不可得也"。洪補引《漢書·西域傳》以實之；又案《大荒西經》有壽麻之國，爰有大暑，不可以往。郭注"言熱炙殺人也"。蓋即此類，朱子《集注》求水無得云，今環靈、夏之間，有旱海六七百里，無水泉。是其證矣。

句例

七言句例，在《遠遊》、《九辯》及諸漢賦，大體前四字後三字爲句，與唐以後詩歌略近，但後三字之第一字大體有虛助字，如"以"、"而"、"於"、"與"、"其"、"之"等，其證至多不煩列舉。然在《離騷》、《九歌》中，《九章》、《卜居》、《漁父》中，則從不一見，《遠遊》亦只二見，則謂此爲宋玉與漢賦之句例，亦未爲不可。

"帝告巫陽"至"乃下招曰"五十二字，爲《招魂》一篇散序（"朕幼清以廉潔兮"以下三十八字與上下文義不相涉，非《招魂》原文，當是錯簡。聞一多以爲《九辯》亂詞，恐當是也）。惟"帝告"以下歷世釋此者，自王逸以下數十家亦大抵不能全通。細考之，有二因，一則對話不明，一則遣詞不明。茲先斷其句讀，用對話形式分行寫之，而釋其義於後。

"帝告巫陽曰'有人在下，我欲輔之，魂魄離散，汝筮予之'。

"巫陽對曰'（余）掌夢，上帝（命）其難從，若必筮予之，恐後之，謝，不能復！'

"用巫陽焉乃下招曰……"

王逸注"帝謂天帝也，女曰巫，陽其名也"。五臣云"玉假立天帝乃巫陽以爲辭端"，按帝即下文巫陽答詞中之上帝，叔師以女巫釋巫，大誤。徐文靖舉《山海經·海內西經》（其實本之洪補）有巫陽以爲乃主筮之一官代守其職，非女巫字陽云云，其說是也。巫指女巫，古自有此說，而楚俗尤甚（參《九歌》）。然屈宋賦中所用爲卜筮之巫，如巫咸靈氛，皆與《山經》同，不定指女巫也。此巫陽以《莊子·天運》證之，當即他文之巫咸（詳巫陽條下）。"在下"，言在"下土四方"之中也。"欲輔"之欲，助之還魂也。故下文乃曰招之也。"筮予"二字雙動詞，下同。言筮之而又予之。筮之者，欲知魂魄所在。予之者，謂反其魂魄以歸于其體也。四句帝命也。巫陽對曰一段直至不能復用皆是也。

掌夢上當省去余字，叔師注云“言招魂者，本掌夢之官，所主之職”，非也。俞樾云（見《曲園雜纂·説項》）“曰掌夢此乃巫陽自述其所職掌也。《列子·周穆王》注曰‘神之所交謂之夢’，上方言上帝，欲使巫陽筮予之，巫陽以爲精神交接之事，本己所執職掌，無取乎筮”。按俞説是也，按《周禮·太卜》“掌三夢之法”，故曰掌夢也。上帝者，巫陽呼語也。命字從一本增命難從之從字，讀爲縱。言事關人命，不可遲緩，緩則必至于縱放，故下文立即承之曰若必筮予之，恐後之，謝，不能復。“若必筮予之，恐後之，謝，不能復”者，言倘若必遵上帝之命而筮之而予之，則必後之，後之恐已矮謝，而不能復。復者古招魂用專字，即《禮家》所謂“皋某復”之復，呼其反於故處也。“恐後之謝”謝字作一句讀，若易以今語，則當作“後之恐謝”也。“不能復用”，即上文我欲輔之之義也，或“謝不能復”作一句讀亦可。叔師以爲不能復用筮陽之術，固誤。徐文靖宋琦諸人以爲不能復用筮，則與上文意複，皆非也。巫陽對詞，自掌夢起至此止，皆答帝問。此見其順承帝意積極不可終日之象，故下文立即承之曰“巫陽焉乃下招”也。“巫陽焉乃下招曰”，“焉乃”複用語助詞也，猶言於是。《遠遊》篇曰“焉乃逝水徘徊”，《列子·周穆王》篇“焉廼觀曰之所入”。謂巫陽於是而下招也。巫陽上有用字，當爲後人誤增，蓋後人句讀不能確斷，遂增用字，讀復用也。用字當删（從王念孫《讀書雜志》説）。有巫疾從事之象，未及筮而欲予之，故上下四方皆招之也。

《九辯》“今脩飾而窺鏡兮，後尚可以竄藏”。王注曰“身雖隱匿，名顯彰也”。俞樾《讀楚辭》曰“愚按王注似未得其意。作者蓋即俗人雷同炫曜，而逆料其後之危敗，言今日修容飾貌，窺鏡自喜，日後危敗，尚可竄藏乎？後尚可以竄藏乃反言之”。按俞説可從。

懲羹吹齏

古成語。言爲羹所炙，而懲艾之，因而見齏亦吹之也。齏者醯醬所和，細切者爲齏。

《九章·惜誦》"懲於羹者而吹齏兮"。王逸言"人有歠羹而中熱，心中懲忿，見齏則恐而吹之言易改移也。獨己執守忠直，終不可移也。一無者字，一云懲於熱羹者，一云懲熱於羹，齏一作虀，一作齌"。洪補云"懲戒也，齏音齎，鄭康成云，凡醯醬所和，細切爲齏。一曰擣薑蒜辛物爲之故曰齏曰受辛也"。朱熹注"蓋羹熱而齏冷。有人歠羹而太熱其心懲忿，後見冷齏，猶恐其熱而吹之，以喻常情，既以忠直得罪，即痛自懲忿"。按懲羹吹齏，乃古成語，屈子以俗語入文，以喻人之常情也。齏見《說文·韭部》字作虀，又作齌，從韭，次弟皆聲。今作齏，一則虀之濫脫也。《說文》"到隓也"。《周禮·醯人》"王舉則共醯六十罋以五齊七醯七菹三臡實之"。注"齊當爲齌。凡醯醬所和，細切爲齌，全物若腥爲菹"。按齌爲醬屬，醬屬非煎煮物，故以與羹對舉，羹熱而齏凉，飲羹中熱，則雖齏亦吹之也，惟此句今本多作懲於羹者而吹齏，洪引一本無者字，朱熹本作懲熱羹而吹虀。依《補注》、《集注》兩書所引異文，則凡有四，然通校之則當作"懲於羹而吹齏兮"。洪本特衍一者字。羹者者字無可屬，且懲羹與吹齏對文，有者字則不詞甚矣。朱本作懲熱羹，亦未允。羹熱虀冷，羹上有熱，則齏上宜有泠矣。齏上有泠，蓋人知齏之必冷，則羹上出熱，反爲贅詞，至一本作懲於羹熱者，蓋爲可笑。懲熱於羹，若作加重語義而爲之辭，似尚可通，然此句與下"欲釋階而登天兮"句語句平列，皆作十字，則熱於羹仍無當於此處行文通利，故仍以懲於羹而吹齏爲允當。

得人肉以祀，以其骨爲醢些

王逸注"得人肉，用祭祀先祖，復以其骨爲醯醬也"。按徐文靖《管城碩記》云"《隋書·真臘國傳》曰'城東有神名婆多利祭用人肉，其王年別殺人以夜禱祀'。又《女國傳》曰'俗事阿修羅神，又有樹神，歲初以人祭'。皆可見王之言信而有徵"云云，按以人祭爲許多原始民族共有之遺俗，甲文金文常見之春秋用牲，與用人同意。則中土古代亦有之。大體皆以俘虜爲之，春秋戰國之時，尚有從人祀河之習，而豪酋大長，動以人殉葬。《詩》哀三良，近日考古發掘中更不少例證。惟《招魂》所云指雕題黑齒之民以人祭，則春秋戰國古籍尚無他證可徵云。

衆口鑠金

古成語。言衆口所毀，雖金石猶可銷也。

《九章·惜誦》“故衆口其鑠金”。王逸注“鑠銷也。言衆口所論，萬人所言，金性堅剛尚爲銷鑠。以喻讒言多使君亂惑也”。洪興祖補云“鑠書藥切。鄒陽曰‘衆口鑠金，積毀銷骨’。顏師古曰‘美金見毀，衆共疑之。數被燒煉，以至銷鑠’”。又《七諫·自悲》“悲虛言之無實兮，苦衆口之鑠金”。按衆口鑠金，古成語。最早見《國語·周語》“衆心成城，衆口鑠金”。注“衆之所好，莫之能毀，則其固如城；鑠銷也，衆口所毀，雖金石猶可銷也”。鑠後人或誤作爍。又鄧析子曰“古人有言衆口鑠金，三人成虎”。鄧析，春秋魯定公時人，鄧謂古人有言，則此語又見之於鄧之先矣。補引漢人語，是未見鄧析之書耳。且在鄒陽之前，張儀亦嘗有此語，其後李善注《文選》鄒陽語，引《國語》泠州鳩曰衆心成城，衆口鑠金。要未爲廣。《論衡》曰“衆口鑠金，口者火也。在五行，二曰火，五事，二曰言，言與火直，故云鑠金”。說雖以五行皮附，亦自一義。《風俗通》云“俗說有美金於此，衆人咸共詆訕，言其不純。賣金者欲其售，因取鍛燒以見真，此爲衆口鑠金”。此雖虛妄之言，亦可以明其義難知。

折臂成醫

古傳說之一成語。

《九章·惜誦》“九折臂而成醫兮”。王逸注“言人九折臂，更歷方藥，則成良醫，乃自知其病。吾被放棄，乃信知讒佞爲忠直之害也”。“一云九折臂而爲良醫”。洪興祖《補注》“左氏云‘三折肱知爲良醫’。《孔叢子》云‘宰我問曰梁丘據遇虺毒三旬而後瘳，大夫衆賓復獻攻療之方，何也，夫子曰三折肱爲良醫。梁丘子遇虺毒而獲療，諸有與之同疾者必問所以已之之方焉。衆人爲此，故各言其方欲售之，以已人之疾也’”。按此古傳説之一，王逸洪興祖兩家言之悉矣。左氏三折，而《九章》九折者，文士衍詞。古三與九皆爲極數，汪中言之至悉。“三”、“九”皆混言之詞，非實指之數也。

章畫志墨

副動複合詞。言章其規畫也。畫即畫規之器，象形字也。規則形聲字。方言之別而各造異文也。

《九章·懷沙》“章畫志墨兮”。王逸注“章明也，志念也”。《史記》志作職。洪補“畫音獲”。朱熹注“畫音獲，志《史》作職。章明也。志念也。墨爲繩墨。言譬工人章明所畫之繩墨，而念之不忘者，亦以前人之法度未改故也”。按章畫志墨兩句，王朱兩説皆不當。章畫志墨雖爲對文，而義實相連。章《説文》“樂竟爲一章”。樂章一章，明樂之有節度也。《大雅》“不愆不忘，率由舊章”。《孟子》“説爲遵先王之法章”。《春秋傳》請隧弗許曰王章也。王章猶賈誼所謂帝制。《禮記·中庸》“憲章文武”，謂約法制度也。有制度者必中規矩準繩（詳章炳麟《小學答問》）。畫者，《説文·聿部》“界也，象田四界，聿所以畫之”。大徐胡麥切，按畫即規畫字，古作𤰜（《師望鼎》），上從聿，即今筆字，乂正象規形。其作𤰜若𤰝毛公鼎𤰜彔伯敢者，象以規有所畫，從冂及里當即刻玉之象。即《説文》瑂字（林義光説），故畫有規畫刻畫之義，則章畫者，以規矩準繩爲之規畫也。志一本作職，古志職識字通用。志墨者，識其繩墨也。詳繩墨條下，則“章畫志墨”者，謂以規矩法度爲之規畫而以繩墨志之，以條貫識別所規畫也。與上文“刓方爲圜”下文之

“巧倕不斲”、“矇瞍離婁”諸事端，皆相應。謂入則圖議，出則使於四方，諸事蹟皆合於法度繩墨，且條別識之，指草憲令諸端言也。前圖圖字，《史記》作度。按前度，屈賦成語；此作圖者，顧上文畫墨諸詞，後人望文生義，而改之也。王逸注亦當云度法也，今本亦作圖法也，亦後人所改。下文言工明於所畫，念其繩墨，修前人之法不易其道云云，明其爲度作釋，不爲圖作釋。細讀王注全文自知之。又規矱之所同，矱字即畫之形聲字。詳矩矱條下。

“秦篝齊縷，鄭綿絡些” 二句

《招魂》王逸注 “篝絡縷線也。篝《釋文》作簎”。補曰 “篝古侯切，籠也，笿也，笿音落，可熏衣”。王又云 “綿纏也。絡縛也。言爲君魂作衣，乃使秦人織其篝絡，齊人作綵縷，鄭國之工纏而縛之，堅而且好也”。按上文言 “工祝招君，背行先些”，下言 “招具該備永嘯呼些”，則此二句乃工祝先導時所用招具。馬其昶曰 “上大下小而長謂之篝笿，《儀禮》鄭注，筐竹器，尸笿者，古之復者升屋而號曰皋某復，招以衣，受用筐，以衣尸。鄭謂尸衣者；覆之若得魂反之。此云秦篝，殆即筐類。齊縷鄭綿，皆謂衣也。絡爲絡繹。《禮》疏云諸侯既用襲衣，又以冕服爵弁服而復也”。按馬説是也。筐與筥、筐、篋、簞、匜、笄等皆竹器。《禮經》多言用以盛米，勺觶角之屬，衣冠之屬者，故《招魂》變言篝，王、朱皆言上大下小，則與筥尤近，用作熏衣者也。縷既爲衣，則當褸字之借。《説文》 “褸衽也”。《爾雅·釋器》 “衣裗謂之䘯”，郭注 “衣縷也。齊人謂之攣”。攣褸一聲之變。綿者，《玉藻》 “纊爲繭，縕爲袍”。鄭注 “衣有著之異名也。纊謂今之新綿也”。

“曾傷爰哀” 四句錯簡

《九章·懷沙》 “曾傷爰哀” 以下四句，於文理與上下文不順。王念孫《讀書雜志》卷三云"按此四句，似當從《史記》列於'道遠忽兮'之下，今循其文義讀之'世既莫吾知兮，人心不可謂兮，懷情抱質兮，獨無匹兮'，皆言世莫能知也。'定心廣志兮，余何畏懼兮，知死不可讓兮，願勿愛兮'，皆言己不畏死也。其叙次秩然不紊。蓋子長所見屈原賦如此，較叔師本爲長"。按王氏體會文理至爲愷切，當從之。

王氏釋爰哀一辭亦允當。其言曰"王注曰爰於也。引之曰王訓爰爲於，曾傷於哀，則爲不詞矣。今案爰哀謂哀而不止也，爰哀與曾傷相對爲文。《方言》曰凡哀泣而不止曰咺，又曰爰，噮，哀也。爰噮咺，古同聲而通用。《齊策》狐咺，《漢書·古今人表》作狐爰，是其證也"。

"嗜不同味" 句

《天問》"胡維嗜不同味，而快鼂飽"。王逸注"言禹治水道娶者憂無繼嗣耳。何特與衆人同嗜欲，苟欲飽快一朝之情乎，故以辛酉日娶，甲子日去，而有啟也。一本嗜下有欲字，一本快下有一字，一云胡維嗜欲同味，維一作爲，鼂一作晁一作朝"。洪補云"鼂晁竝音，朝莫之朝，此言禹之所嗜與衆人異味，衆人所嗜以厭足其情欲，禹所嗜者，拯民之溺爾"。按審王、洪兩本，則王本作嗜欲同味，洪本作嗜不同味，柳集則作嗜欲不同味，王本是也。不字誤衍。維一本作爲者聲近字誤爾。嗜欲同味，古多以食事狀男女情好。《詩》"豈其食魚，必河之魴。豈其取妻，必齊之姜"。《孟子》亦以食與色對舉，此人人之所同，無階級上下之分者。食物之味，其感覺實較色聲香觸等爲更易於引起人生理內部反映，故以食事比擬事物之詞亦最多（辛酸甘苦之通于目鼻及耳食目食諸詞皆是）。而情欲之感，亦往往與唾液相關連，故以嗜味喻男女關係，遂成爲文學上通感之一種方法矣。漢人言對食（《漢書·外戚傳》注），《墨子·非樂》言野食，皆是例也（於武觀曰啟乃滛溢荒樂野于飲食。即後世之所謂食野食，與他人婦女會合之隱語也）。

“所作忠” 句

古誓詞。多用所非所不爲發端，此疑作字乃非字之誤。猶今人言設若不忘，設若即所之緩言也。

《九章·惜誦》“所作忠而言之兮”。王逸注“言己所陳忠信之道，先慮於心，合於仁義，乃敢爲君言之也。作一作非，一本忠下有心字”。洪興祖《補注》云“作爲也。下文云‘作忠以造怨’”。朱熹注“非一作作，忠下一有心字，皆非是。所者誓詞，猶所謂所不與舅氏同心，所不與崔慶者之類也。則又從而誓之曰我之言有非出於中心而敢言之於口”。按王、洪説所作忠句皆非；朱熹《集注》以所爲誓詞，似也，而未全允。李調元《勱説》卷三“所非誓辭”云“《左傳》僖公二十四年‘所不與舅氏同心者，有如白水’，文公十三年‘所不歸爾帑者有如河’，宣公十七年‘所不此報，無能涉河’，襄公二十三年‘所不請於君，焚丹書者，有如日’，二十五年‘嬰所不唯忠於君利社稷者是與，有如上帝’，昭公三十一年‘所能見夫人者有如河’，定公三年‘余所有濟漢而南者，有若大川’，六年‘所不以爲中軍司馬者，有如先君’，哀公十四年‘所不殺子者，有如陳宗’，杜注竝云‘所誓辭也’。愚按所字未必便是誓辭，疑當時誓解之例，以所字爲發句，而繼之以有如云何也”。除李氏所引外，如《論語》“予所否者，天厭之，天厭之”。《書·牧誓》“爾所弗勗，其于爾躬有戮”，《左傳》宣十年“所有玉帛之使者，則告，又然則否”，又哀十四年“所難子者，上有天下有先君”皆是。依上引諸例斷之，則所下有承以“不”、“否”、“能”、“有”、“弗”等詞，則所乃一種假設連詞，而用“不”、“否”、“弗”、“能”、“有”諸字之處，大抵皆誓詞，此言所非忠，與襄二十五年嬰所不唯忠於君利社稷者是與有如上帝意同，以今語譯之，則所即“設若”二字之合音。誓時迫塞，故以急言出之也。本文作字，蓋形近而誤“所作忠”二句，言設若昔時發憤杼情之誦諫而非忠於君與社稷，願指蒼天以爲之正也。指蒼天以爲正，即他詞"有如河"、"有如日"、"是以有如上帝"、"天厭之"之例。

"物有微"至"孰虚偽之可長"六句

按《悲回風》一篇情思至爲蕩漾，文理至爲奧衍，其表達方法爲屈子各文最奇奧難解之簡策。余於憂患頻仍之中，似能仿佛一二。茲摘其至隱晦者，遮撥疏之，"物有"六句爲一篇之主旨，其思維之因緣，自心冤結而內傷句，茲先爲句析，而後總理之。"物有微而隕性"者，其性本爲蘭蕙，爲芳草之美，爲靈修之高遠，然而被化於俗，委厥美以從俗，背繩墨以追曲。從俗追曲而隕其芳質，不爲三后之純粹，而爲桀紂之猖披，不爲昔日之芳草，而爲今日之蕭艾。俗也曲也，皆事物之足以隕人良善之本性，使楚王遂若是而逢殃矣。此句就當前事象環境而爲言，又按"物有微而隕性"句，下文云"聲有隱而相感，物有純而不可爲"。微與純相比，則微當爲僞之借，美也。又"物有純而不可爲"之爲，亦當訓僞，人爲之，非自然現象也。"聲有隱而先倡"，此與上句物微隕性爲比量。聲者，聲聞也，聲聞者非目見也。所聞異詞，所傳聞異詞，故聞之視見爲隱微，然唱之則前乎其質，顯于其事，此謠諑讒説黨人虛僞之詞也。唱之於隱，則未有其實，而先有其説，則讕言僞詞，尤訴無不罪辜，此謇爲患。余心之所善，溘死流亡，九死未悔，而始終不忍從俗。"夫何彭咸之造思兮，暨志介而不忘之"，則余非不知傅霔好修之患，本不因于今之人而願依彭咸遺則，心之所儀，前聖之所厚也。所以厚之者，蓋厥志行耿介光大，不能忘懷于余心。

"萬變其情，豈可蓋兮，孰虚僞之可長"，萬變其情者，見放被逐，遠去君親、邦國之情思也。九年不復，靈修浩蕩，何足以爲美政；國無人莫知，於邑侘傺；陳志無路，背膺牉以交痛。然而覽民德而自鎮，苟余心其端直，雖僻遠之何傷，是君國不可去；況爲宗子、宗臣、孤子、放子，蓋非樂此蹇蹇；既不得變心從俗，又媿易初而屈志；思理之紛挐，其爲萬變者難一一枚舉而件説之。其不可蓋藏也至明。然余之耿介不忘其志，則甚深信，念虛僞小人之不可久長。虛僞一句，蓋紬理上來所陳各義爲定讞之詞，亦爲導引，心冤納之，内傷也。總之金玉之質，以防微未謹，漸易其質，至于隕其本性，此喻楚王之蔽障丁讒，及胄子之敗壞於後；冤事之來，必有誣枉；則小己放逐，自有根源，此事蓋亦自知之詳自審之悉矣。何以不求退而甘蒙不白，蓋情有不容，宗子維城而意有所儀式。思彼彭咸啟余耿介光大之志而不能忘。從頭説起真千頭萬緒，紛挐激蕩，有非語言所能盡者。然又寬解曰，余以謇謇博誠惆光大之懷，至深信念虛僞之必不可長久也。

“存髣髴而不見” 兩句

《悲回風》王注“髣髴謂形貌也”。洪補以爲形似，是也。王釋此兩語曰“言己設欲隨從群小，存其形貌，察其情思，不可得知，故心中沸熱若湯也”云云。非也。存者，屈原心中之所藏識，即冀君之一寤，俗之一改也。而實則桀紂猖披，蘭蕙爲茅，則所存識者，只在依稀仿佛之中，而實未之一見。（現）蓋余言而不信，故情致若湯之沸騰而不可止，終之以撫珮案志，惆惆然而遂遠離矣。予舊説無所指實亦未爲得。

“入景響之無應” 二句

《悲回風》“入景響之無應兮，聞省想而不可得”。此承上“登巒遠望”、“路途眇遠”而寂默，此寫當前外景。路遠寂然者，既遠而無聲，謂君國既遠而又不聞其有所至治之聲。即下文之入景響之無應。入者屈原生平行事，入之於廟堂，有形可見，有聲可聞，而無應和，君王不察，羣小讒妒，使吾耳目所接，有所審實，蘊爲思理，然而寂寞凄凉，無處安排，此縈縈之念，思想亦爲之凝固無所得。故鬱鬱不快，戚戚不解矣。

“聲有隱而相感兮”二句

　　《悲回風》“聲有隱而相感兮，物有純而不可爲”。王逸注聲有句曰“鶴鳴九皋，聞於天也”。釋物有一語曰“松栢冬生，禀氣純也”非是。洪補曰“此言天地之大，眇眇芒芒。然聲有隱而相感者，己獨不能感君，何哉？物有純而不可爲者，己之志節，亦非勉强而爲之也”。洪義亦未全允。此兩語以相反之義表白己志，聲隱而可感，志純而不可爲。此聲有隱句，與篇首聲有隱句義同，言讒妒之言易入，而至于被黜放廢，此隱言有相感之力也。相感與先倡義實相成，先倡從聲之發言，相感從聲之作用言爾。物有句，言物有此純美之質，而不得施展才能之機，失志侘傺無可言説。此純即“紛吾既有此内美”，亦即歷煉而“昭質未虧”，昭質所謂“惟兹佩之可貴兮，委厥美而歷兹”及“芳菲菲而難虧，芳至今猶未沫”等義是也。總言之，則讒言雖微，而可動君之心，質純才美，而不得君之任也。

曰勉升降

　　《離騷》“勉升降以上下兮”。《集注》曰“曰，記巫咸語也”。“恐鵜鴂之先鳴，使夫百草爲之不芳”。《集注》又曰“巫咸之言止此”。按其上曰欲從靈氛之吉占，又曰告余以吉故。又徐文靖《管城碩記》卷十四《楚辭集注》一曰“靈氛既告余以吉占兮，歷吉日乎吾將行。則是曰勉升降以上下，蓋靈氛語也。升降即《山海經》十巫從此升降也。洪慶善《補注》以爲原語，朱子《辯證》斷以爲巫咸語。夫既爲殷之巫咸，豈應稱引吕望之鼓刀，甯戚之飯牛？”

不字倒裝句

釋《大招》"不歰"、"不歠"、"不遽"等句。

《大招》自"吴酸蒿蔞，不沾薄只"以下一段言飲食事，有"不歰"、"不歠"、"不遽"與"不沾"等四句。自王逸以來，似皆不能順通作解。余細審文理，並結合《招魂》篇言食事與樂武各節，而知《大招》此等語句，蓋皆倒置句法也。王釋"不沾薄"爲"不濃不薄"，"不歰"句爲不歰不歰滿，則是讀爲不沾、不薄、不歰、不嗌矣。其釋不遽句爲無惶遽怵惕之憂，何以吴醴、白蘗與楚瀝而有惶遽怵惕，至不可通。釋不歠句尤爲荒謬；謂"醇醲之酒，清而且香，宜於寒飲，不可以飲賤役之人，以飲賤役之人，即易醉顛仆失禮敬"云云。鈎擘曲説至爲可笑，細讀原文，此四不字句，句中皆含相反兩義，意謂雖如此，而不如彼，不下一詞皆動詞，以今世句法定之，當云沾而不薄，歰而不嗌，歠而不役（疫）遽而不惕也。此與《招魂》言"露雞臛蠵，厲而不爽"、"敬而無防"、"亂而不分"正同。"不沾薄只"言雖添益吴酸蒿蔞，而不迫至醉也。"不歰嗌"言四酎並熟，雖歰而不傷嗌也。"不遽惕只"者，言吴醴曰蘗楚瀝之飲，雖遽烈而不憂惕也。"不歠役只"者，言凍飲雖歠之而不爲疫疾也。此皆勸酒進食之常語常情。亦酒肴既冀魂之來欽，懼其不來，爲之詳解事象必有之詞句。自叔師不解倒裝句法多生籬葛，解之不可通，而强爲之辯，於是而千年不能明矣。

倚沼畦瀛

《楚辭·招魂》"倚沼畦瀛兮遥望博"。王逸注"沼池也。畦猶區也。瀛池中也。楚人名池澤中曰瀛"。黄侃曰"劉逵《蜀都賦》注引《楚辭》'倚沼畦瀛'，王逸云'瀛澤中也'。班固以爲畦是《楚辭》本作'倚沼瀛'而孟堅解之爲畦，録者並書畦瀛，遂至文不比類。餘杭章先生曰

‘此則瀛本作洼，故可與畦通借’。《說文》烓讀若冋。《方言》訓嬴爲好，即借爲娃。皆支清對轉之例。《史記·孟子荀卿列傳》‘於是大瀛海隈之’。《說文》無瀛，蓋即洼字。海爲天池，故曰大洼海”。（《文始》井字下）。按章黃兩先生說是也。然兩先生同據劉逵注語，而說略有不同。黃以爲孟堅解之爲畦，則讀同劉注；班固以爲畦蓋以劉意爲班固注語；章先生以爲瀛本作洼，則以劉注畦字，乃班固《招魂》本文字當作洼也。黃以畦爲後加；章以班本之畦爲洼之借，而王本之瀛，又爲聲轉字。然叔師敘言固作《離騷章句》，其餘十五卷闕而不說，則固未嘗爲《招魂》作解。黃君不無小差，惟以畦爲瀛，只當存一字，則兩說固相同也。然叔師以畦作解，則其誤已在叔師前；叔師又言瀛爲楚人語，則其意固重在瀛，以不閑于語法不能去畦字耳（或疑“畦猶區也，四字乃後人所增，而遂入池澤，其中區瀛八字當作遂入池澤中瀛六字，其區二字又就上四字而增益。不然既言瀛池中也，又言楚人名池澤中曰瀛，而總結乃以區瀛連爲一詞，瀛爲池澤之義，反爲區義所蝕，不詞甚矣”。說亦可通）。

“順欲成功，帝何刑焉”二句

王逸以爲“順衆人之欲”，洪補謂“順帝之欲”，朱子謂“順鯀之欲”，皆不甚可通。此承上鴟龜言，亦當爲一問中事。若如諸家說，則帝何刑焉句，特爲歎惜之詞而非疑問之句矣。按鯀治水，儒家以爲毫不見功，而他家說頗有不然者，屈子於鯀，更多寬惜之辭，詳《離騷》篇。大約治水非全不見效，特鯀只知疏瀹呂梁汾水之間而不知於禹門以北施工，故洚流終始不治也。詳余《尚書新證》。順欲疑爲“川”、“谷”二字之形衍；下文云“川谷河涔”，亦用川谷二字。“川谷成功，帝何刑焉”者，言鯀治水，已曾分別川谷，堯何以尚加之顯刑也。

初湯臣摯，後茲承輔，何卒官湯，尊食宗緒

按此四句語法以“初”、“後”、“卒”三字爲脈絡，遞時而美惡不同，因以爲問。初言爲小臣，繼則爲宰輔，終則配享宗廟。一人之遭遇不同，有如是者。臣摯之臣，指初爲媵臣言，後茲承輔者，即《孟子》“湯尊德樂道，不以臣禮待之”之謂。官湯王注誤，洪補“猶言相湯”，亦未允。按甲文金文自、追、歸皆一字之變，官疑追字之譌，追湯與下文尊食句連文，言隨享於湯之廟也。尊食，洪補“廟食也”。按《竹書紀年》“沃下八年祠保衡”，則保衡有祠矣。又《殷虛書契前編》卷上第二十二頁兩言伊尹從享成湯，則祠當即配食於成湯，而非專爲之祠也。宗緒者，天子爲天下之共主，亦即爲天下之大宗，此屈子以周人封建宗法之義以擬之也，此宗宗緒指湯廟言。《禮記·祭法》“殷人禘嚳而郊冥，祖契而宗湯”，是殷人以宗祭祀湯也。則尊食宗緒，即配享於殷宗湯廟之義。《章句》未得其解。此言初湯以小臣視伊尹，後則以爲輔佐，終乃以爲宰相，而得配食宗廟，此其故何耶？

“孰兩東門之可蕪” 句

疑有譌誤，實不成語。孰下當有一動字。王逸注此句曰“何可使逋廢”云云，加一使字以足之，則疑“兩”字有誤。楚東門不只於兩，伍端休《江陵記》云“南關三門，其一名龍門”云云，則東門不止于二矣。按兩即“兩”之繁文，“兩”者古衡量本字，即象兩端有物之象；《說文》訓“再”，他書訓“耦”者，皆引申之義，則兩蓋亦有考量計較之義矣。東門即上龍門也，變言東門者，文避複也。可蕪可字，當讀爲何，言夏水之是否爲丘，尚曾尚也不可知，又孰能計度郢都東門之何有蕪穢‘言滄海可變爲桑田，則國都又何嘗不爲小人亂賊而至於蕪穢耶？蕪讀衆芳蕪穢之蕪，並非彼黍離離之義。王逸以爲逋廢無路云云，與文氣

不合。

"曰黃昏以爲期兮，羌中道而改路" 句

唐及今本《文選》、五臣六臣兩本、錢傳本皆無此二句。洪補曰"一本有此二句。王逸無注。至下文羌内恕己以量人始釋羌義，疑此二句後人所增耳。《九章》曰'昔君與我誠言兮，曰黃昏以爲期；羌中道而回畔兮，反既有此他志'。與此語同"。寅按洪説是也。《離騷》用韻皆四句一協，決無例外。此二語不與上下文協，亦爲錯亂之一的證；且語意與後文後悔遁而有他重複，其爲衍文無可疑。

"索藑茅以筵篿兮，命靈氛爲余占之，曰兩美其必合兮，孰信脩而慕之" 之占慕兩句音韻

占之與下句慕之當爲韻而實不相協。朱子遂以兩之字爲協説之，此在《詩經》中有此例，而在屈賦中則無之，仍以占慕爲韻爲是。然自來説者皆不甚可通。余以爲占字當爲卜字之誤，而慕字爲莫字之誤，二字皆衍字形之下部。何以言之，"孰信脩而慕之" 句，自王逸以來，無人能通其義，朱子承王逸説以爲 "孰有能信汝之修潔而慕之者" 云云，按朱子之意，實以此爲否定句，與上句兩美必合，意實不甚相貫，且下文言 "孰求美而釋汝"，言求美者必不棄汝，兩解相承，亦不得有矛盾之義。皆誤以信修二字分讀，《離騷》"信美"、"信修"、"信姱" 皆連爲一詞，不得分釋。信修者猶言真美，真美而莫之之字爲代辭，指上文兩美必合之事，言兩美必可得合，豈有真美而不得者乎？莫字用法與《莊子·人間世》"凡溢之類妄，妄則其信之也莫" 之莫相同，其句法又與下文 "孰求美而釋汝" 亦同。是莫之較慕更爲可通。莫在入聲鐸韵，卜在屋韻，尤侯魚模本可合韵也。

“蕙肴蒸兮蘭籍” 句

蕙肴句洪補引《國語》“親戚宴享則有肴烝”，注云“升體解節折之俎”云云。戴震亦用此說，而謂肴烝禮之拆俎，骨拆謂之肴，俎實曰烝。寅按此說初似有據，其實非也。《左傳》宣十六年云“晋侯使士會平王室，定王享之，原襄公相禮。殽烝，武子私問其故，王聞之，召武子曰，季氏而弗聞乎？王享有體薦，宴有折俎，公當享，卿當宴，王室之禮也”云云，《周語》言之益詳，曰“禘郊之事則有全烝；王公主飲，則有房烝；親戚宴享，則有殽烝”。蓋禮有差等，全烝最貴，故以祀天地；房烝次之，以祭宗廟享王公；而殽烝最質，故以享親戚，是祭不用殽烝也。又“蕙殽烝兮蘭籍”，蕙與蘭爲對文，與下桂酒椒漿皆所以芳香備五味，此本虛言，小爲實指，則酒曰桂，漿曰椒，與肴曰蕙，意正同。則蕙肴必爲連文無疑。又“蕙肴烝兮蘭籍”若以肴烝連文，則當句無動字似不可通。且與下奠桂酒兮椒漿爲平列句，句法全同；下句以奠爲動字，則蕙肴句宜亦有動字以明之。言酒曰奠，則言肴以禮經文例之，當曰薦，薦熟薦腥。余疑今本蒸字，當爲薦字之誤，而又誤倒者也。本文當作薦蕙肴兮蘭籍，則當句文義可通，與古言薦肴例合，且與下奠桂酒句相列成文也。洪補朱注似皆見及此，皆以蒸訓進說可通，尚不能條達四遂也。

“啟代益作后” 至 “何后益祚革而禹播降” 八句

按此八句言啟與益爭殺事。大義謂啟代益立爲天子，爲益所拘囚，而啟能起而殺益，承禹之緒。啟益皆勤勞於國，其身本無惡慝，何以后益短祚而禹則子孫繼世，至爲蕃衍也。王逸注、洪興祖補，有得有失，不全可用。茲請一一分釋如此。

（一）啟代益作后二句，此言啟求代益爲君，而遭益之囚也。按

《戰國策·燕策》"或曰禹授益而以啟爲吏，及老，而以啟爲不足任天下，傳之益也，啟與支黨攻益而奪之天下"。《韓非子·外儲説》"潘壽謂燕王曰古者禹死將傳天下于益，啟之人因相與攻益而立啟"云。《史記》言燕人説禹崩益行天子事，而啟率其徒攻益，奪之。即啟代益作后之事。啟益更立而相攻，《墨子·耕柱》篇亦載"夏后啟言使伯益殺雉以釁龜爲卜"。（原文作使翁雉乙卜于白若龜，此孫詒讓校翁難雉乙作"益殺雉己下，於白若之龜"。）亦啟益相關之事也。

（二）"卒然離蠥，何啟惟憂而能拘是達"三句者，卒然猶言終焉，離蠥者，王逸以爲遭憂是也。按蠥當作孼，讀私列切，與騷同聲，故離蠥即離騷。此即《竹書紀年》載益代禹立，拘啟禁之，啟反起殺益以承禹祀。離孼遭憂，即益拘啟之義（王逸以爲啟遭有扈氏之亂云云，他事參入，以遭憂爲有扈之憂，文義不順，不可從）。此正指益拘啟事也。故下句言何啟遭憂，而能于拘囚之中，逸出興師也。

（三）"皆歸躲觲，而無害厥躬。何后益作革，而禹播降"四句，皆字領下文，后益與禹二者通言之，歸讀《易·繫詞》"殊途同歸"之歸，謂歸也。躲觲當即躬鞠一語之異文。古從弓從矢從丁之字多不別。躬訓爲行，當爲原本作躬之證。觲字一作鞠，躬鞠即後世之悰悃。《廣雅》"謹敬也"，亦即《論語》"鞠躬如也"之鞠躬倒言。此言禹啟益三人皆謹敬於事，以事其國之人也。皆曰悎趣同也。無害厥躬者，申上句義也。害猶惡言其親身無惡也。何后益二句，作字當爲祚之聲借，播降者藩昌隆盛，指禹有天下之久也。播從番，故有藩義。古書蕃藩皆通。《周禮》"大曰樂播之以八音"，注"故番播爲藩"，是其證也。《尚書大傳·五行傳》"播國率相行事"，鄭注"播讀爲藩"，皆播藩通藩，即今繁字之借。降與隆同聲，皆轉注字。此四句言伯益與禹皆以謹敬爲一生指歸，而其身皆無惡害之行，何以后益不永其祚，而禹則後嗣藩隆也。

此一歷史公案，至此而定讞矣。

啟九辯與九歌兮，夏康娛以自縱。
不顧難以圖後兮，五子用失乎家巷

王逸曰“啟禹子也。《九辯》、《九歌》禹樂也。言啟能承先志，纘叙其業，養育品類，故九州之物皆可辯數：九功之德，皆次序而可歌也”。又曰“夏康啟子太康也。言太康不遵禹啟之樂，而更作淫聲，放縱情慾，以自娛樂，不顧患難，不謀後世，卒以失國，兄弟五人，家居閭巷，失尊位也”。按此四句文極可疑，不合常規。王逸未能是正，強爲之說，至使史實顛亂，文法錯誤，幾至不可讀矣。其失蓋有五。啟能承先志，纘叙其業云云一段，釋“啟九辯”句，意謂啟修禹樂，據《虞書》、《左傳》等定九歌爲禹樂。又以啟爲賢君，顯與屈賦所傳啟事相違，見後與《天問》“啟棘賓商”二句亦不合，且本文初無啟承先志之義，增字釋經，已近射覆，義違作者之意，則根柢已誤。其失一也。以夏康爲太康與下“不顧難”二句連爲一義，不與上句相貫，《離騷》無此文法。《離騷》句法，大類有二，一爲流水句，如“飲余馬於咸池兮”四句，“朝吾將濟於白水兮”四句，“紛總總其離合兮”四句皆是。二爲兩相關合之句，此又大別爲二類，以四句爲一韻，即以四句說一事，明一義者，如“昔三后之純粹兮”四句，“固時俗之工巧兮”四句皆是。一以四句一韻分上下兩解，各立一義，各說一事，“彼堯舜之耿介兮”四句，“夏桀之常違兮”四句皆是。詳釋例。若如王注，則“不顧難……以圖後”兩句之主詞爲夏康，其義其事皆謂夏康以自縱而失位家居，則是三句成一義一事矣。不僅《離騷》無此句例，即全部屈賦亦無此句法，以此四句文義評之，必爲一韻四句貫穿一事一義之例。此其失者二。又《離騷》每解四句之第二句末，必用一助字、介字或連字“而”、“以”、“此”、“乎”、“夫”、“其”、“且”、“焉”、“之”等以補足或連繫上句句義，而“以”字之用爲最多，如“皇覽揆余初度兮，肇錫予以嘉名”、“紛吾既有此内美兮，又重之以修能”、“民生各有所樂兮，吾獨好修以爲恒”、“吾令鴆爲媒兮，鴆告予以不好”皆是。而“啟九辯”二句，與“欲遠集而無所止兮，聊浮游以逍遥”、“保厥美以驕傲兮，日康娱以淫遊”句法正同。則此二句之主詞，必不爲夏康而必爲啟無疑。若如王說，則與《離騷》句例相違。其失三也。又屈子所傳啟事，如《天問》“何勤子屠母，而死分竟地”，以啟母化石屍骨分裂委地而生啟，何得更謂啟爲賢子云云，一問詳《天問注》之言觀之，與《竹書》所傳啟于益位等事，與《墨子·非樂》引武觀說皆合。則南楚三晋之于啟，蓋以鄒魯玄德之說不類，則此處“不顧難以圖後”正是啟事。而逸乃謂啟纘禹功，蔽於北儒鄙說，調停兩可，至於詞窮，遂生枝節。纘叙先功，巧同《書序》，厚誣原作，莫此爲甚。此四失也。又王釋“夏康娱”句云“言太康不遵禹啟之樂，而更作淫聲，放縱情慾，以自娱樂”云云。於屈文之外橫生枝節曰“不遵禹啟之樂”，曰“更作淫聲”，探經義以爲說歟？騁私心以爲說歟？讀者必能知之。自三代以來，論太康失國之事者，皆無縱情聲樂之說，何能私心作古，蓋由不審文義，信書過深，不敢懷疑，遂牽引解說，鑄此大錯。此其失五也。有一於此已足陷今人於塗泥。五失相構，則厚誣古人爲顛亂。故不能不詳析而明辯之。

　　“啟舞韶與九歌”二句，即《墨子》所云“啟乃滛溢康樂”是也。其“不顧難”二句則推本其禍，由於啟之失道，亦猶《墨子》言武觀之事，而推本於啟之滛溢康樂也。戰代南北二賢唱歎啟失，同其臭味，亦事理之在人心，有必然不可易老耶？皮鹿門曰“古者嘉樂不野合，啟舞大樂于野，故屈子墨子皆以爲譏。以古書考之，啟非賢主。王逸注騷，疑啟賢，不應有此失。乃以夏康二字連讀，傅會爲此序《尚書·五子之歌之序》也。之太康，引此《書序》云云，是誤解《離騷》，而因誤解《書序》，自王逸始云”。其言諒矣，自余說以解此四語，自文法至史實皆無不與屈子全書吻合，非余之好辯也已。

　　“啟九辯與九歌兮”句法極特殊，無動詞，例又不得爲省略，在屈賦爲僅見之特例，其中必有譌誤。《九辯》之說，除《離騷》外，僅見《天問》、《山海經》。《天問》“啟棘賓商，九辯九歌”，句法亦至奇特，亦無動詞,與《離騷》此句似爲後人同例之改纂。而《山海經》之文又顯襲《天問》。戰國以前傳九歌者,皆以爲舜禹之樂,齊魯三晉之書,莫不如是。倘啟更有賓天得歌之説,其爲可異,南學必不僅一屈子知之,莊列記古樂至多,而不一一言及此,已至可怪,啟奪益位,不遵父命,不孝不讓,儒家正欲彌縫其失。有此玄德陟在帝所,何以不采其説爲夏啟神化,以彰其家天下之思想。雖漢之儒者亦不傳此,則漢儒尚不知之。三晉之《左傳》與《竹書》、《墨子》亦不一言,《紀年》所傳故事,十九與南楚合,而亦不傳此説,爲尤可怪也。必其根本非戰國時人之説從此可知矣!則此與《天問》兩處皆必漢以後人所竄亂無疑。且《山經》、《竹書》、《帝王世紀》諸書又傳啟滛樂事,有九韶之語,見下引又何以相左如是!又揚雄《反離騷》云“臨江瀕而掩涕兮,何有九韶與九歌”。楊摭屈文而反之,亦言韶而不言辯,則雄時《離騷》、《天問》尚不作九辯矣。故以九辯一名之史實言,闇淡奇詭一至於此,以《離騷》、《天問》兩處傳言而觀,其文法上之不可通,顯有竄亂而如此,則必爲西漢以後淺人竄亂無疑。按《開筮》曰“昔彼九冥,是與帝辯,同宮之序,是謂九歌”,又曰“不得竊辯與九歌以國於下”,兩事具見《歸藏》,辯名之始,惟見於此。則漢世今文家之奇説矣,然尚不以九字冠之,又以“與帝辯同宮之序,是謂九歌”二語觀之,則當時尚以辯即九歌,不爲兩事。王逸以今文家逸事見《後漢書》言其爲《楚辭章句》及詩歌若干篇,其師承不明,然章句多用今文説,而詞賦家義近今文,故余斷其爲今文家也。爲《楚辭章句》,顯以宋玉《九辯》次《離騷》之後爲第二,則所以應《離騷》、《天問》“九辯九歌”二義而爲之者,其義至明,尊重九辯之甚,始於王逸,則引九以冠辯之上,或且自始矣,傳《山經》者又據逸之説,以竄亂入書轉相因依,是非遂以不明矣。《九辯》本十節不止於九占今彌縫之者多不當。按《離騷》又言“奏九歌而舞韶兮”,《遠遊》之言“二女御九韶歌”,《虞書》、《莊子》、《吕覽》、《淮南子》又多言九韶,字又作招昭等,余以爲“韶”乃樂器之名,即磬鼗之借字。韶者鼓磬以爲歌樂之節奏者也。以樂舞言曰九韶,以歌言曰九歌,既歌且舞則曰“奏九歌而舞韶”

詳《九歌》篇注。故余疑辯字爲"韶"之誤，蓋於古有據。按辯小篆作𧦝韶作𧥜，形至相似，故可譌也"。余又疑《開筮》之"辯"，亦"韶"之譌，故改辯爲韶，"與帝韶同宮之序，謂之九歌"，言與帝樂舞韶樂，則同宮之序，即同一宮調之意，謂《九歌》也。故"啟九辯"句，疑本作"啟舞韶與九歌兮"。"舞韶"見《離騷》之末，舞字可包舉九歌，亦猶《遠遊》言"二女御九韶歌"，舉韶可包舉歌也。《天問》之九辯，亦同此例，應作"舞韶九歌"。於是戰代以前史實差無乖戾矣。

文字之是正已畢，請爲之注曰：

"啟舞韶與九歌"者，又見《天問》"啟棘賓帝，舞韶九歌"，又見《離騷》篇末"奏九歌而舞韶"。韶與九歌，皆舜禹之樂也。《尚書》"簫韶九成"，《莊子》"舜有大韶"，《呂覽》"帝舜乃令質修九招六列六英，以明帝德"，又曰"禹命皋陶作爲夏籥九成，以昭其功"，《路史後記》十三注引《紀年》"九年舞九韶"，《御覽》八十二引《紀年》"啟升后十年舞九韶"（原誤作世紀，此從王先生校），《淮南子》"夏后氏其樂夏籥九成六佾六列六英"，《山海經·大荒西經》"西南海之外，赤水之南，流沙之西，有人珥兩青蛇，乘兩龍，名曰夏后開。開上三嬪於天，得九辯與九歌，以下此大穆之野，高二千仞，開焉得始歌九招"，依文義言之此謂九辯九歌爲九招，亦即余所謂韶歌異名同實之證也。皆是。其他見於《周禮·大司樂》注，《左傳》季札"舞韶"注，《樂記》"韶紹也"注，《尚書大傳》、《白虎通》、《漢書·禮樂志》、《說文》皆同。《史記》載此事則言"四海之內咸載舜之功，於是禹與九招之樂致異物，鳳凰來儀"云云。若言禹爲舜作之樂，此調停兩可之説也，則啟舞韶與九歌者，正王逸"啟修禹樂之義"矣。

啟九辯與九歌句。

《離騷》"奏九歌而舞韶兮"。注"《九歌》九德之歌，禹樂也。九韶舞樂也"。朱珔《文選集釋》云"案如注説，舜禹竝舉，即不應禹在舜上，此當是一事，陳氏逢衡云：韶作於舜而禹親承之，命皋陶作夏籥九成，以昭其功。説見《呂覽》。《路史》亦言禹騈三聖乃與九招，招即韶也"。余謂《尚書大傳》言招樂興於大麓之野，舜爲賓客，而禹爲主人。下云成禹之變，垂於萬世之後。又言廟中歌大化、大訓六府九原而夏道興。鄭注云四章皆歌禹之功，據此則韶亦屬禹，言奏九歌時，即爲韶舞。故《周禮》以九德之歌，九磬亦即韶之舞連文，非截然分説也。又《大荒西經》云"夏后開得九辯與九歌以下"，下云"開焉得始歌九招"，《竹書》夏帝啟十年巡狩，舞九韶於大穆之野。然則此語與前文"啟九辯與九歌"正是一類。

"不顧難以圖後"者。

《天問》"啟代益作后，卒然離蠥，何啟惟憂，而能拘是達"，《竹書》益代禹立，拘啟禁之，啟反起殺益，以承禹祀"，《戰國策》"禹授益而以啟爲吏，及老，而以啟不足任天下，傳之益，啟與支黨攻益而奪之天下"。此事又見《韓非·外儲説》、《史記·燕世家》。蓋戰國所傳啟益爭立之故事也。"不顧難"者，言啟既爲天子，不回顧其得天下閱閱之不易，即指此事爲説，且與《天問》相應，"以圖後"者，謂啟詁謀不善，子姓姦回，至有五子失於家門之事，即所以引起下文一句，而言爲下句"用"字設辭也。

"五子用失乎家巷"者。

《楚語》士娟曰"啟有五觀"，《春秋傳》曰"夏有觀扈"，王符《潛夫論》"夏后啟子太康仲康更立，兄弟五人皆有昏德，不堪帝事，降須洛汭，是謂五觀"。按五子指太康兄弟五人言。五觀應作武觀乃啟之季子。諸書皆誤合爲一，非也。然五子中有武觀，故微引不妨兩用。別詳余《尚書新證》。"用失乎家巷"者，王引之云"失字因王注而衍，注内失國失尊位，乃釋家巷二字之義，非文中有失字而解之也。五子用乎家巷者，用乎之文，與用夫、用之同。下文云'日康娛而自忘兮，厥首用夫顛隕；后辛之菹醢兮，殷宗用之不長'是也。若云五子用失乎家巷，則是所失者家巷矣，注何得云兄弟五人家居里巷失尊位乎？揚雄《宗正箴》曰，昔在夏時，太康不恭，有仍二女，五子家降。降與巷古同聲通用，亦足證家巷之文爲實義，而用乎之文爲語詞也。巷讀《孟子》'鄒與魯鬨'之鬨，家猶内也"。按王説是也。用乎與用夫，用之爲《離騷》習詞，以"日康娛而自忘，厥首用夫顛隕"比之，句法全同，則失爲衍字無疑，五字構兵事，即嘗麥解之"假國無正，用胥與作亂"，汲郡古文云"帝啟十一年，放王季子武觀於河西，十五年武觀以河西畔"。武觀爲啟季子，而有畔亂故曰家閱也。

"圓枘方鑿"句

杭世駿《訂訛類編》卷一云"《考工記》'調其鑿枘而合之'，宋玉《九辯》'圜枘而方鑿兮，吾固知其鉏鋙而難入'。圜圓同。枘從小，内，音芮，木枘所以入鑿者。楊升庵曰"今人作文襲用枘鑿不相入。夫枘鑿本相入之物，惟方枘圓鑿按《史記·孟子傳》作方枘圓鑿，升庵從此。則不相入，今去方圜字，字義不通。甚者枘作柄，尤可笑也"。

"正始昆只"句

《大招》"正始昆只"，王逸注"昆後也"。朱熹注"正其始以及後人也"。大足徐君云"按正始昆，朱熹承王逸注，謂正其始以及後人，文義不通。昆宜訓明訓盛，謂楚士若雲，三圭重侯，能察夭隱，存孤寡，楚政既明，楚國正盛。鄭注《王制》云：昆，明也。《廣雅·釋詁》二'昆盛也'，昆通焜。《方言》'焜晠也'，服注《左傳》'焜明也'。明與盛義亦相近。下文曰'人阜昌只'，《廣雅》'昌阜盛也'，又曰'德澤章口'，王注'章明也'，又曰'善美明只'，昆阜昌章明皆同義詞，四句分用，可證昆不當訓後"。按徐説是也。昆字《楚辭》惟此一見。

"朝吾將濟於白水兮"二句

《離騷》"朝吾將濟於白水兮，登閬風而緤馬"。於字，洪引一本，錢引一本，并作乎。按乎字誤，今本作於是也。季鎮淮云“《離騷》句法凡二句中連用介詞於乎二字時，必上句用於字，下句用乎字。‘朝發軔於蒼梧兮，夕余至乎縣圃’、‘飲余馬於咸池兮，總余佩乎扶桑’、‘夕歸次於窮石兮，朝濯髮乎洧盤’、‘覽相觀於四極兮，周流乎天余乃下’、‘朝發軔於蒼梧兮，夕余至乎西極’。胥是其例。若於乎二字任用一字，亦必於在上句，乎在下句。‘雖不周於今之人兮，願依彭咸之遺則’、‘步余馬於蘭皋兮，馳椒丘且焉止息’、‘説操築於傅岩兮，武丁用而不疑’。於字在上句；‘冀枝葉之竣茂兮，願竢時乎吾將刈’、‘衆皆競進以貪婪兮，憑不猒乎求索’、‘忳鬱邑余侘傺兮，吾獨窮困乎此時也’、‘悔相道之不察兮，延佇乎吾將反’、‘忽反顧以游目兮，將往觀乎四荒’、‘鮌婞直以亡身兮，終然殀乎羽之野’、‘何所獨無芳艸兮，爾何懷乎故宇’、‘委厥美以從俗兮，苟得列乎衆芳’、‘及余飾之方壯兮，周流觀乎上下’、‘靈氛既告余以吉占兮，曆吉日乎吾將行’、‘國無人莫我知兮，又何懷乎故都’是也。此文‘朝吾將濟於白水兮，登閬風而緤馬’正符上句用於之例，一本作乎，決非例，不可從”。按季説是也。別參於……乎一條。

圖　表

一、夏代帝系圖

```
一　二　　三
禹—啓—太康
　　　　四　　五　　　六　　七　　八　　九　　十　十一　　十四　　十五　　十六　　十七
　　　　仲康—相—少康—杼—槐—芒—泄　不降—孔甲—皐——發——履癸
　　　　　　　　　　　　　　　　　　十二　十三
　　　　　　　　　　　　　　　　　　扃——厪
```

二、殷代先公先王世系圖

自湯建國至帝辛自
焚共歷六百四十四年

上表依董作賓氏《甲骨文斷代研究》一文所列，董氏蓋依王國維先生《殷先公先王考》而補充之，與今《史記·殷本紀》大同而小異。茲校其異於下：

1. 昭明、昌若、曹圉三世甲文無徵。

2. 冥，甲文作季，王君説。

3. 核、恒二世，核，《史記》作振；恒，史無徵而徵之於《天問》。

4. 報乙、報丙、報丁，《史記》作報丁、報乙、報丙。

5. 大乙，《史記》作天乙。

6. 沃丁、大庚，《史記》作大庚、沃丁，甲文作虎祖丁，下沃甲之沃亦作虎。

7. 陽甲、盤庚、小辛、小乙，《史記》次序全倒，作小乙、小辛、盤庚、陽甲。陽，甲文作羌。

8. 祖己、祖庚、祖甲，《史記》無祖己，又祖甲、祖庚次與甲文異。

9. 廩辛、康丁，《史記》祖次互易，又甲文廩作兄、康丁作康祖丁。

10. 文丁，《史記》作太丁，甲文作文武丁。

三、西周階級制的五等禮文表

等 / 禮文	天 子	諸 侯	卿大夫	士	庶 人	備 考
贄	鬯	圭	雁	雉	鶩	
服	龍袞	黼	黻	元 衣		
玄冠	朱組纓	丹組纓		綦組纓		
笏	球 玉	象	魚須文竹	竹本象		
韠	朱	朱	素	爵 韋		
	直	前 方 後 方	前方後挫角	前後正		
佩	白玉元組綬	山玄玉朱組綬	水蒼玉純組綬	璊玫緼組綬		
		世子瑜玉綦組綬				
帶	素朱裏終辟	素終辟	素辟垂	居士錦弟子縞		
祭	天地四方山川五祀	方祀山川五祀	五 祀	先		
牲	犧 牛	肥 牛	索 牛	羊 豕		
射 樂	騶 虞	貍 首	采 蘋	采 蘩		
妃	后	夫 人	孺 人	婦 人	妻	
塞	外 屏	内 屏	簾	帷		

續 表

续 表

等 禮文	天子	諸侯	卿大夫	士	庶人	備考
田	千里	公侯伯百七十里	天子卿視伯大夫	天子元士視附庸		
		子男五十里三公視此	子男			
堂	九尺	七尺	五尺	三尺		
閣	左右達五	房中五	閣三	於坫一		
食	一	再	三	三		
豆	二十六	公十二侯六	上大夫八下六			
席	五重	三重	再重			
旒	十二	九	上大夫七下六			
卿	九	大國次國三小國二				
廟	七	五	三	上士二下一	寢	
祀	七	五	三	二	一	
殤祭	五	三	二	子	子	
耕推	三	三公五諸侯九	九			

上表據劉師培《中國歷史教科書》所列錄補。

貴族特權：命夫命婦不躬坐獄，王族有罪不即市。

庶人不立廟，不得行冠禮，葬親不爲雨止。《爾雅》士特舟，庶人乘泭。

劉氏曰：周代以前等位區分戚由職業。（一）居上位者祭禮隆，居下位者祭禮殺。（二）居上位者握兵符，居下位者失兵柄。（三）居上位者富于財，居下位者絀于財。（四）居上位者豐于學，居下位者嗇于學。然至用則貴有常尊，賤有等威。左宣元年常尊即世襲，等威即階級。然卑賤之士不得筮仕于朝。

又曰奴隸起源有三故：（一）緣兵爭。（二）緣刑法身罹重辟，則籍家族爲奴，故輿儓台僕咸爲嬰罪之人。_{俞正燮《癸巳類稿》有僕目台義。}僮僕奴隸之名咸由罪人立名。（三）緣財政。_{《曲禮》問大夫之富，曰，有宰食力。宰即家臣，視奴爲財也。}

圖 版

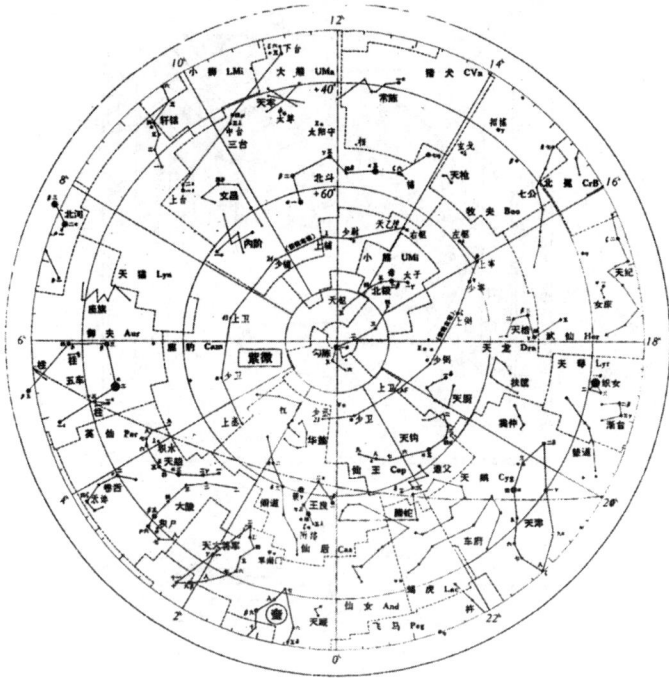

天一 天文圖

（《考古》1975 年 3 期中西合璧）

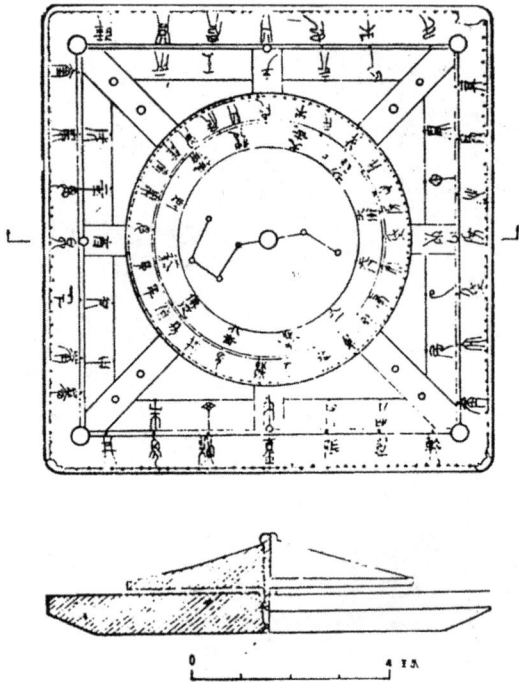

天二　式盤

（武威磨咀子漢墓出土。凡分天盤、地盤兩庚。天盤即中間圓形一圖，分兩圈：內圈刻十二月神名，外圈刻二十八宿名，圓心刻北斗星圖，中一星特大，爲天地兩盤間軸心。外圖方式者爲地式圖，亦分兩層：內層刻十干名，外層刻二十八宿名。參《文物》1972年 12 期）

天三　日神像磚

（成都揚子山一號墓出土。見
《四川漢畫磚選集》圖版 40 ）

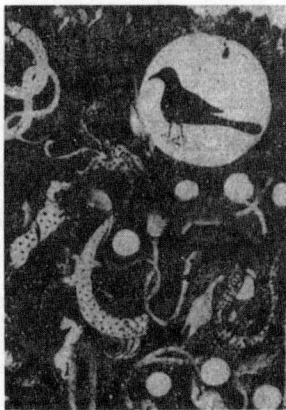

天四　十日與金烏圖

（西漢馬王堆帛畫。見《文物》
1972 年 9 期，參馬王堆帛畫）

天五　扶桑木圖

（濟源縣軹成公社泗澗溝村出
土。見《文物》1972 年 3 期，參
十日與金烏）

天六　羿彈日烏解羽圖

（見《楚辭圖注・天問》）

天七　羲和圖

（西漢馬王堆帛畫。見《文物》1972 年 9 期圖版 4，細部參馬王堆帛畫）

天八　伏羲女媧圖

（四川郫縣東漢石棺畫。見《文物》1975 年 8 期）

天九 伏羲女媧像石刻

（重慶盤溪后壁石刻。見《文物》1977
年 2 期）

天十 伏羲捧日圖

（四川合川東漢墓石刻。見
《文物》1977 年 2 期）

天十一 青龍浮雕

（見《文物》1977 年 2 期）

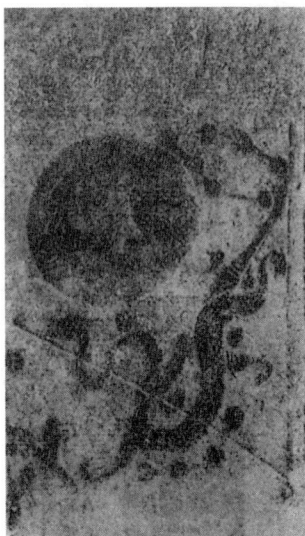

天十二　蒼龍星座

（南陽出土。見《文物》
1973 年 6 期）

天十三　龍畫像

（見《文物》1963 年 4 期）

天十四　白虎星座圖（摹畫）

（南陽出土。見《文物》1973 年 6 期）

天十五　朱雀銅燈

（河北滿城出土。見《文物》1972 年 1 期）

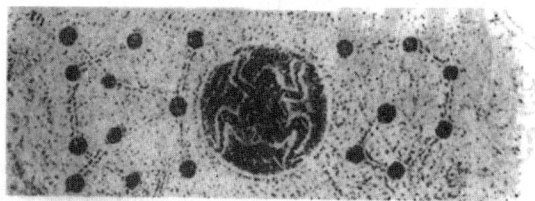

天十六　月中蟾蜍圖

（南陽石刻。參馬王堆帛畫上截左邊日圖）

天十七　玉兔搗藥圖

（鄭州新通橋西漢畫像磚。見《文物》1972 年 10 期）

天十八　牛郎織女星座

（見《考古》1975 年 1 期）

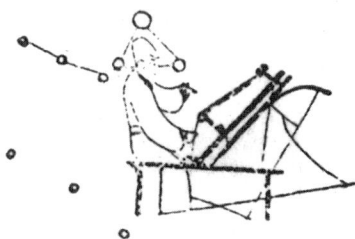

天十九　織女圖

（漢孝堂山石刻。《考古通論》1956 年 1 期）

天二十　鼇戴圖

（馬王堆墓帛畫。《文物》
1972 年 9 期）

天二十一　西漢馬王堆墓帛畫

（長沙馬王堆出土。此畫作爲一群
天文與人死陞天傳説總載）

天二十二　北斗星圖

（山東濟寧武梁祠漢畫像石）

天二十三　西王母故事畫像

（沂南漢墓出土。《文物》
1963 年 4 期）

天二十四　羽人飛廉畫

（《文物》1973 年 6 期）

天二十五　陞仙畫

［旅順營城漢墓壁畫陞仙圖。孫作雲氏有説解云：此圖分上下兩段，下一段爲人間祭祀之圖，上一段爲死者陞仙圖，當中帶劍者爲墓主人，相當於帛畫當中的女子。主人的前方爲“方士”一類人物，蓋導引死者陞天，其最前方在雲中騰躍的“怪人”爲仙人（羽人），即死者所欲化成的對象，其上爲“朱雀”，最後爲“蒼龍”，皆爲伴隨死者陞天的神物，等於帛畫中的龍與鳳］

天二十六　仙人乘鹿圖

（南陽漢畫像石刻。《文物》
1973 年 6 期）

天二十七　飛仙龍紋銅鏡

（見戰國繪畫資料）

地一　中國史前文化遺址圖

（附周口店位置圖）

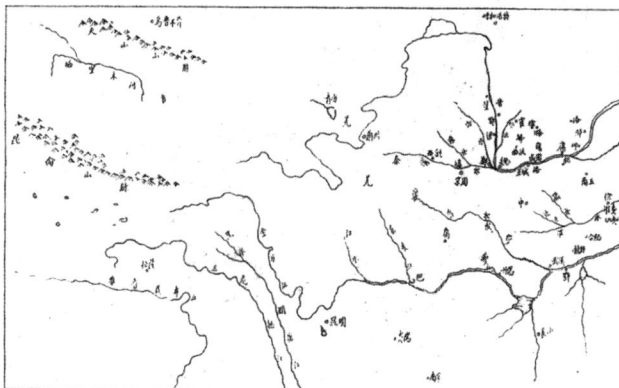

地二　西極崑崙圖

地三　古三苗疆域圖

地四　禹貢九州圖

地五　春秋時代圖

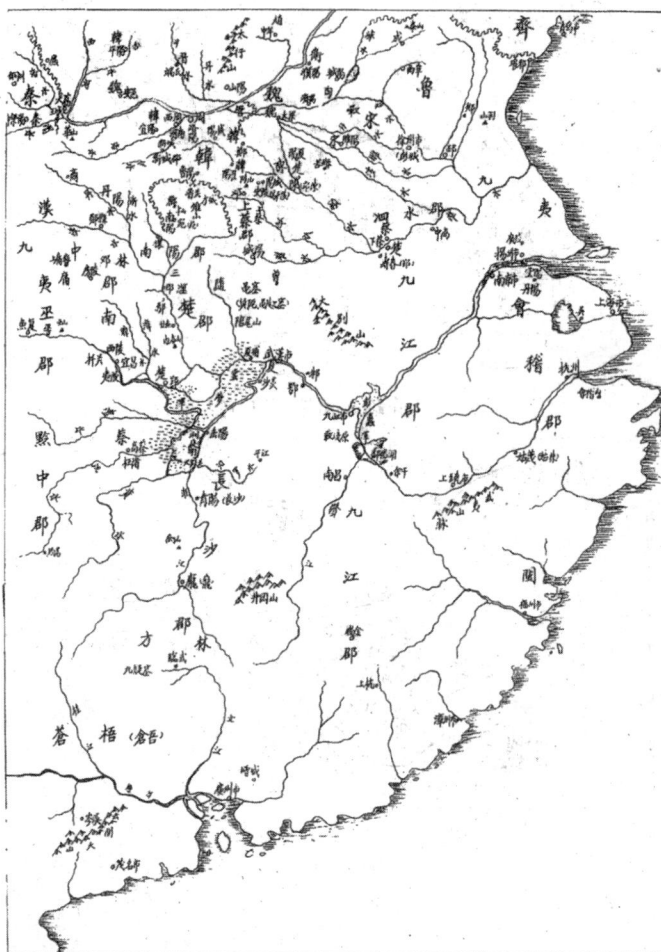

地六　戰國楚疆域圖

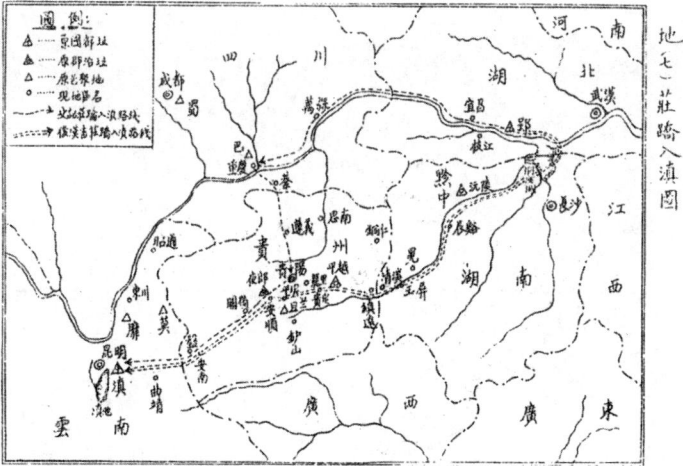

地七　莊蹻入滇圖

（于乃仁作）

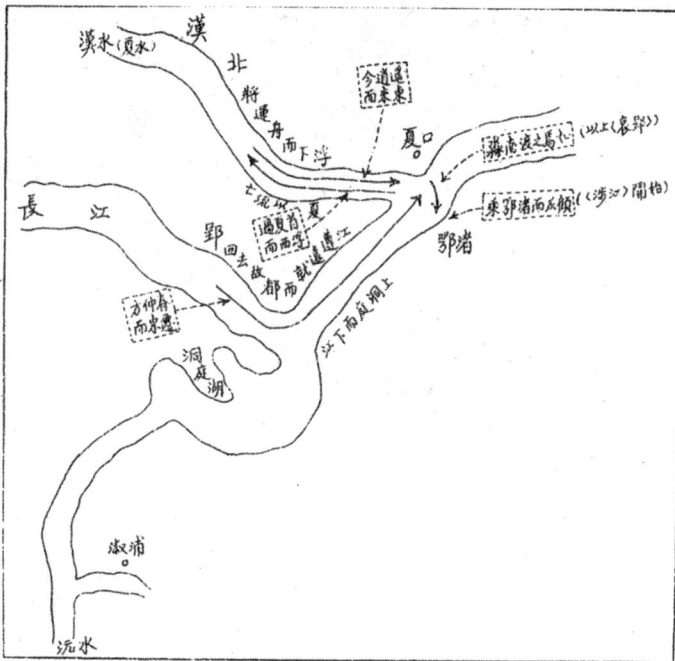

地八　屈子遊踪圖

（張葉廬作）

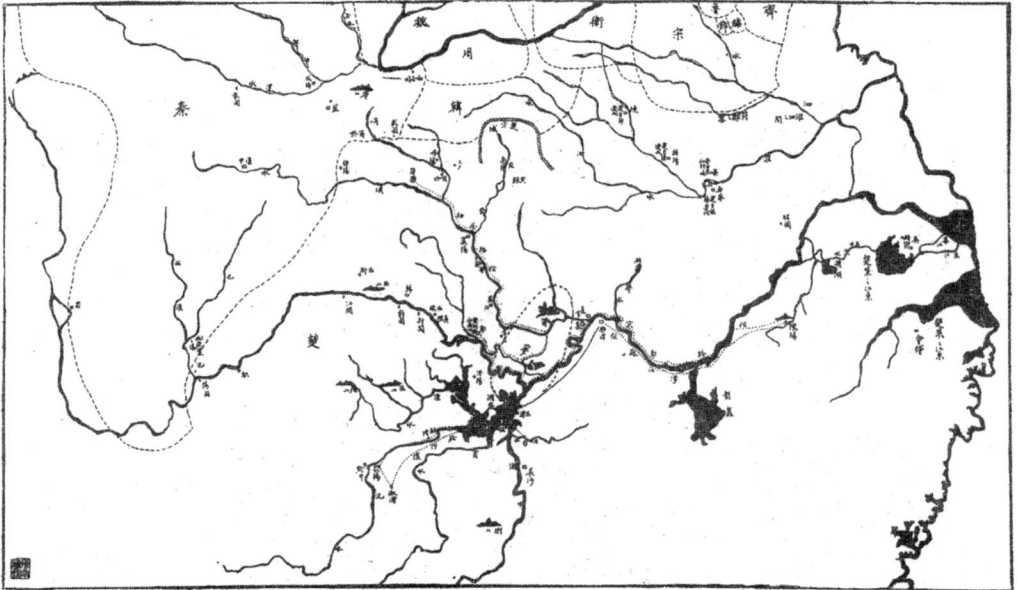

地九　屈子放逐圖

（劉操南作）

地十　秦楚黔中郡地望示意圖

（嚴耕望作）

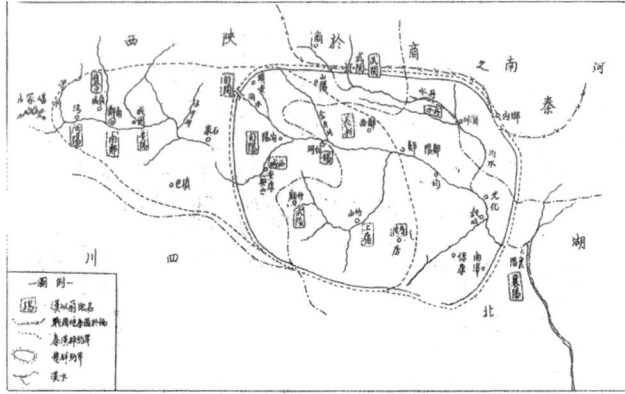

地十一　楚置漢中郡地望示意圖

（嚴耕望作）

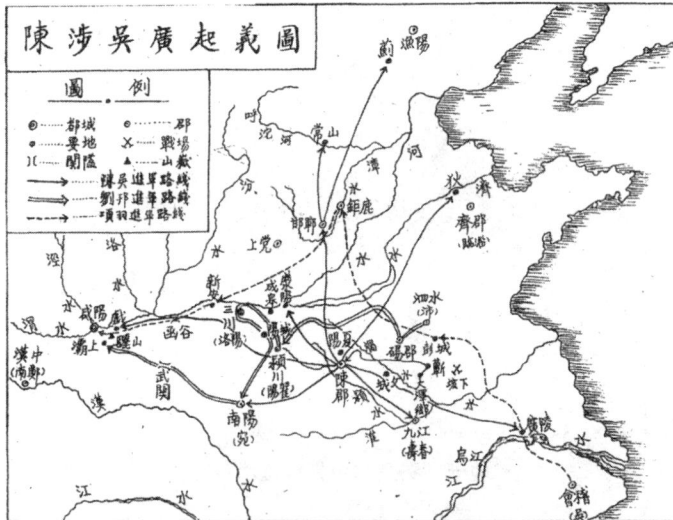

地十二　陳涉吳廣起義圖

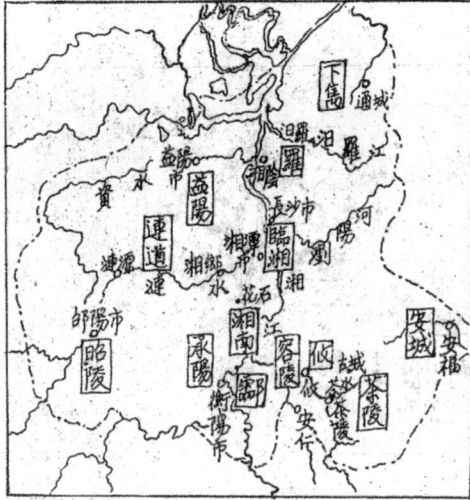

地十三　西漢長沙國示意圖

（據黃盛璋、鈕鐘勛《有關長沙馬王堆漢墓的歷史地理問題》所附圖②）

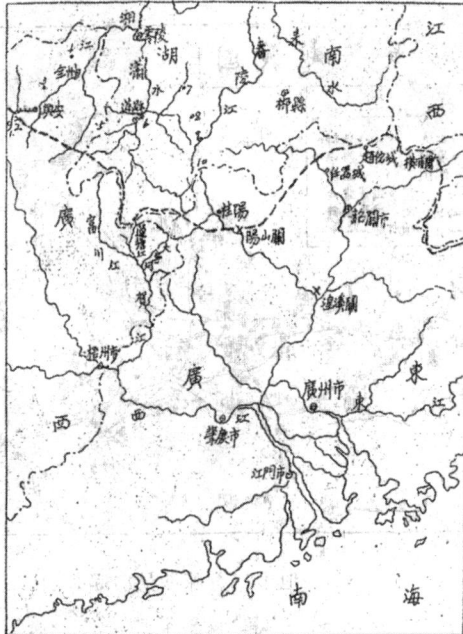

1. 越城　2. 秦城　3. 零陵　4. 洮陽　5. 觀陽　6. 營浦　7. 舂陵　8. 泠道　9. 南平　10. 齕道

地十四　秦長沙郡漢初長沙國南界圖

（據譚其驤《馬王堆漢墓出土地圖所説明的幾個歷史地理問題》一文所附圖）

人一　殷代人像

（殷墟石刻。《文物資料》
1955 年 1 期）

人二　周人像（銅質）

（洛陽金村出土。《文
物參考資料》1955 年 2 期）

人三　東周陶人像

（選自《新中國的考古
收獲》圖版 51）

人四　戰國木俑

（河南信陽長臺關 1 號墓出土。
選自《新中國的考古收獲》圖版）

人五　楚木質俑

（長沙楚墓出土。
現藏上海博物館）

人六　戰國楚粉繪木俑

（長沙出土。見《戰國繪畫資料》。
斜領寬袖寬邊合參圖 7）

人七　戰國楚女人畫像

（長沙出土。與帛畫陞天像及
粉繪木俑相參，爲楚好細腰見證）

人八　戰國楚女俑（木質）

（江陵鳳凰山出土。《考古》
1976 年 1 期）

人九　西漢雜技陶俑群

（山東濟南出土。見《文物》1972 年 1 期）

史一　屈原像

（元趙孟頫畫，以李公麟原本爲據，
爲現存最古原像。現爲張大千所據有）

史二　朱熹像

（用《國粹學報》所載）

史三　王夫之像

（用《國粹學報》所載）

史四　廖平像

制一　商代宮殿

（商代盤龍城宮殿復原圖。《文物》
1976 年 1 期）

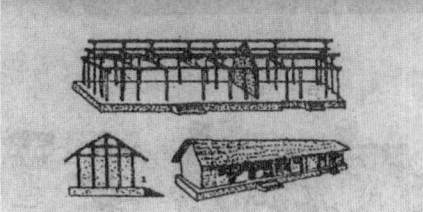

制二　殷代柱礎及屋頂圖

（殷虛柱礎遺存及其屋頂復原圖。
見《中國青銅器時代》圖版 16）

制三　鳳闕圖

（四川成都揚子山 10 號墓出土。見
《四川漢畫像磚選集》圖 3）

制四　鄭韓故城城牆遺迹

（見《文物》1972 年 10 期）

制五　沂南漢墓建築圖

（見《文物》1961 年 12 期）

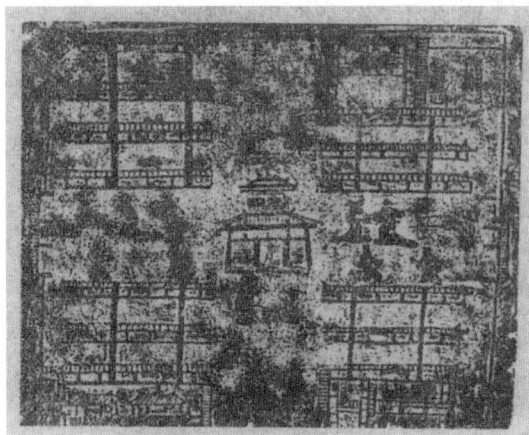

制六　市井圖

（四川新繁出土。見《文物》
1973 年 3 期）

制七　漢代市井圖

（四川廣漢出土畫磚。《文物》
1973 年 3 期）

制八　漢代園囿圖

（四川成都漢畫像磚。《文物》
1961 年 12 期、《考古》1976 年 2 期）

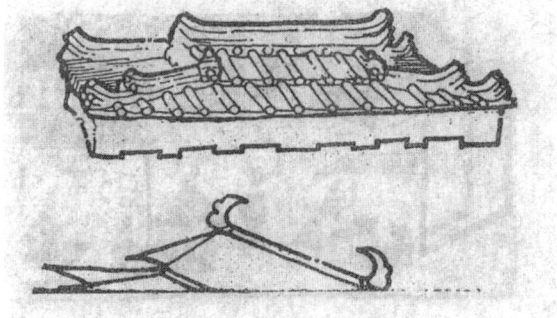

制九　翠翹示意圖

（《考古》1976 年 2 期）

制十　雙闕圖

（四川郫縣出土畫磚。《文物》1975 年 8 期）

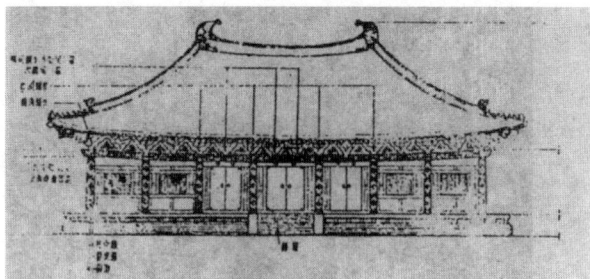

制十一　《營造法式》大木作

（宋《營造法式》大木作制度主圖示意圖）

制十二　傳經講學圖

（成都漢墓出土。《文物》1975 年 4 期）

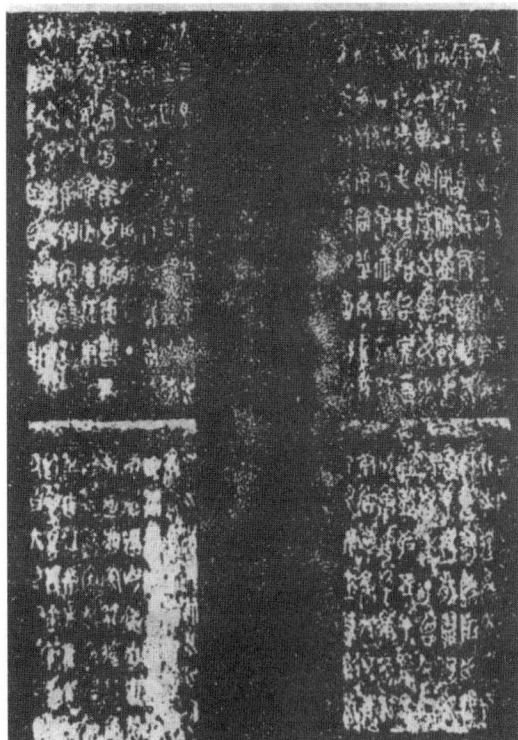

制十三　鄂君啟節

（安徽壽縣王家園戰國墓出
土。《新中國的考古收獲》）

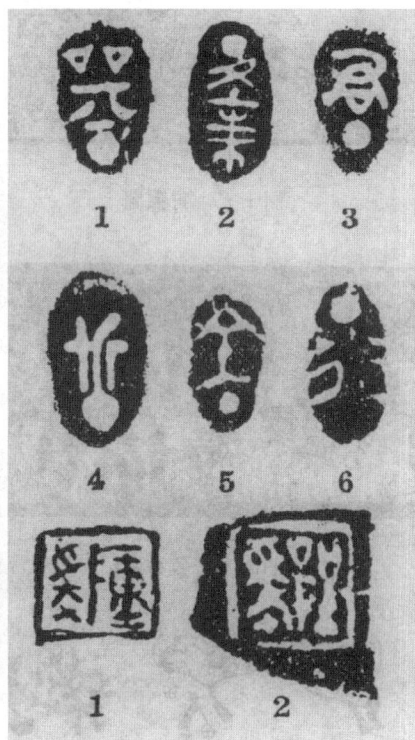

制十四　楚幣

（《考古》1973 年 3 期）

制十五 狩獵圖

（嘉峪關出土。《文物》1972 年 12 期）

制十六 牧畜圖

（嘉峪關出土。《文物》1972 年 12 期）

戰國銅器上的采桑圖

1. 故宮藏宴樂射獵采桑紋銅壺　2. 輝縣琉璃閣出土采桑紋銅壺蓋

制十七 采桑圖（戰國）

（嘉峪關出土。《文物》1972 年 2 期）

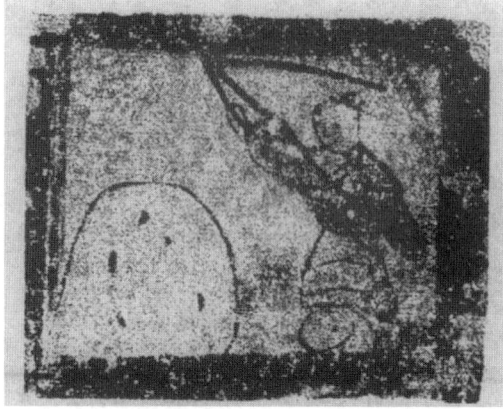

制十八　打塲圖

（嘉峪關出土。《文物》1972 年 12 期）

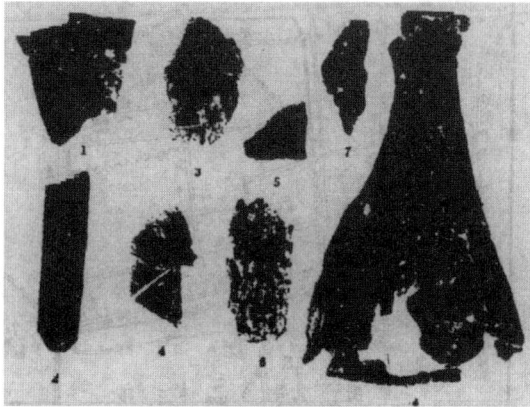

制十九　商族鳥圖騰甲骨

（《文物》1977 年 1 期）

制二十　水嬉圖

（四川郫縣漢磚。《文物》1975 年 8 期）

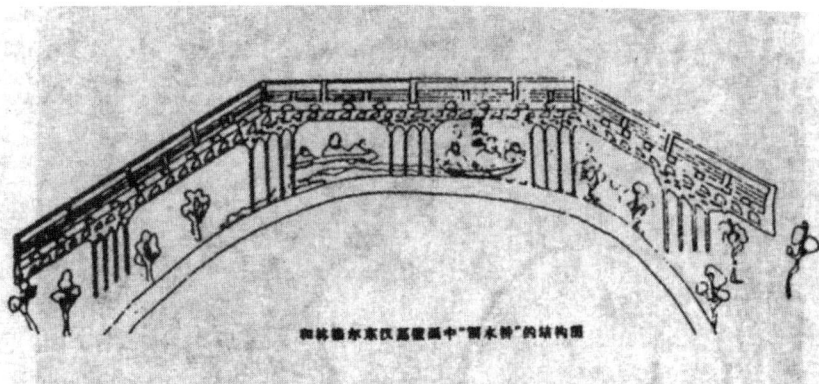

制二十一　渭水橋結構圖

（和林格爾東漢墓壁畫。《文物》1974 年 1 期）

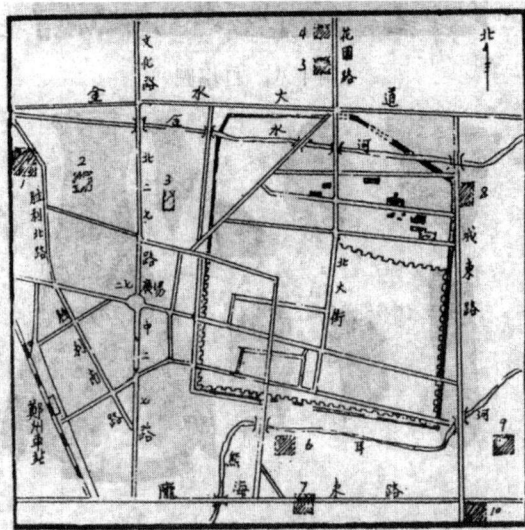

1. 制陶作坊遺址　2. 人民公園墓葬區　3. 銅方鼎出土處

4. 制骨作坊遺址　5、7. 冶銅作坊遺址　6. 鄭州烟廠墓葬處

8. 白家莊墓葬區　9. 楊莊墓葬區　10. 二里岡

制二十二　古代城址示意圖

（河南省博物館、鄭州市博物館《鄭州商代城遺址發掘報告》中“鄭州商代城址示意圖”）

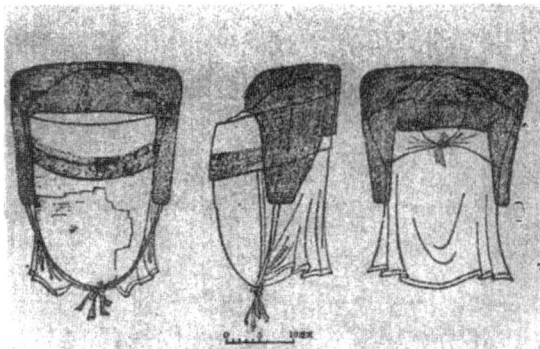

文一 屋形冠

（武威磨咀子漢墓男尸屋形冠復原圖。
見《文物》1972 年 12 期）

文二 紗帽

（馬王堆 3 號墓漆纚紗帽。
見《文物》1974 年 7 期）

文三 金縷玉衣

（女像，河北滿城，中国科學院考古研究所《滿城漢墓的發掘經過》，1968 年 7 月發
掘，墓主爲漢中山靖王劉勝妻竇綰。墓鑿於山崖中。勝墓二主亦著玉衣）

文四 西漢婦女服式

（馬王堆出土。見《文物》1973 年 9 期。
參馬王堆帛畫墓主陞天圖（中段）之 3 女人）

文五 西漢婦女之襦與裙

（武威磨咀子出土。
《文物》1972 年 12 期）

文六　西周斜紋提花組織圖

（《文物》1976 年 4 期）

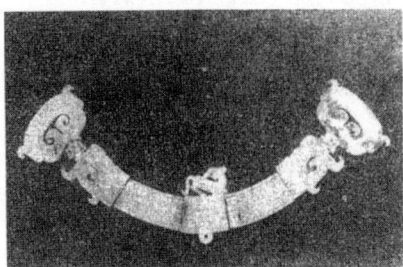

文七　玉璜

（河南輝縣固圍村出土。《新中國的
考古收獲》圆版 55）

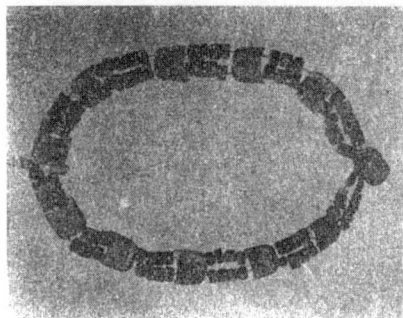

文八　玉項鍊

（上村嶺虢國墓出土。《新中國的考
古收獲》圖版 46）

文九　帶鈎、印等銅器

（長沙出土。《长沙發掘報告》）

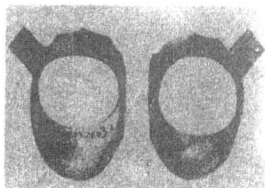

文一〇　骨鞢（東周）

（洛阳中州路出土）

文一一　皇觹、玉環、帶鈎（戰國）

（安徽壽縣趙家老孤堆出土。轉錄自《全國基本建設工程中出土文物展覽圖録》第2冊圖版119之3）

文一二　骨簪

（江陵鳳凰山八號墓出土。《文物》1974年6期）

文一三　銅笄

（山西牛子坪出土。《文物》1972年4期）

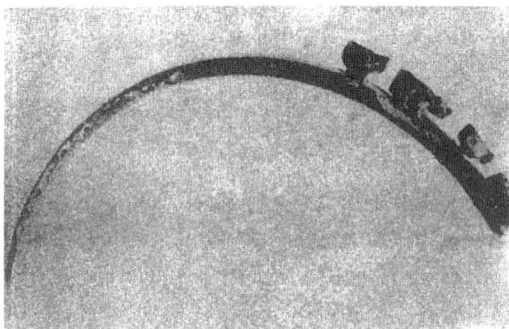

文一四　花笄

（濬縣辛村出土。見原書）

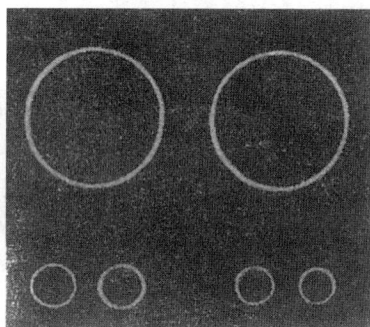

文一五　手鐲、戒指

（《文物》1972年11期）

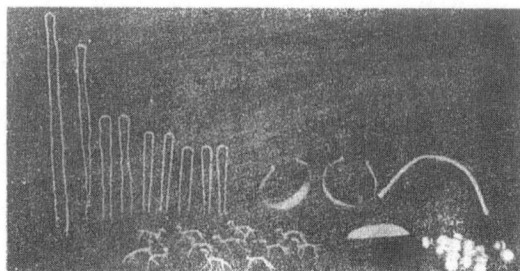

文一六　金釵、金釧等

（《文物》1972年1期）

文一七　觿

（濬縣辛村出土）

文一八　帶鈎（銀包金鑲玉，戰國）

（河南輝縣固圍村戰國 5 號墓出土。
《新中國的考古收獲》圖版 55 之 2）

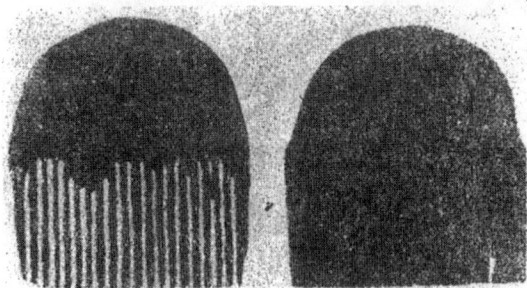

文一九　木梳、箆

（見《文物》1956 年 11 期）

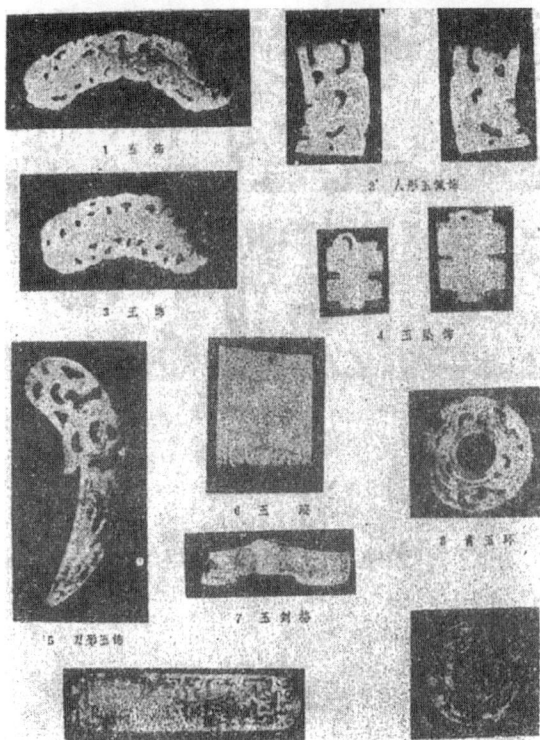

文二〇　玉飾群

（河北定縣出土。《文物》
1973 年 11 期）

文二一　西周飾面玉

（長安張家坡出土。《新中國考古收獲》圖版 35 之 2）

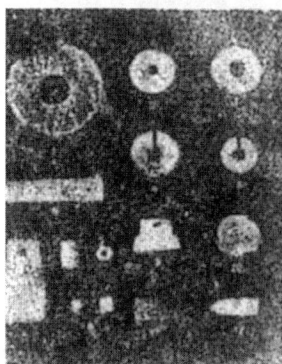

1、2、3.璧　4、5.玦　6、11.長方板　7.礪石　8.紅瑪瑙珠　9.馬蹄形玉　10.璇璣　11.玉戈

文二二　玉器群

（《濬縣辛村》圖版 50）

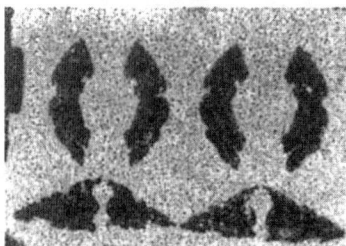

文二三　烏形玉飾

（玉飾，烏形，衝齋藏。見《古玉圖書錄》）

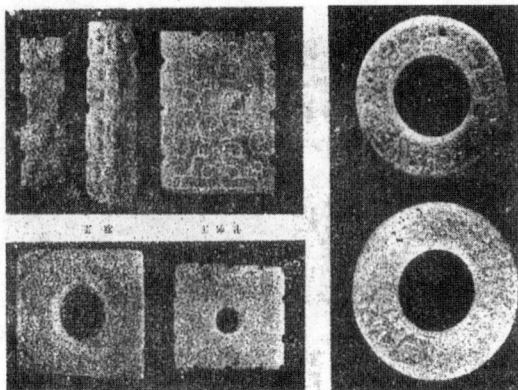

文二四　玉璧、牙、玉琮三飾

（《文物》1972 年 4 期）

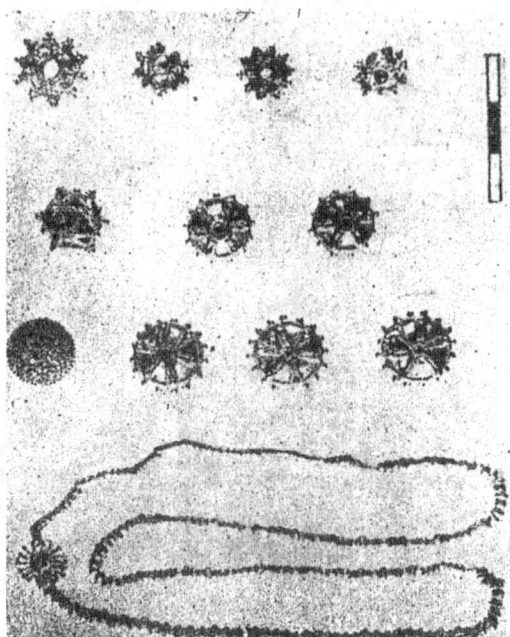

文二五　小珠飾

（長沙五里碑出土。《文物》1960 年 3 期）

物一　戰國車型

（河南輝縣琉璃閣 131 號墓戰
國車馬坑 6 號車子模型。《新中
國的考古收獲》图版 60）

物二　楚車型

（長沙出土。見《長沙發掘報告》）

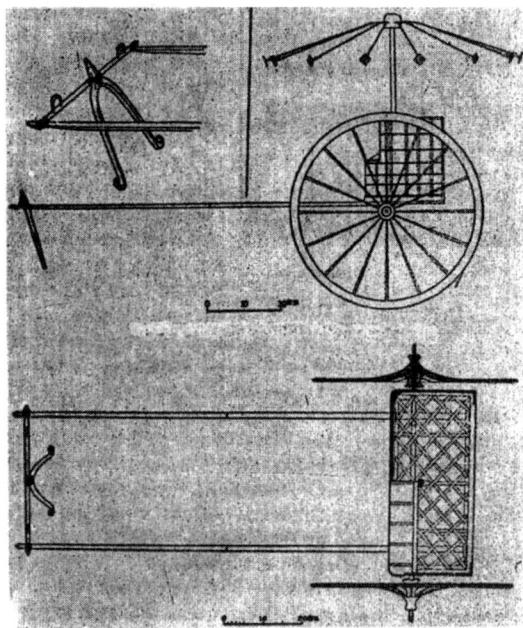

物三　戰國楚車製示意圖

（長沙出土。見《長沙發掘報告》）

物四　軺車驂駕畫像磚

（四川成都揚子山 1 號墓出土。
《四川漢畫磚選集》圖版 24）

物五　木軺車

（武威漢墓出土。見《文物》
1972 年 12 期）

物六　導車圖

（成都出土。見《考古通訊》1956 年 15 期）

物七　軝軎軸接合使用之形狀

（《濬縣辛村》圖版 30）

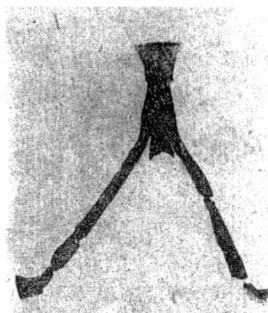

物八　軛

（帶有銅首軛叉一木軛，
《濬縣辛村》圖版 36 之 1）

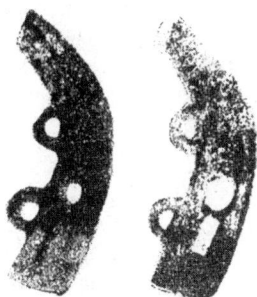

物九　銅䡅

（《濬縣辛村》圖 40）

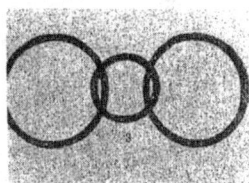

物一〇　楚游環（銅）

（《长沙戰國墓發掘
報告》圖版 14 之 3）

物一一　馬彎

（武官大墓出土。馬飾復原模型）

物一二　馬銜、鑣

（壽縣蔡侯墓出土。圖版 24）

物一三　楚馬銜

（長沙戰國墓出土。見《長沙發掘報告》）

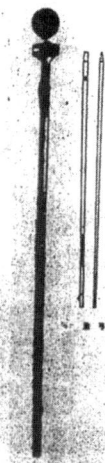

物一四　蓋弓、傘帽、傘柄

（江陵藤店出土。《文物》1973 年 9 期）

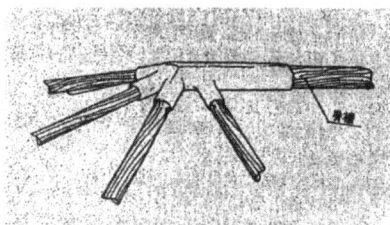

物一五　車蓋脊端節總銅鈎

（見《考古》1976 年 2 期）

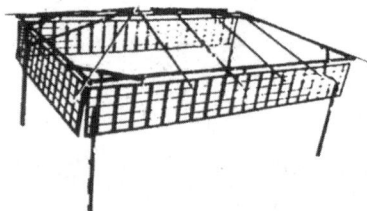

物一六　木車蓋（戰國　楚）

（信陽長臺關 1 號墓出土。轉錄自《新中國的考古收獲》圖版 67 之 1）

物一七　銅鑾

（《濬縣辛村》圖版 37 之 1）

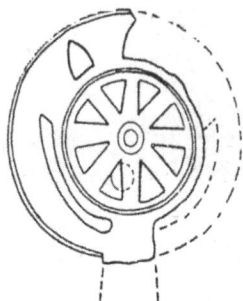

物一八　楚銅鑾示意圖

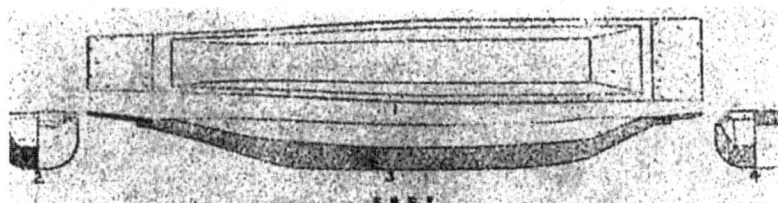

物一九　戰國楚木舟

（長沙 203 號墓出土）

1. 船身俯視圖　2. 船身正視圖　3. 船身側視圖　4. 船身背視圖

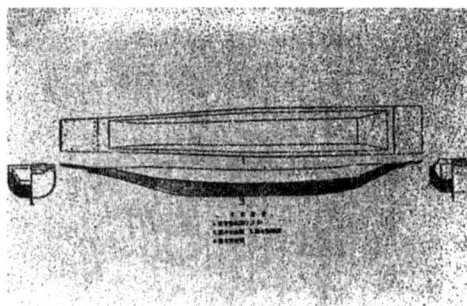

物二〇　廣州沙河區東漢墓陶船

（《新中國的考古收穫》圖版 80）

物二一　木舟

（江陵鳳凰山 8 號墓出土。《文物》
1974 年 6 期）

物二二　木船（西漢）

（廣州皇帝崗木槨墓出土。《新中國的考古
收獲》圖版 79 之 2）

物二三　陶鼎

（山東鄒縣出土。"文化大革命"
期間出土）

物二四　銅鼎及鼎內果核

（長沙顏家嶺出土。《全國基本建設工程中
作出土文物展覽圖錄》圖版 173）

物二五　殷（西周）

（扶風縣强家村出土。《文物》
1975 年 8 期）

物二六　吳王光鑑附瓢

（壽縣墓出土。古遺物圖片 15 之 1）

物二八　戰國銅鑑紋飾

（輝縣趙固出土）

物二七　銅鑑

（見《中國青銅器時代》一書之圖版 21）

物二九　鬲

（西周器。《文物》1966 年 5 期）

物三〇　龜魚蟠螭紋方盤

（東周器，彩色。《文物》1972 年 11 期）

物三一　楚銅盉

（湖北京山出土。《文物》1972 年 2 期）

物三二　銅匜

（湖北京山出土。《文物》1972 年 2 期）

物三三　㵽伯卣

（西周器，甘肅靈臺白草出土，彩色。《文物》1972 年 12 期）

物三四　鏤空豆（西周）

（陝西扶風强家村出土。
《文物》1975 年 8 期）

物三五　春秋立鶴方壺

（鄭冢古器圖本）

物三六　曾中斿父方壺

（西周器，湖北京山出土。
見《文化大革命期間出土文物》）

物三七　嵌錯銅壺花紋

（成都百花潭中學出土。
《文物》1976 年 3 期）

物三八　銅壺宴樂圖

（原器藏故宮博物院）

物三九　龍紋銅觥

（山西石樓出土。《文物》1973 年 7 期）

物四〇　立人擎盤

（山西長治分水嶺出土。《文物》1972
年 4 期）

物四一　雙魚銅洗花紋

（昭通出土，未提造。《文物》1976 年 11 期）

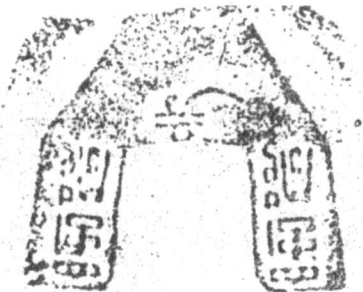

物四二　鐵钁

（青海省出土。《文物》1956 年 11 期）

物四三　銅爵銅觚（殷）

（河南安陽出土。《全國基本建設
工程中出土文物展覽圖録》圖版 141
之 1）

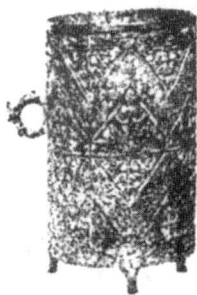

物四四　戰國卮

（《文物》1964 年 4 期）

物四五　商斝

（《文物》1966 年 5 期）

物四六　商象尊

（湖南醴陵出土。《文物》1976 年 7 期）

物四七　商代獸面紋銅尊

（見《文物》1972 年 1 期）

物四八　牛形銅酒尊

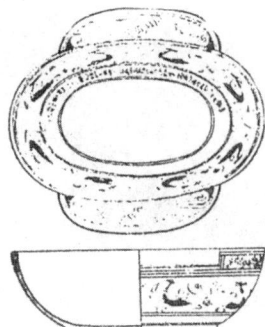

物四九　漆耳杯

（武威磨咀子 62 號墓出土。
《文物》1972 年 12 期）

物五〇　銅簠

（《文物》1972 年 5 期）

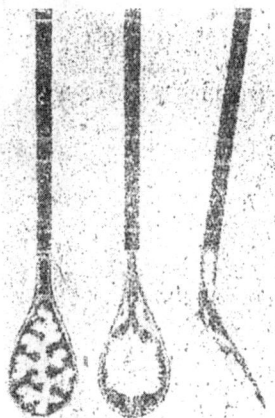

物五一　彩繪漆匕

（《文物》1973 年 9 期）

物五二　俎

（《文物》1957 年 9 期）

物五三　釜、灶

（河南三門峽底溝出土。
轉錄自《新中國的考古收獲》）

物五四　帶蓋甑（陶）

（湖北京山屈家嶺出土。
轉録自《新中國的考古收獲》
圖版 23）

物五五　甑

（《鄭冢古器物圖考》）

物五六　甑

（《鄭冢古器物圖考》）

物五七　庖厨圖

（見《文物》1972 年 10 期）

物五八　劍

（吴王光劍。見《文物》1972 年 4 期。
按巴黎琪美博物馆藏夫差劍）

物五九　越王勾踐劍

（湖北江陵望山出土。
《文物》1973 年 6 月）

物六〇　楚王孫魚銅戈

（見《文物》1963年3期）

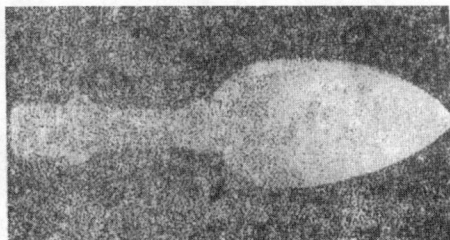

物六一　商矛

（《文物》1966年5期）

物六二　楚漆盾

（長沙出土。《新中國的考古收穫》
圖版64）

物六三　楚漆盾

（江陵鳳凰山八號墓出土。《文物》
1974年6期）

物六四　矢與矢箙

（馬王堆 3 號墓出土。竹弓、木弓、木劍出土情況。《文物》1974 年 7 期）

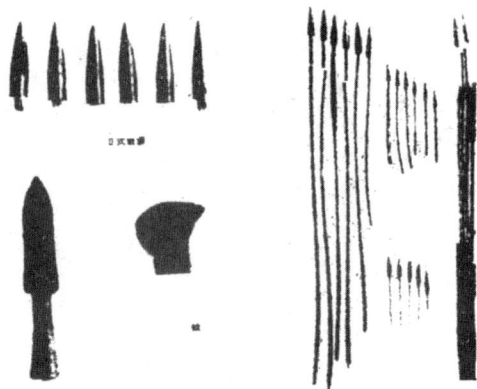

物六五　楚箭鏃、箭箙、鉞、矛

（江陵藤店出土。《文物》1973 年 9 期）

物六六　兵器架圖

（馬王堆出土。《文物》1974 年 7 期）

物六七　水陸攻戰圖

（見河南汲縣山彪鎮戰國墓，1935 年發掘出土，銅鑑器壁鑲嵌三層紫紅色金屬圖案。全器中共有圖案 40 組，有 292 人及旌、旗、鼓、錞、戈、戟、劍、盾、弓、箭、車、豆、壺、舟、槳、魚、鱉等物，並表現出格鬪、射殺、划船、擊鼓、犒賞、送別種種動態。這是一幅絕妙的古代攻戰寫生圖。全圖見《戰國繪畫資料》一書）

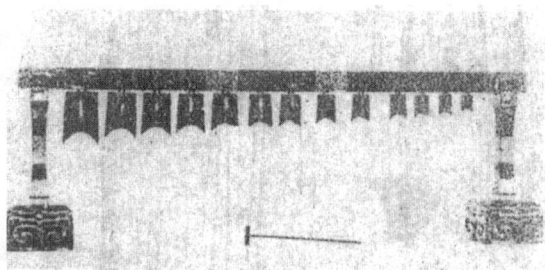

物六八　戰國楚編鐘與錘

（河南信陽長臺關一號墓出土。《新中國的考古收獲》圖版 70）

物六九　銅編鐘

（涪陵小田溪戰國墓出土。《文物》1974 年 5 期）

物七〇　甬鐘

（臨沂花園公社出土。《文物》1972 年 5 期）

物七一 鼓

（河南信陽長臺關 1 號戰國墓
出土。《新中國的考古收獲》）

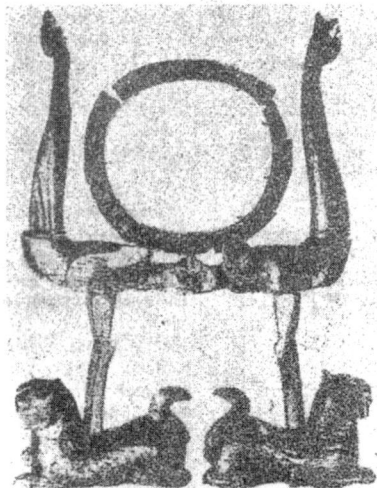

物七二 虎座鳥架鼓

（湖北江陵拍馬山出土。《文物》
1964 年 9 期）

物七三 戰國木瑟

（河南信陽長臺關 1 號墓出土。
《新中國的考古收獲》）

物七四 商石磬圖

（河南安陽武官村出土。《新中國
的考古收獲》圖版 35 之 1）

物七五 楚石磬圖

（彩繪石磬。《考古》1972 年 3 期）

石磬發現地點位置示意圖

江陵發現的彩繪石磬，用青灰石制成。形制爲上作倨句形，下作微弧形，這同過去河南汲縣山彪鎮、輝縣玻璃閣、陝縣後川、山西萬榮廟前村、長治分水嶺、河北易縣燕下都和山東諸城臧家莊等地戰國墓所出石編磬完全相同。

25 具彩繪石磬，大部分保存較好，少數已經殘損。例如：第 2 具斷裂爲 3 塊，第 7、9、10 具斷裂爲兩塊，第 25 具殘缺一半。有些石磬的表面，因埋在地下，部分地受到侵蝕。

彩繪石磬的實測尺寸（石磬各部位名稱見圖二）如下表：

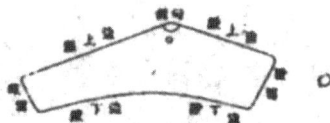

石磬各部位名稱示意圖

物七六　江陵發現石磬之地點與石磬示意圖

（見《考古》1972 年 3 期。有詳説見本圖）

物七七　簫

（馬王堆出土）

物七八　觀伎圖

（成都出土畫像磚。東漢時代。《文物》1963 年 4 期）

物七九　鼓瑟歌舞圖

（成都出土畫像磚。《文物》1975 年 3 期）

物八〇　樂舞雜技

（沂南出土漢畫像磚。《考古通訊》1956 年 1 期）

物八一　舞樂百戏圖

（彭縣漢墓出土。《文物》1975 年 4 期）

物八二　舞樂百戲圖（畫像磚　漢）

（四川德陽縣許鎮蔣家坪出土。《全國基本建設工程中出土文物展覽圖録》圖版 235-3）

物八三　七盤舞圖

（沂南漢墓出土）

物八四　弓與弦（補遺）

（長沙戰國楚墓 406 號墓出土。見《長沙發掘報告》）

物八五　玉馬

（陝西咸陽出土。《考古》1973 年 1 期）

物八六　玉鹿

（寶雞出土西周器）

物八八　銅奔馬

（甘肅武威雷臺東漢墓出土。
《文物》1972 年 2 期）

物八七　玉銅魚拓紋

（濬縣辛店出土）

物八九　戰國文具

（河南信陽長臺關出土。
見《新中國的考古收獲》）

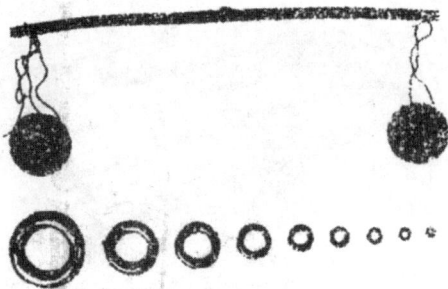

物九〇 戰國楚天平

（長沙左家公山 15 號墓出土戰國天秤。轉錄自《新中國的考古收獲》圖版 6 之 1）

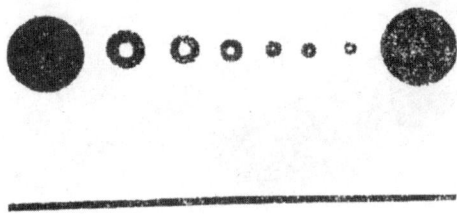

物九一 楚天平砝碼

（常德出土。詳記，極有用，可全錄。《考古》1972 年 4 期）

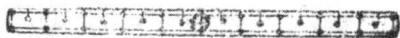

物九二 骨尺

（嘉峪關出土。《文物》1972 年 12 期）

物九三 商鞅方升

（《文物》1972 年 6 期）

物九四 毛筆、筆管（戰國 楚）

（長沙左家公山出土。《全國基本建設工程中出土文物展覽圖錄》圖版 167 之 9）

物九五 毛筆

（武威磨咀子漢墓出土。《文物》1972 年 12 期）

物九七　木床（戰國）

（河南信陽長臺關 1 號墓出土。
轉錄自《新中國的考古收獲》圖版）

物九六　硯、墨、筆、木牘

（江陵鳳凰山出土。《考古》1976 年 1 期）

物九九　戰國木几圖

（河南信陽長臺關 1 號墓出土。
《新中國的考古收獲》圖版 71 之 2）

物九八　床及床足

（漆彩木床及漆彩木床足。
《文物》1957 年 9 期）

物一〇〇　漆案

（河南信陽楚墓出土）

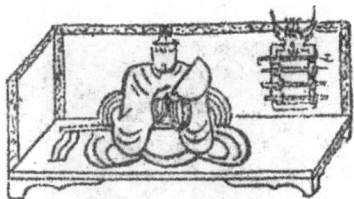

物一〇一　坐床憑几圖

（安邱石刻。《考古通訊》1956 年 1 期）

物一〇二　木小屏

（彩繪木雕小屏。望山 1 號墓出土，《文物》1966 年 5 期）

物一〇三　帷鈎

（《濬縣辛村》圖版 39 之 4）

物一〇四　楚銅鏡

（長沙戰國墓出土。《長沙發掘報告》圖版 20）

物一〇五　金銀錯龍紋銅鏡

（《戰國繪畫資料》）

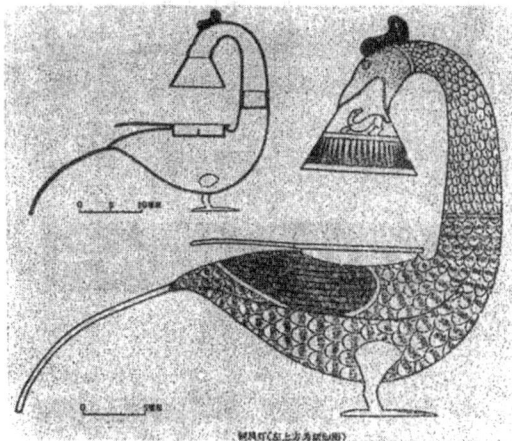

物一〇六　銅鳳燈

（左上方爲示意圖。《考古》1973 年 5 期）

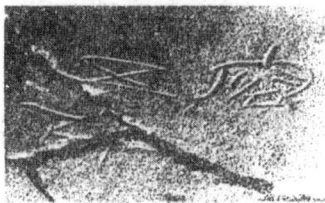

物一〇七　漢代銅燈

（山東諸城埠口村出土。轉錄自
《新中國的考古收獲》圖版 75 之 2）

物一〇九　竹篋　（戰國）

（長沙左家公山 15 號墓出土。
轉錄《新中國的考古收獲》）

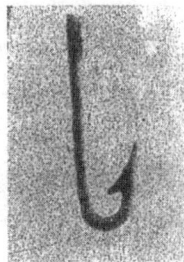

物一〇八　陶器容堂

（長沙出土。《長沙發掘報告》）

物一一〇　魚鈎

（陝西西安半坡仰韶文化骨器。
轉錄自《新中國的考古收獲》圖版 10）

物一一一　紡線木錠

（《考古》1960 年 9 期）

物一一二　雕花板

（長沙 124 號墓出土。《長沙發掘報告》圖版 6 之 5）

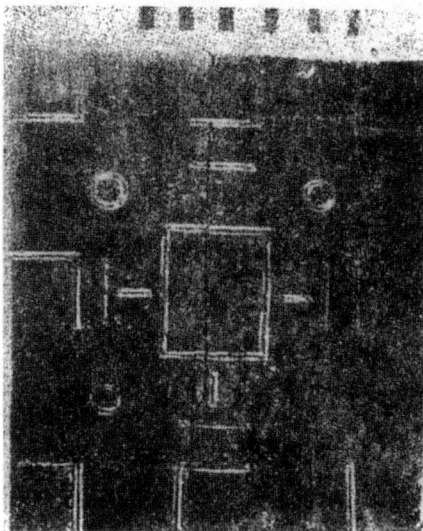

物一一三　六簙棋

（湖北雲夢睡虎地 11 號秦墓出土。《文物》1976 年 6 期）

物一一四　六簙盤

（山東銀雀山西漢墓出土。《文物》1974 年 6 期）

物一一五　六簙圖

（武威磨咀子出土。《文物》1972 年 12 期）

物一一六　仙人六簙圖

（《文物》1963 年 4 期）

物一一七　雜銅器及石工具

（岐山漢墓出土。《考古》1976 年 1 期）

物一一八　璇璣

（濬縣辛村戰國墓出土。蚌飾。《濬縣辛村》圖版 51）

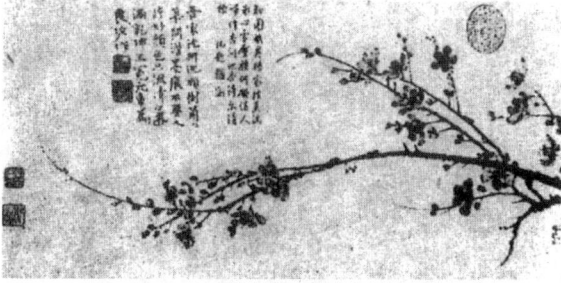

博一　王冕畫梅

博二　鳳鳥圖

（長沙出土。女人陞天畫之一部）

博三　雙鳳圖（戰國）

博四　鵜鴒圖

（蔡哲夫畫）

博五　鳩圖

（蔡哲夫畫）

博六　馬

（李龍眠畫《五馬圖》之一）

博七　九首人面獸

（山東滕縣黄安嶺漢畫像。《文物》1974 年 12 期）

書一　東皇太一

（李龍眠畫、趙雍題）

書二　東君

（李龍眠畫、趙雍題）

書三　東君

（《楚辭畫注》）

書四　湘君

（傅抱石畫）

書五　山鬼

（徐悲鴻畫）

書六　國殤

書七　禮魂

（《楚辭畫注》）

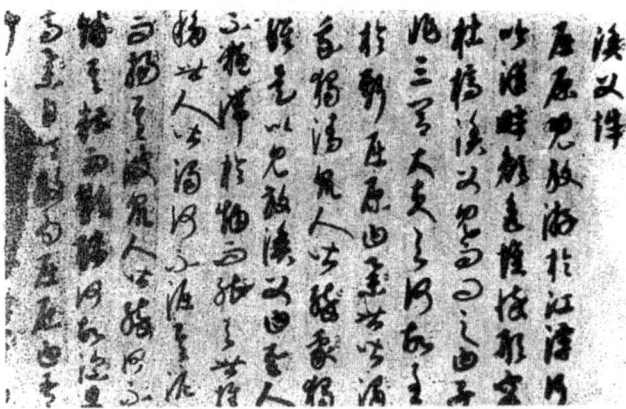

書八　漁父辭

（康里巎巎書）

書九　繁鳥萃棘

（《天問》插圖）

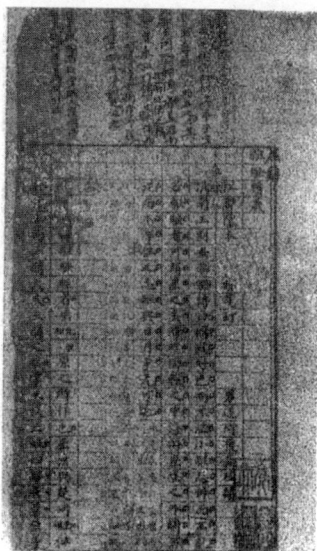

書一〇　離騷精義

（陳本禮原稿）

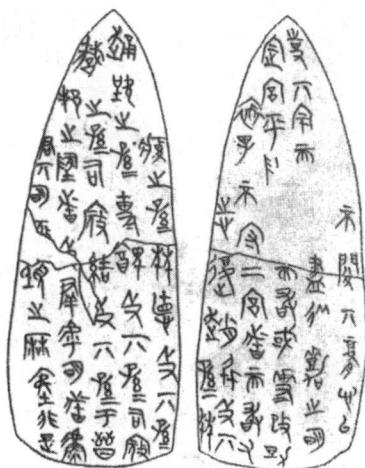

書一一　侯馬盟書

（山西侯馬出土）

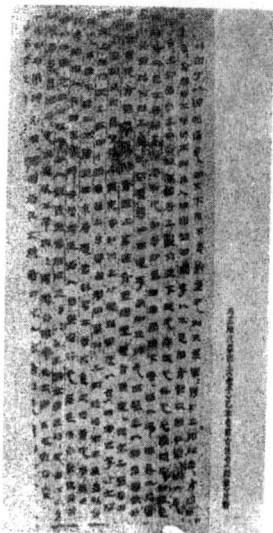

書一二　戰國佚書（經注）

（長沙馬王堆出土。
《文物》1974 年 10 期）

書一三　人祭卜辭

（《文物》1974 年 8 期）

檢 目

十 劃

[、]

校後記

一九七九年秋，家君爲教育部培訓楚辭進修生，以時促，遂以往昔所爲文補學校講義之不足。而同門中多有與出版部門相識者，紛然取論文數十篇去，書刊紛載之，求者陡增，乃至專書亦不能自秘。瓠子一決，遂不可控制，於是校讎之事遂繁，昆皆參與其役。總而論之，不出兩事：一則引文之核對，一則誤譌字句之校正。近年出版事業繁興，必求引文與原著錙銖不相差，此乃良好風習，亦校勘學之最大進步。然引書一端，古今學人爲例至繁賾，全引、略引乃至節摘集輯，亂無紀律。近年徐仁甫先生有《引書釋例》一書，析之至詳且盡。並認爲若必一一與原書吻合，則古今來引書例千奇百怪，幾令人不能句讀，出入之巨，非語言所能分疏。不僅校不勝校，且多不能校、不必校者。蓋作者意在引書證其一義一事、一句一字之得失真偽，取足説明而止，則删除缺略其不必要之部分，以省繁重者云云。家君亦曾爲長文論之，並刊於其書之末，以代答讀者問，此義故無庸贅言。至校譌誤一端，其事至簡而實繁瑣。即以《楚辭通故》而論，前後凡邀門人諸子校之而翻檢原著者，大體皆不甚斟酌。此次由齊魯書社編輯同志一絲不苟，詳爲校正，家君閲而至爲感奮，且贊曰："校書事無問學力之大小，而在執業之敬惰。敬則毫髮皆現，不敬則輿薪爲勞。今有譌必摘、有誤必正，方爲對著作負責。齊魯諸君爲著者解歉疚之情，庶幾可以告無罪於讀者。且以此樹作者與出版社密切合作之風習，汝其記之。"余亦惶悚而自知警策。助手傅杰敬事而勤，亦可感也。

一九八三年九月昆武敬誌

重版後記

　　先父在他的《楚辭通故》篇首《自叙》中有那麼幾句話：“戊辰、己巳間，余旅食通州錫山，心喪兩師王梁，端憂不樂，日以屈原賦爲解慰，因校二十五篇。庚午，《屈原賦校注》成。自此時時引雜書以調適正業，自録所好，以舒寂漠。”這幾句話説明了三件事：（一）因王梁二先生棄世之痛，他開始聯想到屈原身世，從而成就他終身研究屈賦楚辭的學術之路。（二）精校詳注屈賦成《屈原賦校注》一書，時年二十八歲。（三）因校屈賦，他閱讀並搜集了大量與楚學有關的資料。

　　“辛未，侍餘杭先生於閶門小王山。……以讀史勗勉之……至是乃一志於語言、歷史，然穧屈賦楚故仍不衰。”

　　此後二十年中，遊學西歐，執教國内各大學，但對楚辭的研究始終未稍懈，著述論文也時有新見。

　　一九五三年後定居杭州，中華書局和他協議編纂《楚辭辭典》：“應之，發歷年所攟録，得數千葉，通理全書，定注三千六百餘目”，共分爲十類，一百八十萬字。

　　但在撰寫的過程中他感到：

　　“然辭書拘攣，不能自暢，乃更張以肆其意，據楚史、楚故、楚言、楚習及楚文化之全部具像，以探賾屈宋作品之真義，作爲中土古民族文化之典範。”

　　不僅於此，經二千多年中國文人學者對於屈賦、楚辭的鍾愛，除有語言學上的注疏考據，更有在整個文學史上無處不見的點點滴滴屈賦的痕迹，要以一部辭典的形式解讀顯學楚辭是不可能的。有些辭條的考證詮釋雖萬言仍未能盡意，作者以近十年完成的書稿，早已超過辭書的體例、規模，仍以辭典命名如此大體量的楚辭研究專著，似已不合適了，在和出版社協商後改名爲《楚辭通故》。但全書仍以詞語條目的形式，分爲十類編排，便於讀者檢索，這是該書成書概況。

再則讀者應對作者撰寫如此鉅製的學術思路也稍作了解，以便於讀者對全書的閱讀理解。在《自叙》中，作者也有簡述：

"然欲證史、語兩者之關涉，自本體本質有不能説明，於是而必需借助於其他科學乃能透達者。故往往一詞一義之標舉推闡，大體綜合各社會諸科，乃覺昭晰，舉凡：一、歷史統計學，二、古史學，三、古社會學，四、民族學，五、民俗學，六、語言學，七、地理學，八、古器物學，九、古文字學，十、考古學，十一、漢語語音學，十二、哲學，邏輯學，乃至於淺近之自然科學，爲余常識之所能及者，咸在徵採之列。稍有發正，往往揉礪諸學於語言、歷史中得結論，而求其當意。所得結論，未必即銖兩悉稱，確切深透，然爲新方法（綜合）、新課題而努力，是余之願也。"

綜上所述，可以認爲《楚辭通故》是作者以語言、歷史爲根株，一生研究楚辭成果的一個總結，更是以諸多學科綜合研究的方法整理延伸了舊儒對楚學的研究，也成就了作者研究楚辭學的價值，他給了讀者一部可以幫助研習楚辭的較全面且使用方便的專書。同時，在他撰寫的《全書總叙目》中，也較客觀地説明了由於主客觀的原因，他也有許多不滿意的地方，沒解決的問題，甚至錯誤之處，但歷經三四十年到全書定稿出版，他已年過八旬，不可能再繼續多做些什麼了。

以上簡單介紹了《楚辭通故》成書的艱難歷程、前因後果及作者本人撰寫此書的整體思路、學術體系、材料布局、研究方法，由此可見，今天重版此書還是有它的價值和意義的。

經十年撰寫，十年"文革"書稿散失及補寫，十年校訂、抄正，終至 1985 年由齊魯書社影印出版，近二十年後於 2000 年由雲南人民出版社收入《姜亮夫全集》排印本。第二次刊行至今又是二十餘年，長江文藝出版社再次印行此書，得與讀者再續前緣。長江文藝出版社諸君又爲此書做了大量工作，我作爲作者的後人，感念無已，於此深表謝意！

　　此書前有作者《自叙》、《全書總叙目》，讀者可在閱讀全書前，先行閱讀後，再進入文本的研讀，或會有更多的啓迪與收益。

　　再次致謝長江文藝出版社同仁諸君功德無量的辛勤付出！

二〇二三年四月　姜昆武誌於滬上居

編後記

姜亮夫先生（1902—1995），雲南昭通人。曾任復旦大學、雲南大學、杭州大學教授，杭州大學古籍研究所所長，中國敦煌吐魯番學會會長。著名的語言學家、楚辭學家。1926 年入清華大學國學研究院學習，師從王國維、梁啟超、陳寅恪，以治楚辭學和敦煌學知名，著有《楚辭通故》、《屈原賦校注》、《敦煌學概論》、《中國聲韻學》、《古文字學》等。

本書系姜亮夫先生多年來從事楚辭研究的一部總結性的辭書類著作。初稿寫成於上世紀 60 年代，“文革”期間有部分原稿散佚，70 年代中期姜亮夫先生憑記憶補寫並修訂定稿。全書共 200 餘萬字，收錄楚辭有關的字、詞、人名、地名、書篇名等近 3600 詞條及一些特殊例句，分為天、地、人、史、意識、制度、文物、博物、書篇、詞十部類，廣征博引古籍、文物考古資料及近現代楚辭研究成果，對每一詞條及特殊例句加以精詳考釋闡發，多有卓識創見；若干詞條後附有器物、動植物考古圖錄及編繪的相關歷史地圖，極便查閱識讀。“實為一部完備而具豐富學術內涵的楚辭學大詞典，是楚辭研究不可或缺的重要參考著作。”

該書 1985 年由齊魯書社出版手抄影印本，2000 年由雲南人民出版社再版。本次收入湖北省重大文化工程《荊楚文庫》，得到了姜亮夫先生女兒姜昆武女士的授權與大力支持。

雲南人民出版社以手抄影印本為底本，對底本中的引文進行校核，訂正明顯錯訛和別字，並對部分標點進行規範化處理；同時對全書體例、版式進行了統一調整，並重新調整編排檢目；就部分存疑的內容請姜昆武女士予以校核訂補。

本次新版以雲南人民出版社的版本為底本，改繁體豎排為繁體橫排。

針對原版中的部分手寫字轉換訛誤，參照齊魯書社的版本進行校正，同時在不影響作者表意的情況下，按照漢字規範修改部分異體字。在體例、版式上對原版進行了一些調整：原版分為四輯十部，每一輯單獨編頁碼，與內容相關的圖表附於相應的分輯後；現僅按內容保留十部，全書分四冊，統一編頁碼，總目錄置於第一冊，每一冊有單獨的分冊目錄，所有圖表附於全書末尾。

新版工作得到了《荆楚文庫》編輯部的悉心指導。此外，還特別約請楊猛、梁風兩位资深編輯擔任特約編輯，使新版的品質大為提升，在此一并致謝。

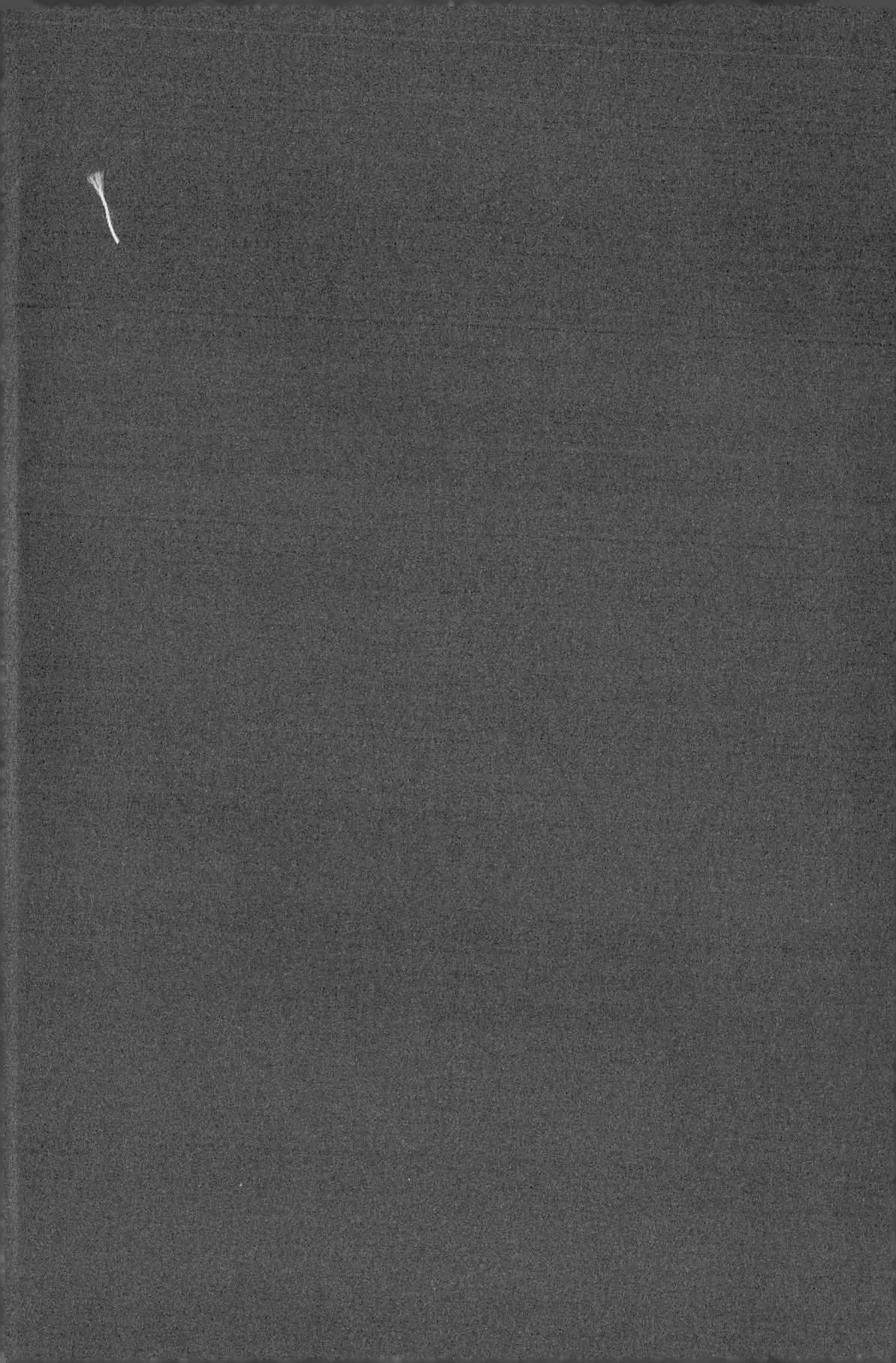